福建師範大學文學院百年學術論叢　第七輯

清人選清詩與清代詩學

王　兵　著

第七輯
總序

　　適值福建師範大學一百一十五周年華誕，我校文學院又與臺北萬卷樓圖書公司合作推出「百年學術論叢」第七輯，持續為兩岸學術文化交流增光添彩。

　　本輯十種論著，文史兼收，道藝相通，求實創新，各有專精。

　　歷史學方面四種：王曉德教授的《美國文化與外交》，從文化維度審視美國外交的歷史與現實，深入揭示美國外交與文化擴張追求自我利益之實質，獨具隻眼，鞭辟入裏；林國平教授的《閩臺民間信仰源流》，通過田野調查和文獻考察，全面研究閩臺民間信仰的源流關係及相互影響作用，實證周詳，論述精到；林金水教授的《臺灣基督教史》，系統研究臺灣基督教歷史與現狀，並揭示祖國大陸與臺灣不可分割的歷史淵源與民族感情，考證謹嚴，頗具史識；吳巍巍研究員的《他者的視界：晚清來華傳教士與福建社會文化》，探討西方傳教士視野中的晚清福建社會文化的內容與特徵，視角迴特，別開生面。

　　文藝學方面四種，聚焦於詩學領域：王光明教授的《現代漢詩論集》，率先提出「現代漢詩」的詩學概念，集中探討其融合現代經驗、現代漢語和詩歌藝術而生成現代詩歌類型、重建象徵體系和文類秩序的創新意義，獨闢蹊徑，富有創見；伍明春教授的《早期新詩的合法性研究》，為中國新詩發生學探尋多方面理據，追根溯源，允足徵信；陳培浩教授的《歌謠與中國新詩》，理清「新詩歌謠化」的譜系、動因和限度，條分縷析，持正出新；王兵教授的《清人選清詩與清代文學》，從選本批評學角度推進清代詩學研究，論世知人，平情達理。

　　藝術學方面兩種：李豫閩教授的《閩臺民間美術》，通過田野調查和比較研究，透視閩臺民間藝術的親緣關係和審美特徵，實事求是，切中肯綮；陳新鳳教授的《中國傳統音樂民間術語研究》，提煉和闡釋傳統民間音樂文化與民間音樂智慧，辨析細緻，言近旨遠。

　　應當指出，上述作者分別來自我校文學院、社會歷史學院、音樂學院、美術學院和閩臺區域研究中心，其術業雖異，道志則同，他們的宏文偉論，既豐富了本論叢多彩多姿的學術內涵，又為跨院系多學科協同發展樹立了風範。對此，我感佩深切，特向諸位加盟的學者恭致敬意和謝忱！

　　薪火相傳，弦歌不絕。本論叢已在臺灣刊行七輯七十種專著，歷經近十年兩岸交流的起伏變遷，我輩同仁仍不忘初心，堅持學術乃天下公器之理念，堅信兩岸間的學術切磋、文化互動必將日益發揚光大。本輯論著編纂於疫情流行、交往乖阻之際，各書作者均能與編輯一如既往地精誠合作，敬業奉獻，確保書稿的編校品質和及時出版，實甚難能可貴。我由衷贊賞本校同仁和萬卷樓圖書公司的貞純合作精神，熱誠祈盼兩岸學術交流越來越順暢活躍，共同譜寫中華文化復興繁榮的新篇章！

汪文頂

西元二〇二二年十一月於福州

黃序

　　詩之有選，昉於孔子所輯《詩三百》，乃使數代遺章得以存留，風雅之士奉為蓍龜。其後選事漸興，於南朝有徐陵《玉臺新詠》，唐有殷璠《河嶽英靈集》、元結《篋中集》，宋有楊億《西崑酬唱集》、陳起《江湖集》，明有高棅《唐詩品彙》、李攀龍《古今詩刪》、鍾惺《詩歸》等，皆為名構，對文學史進程有不可忽略的影響。至清代，詩學大興，雕版普行，一時選家蜂起，各出其軸，選詩之盛有逾諸代，亦為清詩史之締建著上了濃墨重彩的一筆。

　　然就近代以來文學史研究的情況看，歷代詩歌選本的價值並未受到足夠的重視，究其原因，或在學者一般會更注重原創性文本，而將選本看作次一級的知識生產模式，即其僅是對存世文本的搜集、排列，類似一種「編輯」性的簡單化工作；或將選本的功能單純視為資料性輯佚與傳播，以為其中並不包含有思考或「思想」的意識。因此在文學史撰寫與研究中，往往對之多有忽視，有時或會提及之，也多留意選本中所保存的史料，無意省察其整體的構局方式及其所產生的特殊功效。即便是近來學者所做的各代選本方面的研究也多集中在勘查其史實，關注其存量、版本、種類等，主要是在資料的層面上對之進行考析，儘管我自己也十分重視這樣的工作，但如有些相關問題未獲澄清，也易蒙受歧解，從而使選本研究重新跌落為文學史研究中的一個幾乎是無足輕重的、附帶的注腳。

　　當然，隨著學理探索的進展，在選本研究領域也漸次出現了其他一些變化，給我們帶來了新的啟示，為此有必要拓寬視野，對選本的意義做更全面的理解。首先，原創性的活動固然是最為主要與基礎

的，但在知識與經驗流通過程中，二次性生產仍有一次性生產所不可替代的意義。在文學領域，一次性生產的目的無論多麼複雜，都是為創作作品，以作品為情感與思想表述的容器。而選本活動作為二次性生產的目的則與之有別，大致而言，可有兩點值得一述，一是其重點在於遴選作品，即在駁雜繁多、良莠不整的文學成品中選擇出符合某種「衡鑒」標準的作品，以之作為某種流派、類群、時代等之標榜。在此意義上（同時如不計那些網羅零殘，散漫無紀的輯本），選本活動實際上也就成了一種確立「經典」或標範的方式與過程。原創性作品不可能進行自我的標榜，總是需要通過「被選」或不斷地「被選」才能凸顯在氾濫的創作之流之上，從而樹立為某種經典或範例（其中也包括通過不被選，而「去經典化」）。這種功效即存在於一般的選本中，而尤在那些以品第為宗趣的選本中得到強化。二是推動流通，選本的操作多有一清晰或有時不一定明確表述出來的意圖，就是擴展閱讀。儘管詩歌的原創性活動中也會包含有「隱含的讀者」，但選本活動往往帶有更為強烈的面對讀者的意識（讀者當然也可能是分類的），通過將某種風格、類型、品質等的作品按選家的理解擇取出來，薈萃成集，可以更為捷利地為受眾矚目與接受，引動廣泛的閱讀效應，這顯然也是各種篇目蕪雜的個人文集所不可能達及的，而流通的擴大自然也是經典化實現的重要條件。流通也在某種程度上取決於一時代讀寫公眾的數量，就清代而言，正是基於識字與教育的普及，使得選家會有更多施展的機遇，而公眾及其觀念的分層，則使選本會呈現出比歷代更為多樣化的面貌。

　　另外一個問題，即選本中所包含的「思想」內涵的問題，也非如過去學者理解的那樣貧乏。學界之所以會產生這種狹隘的看法，從某種角度看，與將理論話語視為思想的主要表現形態有關，如此推論，理論化程度之高低便規定了思想性的多寡。在學科定位上，往往又將批評史與文學史割裂開來，以為文學史是研究作品的，批評史是研究

文學思想的，既然選本主要是以作品為基本載體的，因而很難從中擷取思想與思考的內涵，故研究價值也低。但是，如果我們不顧這種限定，並且不是以「理論」來界義「思想」的話，那麼就能看到，批評（從而也是「思想」）的意識在整個文學史表達系統中幾乎是無所不在的，除了少數的早期詩歌如「彈歌」、「擊壤」或《詩經》中如「彼狡童兮」等或可歸於完全自發性的範疇，後世的詩家幾乎都是在一套已成的觀念系統背景下進入創作的，即其先期已不同程度地植入了批評意識。而選本的操作更是一種理性化的行為，受到批評意識的明顯驅使。選本從表面看起來只是一些作品的排列與展示，但如何處理所遇及的作品卻內在地為其批評意識所規定，確定的批評意識決定了他為什麼要做這件事，為什麼要擇用該類作品而非彼類作品，怎樣為選入的作品排序與品第等，這些都會包含選家對文學史進程的判斷與細緻思考。在很多情況下，我們可以通過選本的序跋與評點來瞭解選家的想法，然而選文本身也會傳遞出選家的意識、觀點與立場。因此，如果不是從理論表述的意義上來限定批評，而是同時也將批評看作一種意識與觀念，那麼選本的「思想」性就很容易地從其文本的縫隙中被察知與順利地勾繪出來。也正因此，選本也可以被看作批評的一種特殊方式，以無聲的形式匯入到了持續向前的批評之流中。

　　王兵天資聰穎，自勉刻厲，數年前裹糧相從，赴京師隨我學，較早即選定了要做清詩選本的課題。由於學界長期疏於清代文學的研究，使該領域的空白點比其他諸代為多，因此，以我初期的想法，只需將清詩選本做一總體的系脈梳理與考訂即會有所斬獲，然王兵有大志向，並不滿足於做成一種資料性考索或限於固有文學史界義內的證成，而試圖更進入一層，從選本與批評的關係入手，窺探選本產生的內在機制及與清代詩學變遷的關係，遂有了目前所能見到的這一文本。從範型意義上看，我認為王兵之著，事實上提出了一個對文學再生產進行意義重估的問題，通過導入批評的概念來擴展與提升再生產

的功用，藉此，選本活動不再囿於有限的認知範圍，而是成了文學史建構過程中一種積極參與的力量，二次性生產不再被看作對原初生產的簡單依附，也有其自主與獨立的功效。這些看法不僅體現在這本專著導論部分的論討中，同時也作為一種基本思路安置在了全書的設計與行思中。此外，批評概念的引入，也使得作為二次性生產的選本活動能夠與更為廣闊的詩學、政治、文化等層面產生觀念上的鏈結，進而可借此發掘出選本活動背後蘊藏的多重動因與含義，選本的單純性就此而被解構，被通往觀念史的道路帶到一個充滿複雜與多義性的闡釋平臺上。如果以上所述是成立的，那麼，本論文也就如實地建立起一個屬於自己的、新的研究座標。

當然，清人選清詩也首先是一個高度語境化的論題，這就需要研究者能夠盡其全力掌握多種相關的資料，細心領會資料的原初含義，排列出材料之間的確切關係，並將之放置在設定的時空位置上嚴加審定與考實，如此等等，皆有相當的難度。儘管王兵在這方面作出了許多努力，但由於受到寫作時間、課題框架及學術經驗的限制，想必書中還會存在一些可繼續補充與修改的餘地。而我本人因學植膚淺，已不可能有太多的貢獻，只能寄望於同行專家於披覽之餘有以教之。

王兵離京後，即赴新加坡南洋理工大學任教，新的空間轉換必然會使其獲得更為豐富的感受，而新加坡亦為學術國際化程度甚高的國度，相信王兵能夠在這一新的基點上，有更高的攀行，提供更出色的著述。王兵的論文付梓在即，奉命匆書數言，非僅為延譽也，亦借此而聊述吾對本書的一些觀感。

黃卓越

二〇一一年一月於北京海淀二里莊寓所

蔣序

　　中國大陸的傳統文學研究，自上世紀七十年代末改革開放以來，進入一個新的時期。隨著當代西方文學理論的譯介和傳播，學人對文學的認識也從作家——作品二元觀擴大到寫作——文本——傳播——接受的整個過程。而其中尤其傳播——接受的環節更為學人所關注，直到今天，文學接受仍然是碩博士學位論文的熱門選題。文學的傳播和接受涉及經典化的問題，選集從某種意義上說既是經典化的開始，又是經典化的結果，因而更集成了傳播和接受研究的焦點。從江慶柏〈論古代文學選本的意義〉（《文學遺產》1986年第4期）到蕭鵬《群體的選擇——唐宋人詞選與詞人群通論》（文津出版1992年版），選集研究便建構起它的基本理論框架，但相關的歷史研究卻方興未艾，三十年間漸成燎原之勢。

　　作為古典文學的總結期，兼出版業空前發達的時代，清代的文學選本編纂尤其興盛，不同文類、不同形態和規模的選本層出不窮，尤以當代詩選最為引人注目。二十世紀的研究，從日本學者神田喜一郎《關於清詩總集》、松村昂《清詩總集131種解題》到謝正光、佘汝豐《清初人選清初詩彙考》，都屬於文獻學的考察，進入新世紀才有潘承玉《清初詩壇：卓爾堪與《遺民詩》研究》、王煒《《清詩別裁集》研究》和王卓華《鄧漢儀《詩觀》研究》及一些論文的綜合研究，涉及《遺民詩》、《詩觀》、《國朝詩別裁集》、《國朝詩鐸》、《國朝閨秀正始集》、《晚晴簃詩匯》等少數選集。在通史類著作中，則有劉誠撰《中國詩學史・清代卷》專列「評點箋注中的詩學傾向」一節，對清詩選集所中反映的詩學傾向作了扼要的論述。但真正對清人選清詩展

開全面研究的乃是王兵教授的《清人選清詩研究》，這部開拓性的專著一下子就將清人編纂當代詩選的研究提升到一個新的高度。

　　清代文學創作相比前代，一個顯著的特徵就是數量豐富，清詩選本的數量也遠非前代可比。松村昂先生敘錄的一百三十一種，主要是基於日本公私收藏，清代實際產生的本朝詩選究竟有多少，還很難估計。王兵首先從考察文獻入手，在前人的基礎上更作廣泛調查，獲知清詩選本計有六百餘種。如此豐富的文獻，給他的研究帶來更廣闊的學術視野，對研究對象也獲得更全面的認知。本書第一章即運用豐富的文獻，對清人選清詩的編纂方式作了頗為細緻的論述，同時對選本形態的發展過程也有一個鳥瞰式的呈現，讓我們在看到清詩選本數量之豐富的同時，對選本類型的多樣性亦留下清晰的印象。

　　通觀全書，文獻豐富固然是它明顯的優點，但其中更吸引我的是作者的理論意識。書前的緒論表明，王兵對文學選本研究、對清人選清詩研究有著深入的理論思索。他清楚地看到前人研究中存在的一個不足，即僅將選本視為一種次級知識生產模式，或搜集、編纂存世文本的簡單編輯工作，研究中多留意選本保存的資料，而無視其整體的構架及特殊功效，因而努力在選本與作者、與選家、與讀者的三重關係中把握選本的批評功能，以序跋、評注、選目三者互相參證，同時將詩選編纂放到當時詩學思潮的背景下加以考察，這樣就自然形成了考察清詩選本的四個視角，分別從清代詩歌史建構、清代詩學思潮演進、官方意識形態詩學話語、地域與性別文化意識這些不同的層面展開研究，使清人選清詩選本中蘊藏的思想性和批評性清楚地凸顯出來。整個研究不僅展現了清人選清詩的全貌，同時也從特定的角度切入清代詩歌史和詩學史，使一些隱伏的歷史皺褶在他的分析中袒露開來。這一點在利用康、乾間詩選分析清初宋詩風的消長及施閏章、宋琬、王士禛、朱彝尊、查慎行、趙執信六家的經典化過程時表現得尤為典型，給我留下深刻的印象。

　　由此可見，本書雖然只是清人所編本朝詩選的研究，但內容涉及的面卻非常廣泛，關係到整個清代詩歌史的演進、詩學史的發展，交織著詩歌創作與出版，詩歌理論與批評，詩學與官方意識形態及地域、性別文化的關係諸多問題，書中都能有點有面地從容討論，這對於一部博士論文來說是難能可貴的，亦足見作者用功周至，準備充分，學識和才力都遊刃有餘。

　　猶記二〇一一年中國社會科學出版社刊行之初，即承王兵教授贈閱，獲益良多。轉瞬十多年過去，其間作者遠赴新加坡南洋理工大學任教，時有鴻書往來，又或於港臺學術會議相值晤言，能夠感覺得到他的閱歷、見識與日俱長。近聞回國榮膺福建師範大學文學院教授之聘，我深為他獲得更廣闊的學術發展空間而欣慰，相信他在今後的教學、研究之路上會奮發有為，精進不已。今春王兵教授有書來，告以本書將由臺灣萬卷樓出版社重版，以序相屬。我欣然承允，爭奈大學課繁事冗，稽遲至今，始得將全書重讀一過，述其讀後感如上。聊誌十餘載交誼而已，不足為序。

蔣　寅
二〇二一年八月於華南師範大學清代文學研究中心

目次

緒論

　　清人選清詩，簡言之，就是清代人對清代詩人所作詩歌的挑選，具體歸屬於當代人選當代詩的範疇。如果除卻現當代學者編輯的清詩選本，那麼清人選清詩在此意義上則可簡稱為「清詩選本」。它是清代文學史上一個重要的文學現象，同時也是清代詩學批評的一種特殊形式。在進入論題之前，我們首先要弄清選本所具有的批評特性——這是清人選清詩研究的理論支撐點；其次是梳理清人選清詩的研究概況——這是清人選清詩研究的基礎；三是對本書的研究特點以及相關概念的界定做出簡要的說明——這是清人選清詩研究的前提。

第一節　選本的批評特性

　　選本是選者以一定的選擇意圖和選擇標準為基礎，在一定範圍內對作家作品進行相應的取捨、篩選而形成的作品集。選本的功能是多重的，但最基本的可分為實用功能和理論功能兩種，即《四庫全書總目》對「總集」功能的表述：「一則網羅放佚，使零章殘什，並有所歸；一則刪汰繁蕪，使蕘稗咸除，菁華畢出。是固文章之衡鑒，著作之淵藪矣。」[1]前者為文獻保存功能，屬於實用功能的一個方面。實際上，除卻輯佚作品的文獻學功能外，選本的實用價值還表現在歷史學、文化學、教育、經濟等諸方面，如通過選本的文本和歷史記載進行文史互證，或通過選本中的作品發掘其時其地的風俗文化等。再如

1　永瑢等：《四庫全書總目》（北京市：中華書局，1965年），卷186，頁1685。

選本的編輯刊行，也為廣大讀書人的閱讀和學習提供了方便，書商也可從中獲取一定的物質利益。

　　後者為文學批評功能，這是選本最基本也是最重要的理論功能。其原因在於，選本是以選擇為核心的實踐活動，而選擇的過程就帶有一定的批評意識。《四庫全書總目》中所云的「刪汰繁蕪」實際上就是一個選擇的過程，對文章「衡鑒」的過程也就是文學批評的施行過程。方孝岳曾指出：「孔子對於《詩》分別品類而總為一集，這種工作實是開後來『總集』之先聲，也是我國批評學中一大支派。凡是選錄詩文的人，本不是隨便雜鈔，都有各人去取的眼光和義例。」[2]西方理論家璐曼也持類似的觀點：「文學史強調的是本書在歷時軸上的重要性，而解釋則用一種附加的選擇法將那樣一些本書挑選出來，它們應當在共時軸上重新進入某種審美關係，並進而通過獲得新的重要性而歸入歷史（譬如作為「遺產」）之中。」[3]由此可以看出，批評特性是選本最為本質的特徵。

　　由於中國古代文學選本眾多，選本的目的、選者的素質等均有差異，所以選本所具有的批評特性不能籠統言之，而應該有所區分。若從選本目的差異的角度來分析，有的選本主要以搜集詩文作品為目的，其選本的批評意味較弱，選本所發揮的批評功能也較低；而有的選本主要以宣揚自身或流派觀點為目的，批評意識貫注於整個選本，這類選本的批評特性就相對強烈，價值也更大；若從選者素質差異的角度來辨析，選本的批評意識也有強弱高下之分。有的選家如王士禎、沈德潛等人本身就是批評家，且在其時的詩壇上具有重要的地位，因而他們的選本一般都具有引領詩壇潮流的示範作用，批評意識較為自覺。而一般選者特別是民間士子的選本雖然也具有一定的批評

2　方孝岳：《中國文學批評》（北京市：生活・讀書・新知三聯書店，1986年），頁19。

3　〔德〕璐曼：《作品與文學史》，見范大燦編：《作品、文學史與讀者》（北京市：文化藝術出版社，1997年），頁192。

意識，但是總體上與重要選家相較，還是存在程度上的差異。此外，從選本的類型和體例也可大略判斷出其批評意識的強弱。如清代大量的地域選本，其編選的主要目的是搜羅鄉邦文獻，從批評學的角度來審視，其批評意識相對較弱。但也不排除有的選本對於地域詩歌流派或思潮的形成起到了至關重要的作用，其批評功能不宜一概抹殺。所以，本書的立論對象主要以批評意識較強的清詩選本為主，輔以各類批評意識較弱的清詩選本。

一　選本的批評方式

　　一般來說，完整的選本在形式上有三個構成要素，即選本的序跋、選本的評注和選者的選文。選本的序跋主要指在選本中的「前言後語」，即序跋、緣起、發凡、凡例等，其中涵蓋了非常豐富的批評信息，諸如選者的相關情況，選者的文學觀點和選擇標準，選本產生的過程以及產生的影響等等。如蕭統〈文選序〉、徐陵〈玉臺新詠序〉、殷璠〈河嶽英靈集論〉、歐陽炯〈花間集序〉、高棅〈唐詩品彙總敘〉、張惠言〈詞選序〉等均是古代文學選本序跋中的典型代表，從中可窺見選者的文學批評理念。這些序跋往往既是讀者首先閱讀的篇目，同時也是選本批評中非常有價值的部分。

　　選本的評注主要指附著在選本作品中的各種批注性或點評性的文字。在這一部分，選者通過對具體作品或精煉或冗長的批注、點評來傳達自己的閱讀感受以及文學觀點，形式上主要表現為圈點、眉批、總評以及隨行評注等。評注者時而為精彩詩句拍案叫絕，時而為詩歌的藝術成就所折服，時而就詩論詩，時而追昔撫今。雖然這些批注和點評中滲透的信息一般都是即興的、零碎的，難成理論體系，但如將這些思想的片斷匯聚在一起，即可構成一個相對完整的批評系統，選者的個人喜好、文學思想均涵蓋其中，選者鮮明的批評個性和目的在

具體的評點中會得以凸顯。早期帶有評點的選本如宋代古文選本《古文關鍵》、《文章正宗》、《文章軌範》更多地是用來為科舉考試服務的，評古人文法之精妙，示學者學習之門徑。宋代以降，用評點的形式申述自家理論主張的選本漸多，代表性的如王夫之的《古詩評選》、《唐詩評選》、《明詩評選》、沈德潛的「別裁」系列選本等。

選本的序跋集中地表達了選者的文學思想，選本的評點散金碎玉式地表達了選者的批評理念，但這兩者均是用可見的文字材料直接表露其文學觀點的，皆屬於有形的批評，我們將之成為選本的顯性批評；而選者的選目卻與前兩者不同，主要包含選家對作家和作品的篩選、排列。它是通過選者主觀的選擇行為來實踐自己的文學批評，屬於無形的批評，我們將這個選擇活動稱之為隱性批評。這種隱性批評的背後暗藏著選家的批評意識，而且一直貫穿於選本的始終。選本自序或評點中涉及到的零散的文學主張都是由這雙看不見的「手」——選家的批評意識所操縱和控制。這些隱藏在文本背後的批評意識和顯性的選本序跋和評點一起構成了選本作為一種批評的獨特機制。

當然，選本批評的三種方式並不是平行的關係，也有主次之分。其中選文是選本的核心載體，序跋和評注是對選本起到說明的作用。這主要源於三點：其一，選文實踐是選本活動的主體，沒有選文，就不會有序跋和評注；後兩者是依附於選文實踐而進行的。它們之間是「皮」與「毛」的關係，「樹枝」與「樹杈」的關係。其二，有時選者的選文實踐不一定處處都與序跋或評注中的觀點相吻合，有的選者喜歡誇大其詞，外顯的詩歌理論看似十分中肯全面，但是在實際的選文中並不一定能夠真正貫徹。這也符合西方詩人兼批評家龐德的觀點：「對批評家作評價主要是根據他們的挑選，而不是根據他們的空談。」[4]其三，還有不少選本特別是抄本只有選目，而無序跋和評點，

4　Ezra Pound, *Polite Essays*, Ayer Co Pub (June 1937), p.148. 譯文轉自〔美〕韋勒克

這些選本的批評意識完全由選文實踐來體現。

二　選本批評的三個維度

　　從普遍意義上來說，選本的批評意識主要關涉三個要素，即選者、讀者和作者。具體的流程是：首先選者通過選本向讀者傳達自己的批評信息，讀者通過閱讀選本接受這種信息，然後以此信息調整或印證自己的判斷標準，對作家及其作品進行價值判斷，力求使其與選者的批評信息相符。在這個流程中，選本是連接三要素的紐帶，選本的批評功能之所以能夠完成，主要緣於選本以自身所承載的選者的批評信息為連接的基礎。其中，選者之於選本的關係是一種文學批評，且選者為選本批評意識的主體；讀者之於選本的關係是一種文學接受，即讀者為選本批評意識的接受者；而作者之於選本的關係是一種文學創作，作者及其創作均為選本批評意識的客體。具體而言，選本的批評意識可以分為三個維度來闡釋：

　　首先，從選本與文學批評的關係來說，選本是文學觀念的外化和載體。任何一部選本中都或多或少暗含著選者的文學觀念，有的是直接用選本宣揚自己的文學觀點，王士禎的《唐賢三昧集》就是其「神韻說」的具體體現；有的是在駁斥其他流派主張時含蘊自家的文學理念，如鍾惺、譚元春編選的《古詩歸》、《唐詩歸》實際上是對前後「七子」膚廓詩風的糾偏。總之，選者的個人喜好、文學流派的主張等都在選本中有所體現，選本也全面、綜合地展示了選者的批評素質、理論修養和文學觀念。南宋理學家真德秀論文完全以「窮理」為本，以義理之學來衡量一切文學作品，所以他的《文章正宗》便以

著，章安祺、楊恆達譯：《現代文學批評史（1750-1950）》（北京市：中國人民大學出版社，1991年），第5卷，頁221。

「窮理致用」為選文標準；李攀龍的《古今詩刪》則是前後七子宣揚「詩必盛唐」的集中體現。《四庫全書總目》就指出《古今詩刪》「多錄同時諸人之作而不及宋元，蓋自李夢陽倡『不讀唐以後書』之說，前後七子率以此論相尚，攀龍是選，猶是志也。」[5]當然，這裡的個人愛好和流派主張都不可能是孤立的存在，勢必與當時的時代風氣、學術思潮有著密切的聯繫。真德秀的文學主張和南宋時期程朱理學的風尚一脈相承，而李攀龍的選文標準也和明代中葉復古宗唐的文學思潮緊密相關。

當然在中國古代，人們也十分強調選者的「公心」，不能以自己的喜好或時代的風尚來任意增刪作家作品，更不能以被選者的身分地位來進行取捨排次，主要取決於作品本身的質量。即袁枚所謂：「選詩之道，與作史同，一代才人其應傳者皆應列傳。」[6]儘管在批評活動中並不存在一個絕對客觀的公共性標準，但這種「公心」意識也會在一定程度上影響到選家的選文實踐。

其次，從選本與文學接受的關係來說，選本能夠為讀者的文學接受確立經典及其解讀模式，所以選本還是文學接受的媒介和途徑。由於作家的創作背景與讀者的接受背景有所差異，讀者對作品的接受便會產生一定的障礙，這時便需要批評的說明，以「通作者之意，開覽者之心。」[7]而選本可以說是所有批評中能給讀者的接受以最具體、最直觀說明的方式之一。

選本在這一方面主要通過兩種途徑來實現它的批評職能。一是圈點評注，這是最常見也是最直接的方式。在南宋以後，選本中多有圈點、評點，或注釋詩文字詞以方便讀者閱讀，或解讀作品以發表個人

5　永瑢等：《四庫全書總目》（北京市：中華書局，1965年），頁5170。

6　袁枚：〈答沈大宗伯論詩書〉，《小倉山房詩文集》（上海市：上海古籍出版社，2006年），第3冊，頁1502。

7　袁無涯：〈發凡〉，《出像評點忠義水滸全傳》，明萬曆袁無涯刻本。

見解，這些評點本身就可以影響和指導讀者的閱讀。呂祖謙《古文關鍵》、樓昉《崇古文訣》、謝枋得《文章軌範》之所以廣為流傳，就是因為選評者將自己的感悟和詩文創作法則明晰地傳遞給讀者了，廣大讀者視此類選本為「初學門徑」，既方便了讀者的接受，也促進了選本的廣泛流播；二是序跋中直接顯現的理論觀點或者選者隱藏在文本之後的批評意識深得當時讀書人的追捧和喜愛，且適應當時的文學主流思潮，這樣的選本很快就會得到廣大讀書人的肯定，其中的詩文作品自然得到廣泛傳播了。總之，選本得到大批量的刊刻發行一方面傳播了所選的詩家作品，同時也宣揚了選家的批評理念。

再次，從選本與文學創作的關係來看，一方面，由於選本批評的參與，選者對作家作品的編排定位，為以後的作者創作提供了可資參考的創作規範。在具有較強批評意識的選本中，選者在「選」的過程中，不僅流露出自身的文學觀點，還自覺或不自覺地對所選作家作品進行價值評判，企圖塑造符合自身文學理念的經典，並由此形成一種帶有示範性的創作模式。例如《雲間棠溪詩選》，選家不僅在選本中宣揚了雲間派的詩學觀點，還對五七古、五七律以及絕句等體裁進行創作上的引導，將選本中的部分作品視為某種體裁寫作的典範，這種批評無疑會引領或影響到其後作家的文學創作。

另一方面，選本中對於作家作品的編排與評價同時也是選者心目中文學史觀的顯現，而這種文學史觀念也是選本批評意識的重要組成部分，所以說選者的批評也滲透到選本的文學史建構當中。當然，由於選本類型、體例的差異，選本的文學史意識也有所不同。試以通代選本和斷代選本為例：通代選本主要指選者在其審美標準下編選歷朝作品的文學總集，選擇標準或以地域為限，或以文體劃分，選擇對象既有名士大家，也有普通文人。由於是歷朝作品集，所以許多重要作家作品的文學史地位經過歷史的沉澱早有定論，選者的選擇相對較為容易，其選本一般承擔著總結文學發展規律的功能，如蕭統的《文

選》、姚鼐的《古文辭類纂》等。斷代選本又可分為前代選本和當代選本，它和通代選本的最大區別是斷代選本是文學發展的斷代史，而通代選本是文學發展脈絡的通史。其中最有特色的莫過於當代選本，它不僅僅是當代文學發展的總結，同時選者還親歷其中，是文學發展的參與者和見證者。這種雙重職能會帶來兩種截然不同的結果：一方面由於選者不能夠遠距離地審視所選作家作品，更不可能有長時間的歷史積澱，如何對身邊其時其地的作家作品進行客觀公正地評價及篩選，成為其選本質量好壞的衡量標準。這個難度還是很大的，需要選者有一定的膽識和高超的學識。另一方面，正是由於選者和所選作家處於一個朝代，對所選作家作品的一些情況相對比較瞭解，由此提供的信息也相對比較真實可靠，這對於後世瞭解那個時代的文學史有直接的幫助。

三　選本批評與詩話、文論的區別

如果以文化生產和文化消費的視角來看待選本的話，它的生產、流播與消費過程便明顯不同於那些詩論詩話、文論文話，具有一定的獨特性和複雜性。具體來說，在生產環節方面，選本既包括入選作品的創作，同時也包括選者對一定範圍內作家作品的篩選，即再創作過程。而這種再創造過程就是選家的批評意識滲透與掌控的過程。一旦分散的作品在同一理念的整合下形成了一個新的整體，那麼它的整體功能將大於所有部分的功能之和，具備了全新的認知屬性，故有論者認為：「選書者，非後人選古人書，而後人自著書之道也。」[8]在流播環節方面，選本既包括所選作品的流播，也包括選本自身的流播。這兩種流播的關係也比較特殊，互相影響卻又不相對稱。選本中作品流

8　譚元春著，陳杏珍標校：《譚元春集》（上海市：上海古籍出版社，1998年），頁601。

播的遠近不能絕對影響到選本自身傳播的程度，但是選本自身傳播的質量卻密切關係到選本中作品的傳播。如《古文淵鑒》和《古文雅正》裡都有很多著名作家的名篇佳構，但它並沒有使這兩部選本在後世得到廣泛的傳播；恰恰是鄉間的無名小輩編選的《古文觀止》卻達到了家弦戶誦的地步，而《古文觀止》的篇目卻大多選自上述兩部選本。由此可見，選本自身的流播不僅僅由作品的質量來衡定，還涉及到選文數量適中與否、精簡是否得當以及是否符合讀者需求等諸多因素。但是一般來說，只要選本得到了廣泛的傳播，其中被選的作品自然就會不同程度地流播開來。另外，在消費即接受環節方面，選本也具有多重性。它既包括選家對所選作家作品的接受，也包括受眾即讀者對選本中作家作品的接受，還包括讀者對選家和選本本身的接受。

　　正是由於選本具有上述的多重形態和複雜屬性，它作為一種批評在理論特性上自然會與詩話、文論有所區別：

　　首先，兩種批評意識的存在形態不同。選本以選文為核心載體的特徵，決定了它首先是以所選作品說話，即選本批評是通過他人的創作來表述自己的觀念，顯示出批評的間接性；而在詩話、文論中，評論者是直呈自我，批評意識直接表露。儘管有些詩話也附有作品，但只是作為一種例證。所以，在以選文為中心的選本批評中，批評意識一般是隱藏在作品的背後，讀者在領悟時需要首先通過作品去感知。而在詩話、文論中，讀者可以比較鮮明地閱讀到評論者的見解。另外，在批評觀念的恆常性上，詩話、文論也比不上選本批評。因為詩話、文論表述觀點屬於評論者在其時其地的情緒流動，帶有一定的情境性。變換情境以後，或許就會有不同的主張出現。而選本批評中，即使也有和詩話文論類似功能的序跋或評點，但在選家整體批評意識的籠蓋下，其總體的批評和觀點是趨於穩定的。

　　其次，兩種批評意識的表現形式不同。選本雖然具有批評意識、理論意識，但大多數選本中的這些意識是為鑒賞服務的，是一種在鑒

賞覆蓋下的批評接受。尤其在一些知名選本中，選家會比較充分注意到選文的美感、藝術品味等，既有感性的賞析，也具有理性的評點，充滿著感性與理性的交融。而相對而言，詩話、文論的理性色彩要強一些，它們也有對部分詩作的賞析，但這些賞析是為其理論主張服務的，與選本批評注重可鑒賞性的表現形式不同。

中國傳統的文學批評大都是基於具體作品的閱讀感受，是一種即興的情感流露，缺乏系統的理論分析。而選本作為一種批評，一方面，選家的批評意識在其對作品的賞析中得到了很好的實踐，另一方面，選家在對選文的鑒賞中也漸漸形成了自身的批評體系。有的選者在選文之前就具有明確的選擇標準，這個標準已經先於選文成為一種理論預設，後期的選文只是實現其預設理論的實踐活動而已。這種情況下的選者一般均為文壇盟主；而多數普通選者出於種種原因編選的詩文集，初讀選本很難看出選者的文學傾向和選文標準，但是在仔細鑒賞其選文文本後，總是可以探尋出選者隱匿其中的批評理論。無論是先有批評理論後有批評實踐，還是先有批評實踐後有批評理論，二者的有機結合勢必可以最大限度地接近選家真實的文學主張，也可以使讀者理解選文的內在一致性。

通過上述分析，我們對選本的批評特性有了基本的理解。若將這種批評特性放置於清詩選本中，那麼清人選清詩與清代詩學之間便產生了一定的關聯。清詩選本中含蘊的文學史觀念，清詩選本對於清詩經典的確立，清詩選本中反映出的宗唐或宗宋的詩學思潮，清詩選本中包孕的主流詩學批評或民間詩學批評等清代詩學批評中的重要命題，都能從清詩選本批評的角度窺探出若干線索，從而以雄辯的事實證明清詩選本批評是清代詩學批評的一個重要組成部分。

第二節　當代詩選的困境以及清詩選本的研究現狀

　　當代人選當代詩是一個非常困難的工作，清代選家魏憲總結出八點：「作詩非難也，選詩難；選亦非難也，選今人之詩難。同生天壤，不能無所愛憎，而去取實愛憎之媒，一難。闔戶自修，深山養晦，篋中之秘，覓之無由，二難。詩學日替，名實不敷，我以名收，世以實求，無其實焉，匪阿則矕，三難。載質而來，紹介以進，忤之不可，許之不能，四難。縱筆譏嘲，觸冒忌諱，作固有罪，選亦與均，五難。本屬名流，或嫻無韻，不嫻有韻，因無韻而及有韻，快於人不快於己，六難。幅員之廣，詞人無數，得者一而失者百，七難。甚至不為詩而掄詩，名似愛才，心實網利，妒與謗交，八難。當此八難，而欲強為負荷，得毋霆擊蠡測，為識者所誚讓哉！」[9]

　　這「八難」全面地概括出當代人選當代詩的艱辛，也道出了當代人選當代詩的困境。概括起來主要有三點：一是當代人選當代詩選本中，文本收集的困難造成選者選擇視域的狹窄。「二難」中提到的秘作難尋以及「七難」中提到的作品難以盡收都屬於文本收集的困難，選本失去了大量作品的支撐也就等同於巧婦難為無米之炊，很大程度上限制了選本的批評功能；二是同時代的詩壇風氣影響到了選者批評的獨立性。「一難」中提到的「去取實愛憎之媒」，既肯定了選本的批評特性，也指出了同代選本中選者持「公心」選擇的艱難。「八難」中提及的「名似愛才，心實網利」實際是對那些附庸風雅者或書商們利用選本賺取名利的批評，摻雜了這些私心雜念的選本，是很難保持其去取的獨立性的；三是作家的創作實績或個性與選者批評觀念的不對等。孫鋐曾引同時選家周京之言道出其中原委：「閱詩者之難，倍於作者。蓋人各有境地，有識見，有意趣，有力量，使閱者精神不能

9　魏憲：〈自序〉，《詩持三集》，康熙魏氏枕江堂刻本。注：這段話不是魏憲的發明，
　　明代文人鄒迪光在〈盛明百家詩選序〉中已有類似的論述。

與作者相副，不失之出，則失之入矣。」[10]實際上，上述「三難」和「四難」都在說明名實不符的問題，這裡強調了選者要有鮮明的批評個性。另外，「六難」中提及的現象屬於名家的創作個性與選本編選目的之間的差異，所有這些困境的存在都會影響到選本批評的質量和流播的廣度。

雖然當代人選當代詩有著各種現實或理論的困境，清人選清詩還是取得了長足的發展。[11]僅從數量上而言，清人選清詩要比唐人選唐詩、宋人選宋詩以及明人選明詩超出許多。可是相較之下，學術界對這一選本領域的研究卻略顯冷清，主要從文獻收集整理和選本個案研究兩個方面展開：

（一）文獻收集整理

早在清代本朝，學者對清詩選本就已經有所關注，主要散見於書目文獻、序跋、詩文評、史料筆記之中。其中較為系統地記載、評述清詩選本的著作，當推法式善的筆記《陶廬雜錄》。其書卷三就記載了多達七十種左右的清詩選本，詳略不等地介紹了各書的編者、卷帙、體例、刊刻等相關情況。這為後世研究清詩選本提供了大量有用的信息，堪稱資料之淵藪。此外如《四庫全書總目》，袁枚《隨園詩話》，洪亮吉《北江詩話》，何曰愈《退庵詩話》，嚴廷中《藥欄詩話》，朱庭珍《筱園詩話》，李慈銘《越縵堂讀書記》，昭槤《嘯亭續錄》，陳康祺《郎潛紀聞》，梁章鉅《浪跡叢談》，《歸田瑣記》以及譚獻《復堂日記》等等，也都不同程度地記錄或評述過清詩選本。不過從研究的角度來看，這些顯然還是十分初步且零散的資料。

---

10 孫鋐：〈凡例〉，《皇清詩選》，康熙二十七年（1688）鳳嘯軒刻本。

11 關於清詩總集研究的綜述，夏勇博士有專文〈清詩總集研究的歷史回顧〉進行梳理，見於《廈門教育學院學報》2007年第2期，頁1-3。儘管清詩總集與本書所界定的清人選清詩不盡相同，但對本節論述實有啟發和參考價值，特此致謝。

　　二十世紀初，日本著名漢學家神田喜一郎先生在《支那學》雜誌上陸續發表了〈清詩の總集に就いて〉。[12]文章包括上、下、訂正共三個部分，大致按照不同的時期和類型，描述了清詩選本的基本情況，涉及有關選本六十餘種。只是全文如折合中文版面，大約只有幾千字，因此在文獻搜集的廣度和理論開掘的深度上尚顯不足。當然，作為首次明確揭示「清詩總集」這一概念的綜述性論文，未嘗不具有一種開風氣的意義。

　　其後，日本京都府立大學松村昂先生著有《清詩總集131種解題》一書，一九八九年十二月由日本的中國文藝研究會印行；後來又於一九九一年八月以活頁的形式進行了增訂，標題易為《清詩總集138種解題》。這是一部以文獻清理見長的資料性工具書，包括所收清詩選本一覽表、人名索引等，並且將所涉清詩選本的作者一一做成卡片，錄入電腦，排除重複之後所得已經達到四萬多家。儘管松村昂先生當時據《清史稿藝文志及補編》估計存世清詩選本大約三百五十種左右，而現今加上《清史稿藝文志拾遺》所載以及其他相關文獻中的線索，其總數當多達六百餘種，但該書無疑是清詩選本研究領域中的第一部專著，[13]為摸清清詩選本的家底做出了一定的貢獻，並且提供了很好的借鑒。

---

12 原文為日文版，載日本《支那學》雜誌第2卷6號頁73-76、8號頁71-77、10號頁84，大正十一年（民國十一年，1922）2月6日、4月8日、6月10日出版。關於該文標題，松村昂《清詩總集131種解題》引作〈清朝の總集に就いて〉（版本詳後正文，原書見頁85）；朱則傑〈《清詩選本131種解題》綱要及示例〉譯作〈關於清朝的選本〉（見《蘇州大學學報》1995年第1期，頁49）；蔣寅〈論清代詩文集的類型、特徵及文獻價值〉一文及其主編《中國古代文學通論·清代卷》下編第一章第三節《清代選本的基本類型和特點》有關注釋亦稱「神田喜一郎有〈關於清代的選本〉」云云（分別見於《河北師範大學學報》2004年第1期，頁69；遼寧人民出版社2005年5月第1版，頁409），凡「清朝」、「清代」均當改作「清詩」。

13 二〇一〇年十一月，松村昂教授所著《清詩總集敘錄》由汲古書院出版，共錄清詩總集一四四種（續集不另計算）。

　　繼松村昂先生之後，美國 Grinnell College（郡禮學院）謝正光先生與香港中文大學佘汝豐先生，共同編著了一部《清初人選清初詩彙考》，南京大學出版社一九九八年十二月第一版。該書集中考察清初的全國性清詩選本正文部分共計五十五種（凡「二集」、「續集」之類均各以一種計）；其體例大致仿照朱彝尊《經義考》，每種選本依次介紹編者簡歷、著錄與版本情況，特別是全文抄錄原書的序跋和凡例等有關文字，間附按語；正文之後，還附錄了所收「清初詩選集庋藏一覽表」和「清初詩選待訪書目」。從主體來看，該書相當於一部分清詩選本序跋的彙編，為研究者提供了第一手的文學史料以及相關的資料線索，從而使人們對清初的全國性清詩選本有一個基本的瞭解。儘管該書內部還存在較多的錯誤疏漏之處，[14]但它的影響卻是最廣泛的。不過，該書中清詩選本的編纂時限僅僅定在乾隆二十六年（1761）之前，編選範圍僅僅局限於全國性的選本，在研究對象方面顯然還是比較狹窄。

　　關於清詩選本的整理出版，目前已經有過《明遺民詩》、《國朝詩別裁集》、《清詩鐸》、《晚晴簃詩匯》、《晚清四十家詩鈔》、《熙朝雅頌集》、《白山詩介》、《中州詩鈔》、《續甬上耆舊詩》等若干點校本，以及《袁枚全集》等書內部所含的一些清詩選本，但總數還是很少，遠遠不能滿足研究者的需要。倒是近年問世的幾部大型影印叢書，如《四庫全書存目叢書》、《續修四庫全書》、《四庫禁燬書叢刊》，以及臺北新文豐出版公司、上海書店的兩種《叢書集成續編》等，比較集

14　對該書進行糾繆補闕的文章，筆者已寓目者有：（1）陸林：〈《清初人選清初詩彙考》平議〉，收入氏著《知非集──元明清文學與文獻論稿》（合肥市：黃山書社2006年7月第1版），頁420-432；據注知其原載中華書局《書品》2001年第2、3期。（2）潘承玉：〈補《清初人選清初詩彙考》〉，載《中國文哲研究通訊》第11卷第4期（2001年12月），頁115-131；又〈《清初人選清初詩彙考》六補〉，載《古籍整理研究學刊》2002年第5期，頁64-71，二文基本相同。（3）朱則傑：〈《清初人選清初詩彙考》「待訪書目」考論〉，載《浙江大學學報》2005年第1期，頁82-88。

中地收入了一部分清詩選本，在一定程度上為研究者提供了方便。目前，上海大學中標的國家社會科學基金重大項目「全清詩歌總集文獻整理與研究」正在進行中，相信未來會有更多的清詩總集得到整理和出版。

（二）選本個案研究

　　清詩選本的個案研究，也有過一些專著和博碩士論文。一本是紹興文理學院潘承玉先生在其北京師範大學博士學位論文基礎上修改而成的《清初詩壇：卓爾堪與《遺民詩》研究》，中華書局二〇〇四年七月第一版。該書從編者卓爾堪的家世、生平、交遊，到《遺民詩》的成書過程版本、文本，以及《遺民詩》與卓爾堪在文學史上的地位，做了全面、細緻、深刻的研究和探討，堪稱清詩選本個案研究的典範。另一本是華中師範大學王煒博士在其武漢大學博士學位論文基礎上修改而成的《《清詩別裁集》研究》，上海古籍出版社二〇一〇年版，該書論述了《國朝詩別裁集》的編選目的與動機，並通過此選本審察了沈德潛的詩學理想、審美取向、宋詩觀以及他格調論的價值，此書的著眼點是以清代最著名的詩歌選本為觀照視角，用選本批評的形式來透視整個清代的詩壇。此外相關的博士論文還有南京師範大學王卓華博士的學位論文《鄧漢儀《詩觀》研究》，該文以清初有代表性的詩歌選本《詩觀》為研究對象，仔細梳理，深入挖掘，對其文獻學意義和詩學價值作了較為準確的定位。碩士學位論文中有北京大學李佳行的《《晚晴簃詩匯》的編纂及文獻價值初探》，及中山大學宋迪的《嶺南詩歌選本研究》等等。

　　由上可知，清人選清詩的研究已經進入了當代的學術研究視野。只是這樣的成果，目前也還不是很多。其他研究清詩選本的單篇論

文，筆者已經寓目者有三十餘篇。[15]綜觀這些文章，可以發現，一是
專注於清詩選本的研究者較少，大致只有王卓華、胡鴻延、章曼純、
陳曦鍾、馬玨玶等少數幾位學者；二是對重點選本的研究尚不夠深
入，研究對象多集中於《詩觀》、《遺民詩》、《國朝詩別裁集》、《國朝
詩鐸》、《國朝閨秀正始集》、《晚晴簃詩匯》等少數清詩選本。由此可
見，目前學術界還缺少長期關注清詩選本，並致力於清詩選本研究的
學者。研究者更多地是在使用選本內的某些材料，而並未明確意識到
選本自身的研究價值，對清詩選本總體的理論研究相對欠缺。

目前國內從面上關注清詩選本較多的學者，當首推浙江大學的朱
則傑先生。早在上世紀九十年代初，松村昂先生《清詩總集131種解
題》問世不久，朱先生就為之撰寫了〈清詩選本研究的碩果——讀松
村昂先生《清詩選本131種解題》〉一文，同時整理翻譯了〈《清詩選
本131種解題》綱要及示例〉，[16]率先向大陸學界介紹這部著作。稍

---

15 相關文章主要有：（1）王卓華：〈鄧漢儀詩史觀及其詩學意義〉，載《南京師範大學
　　學報》2006年第4期，頁133-137；〈《詩觀》及其文獻學意義〉，載《河南社會科學》
　　2006年第5期，頁156-159。（2）胡鴻延：〈《清詩鐸》的社會視野初探〉、〈《清詩鐸》
　　的構架與儒家詩歌觀〉、〈《清詩鐸》袖珍敘事詩藝術造詣〉，依次載《貴州教育學院
　　學報》1995年第3期，頁51-55；1996年第1期，頁8-12；1998年第3期，頁51-56。
　　（3）章曼純：〈《湘雅摭殘》編者考〉、〈湖南的地方藝文選本〉，依次載《圖書館》
　　1995年第3期，頁72-73；2005年第5期，頁118-119。（4）陳曦鍾：〈關於「大學頭」
　　及其他——《七子詩選》流傳日本考辨〉，載《北京大學學報》2004年第6期，頁94-
　　101；〈再談高彝與《七子詩選》——關於「大學頭」及其他補說〉，載《北京大學
　　學報》2006年第1期，頁82-88。（5）馬玨玶：〈等閒莫作眾芳看——惲珠與《國朝閨
　　秀正始集》〉，收入《中國古代文學文獻學國際學術研討會論文集》（南京市：鳳凰
　　出版社，2006年1月第1版），頁562-581。此外還有松村昂：〈沈德潛と《國朝詩別裁
　　集》〉，載日本《名古屋大學教養部紀要》第23輯（1979年），頁135-174；劉靖淵：
　　〈沈德潛《國朝詩別裁集》案略論〉，載《山東師範大學學報》2006年第3期，頁32-
　　37；李娟：〈試論《清詩鐸》所反映的民本思想〉，載《洛陽師範學院學報》2001年
　　第6期，頁65-66；陸林：〈清初選本《詩觀》所收徽州詩家散論〉，收入論文集《知
　　非集——元明清文學與文獻論稿》（合肥市：黃山書社，2006年），頁433-447。

16 前文可見《古籍整理出版情況簡報》第271期，頁20-22；或《社會科學戰線》1994

後，其所著《清詩知識》第三輯評述了大約五十種有代表性的清詩選本。近年他又接連發表了十餘篇研究清詩選本的論文，例如〈清詩選本考證三題〉、〈《四庫全書總目》十種清詩選本提要補正〉、〈《清初人選清初詩彙考》「待訪書目」考論〉、〈全國性清詩選本佚著五種序跋輯考〉、〈稀見清代福建寧化伊氏《耕道堂詩鈔》及其作者群考〉等，[17]形成了一個清詩選本考證研究系列。另外，蔣寅教授在清代詩文研究領域也頗有造詣，雖然不是專攻清詩選本，但曾多次撰文呼籲學界加強對清詩選本的系統研究。

可以說，經過數代學者的努力，清詩選本的研究已經取得了一定的進展，收穫了一些成果。具體可以歸納為兩個方面：一是當下學者已逐漸認識到了清詩選本研究的重要性，並已經展開了相關的研究。關於選本研究的重要性，早在魯迅、方孝岳等人的專論或著作中已經提及，但實際上自此以後，學界對此關注甚少。直到上個世紀八十年代以來，楊松年、鄒雲湖、張伯偉等學者才陸續意識到選本之於文學批評的重要性。具體到清詩選本的研究，國內學者如朱則傑、蔣寅、潘承玉等人關注較多，成果頗豐。另外，一個可喜的現象是，近年出版的詩學史著作中也已經開始重視清詩選本的批評價值了。如二○○二年鷺江出版社出版的劉誠著《中國詩學史·清代卷》就專列了「評點箋注中的詩學傾向」一節，選本批評也含括其中，主要涉及沈德潛的《國朝詩別裁集》、袁枚的《續同人集》以及王昶的《湖海詩傳》。用選本的批評意識抉發選者（評論者）的詩學觀點，這種詩學史的編排方式尚不多見。二是對重要清詩選本的材料整理和學術研究已經取

年第4期，頁281-282；或《清詩知識》第五輯之八（杭州市：浙江大學出版社，1998年5月第1版），頁241-244；後文見於《蘇州大學學報》1995年第1期，頁49。

17 上述五篇，依次見《廈門教育學院學報》2006年第4期，頁1-3；《浙江大學學報》2007年第1期，頁84-88；《浙江大學學報》2005年第1期，頁82-88；《淮陰師範學院學報》2006年第3期，頁332-337；《福州大學學報》2006年第1期，頁5-9。

得初步成果。材料整理方面主要包括《清初人選清初詩彙考》、《清詩總集敘錄》以及已經整理出版的若干清詩選本；學術研究方面，如前文提及的相關著作和博碩士論文，都對清詩選本的個案研究做了有益地嘗試，為以後的清詩選本研究奠定了基礎。

　　雖然迄今為止的清詩選本研究不乏亮點，某些方面和個別選本確實已經有了相當出色的研究成果，但總體來看，還是有值得進一步開拓的地方。首先，微觀研究需要拓展廣度。我們不能只盯著少數重要選本，應該積極搜羅、整理一批有特色、有價值的清詩選本，提高清詩選本的整體研究水準。其次是宏觀研究要進一步深化。目前對清詩選本的宏觀研究僅僅局限於資料發掘和整理，真正從學術研究的角度來全面、系統地研究清詩選本的著作尚未出現。鑒於此，我們一方面要對某些局部繼續做細化的個案研究；另一方面，還要對清詩選本作概括性地宏觀探討和理論上地提升。

第三節　本書的研究特點以及相關概念的界定

　　本書的研究目的旨在宏觀的層面上通過清詩選本與清代詩學相關範疇的關聯，深入探究清詩選本的批評功能，重新審視清詩選本在清代詩學乃至中國詩學研究中的地位和價值。文章的整體思路是將清人對清詩的編選看作一項與清代文學思潮以及批評緊密相關的文學活動，基本的研究特點為：

　　（一）採用整體觀照與文獻考證相結合的研究方法。當下的清詩選本研究領域有兩種傾向：一是運用用以小見大，以點帶面的研究方式，選擇一些具有代表性的著名選本進行細緻地研究，以此來探析其選本對其時詩壇風尚的影響。潘承玉的《清初詩壇：卓爾堪與《遺民詩》研究》、王煒的《《國朝詩別裁集》研究》以及王卓林的《鄧漢儀《詩觀》研究》等均是如此。這種研究模式的優點在於能夠抓住一個

重點選本進行深入考察，發掘出一些有概括性的規律來；缺點是很難全面準確地把握清詩選本的群體特徵，以及這一群體在清代詩學批評中的總體價值定位。

二是部分評論者意識到了清詩選本是一個龐大的群體，有宏觀研究的必要，但是在實際操作中卻多是從文獻資料的收集和考辨入手，做一些基礎性的研究工作。如謝正光先生對清初人選清初詩的資料考證就是對清初詩歌選本的整體觀照，另外他對清初人選清初詩的基本特徵、繁盛原因也有過專文研究，[18]但是總體的落腳點還是以文獻考證為主。國內學者朱則傑教授對清詩選本的整體研究也非常重視，但從其目前的清詩總集研究系列來看，還是將研究重點放在資料收集、考辨等一些基礎性研究方面。鑒於目前的研究現狀，筆者欲將這二種研究方法有機地結合起來，以清詩選本的整體作為考察對象，以文獻考證為基礎，從大量的選本文本中分析出清詩選本的總體特徵、詩學價值以及與清代詩學思潮的關聯，更加準確地把握清詩選本的整體風貌。這樣，既避免了個別選本研究的片面性，也規避了文獻考證的單一性。

（二）側重選本批評意識的研究視角。關於選本的研究，可以從多個角度來觀照，常見的有文獻學的視角、歷史文化學的視角等。筆者在論述清詩選本的詩學價值以及清詩選本與清代詩學的關係時，將以貫穿選本始終的批評意識為觀照視角。因為只有從選本的批評特性入手，我們才能找到清詩選本與清代詩學的關聯點，才能深切體察到清詩選本在清代詩學領域中所發揮的作用以及所產生的影響。具體到操作層面，主要是以選者具體的選文實踐為中心，輔以選本的序跋及評點。這是因為，選本的選擇行為本身就是一種獨特的批評實踐和方

---

18 謝正光：〈試論清初人選清初詩〉，《清初詩文與士人交遊考》（南京市：南京大學出版社，2001年），頁32-59。

式——主體在排列組合、增刪去取的「選擇」過程中蘊含著豐富的批評信息，而這些批評所折射的正是選者的文學觀念以及其時的詩壇風尚。這種隱藏在選擇背後的批評意識在很大程度上支配著選者的選文實踐，當然也左右到選者在序跋或自評中的觀點陳述。一般來說，多數選本自序或自評中的理論觀點和選本的批評意識還是一致的，它們是選本批評意識的外在顯現。[19]而在以往的研究中，論者在提到選本的批評價值時，往往只注重外在的序跋或評注中的觀點，卻忽略了選文的批評功能，沒有將選文實踐和序跋、評注一起納入到批評意識的整體視域中去研究，大大降低了選本作為一種批評的力度。本書在具體研究中，力求緊緊圍繞選本的批評意識進行立論和展開，充分挖掘選本的批評價值。

　　本書確指的清人選清詩是指清代編選者以一定的詩學批評觀為依託，對兩個或兩個以上清代詩人的部分作品，按照一定的取捨標準或選擇角度加以輯錄，並依據某種體例編排成帙。由於有些概念的邊界還不是十分清晰，故有必要將相關概念和分類做一些簡要的比較和說明：

（一）選本與總集

　　「總集」之名始見於《隋書・經籍志》：「總集者，以建安之後，辭賦轉繁，眾家之集，日以滋廣，晉代摯虞，苦覽者之勞倦，於是采摘孔翠，芟剪繁蕪，自詩賦下，各為條貫，合而編之，謂為《流別》。是後文集總鈔，作者繼軌，屬辭之士，以為覃奧，而取則焉。」[20]這裡提及到總集的原始意義為「文集總鈔」，具體特徵是將眾家之集通過「采摘孔翠，芟剪繁蕪」之後，「各為條貫，合而編之。」這種功能和

---

19 當然，有些素質較低的選者也會出現言行不一致的情形。
20 長孫無忌等：《隋書・經籍志》，明萬曆二十三年（1595）南京國子監刻本，卷4。

《四庫全書總目》中所論的「刪汰繁蕪」、「菁華畢出」基本一致，指出「總集」的原始意義是求「精」。但是總集的概念發展到清代，意義有所拓展。《四庫全書總目》除了論到「總集」的求「精」的一面，還提到總集的另外一個功能，即「網羅放佚」，收拾「零章殘什」，使散漫之作歸於「統紀」。[21]由此，那些匯聚一代、一地、一時之作的總集，也在目錄學上找到了自己的位置，只是這裡總集的含義發生了新變，其主要意義不是求「精」，而是求「全」。

以求「精」為主要編選標準的總集就是後來常說的「選本」，這些選本代表了某一文體、某一時代或某一流派創作的最高水準，可稱之為「文章之衡鑒」。其目的是規範文風，推揚個人觀點或流派主張。而以求「全」為編選標準的總集，其目的是使之成為「著作淵藪」，但大多薈萃眾體，精粗不遺。由此我們便可清晰地得知，「選本」這個概念實際上是從屬於《四庫全書總目》中所指稱的「總集」概念的一部分，而且「選本」更加注重區分優劣的選擇功能，「選」的目的也更多地指向於「評」，從而在選擇過程中流露出選者的文學觀念。因此，使用「選本」的概念更易凸顯其批評價值。

（二）清人選清詩與清代詩歌選本、清詩選本

這三個概念既有聯繫也有區別：清代詩歌選本有兩種讀法，同時也有兩種含義。第一種讀法是清代的詩歌選本，指清代人編選的詩歌選本，主體很明確，但是客體比較模糊，選擇對象可以是前代詩歌，也可以是當代詩歌，或者兼而有之。如王夫之的「評選」系列選本均屬於清代的詩歌選本。第二種讀法是清代詩歌的選本，意即選錄清詩的選本，這就和清詩選本的概念相重合了。其基本特點是選擇客體很明確，但是選擇主體不甚明瞭。它可以是清人編選的，也可以是民國

或現當代人編的，如當下編選的各類「清代詩歌作品選」著作均可視為清詩選本。

　　相對而言，清人選清詩的主客體皆非常明確，即選擇對象僅為清代詩歌的清人選本。從概念內涵和外延的角度來分析，清人選清詩不論從客體對象還是選擇主體都從屬於清代詩歌選本的一部分，而從二者對於清代詩學的價值角度來講，清人選清詩與清代詩歌選本相較則更具有批評的直接性和現場性。

　　需要說明的是，古代文學界對於清詩選本的研究一般不會把現當代人編選的清詩選本納入研究範疇的，而只研究清代人編選的清詩，因此，這裡的清詩選本又和清人選清詩外延相同了，所以本書更多的地方是將清人選清詩與清詩選本等同起來，這不是無視二者在外延上的區別，主要是行文表述的需要。

（三）清人選清詩的具體限定

　　通過對上述概念的辨別、澄清，我們對本書的研究對象作如下限定：

　　其一，純粹以和韻、集字、題詠、應酬等為目的的倡和選本雖然也屬於清人選清詩的概念範疇，但本書不將其納入研究範圍。這主要因為此類選本逢詩輒錄，缺乏選擇性，批評價值比較卑微。這樣的選本在清代很多，如徐倬輯《雙溪倡和詩》、程夢星輯《廣陵倡和集》、顧修輯《讀畫齋題畫詩》等等，不勝枚舉。但選文中夾雜有少量倡和之作的清詩選本不在摒除之列。

　　其二，非倡和的同人選本予以選錄，如馮舒的《懷舊集》、曾燠的《朋舊遺詩合鈔》、王昶的《同岑詩選》、朱照廉的《同人集》等等。這類同人選本與倡和選本的相同之處是，兩類選本中選者和作者均為新朋舊交、志同道合者，不同之處是同人選本的作品均為作者的獨立創作，而非如倡和選本那樣在特定場合、特定事件下的命題之

作。所以，這類同人選本在選文上和倡和選本還是有著本質的區別。

其三，詩文合選者不錄，如冒襄所輯《同人集》、宋犖編選的《吳風》、師範採輯的《雷音》、桂中行《徐州二遺民集》等。這些清詩選本在文本選擇上一般為詩文參半，在選本批評上也是詩論、文論雜糅，考慮到詩歌選本的純潔度，這些選本也不予選錄。但是附有極少量詞作、賦作、聯句等的清詩選本仍在選錄範圍之內，如盛研家輯《三盛詩鈔》中附有古賦一篇，沈玉亮的《鳳池集初編》末附雜劇一折等等。這類選本由於附錄的其他體裁的作品數量極少，且同屬韻文範疇，故不會影響到選本的總體面貌。

其四，通代選本一般不錄，如《廣東詩萃》、《江西詩徵》、《瀹水詩觀》、《東莞詩錄》等，雖然這些選本在選文數量方面占據明顯優勢的是清詩作品，但是從選本批評的角度來說，選者的批評視野卻不僅僅限於清代，故不納入本書的研究範疇。但是以清詩為主間有少量明代詩作的選本予以選錄。如念盧居士編輯的《杭川新風雅集》共三十卷，其中第一卷為明詩，第二卷為明遺民詩，餘則皆為清詩；鄭珍所輯《播雅》，卷一、卷二為明詩，自卷三始皆為清詩；桂中行《徐州詩徵》也有少量明末詩作。將這類選本視為清詩選本，不僅僅因為在選詩數量上以清代為主，而且有些選本選錄少量前朝作品也有追本溯源之義，正如莫友芝作〈播雅序〉時指出：「鄭子尹學博選輯遵義一郡本朝二百年耆舊詩，而略溯諸有明改流以來，為《播雅》二十四卷。」[22]

其五，未經挑選的詩集合刻、家集不錄。合刻如高淩霄編輯的《天津詩人小集》十二種、蔣登陛編《我友合稿》三種、王世鈞編《晚壑哀刊》八種等；家集如戴燮元的《瑞芝山房詩鈔》、董調的《董氏詩繫》等。這些總集的主要目的是輯佚詩歌文獻，幾無批評意識，故未列為本書的研究對象。

---

22 莫友芝：〈序〉，見鄭珍輯：《播雅》，民國元年（1912）貴陽交通書局鉛印本。

（四）關於清人選清詩的分類

　　清人選清詩數量眾多，體例繁雜，將其分門別類亦非易事。傳統的目錄學對於清代詩歌總集的分類方法值得借鑒：《清史稿·藝文志》在集部總集類中雖沒有明確的類別劃分，但從其編排順序可以看出一些端倪，大略分為御敕選本、歷代詩文選本、當代詩文選本、地方詩文選本、家集和閨閣選本等類型；《清史稿·藝文志補編》則明確地分為歷代詩文、地方詩文、家集和雜集四類；孫殿起先生《販書偶記》及《續編》就更為詳細，就詩歌選本而言，具體分為各朝詩、地方詩、家集、唱和題詠、課集、閨秀、方外七大類。

　　當代學者朱則傑教授在前人研究的基礎上將清詩總集綜合列為十大類：全國類、地方類、宗族類、唱和類、題詠類、課藝類、歌謠類、閨秀類、方外類、域外類。其中全國、地方、宗族三類作為一組，主要著眼於作家的分布範圍；唱和、題詠、課藝、歌謠四類作為一組，主要著眼於作品的創作方式；閨秀、方外、域外三類作為一組，主要著眼於作家的特殊身分。[23]這種分類雖然在各組之間，乃至同一組各類之間仍有可能發生交叉混雜的情況，但是相對來說，比起傳統的分類更為全面科學。

　　在吸收前人和當代學者研究的基礎上，並且考慮到本書界定的清人選清詩與上述清代詩歌總集在範圍、內容上的區別，我們從三個角度對清人選清詩進行分類。首先，按照選本涉及的地域範圍來分，將清人選清詩分為全國性選本和地方性選本（即地域選本）；其次，按照選本發揮的功能來劃分，則分為御敕選本、館閣選本、應制選本、同人選本等；三是按照選本所選詩人的類型來分，則可以分為遺民選本、女性選本、方外選本、八旗選本等。雖然這種分類也難逃類型間交叉的窠臼，但是應該更符合清人選清詩的實際。

---

23 可參看朱則傑：〈關於清詩總集的分類〉，《甘肅社會科學》2008年第1期，頁100-102。

第一章
清人選清詩的概況

　　在當代人選當代詩選本的範疇中，清人選清詩在數量上要遠遠大於唐人選唐詩、宋人選宋詩、元人選元詩，以及明人選明詩。流傳至今的唐人選唐詩和宋人選宋詩選本皆只有十餘種，[1]元人選元詩更少，明人選明詩相對較多，現存近五十種。而清人選清詩則在數量上占有絕對優勢，據日本漢學家松村昂的統計，清詩選本就達一百四十四種，《清史稿‧藝文志》及《補編》共記錄三百五十種左右，而筆者在前人研究成果的基礎上，仔細翻檢《販書偶記》及《續編》、《四庫禁燬書目》、《中國古籍善本目錄》、《清代禁書知見錄》等書目，共覓得現存的清人選清詩六百餘種。這已經大大超過了清代之前所有當代詩歌選本的總和。

　　這一龐大的清詩選本群體的存在，本身就是清代詩壇上一個十分重要的文學現象。它在清代三百年的演進脈絡及其基本特徵，它在文本收集、編選體例等方面與前朝當代選本的差異，以及它在清代得以繁盛的原因等問題，都會引起研究者的關注。因此，在論述清詩選本與清代詩學的關聯之前，有必要對清人選清詩的概況作全面地探討。

第一節　清詩選本的分期及其特徵

　　清人選清詩在總體上的特徵主要表現為數量眾多，體式多樣；名

1　參見傅璇琮：〈序〉，《唐人選唐詩新編》（西安市：陝西人民教育出版社，1996年），頁1-4；祝尚書：〈目錄〉，《宋人總集敘錄》（北京市：中華書局，2004年），頁1-4；脫脫等：《宋史》〈藝文八〉（北京市：中華書局，1977年），卷209，頁5393-5411。

家名選與無名選本共存；全國性選本和地域選本均呈繁榮景象等。不
過，由於清王朝有近三百年的歷史，在其從繁盛至於衰落的不同時期
裡，清詩選本也相應地具有階段性的特點。參照歷史學意義上的界
定，同時結合清詩選本類型和批評意識的發展實際，本文將清詩選本
分為四個時期，即初興期、繁盛期、轉型期和總結期：初興期以選家
和選本中的詩家必須在清初生活過為上限，主要包括那些遺民選本和
跨代選家，選本編刻的時間主要是從順治至康熙初期。一個最為顯著
的劃分依據是其時大量遺民選本的出現或選本中遺民情緒的蔓延。繁
盛期的時間主要限定在康熙中期以至乾隆中期，此階段清詩選本的類
型得到了空前的發展，諸種選本類型均已完備。清詩選本的轉型期主
要是從乾隆中後期一直延至道光後期，沈德潛的《國朝詩別裁集》案
是此階段與繁盛期的分水嶺。這一時期的顯著特點是地域選本在數量
上遠遠超過其他選本類型，成為清詩選本領域中最為亮麗的風景。自
咸豐朝至宣統三年（1911）為清詩選本的總結期，這一階段相繼出現
了《國朝正雅集》、《清詩鐸》，以及《晚晴簃詩匯》等大型的清詩選
本。需要說明的是，總結期選本的下限原則上是至宣統三年結束，但
是一些晚清遺老在民國時期編輯的清詩選本也含括在內，然所選詩歌
必須「以清代為斷」。[2]此階段為清詩選本的總結期。

一　清人選清詩的初興期

　　編選同時代人詩歌選本的風氣，在明清之際就已經蔚然成風，錢
價人在《今詩粹》中述及其時編刻選本的狀況：「近來詩人雲起，作
者如林，選本亦富，見諸坊刻者，亡慮二十餘部。他如一郡專選，亦

2　參見徐世昌：〈凡例〉，《晚晴簃詩匯》，民國十八年（1929）退耕堂本。此書雖於一
　九二九年編成，但所選詩歌上起順治，下訖宣統。

不下十餘種。或專稿，或數子合稿，或一時倡和成編者，又數十百家。以至一箋一帙，散珠屑玉，不可勝窮。」[3]即使將其中的合稿及唱和集子排除在外，這裡提到的清初詩歌選本也有三十多部，只是是否保存至今，我們就無從考證了。王爾綱的論述則更為詳盡：「近日選本，所得見者，則有《詩慰》、《詩源》、《扶輪》、《詩持》、《詩觀》、《詩存》。所見而未全者，則有《詩翼》、《詩志》、《詩風》、《詩表》、《詩逢》、《過日集》、《續石倉詩選》、抄本《詩存》。所聞而未見者，則有石生、雲子、山子、茂倫、蒼水、髯淵、孟舉、澹心諸先生選本。而《兩朝遺詩》，氣節為多。《告人》一集，未成而逝。……聞維揚宗梅岑先生《詩選》，篇什最詳；虞山薛孝穆、王露湑、許暘谷《今詩所》，剖劂甚精，俱未成書，殊切企慕。」[4]這裡不僅論到其所見的選本，而且還提及尚未成書的選本。據謝正光、佘汝豐統計，現存的順治至康熙十年（1671）間的全國性清詩選本已逾二十部，[5]基本符合清初選家對當時選本編選的判斷，由此我們也大致瞭解了清詩選本初興期的編刻情況。

　　從選本類型上看，初興期的清詩選本最大的特點是遺民詩選本異軍突起。在順康間清詩選本中，遺民始終是一個主題。除卻上文提及的二十多種集中選輯遺民詩歌作品的選本外，其他選本中也隨處涉及到遺民詩人的作品。主要原因是，一方面，甲申之變給廣大詩人的生活、命運帶來了天翻地覆的變化，他們用詩歌的形式記錄下這段歷史，表達自己的黍離之悲，詩歌創作異常繁盛。另一方面，順康時期，有清一代培養的詩人羽翼尚未豐滿，遺民詩人和入仕詩人占據詩壇主流，所以這一時期的詩歌選本多錄遺民詩歌作品就成為必然之事了。

3　錢價人：〈凡例〉，見魏畊、錢價人輯：《今詩粹》，康熙間刊本。

4　王爾綱：〈凡例〉，《名家詩永》，康熙二十七年（1688）砌玉軒本。

5　參見謝正光、佘汝豐編：《清初人選清初詩彙考》（南京市：南京大學出版社，1998年），頁1-143。

在這些遺民選本中，有些是專門為遺民同仁而選，如《離憂集》卷首陳瑚之孫陳陸溥序云：「余祖碻菴公生際橫流，……泊乎劫火既然，鳥舉雲散，肥遯於荒村寂寞之濱，憂心愁悴，崎嶇亂離，不復繫念於當世。然身雖隱而明道之心愈篤。……於是有《離憂集》，吾祖詮次諸同人之詩歌而為之傳記者也。『離憂』者何？屈原放逐，憂愁幽思而作〈離騷〉，太史公以為離騷者，猶離憂也。斯集之命名，其即此意與！嘗考有宋之季，王鼎翁、謝皋羽、唐玉潛諸公之事而悲之。方其運去物改之後，傍偟徙倚於殘山賸水間，孤憤激烈，悲鳴長號，其平生著述見於諸家別集中者，猶班班可考。識者謂其身不啻滄海之一粟，而綱常繫之，誠有見於天理民彝之不可泯也。」[6]更有甚者，有些選本除卻遺民外，全無他者作品。《詩南初集》全書十二卷，清初貳臣人物的詩作沒有一首與選，所收五百餘人亦均為遺民，而選者徐崧、陳濟生，作序者薛采，參訂者顧有孝、陳允衡等三十六人同樣均是遺民。當然也有一些選本是兼有遺民和入仕詩人作品的，如清初詩歌選本《詩觀三集》、《鼓吹新編》、《感舊集》、《篋衍集》等中就選錄有錢謙益或吳偉業等貳臣的詩歌作品。

　　在初興期的詩歌選本中，不論是專選遺民作品的選本，還是間有其他詩人作品的選本，都瀰漫著濃烈的遺民情緒。首先，一些選本的題目就透露出鮮明的遺民意識。如前文提及的陳瑚《離憂集》之名就取義於「屈原放逐，憂愁幽思而作〈離騷〉，太史公以為離騷者，猶離憂也。」[7]此外，馮舒的《懷舊集》、王士禎的《感舊集》雖為懷念同人故友之作，遺民詩人及其作品還是占據主導地位。「漁洋《感舊集》中人，勝國遺老十且四五。」[8]其次，在清初詩歌選本中，記錄明

6　陳陸溥：〈序〉，見陳瑚輯：《離憂集》，民國元年（1912）趙詒琛《峭帆樓叢書》本。
7　陳陸溥：〈序〉，見陳瑚輯：《離憂集》，民國元年（1912）趙詒琛《峭帆樓叢書》本。
8　陳衍：〈自序〉，《感舊集小傳拾遺》，臺北市：廣文書局，民國五十七年（1968）影印本。

末遺民軼事，網羅遺民詩歌文獻成為眾多選本的編選初衷，所以在選本的詩家小傳中多憶述遺民事蹟，詩歌主題「或徘徊勝國之遺事，或疾痛下民之悲詞，以及忠臣被逐、貞女烈婦之篇。」[9]這種縈繞清初士人心頭的遺民意識使其詩歌的審美風格與明末的詩歌風格明顯不同，感傷的情緒替代了狹仄的叫囂，促使了風雅性情的詩風在清初的蔚然興起。

　　另外，從選本批評的角度來看，初興期的清詩選本也有一個明顯的特點，那就是大多數選本的批評意識與選本選文實踐之間存有不同程度的偏離。換句話說，選者的主觀批評意識不能自始至終地貫穿於選文實踐中，或曰選文實踐沒有充分體現出選家的批評意識。順康間的清詩選本，不論在序跋、凡例還是評注中都有著比較明確的批評意識，如姚佺輯《詩源初集》〈凡例〉第二則云：「國史采眾詩，必明好惡。彼聲能寫情，情皆可見。設有言而非志，謂之矯情。情見於聲，矯亦可識也。或吳人吳吟，或楚人吳吟，皆當曉其作意，知其本情故也。自有選以來，如《金針詩格》、《風騷要式》、《詩品》、詩話之類，無不指陳利病，冀詩人之變改。《尚書》之三風十愆，疾病也。詩之四詩六義，救藥也。即一詩之內，或發端、或落句，或頷聯、或頸聯，或用事、或寫景，各有格式，不可亂也。故予是選，救病為多。」[10]這裡明確了三點：一是詩應本於情，這是其詩學批評的一個原則；二是歷來論詩者均指陳利病，選本亦可擔當此任；三是作詩有法，亂則生弊，自己選詩的目的也是救詩之病。

　　有時選本的批評意識就體現在選本書名上，如「觀始」、「溯洄」、「詩粹」、「詩源」、「詩持」等書名本身都在表達著選家的良苦用心，其中的批評意識是明顯的。如《溯洄集》之名取義於《詩經‧蒹

9　張天植：〈序〉，見魏裔介輯：《觀始集》，順治十三年（1656）刻本。
10　姚佺：〈凡例〉，《詩源初集》，清初抱經樓刻本。

葭》，魏裔介〈自序〉中曰：「余茲溯洄於鉛槧之間，豈敢薄視風雅，使文人心靈，淹沒無聞。」[11]顯然，這裡選者希望用選詩的方法讓世人重拾風雅傳統，倡導溫柔敦厚之詩風。錢棻在為其作序時指出了該集的編選意圖：「《溯洄集》之選，所以考鏡古今盛衰之變，與發明著書之意，將以垂示來葉，釐正風氣，以求無愧古聖人刪詩之本指。」[12]

　　這些批評主張在初興期的清詩選本中屢見不鮮。表面上看起來，這一時期選本的批評意識已經非常自覺了，但是從這個時期選本的總體品質來看，真正能夠達到批評意識貫穿於選文實踐的屈指可數，絕大多數名實不符。這主要來自主客觀兩方面的原因：首先是編選風氣不正。清初部分選家在編選詩歌時不完全是出於網羅文獻、表彰風雅的目的，其中也有標榜聲氣、逢迎阿諛之作，故而在實際選文中標準失當，選擇蕪濫，魏憲的《百名家詩選》就是被評論家經常詬病的代表。陳融在《顒園詩話》中先指出魏憲《詩持》中所選詩家之作與其標榜的標準有所差異，「大約平日與己倡和者，美惡悉登，故有蕪濫之誚。」[13]繼而又重點批評了《百名家詩選》的名實不符，主要表現為選文時偏愛當代名公巨卿和平日唱和者的作品，以致當時名家作手諸如朱彝尊、方文、屈大均（原名屈紹隆）、錢澄之、李因篤等均未入選。這種畏權媚俗風氣的蔓延，嚴重損害了這一時期清詩選本的整體品質。對此現象周亮工嚴詞批評：「五十年來，漸有身前自刻其詩之人。十年來，始有當代之人選當代之詩之事。至今日，盛已極，而濫亦極。今之操詩選者，於風雅一道，本無所窺，不過藉以媚時貴耳。某也貴，宜首、宜多；某也貴不某若，宜次、宜減；某也昔卑而今貴，遞增之；某也昔貴而今賤，遂驟減之。非仕籍也，而仕籍矣；非

11　魏裔介：〈自序〉，《溯洄集》，康熙元年（1662）刻本。

12　錢棻：〈序〉，見魏裔介：《溯洄集》，康熙元年（1662）刻本。

13　陳融：《顒園詩話》，引自錢仲聯編：《清詩紀事・明遺民卷》（南京市：江蘇古籍出版社，1989年），頁1056。

履歷也，而履歷矣。故觀近人所選，不必細讀其中去取若何，閉其書，而暗射之，則其人歷歷可數矣。此選人也，非選書也。欲求免當世之譏，且不可得，況足以流傳萬世哉。」[14]

　　其次是優秀的選家必須做到才、學、識三方面具備，有「才」方能「尊其創格」，有「學」才能「存其面目」，而有「識」才能「汰其熟調」。[15]要求如此之高，不僅眾多普通選家難當此任，就連明代李東陽這樣的碩彥大儒也感歎選政之難：「選詩誠難，必識足以兼諸家者，乃能選諸家；識足以兼一代者，乃能選一代。一代不數人，一人不數篇，而欲以一代人選之，不亦難乎？」[16]以此便可看出選家的素質對於選本是如何的重要了。

　　順康時期選家的素質也是參差不齊，這在當時就有論者予以批評。「今人賤陥靡，比戶矜著述。既無腐遷班固八斗之雄才，又無子雲長卿如椽之巨筆。眼前坐待白日昏，胸中時挺孤峰出。」[17]有的選家自身「於風雅一道，本無所窺」，怎能奢望他編選出的選本能真正體現其批評主張呢？故周亮工所指出的清詩選本初興期中的陋習，一方面是當時的詩壇風氣所致，一方面也是緣於選家素質的低下。由此可見，只有操選政者具備良好的綜合素質，才能編選出選文實踐與批評意識完美結合的上乘選本。

　　即使如此，初興期的清詩選本還是有些精品的。陸次雲在《皇清詩選》〈凡例〉中就為我們挑出幾本佳選：「一時佳選，惟見鄧孝威之《詩觀》、席允叔之《詩存》、宋牧仲之《詩正》、陳伯璣之《詩源》，

14　徐增選：〈周櫟園司農來書〉，《九誥堂詩選元氣集七種》，上海圖書館藏清順治刻本，卷首。

15　錢良擇輯：〈例言〉，《唐音審體》，康熙三十四年（1695）昭質堂刻本。

16　丁福保輯：《歷代詩話續編》（北京市：中華書局，1983年），頁1376。

17　程封：〈戊戌秋喜晤心甫於長安邸中放筆作歌〉，見黃傳祖輯：《扶輪新集》，順治十六年（1659）刻本，卷7；轉引自謝正光、佘汝豐：《清初人選清初詩彙考》（南京市：南京大學出版社，1998年），頁18。

樂其各標心眼，取益良多。」[18]此外，毛先舒的《西陵十子詩選》、吳
偉業的《太倉十子詩選》、陶冰修、董黃合編的《雲間棠溪詩選》分
別為西冷詩派、婁東詩派和雲間詩派的詩學觀念張目，均具有強烈的
批評意識。只是相對於魚龍混雜的初興期清詩選本群體來說，這樣的
選本還是太少。

二　清人選清詩的繁盛期

　　康熙中期至乾隆中葉這七、八十年的時間為清詩選本的繁盛期。
這個時期，清詩選本得到了前所未有的發展。總體數量上已達百種，
遠超清詩選本的初興期。選本類型更趨多樣，除卻初興期常見的全國
性選本、同人選本、遺民選本以外，還興起了地域選本、館閣詩選
本、女性詩選本、御敕詩選本等多種選本樣式；選本的批評意識逐漸
增強，宣揚自身或流派主張的清詩選本越來越多，且和其時的詩學思
潮聯繫緊密。當然，在清詩選本發展的統緒中，繁盛期和初興期並沒
有涇渭分明的界限，我們可以將其視為初興期選本進一步發展演變的
必然結果。只是隨著創作的不斷繁榮，批評的不斷自覺，康乾時期的
清詩選本出現了與初興期清詩選本不盡相同的特徵，主要有兩大特
點：其一，選家的選文視野不斷拓展。在清詩選本的初興期，儘管其
時詩壇選風大振，但是多數選本在選文的體制、類型上，以及所選作
品的主題上都相差無幾。自康熙中期以來，清詩選本不論在選文數
量、選本類型還是在作品主題上均有較大的突破，顯示出康乾時期清
詩選本的繁盛。

　　從選文的數量來看，康乾時期清詩選本的選文容量逐步增大。明
清之際，由於文本收集的種種不便，清詩選本雖然不囿於一地一時，

---

18 陸次雲：〈凡例〉，《皇清詩選》，康熙間刊本。

但是總體來說所選作家和作品都相當有限。其中選文數量相對較多地
如陳祚明《國門集初選》六卷，收樂府、五七言古、律、絕、排律等
九體三百五十家，去其重複，見收之作者亦止百家而已，詩作千餘
首；徐崧《詩南初集》也是分體選文，去其重複，共收作者五百餘
人；初興期中收錄作家作品最多的要屬黃傳祖編輯的《扶輪續集》、
《扶輪廣集》、《扶輪新集》了，這三集共收錄啟禎至康熙早期四十餘
年間的作者一千餘人。鄧漢儀《詩觀》三集分別編刻於康熙十一年
（1672）至康熙二十八年（1689）之間，時間橫跨康熙前、中兩期，
可謂清詩選本從初興期向繁盛期過渡的一個標誌。《詩觀》三集共四
十一卷，選輯了一千八百二十四位詩家的一萬五千餘首作品，遠遠超
過了此前的選文數量。康熙中期以降，清詩選本收錄作家作品的數量
不斷擴大，地域範圍也不斷拓展。康熙六十年（1721）編刻的《國朝
詩的》可謂清初詩歌選本中卷帙最為浩繁、收錄作家最為完備、涉獵
地域最為廣泛的選本。該選仿照《詩經》「列國之詩，各自為什」的
體例，分省編次，「始自長白，訖於滇黔」，[19]共錄詩家共二千九百五
十人，總六十二卷，比今人錢仲聯《清詩紀事》之《明遺民卷》、
《順治朝卷》及《康熙朝卷》所收還多出一千餘首，順康兩朝詩歌幾
乎盡收於此。

　　從選者和作者的身分來看，康乾時期的清詩選本與初興期相比也
有明顯的變化。初興期的選家或作者多為明末遺民或降清文臣，選文
也多集中於這兩類人群的作品，作品內容也相對固定單一。康熙中期
以後，遺民選者或作家慢慢隱退，新朝入仕的一代文人逐漸統領文
壇，選本領域中選家和作者的身分也隨之發生了較大的改變。雖然，
在繁盛期的選本中仍然有不少遺民的作品，但是它們已經不再占據著
主導地位。這個時期選者和作者的身分變得更為複雜多元，正如孫鋐

---

19 陶煊：〈凡例〉，《國朝詩的》，康熙六十年（1721）刻本。

所說：「上則名公鉅卿，下而布衣方外，其黼繡巖廊，寤歌藹軸，無非所以鼓吹休明者也。然勝國之遺間有入者，以詩或出於交會之際，身曾處乎覆載之中，其詞可採，亦附於編。」[20]《皇清詩選》刊刻於康熙二十七年（1688），從孫鋐之說可見此時遺民作品已經退居次席；而在乾隆十三年（1748）編刻的《昭代詩針》中，選家在例言中用委婉的語氣直接將遺民作家作品排斥在外，不予選錄，「先輩諸公，其在前朝，久通仕籍，鼎革以後，晦跡林泉，不欲自見於世者，詩集雖佳，不敢擅入，成其志也。」[21]這裡除卻選家對其時文網的畏懼心理之外，新朝詩人的崛起也是一個十分重要的原因。

　　再從選本的類型來看，繁盛期的清詩選本更趨多樣。在清詩選本的初興期，遺民選本占據主導地位，即使是全國性選本或同人選本也是以遺民作家作品為主體，其他類型的選本很少。隨著社會的日益穩定以及選本領域自身的不斷發展，康熙中期至乾隆中葉，幾乎清詩選本中所有的選本類型在這一時期都出現了。御敕選本有孫鋐的《皇清詩選》、沈德潛的《欽定國朝詩別裁集》等；[22]館閣詩選本有許英輯注的《本朝五言近體瓣香集》、阮學浩等編的《本朝館閣詩》等；應制詩選本如沈玉亮等輯《本朝應制詩賦鳳池集初編》、鄒一桂輯評的《本朝應制琳琅集》等；女性選本如胡孝思、朱珖評輯的《本朝名媛詩鈔》和范端昂的「香奩詩渺」系列選本等；地域選本也是悄然興起，並有迅猛發展之勢。有代表性的選本如潘江所輯《龍眠風雅續集》、朱彝尊輯《洛如詩鈔》、隋平輯《琅邪詩略第一編》、沈堯咨等

20　孫鋐：〈刻略〉，《皇清詩選》，康熙二十七年（1688）鳳嘯軒刻本

21　吳元桂：〈凡例〉，《昭代詩針》，乾隆十三年（1748）刻本。

22　康乾年間出現不少御選本，在《四庫全書‧總集類》中，直接於書名前標明「御
　　定」、「御選」、「御製」字樣的總集就有十八種之多，但這些選本多選前代詩文，涉
　　及清代的僅有文選《皇清文穎》，而沒有嚴格意義上的御選清詩選本。所以，我們
　　將御敕選本的外延稍作擴展，將皇帝欽定大臣編選或親自披覽、作序的選本也泛稱
　　為御敕選本。

編《濮川詩鈔》、廖元度輯《楚詩紀》及《楚風補》、盧見曾等輯《國朝山左詩鈔》、王應奎輯《海虞詩苑》等。

　　與選本類型多樣化相適應，繁盛期清詩選本的作品主題也漸趨多元，幾乎涉及到其時社會生活的方方面面，選文視野不斷拓寬，這是康乾盛世選本走向繁盛的一個標誌。

　　其二，選本的批評質量整體提升。前文已提到，初興期的清詩選本在整體質量上良莠不齊，精品不多。隨著選本領域風氣的好轉，選本批評意識的逐步增強，康乾時期的清詩選本在批評質量上有了較大的提升。這也成為清詩選本走向繁盛期的又一個標誌，主要表現為兩個方面：首先，康乾詩壇中的主要詩學思潮、觀念都或多或少地在清詩選本中有所體現。康熙初期掀起的崇尚宋詩的風尚，打破了明末清初以雲間、西泠派為代表的宗唐詩學一統天下的格局。自此，清代詩壇就出現了崇唐宗宋交替發展的兩大詩學思潮，選本領域也成為其標榜詩學傾向、展開詩學論爭的重要陣地。宗宋詩學傾向較早地體現在清詩選本領域是康熙十一年吳之振選編的《八家詩選》。在選本〈自序〉中，吳之振首先批評了當時規摹唐人而無個性的詩風，「今世作者，取他人殘膾之鬻汁，更相逞絮，李所吟詠，無別於張；贈甲之篇，移乙亦得。」繼而敘述了他到京城與宋琬、施閏章、王士禛等人往還唱酬的情景，且指出了其時這一群體的詩風轉傾向：「余辛亥至京師，初未敢對客言詩，間與宋荔裳諸公相遊讌。酒闌拈韻，竊窺群製，非世所謂唐法也。」[23]

　　稍後有王士禛在康熙十六年（1677）編刻的《十子詩略》，選刻其時取宗宋人的詩家如宋犖、王又旦、田雯等十子之詩。宋犖可謂是清初宋詩派的主將，不僅自己的作品被選入《十子詩略》等選本，而且還編選了宗宋詩學傾向的同人選本《江左十五子詩》為宗宋思潮推

---

23 吳之振：〈序〉，《八家詩選》，康熙十一年（1672）刊本。

波助瀾。此外，在地域選本中，也有宗宋傾向的清詩選本，如王應奎在乾隆二十四年（1759）編刻的《海虞詩苑》，亦多選錄宗宋派詩家的作品。

　　當然，這一時期的宗唐選本仍然占據一定的地位，如康熙二十七年倪匡世編刻的《振雅堂彙編詩最》，其〈凡例〉開宗明義：「唐詩為宋詩之祖，如水有源，如木有本。近來忽有尚宋不尚唐之說，良由章句腐儒，不能深入唐人三昧，遂退而法宋。以為容易入門，聳動天下。一魔方興，眾魔遂起，風氣乃壞。是集必宗初盛，稍近蘇陸者，不得與選。」[24]此外鄧漢儀的《詩觀》諸集、沈德潛的《國朝詩別裁集》、《七子詩選》等也多是宣揚宗唐詩學傾向的選本。但是在選本領域中，由於選本的包容性，更多地選本是採用折中唐宋的詩學傾向。如吳藹的《名家詩選》，其〈凡例〉云：「三百篇而後，如漢魏詩，莫可崖涘。至唐則初盛中晚，樹幟揚鑣。宋則名流接踵，標新競異，俱後學之指南。自尊唐者薄宋，禰宋者祧唐，而路始歧矣。愚謂詩無定格，總以抒寫性靈、出入風雅者為佳。是選唐音與宋節兼收，初不別分蹊徑。要之追蹤古人則一云爾。」[25]可見，伴隨著諸種詩學思潮的不斷湧現，繁盛期選本的批評意識也得到了較大的提升。

　　其次，繁盛期的清詩選本大多具有為盛世詩風樹立標準的批評意識。經過明清之際一段較為混亂無序的選本刊刻風潮之後，清初選家逐漸開始重視選本的批評價值，企圖利用選本的選文實踐來引領康乾盛世的詩歌發展。於是，這些選者紛紛選出可以代表清初盛世詩風的作家作品，來引領這一時期的詩歌創作，如顧施禎《盛朝詩選初集》〈自序〉中所云：「欲執頌之體，而求寬靜柔正也；執雅之體，而求廣大而靜疏達而信也；執風之體，而求正直廉謙也。……禎久客京

24　倪匡世：〈凡例〉，《振雅堂彙編詩最》，康熙二十七年懷遠堂刻本。
25　吳藹：〈凡例〉，《名家詩選》，康熙四十九年（1710）學古堂刻本。

華，不揣鄙陋，仰體皇上崇經尚古，竊見朝野風雅炳鬱，敢取昭代之詩，選輯成書，名曰《盛朝詩選》。」[26]

　　這裡透露出兩點重要的信息：（一）康熙朝以來，不論詩歌作者主張宗唐還是宗宋的詩學傾向，其詩歌創作風格仍是以「詩三百」中的「風雅」傳統為最高訴求，具體來說，就是溫柔敦厚，中正和平。康乾時期的選本如《振雅堂彙編詩最》、《國朝詩正》、《清詩大雅》等從書名中就可看出選家鮮明的批評意識，此外，這一時期直接以「風雅」命名的地域選本就有十餘部；（二）這一時期的清詩選本對詩壇創作風格的定位與康乾盛世是密切相關的。康乾盛世中文學與時代的關係相對和諧，一方面，盛世的時代背景適合詩人的頌聖歌功，另一方面，文人也有著自覺「鳴盛」的創作欲望。二者相互結合使得詩教傳統與政教統治完美統一起來，於是崇尚風雅的詩教傳統在康乾時期大行其道。詩人創作時恪守風雅傳統，詩風溫厚和平；選家在選擇詩作時同樣如此，且在選本中大力宣揚這種詩風。久而久之，溫柔敦厚就成為了有清一代的典型詩風。比較有代表性的選本有《皇清詩選》、《國朝詩的》、《清詩鼓吹》、《國朝詩別裁集》等。

　　此外，繁盛期的清詩選本和初興期一樣，也有流派意識非常強的同人選本，如《江左三大家詩選》和《嶺南三大家詩選》等，這些選本加速了「江左三大家」、「嶺南三大家」的經典化進程，同時也標榜了各自詩派的流派意識。

三　清人選清詩的轉型期

　　清中葉國家的社會環境相對穩定，但是政治文化環境卻並未因此變得寬鬆自由，自乾隆帝執政後半期始，清廷的文化政策逐漸暴露出

---

26 顧施禎：〈自序〉，《盛朝詩選初集》，康熙二十八年（1689）心耕堂刻本。

其嚴酷的一面。大規模的禁燬圖書和一系列的文字獄，使文人誠惶誠恐，心靈顫慄，改變了這一時期的學術文化生態。大量清詩選本遭到了禁燬，選本的批評意識也被迫淡化。同時，經歷了清初的繁盛期之後，清詩選本的諸種類型在清中葉也得到了迅猛發展，其中，批評意識相對較弱的地域選本在這一時期獨占鰲頭，占據了清中葉詩歌選本的絕對地位。總之，這一時期的清詩選本不論在外部存在形態還是內部的批評意識上，都和前兩個時期大為不同，清詩選本步入了轉型期。下文分三點論述：

（一）政治干預，選本遭禁

　　乾隆朝對清詩選本的干預是從沈德潛的《國朝詩別裁集》開始的。沈德潛大器晚成，乾隆四年（1739）中進士時已經六十七歲高齡了，但自躋身官場之後，備享乾隆榮寵。他的詩受到乾隆的賞識，又常出入禁苑，與乾隆唱和並論及歷代詩的源流升降。由於受到皇帝隆遇，沈氏的詩論和作品在乾隆時期風靡一時，影響甚大。

　　然而好景不長，至乾隆二十六年十二月，沈德潛將所輯《國朝詩別裁集》進呈乾隆帝並乞序，弘曆閱覽後龍顏不悅，對其再三申斥，其序曰：

> 　　沈德潛選國朝人詩而求序以光其集。德潛老矣，且以詩文受特達之知，所請宜無不允。因進其書而粗觀之，列前茅者則錢謙益諸人也。不求朕序，朕可以不問。既求朕序，則千秋之公論繫焉，是不可以不辨。夫居本朝而妄思前明者，亂民也，有國法存。至身為明朝達官而甘心復事本朝者，雖一時權宜，草昧締構所不廢，要知其人則非人類也。其詩自在，聽之可也。選以冠本朝諸人則不可，在德潛則尤不可。且詩者何？忠孝而已耳。離忠孝而言詩，吾不知其為詩也。謙益諸人，為忠乎？為

孝乎？德潛宜深知此義。今之所選，非其宿昔言詩之道也。豈其老而耄荒，子又不克家，門下士依草附木者流，無達大義，具巨眼人捉刀所為，德潛不及細檢乎？此書出，則德潛一生讀書之名壞。朕方為德潛惜之，何能阿所好而為之序？又錢名世者，皇考所謂「名教罪人」，是更不宜入選。而慎郡王，則朕之叔父也。雖諸王自奏及朝廷章疏署名，此乃國家典制。然平時朕尚不忍名之，德潛本朝臣子，豈宜直書其名？至於世次先後倒置者，益不可枚舉。因命內廷翰林為之精校去留，俾重鋟版以行於世。所以栽培成就德潛也，所以終從德潛之請而為之序也。乾隆二十有六年歲在辛巳仲冬月御筆。[27]

　　此序字裡行間流露出對沈德潛選擇不慎、僭越禮數的批評，主要列舉三大罪狀：不應以錢謙益冠籍；錢名世詩不應入選；慎郡王不應稱名。於是，乾隆帝遂下詔命內廷翰林刪改重編，仍定三十二卷，將錢謙益、吳偉業、龔鼎孳、錢名世、屈大均等人之作全部刪除。同時命將原刻兩種版本（初刻三十六卷、重刻三十二卷）的版片盡數銷燬，以防民間流傳，《國朝詩別裁集》一書遂成為禁書。

　　此後，乾隆帝一直懷疑沈德潛有二心。乾隆三十四年（1768），弘曆特命兩江總督高晉去沈德潛家中查看有無錢謙益詩文集，未得到證據，遂作罷。四十一年（1776）十二月初一日又諭江蘇巡撫楊魁，命其查察初刻、重刻兩種《別裁》版片的禁燬情況。此事在《大清高宗純皇帝實錄》中有詳細記載：「前因沈德潛選輯《國朝詩別裁集》進呈求序，朕偶加披閱，集內將身事兩朝、有才無行之錢謙益居首，有乖千秋公論；而其中體制錯謬及世次前後倒置，亦復不可枚舉。因於御製序文內申明其義，並命內廷翰林為之精校去留，俾重鋟版以行

---

27 弘曆：《清高宗御製詩文全集》（北京市：中國人民大學出版社，1993年），頁453。

於世；其原板自應一併銷燬。但閱時已久，此板曾否銷燬、任聽存留？而沈德潛身故後，其門下士無識者流，又復潛行刷印，則大不可。著傳諭楊魁，即查明此板現存何處？如未經銷燬，即委員將板片解京，並將未經刪定之刷印原本，一併查明恭繳。」[28]

　　而在沈德潛逝世後九年即乾隆四十三年（1778），江蘇又發生了徐述夔《一柱樓詩》「逆書」大案。沈德潛曾為徐氏作傳且贊其「文章品行皆可法」，乾隆得知後勃然大怒，先後收回以前追贈沈德潛的太子太師官銜及諡號，以及過去賜賞之物，將沈氏族撤出賢良祠，並損燬沈墓前碑石。至此，由《國朝詩別裁集》引發的沈德潛案基本告一段落。

　　若追溯這起文字獄的深層原因，主要根源於兩個方面：一是政治統治的需要。乾隆執政以後，躬逢盛世，國運昌隆，但是統治階層對漢族文人的提防卻日益加強。乾隆朝大張旗鼓地編選《四庫全書》與大規模的查禁圖書，其目的都是旨在加強對漢族文人的思想箝制，只不過前者運用的是懷柔籠絡的方法，後者運用的是殘酷打壓的政策。具體到沈德潛案，其主要導火索實源於錢謙益等貳臣觸犯了帝王的忌諱。據考證，乾隆帝欽定《貳臣傳》的時間為乾隆四十一年，而其大規模的查禁圖書是在乾隆三十九年（1774）。這就意味著，乾隆帝的「貳臣」觀念早在批評《國朝詩別裁集》的乾隆二十六年就已經孕育成熟，查燬與貳臣詩作相關圖書的意念也是由來已久。而又恰逢沈德潛為其時文壇名宿，拿他是問顯然有風向標的意圖。所以，沈德潛的文禍是乾隆帝文化政策轉向的前兆，不論沈德潛是否乞序於他，最終的命運都是一樣的。二是詩學觀念的衝突。沈德潛既是館閣大臣，更是詩壇聖手，其傳統的詩教觀與清廷官方的政教詩學觀發生了嚴重的衝突，這也是引發沈德潛案的一個重要原因。關於這一點，後文將有

28　《大清高宗純皇帝實錄》卷1022「十二月戊戌朔」，《清實錄》第21冊。

詳盡闡述。

　　《國朝詩別裁集》僅僅是清廷政治干預選本的源起，自此以後，只要是涉及到沈氏選本中的三大罪狀之一的書籍就要查禁抽燬，清詩選本也遭受了巨大的破壞。僅據《清代各省禁書彙考》統計，自乾隆三十九年至五十七年（1792），全國各省禁燬的清詩選本就多達三十六種，七十次。詳見下表：

表一　乾隆三十九年至乾隆五十七年各省禁燬清詩選本一覽表[29]

省分	禁燬選本	次數	禁燬選本	次數	禁燬選本	次數
山東	鼓吹新編	1	詩觀三集	1		
山西	感舊集	1				
湖廣	國朝詩選	1	籛衍集	1	國朝詩別裁集	1
	名家詩觀初集	1	詩觀二集	1		
湖南	國朝詩的	1	楚詩紀	1	國朝詩選	1
湖北	近代詩鈔（周京，下同）	1	詩持	1	天下名家詩觀	1
兩江	國朝詩萃	1	天下名家詩觀	1	感舊集	1
	籛衍集	1	詩逢初選	1	六園六子詩	1
	名家詩選	1	詩乘	1	百名家詩選	1
	清詩初集	1	閒情集	1	詩風初集	1
	昭代詩針	1	昭代詩存	1	遺民詩	1
	近代詩鈔	1	國朝詩選	1	國朝詩雋	1
	國朝詩觀	1				
江西	詩持二集	1	詩慰	2	國朝應制詩鈔	1
	國朝詩觀二集	1	國朝詩別裁集	1	籛衍集	1

29　本表係根據雷夢辰《清代各省禁書彙考》（北京市：書目文獻出版社，1989年）統計整理，選本有續集者以一本計。

省分	禁燬選本	次數	禁燬選本	次數	禁燬選本	次數
	詩持	1	感舊集	1	國朝試帖詳解	1
安徽	南州詩略	1	詩源	1	遺民詩	1
	八家詩鈔	1				
江蘇	江左三家詩鈔	2	篋衍集	2	嶺南三家詩選	1
	國朝詩萃	1	感舊集	1	天下名家詩觀	1
	國朝詩品	1				
閩浙	江左三家詩鈔	1	五家詩選	1	嶺南三家詩選	1
福建	江左三家詩鈔	2	近代詩鈔	2	嶺南三家詩選	2
	國朝詩品	1				
云貴	國朝詩萃	1				
貴州	國朝詩評	1				
合計	涉及省分	13	選本數目	36	遭禁次數	70

（二）全國性選本的數量及其批評品質均有所下滑

　　《清代各省禁書彙考》中所列遭禁的清詩選本，除卻少數同人選本外，絕大多數是清初具有強烈批評意識的全國性選本。這些選本中或者含蘊著鮮明的文學史觀念，或者流露出選家自身的文學主張以及流派意識。這些全國性選本遭到禁燬以後，直接影響到了清中葉全國性選本的文本收集以及批評品質。

　　首先在數量上，這一時期的清詩選本與前兩期相比，全國性的選本有所衰微。據謝正光、佘汝豐統計，現存乾隆二十六年以前的全國性清初詩歌選本就有四十七種，[30]而事實上遠遠超過這一數字。因為乾隆時期大規模的查禁圖書多和明末遺民或入仕貳臣有關，幾乎所有

30　參看謝正光等編著：《清初人選清初詩彙考》，南京市：南京大學出版社，1998年。

清初的全國性選本都在查禁之列，所以，現在倖存的清初選本只能占其時選本的一小部分，其餘的選本都已散佚燬禁了，僅《清初人選清初詩彙考》附錄中所列的待訪選本就達二十五種。轉折期流傳至今的全國性選本只有乾隆中後期王錫侯所輯《國朝詩觀》、《國朝詩觀二集》，陳毅所輯《所知集》，項章輯《國朝詩正聲集》等；嘉慶間有鐵保編刻的《熙朝雅頌集》、王昶輯《湖海詩傳》、王豫所輯《國朝今體詩精選》、《群雅集》、潘瑛《國朝詩萃初編》、程嘉訓輯《國朝試律摛藻集》等；道光間有王相編《國初十大家詩鈔》等寥寥數種，與初興期、繁盛期相比，數量懸殊。

實際上，乾隆中後期完全具備編選全國性選本的有利條件。乾隆三十八年（1773）開《四庫全書》館修書，編纂者均為知名的學者文人，這些名士碩儒齊聚京城，其詩作也容易搜集，如有操選政者主持此事，那麼編選出的詩歌選本，按理應該水準較高，且具有代表性，但事實並非如此。清初全國性選本的繁盛局面並沒有延續到清中葉，這一方面和其時嚴酷的文字獄有關。全國性選本最大的特點就是選擇的範圍廣闊，詩家眾多，這其中只要有一位詩家作品被列為禁燬對象，或者一句詩詞有違逆不當之處，此選家就有身被文禍之虞，所以在沈德潛案以後，很少有人對全國性的詩家作品作大規模的篩選編刻。另一方面，清中葉時各省乃至偏僻鄉邑，詩風甚盛，數量驚人，全國性的清詩選本在選詩時難免會掛一漏萬，這也是清中葉全國性選本式微而地域選本發達的重要原因。

此時的全國性選本，不僅量少，總體批評水準也不如以前。這一時期詩歌選本中最著名的要數王昶所輯《湖海詩傳》四十六卷，該選本起自康熙五十一年（1712），終於嘉慶八年（1803），保存六百多位詩人的作品。其中少部分詩人，曾選入沈德潛《國朝詩別裁集》中，所以大體上可以承接沈書。王昶在選本中只選交遊所及詩人的作品，不選其他作品，自稱：「蓋非欲以此盡海內之詩也，然百餘年中，士

大夫之風流儒雅，與一國詩教之盛，亦可以想見其崖略。」[31]總的來看，此書選錄了清中葉的著名詩人的一些代表作，保存若干不易見到的詩作，可算是清代一部有價值的詩歌總集。由於王昶為沈德潛門生，故此選亦承其衣鉢，尊崇唐音，也可視為「格調派」詩歌主張的繼承者和宣傳者。當然，也正是因為此選以格調派眼光為去取標準，以己律人，而不能隨人之所長，故選本中所取者往往徒存聲調，膚庸平弱，影響了選本的價值。不過詩人小傳下所附《蒲褐山房詩話》，詩評史料十分豐富，批評價值和文獻價值俱佳。

嘉慶初年還有一個全國性的清詩選本值得關注，那就是由嘉慶皇帝欽定、鐵保編選的《熙朝雅頌集》。此選專選滿族王公貴族、文人武士以及八旗中閨閣之作，為研究滿族的詩歌創作和詩歌觀念，以及清朝統治者的文治政策留下了鮮活的文本資料。

（三）地域選本數量激增，批評質量參差不齊

清代中葉的選家紛紛將編選視角從全國範圍轉向了特定的區域，地域選本蔚然成風。主要分成三類：一是純粹性以搜羅某一特定地域的詩歌為目的的地域選本。代表性的選本有袁景輅等輯《國朝松陵詩徵》，傅玉書輯《黔風》，商盤輯《越風初編》，李調元輯《蜀雅》，張廷枚輯《國朝姚江詩存》，袁文典、袁文揆兄弟輯《國朝滇南詩略》，阮元輯《兩浙輶軒錄》，吳顥輯《國朝杭郡詩輯》，姜兆翀輯《國朝松江詩鈔》等；二是以地理學上指稱的某些區域為選擇對象的地域選本，如乾隆二十九年（1764）王鳴盛所輯《江左十子詩鈔》二十卷、嘉慶間李錫麟所輯《國朝山右詩存》二十四卷、嘉慶元年（1796）朱良焯、陳泰所編《國朝江左詩鈔》十卷、嘉慶十一年（1806）朱良焯所編《國朝江左詩鈔二編》十二卷、嘉慶十八年（1813）張鵬展所輯

---

31 王昶：〈自序〉，《湖海詩傳》，嘉慶十八年（1813）刊本。

《國朝山左詩續鈔》三十二卷以及曾燠輯《國朝江右八大家詩選》等等，這裡的「江左」、「江右」、「山左」、「山右」都是一個較大區域的概稱。古時在地理上以東為左，以西為右。「江左」即江東，長江以東，它既可指南京一帶，也可指安徽蕪湖以下的長江下游南岸地區，即今蘇南、浙江及皖南部分地區稱作江東；「江右」則主要指現在的江西；「山左」主要指山東，「山右」則為山西；三是以某一地區的部分名家為輯錄對象的地域選本，實際上是既是地域選本，同時又是名家選本。如王鳴盛所輯《江浙十二家詩選》二十四卷、章日照所編《靈岩三家詩選》四卷、吳應和的《浙西六家詩鈔》六卷、張學仁輯《京江七子詩鈔》七卷等等。這些地域選本的類型在清初已經都出現過，且有知名的選本，如《西陵十子詩選》、《太倉十子詩選》、《江左三大家詩鈔》、《嶺南三大家詩選》等，只是在數量上遠比不上清中葉的地域選本。

　　雖然清中葉的地域選本方興未艾，但是在批評質量上卻參差不齊，差別較大。許喬林在《朐海詩存》〈凡例〉中分別引述了鐵保和阮元對地域詩選的看法，而這兩人的看法恰可視為地域詩選的兩大編選目的。

　　　　鐵梅庵先生自序《白山詩介》曰：「讀古詩不如讀今詩，讀今詩不如讀鄉先生詩。井里與余同，風俗與余同，飲食起居與余同，氣息易通，瓣香可接，其引人入勝較漢魏六朝為尤捷。」阮雲臺先生自序《淮海英靈集》曰：「事之散者難聚，聚者易傳，後之君子懷者舊之逸轍，采淮海之淳風，文獻略備，庶有取焉。」喬林今編《朐海詩存》，亦期於聚者易傳，而瓣香可接耳。[32]

---

32 許喬林：〈凡例〉第24則，《朐海詩存》，道光十一年（1831）許氏刊本。

　　這裡提及的「瓣香可接」和「聚者易傳」即為地域詩選的主要編選意圖。前者強調的是承繼或學習鄉賢的優秀品質，主要含括人品和詩品。這類地域選本的批評意識相對較強，選家試圖在對鄉賢詩歌的整理、篩選中汲取有益的成分，或惠澤當下讀者，或延續詩學主張，如嘉慶年間刊刻汪學金編纂的《婁東詩派》。[33]婁東即今江蘇省太倉縣一帶，出現過如王世貞、吳偉業之類的大詩人，有著良好的詩學傳統，特別是清初吳偉業撰寫的熔鑄唐初四傑的詞藻和元白的通俗流暢於一體的七言歌行風靡一時，形成了在當時頗有影響力的「婁東詩派」，仿效者如《太倉十子詩鈔》中的「太倉十子」也都成績斐然。此選顯然是對明清以來婁東詩派源流的梳理，選本中的流派批評意識比較強烈，對其時的婁東士子有直接的教育價值。

　　道光元年（1821）王豫刊刻大型地域選本《江蘇詩徵》，選輯國朝以來江蘇各州府之詩，錄入詩家多至五千四百餘家，共計一百八十三卷。阮元在為其作序時稱：「柳村（王豫）選詩謹守歸愚『別裁』家法，雖各適諸家之才與派，而大旨衷於雅正、忠節、孝義，布衣逸士詩集未行於世者，所錄尤多。可謂攄懷舊之蓄念，發潛德之幽光者矣。」[34]由此看出，《江蘇詩徵》並不是將搜羅本地詩歌文獻作為唯一的選文目的，其中也貫穿有選家的批評意識。此外，王鳴盛的《江浙十二家詩選》為其時的宗唐詩學思潮張目，吳應和的《浙西六家詩鈔》為宗宋詩學思潮宣傳等等。這部分清詩地域選本均具有較強的批評意識，對特定地域乃至全國的詩學思想的發展起到了非常重要的作用。

　　不過，大部分地域選本的選文初衷其實是「聚者易傳」，即搜集地方文獻，網羅散佚作品，保存相關史實，如李錫麟論到《國朝山右詩存》的編選目的時云：「為一方備掌故，非為後學示法程，故所存

---

33 此選雖摻雜有明代王世貞等人詩作，但是其目的是追溯婁東詩派之源，且不占選本的主體，故也屬於本書界定的「清人選清詩」。

34 阮元：〈序〉，見王豫輯：《江蘇詩徵》，道光元年（1821）焦山海西庵詩徵閣刊本。

不執一格。」[35]姚椿序朱彬《白田風雅》云：「先生清修儉節，謙以接士，寒暑嗜學，不少輟簡，嘗因邑中前輩之舊，編輯國朝以來諸家詩為《白田風雅》若干卷，網羅放失，搜纂軼事，善雖微而必錄，人雖陋而必彰。」[36]此外尚有《國朝滇南詩略》、《國朝松江詩鈔》、《國朝江左詩鈔》、《國朝湖州詩錄》、《國朝嶺海詩鈔》、《國朝畿輔詩傳》、《潞安詩鈔》等。

　　這些選本，選家在選文時沒有明確的選擇意識，基本上是採取以人存詩和以詩存人相結合的選詩標準，選本的批評意識多是從選本的文獻保存功能衍生出來的，沒有自覺的流派意識或詩論主張。但是這些選本對某特定區域詩歌創作的梳理，我們也可稱之為選本的文學史觀念。如關於山東省的地域選本有乾隆二十三年（1758）盧見曾編刻的《國朝山左詩鈔》六十卷、嘉慶十八年張鵬展所輯的《國朝山左詩續鈔》三十二卷、道光二十九年（1849）余正酉編輯的《國朝山左詩彙鈔後集》三十卷等，若將這三個地域選本綜合來看，山東一帶自清初至道光年間的詩歌創作情況一目了然，可謂時下所稱的「山東清代文學史」。這種地域選本中含蘊的文學史觀念也是選本批評意識的重要方面，對有清一代地域文學史的構建厥功甚偉。

　　當然，清中葉除了地域選本迅猛發展外，其他類型的詩歌選本如應制詩選本以及女性選本等也都漸次繁榮起來。應制詩選本如法式善等輯《同館試律彙鈔》、馬大亨編《國朝試帖典林》、阮元訂《山左詩課》、王芑孫編《試帖詩課合存》及《泖東近課》、程嘉訓輯《國朝試律摛藻集》、周世緒輯《句東試帖》等。女性選本在清初的基礎上也有所發展，出現了如任兆麟編《吳中十子詩鈔》四卷、袁枚輯《隨園女弟子詩選》六卷、惲珠所輯《國朝閨秀正始集》及其《續集》等品

---

35 李錫麟：〈例言〉，《國朝山右詩存》，嘉慶間刊本。

36 朱彬輯：〈序〉，《白田風雅》，姚椿光緒十二年（1886）刊於金陵。

質較高的閨閣選本。其中《隨園女弟子詩選》乃袁枚選輯二十八位女弟子之詩，一時蔚為風氣，嗣後翻刻迭出且遠播域外。如日本學者大窪詩佛便將袁氏此選削減而成《隨園女弟子詩選選》，刪為十九人，並六卷為二卷。

　　另外，道光年間惲珠輯《國朝閨秀正始集》也是重要的清詩閨閣選本。該選正文二十卷，附錄一卷，補遺一卷，共選詩一千七百三十六首，涉及閨秀詩人九百三十三人；其《續集》收錄惲珠手訂詩作十卷及附錄一卷，共選詩九百一十九首，涉及女詩人四百五十九人，妙蓮保之母又輯補遺一卷，涉及女詩人一百三十四人，選詩三百一十首。選家惲珠的編選意圖是為閨門樹立典範，即黃友琴所言之「整壹人心，扶持壼教」[37]。故在作者人品上要求必須是貞靜幽淑者，否則即使是官宦之後或閨閣名媛，亦被剔除；在詩作風格上，「是集所選以性情貞淑，音律和雅為最。」[38]即必須要符合溫柔敦厚的詩教傳統。

四　清人選清詩的總結期

　　清末的詩歌選本在轉折期選本類型多樣的基礎上又有所發展，全國性選本逐漸增多，且出現了幾部大型選本，地域選本旺盛如昔，女性選本也有所拓展。隨著選本規模的不斷擴大，選本的文學史觀念也逐漸增強。不論何種類型的清詩選本，都對有清一代的詩歌創作進行整體性地或局部性地梳理、總結。另外，由於社會環境的急劇變化，以及學術文化觀念的革新，清末詩歌選本在所選詩歌的題材上普遍比以前更為廣泛，主題上也更為貼近社會現實，流露出的詩學思想更具實用性。當然，那些宣傳詩歌流派主張的選本仍然存在。

---

37 黃友琴：〈序〉，見惲珠輯：《國朝閨秀正始集》，道光十一年（1831）紅香館刊本。

38 惲珠：〈例言〉，《國朝閨秀正始集》，道光十一年（1831）紅香館刊本。

（一）規模不斷擴大，選本的文學史觀念逐漸加強

在清詩選本的初興期和繁盛期，除了《詩觀》、《國朝詩的》等以外，大部分選本規模適中；轉折期內由於全國性選本較少，大型的詩歌選本很難產生。到了清末，一方面，清初及中葉近兩百年的詩歌積累甚巨，可供選擇的名家名作眾多。另一方面，「國家不幸詩家幸」，[39]清末的社會動亂刺激了詩人的創作欲望，紛紛用詩歌來反映現實生活，湧現出一大批有社會責任感的詩人，這些詩人詩作的出現也為選家提供了大量的資料。所以，清末詩歌選本包括全國性選本、地域選本或閨閣選本都有規模不斷擴大的趨勢，有助於清代詩歌史的梳理和總結。

清末規模較為宏大的詩歌選本主要有符葆森的《國朝正雅集》、張應昌的《清詩鐸》，以及徐世昌的《晚晴簃詩匯》。

《國朝正雅集》，又名《國朝寄心集》。正集一百卷，補編二十卷。收自乾隆元年（1736）至咸豐八年（1858）一百二十二年間二千餘家詩人八千餘首詩作，「其體例一沿《別裁》，而收采較富。」[40]選者符葆森，字南樵，江都（今揚州）人。幼工詩賦，豪於酒，廣交遊，師事姚瑩，與張維屏、徐榮、朱琦為友。因家貧，搜集詩家資料甚為艱辛，此集採用書目多達一百二十八種。

《清詩鐸》，原名《國朝詩鐸》。選者張應昌，字仲甫，號寄庵，嘉慶十五年（1810）舉人，官至中書舍人。他晚年編選兩部清代詩集，一為《國朝正氣集》，已亡佚；一即本集，二十六卷。始選於咸豐六年（1856），完成於同治八年（1869），其間屢經增刪，共選入清初（包括明代遺民）至同治年間詩人九百一十一家，詩二千餘首。

---

39 趙翼：〈題元遺山集〉，見李學穎、曹光甫校點：《甌北集》（上海市：上海古籍出版社，1997年），頁772。

40 陶樑：〈序〉，見符葆森編：《國朝正雅集》，咸豐七年（1857）刻本。

最大規模的清詩選本即為清末徐世昌編纂的《晚晴簃詩匯》二百
卷，此書收錄清詩二萬七千餘首，作者六千一百餘家。徐世昌，字卜
五，號菊人，直隸天津人。光緒進士，在清朝官至體仁閣大學士。選
家自云：「選詩義例本竹垞《明詩綜》，參以漁洋《感舊》，歸愚《別
裁》，不分同異，薈萃眾長，……自名家、大家外，要皆因詩存人，
因人存詩，二例並用，而搜逸闡幽，尤所加意。」[41]編選態度通達，
對於清初到清中葉的詩歌基本上照顧到各派、各種風格、題材的作
品。大家、名家則多「采其尤以示規範」的作品，對於一般作者則相
對比較寬泛。編者還採輯到省、縣方志，各朝清詩選本和抄本，保存
了一些流傳稀少的作品和名不見經傳詩人的歷史資料。對於晚清作品
由於耳目所及，利益攸關，所以多存偏見，一些倡導詩界革命的作者
入選作品較少，而且多非其代表作。

　　在地域選本中，也有若干大型選本，資料搜集甚多，涉及詩家詩
作也為一般詩選所不及，最典型的代表就是《國朝杭郡詩輯》及其
續集。

　　《國朝杭郡詩》系列選本涵蓋三輯，其首輯則為清中葉嘉慶五年
（1800）吳顥所輯的《國朝杭郡詩輯》十六卷，本書「自國初以訖嘉
慶，採四朝熙皞之風，一百五十年之作，而且上及遺民，旁及閨秀方
外，兼錄及於姓名未著、寄籍流寓之詩，凡得一千四百餘人。」[42]越三
十年，吳振棫「更為《杭郡詩續輯》，益網羅舊聞，人繫以傳，載其
行事，及他所著錄，刊成於道光甲午（1834）之歲。」[43]此次續輯擴
為四十六卷，詩作更為繁富。至光緒十九年（1893），丁申，丁丙輯
成《國朝杭郡詩三輯》一百卷。「兩先生劬學嗜古，中更兵燹，奮然
以抱遺訂墜為志。既取《詩輯》、《續輯》覆刻之，乃博采道光以來之

41 徐世昌：〈凡例〉，《晚晴簃詩匯》，民國十八年（1929）退耕堂刊本。

42 吳顥：〈自序〉，《國朝杭郡詩輯》，嘉慶五年（1800）家刻本。

43 吳慶坻：〈序〉，見丁申、丁丙輯：《國朝杭郡詩三輯》，光緒十九年（1893）刊本。

詩，而前百餘年為舊所未采者並補錄焉。」[44]共選詩家四千七百八十五人，遠遠超出前兩輯。

另外，清末也出現了卷帙浩繁的閨閣詩歌選本。咸豐三年（1853），黃秩模所編《國朝閨秀詩柳絮集》在規模上遠甚於《國朝閨秀正始集》。此集正文五十卷，補遺續編共三卷，「就管窺所及，綴為裘腋之成。概采蘭芬，命名柳絮。姓無先後，分韻而朗，若列眉集，自流傳羅珍，亦姑存片爪。統計幾於萬首，兼綜倍乎千家。」[45]選錄詩家多達一千九百三十八人。

清末的大型詩歌選本，選錄詩家眾多，詩作更是動輒上千，多則過萬。如此規模的單部選本或專題選本最大限度地保存了有清一代的詩歌文獻。不論它們在選輯標準或具體評價過程中有無缺憾，數以萬計的詩歌作品得以保存流傳就是這些詩歌選本的最大貢獻。另外，這些選本在選文時一般具有時間跨度大、搜羅範圍廣等特點，體例編排上將詩家小傳、具體作品以及評點箋注相結合，描繪出有清一代或某一區域、群體的詩歌發展全貌，充分彰顯出選本較為自覺的文學史觀念。

（二）選文題材廣泛，詩學觀念更傾向於經世致用

自道光二十年（1840）始，清王朝進入急速衰落直至全面崩潰的時代，隨著西方堅船利炮而來的西方文化使得中國社會與中華文化面臨著前所未有的巨變。這一時期的仁人志士，不滿於漢宋學的空疏無益，主張關心民瘼，重新提倡經世致用思想，代表人物有林則徐、龔自珍、姚瑩、包世臣、魏源等人。他們主張一要譏切時弊，二要倡言社會改革。經世派文人懷著憂國憂民的心情，抨擊社會的積弊沉痾。

---

44 吳慶坻：〈序〉，見丁申、丁丙輯：《國朝杭郡詩三輯》，光緒十九年（1893）刊本。
45 黃秩模：〈自敘〉，《國朝閨秀詩柳絮集》，咸豐三年（1853）刊本。

他們在作品中描繪出清王朝吏治敗壞、軍備廢弛、社會經濟凋敝、道德淪喪的真實情景，反映出廣大人民對清朝腐朽統治的強烈不滿。也因為此，清末選本中所選詩歌的題材相當廣泛，且貼近現實，用詩歌的形式記錄下封建王朝末年的歷史片斷。其中最有代表性的是《清詩鐸》、《道咸同光四朝詩史》等。

　　張應昌在《清詩鐸》自序中就以《詩經》的「興觀群怨」為主旨，以杜甫、白居易的新樂府詩為榜樣，闡述了自己的編選目的：「《國朝詩鐸》，以是為迪人之警路，以是佐太史之陳風，覽者苟興起其好善惡惡之心，豈曰小補之哉？」[46]在如此編選主旨的指引下，選本所選詩歌廣泛地反映了清代社會生活的各個側面，具體涉及歲時、財賦、漕船、流民等一百五十二個類型，橫向上可以說基本上囊括了清王朝政治、經濟、軍事、邊防、各不同階層人等的生活，以及社會倫常、道德風俗等內容。從縱向角度講，此選上起明遺民詩，下止於作者生活的同治年間。有清一代，自順治至同治大清王朝之關乎民生疾苦、政治風雲、軍事動亂、百業世態、文化倫理等各方面的詩幾乎搜羅殆盡，這又可視為一幅大清王朝從發展、興盛到逐步走向衰落的歷史畫卷。這種選目在清詩選本的前三個階段中很少見，不僅契合了當時社會經世致用的學術文化背景，同時也說明選家的詩學思想也悄然發生了變化，即從利用選文闡述詩歌主張到利用選文經邦濟世的嬗變。

　　《道咸同光四朝詩史》分甲、乙兩集，各八卷，孫雄編纂。雄原名同康，字師鄭，江蘇昭文（江蘇常熟）人。光緒甲午（1894）進士，吏部主事。「道咸同光」指清道光、咸豐、同治、光緒四朝，這正是清王朝內憂外患層出不窮，重大歷史事件接連不斷的時期。此集所收詩篇多是反映這一歷史階段社會問題的史詩，目的是希望引起整個統治階級的注意，以挽救危亡，多數詩篇含蘊悲憤哀怨的感傷情

---

46 張應昌：〈自序〉，《清詩鐸》，同治八年（1869）刊本。

懷。如王鐵珊的〈和易哭盦順鼎韻〉四首其一：「匹馬長城見窟泉，上都宮闕夕烽邊。穹窿遠下諸陵拜，轉戰誰容一劍前。不有艱危多難日，豈看社稷中興年。風塵逆旅鳶肩客，回首關門已泫然。」[47]另外也有借詩以存史之意。孫雄說：「吾所錄無以名之，姑名詩史，亦史料而已。以為史則去取必嚴，以為史料則去取之不嚴，留以待後人之去取可也。」[48]書中多錄史詩，如張維屏描寫鴉片戰爭中事件的〈三將軍歌〉等，登錄當代的作品則多取之於作者的手稿，為保存其時的詩歌文獻做出了不小貢獻。

（三）宣揚流派主張的詩學選本依然存在

　　清末的詩歌流派和選本如同其時的政治傾向一樣，也有先進和保守之分。先進者主張詩歌反映波瀾壯闊的社會現實，直面社會矛盾，抒發真實情懷，自覺吸收西方文化，主動描寫新生事物；保守者則堅決維護傳統，主張復古，反對新變，對現實的關注較少。同光體代表作家陳衍編纂的《近代詩鈔》就屬於保守者。此書收自咸豐初年（1851）至辛亥革命之後陳氏所能見到的詩人作品共三百七十家，人各一卷，不選壽詩、擬古詩，少選詠物、長慶體、長短句，因此入選作品一般都具有藝術性，但詩歌內容上和《清詩鐸》和《道咸同光四朝詩史》卻有所不同，多為抒寫個人感情和日常生活瑣事之作，很少反映重大的社會問題。雖然《近代詩鈔》在反映現實生活的廣度和深度上，均要遜於上述選本，但是此選本是晚清宗宋詩歌流派同光體的重要宣傳載體，選輯同光派詩人的作品也最多，而詩界革命參加者的作品則選得很少。

---

[47] 孫雄：《道咸同光四朝詩史》甲集（宣統二至三年〔1910-1911〕自刊本），卷5，頁91。

[48] 陳衍：〈敘〉，見孫雄輯：《道咸同光四朝詩史》乙集，宣統二至三年（1910-1911）自刊本。

　　清末另外一個具有流派批評意識的選本是《晚清四十家詩鈔》。
選家吳闓生是桐城領袖吳汝綸之子，又問學於大詩人范當世，范當世
的老師又為桐城的另一大文人張裕釗，故吳闓生與桐城派的淵源頗
深。選家自序此選本「以師友源瀾為主」，[49] 選文側重選輯晚清桐城詩
派諸家作品。這種選文編排意圖十分明顯，即通過此選軌範「桐城
派」，重振桐城詩風。

　　通過以上四個分期的梳理，我們不僅縱向地瞭解了清詩選本的發
展脈絡，也能從中窺見每個階段的不同特點。順治至康熙初年，清詩
選本開始興起。這一時期，大量遺民主題的作品瀰漫於詩壇，選本所
能發揮的批評作用也參差不齊。自康熙帝執政後，社會環境和政治環
境都相對寬鬆，清詩選本步入了迅速發展的繁盛期。這一時期的選本
類型完備，批評質量大幅提升。自乾隆中期至道光後期，雖然社會環
境相對穩定，但是學術環境卻不自由，所以清詩選本的命運也隨之受
到影響。學術界的考據之學和文化界的查禁圖書，導致了地域選本的
大量出現，這是清詩選本轉折期的最大收穫。鴉片戰爭以後，清廷逐
漸走向末路，此時社會環境緊張，學術研究卻更為自由。這時一批帶
有總結性的大型詩歌選本相繼刊行，為這個末代王朝的選本畫上了濃
墨重彩的一筆。

第二節　清詩選本的編選與刊刻

　　深入瞭解一個選本，就必須弄清它的文本收集、編選體例以及刊
刻目的，對於一個時代的選本群體更是如此。清詩選本相對於前代選
本來說，數量激增，種類多樣，所以在文本收集、編選體例、刊刻動
機等方面均顯出豐富性、時代性和複雜性的特點。

---

49 吳闓生：〈自序〉，《晚清四十家詩鈔》，民國十三年（1924）文學社印本。

一　文本收集模式

　　文本收集模式即選家獲取詩歌作品的途徑和渠道，學者們經常提到的關於《詩經》的「采詩說」、「獻詩說」和「刪詩說」就是獲取詩歌的三種方法。隨著社會的進步，朝代的更迭，清詩選本的作品來源管道相對更寬，形式更為多樣，且具有一定的時代特徵。概括起來主要有以下四種：

（一）發布徵啟，即類似於當下的徵稿啟事

　　「選家例有徵啟，先期傳布，廣集郵筒，然後從事丹黃。」[50]徵啟主要論述編輯此選的緣起、標準，間有對當時詩壇的議論，以引起眾詩家的共鳴。用此途徑收集的作品一般範圍較廣，數量也較多，如清初詩選中規模最大的《國朝詩的》就是通過徵啟的方式收集作品的。

　　陶煊在〈徵詩引〉中首先申明楚地詩人在整個詩壇舉足輕重的作用，應該以實際行動來補救當時「吾楚偃旗」的不利局面：「蓋騷壇執耳，莫盛於當代之詞宗；而吾楚偃旗，誰信謂雄風之大國。誠之山川不限，得肆力於志言，況生屈宋之鄉，應共引為家事。」接著提出了編選《國朝詩的》的初衷：「顏名《詩的》，聊依北海、虞山之規，洗發郢春，兼雪公安、竟陵之屈。」最後是倡議詩家「凡諸白璧之遺，願輟絳雲而賜」，[51]懇切之情溢於言表，最終陶煊的徵詩活動得到了廣泛地回應。

　　多數選本流傳至今已經不見徵啟的原貌了，但是從其序跋或凡例中仍能得知原委。如席居中在《昭代詩存》〈凡例〉中云：「徵啟既出，四方皆有鴻編郵致。」「郵筒所到，積案盈箱。」[52]謝聘《國朝上虞

50　蔣鑨：〈凡例〉，《清詩初集》，康熙二十年（1681）蔣鑨刻本。

51　陶煊：〈徵詩引〉，《國朝詩的》，康熙六十年（1721）刻本。

52　席居中：〈凡例〉，《昭代詩存》，康熙十八年（1679）刊本。

詩集》〈凡例〉亦云：「徵詩原其多多益善，然亦必有限制，方成體裁。」[53]從這些凡例中便可推斷出此選是通過徵啟的手段收集作品的。也有少數徵啟是放置於已經編訖的選本中，主要目的是為其續編或其他選本而徵集作品。趙炎在刊刻完《蓴閣詩藏》後，感到意猶未盡，欲續作《今詩藏》，於是便在《蓴閣詩藏》序跋後附有〈徵選今詩藏引〉，「敢懇高賢長者，錫之佳製，俯慰調饑。」[54]此外，還有〈徵刻皇清詩二編啟〉、〈刻西陵十子詩選啟〉、〈徵刻國朝潞安諸先輩稿啟〉、〈募刻諸暨詩存啟〉等。

（二）邀人郵寄

　　如果說發布徵啟是文本收集中較為正式的渠道的話，那麼直接邀人郵寄則是文本收集中更為普遍的途徑。如顧施禎所云：「海內篇什，星稠綺合，至今而蔑加矣。在京華者，十得二三，未能遍徵。其外，郵筒所及，無慮萬家，搜羅難盡。」[55]顧宗泰言及其同人選本《停雲集》的文本收集時說：「是集固數年篋中所藏，或得之郵寄。」[56]大多數清詩選本欲出續編或二集、三集時，均利用在凡例或序跋結尾處發出請求，向讀者或同人表達徵集作品的意願，並附上郵寄地址等事宜。這種方法收集作品多適用於同人選本和存一地文獻的地域選本。如陳毅在《所知集》〈凡例〉末云：「毅，山野之人，名不著閭巷，足跡未出二千里，先達大儒名山逸士定多佳製鴻篇，惜知交不廣，見聞有限，不能遍為搜輯，亦有曾經相識素負詩名或謙遜太甚，堅不授梓，或道途遼遠，郵寄未來。今梨棗已具，不能久延，倘歲月待人，鱗鴻可達，猶冀廣增篇什，再續開雕，續集一編，尚容補過。」[57]從陳

---

53 謝聘：〈凡例〉，《國朝上虞詩集》，道光二十二年（1842）吟香館藏版。

54 趙炎：〈徵選今詩藏引〉，《蓴閣詩藏》，康熙間刻本。

55 顧施禎：〈凡例〉，《盛朝詩選初集》，康熙二十八年（1689）心耕堂刻本。

56 顧宗泰：〈凡例〉，《停雲集》，乾隆三十四年（1769）家刻本。

57 陳毅：〈凡例〉，《所知集》，乾隆三十二年（1767）眠雲閣刊本。

毅的話語中我們可以看出，他始輯《所知集》時也是通過邀人郵寄的
方法收集作品，至於之前有無發布正式的徵啟，因為資料的匱乏已無
從考證了。黃秩模在《國朝閨秀詩柳絮集》〈凡例〉中也說：「是集所
錄統計一千九百三十八人，其詩之溫柔敦厚、足以感人風世者固屬不
少，然遺漏實多，所望同志之士不吝惠寄，當續編入。」[58]《國朝詩正
聲集》、《清代閨秀詩鈔》、《本朝名媛詩鈔》等均為此例。這種邀人郵
寄的方法雖說不是正式的徵啟，但是它同樣起著廣而告之的作用，不
妨視為徵啟的變體。

（三）選家搜羅

　　這是選家通過自身努力或同人相助去獲得文本的一種方式，通常
有兩種情形：一是選家在宦海遊歷中自覺收集，或在平昔交遊中同人
相贈，如蔣國祥序《篋衍集》時說：「與斯選者，大都先生平昔交
遊，耳目所及，亦若夫唐人選唐詩也。」[59]曾燦《過日集》〈凡例〉中
云：「余以病發之後，出遊吳、越、燕、齊間，同人貽贈不下千卷，
遂編次以娛耳目，非敢告世也。」[60]另外，《詩觀》所收，亦為平生師
友所贈。二是自覺搜羅有清一代的詩家別集甚或遺稿、抄本等，以詩
存人。如陳允衡輯《國雅初集》就是通過篩選眾多詩家全集而成的選
本，其〈凡例〉云：「選中諸作，皆從全集尋繹。」[61]此外如彭沃〈三
瀧詩選序〉中亦云：「予生其間，溯前輩流風，時深景仰。但遺編日
就散失，間有傳本，亦缺略弗全，憫焉傷之。閒從殘灰舊燼之餘，抄
錄十得一二，不忍棄置。因與時賢諸吟草，廣為訪採。」[62]周京《向山

58 黃秩模：〈凡例〉，《國朝閨秀詩柳絮集》，咸豐三年（1853）刊本。

59 蔣國祥：〈序〉，陳維崧輯：《篋衍集》，康熙間蔣氏校本。

60 曾燦：〈凡例〉，《過日集》，康熙曾氏六松草堂刻本。

61 陳允衡：〈凡例〉，《國雅初集》，康熙間刻本。

62 彭沃：〈序〉，見陳華封編：《三瀧詩選》，乾隆二十五年（1760）思燕閣刊本。

堂近代詩鈔》〈凡例〉云：「余自弱冠，即喜為吟嘯，故家篋所藏，不
乏珠璣。而偶值當意，無不急為手錄，或壁間，或扇頭，或市肆殘
編，或友生案牘，收之不遺餘力。」[63]

（四）節簡選本

即通過節略已經刊刻的選本來獲得作品，可稱為「選本的選
本」。這種途徑可以說是選本作品收集中的一條捷徑，多出自一些無
名的民間選家之手。他們既沒有顯赫的社會地位，廣博的社交履歷，
通過上述途徑來收集作品相當困難，所以便將前人或時人刊刻的選本
再加以挑選抉擇，編成新的選本。如吳藹的《名家詩選》，雖曰篇幅只
有四卷，但是據其〈凡例〉所述，參考折衷當時選本多達十五種。[64]
其中如《篋衍集》、《過日集》、《詩觀》、《詩持》等卷帙尤為浩繁，如
能從中挑選出精品也可見選家功力。清代最為流行的通俗詩文選本
《唐詩三百首》、《古文觀止》都是無名小輩通過這種手段獲得作品
的，故只要刪繁就簡，剪裁得當，部分選家走這個捷徑也無可厚非。

上述四種收集文本的模式在正式與否、難易程度、適用對象等方
面均有差異，相對而言，徵啟比較正式，郵寄相對隨意；親自搜羅比
較困難，節簡選本相對容易；卷帙宏大的選本適宜運用前兩種途徑，
規模一般或較小的選本適宜運用後兩種選本。而事實上，選家通常會
綜合運用上述收集模式的兩種或兼而有之，只不過在側重點上有所不
同而已。

總之，這四種模式多是伴隨著當代人選當代詩選本的出現而產生
的，與編選前代詩歌選本有很大的差異。也正是因為這種差異，增加
了當代詩歌選本收集文本和選擇作品的難度。譬如前三種收集文本的

---

63 周京：〈凡例〉，《向山堂近代詩鈔》，康熙十一年（1672）向山堂刊本。
64 詳見吳藹：〈凡例〉，《名家詩選》，康熙四十九年（1710）學古堂刻本。

模式一般只會在當代人選當代詩選本中才會運用，選家選擇作品的隨機性和主觀性都很大。如果作者沒有看到徵啟，又未與選家深交，其作品即使質量上乘，也很難入選；如果是故交新朋郵寄作品，選家在選擇、編排時也難免摻雜一定的主觀性。第四種模式雖然前代選本也會經常運用，但在節簡選本的具體對象上和當代選本也有明顯的區別。編選前代的詩歌選本會從若干前代選本中節選作品，而當代人選當代詩選本選擇的對象必須是當代的詩歌選本。一般而言，經過前代若干選本篩選而存留下來的作品多為經典之作，再次節選時比較容易操作；而若干當代選本則不同，這些選本入選時就摻有主觀成分，且其中的詩家詩作均沒有經過時間的積澱，故再次篩選時仍舊有一定的難度和風險，這時選家的識見就會決定選本批評質量的高低。

二　體例的革新

　　詩歌選本發展到清代，在體例上已經相當完備了。具體來說，清代以前詩歌選本具有的所有體例特徵，諸如前後有序跋、詩家下有小傳、書末附有己作等；文本編次或按詩體，或按地域，或按詩家，或按聲韻；正文評釋可有可無、有詳有略等，在清代詩歌選本中均有體現。不僅如此，清代選本在體例上還有某些發展和創新，顯示出鮮明的時代特徵。而作為清代選本的一部分——清人選清詩，在體例上同樣有革新之處，主要表現為：

（一）選本體例中的行銷策略

　　選本發展到明清兩代，其功能不僅僅止於收集文獻、評騭作品等文學層面，有的選本還可以通過大量刊印、流播帶來豐厚的商業利益和社會效益。於是在經濟、社會利益的驅使下，書商或選家為了刊刻、推銷選本，紛紛採取多種有效的形式促成選本的出版，裝潢選本的門

面，刺激選本的消費。有清一代，此風尤甚。主要分成兩大類型：

首先是利用公告形式來發布相關信息或籌集刻資。清初詩選本中，選家就已經開始在選本中發布一些後續信息，如姚佺《詩源初集》卷首有以下六條告示：

> 《詩源》二集即出；《嘉隆七子詩選》即出；《批點曾謙注解李長吉昌谷集》嗣出；《唐詩綱》嗣出；《晚唐詩選》即出；《宋元詩選》嗣出。[65]

這些穿插於選本中的告示在清代選本中比較普遍，主要是告知讀者時刻關注其選本的出版情況，以此來引起讀者的購買興趣和欲望。更有甚者，清末選家在選本中發布公告，集資籌款，以付刻資。孫雄《道咸同光四朝詩史》甲集中刊登了〈擬刊印道咸同光四朝詩史預約集股略例〉的公告，提出了具體的集資方案：

> 集股之例每壹股得《四朝詩史》拾部，售京平足銀五拾兩，概不折扣，亦不分折零售，所有銀款一次收足，給付收據。先行奉贈鋼筆印《詩史》初編至十六編各一部（十七編至三十編仍隨時出版奉贈），《眉韻樓詩話》一部。《詩史》入選姓氏單張十分，均不取刊資，俟本年（宣統二年）十二月付《詩史》甲集十部，明年（宣統三年）六月付乙集，十二月付丙集，又明年六月付丁集各十部。[66]

集資的主要原因是由於「卷帙頗繁，眾擎乃舉」，故而「爰定略

65　姚佺：《詩源初集》，清初抱經樓刻本，卷首。
66　孫雄：〈擬刊印道咸同光四朝詩史預約集股略例〉，《道咸同光四朝詩史》甲集，宣統二至三年自刊本，卷首。

例，布告詞壇」。[67]這種方式既有效地緩解因刊刻費用帶來的出版難題，也促進了選本的銷售。《杭川新風雅集》在其〈輯錄大意〉後專列〈特捐題名〉，以感謝那些為此書刊刻而捐資的團體和個人，其中也提到了預約集資的方式：「募集印費分為兩種，一特捐，一預約，每價國幣三元，預約二元。」[68]通過接受捐贈的方式來刊行選本在清代屢見不鮮，而以這種預約入股的方式來籌措刻資確實具有相當強的商業頭腦，是清詩選本在體例中行銷策略運用的極致。

其次是利用達官貴人或文壇名宿的題詞序跋進行廣告宣傳，刺激消費。明清時期的選本，邀請或假託知名人士給選本裝潢門面甚為常見，旨在通過名人效應來抬高選本身價。他們或為選本作序跋，或給選本做題辭、或為選本參校參評，少則數人，多則百餘人，如倪匡世刻《振雅堂彙編詩最》十卷，選入二百四十八位詩家之作，而書前臚列曾「就正」的「參校諸先生姓名」竟達四百二十六人之多；《國朝詩的》的序跋就有十一篇之多，參與校閱者也多達三百二十九人，按照輩分先後又有「前校閱」與「後校閱」之分，大多為前世或當今名宿。前者如施閏章、王士禎、徐乾學、尤侗、陳維崧、魏憲等，皆為康熙中葉前之名家，後者為陳鵬年、錢名世、趙執信、程夢星、劉廷獻等，則為康熙末葉之作手。此外「編輯」一目尚有選家子姪及門生十七人。通過這些清詩選本，我們一方面看到了選詩工程規模的宏大以及選詩工作的不易，另一方面也驚歎於清代選家的宣傳能力。

有著如此眾多的名家來為選本做廣告，無疑會大大提高選本的知名度，促進了選本自身的消費，同時也加快了其中被選作家作品的流通速度，提高了被選者在讀者中間的影響力。可見清代的選家和書商已經初步具備了一定的行銷策略了。但是，選本的廣泛流播不能僅僅

---

67 孫雄：〈擬刊印道咸同光四朝詩史預約集股略例〉，《道咸同光四朝詩史》甲集，卷首。

68 念廬居士：〈特捐題名〉，《杭川新風雅集》，民國二十五年（1936）鉛印本，卷首。

依靠名人的廣告宣傳，主要還是取決於選本自身的質量，所以清初錢價人就對此有過客觀評價：「近日諸選，各有參評姓氏，以著廣大。乃有文不踰數十，而參選載至數百人者。」[69]一方面肯定了參評者對於選本的正面宣傳的作用，也對其時過分宣傳的風氣提出批評。

(二) 選本中附有選家詩話

　　清詩選本在體例上還有一個值得注意的現象，即選本中無評點的和有評點的情況都占很大比重。選家對自己選中無評或有評均能振振有詞：

> 近詩選家林立，行世善本，各出手眼，概加評點。但作詩之人，各有興會，性情所至，行於詠言。而選者意為議論，或泛加褒美，殊失作者大旨。故是集就詩選詩，不敢妄加評點，意為溢詞也。[70]

> 古人選詩，原無圈點。然欲嘉惠來學，稍致點睛畫頰之意，亦不可廢。須溪閱杜，滄浪閱李，不無遺議。但當其相說以解，獨得肯綮處，亦可以益讀者之智。[71]

　　由此可見，選而不評是自古以來的慣例，而選中有評則是宋代以後出現的新體例。相對而言，選而不評更為選家常用之例。究其原因，一方面是緣於選家個體素質的參差不齊，水準有限，難以置評。另一方面則來自於中國文論中「詩無達詁」的傳統觀念：「詩無達

---

69 錢價人：〈凡例〉，見魏畊、錢價人輯：《今詩粹》，康熙間刊本。

70 顧施禎：〈凡例〉，《今詩粹》，《盛朝詩選初集》，康熙二十八年（1689）心耕堂刻本。

71 陳允衡：〈凡例〉，《國雅初集》，康熙間刻本。

話，在觀者以意逆志，不加評釋，不著圈點，其原有自注者仍之。」[72]很多選家的「選而不評」都是顧及到不損害作者的原意，這樣做一方面是保留了讀者閱讀的自主權，盡可能地避免受到選家評點先入為主的干擾，但另一方面也可能在某種程度上會降低文學選本的批評效能，使讀者得不到選家文學觀的指引，造成閱讀的盲目性和隨意性。所以，有清一代中尚有一批選中有評的詩歌選本，而且在具體評點體例上與前代也有差異，主要體現為選家詩話在選本中的大量出現。

　　清詩選本中附有選家詩話發軔於朱彝尊的《明詩綜》，此書體例為詩家里貫之下，分載諸家評論，朱氏自評附於最後。有鑒於《列朝詩集》因門戶之見以致毀譽不當之失，該書評論明人詩較為公允持平。此外，朱氏又長於史學，所選明詩又多朝政得失、人物臧否之作，評論亦多涉及一代掌故，常可補史乘所不及。後人對朱氏評論甚為重視，經姚祖恩自書中輯出，編為《靜志居詩話》二十四卷單行。這在體例上首創了一種在詩歌選本中附錄選家自撰「詩話」的形式，並為此後許多選本所效仿。其中相對著名的有王昶的《湖海詩傳》所附《蒲褐山房詩話》、鄭傑《國朝全閩詩錄》所附《注韓居詩話》、陳衍《近代詩鈔》所附《石遺室詩話》等，主要方式是在詩家小傳或他人評點後加上己評，雖仍屬選本中評點之範疇，但用詩話名之無疑使其評點更加系統，更能透出選家之文學觀。

　　另外，選本中已作詩話的文獻價值也值得重視。如陳衍之《石遺室詩話》有兩個版本：一個是在其一九二三年選輯的《近代詩鈔》各家小傳後所附的《石遺室詩話》；一個為作者自一九一二至一九二九年斷斷續續創作的詩話三十二卷本，一九三五年的《續編》六卷，簡稱為後刻詩話。這後者的具體情況為：早在光緒二十四年（1898），陳衍和同光體詩人沈曾植、鄭孝胥同客武昌時經常論詩，沈曾植便要

---

72 李錫麟：〈例言〉，《國朝山右詩存》，嘉慶間刻本。

陳衍「記所言為詩話」，但他沒有動筆。一九一二年，他客居北京，梁啟超編《庸言雜誌》，約他每月寫詩話一卷。到一九一四年《庸言》停刊，詩話僅發表十三卷，坊間據以石印流傳。次年，李宣龔約他為《東方雜誌》續寫詩話，也是月寫一卷，至十八卷而止。一九二九年商務印書館出版的三十二卷本詩話，是他刪改合併舊稿且續增新稿而成。以後他又續寫，一小部分曾發表於《青鶴雜誌》。一九三五年無錫國學專門學校為其刊行《續編》六卷。由於選本所附詩話要早於三十二卷本詩話，所以二者之間同中有異。一方面，三十二卷本、六卷本詩話中有一些作家作品，未及收入《近代詩鈔》，特別是《續編》中所論及的若干重要作家；另一方面，《近代詩鈔》所評選到的若干近代著名作家，如姚燮、朱琦、魯一同、鄧輔綸、高心夔、金和、曾廣鈞，後刻《詩話》卻沒有論述到。因此，兩書有互相補充的作用。

　　此外，有些選本中所附詩話還可彌補當下清詩話統計的不足。如周郁濱《舊雨集》中所附《蕢州館詩話》、朱緒曾《梅里詩輯》所附《晦堂詩話》、沈愛蓮《續梅里詩輯》所附《遠香詩話》就不曾見錄於《清詩話》及《續編》、蔣寅《清詩話考》以及張寅彭之《新訂清人詩學書目》。

　　清詩選本中所附選家詩話，還有法式善《朋舊及見錄》所附《八旗詩話》、符葆森《國朝正雅集》所附《寄心庵詩話》、許喬林《胸海詩存》所附《弇榆山房筆譚》、胡昌基輯《續檇李詩繫》所附《石瀨山房詩話》，以及劉彬華《嶺南群雅》所附《玉壺山房詩話》等等。這種新體例的出現使得清詩選本更顯包容性和綜合性，因為若從批評角度而言，這類選本不僅含括了評點、注釋、摘句、詩話等古代詩文評的多種形式，且在諸種形式間可以相互滲透，不見扞格，既鮮明地體現出選本的批評意識，也從一個側面體現了中國文化的包容性。

三　刊刻動機考辨

　　清詩選本數量眾多，刊刻動機也不盡相同，既有繼承前代選本的成分，又兼有本朝選本的時代特徵。若從選本批評意識的角度來歸類劃分，我們可以將清詩選本的刊刻動機分為三個層面，即批評意識較強的理論批評層面、批評意識較弱的介於理論批評和實用功能之間的層面以及純粹的實用功能層面。其中理論批評層面的刊刻動機主要包括：

（一）汰蕪收華，宣揚主張

　　《四庫全書總目》中對於總集的功能定位，其中很重要的一點就是「刪汰繁蕪，使莠稗咸除，菁華畢出。」經過如此挑選過的選本，一般來說，選家鮮明的詩歌主張或詩歌理論也內蘊其中，通過選本刊刻、流播或直接宣傳自身的詩歌理論，或反對前人和別家流派的詩歌觀點。這在一些名家選本中比較常見，如王士禎主盟詩壇以「神韻」為宗，在其輯錄平生故人詩歌的《感舊集》中也能做到「其搜剔也廣而不濫，其持擇也約而不遺」。[73]主要原因是王漁洋在編選中始終貫穿著自己的詩歌理念，用一己之標準來衡鑒選擇故友之詩，即「漁洋論詩，專主神韻。茲集所選，蓋取其較近乎己者。諸家所長，不盡在此也。」[74]該選本在漁洋生前並未刊刻，乃後學盧見曾得舊時抄本，加以整理補充後正式刊刻。盧氏也十分佩服漁洋汰蕪收華的統合能力：「是集自虞山而下，凡三百三十三人，詩二千五百七十二首。遭遇不同，性情各異。而一經先生選次，如金之入大冶，渣滓悉化，融鍊一

---

73 盧見曾：〈序〉，見王士禎輯，盧見曾補傳：《感舊集》，乾隆十七年（1752）盧見曾刻本。

74 鄧之誠：〈跋〉，見王士禎輯，盧見曾補傳：《感舊集》，錄於中國科學院圖書館藏本。

色，洵選家之巨手也。」[75]

康熙初年的曾燦對近世作詩、選詩的風氣很是不滿，論詩主張破除門戶之見。他在其編輯的《過日集》〈凡例〉中提出自己的詩歌主張：

> 近世率攻鍾、譚，虞山比之為詩妖。然鍾、譚貶王、李太過，今人又貶鍾、譚太過。頃見施愚山論，頗為持平。予謂作詩選詩，不必橫據二家於胸中。如道學家，不必橫據朱、陸於胸中。此軒彼輕，此異彼同，只求一是而已。余所選詩，去纖巧，歸於古樸；去膚淺，歸於深厚；去滯澀，歸於宛轉；去冗雜，歸於純雅。不論其為漢魏六朝、初盛中晚、宋元明之詩，而要歸於沉雄典雅。[76]

通過選本發表如此全面公允的論詩主張，足以表明清代選家運用選本作為表達自身文學觀點的方式已經達到非常自覺的程度了。

（二）借助選評，張大聲勢

清代詩壇中許多典型的詩學命題均與清詩選本結下了不解之緣，貫穿有清一代的崇唐宗宋之爭在其時的清詩選本中就有鮮明地反映。

宗唐系列的清詩選本以沈德潛的《國朝詩別裁集》最為卓著。沈氏在〈序言〉和〈凡例〉中便直抒己意，提出自己的選詩標準和詩歌主張。「予唯祈合乎溫柔敦厚之旨，不拘一格也。」[77]「選中體制各殊，要惟恐失溫柔敦厚之旨。」「唐詩蘊蓄，宋詩發露。蘊蓄則韻流

---

75 盧見曾：〈凡例〉，見王士禛輯，盧見曾補傳：《感舊集補傳》，乾隆十七（1752）年盧見曾刻本。

76 曾燦：〈凡例〉，《過日集》，康熙間曾氏六松草堂刻本。

77 沈德潛：〈原序〉，《國朝詩別裁集》，乾隆二十五年（1760）教忠堂刻本。

言外，發露則意盡言中。愚未嘗貶斥宋詩，而趣向舊在唐詩。」[78]很明顯，《國朝詩別裁集》的刊刻動機就是要在眾家詩作中挑選出溫柔敦厚的作品，恢復詩教，教化後學，且在審美取向上以宗唐為主，兼取宋調。其後，沈氏後學王鳴盛、王昶等人紛紛利用選本的選評來為其宗唐詩論張大聲勢。

而與此同時，自康熙初年興起的宗宋詩學思潮也大量運用選本批評來擴大影響。清初有王士禛的《十子詩略》和宋犖的《江左十五子詩選》，清中葉有若干浙派清詩選本如《浙西六家詩鈔》等，清末有桐城派詩人吳闓生所輯《晚清四十家詩鈔》和同光體詩人陳衍編輯的《近代詩鈔》等，這些選本的基本詩學主張都是尊崇宋詩的，它們在選錄清詩作品的同時也鮮明地流露出自身的詩學傾向。

（三）標榜同人，結派論詩

王昶將古人選詩分為兩類：「一則取一代之詩，擷精華，綜宏博，并治亂興衰之故，朝章國典之大，以詩證史，有裨於知人論世。……一則取交遊之所贈，性情之所嗜，偶有會心，輒操管而錄之，以為懷人思舊之助。」[79]但在實際操作中，由於遴選一代之詩，工程浩大，對選家的識見、交遊和財力要求都很高，所以多數選家都以自己交遊所及的範圍，或為懷念故舊，或為標榜聲氣。如馮舒《懷舊集》，收詩二百餘首，作者二十四人，皆常熟籍。所選詩家於馮舒，或為先輩，或屬同代，其生平均為馮舒所熟稔，選本既懷念同人，也標榜了遜國遺民。潘景鄭在《懷舊集》跋中便指出：「此其所錄，聊當黍離麥秀之歌而已。」[80]對前明滅亡以及遺民逸士投注了強烈的惋惜

---

78 沈德潛：〈凡例〉，《國朝詩別裁集》。

79 王昶：〈序〉，《湖海詩傳》，嘉慶五年（1800）抱山堂刊本。

80 潘景鄭著：《著硯樓書跋・舊抄本懷舊集》（上海市：上海古籍出版社，2006年），頁327。

之情。編選同人的作品，較著名的尚有錢謙益《吾炙集》、王士禎《感舊集》、陳維崧《篋衍集》、陳毅《所知集》、王豫《群雅集》、法式善《朋舊及見錄》等。另外，題名為《蘭言集》的同人詩選有四種，分別為何之銑、王暉、趙紹祖、謝塈所編。此外，吳翌鳳《懷舊集》專收逝者同人作品，《印須集》專收存者詩歌；李長榮《柳堂師友詩錄初編》是同人詩選中卷帙最繁的，收其師友二百一十七人詩。

　　一般來說，同人選本的編選有刻意和非刻意之分，上述所提到的同人選本多非刻意而為，選錄的作品多屬選家篋笥所存，交往所得，編選目的旨在以詩會友，標榜同人。但正由於同人選本選家和詩家在空間和時間上的現場性，反而更能全面、真實地彰顯出詩人的創作實績和理論主張。此外，通過選家和所選詩人的交往，我們也可窺見其時選家的活動範圍，人際交往，身名地位，以及其時詩壇活動的文學生態。而刻意編選的同人選本則在編選之前已經具有了鮮明地批評意識，如毛先舒的《西陵十子詩選》顯然為西泠派的詩學主張張目，其〈凡例〉論道：「我黨相期立言居末，詩賦小道，抑益其次。徒以世更衰薄，心存憂患，慨慷謳吟，頗積篇帙，聊當風謠，稍存諷喻，且也斯道屢變，正聲寖衰，今茲所錄，義歸百一，旨趣敦厚，匪徒感物攸關，庶亦頹流之障矣。」[81]此外，沈德潛的《七子詩選》、王鳴盛的《江左十子詩鈔》等同人選本顯然是宣揚格調派詩歌主張的載體。這類清詩選本在標榜同人的同時，更加注重結派論詩，選本刊刻的目的性非常明確，有著較為嚴格的去取標準，當然這些選本中提出的詩學觀點大都對清代詩學產生了重要的影響。

　　在上述理論批評層面之外，清詩選本在刊刻目的上還存有一種介於理論批評和實用功能之間的情形，這些清詩選本雖然批評意識相對較弱，但是對於清代詩學的形成和發展也起到了一定的推動作用，主要有以下兩類：

---

81 毛先舒：〈略例〉，《西陵十子詩選》，順治七年（1650）刻還讀齋印本。

（一）鼓吹風雅，表彰文治

　　清王朝自定鼎以來，朝廷稽古右文，敦尚風雅，詩壇人才輩出，詩集甚夥，選本亦盛，其中不乏歌功頌德之作，鼓吹風雅之選。清初鄧漢儀就明確地把「文章之道」上升到了「上關國運」的高度，[82]陸次雲則將皇清「文風丕變、諸體咸盛」的原因歸結為兩個原因，即「聖天子雅意右文」和「詔取博學宏詞」。[83]從這些具有合理性的表述中，我們可以看出，清初詩歌選家通過作品來鼓吹風雅，表彰文治是一種自覺的有意識的行為，他們從主觀上肯定了清廷的右文政策，主動地利用選本來「揚風抎雅、表彰昭代之志。」[84]但與此同時，這些選家也顯然抬高了文學的社會價值，而在某種程度上忽略了文學的本體意義。

　　這種動機的選本多集中於清初盛世選本中，特別是館閣選本和御敕選本。如孫鋐在向康熙帝恭進《皇清詩盛初編》奏章中云：「伏睹大清御宇以來，天造重熙，祥開奕葉。應五百年之景命，名世聿興；合十五國風之風謠，元聲斯在。黃鐘建而律呂齊鳴，洪鈞鼓而金晶大冶。民物咸自欣其生育，天地不復秘其光華。或為清廟明堂之奏，或為芝房寶鼎之章。或沐化而言情，或感時而賦物。皆足以黼黻盛治，鼓吹雍和。」[85]這類鼓吹風雅的選本經過刊刻流通以後，極大地宣傳了朝廷的文治政策，鼓舞了民間士子的創作熱情，對於清廷詩壇具有指導作用。

（二）網羅文獻，發幽闡微

　　這一刊刻動機，多集中於那些求全意識較濃、選擇意味較淡的選

82　鄧漢儀：〈自序〉，《詩觀三集》，康熙慎墨堂刻本。

83　陸次雲：〈自序〉，《皇清詩選》，康熙間刊本。

84　徐乾學：〈序〉，見孫鋐輯：《皇清詩選》，康熙二十七年（1688）鳳嘯軒刻本。

85　孫鋐：〈恭進皇清詩盛初編奏章〉，《皇清詩選》，卷首。

本，特別是地域選本。除卻彰顯一地詩學之盛的功能之外，地域選本的主要刊刻動機是網羅鄉邦文獻，以備地方史乘。那些具有桑梓之情的選家們，「每歎遺文散失，姓氏無徵。吾鄉文獻，及今不為搜輯，再更數十年，零落澌滅盡矣。」[86]以及時常感歎詩家別集「或帙繁須汰，或篇寡足收，或遺編零落，散在他所，或姓氏沈淪，不省誰作，若任其放失，不簡擇彙成一書，久益消亡莫考。」[87]於是，他們搜羅一地詩家之作，以人存詩，以詩存人，文獻價值不言而喻。

由於地域選本大多有存一代文獻的刊刻動機，所以選家通常在選本中有意識地輯佚一些已近湮沒的詩家作品，或將家藏秘惜之作公布於世，此番功績均可稱為發幽闡微。在具體選文時多側重於遺稿抄本或近於散佚之作，「邑中詩人既有專集行世者，家篇雖夥，采掇從略。所重搜殘篇於放逸之餘，俾布衣窮老之士，一生吟詠，苦心不至終歸泯沒耳。」[88]這類選本雖然批評意識較弱，但正是由於這些地域選家的苦心搜羅，才使得清代地域詩歌史的構建具有了豐富的第一手文本。此外，少數地域選本中也具備較為自覺地流派意識，如《雲間棠溪詩選》之於雲間派、《婁東詩派》之於婁東派均有非常密切的關聯。

當然，清詩選本中還有一些選本幾乎沒有理論批評價值，只具有一定的實用價值，具體又可分為兩類：

（一）求名射利

在清詩選本的刊刻過程中，我們還不時地發現有商人的參與。商人對於選本的刊刻，主要表現為兩種情形：一是富有而具備很高文化素養的商人的刊刻。他們出資刊刻詩歌選本的目的不是為了贏利，而是為了保存文獻，或者是出於尊敬文學家的動機。如康熙間揚州的馬

---

86 盧見曾：〈自序〉，《國朝山左詩鈔》，乾隆二十三年（1758）刊本。

87 陳祖范：〈序〉，見王應奎輯：《海虞詩苑》，乾隆二十三年（1758）古處堂刊本。

88 王應奎：〈凡例〉，《海虞詩苑》，乾隆二十三年（1758）古處堂刊本。

曰琯、馬曰璐兄弟，他們是鹽商，但嗜好文化，研習經史，不僅自己
有詩詞創作，還喜愛藏書、抄書、印書。於揚州東關街築「街南書
屋」，藏書百櫥，積十萬餘卷，頗多秘笈與善本。馬氏兄弟不僅刊刻
了自己的詩詞集，也刊刻了他們和其他文人酬唱的詩文作品，如《韓
江雅集》、《林屋酬唱集》等，此外，還刊刻了同時代作家的作品，如
王士禛的《感舊集》等。只是這樣的儒商相對較少。

　　二是以刊刻選本作為干謁權貴的途徑，或為謀取利潤的手段。他
們將選本作為商品或媒介，刊刻的初衷不是保存文學遺產，而是求名
射利，取悅達人，這也是清詩選本數量眾多而精品不多的主要原因。
關於這點，時人常以唐人選唐詩作比較：「顧唐人諸選，如《河嶽英
靈》、《中興間氣》、《篋中》、《搜玉》、《才調》等集，皆各具真賞，有
非漫然者。今人則異是。瞀瞀然妄操鉛槧，胸中茫無抉擇。大都意在
求名，甚或藉以射利。凡所臚列，多一時公卿貴人，下至閭閻販負之
徒，亦得濫廁其間。一開卷，則陋句蕪詞，塵穢滿目，適足供識者訕
笑而已，唾罵而已。」[89]由此看來，倉促出版以獲取經濟效益和社會效
益是書商刊刻清詩選本的主要動機，與之相適應的選本特徵則表現
為，選本中充斥著達官貴人的附庸風雅之作，篩選才能低下。但另一
方面，這些書商善於把握市場和讀者的需要，從而也在客觀上推動了
選本的傳播。

（二）津逮後學

　　清詩選本中也有不少選本的刊刻目的是為了利於初學或用於科
試。柴傑《國朝浙人詩存》〈凡例〉曰：「是集只存五、七律二種，緣
古體意義深微，初學未能領悟，排律則選本亦多箋注，截句於應試不

---

89 杜詔：〈序〉，見汪觀輯：《清詩大雅》，雍正十一年至十二年（1733-1734）靜遠堂刻
　　本。

合體裁，俟再參訂。」[90]王豫選輯的《國朝今體詩精選》，其〈凡例〉
亦云：

> 本朝作者林立，鴻篇巨製集隘，難以盡登。茲選如《唐詩三昧
> 集》之選，另據手眼，津逮後學。若神明變化以極才思之所
> 至，則取諸大家全集；諷詠而蘊釀之，以求美備，斯選固其嚆
> 矢也。[91]

　　當然，上述三種七類刊刻動機也不是孤立存在的，多數選本會兼
有其中兩種或多種動機。如《國朝詩別裁集》就同時具有推廣主張、
張大聲勢和鼓吹風雅等多種刊刻動機。仔細梳理清詩選本的文本收集
模式、體例革新以及刊刻動機，有助於我們深入地理解清詩選本的編
選情況和選本的批評價值，有助於我們多側面地觀照清詩選本的整體
面貌。

第三節　清人選清詩繁盛的原因

　　與前朝的當代人詩歌選本相比，清人選清詩不僅在數量上遠超前
者，而且在選本類型上也豐富許多。當然，如此眾多的當代詩歌選本
出現在有清一代也絕非偶然，這其中既有清廷社會政治和學術宗尚的
影響，清詩創作繁榮的推動，也與清代詩學批評的自覺、清詩選家群
體的興起等因素有關。因此，在研究清詩選本與清代詩學的關係之
前，我們非常有必要探討一下清詩選本繁榮的諸種原因。

---

90 柴傑：〈凡例〉，《國朝浙人詩存》，乾隆三十二至三十三年（1767-1768）洽禮堂刊
　　本。
91 王豫：〈凡例〉，《國朝今體詩精選》，嘉慶間刊本。

一　清廷社會政治和學術宗尚的影響

「知人論世」的研究方法告訴我們，一部文學作品的評論要顧及作者以及作者所處的社會環境，對一個文學流派和一個時代文學現象的描敘，除了理清文學自身的承傳變異關係之外，也要注意它們所處的政治、經濟、思想以及各種文體所合成的文學生態環境。清人選清詩作為一種特殊的文學現象，它的繁盛也與有清一代的社會、政治、文化環境密切相關。由於清王朝綿延近三百年，社會政治、思想在不同時期有所變化，所以在具體的時段中文治政策也有相應的變化，顯示出階段性的特徵。我們可以將清廷的社會政治環境大致劃分為高壓和懷柔兩種類型。很顯然，這兩種不同的政治環境對清詩選本的影響效果也是有所差異的。茲分梳如下：

（一）清廷高壓政策對清詩選本的影響

綜觀整個有清一代，清廷對漢族文人的高壓政策主要集中在乾隆中後期，具體表現為大範圍的禁燬圖書和逐漸增多的文字獄。這些高壓政策一方面摧毀了大量的文學資源，同時也改變了漢族文人的思維方式，而這兩個方面都是影響文人詩歌創作和編選的重要因素。

首先，大範圍的禁燬圖書嚴重摧毀了民間的文學資源。乾隆皇帝延續了其祖父整理群書的傳統，一方面召集天下文臣編修《四庫全書》，一方面借此機會清除所有對清朝不利的書籍。《四庫全書》的編修，是清代學術和文化建設的一大貢獻，但由此而帶來的查禁、毀滅圖書也是清代學術和文化建設的一大災難。眾所周知，《四庫全書》的資料來源主要是通過各省總督巡撫與學政盡力搜求，進獻朝廷而得，並且鼓勵民間捐獻。由於畏懼漢族知識分子有反清復明的思想，所以各省進獻上來的書籍均要經過嚴格的審查，只要發現有違礙清廷統治的不利言論，所載書籍便予以禁燬，相關人員便遭到嚴格查辦。

　　愛新覺羅・弘曆自乾隆三十九年到乾隆五十七年（1792），共進行了十九年的查辦禁書運動。主要涵蓋三個方面：一是前明遺民如顧炎武、屈大均等著作或含有其詩文之書籍；一是錢謙益、吳偉業等貳臣著作或書中含有其詩文之書籍；三是含有違逆、觸犯朝廷言論的書籍。在所有違禁圖書裡，除了部分經過刪削修改的書得以保存下來之外，其餘多被銷燬。據《清代各省禁書彙考》統計，乾隆年間一共查處禁書多達二千六百二十九種。這對於其時的文學生態產生了巨大的破壞。眾多士子惟恐其言有違礙之處，多將詩文作品家藏秘惜，不示於人；更有一些已經被文字獄所牽連的文人，其作或銷燬，或散佚。為了有效地保存一地之文獻，以網羅鄉邦文獻為主要目的的地域選本如雨後春筍般湧現出來，這是清中葉地域選本數量激增的重要原因之一。

　　其次，乾嘉考據學風對其時選家思維方式的影響。清代中期的考據之學又稱之為漢學，風行於乾嘉時期。它的最大特點是把眾多文人引入對經典繁瑣精深的考證之中，耗費大量的精力，銷蝕文人的思想，以此來實現對文人的軟控制。由於漢學講究對經典義理的訓詁考據，久而久之，這種嚴謹務實的學術態度也影響到其時知識分子的思維方式。表現在詩歌創作方面，其時詩家大都強調學人之詩與文人之詩相結合，注重以學問入詩，翁方綱的「肌理說」即形成於這一時期；表現在選本領域裡，選家們更注重搜求文獻，而不妄作評論。即使有評點，也是以羅列他人觀點為主。上述這些思維特點在清詩地域選本中體現地尤為突出，最明顯的例證就是，當時很多的清詩地域選家同時也是著名的漢學家，如王鳴盛、阮元等。

　　可見，在清廷政治文化高壓政策的環境下，一方面，全國性的詩歌文獻損燬嚴重，清詩選家不易搜羅，更不敢隨意選錄；另一方面，受到漢學思維方式的影響，這一時期的清詩選家更多地是著眼於地方詩歌文獻的整理收集。所以可以這樣說，清中葉地域選本數量的激增很大程度上是清廷高壓政策下的副產品。

（二）清廷懷柔政策對清詩選本的影響

　　清朝統治者的懷柔政策主要體現為前期對漢族文化的重視和後期學術文化環境的相對鬆動。定鼎初期，清廷基本採取的是高壓和懷柔並舉的政策，高壓政策主要表現為順治二年（1645）的「揚州十日」、「嘉定三屠」以及康熙朝的「明史案」和「南山集案」等文字獄，對漢族知識分子的思想進行了極大的箝制；懷柔政策主要表現在對漢族文化的重視。

　　首先，在文化上採取稽古右文的積極政策。編輯大型叢書是清初王室利用懷柔手段控制文人思想的極佳途徑，於是康乾年間大量徵召文人入館修書，甚至皇帝本人也親自參與到圖書的選編和審定中。康熙朝和乾隆朝由欽定儒臣選擇編選，皇帝親自裁定刊行的各類書籍計有經類二十六部、史類六十五部、子類三十六部、集類二十部。[92]另外，康、雍、乾三朝均出現了各種「御定」、「御選」、「御製」的總集。這些文學活動彰顯出清廷統治者對古代典籍的重視，對「溫柔敦厚」的儒家文風的提倡，極大地帶動了其時館閣大臣以至普通士子編選刊刻詩文選本的積極性。

　　其次，清初科舉在沿襲明制基礎上，於康熙十八年（1679）又召開「博學宏詞科」，更加重視對漢族知名文士的選拔。博學宏詞科的開考條件較為寬泛，只要學行兼優、文詞卓越即可參加，而不論有無官職；開考內容為一賦一詩，與八股文不同。這種選拔人才的策略給予普通讀書人一個施展才華的空間，同時也極大地調動了民間士子的詩歌創作熱情。康乾時期許多著名的文人如朱彝尊、毛奇齡都是通過這種方式進入主流詩壇的。這種人才選拔體制的改革對清詩的創作產生了深遠的影響。鄧漢儀對此有過描述：「今聖天子右文好士，敦尚

92　昭槤：〈本朝欽定諸書〉，《嘯亭續錄》，上海商務印書館民國四年（1915）鉛印本，卷1。

風雅，共慶人才輩出。其發於詩者，或雄拔岸異，凜乎如虎豹蛟龍之
騰集也；或清和閒雅，穆乎如琴瑟鐘鼓之諧聲也；或高華典貴，皇乎
如鼎彞球圖之隆重也；或老健蒼深，挺乎如虯松怪柏之堅凝也。」[93]
由於詩歌創作的繁榮為清詩選本的編刻提供了豐富的原始素材，故其
時的選本領域也方興未艾。據龔鼎孳在〈過日集序〉中稱：「今天下
詩極盛矣。自學士大夫，以至山林高蹈之士，以詩名家者，指不勝
屈。而選詩者，亦亡慮數十百家。」[94]可見，清詩選本在清初就達到
了初步的繁榮。

　　如果說，清初的懷柔政策對選本的影響主要體現在總體數量的增
多，那麼清末相對寬鬆的文化環境對選本的影響則主要體現為內容和
體例上的多元化。清朝後期，國家身處內憂外患之困境，統治者對文
人的思想控制有所鬆動，學術文化氛圍相對自由。這種政治文化環境
也促進了清末詩歌創作和選本的多元化發展。

　　錢謙益在談到文學與政治的關係時說：「夫文章者，天地之元氣
也。忠臣志士之文章，與日月爭光，與天地俱磨滅。然其出也，往往
在陽九百六、淪亡顛覆之時。宇宙偏沴之運，與人心憤盈之氣，相與
軋磨薄射，而忠臣志士之文章出焉。」[95]亦即文學繁榮的時候，往往
是政治秩序比較混亂的時期。生活在清末這樣一個複雜的現實中，詩
人對於社會和政治的不同理解，反映在詩歌中，不僅豐富了詩歌的創
作內容，特別是光宣時期詩歌所表現的社會生活面之廣闊，是中國詩
歌史上任何時代都無法比擬的，而且也促進了大型詩歌選本的編選。
孫雄所輯《道咸同光四朝詩史》、陳衍所輯《近代詩鈔》等大部頭選
本就是清末詩歌創作情形的忠實記錄。

93　鄧漢儀：〈自序〉，《詩觀三集》，康熙慎墨堂刻本。
94　龔鼎孳：〈序〉，見曾燦輯：《過日集》，康熙曾氏六松草堂刻本。
95　錢謙益：〈純師集序〉，《初學集》，四部叢刊影印本，卷40。

　　另外，清末的學術思潮既有今文經學家的維新變法思想，也有古文經學家的保守正統思想，另外，還有西方近代思想的滲透，呈現出多元化的趨勢。這種思想的多元化也影響到清末的詩歌創作。在詩歌主題上，表現積極思想與維護正統思想並存；在詩歌風格上，通俗易懂與古奧蘊藉皆有。選本領域也是如此，既有反映現實社會生活的選本，也有思想解放後出現的眾多女性詩歌選本，更有大量延續清中葉網羅文獻的地域選本，同樣顯示出多元化的趨向。

二　清詩創作繁榮和詩學批評成果的推動

　　如果說清廷社會政治和學術宗尚對於清詩選本是外在的間接影響的話，那麼清詩創作和批評方面的成就對清詩選本的繁榮來說則是內緣的直接的影響。詩歌創作、詩歌批評和詩歌編選三者的關係甚為密切，其中任何一個文學活動對其他二者都會產生一定的影響。具體說來，首先，詩歌創作是詩學批評和詩歌編選的物質前提。缺乏足夠的詩歌作品，詩歌理論批評的普適性就會降低，詩歌選本的選擇範圍也會縮小，進而影響到選本的整體質量；其次，詩學批評的理論成果會豐富詩家的創作方法和觀念，影響詩歌風格的嬗變，當然也會影響到選家篩選作品的傾向性；再次，詩歌選本既是對詩歌創作成果的核對總和再創造，也是對詩學理論的積極呼應。若單從清詩創作和清詩批評對清詩選本的影響而言，我們可以簡單地理解為，只有清代詩歌創作的繁盛，才能給清詩選本提供豐富的文本資源；只有清代詩學批評理論水準的提高，才有清詩選本整體品質的提升。

（一）清詩創作繁榮的推動

　　清代詩歌創作的繁榮主要體現在詩人和詩作的數量上。近年出版

的李靈年、楊忠主編的《清人別集總目》，[96]收錄清代現存別集約四萬
種左右，作者近兩萬名。今人柯愈春《清人詩文集總目提要》，[97]收書
約四萬種，作者萬人。這兩種目錄雖然是含括詩文，但是傳統文人一
般詩文兼擅，所以保守地估計，清代存有別集的詩人數量也在萬人以
上，這一數字已遠超清朝以前的任何朝代。專門研究清詩的目錄專著
有袁行雲的《清人詩集敘錄》，[98]敘錄清人詩集二千五百一十一家，約
三千種。而徐世昌輯錄的《晚晴簃詩匯》則收錄作者六千一百多家，
詩作兩萬七千多首。據《全清詩》編纂委員會的初步推算，清代有作
品傳世的詩人超過十萬。[99]這就符合沈德潛所描述的情形了：「國朝聖
聖相承，皆文思天子。以故九州內外，均沾德教。餘事做詩人者，不
啻越之鎛、燕之函、秦之廬，夫人能為之也。」[100]

　　清詩選本的繁榮不僅反映在清詩選本的數量上，還體現在清詩選
本的規模上。清初人選清初詩的傑出代表是鄧漢儀所輯的《詩觀》，
共三集四十一卷，選評了一千八百二十四位詩人的一萬五千餘首作
品。嘉慶間阮元編輯的《兩浙輶軒錄》和光緒年間潘衍桐刊刻的《兩
浙輶軒續錄》也是兩部大型選本，可以說將兩浙地區自國初至光緒年
間的詩歌搜羅殆盡。前者四十卷，共錄三千一百三十三位詩家的九千
二百四十一首詩歌，後者五十四卷，收錄四千七百零九位詩人的一萬
三五百四十三首作品。至清末，更是出現了一批規模宏大的清詩選
本。除了上文提到的《晚晴簃詩匯》為清詩選本規模之最以外，還有
陳衍的《近代詩鈔》，此書收錄詩人亦有三百七十家，且人各一卷。
這些大部頭的詩歌選本無疑是清詩創作繁榮的重要體現。

96　李靈年、楊忠主編：《清人別集總目》，合肥市：安徽教育出版社，2000年。

97　柯愈春著：《清人詩文集總目提要》，北京市：北京古籍出版社，2001年。

98　袁行雲著：《清人詩集敘錄》，北京市：文化藝術出版社，1994年。

99　參見朱則傑：〈論《全清詩》的體例與規模〉，《古籍研究》1994年第1期，頁140-144。

100　沈德潛：〈自序〉，《國朝詩別裁集》，乾隆二十五年（1760）教忠堂刻本。

　　清代詩歌創作群體蔚為壯觀，作品卷帙浩繁，直接影響到了其時的清詩選本，形成了清詩選本的繁榮局面。二者之間存在必然的因果聯繫：一方面，數以萬計的詩人作品為清詩選本提供了大量可供選擇的文本資源，另一方面，大量的詩歌作品只有通過選本結集的形式，才能更有利於讀者的閱讀、作品的流播和文獻的保存。朱琦為《國朝正雅集》作序時論道：「詩至國朝盛矣，上自王公大臣，雍容揄揚，奄有風騷、漢魏、唐宋之美；下至田間野老、羈人逸士，莫不有詩，以自達其情性。顧其傳者，或以專集，或零章斷句，非裒而輯之，則無以觀當時風尚，而極一代著作之盛。」[101]朱琦所言極是，散落的個人別集或未經刊刻的殘章斷簡既不利於文獻的世代保存，更難顯示清代詩壇整體的創作風尚和創作實績。唯有通過選本作為載體，才能有效地保存一代文獻，全面地反映「當時風尚」。另外，清詩選本對專集或殘章的「裒而輯之」，並不是毫無選擇的機械收錄，而是經過了選家主體們的再創造，更加適宜普通讀者的閱讀和接受。

（二）詩學批評成果的推動

　　清詩不僅在創作上成就斐然，在詩學批評上也取得了豐碩的理論成果。有清一代的兩百多年間，清代詩學批評繼承了過去歷史上幾乎所有的文學批評概念、術語、範疇、命題，並在吸收西方後期文學觀念的基礎上有所發展和創新，顯示出了豐富性、深刻性和變革性的特點。詩學批評名家輩出，理論著作異常豐富，在具體論詩主張上也體現出寬闊的學術視野，善納百川的包容。他們相互之間也時常有商榷駁難，不同的流派和主張也發生自然的替易更迭，但是總體上表現為比較溫和的漸進和理性的融通，用汲納補正代替了對抗和斷裂，這一點與明代詩學批評大相逕庭，每一時期的詩學批評都更顯理性、多元。

---

101 朱琦：〈序〉，見符葆森編：《國朝正雅集》，咸豐七年（1857）刻本。

明清之際由於受到朝代變更和經世思想的影響，詩學批評非常重視詩歌反映現實、批判現實的社會目的，全面扭轉前明空虛幽仄的詩風；清初文人在注重文學社會功用的基礎上，還積極探索文學本體的審美風格等問題，出現了以清幽淡遠、典雅含蓄為風格特徵的神韻派詩歌。由於恰逢康乾盛世，所以這一時期的詩學總體傾向為溫柔敦厚，典雅中正，沈德潛的「格調派」詩歌最為典型；自乾隆後期，清王朝步入衰落的中葉時期，受到乾嘉考據學風的影響，以重視學問為特徵的「肌理派」詩歌應運而生。另外，在乾嘉統治者的高壓政策下也湧現出一些帶有鮮明個性色彩的文人，如袁枚就對其時矯飾虛偽的詩風嚴厲抨擊，提出了書寫真情、呈露自我的「性靈說」，具有一定的批判精神和獨創意識。清末的詩學批評更顯多元，既有宋詩派、同光體等守舊詩學，也出現了詩界革命、南社等趨新詩學，其中一些進步的詩學理念對於中國古典詩學批評走向近代化起到了重要作用。

清代詩學成果的豐富也體現在批評樣式的繁榮上。根據郭紹虞《萬首論詩絕句》編選的內容來看，清代論詩絕句的數量幾占歷代論詩絕句的百分之九十。而詩話這一理論載體在清代更是品種繁富，蔚為大觀。據蔣寅先生的保守估計，清詩話的總數超過一千五百種是沒有問題的。[102]即使根據張寅彭先生較為審慎的統計，現存的清人詩學著作也多達八百餘種，是現存宋代詩學著作的九倍左右。這些詩學批評樣式的繁榮自然也會影響清詩選本的編選。

三　前代選本的積累以及清詩選家類群的興起

若將清詩選本放置於古代選本領域中考察，我們發現，歷代選本的發展特別是當代人選當代詩選本的積累，也是清詩選本繁榮的重要

---

102 蔣寅：〈自序〉，《清詩話考》，北京市：中華書局，2005年。

內驅力。唐人選唐詩、宋元人選宋元詩特別是明人選明詩等編選活動的寶貴經驗，一方面調動了清人選清詩的熱情，同時也為清人選清詩樹立了典範性的榜樣作用。另外，在闡釋清詩選本繁盛的原因時，還有一個重要的現象值得關注，那就是清詩選家類群的興起。這裡所謂的「選家類群」概指清代所有進行選本編選活動的同類人群。他們之間有的關係密切，如沈德潛與王鳴盛、王昶等即為師生關係；有的彼此不相識，但是他們都從事過同樣一種文學活動，即詩歌選本的編刻。在古代，這一類人通常被稱為「操選政者」，抑或是「好事者」，他們是清詩選本得以面世的主體力量。

在當代人選當代詩領域中，唐人選唐詩無疑占據著非常重要的地位。對此，清代選家在編選時大多將唐人選唐詩奉為典範，如魏憲在對當時選本界「動相詆毀」的不良局面提出批評時，就以唐人選唐詩作為對比的參照物：「唐人選唐詩者六家，各矜所尚，原不相襲，故能並行天壤。」[103]宗觀為《名家詩永》作序時也對唐人選唐詩稱許有加：「嘗見唐人選唐詩矣，《篋中》、《才調》、《國秀》諸編，或集不多人，或人不多詩，或詩不多體，至今學者士大夫誦之不倦。」[104]當然，也有論者認為唐人選唐詩數量太少，去取過於苛刻：「詩莫盛於唐，而唐人選唐詩者，不過殷、元六家，亦甚嚴矣。」[105]吳氏言下之意是說，清初詩歌創作「不讓於初盛」，應該編選出更多地當代詩歌選本。由此看出，清代選家或評論家對於唐人選唐詩不論是奉為典範還是稍有微詞，他們在編選清詩選本的實踐中都會自覺或不自覺地受到唐人選唐詩的影響，學習唐人選唐詩之長，克服唐人選唐詩之短。

在選本領域對清詩選本產生較為直接的影響的是明代的詩歌選本，既包括明人選編歷代詩歌的選本，也包括明人選明詩。可以說，

---

103 魏憲：〈凡例〉，《詩持一集》，康熙十年（1671）枕江堂刊本。
104 宗觀：〈序〉，見王爾綱評選：《名家詩永》，康熙二十七年（1688）砌玉軒本。
105 吳偉業：〈序〉，見魏憲輯：《補石倉詩選》，康熙魏氏枕江堂刻本。

明代尤其是明中後期選家競相選輯前代或當代詩歌的風氣直接延續至
清初，對清人選清詩的影響甚深，明清之際詩歌選本領域的眾聲喧嘩
即是顯證。明代的詩歌選本，無論是借選詩為某一詩歌理論張目，抑
或是借詩歌選本來保存文獻，都給了清初乃至整個清代的選家提供了
可資借鑒的「範本」。其中較為有名的，斷代選本如高棅的《唐詩品
彙》、李攀龍的《唐詩選》等，通代選本如李攀龍的《古今詩刪》、曹
學佺的《石倉詩選》等，當代詩選如楊慎的《皇明詩鈔》、俞憲的
《盛明百家詩》、陳子龍的《皇明詩選》、錢謙益的《列朝詩集》等。
這些選本雖然或被尊崇，或被攻訐，但是均對其後清詩選本的繁盛起
到了十分重要的影響。

　　當然，清詩選本的繁盛還離不了選家主體的參與，整個清代就湧
現出了一大批層次複雜、水準參差、目的各異的選家類群。謝正光先
生在談到清初選家類群時論道：「從政治立場來看，四十六人之中有
明遺民，有抗清義士，有先前降清而後以遺民自處者，有貳臣，有清
朝培養的第一代官吏，有位極人臣的高官，有困頓場屋的士子，有囊
筆遊食的幕客。」[106]清詩選家類群的複雜性，直接影響到清詩選本的
編選標準、刊刻目的以及批評效能，所以對於這一創作主體有梳理的
必要。縱覽有清一代，選家群體主要有以下幾種類型：

（一）文臣型選家

　　中國傳統文人秉承著「達則兼濟天下，窮則獨善其身」的人格理
想，中榜為官，兼濟天下成為其讀書的最終目的。所以，中國古代社
會中臺閣重臣、地方官員絕大多數都是文人出身。這些文臣位居高
位，又受過良好的教育訓練，具有較高的社會責任感，成為清詩創作
和選本編輯的中堅力量。

---

106 謝正光：〈試論清初人選清初詩〉，《清初詩文與士人交遊考》（南京市：南京大學
　　出版社，2001年），頁51。

　　由於自身深厚的文學素養和較高的社會地位，這類文臣選家人際交往廣泛，學術資源豐富，天然地具有收集大量文本的優勢。徵啟一出，眾多文人紛紛以稿相投，以期刊用，所輯清詩選本相對來說主觀性較強，批評意識較濃。如魏裔介，順治三年（1646）進士，官至太子太傅、保和殿大學士，著有《兼濟堂詩集》八卷，輯有《觀始集》十二卷，《溯洄集》十卷；再如鐵保，乾隆三十七年（1772）考中進士，當年進入吏部任職，最高時官居一品，優於文學，長於書法，詞翰並美，著有《惟清齋全集》，編選了《白山詩介》和經嘉慶皇帝賜名的《熙朝雅頌集》。此類文臣，不勝枚舉，尤以沈德潛成就為最高。

（二）遺民型選家

　　這是明清之際出現的一個特殊的選家群體。當明清鼎革之時，前朝眾多文士歸隱山林，絕仕不進新朝，恪守著不事二主、獨善其身的人格操守。這個群體在明清之際的選本實踐中起著舉足輕重的作用，出現了諸如馮舒、陳祚明、魏憲、程瑚、卓爾堪等一大批其時著名的遺民選家。

　　遺民型選家的選本，大都選輯明清之際重道敦倫、義不降清的遺民作品，意在傳播遺民同仁事蹟和遺民價值觀，編選標準多「以人為重。人以品節為主，或理學紹古，或經濟匡時；或正色廟廊，或敦行草野，皆兩間正氣，一代偉人。衡量之間，寧嚴不濫。事緣實著，人以類從。」[107]順治、康熙間的遺民選本主要有馮舒《懷舊集》，陳瑚《離憂集》、《從游集》，姚佺《詩源初集》，魏畊《今詩萃》，陳允衡《詩慰初集》、《二集》、《續集》、《國雅初集》，徐崧、陳濟生《詩南初集》，顧有孝《驪珠集》，魏憲《詩持一集》、《二集》、《三集》、《四集》、《補石倉詩選》、《百名家詩選》，曾燦《過日集》，韓純玉《今詩

107　魏憲：〈凡例〉，《補石倉詩選》，康熙魏氏枕江堂刻本。

兼》，黃傳祖《扶輪續集》、《廣集》、《新集》，趙炎《蓴閣詩藏》等二
十多種，而康熙四十年（1701）問世的卓爾堪《遺民詩》則堪稱遺民
選本的代表。

這些遺民選家在入清以後，多歸隱不仕，窮愁感傷之情緒也不時
地在其選本中流露。選本詩家小傳多記述其人磊落恢奇之行事，困頓
亂離之遭際，這些既是所選詩家真實境遇和品格的反映，同時也是遺
民選家自身情操的寫照。

（三）學者型選家

乾嘉以後，以訓詁考據為主的漢學風靡一時，湧現出了以惠棟、
戴震為代表的一大批漢學家。他們引經據典，考辨義理，學問深厚，
講求實證，不僅在經學研究領域取得了舉世矚目的成就，而且還涉足
於選本領域，成為一個個學者型選家。這一群體的傑出代表為全祖
望、王鳴盛、阮元和李兆洛等。

全祖望（1705-1755），字紹衣，號謝山。鄞縣（今浙江寧波）
人。雍正七年（1729）貢生，三年後中舉，乾隆元年，薦舉博學宏
詞，同年中進士，選翰林院庶吉士。他上承清初黃宗羲經世致用之
學，勤奮攻讀，博通經史，為清代浙東史學名家。編輯選本有《本朝
甬上耆舊詩》四十卷、《續甬上耆舊詩》四十八卷等。

王鳴盛（1722-1797），字鳳喈，晚號西江，江蘇嘉定（屬今上海
市）人。官侍讀學士、內閣學士兼禮部侍郎、光祿寺卿。以漢學考證
方法治史，為「吳派」考據學大師。詩文集有《耕養齋詩文集》、《西
沚居士集》等，選本有《江左十子詩鈔》二十卷、《江浙十二家詩
選》二十四卷等。

阮元（1764-1849），字伯元，號雲臺，揚州儀征人，乾隆五十四
年（1789）成進士，入翰林院任庶吉士，翌年授翰林院編修。他畢生
仕宦特達，但撰述編纂工作未嘗稍輟。他學問淵博，在經學、方志、

金石學及詩詞方面都有很高造詣，尤以音韻訓詁之學為長。著書一百八十餘種，其中選本有嘉慶六年（1801）刊刻清初以降浙江詩人作品的《兩浙輶軒錄》四十卷。

李兆洛（1769-1841），字申耆，晚號養一老人，陽湖（今屬江蘇常州市）人。嘉慶十年（1805）進士，選庶吉士，充武英殿協修，改鳳台知縣，後主講江陰暨陽書院達二十年，精通輿地、考據、訓詁之學。為文主張混合駢、散兩體之長，與桐城派散文立異，是陽湖派代表作家之一。除編選《駢體文鈔》外，尚有明清詩選本《小山嗣音》和清詩選本《舊言集》等。

清代經學家、史學家等學者型文人在研究學術之餘，也熱衷詩詞書畫，特別在輯錄鄉邦文獻方面關注較多，用力頗深。上文已經談到經學家的學術思維和地域選本興起之間的關係，所以這些學者型選家編纂的除了少數同人選本外，多為地域選本。這些碩儒學者們參與到清詩選本的編選實踐中，也給清詩選本帶來了別樣的風景。

（四）藏書家型選家

清代文獻資料異常豐富，收集整理工作十分重要，於是出現了一大批藏書家。他們不僅收藏了大量的歷史、文學等方面的文獻，而且還身體力行收集清詩作品，編選清詩選本，有力地促進了清詩文獻的保存。代表人物有吳之振、汪森、汪啟淑、丁丙等。

吳之振（1640-1717），字孟舉，號柳丁，別號竹洲居士，晚年又號黃葉老人、黃葉村農，石門（今浙江桐鄉）洲泉鎮人。順治九年（1652），十三歲應童子試，即與呂留良定交，試後又與黃宗羲兄弟交往。舉貢生，以貲為內閣中書，亦不赴任。性坦率豪爽，淡泊於名利。他家庭富裕，購藏宋人集部秘本甚多。康熙二年（1663），與呂留良、吳自牧合編《宋詩鈔》，又選施閏章、宋琬、王士禛、王士祿、陳廷敬、沈荃、程可則、曹爾堪八人詩為《八家詩選》，刊刻行世。

　　汪森（1653-1726），休寧籍藏書家。其裘抒樓、梅雪堂、碧巢書屋、小方壺、擁書樓、華及堂均是江南著名的藏書樓和家刻堂號。刻書有康熙十七年（1678）汪氏碧梧書屋刻朱彝尊輯《詞綜》三十六卷，康熙四十四年（1705）汪氏梅雪堂刻自輯《粵西詩載》二十五卷、《粵西文載》七十五卷附《粵西叢載》三十卷，以及精刊自撰《小方壺存稿》十八卷、自撰《裘抒樓詩稿》六卷等十多種二百餘卷圖書。編輯刊刻清詩選本有康熙十二年（1673）的《詩風初集》十八卷和康熙四十六年（1707）的《華及堂視昔編》六卷。

　　汪啟淑（1728-1799），歙縣印癡、藏書家。在杭州小粉場開辦飛鴻堂、開萬堂藏書樓，藏書數千種，古印萬紐。四庫開館，他家獻書六百餘種。他在致力於整理所藏古玩之外，也輯有女性詩歌選本《擷芳集》八十卷。

　　丁丙（1832-1899），字嘉魚，號松生，晚年號松存，錢塘（今杭州）人。自幼好學，一生淡於名利，終身不仕，熱心公益事業，愛好收集地方文獻。太平天國時期，杭州文瀾閣《四庫全書》在戰亂中散失，他與兄丁申不避艱險，四方搜尋和收購，得書近萬冊。他愛藏書，私人藏書豐富，對地方文獻收集甚豐，輯有《國朝杭郡詩三輯》一百卷。

　　在藏書家型選家裡，既有家資富碩的商人選家馬曰琯、馬曰璐兄弟，也有家貧靠借抄而藏書的選家吳翌鳳；既有文壇大家，也有業餘愛好者。他們懷著熱愛傳統文化、保存地方文獻的赤誠之心，利用自身的優勢資源，為清詩選本的編選刊刻做出了卓越的貢獻。

　　上述分類還遠不能涵蓋清詩選家的全部，但擷取這四種典型代表，我們已經可以窺見其時清詩選家的眾多和清詩選本的繁盛了。正是由於多種類型的選家的參與，大量的清詩選本才能得以產生、出版和流播。

第二章
清人選清詩與清詩史的構建

　　德國文論家瑙曼曾經說過：「『文學史』一詞在德語裡至少有兩種意義。其一，是指文學具有一種在歷時性的範圍內展開的內在關係；其二，是指我們對這種聯繫的認識以及我們講述它的本文。從邏輯上講，這兩種含義是可以分得很清楚的。它們之間的關係就如同客體與客體的語言之間的關係一樣。」[1]這段從廣義角度進行的概括不但適應任何一種「文學史」寫作，而且，它也深刻地揭示出所謂「文學史」既是對「文學歷史」的書寫，同時這種書寫本身也是一種藝術創作。若將此種表述運用至清詩史的描述過程中，那麼清詩選本無疑是構建清詩史的重要途徑之一。因為一方面，清詩選本的主體內容是經過一定篩選的清代詩歌作品，每部選本中的詩歌都從一個側面反映出清代詩歌發展的風貌；另一方面，每一部清人選清詩選本的形成都是清代選家對清詩史的一次認知過程——它們既有一定的文學史意識，又有經過選擇的詩歌作品作為主體支撐，部分選本還有對詩家或詩作的點評，總之，它們是以一種獨特的方式進行清詩史的構建。

　　在實際的構建過程中，單個清詩選本主要通過選文數量的多寡、作者對某種詩體的擅長程度等手段來進行其個性化的文學史描述。雖然每部選本的具體編選情況差異很大，選家們的理論水準也是參差不齊，但是這些選本都從不同側面完成了選家主體對於清詩史的一次構建。而當若干清詩選本組成一個類群之後，這些清詩選本將通過集體

1　〔德〕瑙曼：〈作品與文學史〉，見范大燦編：《作品、文學史與讀者》（北京市：文化藝術出版社，1997年），頁180。

篩選的方式，進一步遴選出能代表清詩發展成就的名家名作，組成一個相對完整的序列，在對名家的抑揚、進退中顯示出清詩選本的文學史意識。需要說明的是，並不是所有的清詩選本都具有鮮明的文學史意識，本章所論選本專指具有高度文學史意識的清詩選本，具體論證過程分為三個層次：首先從選家主體入手，考察他們在選本中對於歷代詩歌發展演變以及清代詩歌發展風貌等問題的認識，以此論證清詩選本的選家主體具備明確的文學史意識。其次是考察清詩選本在清詩史構建過程中實施的具體策略，主要分成選家個體的主觀選擇和選本群體的集體篩選兩個類別。再次是舉例論證清詩選本在作家作品經典化過程中發揮的重要作用，進一步強化證明清詩選本中具有的文學史意識。

第一節　清詩選家的文學史意識

　　所謂文學史意識，簡言之，就是對文學史的關注和認識。中國早期對文學史的關注始於史家，司馬遷《史記·屈原賈生列傳》首次將中國文學史上第一位知名詩人屈原與漢代名家賈誼合傳記載，且也是從文學的角度將屈原與賈誼，還有宋玉、唐勒、景差等人聯繫在一起，指出其間於文學創作上的承傳關係，顯示出作者朦朧的文學史意識。自南朝將文學視為一門獨立的學科以後，文人的文學史意識才逐漸確立起來。其主要意旨是文人自覺地以「史」的眼光去探尋文學的發展演變規律，既關注於文學創作的前後承繼關係，也注重每個歷史時期文學特徵的流變。

　　作為清詩選本批評意識的重要組成部分，清詩選本的文學史意識主要通過選家的理論表述和選文實踐來共同體現。在選本的序跋、凡例和評點中，選家會自覺或不自覺地流露出對歷代詩歌演變包括清代詩歌發展的看法；而選家的選文實踐則更多地傾向於對清代詩歌發展

脈絡的梳理，這種梳理行為顯然受到選家文學史意識的支配，是選家文學史意識的文本呈現。

一　對歷代詩歌發展演進內在規律的理性反思

清詩選本在探討詩歌發展演進的內在規律時，不僅僅局限於關注有清一代的詩歌發展，還將視野拓展到對歷代詩歌發展規律的探尋上。其著眼點主要放在兩個方面：一是對歷代詩歌發展史進行線性勾勒，並從其中找尋出規律性的東西；一是對詩體自身嬗變演進的過程進行總結，分析出詩歌體裁演進的內在動因。

（一）詩歌源流論

清代許多選家都兼具詩論家的身分，他們在選本中會不時地表露對中國古代詩歌發展的看法，其中對詩歌源流承繼、興衰演變的考察是選家品評的重要內容，同時也是選家文學史意識的集中體現。一般來說，對於中國古典詩歌源流的考察主要集中於三個向度：對詩歌淵源的追溯；對詩歌發展演變的梳理；對具體時期名家經典的定位。我們集中選取一些選家的觀點：

> 《詩》之為經，其與《書》、《禮》、《大易》、《春秋》默相維持，固自有深焉者也。「三百篇」變而《離騷》，澤畔孤臣，抒為長句，餐蘭珮芷，山鬼佳人，一篇之中，三致意焉。《離騷》變而樂府，芳樹白楊，朱鷺黃鵠，洋洋灑灑。至漢魏六朝，名士比肩，昭明《文選》一樓，並峙天壤，何其大小同聲，上下畢協，從古及今，如出一轍也？數傳而唐，以詩取士，縉紳大夫，以迄方外，暨夫閨秀，無不知詩。而沈、宋、王、孟、李、杜、錢、劉諸君子，時為大曆，為長慶，為西

崑，體屢變而義不殊，風遞降而情若一。熟讀全唐，揣摩其
故，庶幾得之。明興，一洗宋元積習，如日月經天，照耀四
表，青田、長沙、北地、信陽、歷下、竟陵諸派，變而愈盛，
要必歸於「三百篇」之旨。所謂感者足興，聞者足戒，未嘗不
折衷於孔氏，以維持之也。今天子臨軒詔賦，群工百職事，拜
手賡揚，……故今日之正笏而談者，有若栢鄉、高陽、合肥、
櫟下、梅村、荔裳、愚山、阮亭、黃石、綠厓諸君子，靡不崇
尚風雅，相為倡和。上接明良、喜起之歌，而吾黨有心之士，
抱鐘鼓以和者，今不下數十輩，罔不滌蕩繁靡，敦培忠厚，軌
於正始，以佐高深。[2]

原夫聲教之有詩歌，性情之所啟；風雅之分正變，格律斯存。
論其世，則黃歌逐肉，依然嶰谷之音；論其人，則丹陛鼓籲，
不廢箕山之調。「三百篇」刪錄既定，尚餘古逸流傳；五七言
體制日新，各有天才擅美。河梁酬贈，情致宜深；鄴下讌歌，
才華貴麗。處士詠懷之什，發源於阮嘯嵇琴；名流應制之詞，
掞藻似潘江陸海。若乃陰何清婉，變成沈、宋風華；盧、駱鋪
張，不及高、岑磊落。況以青蓮之俊逸，方之子美之沉雄。李
如靈鳳九苞，共雲霞而絢綵；杜則神龍萬變，挾風雨而遊空。
中晚以來，頹靡日甚。惟前七子之起於弘正，空同大復，天作
高山；並後七子之振自嘉隆，滄溟弇州，人欽學海。此誠東壁
之間氣，鬱為北斗之宏聲。[3]

「三百篇」之後，一變而為楚騷，再變而為漢魏。雖似異體，
其實同源。至於六朝，亦不乏錚錚之士。大抵月露風雲，其音

2　魏憲：〈自序〉，《詩持二集》，康熙十年（1671）枕江堂刊本。
3　趙炎：〈徵選今詩藏引〉，《蕚閣詩藏》，康熙刻本。

靡矣。迄至有唐，聲詩聿盛，一洗晉、宋、齊、梁、陳、隋之弊。盧、駱、王、楊轉其機，沈、宋、燕、許正其律，陳、蘇、王、孟、儲、韋、高、岑、錢、劉諸家沛其氣。元結出而返其醇樸，李白出而神其變化，杜甫出而集其大成。迄乎中晚，流分派析，溫、李組練而流於香豔，元、白暢達而譏於輕俗，皮、陸真率而鄰於瑣細，盧、李奇矯而入於詭異，賈、孟清雋而近乎寒瘦，似乎中晚之才，遠遜初盛，余謂未嘗遜也。中晚詩人皆傑出之士，非不能追蹤前哲，而羞語雷同，故寧不得大家之名，別開生面，此亦猶楚騷漢魏異體同源，其調雖似不平，總歸於和平而止也。宋室詩人歐、蘇諸家而外，矯矯者不多，概見元之風承宋流而下矣。有明之時，乃有四傑，復有前後七子大振頹波。七子之中，王、李尤盛，濟南更出《唐詩》一選，藝苑翕然從之，……學之者每鏤於心，思儉於聲律，楚腰欲細，餒絕為虞。始也，厭王、李者入鍾、譚，久之，厭鍾、譚者，復入王、李，交譏互詬，幾如南北分宗，洛蜀聚黨，不平之鳴非一日矣。至我皇清，文風丕變，諸體咸盛，詩律更精，唱歎淋漓，皆源情性。[4]

詩自「三百篇」以降，至漢為正始母音。迄魏晉，氣格遞變，浸淫齊、梁、陳、隋，流入綺靡，愈變愈下。至唐開元、天寶間，乃備美一時，振拔千古，盛已！五代時，文字磨滅，與世運俱淪，無詩。宋非無詩也，特以理學與騷雅雜出，二者謬不相入，即謂之無詩亦宜。元以詩餘填詞擅場，正音大雅，蔑矣勿問。故其為詩，亦不多傳。自明代風氣一振，矯敝古今，以漢魏三唐為宗，如濟南、竟陵、公安、雲間諸君子，各主騷

4　陸次雲：〈自序〉，《皇清詩選》，康熙間刊本。

壇，樹幟當代。我朝定鼎以來，數十年間，群才畢出，璀璨當
時。不惟起五季宋元之衰，並且超軼前代，大有過於王、楊、
盧、駱，雖以初名，實盛矣。[5]

「三百篇」興、觀、群、怨之旨，發乎情，止乎禮義。降而漢
魏六朝、三唐兩宋，以迄元明，體裁各別。大抵皆自出機杼，
吟詠其性情。相如巧為形似之言，二班長於情理之說。體要既
得，異曲同工。舒慘邪正，由茲判焉。國朝教化詳洽，風氣日
趨於醇厚。聖天子嘉意文治，倡興古學。作者蹈古轍之嘉粹，
刊佻靡之非經。庶子春花，家丞秋實。十五國中，追蹤正始，
而名噪詞壇者，遠軼前代。[6]

　　從上述選家對歷代詩歌源流的諸種論述來看，我們可以得出如下
結論：

　　其一，清詩選家和歷代評論家一樣，都將《詩經》視為中國古典
詩歌的源頭，後世詩歌的諸種演變不論是在體制形式上，還是在情感
本質上都是源自《詩經》。這種認識也符合中國詩歌發展的實際。有
清一代的全國性清詩選本，除卻上述提及的選本以外，有的從命名就
可以看出《詩經》在詩歌史上的源始地位。如魏裔介編輯的兩部選
本，一個名為《觀始集》，一個名為《溯洄集》，均有追風溯雅之意。
另如《國雅初集》、《清詩大雅》、《熙朝雅頌集》、《國朝正雅集》等選
本也是遠紹《詩經》中的風雅傳統而命名的。雖然某些言辭過於揄
揚，但是清詩選家宣揚傳統詩教的目的都可以在《詩經》那裡找到合
理的依據。

5　翁介眉：〈序〉，《清詩初集》，康熙二十年（1681）蔣鑣刻本。
6　陳以剛：〈自序〉，《國朝詩品》，雍正十二年（1734）刊本。

　　此外，清詩選家不僅自覺地將《詩經》奉為中國詩歌的源頭，還將其視為中國古代選本的萌芽。李明睿為《詩慰初集》作序時指出：「若詩選生者，孔子當先為之矣。」[7]這裡即指孔子刪《詩》為選本之源。這種觀點不僅體現於清代的全國性選本中，也體現於清代的地域詩歌選本和女性選本中。

　　其二，清詩選家的文學史意識還突出表現為對歷代詩歌發展演變的梳理，並從中尋繹出某些內在的規律，即如錢棻所云：「考鏡古今盛衰之變，與發明著書之意，將以垂示來葉，釐正風氣，以求無愧古聖人刪詩之本指。」[8]上述魏憲、趙炎、陸次雲、翁介眉、陳以剛等選家對詩歌史的勾勒雖然看法不盡相同，表述角度各異，但是他們對於詩歌史中的某些規律性的認識是共通的。如魏憲的「體屢變而義不殊，風遞降而情若一」、趙炎的「聲教之有詩歌，性情之所啟；風雅之分正變，格律斯存」、陸次雲的「雖似異體，其實同源」、陳以剛的「體要既得，異曲同工」等觀點其實都是對「詩言志」的具體闡發。這些精闢的言論、科學的認識，使得清詩選家的詩歌源流論具有較強的理論蘊涵。

　　其三，清詩選家還為各個時期的名家進行了價值評估和主觀定位。若將歷代詩歌史劃成一個座標的話，它的橫軸應該是詩歌演變的各個歷史時期，而縱軸就應該是每個時期的作家作品。正是通過每個歷史時期作家作品的承繼嬗變，整個古代的詩歌史才得以構建，所以具體時期的作家作品在詩歌史中扮演著極其重要的角色。由於每個作家對於詩歌史的貢獻有所不同，所以篩選出代表當時詩歌成就的經典作家作品就成為歷代選家和評論家的重要任務，也是他們文學史意識的重要體現。很顯然，多數清詩選家在序文中不遺餘力地追溯詩歌發

7　李明睿：〈序〉，見陳允衡輯：《詩慰初集》，順治澄懷閣刻本。

8　錢棻：〈序〉，見魏裔介輯：《溯洄集》，康熙元年（1662）刻本。

展的源流，其根本目的就是欲將清代詩歌也置於這個譜系之中，繼而利用選本的形式來完成清詩史的構建。

（二）詩體演變論

　　這裡所說的「詩體」具有兩重含義：一是指古體、近體、五七言律絕等不同的詩歌體裁，二是指各種不同體裁類型詩歌的風格、體勢。清詩選家非常重視詩歌體裁的演變，在選文時最常用的體例就是以體分類，即使是按詩家排序的選本，在排列具體作品時也會按照古今詩體的發展順序來選詩。即如王爾綱所言：「詩雖未顯明分體，然皆不論年月遠近，由古體而近體，由五言而七言。所有古今樂府、五七排律、四言六言、回文聯句、集古集唐，各體具備。」[9]當然，這種選文的體例一方面源於對歷代選本經驗的合理繼承，一方面也是出於選家對詩體演變的重視。這種重視不僅表現在具體的選文安排上，還不時地通過選本序跋、凡例和評點「聊以誌諸體之崖略，辨源流之所自。」[10]茲略舉一二：

　　　　聲詩之變，雖每況彌下，然三言始於夏侯，四言始於韋、孟，五言始於蘇、李，六言始於谷永，七言始於栢梁，九言始於高貴鄉公。他若騷選離合，莫不肇端漢魏以前，典午而後。[11]

　　　　古詩如龍出雲中，蛇行水上。若有若無，一回一曲。律詩如老吏之法，老僧之戒。輕重較錙銖，非出入高下可得。[12]

9　王爾綱：〈雜述〉，《名家詩永》，康熙二十七年（1688）砌玉軒本。
10　錢價人：〈凡例〉，見魏畊、錢價人輯：《今詩粹》，康熙間刊本。
11　錢萊：〈序〉，魏裔介輯：《溯洄集》，康熙元年（1662）刻本。
12　王爾綱：〈雜述〉，《名家詩永》，康熙二十七年（1688）砌玉軒本。

李滄溟云：唐詩無五言古詩。允若是，雖李、杜、王、孟不得稱全才矣。今所登者，皆標格清真，神貌渾靈，以存一代之母音，不欲襲陳見也。得詩凡四卷；歌行長短，既無定則，不易擅長。隨聲轉韻，既病其太拘，跅弛蕩濔，漫無紀律，又失之太肆。古人云：不疾不徐，有數存焉於其間。此予選七言古詩之志也。得詩凡五卷；律詩曰近體，以其為近今之所尚也。蓋律之為體最嚴，而為法亦最備。虛實開闔，章句字法，情景相生。選詞設色，一有未安，疵類立見。予曾有學詩八法，專言近體。是編先以之論定諸作。五言律得六卷，七言律得八卷；諸家各體中，排律最少。大約出於應制者十之三，出於投贈者十之五。鴻篇巨製，尚俟搜羅。茲五七言，共得詩二卷；絕句聞多佳構，縮之猶得三卷；離合回文之制，出自古人之緒餘。後復廣為藏頭斷腰地名典調諸體，巧慧之士所樂道也。然必巧不傷雅，斯為得之。故合為一卷，以備其體。[13]

詩者，古六經之一也。采風觀俗，立言明志，是以君子重之，學者不廢。自三百篇而降，厥體屢變，大柢根極情性，緣以文藻，軌因代殊，要歸雅則，是故騷詞、樂府、長句胚胎十九，河梁五言堂構陳隋，李唐則律絕之褘袷也。[14]

　　上述引文集中論述了有關詩體的兩大問題：一是每種體裁的淵源及其演進過程，二是每個歷史時期的代表性詩體及其審美特徵。值得一提的是，柴紹炳所言及的「厥體屢變」、「軌因代殊」其實就是一種「體以代變」的詩體流變論。每種體裁都需要有適合它生存發展的土

---

13 孫鋐：〈凡例〉，《皇清詩選》，康熙二十七年（1688）鳳嘯軒刻本。
14 柴紹炳：〈序〉，見毛先舒輯：《西陵十子詩選》，順治七年（1650）刻還讀齋印本。

壞，隨著時代的興亡更替，詩體也會發生演變，詩歌的不同體裁相互衍生、取代，先秦、兩漢、唐宋、元明均有側重的詩體，且每個朝代均有代表性的作家作品，詩歌風格也有優劣之分。由此可以看出，其時的清詩選家已經注意到了詩歌體裁及詩風演變與時代盛衰的密切關係。實際上，不同詩歌體裁及風格在不同時代的興衰延續，就已經構成了源遠流長的詩歌發展史。換句話說，詩歌發展史也就是各種詩歌體裁、風格興衰嬗遞的歷史。這種透過各體詩歌興衰變化來爬梳古今詩歌演進軌跡的做法本身就體現出一種流變的文學史觀。這也和其時批評家的觀點基本一致，如紀昀為《國朝律介》作序時也指出：

> 夫文章格律與世俱變者也，有一變必有一弊，弊極而變又生焉。互相激，互相救也。唐以前毋論矣！唐末詩猥瑣，宋楊劉變而典麗，其弊也靡。歐梅再變而平暢，其弊也率。蘇黃三變而恣逸，其弊也肆。范陸四變而工穩，其弊也襲。四靈五變理賈島、姚合之餘緒，刻畫纖微，至江湖末派流為鄙野，而弊極焉。元人變為幽豔，昌谷、飛卿遂為一代之圭臬，詩如詞矣。鐵厓矯枉過直，變為奇詭，無復中聲。明林子羽輩倡唐音，高青邱輩講古調，彬彬然始歸於正。三楊以後臺閣體興，沿及正嘉，善學者為李茶陵，不善學者遂千篇一律，塵飯土羹。北地、信陽挺然崛起，倡為復古之說，文必宗秦漢，詩必宗盛唐，踔屬縱橫，鏗鏘震耀，風氣為之一變，未始非一代文章之盛也。久而至於後七子，剽襲摹擬，漸成窠臼。其間橫軼而出者，公安變以纖巧，竟陵變以冷峭，雲間變以繁縟，如塗塗附無以相勝也。[15]

---

15 紀昀：〈序〉，見鐵保輯：《國朝律介》，乾隆六十年（1795）刻本。

　　雖然清詩選家對詩體演變的若干認識並無超出明清詩論家的研究視域，但是它深刻地影響到選家在選文時對具體詩體的安排。在中國詩歌史上，哪些詩體影響深遠，在具體某種詩體中，有哪些代表性的詩家詩作，還有選家自身對某種詩體的傾向性，所有這些都會影響到選家的選文實踐。實際上，我們在選本的各個組成部分裡都可以尋找到一些蛛絲馬跡，因為清詩選家一般都具有較強的辨體意識，即如宋實穎所言「采詩莫先乎正聲，正聲莫嚴乎辨體」。[16]其中既有對每種詩體的詳盡辨析，也有對諸種詩體間風格差異的比較，甚至還涉及到不同詩體用韻的區別。

　　　　五古有三種：阮籍、陳子昂、張九齡為一體，宜於比興；陶淵
　　　　明後韋蘇州、柳柳州為一體，宜於山水閒適；杜子美為一體，
　　　　宜於敘事。而其要總貴氣骨堅蒼，詞句渾成。近日漫稱選體，
　　　　剿襲潘陸顏謝，字句敷衍一番，初看似有古色，按之不見用意
　　　　所在，本來性靈反被汩沒矣。集中五古三體具備，吾鄉自有宗
　　　　風，奈何隨人作計耶？七古有唐初體、李杜體、韓體、元白
　　　　體、蘇陸體，其要不外離合二字。能合不能離，縱音節鏗鏘，
　　　　情致纏綿皆為平調，若能合能離，則忽來忽往，若斷若續，如
　　　　風雨雲龍，變化無端，而蛇跡灰線仍極嚴謹，斯七古之能事
　　　　也。集中諸篇宗法不同，要皆摻縱在手，曲盡離合之妙者。五
　　　　律以蒼勁者為上，淡遠者次之，工秀者又次之。七律以氣骨雄
　　　　渾、聲調高朗者為上，對仗工整、情韻悠長者次之。二者體格
　　　　不同，而練意練局練句練字無不同也。又唐律起如聞迅雷，如
　　　　截奔馬，宋則著意中聯，不講首尾矣。後人作律多犯此病，大
　　　　抵先有好句，而後足成之耳。若宗盛唐，其病可免。予讀前輩

---

16 宋實穎：〈序〉，見顧有孝輯：《驪珠集》，康熙九年（1670）刊本。

詩，遇起結佳者，即中聯不用力亦急登之。七律難於五律，五絕難於七絕。七絕貴有遺音，五絕非關人力，故龍標之外多嗣響，右丞以後無專家。集中七絕多於五絕，勢使然也。五言長律，唐人應制、贈送俱用此體，屬對工切，氣血動盪，非後人所易及也。[17]

近體用唐韻，古體用古韻，此一定之法。故吳才老《韻補》、鄭庠《四聲通轉》、楊升庵《古音轉注》、陳季立《毛詩古音考》、李天生《古今韻通》、顧寧人《音學五書》，皆論古音，而寧人尤博而精。今諸賢有用古音者則用寧人之唐韻，正以證之，其於四聲通轉之法，略見一二。世之通古學者當有取焉。[18]

秋谷先生謂古體兩句一聯，中斷不可與律詩相亂。漁洋先生亦云：古詩通首一韻者，中不可闌入一律句。又謂：律詩最要辨一三五。秋谷亦云：一三五不論便是古詩，即有拗體，有拗必有救，皆不易之法。此集搜葺雖勤，別裁甚謹，識者鑒之。[19]

　　上述對歷代詩歌源流和詩體演進的梳理反映出清詩選家的文學史觀。在梳理過程中，清詩選家有意識地摸索每一歷史時期詩風演變的基本規律，合理定位本朝詩歌在歷代詩歌發展史上的價值，這將有助於清詩選家準確把握當代詩歌發展的基本脈絡及其演進規律。

17　袁景輅：〈例言〉，《國朝松陵詩徵》，乾隆三十二年（1767）愛吟齋刊本。

18　盧見曾：〈凡例〉，《國朝山左詩鈔》，乾隆二十三年（1758）刊本。

19　盧見曾：〈凡例〉，《國朝山左詩鈔》，乾隆二十三年（1758）刊本。

二　對清詩發展脈絡的梳理

　　清詩選本含蘊的文學史意識，其最終的落腳點還是在於對有清一代詩歌發展脈絡的總結。這其中既有總體性的宏觀概括，也有階段性的總結梳理；既有對名家群體的重點評論，也有對地域詩歌的縱向整理。當然，囿於清詩選本的多層性，諸選本體現出的文學史意識也有所側重。相對來說，大型的全國性選本和部分地域選本等在梳理清詩發展脈絡時體現的較為明顯，而同人選本、館閣選本等在這方面則體現的相對較弱。但不論怎樣，這些清詩選本皆是從一個特定的視角展現了清詩發展的基本風貌。

（一）對清詩總體發展的概括

　　清代綿延近三百年，詩歌創作風就斐然，清詩選本的容量也漸趨擴大，它們在保存大量詩歌文獻的基礎上，還較為清晰地梳理了清代詩歌的總體發展脈絡，這突出地表現在部分清詩選家的選文實踐中。茲選取幾部有代表性的清詩選本為例：

　　在清詩選本系列中，沈德潛的《國朝詩別裁集》、符葆森的《國朝正雅集》以及孫雄的《道咸同光四朝詩史》三部清詩選本較具特色，基本上囊括了清代各個時期的詩歌作品。沈氏《國朝詩別裁集》，收錄清初至乾隆間詩人九百餘家，作品三千多首。該選不錄存者，且鮮有交遊唱和之作，即沈氏自云：「余選國朝別裁詩，與諸家略異，不操一律以繩眾人，惟取合乎溫柔敦厚之旨，顧以詩存人，不專主交遊，所選者皆身後論定，而存者不與也。」[20]此選「綜諸家之著作，擷百年之精華，精心削輯，彙為大觀，」[21]可謂有清一代影響最大

20　沈德潛：〈序〉，見顧宗泰輯：《停雲集》，乾隆三十四年（1769）刊本。
21　符葆森：〈例言〉，《國朝正雅集》，咸豐七年（1857）刻本。

的清人選清詩選本；符葆森《國朝正雅集》成書於咸豐初年，收乾隆初至道光末詩人三千多家，係接續《國朝詩別裁集》而編，「由乾隆丙辰鴻博科始，上接《別裁》，專集百二十年之詩合為一集，名曰『國朝正雅』。其已為《別裁》所收，不復纂入。」[22]可見此選足與沈氏選本相發明；清末孫雄所編《道咸同光四朝詩史》，選輯了道光、咸豐、同治、光緒四朝的詩歌作品。題曰「詩史」有兩層含義，第一層含義如選家所言存留「史料而已」。[23]即孫雄在親歷清季「人倫奇變，古所未有」的現實之後，[24]以平生三十年所購之詩稿來「實錄」四朝的歷史，以詩歌來補續、充實其時的史料。第二層含義是，這個選本裡幾乎將道、咸、同、光四朝中有代表性的詩人搜羅殆盡，若將詩家及其作品依次貫串，即可視為這四朝的詩歌發展史，且在收錄作者時代上又與《國朝正雅集》相銜接。

　　以上三部清詩選本在選文實踐中共計選錄詩家近五千人，詩作逾萬首，基本含括了清初、清中葉以至清末的著名詩家詩作，較為全面地反映了清詩史的發展風貌。

　　除卻利用選文來梳理清詩史的發展脈絡以外，還有部分全國性詩選通過理論表述與選文實踐相結合的方式來彰顯選家的文學史意識，其中數徐世昌之《晚晴簃詩匯》為最。徐世昌在選本序文中，首先用簡短的語言概括了自順康至清季間的詩歌發展歷程，其中每一時期的代表人物，主要詩論觀點以及詩風流變均有所關涉：

　　　　順康文學，映照昌時。七子餘波，見譏糟粕。勝流南北，姓字如林。符孟覆輿，坦園秋水。孤芳夐響，矜服前修。江左嶺

---

22 符葆森：〈例言〉，《國朝正雅集》，咸豐七年（1857）刻本。

23 陳衍：〈序〉，見孫雄輯：《道咸同光四朝詩史》乙集，宣統二至三年（1911-1912）自刊本。

24 孫雄輯：〈自序〉，《道咸同光四朝詩史》乙集。

南，寧云多讓。漁洋既出，神韻獨標。壇坫迭張，詞流鋒起。聲光所被，爰逮乾嘉。支葉繁滋，更僕難數。歸愚守宗法，隨園主性靈。標榜偶像，蔚為風會。道咸以後，湘鄉低首。西江湘綺，導源漢魏。廣雅袖然，振奇鬱起。宏開幕府，奄有眾長。季世說詩，祧唐宗宋。初慕後山，嗣重宛陵。寖遠蘇黃，稍張楊陸。三百年間，詩滿天地。[25]

　　不僅如此，徐氏繼而又全面具體地分析了清詩繁盛及詩風流變的諸種原因：

綜其卓絕，約有數端。廟堂鉅製，炳若日星。鴻博兩徵，召試累舉。柏梁聯句，朝元詠歌。雅道既興，流飆斯廣。查田太液，賜諭煙波。竹垞南齋，言思賤日。狨鞍酉長，湛露興謠。麟窟天孫，采風載錄。靈珠在握，蠻徵姚聲。詩教之盛，此其一也。考據之學，後備於前。金石之出，今寓於古。海雲鼎籀，紀事西樵。杜陵銅槃，徵歌石筍。鐘彝奇字，敷以長言。碑碣荒文，發為韻語。肴核墳典，粉澤蒼凡。并足證經，亦資補史。蘇齋備體，雷塘嗣音。滂熹洽聞，瓶廬精鑒。詩道之尊，又其一也。中葉而降，文網漸疏。黨錮不興，風人多刺。寶雞題壁，秋蟪成吟。龍壁從軍，淋漓篇什。蘿庵選韻，想望承平。感物撫時，微辭負義。拾遺直筆，契厥精深。長慶新篇，舉以諷諭。詩事之詳，又其一也。海通以後，聞見日恢。三山引舟，八紘置驛。倚衡奉使，夢詠波濤。人境羈賓，集開世界。蘭闈唱諾，瘝歷諧聲。槎路低徊，菭齋珛筆。能言四裔，散見諸家。興寓竹枝，目營卉服。輶軒游履，極跡區寰。捃實摭

――――――
25 徐世昌：〈敘〉，《晚晴簃詩匯》，民國十八年（1929）退耕堂刊本。

華，復焉博物，詩境之新，又其一也。凡茲四者，均異前規。
陶鎔英詞，馳騖新作。春蘭秋蕙，異畹同芳。藍脅號鐘，應萍
協奏。風美所扇，鼓舞方來。上軼元明，自成軌範。[26]

　　這裡徐氏提出的「詩教之盛」、「詩道之尊」、「詩事之詳」和「詩
境之新」，既概括了清初、清中葉以及清後期詩歌創作的基本特點，
同時也闡述了清詩發展演變的時代背景和主要原因，言簡意賅，持論
公允。結合之前他對清詩發展歷程的描述，徐世昌在〈晚晴簃詩匯
敘〉中不僅對文學史的運行有詳盡的論述，而且對其演變的規律和原
因也有透闢的闡發，可謂用功甚深。

（二）對清代地域詩歌發展的梳理

　　自清代中葉以降，地域詩歌選本異常繁榮。它們在保存大量鄉邦
詩歌文獻的基礎上，也較為細緻地梳理了特定地域的詩歌發展史。這
些特定的區域詩歌史是整個有清一代詩歌史的重要組成部分，與後者
是局部和整體的關係。只有對清代每一個較大區域的詩歌發展都有著
較為微觀的把握，我們對清代宏觀的詩歌史的認識才能趨於完備。與
全國性詩歌選家相比，清詩地域選家的文學史意識既有相似之處，也
有自身特點。

　　首先，清詩地域選家在選本序文中也非常注重詩歌發展歷程的勾
勒，包括特定區域的歷代詩歌脈絡以及清代詩歌發展概貌。例如雲南
地域詩歌，自古以來不夠顯達，詩歌搜集也相對不易。明代以降，隨
著大量遭受貶謫的文人湧入，倡導提攜，其地文風始乃大興。逮至有
清一代，繼續擴大明代之堂廡，詩歌創作和編選均臻繁盛。這些詩歌
發展流變的過程在其地域選本《國朝滇南詩略》中就有交代：「歷代

---

26 徐世昌：〈敘〉，《晚晴簃詩匯》，民國十八年（1929）退耕堂刊本。

以來，綿綿延延，流風弗替。前明楊文襄公（楊一清）樹幟連然，勳名耀天壤，詩文載入冊府。……蓋公實一代文人，不獨為滇南大開風氣，自是而張禺山承南園家學，又師事獻吉，友何仲默、楊升庵，力追正始。比升庵以議杖謫來滇處，荒涼寂寞之鄉，賴有禺山及王鈍庵、楊宏山、李中溪、唐池南、胡在軒、吳高河諸君子，詩酒酬唱，放浪於明詩臺、寫韻樓、昆池、碧嶢、太華，間以抒其抑鬱無聊之氣，故至今有楊門七學士之稱。是滇詩在前明已發其凡而起其例矣。」[27]此處清晰透闢地論述了滇詩在明朝的繁盛以及流寓詩人與本土詩人的互動情況，這個脈絡的梳理很有必要，它是滇詩進入有清一代繼續發展的重要前提。

對特定區域清詩發展概貌的描述在清詩地域選本中更為常見，如孫桐生在〈國朝全蜀詩鈔敘〉中就對清代蜀地詩歌發展風貌進行了詳盡論述：

> 我朝製作明備，英賢輩出。含咀風雅之士，家鶴膝而戶犀渠。二百餘年，雖體裁遞變，升降各殊，然要不可謂無詩，而迄今未有整齊薈萃，勒成一書者，此非學士大夫之責哉？竊謂昭代名家，如費滋衡之雄渾、傅濟庵之沉著、王鎮之之醞釀深醇，而張船山尤能直道心源，一空色相。此外者，張玉溪之清麗、李夢蓮之豪宕、劉夢輿之超煉、朱眉君之恢瑰、舍姪夢華之俊邁蒼雄，皆力追正始，筆有千秋。此不待選而後傳者也；次則掇輯菁華，附庸風雅，非大雅之音，不虧風人之旨，此必藉選而後傳者也；降而單詞小言，偶有會心，如珠泪泥，如蘭沒草，其不終於覆瓿者幾希，此則非選不傳者也。[28]

---

27 翁元圻：〈序〉，見袁文典、袁文揆輯：《國朝滇南詩略》，嘉慶四年至七年（1799-1802）肆雅堂刊本。

28 孫桐生：〈敘〉，《國朝全蜀詩鈔》，光緒五年（1879）刊於長沙。

　　孫桐生在梳理完蜀地自漢至明的詩歌演變之後，重點對有清一代
的代表詩家進行品評，同時也沒有遺忘那些偶有會心之作的普通詩
人，盡可能完整地反映清朝蜀地詩歌發展的總體風貌。

　　相對於孫桐生的細緻描述，陳世鎔對皖江地區清詩發展線索的梳
理則言簡意賅。其《皖江三家詩鈔》〈自序〉云：「邑之詩人，在順治
時則有若蔣素書瑤光、范小范又蟊、汪平子之順、許幼仲蕡；在康熙
時則有若楊石湖汝穀、咎抱雪茹穎、程叔材思恭；在乾隆時則有若蔣
秦樹雍植、李嘯村葂、魯南莊琢、余伯扶鵬、年少雲鵬狪；在嘉慶時
則有若潘蘭如瑛。」[29]

　　其次，清詩地域選家還非常重視特定的地理環境對地域詩歌發展
的影響。地域文學史的發展，不能背離中國文學史的總規律，但某一
地區的文學發展也有自己較為特殊的規律性，其中地理環境對文學的
影響體現地最為明顯。這裡的地理環境包括自然地理環境、經濟地理
環境和文化地理環境。丘復在〈杭川新風雅集序〉中就談到了閩地諸
種環境對詩歌文獻保存的影響：「竊謂杭人著述就湮，厥有數因。士
稟山川質厚之氣，不願輕自表暴，一也；山鄉窮瘠，士皆安貧守分，
剞劂乏貲，二也；交通梗阻，無交遊有力者為之延譽而推轂，三也；
山嵐濕氣，蛀蟻易生，《閩小記》云『書十年即腐也』，四也。」[30]

　　另外，特殊的地理環境對地域詩歌的風格也會產生潛移默化的影
響，如常煜在〈潞安詩鈔後編敘〉中云：「潞踞太行山之脊，其土
厚，其俗勤，其人質直而尚義，詩人之作大抵席唐魏遺風，猶有蟋蟀
山樞餘韻焉。」[31]乾隆間蔣士銓為《越風初編》作序時，也指出越州地
區的人文地理環境與其時文學之間的關係：「履其郊則桑麻沃若、雞
犬不爭也，入其郭則閭井恬熙、市塵弗擾也，問其俗則孝弟相勸、貧

29　陳世鎔：〈自序〉，《皖江三家詩鈔》，光緒間刊本。

30　丘復：〈序〉，《杭川新風雅集》，民國二十五年（1936）鉛印本。

31　常煜：〈敘〉，《潞安詩鈔後編》，道光十九年（1839）寰過未能齋刊本。

富無侮，禮神報本、歌舞弗息也，友其人則溫雅秀良、恭敬克敦也，而覽其文詞則清雄深遠，如厥山川然。」[32]由此可見，南北迥異的地理環境不僅培養出人們不同的的性格心理，而且也孕育出彼此不同的詩歌風格。

　　清詩選家通過選本不僅反思了歷代詩歌發展的一般規律，梳理了清代詩歌發展的基本脈絡，更重要的是篩選出了能夠代表清詩創作成就的詩家、詩作。這種文學史意識集中體現於清詩選家的選文實踐，也是清詩選本構建詩歌史的核心內容，這將在下一節中具體論述。

第二節　清詩選本對清詩史的構建策略

　　具有文學史意識的清詩選家在具體的選文實踐中，首先要對一定數量的詩家詩作進行主觀地挑選和排列，進而編輯成符合選家標準的清詩選本。實際上，這個選文實踐同時也是一種再創作的過程，其選擇結果完全可以視為選家個體對清詩史的一種觀照方式。當然，由於選家個體的差異性太大，故這種單部選本對清詩史的構建也顯得較為主觀，具有很大的不確定性。而若將多部清詩選本的選文實踐進行統一審視，那麼，這些清詩選家的群體選擇就會構建出一個相對客觀的清詩史。

一　選家個體的主觀選擇

　　清詩選家除了可以在序跋中直接論及自身對清詩史的認識，還可以運用一定的選文策略間接地表達其對清詩史的看法。其中，對清代名家名作的篩選以及對不同詩體發展線索的梳理是清詩選家構建清詩

---

32 商盤輯：〈序〉，《越風初編》，蔣士銓乾隆三十七年（1772）王氏刊本。

史的核心內容，前者主要通過選文數量的多寡來實現，而後者則主要通過分體詩選本的編纂來體現。

（一）選文數量——詩家總體成就的衡量

清詩選本的主體內容是清代詩人創作的詩歌作品，這些入選作品不僅僅是清代詩歌文獻的重要組成部分，更重要的是，選本中詩作入選數量的多寡在很大程度上反映了選家對所選詩人的態度以及該詩人在清詩史上的地位。具體可以分為兩種情形：

其一是在全國性選本中，入選詩作的數量基本可以反映出詩人的創作成就以及在清詩史上的地位。我們以沈德潛的《國朝詩別裁集》為例，其中入選詩作達到或超過十首的詩家列舉如下表：

表二　《國朝詩別裁集》選錄情況統計簡表

詩　家	詩　數	詩　家	詩　數	詩　家	詩　數	詩　家	詩　數
錢謙益	32	陳恭尹	12	洪昇	12	方式濟	12
方拱乾	14	潘高	11	陳學洙	16	沈樹本	11
吳偉業	28	方殿元	12	湯右曾	13	顧嗣立	10
龔鼎孳	24	顏光敏	10	唐孫華	10	沈元滄	10
曹溶	10	徐乾學	14	趙俞	14	張廷璐	11
梁清標	10	葉燮	21	孫致彌	11	鄭世元	14
宋琬	26	韓菼	16	惠周惕	13	許子遜	14
施閏章	32	徐倬	16	陳鵬年	10	黃之雋	10
程可則	12	胡會恩	12	呂履恆	18	費錫璜	10
王士祿	13	毛奇齡	16	陳璋	12	沈用濟	23
王士禎	47	李因篤	16	高其倬	12	張錫祚	15
汪琬	16	尤侗	25	鄂爾泰	11	張元升	10

詩　家	詩　數	詩　家	詩　數	詩　家	詩　數	詩　家	詩　數
秦松齡	11	陳維崧	17	汪繹	12	顧紹敏	19
丁澎	17	朱彝尊	18	徐昂發	15	劉震	11
吳兆騫	16	潘耒	26	劉岩	11	余京	12
陳廷敬	15	趙執信	15	查慎行	19	李重華	11
嚴允肇	12	史夔	16	沈受宏	15	張鵬翀	15
劉獻廷	18	宋犖	10	方登嶧	11	方還	11
吳嘉紀	19	張實居	13	沈紹姬	11	方朝	21
沈欽圻	14	張篤慶	24	李必恆	22	李果	13
陶澂	11	吳雯	19	王錫	10	黃子雲	11
郁植	15	邵長蘅	22	張大受	11	翁照	13
屈紹隆	15	陸次雲	15	惠士奇	15	周準	15
盛錦	18	周永銓	10	元璟	10		

　　從上表可以看出，《國朝詩別裁集》入選十首詩作以上的詩家有九十五家，約占總人數的10%；入選二十首以上的僅有十四家，約占總人數的1.4%。與《國朝詩別裁集》人均入選詩作只有不到四首相較，這些詩家的入選詩作數量已經遠遠高於平均數了。另外，由於沈氏選詩的標準是以詩存人，不以人存詩，故上述入選詩家在詩歌成就方面均可以稱得上是清初詩歌史上的佼佼者，尤其是排名前五位的詩人王士禎、錢謙益、施閏章、吳偉業、宋琬，已經成為後世文學史公認的清初詩歌大家。

　　清初詩人成就的高低不僅在《國朝詩別裁集》這樣的名家選本中有所體現，即使在「以得詩之遲速為登選之後先」的清詩選本中，[33]我們也可以通過選文數量的多寡大致看出所選詩家的創作成就。以《詩持》二集為例，選家魏憲在各卷中選輯二十首詩作以上的詩人分別

33　魏憲：〈凡例〉，《詩持二集》，康熙十年至十九年（1671-1680）魏氏枕江堂刻本。

為：周亮工四十二首、龔鼎孳三十一首、吳偉業三十首、魏裔介二十
一首、陳寶鑰三十六首、林古度二十七首、龔賢二十首、李贊元二十
一首、宋琬二十七首、施閏章二十八首、張僧持二十四首、王士禎二
十四首、佟國器二十首、吳學炯二十五首、許友二十二首、杜子濂二
十一首、曾畹三十二首、孔自來二十首。與沈德潛《國朝詩別裁集》
的選文相較，魏憲顯然對清初詩歌名家有著自己的見解，但是「江左
三大家」、「南施北宋」以及王士禎等清初名家仍是他們共同的選擇。
因此，即便這些詩歌作者沒有經過選家嚴格的編次排列，從選詩數量
上還是可以看出選家對他們詩歌地位的評價。

　　其二是在地域選本或流派選本中，清詩選家通常會以選詩數量來
標明某一地域或詩歌團體中知名詩家的地位。如乾隆年間，德州選家
盧見曾編刻了記錄清代前期山東詩歌發展的《國朝山左詩鈔》，共選
詩人六百二十餘家，得詩五千九百餘首。從全集選詩數量上看，王士
禎詩作入選最多，共有第十五、第十六、第十七三卷總計三百九十八
首，若加上在其他卷中的贈答詩，數量近五百首，約占到詩鈔總量的
十分之一；其次為趙執信詩歌，占據第三十六卷和第三十七卷的大半
部分，合計收錄詩歌達一百五十四首，數量之巨，位居漁洋之後，排
列第二位；排在第三位是清初名家高珩，獨占一卷，入選一百五十一
首，在數量上僅次於王士禎、趙執信。由此可以得知，王士禎在清初
山東詩歌史上占據著絕對核心的地位，而趙執信和高珩也是其時山東
詩壇的名家。尤其值得注意的是，在當下的古代文學史中，研究者很
少關注到高珩的詩歌創作，這和他在清初詩壇的影響力是不相匹配
的。另外，在《國朝山左詩鈔》中，四位山東籍的清初金臺詩人也占
據較大的篇幅。如德州的田雯、謝重輝分別錄入詩歌一百二十七首和
八十一首，安丘的曹貞吉被錄入詩作七十一首，曲阜的顏光敏入選詩
作七十九首，這種入選數量相對於全集人均不到十首的均量來講，已
經超過若干倍了。由此也可以看出，「金臺十子」中四位山東詩人的

創作成就也獲得了其時選家的認可。

　　嘉慶年間汪學金選輯的《婁東詩派》亦是如此。選本中既有鄉賢爭相推崇的清初名家吳偉業，也有清初在全國也有廣泛影響的「太倉十子」，這在《婁東詩派》裡也主要是通過入選詩歌的數量來體現的。如吳偉業詩歌占據了第十二和第十三兩卷的篇幅，共錄其詩作一百七十四首；「太倉十子」的入選情況為：周肇十二首、王揆十四首、許旭五十首、黃與堅五十二首、王撰二十首、王昊六十一首、王攄四十五首、王曜升八首、顧湄十首、王忭九首、總計二百八十一首。這個選文情況一方面反映了吳偉業和「太倉十子」在清代婁東地區詩歌史上的地位，另一方面，我們也可以清晰地看出「太倉十子」中諸位詩家詩歌地位的高下之別。

　　當然，這種以選文數量來定位詩家創作成就的方式，有時也會出現主觀性太強的情形。如清末吳闓生的《晚清四十家詩鈔》，從選本之名來看貌似全國性詩歌選本，實質上其編選範圍只局限於「師友源瀾」，[34]完全可以視為梳理晚清桐城派發展脈絡的流派選本。其中入選二十首詩作以上的詩家有：張裕釗二十九首、范當世一百零一首、李剛己六十六首、姚永概六十六首、柯邵忞三十三首、方守彝三十二首、易順鼎二十五首、鄭孝胥二十七首、王毓菁五十八首、秦嵩四十六首。除卻易順鼎之外，上述諸家均為晚清桐城詩派名家。相比之下，在當時詩壇中較為活躍的知名詩家卻因為不是桐城詩派詩家而紛紛遭到冷落，如王闓運、李慈銘、張之洞等人僅有一首詩入選，樊增祥也只有四首詩歌入選。很顯然，這種選文實踐摻入了選家較多的主觀成分，難以準確地勾勒出晚清詩歌發展的真實面貌。

---

34 吳闓生：〈自序〉，《晚清四十家詩鈔》，民國十三年（1924）文學社印本。

（二）詩體偏好——詩家具體成就的顯示

　　在清詩選本的選文實踐中，選文數量的多寡固然可以在一定程度上反映出所選詩家的總體創作成就，但若要具體定位某個詩人在某種詩體上的藝術造詣，這種方式顯然體現的不夠充分。不過，這種缺憾在分體編排的清詩選本中會得到彌補。一般來說，分體詩選本基本上按照樂府詩、五言古詩、七言古詩、五言律詩、七言律詩、五言絕句、七言絕句的次序編排，少數還有五、七言排律，所選詩家對於何種詩體有所偏愛，抑或對何種詩體不是特別擅長在選本中體現地非常清楚。當然，考察所選詩家的詩體偏好最終仍需要以選文數量來衡量，故清詩選家通過這種分體編排並結合選文數量的形式便能凸顯出詩作者在某種詩體上的獨特成就。下面我們分別列舉全國性選本和地域名家選本為例，來看選家如何利用選文來體現詩人的詩體偏好。

　　首先以陳維崧的《篋衍集》為例。此選選輯詩家一百五十七人，收詩七百三十題、八百四十九首，按詩體編排，在具體排序時先五言、後七言，與分體選本之慣例略有不同。在這個選本中，不但可以看出選家對清初名家的挑選，而且可以窺見每一個清初名家的詩體專長，詳見下表：

表三　《篋衍集》選文情況統計表

詩體＼詩人	五言古詩	五言律詩	五言絕句	七言古詩	七言律詩	七言絕句	小計
施閏章	3	5	0	5	2	0	15
程可則	5	11	0	1	2	0	19
王士禛	11	7	3	11	6	9	47
屈大均	5	12	0	3	0	6	26
王又旦	8	6	1	4	6	0	25

詩體 詩人	五言 古詩	五言 律詩	五言 絕句	七言 古詩	七言 律詩	七言 絕句	小計
汪琬	2	0	1	3	0	16	22
吳偉業	3	21	2	14	9	12	61
宋琬	0	2	0	2	4	0	8
錢謙益	1	0	0	7	9	14	31
龔鼎孳	0	0	1	6	0	3	10
馮班	0	3	2	0	13	32	50
王彥泓	0	3	0	0	24	2	29
曾畹	0	14	1	0	2	0	17
朱彝尊	0	0	0	4	6	3	13
總　　計	38	84	11	60	83	97	373

　　上表所列十四位詩家，詩作入選總數為三百七十三首，意即不到入選人數10%的詩家，其作品數量卻占據了選本錄入詩歌總數的44%。由此可知，這些詩人均為清初具有代表性的詩歌名家。當然，上表傳達給我們的信息遠不止這些，下面我們從兩個角度來進行具體解讀：

　　（一）以單個知名詩人的詩體偏好為考察視角，選家為我們標示出了這些詩家在特定詩體方面的獨特成就。從上表可以看出，單個詩人入選詩作最多的是吳偉業，其次是馮班和王士禛，再其次是錢謙益、王彥泓、屈大均、王又旦等。這些詩人都是選家心目中的清初名家，但在某一詩體的創作成就上，各家之間差別甚大。

　　通過上表的量化比對，我們可以做出以下推論：吳偉業，其詩取各體皆工，尤以七言古詩和五言律詩見長，入選數量皆為各家之首，七言絕句也較有特色；馮班的創作成就相對集中於七言絕句和七言律詩，特別是前者，三十二首的入選數量遠軼他人，但與此同時，其他

詩體創作上的欠缺也反映出他的詩歌成就不夠均衡；王士禛也是諸體兼工，尤其擅長五、七言古詩；錢謙益的創作成就主要集中在七言詩體上，而五言詩體如五古、五絕和五律顯然不是他喜好或擅長的詩體；王彥泓最擅長的詩體是七言律詩，屈大均的專長則在五言律詩方面，這在《嶺南三大家詩選》中也得到了印證；[35]王又旦顯然不致力於五、七言絕句的創作，而汪琬的詩歌成就恰恰突出地表現在七言絕句的創作上；此外如曾畹、程可則的五言律詩創作也較有特色。

　　通過選家的分體編排，每位入選詩家在特定詩體中的成就被清晰地勾勒出來，這也是清詩選本構建清詩史的一個重要策略。

　　（二）以清初詩歌群體對諸種詩體的喜好程度為考察視角，我們可以推論出不同詩體的演進軌跡，即五、七言古詩和五言絕句在清初詩壇上發展較為緩慢，清初名家在總體上更擅長使用五、七言律詩和七言絕句來表情達意。據上表統計，諸名家被入選的五言古詩只占到總數的10%，七言古詩相對多一些，占到總數16%，而五言絕句還不到總數的3%。相比之下，這些名家入選的五、七言律詩和七絕的數量都占總數的22%以上。這種詩體的演進變化，主要是由於各種詩體在形式特徵及其發揮職能方面存有較大的差異。如古體詩在外部形式上對音韻章法的要求，顯然沒有近體詩尤其是律詩那樣要求嚴格，但正是因為其無「法」可依，無跡可求，所以其境界更高，難度更大，不利於初學。而律詩則更注重章法謹嚴，即如孫鑛所言：「蓋律之為體最嚴，而為法亦最備。虛實開闔，章句字法，情景相生，選詞設色，一有未安，疵纇立見。」[36]選家鐵保亦云：「古詩難於律，以律有牆壁可循，古詩則羚羊掛角，無跡可求，闔闢變化，純乎天機。後人作《聲調譜》，沾沾於平仄間求音節，愈失愈遠，故初學為詩，先精

---

35 詳情見下文表四。
36 孫鑛：〈刻略〉，《皇清詩選》，康熙二十七年（1688）鳳嘯軒刻本。

律體，律不精而欲求為古，是未學步而先學趨，鮮有不蹶者。」[37]故在清初，創作五、七言律詩「為近今之所尚也」。[38]相比之下，清初五、七言古詩的創作要稍遜一籌。當然，律詩在清代的盛行與科舉加試詩文的導向也有很大關係。[39]

　　另外，清初五、七言絕句的演進軌跡也有較大的差異。二者雖然同為近體詩，但由於五言絕句字數少，難以表現較為複雜的思想內容和主體情感，故在盛唐以後這種詩體逐漸走向衰落。而七絕相對來說，仍是清人詩歌創作的主要詩體之一。袁景輅曾結合其選本指出兩種詩體的不同命運：「七絕貴有遺音，五絕非關人力，故龍標之外多嗣響，右丞以後無專家。集中七絕多於五絕，勢使然也。」[40]

　　由此可見，在清代分體編選的詩歌選本中，選家不僅通過選文標示出每位詩家的詩體偏好，而且還間接地梳理了清代諸種詩體的演進脈絡。所有這些，都是清詩選家構建清詩史的重要方式。需要說明的是，清代詩體演進的規律不僅在清初的《篋衍集》中有所體現，其他時期的分體詩歌選本亦大體相似。如道光時期的同人選本《書畫舫詩課》，共選古今體詩三千一百三十七首，其具體入選情況如下：樂府詩三百一十四首，約占總數的10%；五言古詩一百八十八首，約占總數6%；七言古詩一百八十六首，約占總數的6%；五言律詩三百五十四首，約占總數的11%；七律一千二百零五首，約占總數38%；五言絕句六十三首，六言絕句十首，共約占總數的2%；七言絕句八百零九首，約占總數的26%；五言排律三十七首、七言排律十一首，共約占總數的1%。

　　其次以《嶺南三大家詩選》為例。最早將明清之際的嶺南三詩

---

37 鐵保：〈自序〉，《國朝律介》，乾隆六十年（1795）刻本。

38 孫鋐：〈刻略〉，《皇清詩選》。

39 詳見第四章相關論述。

40 袁景輅：〈例言〉，《國朝松陵詩徵》，乾隆三十二年（1767）愛吟齋刊本。

人——梁佩蘭、屈大均和陳恭尹並列指稱的是王邦畿，亦即《嶺南三
大家詩選》編刻者王隼的父親。王隼在康熙二十年（1681）所作〈六
瑩堂集序〉中提到，他少年時期侍父論詩，其父「舉所最厚善，二十
年共壇坫，如藥亭、翁山、獨漉三先生撰著，其獨造入微旨趣。」[41]
可見，這三位詩家在康熙初年已經具有較大的影響力了。當然，真正
將這三位詩人並稱為「嶺南三大家」的還是王隼的《嶺南三大家詩
選》。

　　嶺南三家在清初非常熱衷於結社唱和，曾與同里諸子結為西園詩
社，王隼也參與其中，故對這三家的詩風以及專長都十分瞭解，其
《嶺南三大家詩選》的選文實踐也證實了這點。詳見下表：

表四　《嶺南三大家詩選》分體選文情況統計表

詩體＼詩人	樂府	五言古詩	七言古詩	五言律詩	七言律詩	五言絕句	七言絕句	五言排律	雜體	總計
梁佩蘭	48	50	49	165	76	6	65	0	0	459
屈大均	0	106	20	154	53	52	33	4	18	440
陳恭尹	50	51	33	47	67	7	14	0	0	269

　　此選共輯有三位詩人的詩作一千一百六十八首，其中梁佩蘭詩作
占39%，屈大均詩作約占38%，陳恭尹詩作約占23%，三家各自入選
的詩作數量與三家的排序正好契合。通過這種選文總數的比較，選家
王隼對這三家詩歌成就的總體定位也就基本確立了。另外，由於該選
是分體編選，每位詩家的詩體偏好也清晰地體現在選文之中，所以他
們中每一位詩家在某種詩體中的獨特成就都被選家具體的量化了。如
梁佩蘭，除了五言絕句和排律以外，其他眾體兼擅，選本中其七古、
五律、七律和七絕的入選數均處於領先位置；屈大均的詩歌創作更傾

---

41 王隼：〈序〉，見梁佩蘭撰：《六瑩堂集》，康熙四十七年（1708）刻本。

向於五言詩，其五言古詩和五言絕句獨占鰲頭，五言律詩和排律也成就不俗，當然，古樂府詩一首未選，七古和七律詩的數量位居最後也指出了屈氏創作中的弱項；陳恭尹的詩歌成就主要體現在樂府詩和七律詩方面。

　　當然，除了上文提及的兩種構建策略以外，有的清詩選家還通過其他選文手段來判定詩家的藝術成就和詩壇地位。如將重要詩家放置全書卷首或分卷卷首就是選家對其詩壇地位的一種肯定。一般而言，多數清詩選家在選本凡例中都聲稱，所選作者的編次或以行輩年齒，或以科第先後為序，並無厚此薄彼之意。如〈清詩初集凡例〉所云：「編次無分後先，較正寧論甲乙。山林廊廟，悉屬等觀。」[42] 但即使在這種看似無所軒輊的順序排列中，也滲透有選家微妙的排列意圖。因為在按年齒或科第先後為序的排列中，將哪位詩家置於某個分卷卷首基本上是出於選家的主觀選擇。曾燦在〈過日集凡例〉中就說：「選中原無次第，而卷首取冠群才。」[43] 沈德潛《國朝詩別裁集》中，位於分卷卷首的詩家有錢謙益、曹溶、施閏章、王士禛、錢陸燦、葉燮、毛奇齡、朱彝尊、趙執信、邵長蘅、高其倬、查慎行等，這些詩家顯然是沈德潛精心挑選出來的，均是選家認為在清詩史上具有一定地位的清詩名家。

　　還有少量選本，它們在體例設置上屬於某種詩體的專選。如專選七律的《驪珠集》、《國朝七律詩鈔》，專選律詩的《國朝律介》、《二家律選》，專選絕句的《三家絕句選》、《清六大家絕句鈔》以及專選今體詩的《國朝今體詩精選》等。這類選本不僅梳理了某類詩體在清代的發展脈絡，而且還篩選出了有清一代在該類詩體上的知名詩家，可以視為清詩選家對清代分體詩歌史的構建。

---

42 蔣鑨：〈凡例〉，見蔣鑨、翁介眉輯：《清詩初集》，康熙二十年（1681）蔣鑨刻本。
43 曾燦：〈凡例〉，《過日集》，康熙曾氏六松草堂刻本。

二　多部選本的集體篩選

單部選本在清詩史的構建中，真正做到「以詩存人」的選家還是少數，更多的選家在選文中顯現出較強的主觀性，如那些符合選家喜好或者與選家交往密切的詩人必然會多選，反之，與選家詩學觀點相背離的詩人或詩作不易搜尋的詩人必然入選較少。雖然，這種單個選家在選文實踐中的主觀性不可避免，但若將眾多清詩選家的選擇並置在一起進行分析的話，這種集體篩選的結果無疑會更趨於客觀，更符合清詩史的實際。

（一）清詩名家陣容的基本確立

清詩選家對清詩史的描述，其首要任務就是篩選出體現清詩創作成就的名家名作。可以說，只有經過眾多清詩選家不同角度的數次篩選，逐步糾正那些由於個人主觀因素而導致對詩家定位的偏頗，清詩名家的基本陣容才能得以確立。具體而言，這又可以分成「散點聚合」和「異中求同」兩類情形：

其一，在眾多直接以選擇名家詩作為己任的清詩選本中，諸位選家將各自的選擇結果經過拼接、整合，最終形成一個較為穩定的清詩名家陣容，這種方式我稱之為「散點聚合」。

清詩選本對清初詩歌名家的確立就運用了這種策略。[44]我們先梳理一下有清一代專選清初名家的選本：順治年間有毛先舒輯《西陵十子詩選》、吳偉業選《太倉十子詩選》、嚴津輯《燕臺七子詩刻》等；康熙年間有鄒漪輯《五大家詩鈔》，吳之振輯《八家詩選》，王士禛選《十子詩略》，宋犖選《江左十五子詩選》，顧有孝、趙澐輯《江左三

---

44 由於清初有影響力的詩歌選本相對集中，詩壇名家名作也較多，故本節多以清初詩選本為例。

大家詩鈔》，王隼選《嶺南三大家詩選》等；乾隆年間有邵玘、屠德修輯《國朝四大家詩鈔》，劉執玉輯《國朝六家詩鈔》等；道光年間有王相編《國初十大家詩鈔》等。

　　這些清詩選本大部分都屬於清初人選清初詩，詩人的創作成就還沒有經過時間的檢驗，故上述選本中所篩選出的清詩名家，完全可以視為每位清詩選家主觀選擇的結果。但有一個現象值得注意，即除卻明顯按地域編選的選本外，多數選本對清詩名家的判定都存有重合之處，如「西泠十子」中的丁澎也是「燕臺七子」中的成員，「燕臺七子」中的施閏章、宋琬也是「國朝六家」中的兩位主將，《五大家》詩鈔中的三家錢謙益、吳偉業和龔鼎孳恰好就是「江左三大家」。另外，《八家詩選》中的宋琬、施閏章、王士禛以及《國朝四大家詩鈔》的四家皆為「國朝六家」的成員。

　　綜上，我們也可以作如下推論：上述單個選家對清詩名家的選擇在某種程度上還存有個人主觀的成分，而多個選家的集體選擇有機地聚合在一起，就基本確立了清初詩歌名家的陣容，主要包括錢謙益、張文光、吳偉業、龔鼎孳、熊文舉、趙賓、宋琬、施閏章、沈荃、程可則、曹爾堪、王士祿、王士禛、嚴沆、陳祚明、王揆、丁澎、陳廷敬、王又旦、黃與堅、田雯、曹貞吉、屈大均、陳恭尹、柴紹炳、沈謙、虞黃昊、陸圻、毛先舒、孫治、張綱孫、吳百朋、陳廷會、曹禾、汪懋麟、顏光敏、朱彝尊、王昊、趙執信、宋犖、謝重輝、丁煒、周肇、顧湄、許旭、王撰、王抃、王攄、王曜升、梁佩蘭、徐昂發、徐永宣、王式丹、錢名世、蔣廷錫、吳廷禎、查慎行、李必恆、宮鴻曆、繆沅、張大受、顧嗣立、王圖炳、郭元釪、葉封、楊掄、吳式玉等。儘管這些選家共同參與、合力挑選的結果未必能涵蓋清詩名家的全部，某些詩家能否稱為名家還有待商榷，但是在總體上還是為我們呈現出了清初詩壇的基本創作格局。

　　其二，在眾多全國性的清詩選本中，雖然各個選家的編選標準存

有差異，但在某些名家的選擇上卻往往能夠達成共識。若將這些選家共同選擇的交集部分單獨拈出，就基本構成了清詩名家的陣容，這種策略我稱之為「異中求同」。當然，不同體例的選本「求同」的方式也不盡相同。總體而言，絕大部分選本仍是通過選文數量的多寡來體現該選家對某些詩家的地位評估，也有少部分選本是通過詩作者次序的排列來彰顯其詩歌成就的。[45]儘管各個選本之間在編選標準和選擇方式中存在諸多分歧，但是這些都不會影響到選家群體對清詩名家的共同篩選。我們依然隨機選取幾部清初詩歌選本，從中尋繹諸位選家對清初名家的趨同選擇。

先看陳維崧康熙前期選輯的《篋衍集》。從上文列表中我們可以得知，陳維崧較為推崇的清詩名家有：吳偉業（61首）、馮班（50首）、王士禛（47首）、錢謙益（31首）、王彥泓（29首）、屈大均（26首）、王又旦（25首）、汪琬（22首）、程可則（19首）、曾畹（17首）、施閏章（15首）、朱彝尊（13首）、龔鼎孳（10首）、邢昉（9首）、宋琬（8首）。

次看蔣鑨、翁介眉康熙二十年選輯的《清詩初集》。由於其按詩體編排，且每種詩體下又按照詩家的藝術成就來編次，故只要將每卷排序靠前的詩家集中排列，就可以大致反映出選家對清詩名家的具體定位。茲列表如下：

---

45 如在《清詩初集》的卷一〈樂府詩〉目錄下，詩家排序依次為：王士禛、李霨、孫枝蔚、韓詩、周亮工、李雯、宋徵輿、王薦、曾畹、孫治、方拱乾、紀映鍾、魏裔介等。顯然，這裡不是按照年齒或科第先後為序，而是依據每位詩家在樂府這一詩體上的創作成就來編次的。

表五　《清詩初集》分體選文情況一覽表

卷次目錄		所選詩家
卷一	樂府	王士禛、李霨、孫枝蔚、韓詩、周亮工、李雯、宋徵輿等
卷二	五古	施閏章、李念慈、杜濬、梁清標、王崇簡、吳懋謙、龔鼎孳等
卷三	五古	汪琬、陳鴻緒、張綱孫、周亮工、方象瑛、宋徵輿等
卷四	七古	陳維崧、申涵光、曹溶、紀映鍾、王崇簡、吳偉業、沈謙等
卷五	七古	毛先舒、汪懋麟、周亮工、王廣心、汪琬、許孫荃等
卷六	五律	梁清標、許承欽、朱鶴齡、周廷鑨、王崇簡、錢謙益等
卷七	五律	汪懋麟、錢稚登、馬世俊、吳懋謙、郝浴、徐秉義等
卷八	七律	朱彝尊、孫蕙、毛先舒、倪粲、戴明說、曹溶、黃虞稷等
卷九	七律	丁澎、王岱、王鑨、姚夢熊、宗元鼎、涂西、史大成等
卷九	五排	徐嘉炎、徐元文、王光承、龔鼎孳、葉襄、王鐸、王士祿等
卷十	七排	呂祚德、趙澐、項景襄、趙賓、宋琬、彭而述等
卷十一	五絕	李念慈、王士禛、宋徵輿、周廷鑨、程封、許虬、呂潛等
卷十二	七絕	顧景星、龔鼎孳、楊思聖、黃景昉、宋權、申涵光等

再看陳以剛雍正十二年選輯的《國朝詩品》。雖然此選本在選文上有阿諛偏私之處，即如鄧之誠所言：「集中多取張廷玉父子之詩，猶可以私其鄉里為解。若常安亦盈一卷，非貢諛而何？」[46]但是除卻這些「以人存詩」的情況之外，其選本還是梳理出了清詩名家的基本格局：王士禛（122首）、吳偉業（91首）、錢謙益（85首）、龔鼎孳（58首）、陳廷敬（43首）、汪琬（27首）、杜濬（21首）、熊文舉（12首）、周亮工（9首）、閻爾梅（9首）、李天馥（9首）、朱彝尊（9首）、許虬（9首）、施閏章（8首）、申涵光（8首）等。

---

46 鄧之誠：〈跋〉，見陳以剛輯：《國朝詩品》，雍正十二年（1734）棣華書屋刻本，錄自中國科學院圖書館藏本。

按照「異中求同」的方法將以上三部選本對清初名家的選擇結果
加以綜合分析，我們可以得出如下結論：在康雍詩壇上名震一時的詩
家主要有錢謙益、吳偉業、龔鼎孳、施閏章、宋琬、王士禎、汪琬、
朱彝尊等；清初基本形成了以「江左三大家」和「國朝四大家」為核
心，其他流派名家環繞簇擁的詩壇格局。從後世清詩史的描述來看，
上述結論完全符合清詩史的客觀實際，這也充分論證了在清詩史構建
中集體篩選名家的科學性。

（二）清詩名篇佳作的趨同選擇

清詩選本在構建清詩史的過程中，不僅篩選出了某一時期清詩名
家的基本陣容，而且也遴選出了有清一代難以計數的詩歌佳作。由於
每個選家的選文標準差異很大，搜羅的詩歌文獻也不盡相同，故單個
選家的選擇結果未必都是詩人有代表性的作品。但是當若干個選家對
同一個選文對象，進行多角度的篩選之後，單個選家的主觀性會逐漸
被摒棄，其群體抉擇的結果勢必會更偏於客觀和理性。清詩選本正是
通過這種集中篩選的方式，一方面最大限度地挑選出清詩史上的名篇
佳構，一方面也不斷地強化了名家的某些獨特詩體成就。

某些清詩名家在選本編選之前，已經在詩壇上具有很大的影響力
了，其詩歌創作的獨特成就已為眾多選家所公認。在這種情形下，不
同的清詩選家往往在選文上會有趨同的選擇，不僅較為準確地篩選出
了清詩名家的代表性作品，而且有時還會將某些特色鮮明的詩作不斷
加以強化，成為後世讀者瞭解該詩家詩歌成就的一種標識。清初詩選
本對吳偉業「梅村體」詩歌的選擇和強化即是一個顯證。

眾所周知，清初名家吳偉業的詩歌成就主要體現為長篇敘事歌行
的創作，亦稱「梅村體」。我們先梳理下清初選本對其「梅村體」詩
作的集中篩選：

表六　吳偉業七言歌行在清初諸選本中的入選情況表

清詩選本	編刻時間	具體選文
詩觀初集	康熙十一年	〈琵琶行〉、〈宮扇〉、〈聽女道士卞玉京彈琴歌〉、〈雁門尚書行〉、〈銀泉山〉、〈臨淮老妓女行〉、〈蕭史青門曲〉、〈過錦樹林玉京道人墓〉
皇清詩選	康熙二十七年	〈臨江參軍〉、〈鴛湖曲〉、〈畫中九友歌〉、〈打冰詞〉、〈贈陸生〉、〈蘆洲行〉、〈琵琶行〉、〈悲歌贈吳季子〉、〈悲滕城〉
篋衍集	康熙三十六年	〈三松老人歌〉、〈送舊總憲龔孝升以上林苑監出使廣東〉、〈曇陽觀訪文學博介石兼讀蒼雪師舊跡有感〉、〈悲歌贈吳季子〉、〈蕭史青門曲〉、〈琵琶行〉、〈聽女道士卞玉京彈琴歌〉、〈銀泉山〉、〈海戶曲〉、〈宮扇〉、〈宣宗御用餵金蟋蟀盆歌〉、〈田家鐵獅歌〉、〈雒陽行〉、〈永和宮詞〉
國朝詩品	雍正十二年	〈琵琶行〉、〈宮扇〉、〈聽女道士卞玉京彈琴歌〉、〈送志衍入蜀〉、〈項黃中家觀萬歲通天法帖〉、〈捉船行〉、〈蕭史青門曲〉、〈雁門尚書行〉、〈臨淮老妓女行〉、〈過錦樹林玉京道人墓〉、〈西崦顧侍御招同沉山人友聖虎丘夜集作圖紀勝因賦長句〉
國朝詩別裁集	乾隆二十五年	〈鴛湖曲〉、〈永和宮詞〉、〈雁門尚書行〉、〈畫中九友詩〉、〈雪中遇獵〉、〈拙政園山茶〉、〈悲歌贈吳季子〉

　　從上表可以看出，儘管各位選家的選擇不盡相同，但是其中〈鴛湖曲〉、〈琵琶行〉、〈聽女道士卞玉京彈琴歌〉、〈悲歌贈吳季子〉、〈蕭史青門曲〉、〈雁門尚書行〉、〈臨淮老妓女行〉、〈過錦樹林玉京道人墓〉、〈永和宮詞〉等長篇敘事歌行在上述清初詩歌選本中多次被入選。顯然，這些詩作不僅是吳氏歌行體的傑出代表，同時也是吳偉業所有詩歌中成就最高的作品。

　　由於吳偉業的七言歌行或「事按據實」地記錄了明清鼎革之際的時事，或「以人繫事」描述了鼎革之後滄桑變化的現實，故「梅村體」詩也可稱為詩史。鄧漢儀在《詩觀初集》的詩評中對此也有申說，如其評〈宮扇〉詩曰：「一宮扇寫出盛衰始末，使人婉轉彷徨。……係才人之感歎耳！」評〈雁門尚書行〉曰：「一代興亡之實錄。」[47]沈德潛評其〈鴛湖曲〉亦曰：「篇中極言盛衰，如聽雍門之琴，用意全在收束。」[48]可見，其時的選家們已經自覺地認識到了「梅村體」的詩史品格。

　　另外，這些長篇歌行的代表作，經過諸種選本的多次強化和宣傳，逐漸演進為體現吳偉業獨特創作個性的一個標誌。這在清初以後的評論家那裡也得到了證實，如查為仁云：「梅村最工歌行，若〈永和宮詞〉、〈蕭史青門曲〉、〈圓圓曲〉等篇，皆可方駕元、白。」[49]張如哉亦云：「梅村七古，氣格恢宏，開闔變化，大體本盛唐王、高、岑、李諸家而稍異，其篇幅時出入於李、杜。〈永和宮詞〉、〈琵琶行〉、〈女道士彈琴歌〉、〈臨淮老妓行〉、〈王郎曲〉、〈圓圓曲〉，雖有與元、白名篇酷似處，然非專仿元、白者也。至如〈鴛湖曲〉、〈畫蘭曲〉、〈拙政園山茶花〉、〈白燕吟〉諸作，情韻雙絕，綿邈綺合，則又前無古，後無今，自成為梅村之詩。」[50]兩位論者在評論中所提及的詩作，除卻〈圓圓曲〉由於政治原因而沒有被諸選本輯錄之外，其餘絕大部分詩作都和選家的選擇結果相吻合，這也從一個側面驗證了清詩選家選擇結果的正確。

---

47 鄧漢儀：《詩觀初集》，康熙慎墨堂刻本，卷1，「吳偉業」詩評。

48 沈德潛：《國朝詩別裁集》，乾隆二十五年（1760）教忠堂刻本，卷1，「吳偉業」詩評。

49 查為仁：《蓮坡詩話》，見王夫之等撰：《清詩話》（上海市：上海古籍出版社，1978年），頁477。

50 靳榮藩著：《吳詩集覽》，四部備要本，卷4上。

第三節　清詩選本與作家的經典化生成
——以江左三大家和國朝六家為例

　　清詩選家通過選文實踐篩選出了清詩史上的名家名作，描述了清詩發展的基本風貌。而清詩選本的文學史功能還不僅僅在於此。本節著力探討的問題是，選本中篩選出的這些名家名作是如何成為經典影響清詩發展的，以及清詩選本在名家經典化的形成過程中發揮何種作用。

　　總體而言，清詩選本與詩家詩作的經典化之間還是存有十分錯綜複雜的關係。若從單個清詩選本來橫向研究，我們會發現，選家肯定會對部分詩家詩作青睞有加，而自然地冷落了另外一部分詩家詩作，但是將來成為經典的究竟是選家青睞的對象還是冷落的對象，當時還難以確論，只能留待歷史的檢驗；若從整個清詩選本的群體來縱向考察，我們也會發現，有的清詩選本會對某些特定詩家詩作的經典化起到推波助瀾的作用，而與此同時，也有其他選本對此持不同意見。因此，隨著歷史環境與選家主體的變換，清詩選本對特定詩家詩作的經典化生成也會有一定的起伏變化，但不論結果如何，清詩選家在詩家經典化過程中的影響力是毋庸置疑的。我們分別以「江左三大家」和「國朝六家」為例，從微觀的角度窺視清詩選本對名家經典化生成的影響。

一　「江左三大家」地位的升降沉浮

　　錢謙益、吳偉業和龔鼎孳等人在清初詩壇享有較高聲譽，雖然其中如錢謙益等早在明季已有詩名，也有個人詩集面世，但是真正將三者並稱、聲名遠播的還是顧有孝、趙澐同輯的《江左三大家詩鈔》。此選本錄有三人詩歌作品近一千二百首，為所有選輯三人詩作的清詩

選本之最。兩位編選者皆對江左三家的詩歌評價甚高：

> 迄至今日，風雅大興。虞山、婁東、合肥三先生共魁然者也。
> 虞山詩如掣鼇巨海，決溜洪河，不與翡翠蘭苕，爭柔鬥豔；婁
> 東詩如絳雲卷舒，暉燭萬有。又如四瑚八璉，寶光陸離；合肥
> 詩如天女銖衣，僬璈鳳管，新聲綺製，非復人間。雖體要不
> 同，莫不源流六義，含咀三唐，成一家之言，擅千秋之目，江
> 左之風於斯為盛。[51]

> 我江左之有牧齋、梅村、芝麓三先生也，卓然為人文宗主。[52]

　　由於《江左三大家詩鈔》的推助，錢謙益、吳偉業和龔鼎孳在清
初詩壇逐漸占據著盟主地位，正如鄭方坤所言：「吳門顧茂倫次先生
（按：龔鼎孳）集於虞山、婁東之後，有《江左三大家》之刻，紙貴
一時，如鼎三足。」[53]但是根據當下文學史的書寫經驗，這三人在創
作水準和詩學成就方面有著很大的差異，如龔鼎孳，很多當下的文學
史教材僅僅是提到「江左三大家」時才順帶提及，對其創作價值的評
估和《江左三大家詩鈔》的評價大相逕庭。其實，文學史不僅僅對龔
鼎孳的經典地位提出質疑，錢謙益的經典地位的確立也經歷了許多周
折，還有關於這三家能否並列、如何排序等問題的討論一直存在，這
在《江左三大家詩鈔》之後的清初選本已現端倪。

---

51 顧有孝：〈序〉，見顧有孝、趙澐輯：《江左三大家詩鈔》，康熙七年（1668）綠蔭堂
　刻本。
52 趙澐：〈序〉，見顧有孝、趙澐輯：《江左三大家詩鈔》。
53 鄭方坤：〈芙蓉齋詩鈔小傳〉，《國朝名家詩鈔小傳》，光緒十二年刻本，卷32。

其一，從經典化到去經典化──龔鼎孳的詩壇沉浮

我們首先將「江左三大家」在清初諸選本中的入選情況繪成表格，含括三家排序和作品入選數量，以便能夠較為清晰地看出各位詩家的經典化過程。

表七　「江左三大家」在清初詩選中的入選情況表

選本名稱	刊刻年代	作家姓氏及詩作入選數量			詩家排序
		錢謙益	吳偉業	龔鼎孳	
江左三大家	康熙六年	414	353	410	錢、龔、吳
詩持二集	不詳	無	30	31	龔、吳
詩持三集	不詳	14	11	14	錢、吳、龔
百名家詩選	康熙十年	46	44	114	龔、錢、吳
詩觀初集	康熙十一年	41	50	138	錢、吳、龔
清詩初集	康熙二十年	3	11	11	無（分體）
詩乘初集	康熙四十九年	14	27	11	錢、吳、龔
名家詩選	康熙四十九年	18	25	14	錢、吳、龔
國朝詩的	康熙六十一年	32	34	32	錢、龔、吳
國朝詩品	雍正十二年	91	58	85	吳、龔、錢
國朝詩別裁集	乾隆二十五年	32	28	24	錢、吳、龔

從上表可以看出，在《江左三大家詩鈔》中，龔鼎孳詩歌的入選數量幾乎與錢謙益相同，而吳偉業詩歌入選的相對較少。直至康熙中期，清詩選本中龔鼎孳詩歌入選的數量或與另兩位詩家持平，或遙遙領先，占據著絕對的霸主地位。如在《百名家詩選》和《詩觀初集》中，龔鼎孳詩歌數量竟然比其他兩位作家入選詩歌的總和還要多。但是到了康熙後期，龔鼎孳的詩壇命運逐漸發生了逆轉，或退居次席，或跌至末位，最後在對當時或後世都有著重要影響的《國朝詩別裁

集》中，龔鼎孳仍不敵他人，而且沈德潛還對其與錢、吳並列持有微詞：「合肥聲望與錢、吳相近，又真能愛才，有以詩文見者，必欲使其名流布於時，又因其才品之高下而次第之。士之歸往者遍宇內。時有合錢、吳為三家詩選，人無異辭。惟宴飲酬酢之篇，多於登臨憑弔，似應少遜一籌。」[54]此後龔鼎孳在詩壇的經典地位漸漸被打破，先前的神聖光環也不復存在。至朱庭珍《筱園詩話》則表露得更為直接：「國初江左三家，錢、吳、龔並稱於世。……然江左以牧齋為冠，梅村次之，芝麓非二家匹。……當時幸得才子之稱，後世難入名家之列。」[55]

　　龔鼎孳在詩壇地位的變遷不能僅僅理解為《江左三大家詩鈔》選輯者識見的低微，因為選本刊刻時，龔鼎孳仍然健在，且聲名大噪，顧有孝等將其奉為經典也是出之常情。至少在時人看來，龔鼎孳具有兩個成為經典的重要條件：

　　首先是才情橫溢，這是其時成為經典的內部因素。當時與龔鼎孳交往的錢謙益、吳偉業等大家對其才情多有稱許：

> 若吾孝升，以地負海涵之才，當日升川至之候，風雨發於行間，雲物生於字裡。輶軒弔古，軺車覽勝，燈炧酒闌，筆酣墨飽，乾端坤倪，軒豁呈露，穹龜長魚，距躍後先，南海之百靈祕怪，恍惚湧現於篇什之中。[56]

> 今以吾龔先生選詞之縟麗，使事之精切，遣調之雋逸，取意之超詣，其詩之工固已俊鶻之舉也，扶搖一擊，騏驥之奔也，決

---

54 沈德潛：〈龔鼎孳小傳〉，《國朝詩別裁集》，乾隆二十五年（1760）教忠堂刻本，卷1。

55 朱庭珍：《筱園詩話》，見郭紹虞：《清詩話續編》（上海市：上海古籍出版社，1983年），頁2355。

56 錢謙益：〈龔孝升過嶺集序〉，見龔鼎孳：《過嶺集》，清初三十二芙蓉齋刻本。

驟千里。先生之潛搜冥索，出政事鞅掌之餘；高詠長吟，在賓
客填咽之際。嘗為余張樂置飲，授簡各賦一章，歌舞詼笑。方
雜沓於前，而先生涉筆已得數紙。坐者未散，傳誦者早遍於遠
近矣。此先生之才也。[57]

其時的選家鄧漢儀也驚羨於龔氏超群的才氣：

公賦詩有三異：每與同人酒闌刻燭，一夕可得二十餘首。篇皆
精警，語無咄易。此一異也；當華筵雜遝之會，絲竹滿堂，或
金鼓震地，而公構思苦吟，寂若面壁，俄頃詩就，美妙絕倫。
此二異也；他人次韻每苦棘手，而公運置天然，即逢險韻，愈
以偏師勝人。此三異也。[58]

　　雖然這些評論者言語中有誇大逢迎之處，但龔鼎孳具有詩人必備
的才情這一點是清初公認的事實。
　　其次是身居高位，這是其時成為經典的外在因素。龔氏在明清鼎
革後降清，雖然中途經歷幾次降謫，但總體仕途還算順暢：順治十年
（1653）任吏部右侍郎，翌年遷戶部左侍郎、都察院左都御史。後於
康熙三年（1664）遷刑部尚書。康熙五年（1666）改兵部，康熙八年
（1669）轉禮部，並於康熙九年（1670）、康熙十二年兩任會試主
考。雖然龔氏仕途暢達，但是他和僅僅喜好附庸風雅的館閣大臣還是
有所區別。他的最大特點就是獎掖後進，弘揚風流。《清史稿・文苑
傳》載：龔鼎孳「嘗兩殿會試，汲引英雋如不及。朱彝尊、陳維崧遊
京師，貧甚，資給之。傅山、閻爾梅陷獄，皆賴其力得免。」[59]《漢學

---

57 吳偉業：〈龔芝麓詩序〉，《吳梅村集》，上海國學昌明社，宣統二年（1910）石印本。
58 鄧漢儀：《詩觀初集》，康熙慎墨堂刻本，卷2，「龔鼎孳」條尾評。
59 趙爾巽等：《清史稿》〈文苑傳一〉（北京市：中華書局，1976年），頁13324。

師承記》載，閻若璩「康熙元年（1662），始遊京師，合肥龔尚書鼎
孳為之延譽，由是知名。」[60]清初評論家對龔鼎孳這一優點有很高評
價，如吳偉業對龔氏雖居高位卻廣交名士、提攜後進的品質頗為欣
賞：「身為三公，而修布衣之節；交盡王侯，而好山澤之遊。故人老
宿，殷勤贈答。北門之妻貧，行道之饑渴，未嘗不彷徨而慰勞也。後
生俊英，宏獎風流。」[61]

　　沈德潛雖然認為龔氏在創作成就上比錢、吳「少遜一籌」，但對
其濟人愛才的長處還是持肯定態度的：

　　真能愛才，有以詩文見者，必欲使其名流布於時。[62]

　　虹亭先生為龔端毅賞識。端毅臨沒，謂梁真定曰：負才如徐
　　君，可使之不成名耶？於此見前輩之愛才。[63]

　　龔鼎孳的才情橫溢，再加上其顯要的社會地位，汲引詩壇後生的
品質，均使得他在清初詩壇占據著重要的地位，魏憲在《百名家詩
選》中云：「廬江宗伯龔先生交盡天下士，天下士無貴賤親疏遠近皆
願交於先生，故先生之詩傳誦遍宇內。」[64]由此可見，其時的龔鼎孳在
中下層文人間還是有著籠罩群英的影響力。那麼，既然如此，為何龔
鼎孳在逝世不久的康熙中後期就逐漸喪失經典地位了呢？主要有兩方
面的原因：

　　首先，主要原因還是龔鼎孳的創作實績與其聲名不符。龔鼎孳具

---

60 江藩：《漢學師承記》（北京市：中華書局，1983年），頁9。

61 吳偉業：〈龔芝麓詩序〉，《吳梅村集》，上海國學昌明社，宣統二年石印本。

62 沈德潛：〈龔鼎孳小傳〉，《國朝詩別裁集》，乾隆二十五年（1760）教忠堂刻本，
　　卷1。

63 沈德潛：〈徐釚小傳〉，《國朝詩別裁集》，卷12。

64 魏憲：〈龔芝麓小引〉，《百名家詩選》康熙十年（1671）魏氏枕江堂刻本，卷4。

有超群的才氣是客觀事實，但這種才情絕不意味著一定能創作出高質量的詩歌作品。朱庭珍在誇讚龔鼎孳的才情的同時，也尖銳地指出其創作中的諸多弊端：「龔芝麓宗伯詩，詞采有餘，骨力不足。好用典，而乏剪裁烹鍊之妙；好騁筆，而少醞釀深厚之功。氣雖盛，然剽而不留，直而易盡；調雖高，然浮聲較多，切聲較少。」[65]

可見，才情既是詩歌創作的積極動力，但如果掌控無度也會過猶不及，為才情所累，故而龔鼎孳的詩歌創作總是顯得才氣有餘，含蓄蘊藉不夠，極大地影響了詩歌創作的質量。

其次，顯要的政治地位是把雙刃劍，既可以利用豐富的文化資源影響其時的詩壇，但是時過境遷，其對詩壇負面的影響就會接踵而至。對此，龔鼎孳的好友杜濬有過評述：「不當遽言者何也？謂先生之詞，棗梨四出，可謂盛矣。然而官爵所在，足以昌詩，亦足以累詩。」[66]因此，龔鼎孳在世時，其時評論者或選家的褒獎一方面是出於對其才氣的驚羨，另一方面也是對其政治地位的敬畏。而當龔鼎孳去世後，時間的間隔使得龔氏外在的政治影響力逐漸銷蝕，不再具有左右詩壇的影響力，龔鼎孳的經典地位就受到了挑戰。另外，後世的知識精英在對待前朝的耆宿時更為看重作品的質量，而龔鼎孳的詩歌在精英階層看來，顯然很難與錢、吳相提並論。倒是其時的鄧漢儀獨具慧眼，《詩觀初集》中「尤錄其深警樸老之作，以所重在氣格識力，不僅才調也」。[67]只可惜，龔鼎孳的這一類詩歌在其所有詩歌中的比重太少，難以改變質量平平的總體特徵。

此外，龔鼎孳的詩歌題材多為應酬之作，風格較為單一，這也在很大程度上影響了他在清詩史上的地位。

---

65 朱庭珍：《筱園詩話》，見郭紹虞：《清詩話續編》（上海市：上海古籍出版社，1983年），頁2356。

66 杜濬：〈哭龔孝升先生文〉，《變雅堂文集》，康熙間刻本，卷8。

67 鄧漢儀：《詩觀初集》，康熙慎墨堂刻本，卷2，「龔鼎孳」條尾評。

其二，經典與非經典的輪迴──錢謙益的詩壇遭際

　　與龔鼎孳比較，錢謙益的經典化歷程更為曲折。總體來說，他經歷了兩次從經典到非經典再回到經典的轉化過程，三個大的轉捩點是普通選家對待錢氏文品與人品的矛盾心理、以沈德潛為代表的精英階層對錢氏的肯定以及乾隆帝對錢氏的極度不滿。這三點因素是導致錢謙益在清代詩學史中命運坎坷的主要原因。

　　首先，錢謙益在明清易代後人品和文品的分離使其原有的經典地位大打折扣。由於錢氏在明季詩壇的重要地位以及在明清之際詩風轉變中的重大影響，當時就有評論家稱之為「集大成」者，「牧齋先生產於明末，乃集大成。其為詩也，擷江左之秀而不襲其言，並草堂之雄而不師其貌，間出入於中、晚、宋、元之間，而渾融流麗，別具壚錘。」[68]完成於順治年間的《列朝詩集》更是錢氏對明代詩歌的總結，其進入清代的詩歌創作也值得稱道：「虞山詩始而輕婉秀麗，晚年則近於典重深老。」[69]吳偉業也深信「牧齋之於詩也可以百世」。[70]以此推理，錢謙益在清初成為經典作家，其詩成為經典作品應在情理之中。但事實上並非如此，通過上表可以看出，除卻《江左三大家詩鈔》中選者出於對鄉賢的敬佩將錢謙益詩歌入選的偏多以外，自康熙初期至《國朝詩別裁集》之前的選本中，錢氏詩歌再也沒有出現獨占鰲頭的情形了。在康熙前期的選本中，錢氏詩歌數量或與龔鼎孳持平，或比龔氏少；自康熙十一年直至康熙末年的選本中，錢氏詩歌入選數量又均比吳偉業少。由此可見，錢謙益在普通選家心目中的位置和當時精英對錢氏的期待是不相吻合的。

　　究其原因，主要是由於錢謙益在鼎革後的降清變節，給其時的遺

68　鄒鎡：〈序〉，見錢謙益：《牧齋有學集》，康熙二十四年（1685）年刻本，卷首。

69　鄧漢儀：〈錢謙益小傳〉，《詩觀初集》。

70　吳偉業：〈龔芝麓詩序〉，《吳梅村集》，上海國學昌明社，宣統二年石印本。

民詩人群體以及眾多選家蒙上了一層揮之不去的陰影。就詩言詩，他們還是非常肯定錢氏的詩歌創作成就，但是對其人品的微詞也極大地影響到他們對錢氏總體的評價。這種複雜矛盾的心理也體現在清詩選本中關於「江左三大家」的排序上。如鄧漢儀的《詩觀初集》，將錢謙益列在江左三大家首位，而錢氏的詩歌入選數量卻是三家中最少者。另外，眾多選本關於三家排序的混亂也說明了錢謙益還沒有成為其時詩壇文德皆備的榜樣性人物。

　　錢、吳、龔同為清初入仕詩人，他們的變節理應都會遭到遺民群體的鄙視，但實際上在每個個體上的體現還是有著明顯的區別。沈德潛在《國朝詩別裁集》中對錢謙益和吳偉業的變節表現進行了一番比較：

> 〈病中詞〉曰：「故人慷慨多奇節。為當年，沉吟不斷，草間偷活。脫屣妻孥非易事，竟一錢不值何須說。」讀者每哀其志。若虞山，不著一辭矣。此二人同異之辨。[71]

　　〈病中詞〉為吳偉業的後期詞作，作品中時時流露的故國之思、變節之恨使其時的遺民群體在心理上得到了一定的慰藉和共鳴，所以其時選家對吳偉業的評價沒有過多地受到變節的影響。而龔鼎孳在明季詩壇和官場均不知名，在普通讀者中的影響力也不大。加之他入清後仕途暢達，且能提攜後進，弘揚風流，所以其變節給時人帶來的不良影響要比錢、吳微弱許多。

　　錢謙益在政治生活和詩壇領域的複雜性，也導致了其時普通選家和士子對其經典地位的莫衷一是。如果單從文學創作的角度來定位，錢謙益自然為清代開國後的詩壇第一人，但是自古以來，詩人的名節

---

71 沈德潛：《國朝詩別裁集》，乾隆二十五年（1760）教忠堂刻本，卷1，「吳偉業條」。

一直是被視作比生命、詩文更為重要的道德品質問題。而錢謙益在詩壇的經典地位恰恰受到了名節問題的掣肘，「虞山詩才詩學誠無愧前賢，而不可以言品，正與其人相似耳。」[72]所以在清初，錢謙益的詩名很難在全國範圍內產生較大的影響力，但是這一清況在其逝世後一百年左右得到了大的改觀。

其次，以沈德潛為代表的精英階層確立了錢謙益在詩壇的經典地位。如果說在順康時期，普通選家特別是遺民選家在評估錢謙益的詩學價值時還有所顧慮的話，那麼到了乾隆時期，隨著時間的推移以及遺民群體的沒落，清詩評論者更多地從文學本體的角度去審視錢謙益的作品，其中有褒有貶。褒者有陳祖范，他在乾隆二十三年為《海虞詩苑》作序時云：「吾邑雖偏隅，有錢宗伯為宗，主詩壇旗鼓，遂淩中原而雄一代。」[73]貶者如張謙宜，他曾指出：「錢牧齋詩苦無真性，大抵只有四套：一宦游，二名士，三禪和，四脂粉。除此四者以外，無風人之致矣。」[74]真正確立錢謙益經典地位的是沈德潛，其在《國朝詩別裁集》將錢謙益列於首位，入選錢氏作品在江左三大家中也最多，在整個選本中也就僅次於王士禎，且對錢謙益有全面的評價：

> 尚書天資過人，學殖鴻博。論詩稱揚樂天、東坡、放翁諸公。而明代如李、何、王、李，概揮斥之；餘如二袁、鍾、譚，在不足比數之列。一時帖耳推服，百年以後，流風餘韻，猶足聾人也。生平著述，大約輕經籍而重內典，棄正史而取稗官，金銀銅鐵，不妨合為一爐。至六十以後，頹然自放矣。向尊之

---

72 喬億：《劍溪說詩》卷下，見郭紹虞編：《清詩話續編》（上海市：上海古籍出版社，1983年），頁1106。

73 陳祖范：〈序〉，見王應奎輯：《海虞詩苑》，乾隆二十三年（1758）古處堂刊。

74 張謙宜：《絸齋詩談》卷6，見郭紹虞編：《清詩話續編》（上海市：上海古籍出版社，1983年），頁871。

者，幾謂上掩古人；而近日薄之者，又謂漸減唐風，貶之太甚，均非公論。茲錄其推激氣節，感慨興亡，多有關風教者，餘靡曼噍殺之音略焉。見《初學》、《有學》二集中，有焯然可傳者也。至前為黨魁，後逃禪悅，讀其詩者應共悲之。[75]

　　這段評價將錢氏的總體詩學主張、具體創作情況以及詩風特點等進行了全域性的考察，同時也恢復了明季對錢氏經典地位的期待，即「百年以後，流風餘韻，猶足聾人也。」歸根結柢，前期名節的影響只能暫時阻隔錢謙益及其詩作的經典化進程，他的創作水準和詩學影響才是乾隆以來文化精英們最為看重的，也是決定著錢謙益在詩壇經典地位的關鍵。在這一點上，吳偉業和錢謙益具有一致性，均以詩學成就取勝，而龔鼎孳卻難以與錢、吳相匹配，所以他的經典地位只能是曇花一現。

　　再次，乾隆帝對錢謙益的極度不滿使得錢氏作品全面遭禁，錢氏的經典地位再度被遮蔽。所謂成也蕭何，敗也蕭何，錢氏作品遭禁之事也是源於沈德潛的《國朝詩別裁集》，這在前文已有論述。但是最根本的原因還是錢氏詩文集中的有乖時宜、違逆朝廷之詞，觸犯了乾隆時期高壓的文化政策。乾隆帝首次下諭在選本中抽燬錢氏作品是在乾隆二十六年，而大規模地禁燬錢氏所有作品則發生在乾隆三十四年，《清史列傳》〈貳臣傳〉裡有詳細記載：

　　乾隆三十四年六月，諭曰：「錢謙益本一有才無行之人，在前明時身躋膴仕，及本朝定鼎之初，率先投順，洊陟列卿，大節有虧，實不足齒於人類。朕從前序沈德潛所選《國朝詩別裁集》，曾明斥錢謙益等之非，黜其詩不錄，實為千古綱常名教

75　沈德潛：〈錢謙益小傳〉，《國朝詩別裁集》乾隆二十五年（1760）教忠堂刻本，卷1。

之大觀。彼時未經見其全集，尚以為其詩自在，聽之可也。今
閱其所著《初學集》、《有學集》，荒誕悖謬，其中詆謗本朝之
處，不一而足。夫錢謙益果終為明朝守死不變，即以筆墨騰
謗，尚在情理之中。而伊既為本朝臣僕，豈得復以從前狂吠之
語列入集中？其意不過欲借此以掩其失節之羞，尤為可鄙可
恥。錢謙益業已身死骨朽，姑免追究。但此等書籍，悖理犯
義，豈可聽其流傳？必當早令銷燬。其令各督撫將《初學》、
《有學集》於所屬書肆及藏書之家，諭令繳出。至於村塾鄉
愚，僻處山陬荒谷，並廣為曉諭，定限二年之內，盡行繳出，
無使稍有存留。……」[76]

　　經歷全面禁燬後，錢謙益的經典地位因為統治者的干預而受到了
嚴峻的挑戰。但他的作品並沒有完全喪去傳播流通的管道，《清史稿》
〈文苑傳〉：「謙益為文博贍，諳悉朝典，詩尤擅其勝。……乾隆三十
四年，詔燬板，然傳本至今不絕。」[77]所以在乾隆帝大規模的禁書運動
結束後，錢氏作品又重新獲得了歷朝評論家和讀者的認可。光緒時，
朱庭珍已經明言「江左以牧齋為冠」。[78]再次恢復了錢謙益的經典地
位。當然，在乾隆中後期的禁書運動中，吳偉業、龔鼎孳等詩人和錢
謙益一樣均被列為貳臣，作品也在禁燬之列，但是在程度上顯然以錢
謙益為最甚。

　　吳偉業的詩壇遭際與錢謙益有相同之處，都是才學博贍之人，但
是二者在變節的時間、變節後的悔恨程度不同，禁書運動中作品遭受
打擊的程度也有差異，所以吳氏的經典化道路沒有錢氏那麼艱辛曲

76　王鍾翰點校：《清史列傳》〈貳臣傳〉（北京市：中華書局，1987年），頁6575。

77　趙爾巽等：《清史稿》〈文苑傳一〉（北京市：中華書局，1976年），頁13324。

78　朱庭珍：《筱園詩話》，見郭紹虞編：《清詩話續編》（上海市：上海古籍出版社，
　　1983年），頁2355。

折。但與錢氏相比，梅村為詩「不逮遠矣」，[79]所以最終在「江左三大家」中只能位居次席。

　　從「江左三大家」的詩壇沉浮可以看出，詩家詩作的經典化生成既是時代大浪淘沙的結果，也會受到種種外在環境的干擾，但是最終的決定因素還是詩家的詩學成就以及詩作的整體質量。而在此過程中，清詩選本序列通過選目、排序也給我們提供了許多重要的信息，讓我們較為直觀地瞭解了清詩經典化的複雜過程。所以從這個角度而言，清詩選本既是清詩經典化的推動者，也是經典化進程的見證者。

二　「國朝六家」地位的逐步確立

　　「國朝六家」是指清初施閏章、宋琬、朱彝尊、王士禛、查慎行、趙執信等六位詩人。這六家雖然在年齡上有較大懸殊，[80]但是總體來說，他們在情感認同上已經和前代的遺民或入仕詩人大相逕庭。明清易代之際，這些詩人年紀尚幼，未曾出仕，查慎行和趙執信更是尚未出生，所以這批詩人的湧現沒有前期詩人的感傷色彩，在詩歌理論和創作上均與明清過渡期詩人有所不同，反映了清初詩風的演變，而且對此後的詩歌發展也產生了較大的影響。只不過後世對「國朝六家」多是分散的個體研究，很少將其作為一個整體來探討。實際上，這六個不同地域、不同年齡層次且詩風又各有所擅的詩人如何成為清詩經典這個問題本身就具有較大的學術價值。

　　「國朝六家」經典地位的確立雖然也經歷了一段較長的過程，但是遠沒有「江左三大家」那麼複雜，主要是由名家詩話和清詩選本的合力而形成。析言之，可以分為兩個階段：

79　朱庭珍：《筱園詩話》，見郭紹虞編：《清詩話續編》，頁2389。

80　施閏章（1618-1683）、宋琬（1614-1673）、朱彝尊（1629-1709）、王士禛（1634-1711）、查慎行（1650-1727）、趙執信（1662-1734）。

第一階段是「國朝四大家」的形成。

　　「國朝六家」中，清朝定鼎前出生的四位詩人成名較早，其中在順治朝就有詩名的施閏章、宋琬被稱為「南施北宋」，在康熙初期就聲名卓著的朱彝尊、王士禎被稱為「南朱北王」。而到了乾隆三十一年（1766），由邵圮和屠德修合選的《國朝四大家詩鈔》的出版標誌著「國朝四家」經典地位的真正確立。

　　首次將施閏章和宋琬並稱的是王士禎。他在其《池北偶談》中論道：「康熙以來，詩人無出南施北宋之右，宣城施閏章愚山，萊陽宋琬荔裳也。」[81]出於王士禎的詩壇盟主地位，故此言一出，「南施北宋」遂成為定論。此後詩話多有稱引，如楊際昌《國朝詩話》：「南施北宋……施骨清，宋才俊，施古今體擅長尤在五言，宋古今體擅長尤在七言。施如良玉之溫潤而栗，宋如豐城寶劍，時露光氣。要其陶冶唐宋，自抒性情，成昭代雅音則一，分鑣南北，殊非溢美。」[82]

　　首先將朱彝尊和王士禎相提並論的是趙執信。其《談龍錄》論道：

　　　或問於余曰：「阮翁其大家乎？」曰：「然。」「孰匹之？」余曰：「其朱竹垞乎！王才美於朱，而學足以濟之；朱學博於王，而才足以舉之，是真敵國矣。他人高自位置，強顏耳。」曰：「然則兩先生殆無可議乎？」余曰：「朱貪多，王愛好。」[83]

　　稍後，薛雪《一瓢詩話》也說：「朱王兩公，南北名家，騷壇宗

81　王士禎：《池北偶談》（北京市：中華書局，1982年），頁253。

82　楊際昌：《國朝詩話》卷1，見郭紹虞編：《清詩話續編》（上海市：上海古籍出版社，1983年），頁1689。

83　趙執信：《談龍錄》第三十條，見王夫之等撰：《清詩話》（上海市：上海古籍出版社，1978年），頁316。

匠。」[84]鄭方坤《國朝名家詩鈔小傳》也云:「王阮亭尚書以風雅號召
海宇,一時名流,無敢與相驂靳者。惟先生體大思精,牢籠萬有,迄
今新城、秀水,屹然為南北二大宗。比於唐之李、杜,宋之蘇、
黃。」[85]清初詩史上遂又出現「南朱北王」並峙的局面。

　　清初,這四大詩家的詩歌成就不僅被詩話作者屢屢提及,而且他
們的詩作也被清詩選本大量選入。如果說清初詩話對這四家並稱是一
種籠統意義上的簡單概括,那麼清詩選本中的精確量化則是對這四家
詩歌成就更為準確的直觀評判。

表八　「國朝四大家」詩歌入選情況表

選本名稱	選家	刊刻時間	宋琬	施閏章	王士禎	朱彝尊
百名家詩選	魏憲	康熙十年	26	19	19	0
詩觀初集	鄧漢儀	康熙十一年	19	26	32	9
清詩初集	蔣鑨等	康熙二十年	14	14	14	10
篋衍集	陳維崧	康熙三十六年	8	15	45	13
名家詩選	吳靄	康熙四十九年	9	14	50	7
國朝詩的	陶煊等	康熙六十年	17	23	39	24
國朝詩選	彭廷梅	乾隆十四年	5	6	26	6
國朝詩別裁集	沈德潛	乾隆二十六年	26	32	47	18
國朝四大家詩鈔	屠德修	乾隆三十一年	77	311	285	168

　　從表中我們可以明顯看出,總體上說,這四家的作品入選總數在
整個選本中所占的比重還是相當大的,首先在數量上凸顯出這四家的
詩歌創作實力。另外在重要程度上,這四家也受到選家們特別地關

---

84 薛雪:《一瓢詩話》,見王夫之等撰:《清詩話》(上海市:上海古籍出版社,1978
　年),頁684。
85 鄭方坤:《國朝名家詩鈔小傳》,光緒十二年(1886)刻本。

注。如《國朝詩的》中，施閏章和王士禛均列在所在卷數的首位，而《國朝詩別裁集》中，施閏章、朱彝尊和王士禛也分別占據卷首的位置。但若從這四家入選的軌跡來考察，我們會發現三個問題：

其一，以康熙中葉為界，康熙前期宋琬和施閏章的詩歌入選數量基本持平，說明二者在當時的影響力確是相當。但是自康熙中期以後的選本，宋琬詩歌的入選數量就略少於施閏章，至《國朝四大家詩鈔》刊刻時二者竟然懸殊近四倍。事實上，若按照順康時期宋、施在詩壇的實際影響力來考察，宋琬的影響力確實要小很多。原因有二：一則二者的仕途經歷差別太大，施閏章總體暢達，而宋琬則乖蹇多阻，「早登仕籍，中年為怨家告訐，逮繫清室。」[86]仕途的不暢嚴重削弱了他在當時詩壇的影響力；二則二者的詩歌風格不同。施閏章作詩根柢深厚，古體有王、孟之風致，近體宗杜甫，以規矩功力見長，詩風以溫柔敦厚為主。而宋琬在一連串的變故之後，其詩撫時觸緒，多淒清激宕之氣。二人即使同寫愁苦之事，施詩也以溫雅和平出之，宋詩則多悲壯沉鬱之音。雖然兩種風格皆追風騷，並無軒輊，但是施閏章的詩風顯然更能夠迎合當時的盛世詩風。

其二，自朱彝尊略有詩名開始，幾乎所有清詩選本中朱氏詩歌的數量都不及王士禛。這主要的原因在於朱彝尊是位學者型文人，學問淹博，且興趣不只在詩歌，詩論也變換不一。趙翼對此就頗有微詞：「朱竹垞亦負海內重名。至今猶朱、王並稱，莫敢軒輊。然竹垞不專以詩傳，且其詩初學盛唐，格律堅勁，不可動搖；中年以後，恃其博奧，盡棄格律，欲自成一家，如〈玉帶生歌〉諸篇，固足推倒一世，其他則頹唐自恣，不加修飾，究非風雅正宗。」[87]另外，康熙十八年，朱彝尊才以布衣身分躋身翰林院，其時他已過半百。而這時的王士禛

---

86 劉執玉：〈宋琬小傳〉，《國朝六家詩鈔》，上海澄衷學堂宣統二年石印本。

87 趙翼：《甌北詩話》卷10，「查初白詩」，見郭紹虞編：《清詩話續編》（上海市：上海古籍出版社，1983年），頁1299。

早已享有盛名，故而朱彝尊康熙六年（1667）在京師與王士禛相遇，更是敬慕有加，在其〈王禮部詩序〉中有所記載：「今年秋，遇新城王先生貽上於京師，與予論詩人流別，其旨悉合。示以贈予一章，蓋交深於把臂之前，而情洽於布衣之好。」[88]所以，不論從朱、王二人的仕途交遊，還是從順康年間的詩壇風尚來看，「南朱北王」在當時詩壇的影響力顯然不能並駕齊驅。當然，這種情形也是符合王士禛在清初詩壇的盟主地位。[89]

其三，我們再來比較一下施閏章和王士禛。從上表可以看出，康熙前期的選本，施閏章和王士禛的詩歌入選率旗鼓相當，但自康熙中葉始，除卻《國朝四大家詩鈔》以外，幾乎所有的選本都是王氏詩歌獨占鰲頭。而《國朝四大家詩鈔》中施閏章詩歌數量超過了王士禛，卻顯然帶有鮮明的時代色彩。首先，《國朝四大家詩鈔》的選刻時間乾隆三十一年，這正處於清王朝的鼎盛時期。正如阮學濬所言：「我朝詩教光昌，跨明軼宋，天章宸翰，炳若日星，醲化薰蒸，人文蔚起。」欣逢盛世，作為詩人自然要「朝廷之上，作為詩歌，以鼓吹休明，潤色鴻業；即散見於澗槃林壑之間，人握隋侯之珠，家懷荊山之璧，麟麟炳炳，和其聲以鳴盛。」所以，在這樣的時代背景下，選家崇尚的詩風應是施閏章式的溫柔敦厚，亦即阮氏提出的「溫雅以廣文，興喻以盡意。」[90]縱然王士禛的「神韻說」也是和其時的盛世文風相一致的，但是王氏的「神韻說」主要強調的是詩歌的清遠意境，這種意境的營造或抒寫在藝術上追求一種遠離政治的瀟灑清遠之美，其政治效果是可以消解一部分文人的抗清意識，但是這對於早已經大一統的乾隆中期好像用處不大。所以從這個角度來看，施閏章詩歌對於

88　朱彝尊：〈王禮部詩序〉，《曝書亭集》，上海商務印書館民國間刊本，卷37。

89　與王士禛相較，朱彝尊主要的影響表現在對後世浙派的開創之功。

90　阮學濬：〈序〉，見邵玘、屠德修輯：《國朝四大家詩鈔》，乾隆三十一年（1766）刊本。

盛世的正面宣傳顯然更符合其時的時代要求；其次，乾隆前、中期正是神韻說遭到批評、其他各種流派紛紛興起的時候。沈德潛雖然沒有正面地批評王士禛的「神韻說」，但是認為只取閒適淡遠一種風格顯然比較單一，還應該有雄渾豪放等風格。為此，他論詩在「神韻」之外，又提出了「風格」、「氣骨」、「風骨」等範疇。在沈德潛之外，更有許多論者對神韻派的流弊發起攻擊，[91]所以在這種詩學背景下，選家沒有將王士禛的詩歌數量放在第一位也在情理之中。

　　上述分析充分說明了這四家的詩壇影響力還是有較大的差異的——「南施北宋」中施閏章詩歌地位略高，「南朱北王」中朱彝尊地位稍遜，而四家之中，獨數王士禛在清初詩壇的地位最高，對後世的影響也最為深遠。這四位詩家不論在人生仕途、詩學取向以及詩歌風格等方面均有較大的差異，但是，由此產生的在詩壇上的地位不對等或許更能反映出清初詩壇的客觀實際。事實上，當時或後世的評論家、選家將其兩兩並稱，更多地是著眼於他們之間詩風的差異，而不是趨同之處。相較而言，「南施北宋」中施氏「以儒者推之」，[92]知識廣博，而宋氏在強調清明廣大的盛世之音的同時，更注重個人性情的抒發。正如《晚晴簃詩匯》所云：「愚山詩樸秀深厚，味之彌永；荔裳則融才情於騷怨，音節動人。」[93]「南朱北王」中朱詩以博雅采藻見長，同時強調性情。「詩至竹垞，性情與學問合。」[94]而王士禛以神韻為宗，追求不假修飾的自然天成。即全祖望所謂「國朝諸老詩伯，阮亭以風

---

91 鄭燮針對「神韻」一派末流宗尚的「專以意外言外，自文其陋」，喋喋於「文章不可說破，不宜道盡」，特拈出「沉著痛快」四字以相頡頏：「文章以沉著痛快為最，《左》、《史》、《莊》、《騷》、杜詩、韓文是也。」參見〈濰縣署中與舍弟第五書〉，《鄭板橋全集》（上海市：世界書局，1936年第四版），卷1，頁50。

92 劉執玉：〈施閏章小傳〉，《國朝六家詩鈔》，上海澄衷學堂宣統二年石印本。

93 徐世昌：《晚晴簃詩匯》，民國十八年（1929）退耕堂刊本，卷24。

94 梁章鉅：《退庵隨筆》，見郭紹虞編：《清詩話續編》（上海市：上海古籍出版社，1983年），頁1983。

調神韻擅揚於北，竹垞以才藻魄力獨步於南，同岑異苔，屹然雙峙。」[95]每位詩家就如同調色師一般，他們在詩歌創作中對於性情或學問的調和程度形成了彼此不同的風格，同時也營造出清初詩壇的五彩斑斕。

第二階段是「國朝六家」經典地位的確立。

朱庭珍曾云：「順治中，海內詩家稱南施北宋。康熙中，稱南朱北王。謂南人則宣城施愚山、秀水朱竹垞，北人則新城王阮亭、萊陽宋荔裳也。繼又南取海鹽查初白，北取益都趙秋谷益之，號六大家。後人因有《六家詩選》之刻。」[96]由此可得知，康熙中後期趙執信和查慎行的異軍突起，使得國朝四家最終增衍為六家。這兩位詩人的加入主要緣於他們的詩歌成就，當然，他們在康熙詩壇中獨特的個性以及影響力也為其增色不少。

趙執信成名較早，其詩論著作《談龍錄》對於王士禛神韻說的批駁成為他在詩壇具備影響力的重大轉捩點。趙氏為王士禛的甥婿，早年也頗相引重，後來因為詩學主張的分歧與王交惡。在王士禛的「神韻說」風靡康熙詩壇之時，趙執信敢於提出異議或駁難譏刺本身就具有較強的學術挑戰性，以及對自己詩學主張的高度自信。趙執信尊崇馮班，論詩主張「詩之中須有人在」，詩歌必須是完整的實體，不滿王士禛偏於朦朧婉約的意境，追求詩意的實在完整；另外，他論詩不主以偏，主張詩路要寬，反對王士禛偏於清遠的單一詩風。趙執信對於王士禛的批評雖然在言語上有過激之處，但還是指出了王氏「神韻說」的一些不足，這在當時的詩壇引起了轟動。同時，趙執信個性狂

---

95 全祖望著，朱鑄禹校：〈鶯脰山房詩集序〉，《全祖望集彙校集注》（上海市：上海古籍出版社，2000年），頁609。

96 朱庭珍：《筱園詩話》，見郭紹虞編：《清詩話續編》（上海市：上海古籍出版社，1983年），頁2357。

放，為詩自寫性情，不假修飾。陳恭尹在〈觀海集序〉中有詳盡地描述：「益都趙秋谷早通仕籍，才名振天下。然好縱酒，喜諧謔。士以詩文贄者，合則投分訂交，不合則略視數行，揮手謝去。是以大得狂名於長安，……《觀海》一集，氣則包括混茫，心則細如毫髮，片言隻字，不苟下筆。其要歸於自寫性情，力去浮靡。」[97]

查慎行入選六家主要緣於他對清初詩風的轉變之功。他推崇宋詩，偏好蘇軾、陸游等人，開闢了清初宗宋詩派。《四庫全書總目》對其詩學宋人評價甚高，認為「得宋人之長而不染其弊，數十年來，固當為慎行屈一指也。」[98]論詩主張「詩之厚在意不在詞，詩之雄在氣不在貌，詩之靈在空不在巧，詩之淡在脫不在易。」同時，查慎行的詩歌創作在清初也有很大影響，趙翼《甌北詩話》在分析「南施北宋」和「南朱北王」等人的詩歌之後指出：「故梅村後，欲舉一家列唐、宋諸公後者，實難其人。惟查初白才氣開展，工力純熟，鄙意欲以繼之諸賢之後。」又說其詩「功力之深，則香山、放翁之後一人而已。」還稱其「近體詩最擅長，放翁之後，未有能繼之者。」[99]鄭方坤亦云：「先生繼秀水、新城後而稱詩伯，一時壇坫於斯為盛。」[100]

很明顯，這二人的詩學成就在王士禎之後的康熙詩壇很是卓著，再加之此時的沈德潛、翁方綱、袁枚等人還尚未成名，所以，歷史的機遇也給予了二人享有盛譽的契機，趙、查便成為了自康熙詩壇盟主王士禎到乾隆主將沈德潛之間的重要過渡人物。

「六家」之號始於何人，已難考定，但是關於這六人的詩歌專選最早始於乾隆三十二年（1767）則足可徵信。上述朱庭珍所云《六家

97　陳恭尹：〈序〉，見趙執信：《觀海集》，清刻本。
98　永瑢等：《四庫全書總目》（北京市：中華書局，1965年），卷173，頁1528。
99　趙翼：《甌北詩話》卷10，「查初白詩」，見郭紹虞編：《清詩話續編》（上海市：上海古籍出版社，1983年），頁1299。
100　鄭方坤：《國朝名家詩鈔小傳》，光緒十二年（1886）刻本。

詩選》即為乾隆三十二年劉執玉編選的《國朝六家詩鈔》。在這個選本序言中，國朝六家首次集體亮相就得到了高度評價。鄒一桂將國朝六家與唐宋名家相提並論：「我朝文運昌明，名賢輩出，若宋荔裳、施愚山、王阮亭、趙秋谷、朱竹垞、查初白諸君子後先踵起，並駕齊驅，猶唐之李、杜、韓、白、王、孟、韋、柳，宋之蘇、黃、范、陸，元之虞、楊、范、揭。」[101]沈德潛在序言中更是具體分析了六家詩歌風格的異同：「我朝人文化成，力追雅頌，而執牛耳者，宜推阮亭。讀其詩，明麗博雅，渾厚高華，談藝四言，阮亭直自道耳。與阮亭相後先者，則查初白，磅礴崱屴，步武眉山。他如愚山之溫柔敦厚、荔裳之雄健磊落，雖各樹壇坫，而生面獨開。竹垞詩格稍變，而言必唐音。秋谷抱負異才，高而不詭。之六家者，類皆胚胎於漢魏六朝，自成一家言，以鳴國朝之盛。」[102]

　　這些詩論家的評價如果說是從整體上宏觀地定位了國朝六家的詩學成就，那麼，清詩選家則是用更為微觀地視角清晰地審視每位名家的詩歌成就及其影響力，這種微觀判斷在選本中主要是通過選詩的多寡來具體體現的。與《國朝四大家詩鈔》相比，《國朝六家詩鈔》在選詩規模和詩學傾向上都有不同之處。

　　首先，《國朝六家詩鈔》不僅增加了趙執信和查慎行這兩位詩壇後勁，而且在總體詩歌入選數量上也超出《國朝四大家詩鈔》。該選本分八卷，其中王士禎和查慎行各兩卷，其餘人各一卷。具體錄詩情況依次為：宋琬古近體詩一百四十七首、施閏章古近體詩二百三十一首、王士禎古近體詩四百八十九首、趙執信古近體詩一百零三首、朱彝尊古近體詩八十一首、查慎行古近體詩三百三十六首。共錄詩歌達一千三百八十七首，超出前者五百四十六首。

---

101 鄒一桂：〈序〉，見劉執玉輯：《國朝六家詩鈔》，上海澄衷學堂宣統二年石印本。
102 沈德潛：〈序〉，見劉執玉輯：《國朝六家詩鈔》。

　　其次，《國朝六家詩鈔》在詩歌總量大幅上升的前提下，施閏章詩歌入選總數卻減少了八十首，朱彝尊詩歌總數也減少了八十七首，而王士禎和查慎行的詩歌數量卻遙遙領先。選家如此安排，既反映出選家劉執玉的詩學喜好，同時也體現出普通讀者對於國朝六家的接受情況。

　　選家劉執玉對於王、查的鍾愛，我們可以從其凡例中窺見一二：「我朝詩家林立，步武漢唐而精深華妙。擅長諸體者，首推阮亭、查初白，格意清雄，出變化於矩矱中，有神無跡。施愚山、朱竹垞、趙秋谷、宋荔裳，生面各開，功力深刻。拔奇選勝，彙為六家。」顯然，選家首先看重的是詩家的眾體兼善，「以便初學」。[103]如對於王士禎，他評價其詩：「取材既富，而氣之渾灝流轉，足以達之。即偶然涉筆，亦有搢笏垂紳風度，主盟騷壇，洵無愧色。」[104]其次，在詩歌風格上，不喜獨闢蹊徑，主張溫雅和平，故對宋琬的「詩多沉痛語」[105]、趙執信的「感慨無聊、抑鬱不平之慨時見於詩」[106]、朱彝尊的「為詩戛戛乎陳言務去，獨闢蠶叢」稍有微詞。[107]雖然他同時也婉言讚賞宋詩的「氣骨風度」，趙詩「町畦獨闢，筆墨戛然傲人，與阮亭固異曲同工也」，朱詩「才氣橫溢，光怪陸離。觀者為之目眩，秀水、新城幾如晉楚，迭主齊盟矣。」但是從他們詩歌的入選數量來看，顯然是不太喜歡這類詩風。

　　這裡，選家對於施閏章的詩風態度比較矛盾。雖然他喜歡施氏的「五言超潔，直登韋柳之堂，餘體亦不矜才，不使氣，得溫柔敦厚之旨。」但是他始終認為「愚山天性肫篤，復有志於性命之學，一時以

103　劉執玉：〈凡例〉，《國朝六家詩鈔》。

104　劉執玉：〈王士禎小傳〉，《國朝六家詩鈔》。

105　劉執玉：〈宋琬小傳〉，《國朝六家詩鈔》。

106　劉執玉：〈趙執信小傳〉，《國朝六家詩鈔》。

107　劉執玉：〈朱彝尊小傳〉，《國朝六家詩鈔》。

儒者推之，其詩特緒餘耳。」[108]所以施閏章詩歌的數量比宋、趙、朱三人多，但是仍不及王、查。

另外，詩人別集的保存程度也很大程度上制約著普通選家的選擇。如劉執玉評價查慎行時說：「敬業堂篇什之富，與帶經堂相埒，名篇絡繹，美不勝收，才華魄力，足與阮亭代興。」[109]王氏《帶經堂集》和查氏《敬業堂集》不僅保存完整，容易搜羅，而且藏詩豐富，便於挑選。而宋琬詩歌的搜集則相對困難，因為宋琬「後以川臯入覲，卒於京師，全稿散失」，所以選家「僅於《安雅堂初刻》及《拾遺集》中管窺一斑。」[110]詩作的難尋肯定會影響到選本的入選數量，同時也不利於詩家詩作的經典化生成。

從上述分析可以看出，不論是國朝四家，還是國朝六家，他們的詩歌成就在知名詩論家的眼中多是並駕齊驅，各有千秋，但是在民間普通選家的選本中，四家或六家的地位不對稱相當明顯。這裡不排除民間選家因為資料難尋、摻雜個人喜好而造成的對於個別名家的部分遮蔽，但更為深層的事實是：詩家詩作在經典化的過程中，不僅要有知識精英階層的讚許，還要接受民間選家和讀者的檢驗。

總之，作為清初詩壇的一個優秀詩人群體，國朝六家在眾多清詩選本特別是「審定精當，風行海內」的《國朝六家詩鈔》的推助下，[111]最終確立了他們的經典地位，流傳至今。

---

108 劉執玉：〈施閏章小傳〉，《國朝六家詩鈔》。
109 劉執玉：〈查慎行小傳〉，《國朝六家詩鈔》。
110 劉執玉：〈宋琬小傳〉，《國朝六家詩鈔》。
111 吳應和：〈凡例〉，《浙西六家詩鈔》，道光七年（1827）紫薇山館刊本。

第三章
清人選清詩與清代詩學思潮

　　清代詩學在近三百年的發展進程中，已經呈現出眾聲喧嘩、全面繁榮的局面，各種詩學流派依次登場，詩學主張亦各有建樹，既有批判和對立，也有超越與調和。其中，如何對待唐詩和宋詩始終是清代詩學中一個最為核心的問題。宗唐詩學思潮推崇唐詩格調和詩風，多貶斥宋詩，而宗宋詩學思潮則反對一味宗唐，肯定宋詩價值，求新求變，重視學問。於是宗唐與主宋便成為貫穿有清一代的兩大詩學思潮。二者時而交錯發展，時而齊頭並進，時而爭論對立，時而綜合融通，共同締造了清代詩學的主導言說方式。

　　在清代兩大詩學思潮的形成與發展過程中，清詩選本扮演著極其重要的角色。概而言之，清詩選本既是這兩大詩學思潮的宣傳陣地，也是兩大詩學思潮論爭的主要載體。另外，清詩選本有時還能調和折中這兩大詩學思潮的論爭。可以說，清詩選本就是清代詩學思潮的有機組成部分，發揮著重要的詩學批評功能。

第一節　清詩選本與清代宗宋詩學思潮

　　中國古典詩學範疇中的唐宋詩之爭，實際上自宋代以來就一直存在，但是只有到了清代，宗宋詩學才逐漸形成了與宗唐詩學分庭抗禮的勢頭。邵長蘅對此有所評述：「主漢、魏、三唐者詆宋元人詩，曰旁門曰小乘；主宋者詆前之所作曰贗曰剿，甚者怒其子孫乃並其祖父而訾之。波流云擾，詆諆其蜂出，不惟其是之折衷，而規規焉分流

派，別異同，以蕲其勝而後已。」[1]這不僅概括出歷代的唐宋詩爭之激烈，也描述了清代唐宋詩之爭的現狀。特別是相對於明代尊唐黜宋的詩壇傳統而言，宋詩在清代的崛起就更顯得引人注目了。

宗宋詩學思潮貫穿自清初至清末的整個有清一代，但是它們在各個時期興盛的原因、目的以及具體表現形式、宗主對象均有所差異，而與此相適應，清詩選本在各個階段對宗宋詩學思潮發揮的職能也有所不同。具體來說，清初的宗宋思潮更多地體現於其時的宋詩選本，但同時也對其時的清詩選本產生了積極地影響，所以也出現了一批具有宗宋傾向的清詩選本；清中葉的宗宋思潮更多地集中於浙派詩人群，所以這一時期為之張目的清詩選本也多是出自浙派詩人的地域選本；清末的宗宋思潮以桐城派與同光體詩人群為中心，其間更有道咸時期的宋詩運動，在輻射範圍和理論建樹上均有所拓展，所以這一時期帶有宗宋傾向的清詩選本也鮮明地體現出總結性的特點。

一　清代宗宋詩學思潮的發展脈絡

（一）清初的宋詩熱及其代表作家

清初宗宋詩學思潮的形成是有一個過程的，首先是錢謙益和黃宗羲的理論倡導。錢謙益在其《列朝詩集》中對明代前後七子派的模擬之弊大加撻伐，論詩主張「別裁偽體」、「轉益多師」，博採眾家之長，而不像七子派僅僅拘泥於漢魏、盛唐。具體來說，錢氏除推崇漢魏盛唐以外，還延及到中晚唐、兩宋、金元乃至本朝，詩學對象除卻杜甫以外，兼有韓愈、李商隱、蘇軾、陸游、元好問等。錢謙益對宋詩的理論倡導和創作實踐開啟了清初宋詩熱的先河，對其時的虞山派乃至全國詩壇的詩學傾向均有重要的影響。朱庭珍曾經指出：「錢牧

1　邵長蘅：〈吹萬集序〉，見管檝：《據梧詩集》，康熙間刻本，卷首。

齋厭前後七子優孟衣冠之習，詆為偽體，奉韓、蘇為標準。當時風尚，為之一變。」[2]喬億的《劍溪說詩》也云：「自錢受之力詆弘、正諸公，始纘宋人餘緒，諸詩老繼之，皆名唐而實宋，此風氣一大變也。」[3]虞山派詩人受其影響最為直接，如錢陸燦「為詩筋力於李杜，出入於聖俞、魯直。」[4]嚴熊「為詩遠宗陸務觀，近擬文長。」[5]雖然他們所學的具體詩家不盡相同，但是崇尚宋詩的主張是一致的。

　　黃宗羲既是清初的學術大家，也是清初重要詩人。他在詩學主張上也受到錢謙益的影響，兼師唐宋，且多學宋人，不滿於其時貶抑宋詩的傾向：「余嘗與友人言詩，詩不當以時代而論。宋元各有優長，豈宜溝而出諸外，若異域然。」[6]同時，他還從宋詩對唐詩傳統的繼承上來肯定宋詩：「天下皆知宗唐詩，余以為善學唐者唯宋。」[7]在具體的詩學對象上，他喜好韓愈、黃庭堅，重視詩人的學問功底，好用典故，開浙派宗宋風氣之先，對其時和後世宗宋思潮產生了深遠影響。

　　其次是清初宗宋名家的創作實踐。「國朝六家」宋琬、施閏章、王士禛、朱彝尊、趙執信、查慎行在清初詩壇上享有盛名。這六人雖然在創作上風格各異，但是在詩學宗尚上兼師唐宋者就有五人，尤其是康熙初期王士禛和朱彝尊由宗唐變為主宋的改弦更張，更加說明清初宗宋思潮強大的輻射力。這一時期的宗宋詩人群體中以朱彝尊、查慎行影響最大，此外尚有錢澄之、孫枝蔚、汪琬、陳維崧、宋犖、汪懋麟、吳之振、王式丹、曹寅、顧嗣立等。

2　朱庭珍：《筱園詩話》卷2，見郭紹虞編：《清詩話續編》（上海市：上海古籍出版社，1983年），頁2355。

3　喬億：《劍溪說詩》卷下，見郭紹虞編：《清詩話續編》，頁1104。

4　王應奎輯：《海虞詩苑》，乾隆二十三年古處堂刊本，卷1。

5　王應奎輯：《海虞詩苑》，卷5。

6　黃宗羲：〈張心友詩序〉，見王鎮遠等編：《清代文論選》（北京市：人民文學出版社，1999年），頁85。

7　黃宗羲：〈姜山啟彭山詩稿序〉，見王鎮遠等編：《清代文論選》，頁87。

　　在清初宗宋詩學思潮的形成中，除卻錢謙益、黃宗羲等耆宿的積極倡導以及眾多詩家的創作實踐，宋詩選本的編輯和出版也是其中一個重要的推動力量。在清代三十多種宋詩選本中，康乾兩朝就占了二十種，其中最為著名、影響甚巨的莫過於《宋詩鈔》了。

　　《宋詩鈔》刊行於康熙十年，選輯者除了吳之振及其子姪吳自牧以外，還有黃宗羲、呂留良、高旦中諸人。顯然，這些編者均是宗宋思潮的提倡者，《宋詩鈔》也就自然成為他們宣傳宋詩的重要載體。其〈序〉云：

> 自嘉、隆以還，言詩家尊唐而黜宋，宋人集覆瓿糊壁，棄之若不克盡，故今日搜購最難得。黜宋詩者曰腐，此未見宋詩也。宋人之詩，變化於唐，而出其所自得，皮毛落盡，精神獨存。萬曆間，李蓘選宋詩，取其離遠於宋而近附乎唐者。曹學佺亦云「選始萊公，以其近唐調也。」以此義選宋詩，其所謂唐終不可近也，而宋人之詩則已亡矣。余與晚村、自牧所選蓋反是，盡宋人之長，使各極其致，故門戶甚博，不以一說蔽古人。非尊宋於唐也，欲天下黜宋者得見宋之為宋如此。[8]

　　這些觀點充分肯定了宋詩的價值，和清初眾多提倡宋詩者是一致的。由此可以看出，《宋詩鈔》的編選旨在自覺地配合其時的宗宋思潮，用選本的形式為宋詩張目。《四庫總目全書》提要對此也云：「之振於遺集散佚之餘，創意搜羅，使學者得見兩宋詩人之崖略，不可謂之無功」。[9]

　　此選本刊刻出版以後，吳之振將其帶入京城，惠贈眾多名士，取

8　吳之振輯：〈序〉，《宋詩鈔初集》，康熙十年（1671）吳氏鑒古堂刻本。
9　永瑢等：《四庫全書總目》（北京市：中華書局，1965年），頁1731。

得了較大的社會反響。[10]正是伴隨著《宋詩鈔》的廣泛傳播，清初詩壇迅速形成了一股宋詩熱，其時許多知名詩人均在從詩歌理論和創作實踐上來肯定宋詩。《宋詩鈔》的出版發行從文本上為「宋詩派」提供支持，使得清初讀者有機會看到長期以來難以見到的宋詩，從而真正打破自明以來尊唐一統的格局。

綜上，這一時期宗宋詩學的特點是，人們從反思明代七子派以來詩壇恪守唐詩門戶的弊端出發，開始探索、尋找新的詩學途徑。他們學習宋詩大家，進而自覺地發掘宋詩價值，努力為宋詩辯護，肯定宋詩成就。但由於時代的局限，他們為宋詩辯護時，往往不能理直氣壯地肯定宋詩的獨特價值，常常要從繼承唐詩傳統的角度來說明宋詩之可取。他們基本上不是旗幟鮮明地以學習宋詩為號召，而是多以唐宋並重的方式來為宋詩爭取地位。

（二）清中葉宗宋詩學思潮的發展及其特點

清中葉宗宋思潮首先集中於以厲鶚為代表的浙派詩人群，主要人物除了厲鶚以外，尚有全祖望、杭世駿、金農、李鄴嗣、鄭梁、萬斯備、萬斯同、姜宸英、汪沆、吳錫麒等人。厲鶚非常重視學問對於詩歌創作的作用，認為：「書，詩材也。」且云：「詩至少陵止矣，而其得力處，乃在讀萬卷書，且讀而能破致之。」「故有讀書而不能詩，未有能詩而不讀書。」[11]其詩主要學習永嘉四靈、姜夔等人，詩歌內容上多模山範水，創作風格上多學習宋詩的瘦勁清切，表現一種孤淡清幽之美。厲鶚的詩學傾向與創作風格，深刻地影響到其時的杭州、揚

---

10 王崇簡：〈吳孟舉以所輯宋詩相貽賦贈〉詩稱讚道：「卓識開千古，從今宋有詩。」宋犖《漫堂說詩》云：「至余友吳孟舉《宋詩鈔》出，幾於家有其書矣。」可見此選本在當時的影響。

11 厲鶚：〈綠杉野屋集序〉，《樊榭山房集·文集》（上海市：上海古籍出版社，1992年），卷3，頁742。

州等地的詩人，甚至波及到整個清中葉詩壇，拉開了清中葉宗宋思潮的序幕。

　　秀水派其實屬於廣義的浙詩派，或者說是浙詩派的後期階段。這一詩派的主要人物是錢載、諸錦、王又曾、萬光泰、朱休度、錢陳群、金德瑛、錢儀吉、錢泰吉、汪孟鋗、汪仲鈖。這也是乾嘉時期一個非常重要的宗宋詩派，但在詩學取向上更多地師法江西詩派，不完全等同於之前的浙詩派。

　　其次，乾嘉時期的詩壇上還同時出現了兩個宗宋詩學流派——肌理派和桐城詩派。這兩個流派的主要代表作家有個共同點，即他們均是學問家、古文家而兼作詩、論詩，並不以詩為主業，並且兩個流派之間還有一定的淵源關係。翁方綱詩論的基本理論主要都來自於桐城派理論家劉大櫆、方苞，意即義理、考據、學問的參會融合。

　　清中葉桐城詩派的先驅人物是劉大櫆，其詩學杜甫、黃庭堅，以文為詩，將散文的跌宕迂迴手法運用於詩歌之中，語言奔放，氣勢充沛；桐城詩派的代表人物是姚鼐，其詩學思想深受其伯父姚範「詩在山谷、後山之間」的影響，[12]兼採唐宋之優長。在創作風格上，既崇尚典雅清新，也追求瘦硬雄渾。桐城詩派中具有影響力的人物還有方東樹、梅曾亮、鮑桂星、范當世等人。

　　翁方綱為代表的肌理派是清代中葉重要的宗宋詩學流派。由於翁氏融金石學家、經史學家和考據學家於一身，故而論詩主張義理、考據與文章的結合，瓣香杜、韓、蘇、黃。其〈吳懷舟時文序〉曰：「有義理之學，有考訂之學，有辭章之學。……果以其人之真氣貫徹而出之，則二者一原耳。」[13]又其〈蛾術集序〉也說：「考訂訓詁之事

12　郭麐：《樗園消夏錄》，嘉慶間刻本。
13　翁方綱：〈吳懷舟時文序〉，《復初齋文集》，上海同文圖書館民國五年（1916）石印本，卷4。

與辭章之事未可判為一途。」[14]這種將義理、考據、辭章視為一體，不可分離的主張顯然源於桐城派的創作主張，但是二者還是有傾向性上的區別。概而言之，桐城詩派更傾向於「義理」的闡發，主張詩文風格雅潔端正；肌理派則更注重學問，主張詩人要博綜考訂，有學問根柢，在此基礎上研習義理，講究文理技巧。所以，肌理派對宋詩惺惺相惜的主要原因是二者在以學問、議論為詩上有共通之處。創作上，翁方綱以學問為詩材，直接以金石考據之學作為詩歌內容，將學人之詩、以學問為詩發展到了極端。

綜觀清中葉的三個宗宋詩學流派，最重要的特徵是重視學問。三個流派雖然在具體的取法對象上不盡相同，但都非常重視學問對於詩歌創作的重要價值。乾嘉時期，學術界的漢、宋學之爭對宗宋流派的詩論主張產生了很大的影響。浙派中如全祖望、杭世駿等人皆是學者型詩人，肌理派的代表人物翁方綱更是學問淵深，注重考據訓詁，這兩派在詩歌理論和創作實踐中，都以學問為詩材，以典故來抒情，同時還以學為詩，把學問當作詩歌直接表現的對象。而桐城派則稍有不同，他們在學術上主張調和漢宋之學，在詩論中唐宋兼取，講求義理、考據和辭章的結合，主張化學為才，而反對純粹的賣弄學問。而在創作風格上也有所差異，浙詩派宗宋而趨於尖新，桐城詩派唐宋兼取而標舉文法，肌理派偏於宋詩而追求新變。

（三）清末宗宋詩學思潮的發展脈絡

晚清以來的宗宋詩派主要有三類：首先是道咸時期的宋詩運動，主要以程恩澤、祁寯藻、鄭珍，莫友芝、何紹基、曾國藩等人為代表。這些人物在詩學宗尚上多取法杜甫、韓愈、蘇軾、黃庭堅等，偏

---

14 翁方綱：〈蛾術集序〉，《復初齋文集》，上海同文圖書館民國五年（1916）石印本，卷4。

愛宋詩。他們均重視學問，如程恩澤強調詩歌之性情不能離開學問，所謂「性情又自學問中出」、「學問淺則性情焉得厚？」[15]何紹基也明確表示：「作詩文必須胸有積軸，氣味始能深厚，然亦須讀書」。[16]鄭珍同樣表示：「固宜多讀書，尤貴養其氣。氣正斯有我，學贍乃相濟」。[17]而莫友芝也認為「才力贍裕，溢而為詩」。[18]

　　在重視學問的同時，宋詩運動的詩人還主張兩個「統一」：人品和詩品的統一；學人之詩與詩人之詩的統一。宋詩運動的理論代表何紹基，論詩主「不俗」，要求詩人具有高尚人格，在創作上不落凡俗，做到詩品與人品相統一；鄭珍是宋詩運動中創作水準最高的詩人，擅長經學與小學，論詩貴讀書、養氣、砥礪人品。而作詩多用白描手法，少用典故詞采，多采日常俚俗之事及口語白話以提煉、熔鑄其中，將韓詩之奇奧與白詩之平易熔於一爐。其詩歌充分體現了學人之詩與詩人之詩的結合，開詩家未有之境。故陳衍《近代詩鈔》評論宋詩運動「諸公率以開元、天寶、元和、元祐諸大家為職志，……蓋合學人詩人之詩二而一之也」。[19]

　　其次是同光年間出現的同光體詩派，主要詩人有陳三立、沈曾植、陳衍、鄭孝胥、袁昶等。這一流派實際上是道咸時期宋詩運動的延續，大體分為贛、浙、閩三派：贛派以陳三立為代表，浙派以沈曾植為代表，閩派以陳衍、鄭孝胥為代表。詩學宗尚均為「不墨守盛唐者」或「不專宗盛唐者」，多取法黃庭堅、陳師道、蘇軾，兼及杜甫、韓愈等人。同光體派的形成以及對宋詩的喜好一方面受到道咸時

---

15 程恩澤：〈金石題詠彙編序〉，《程侍郎遺集初編》收於《叢書集成續編》。

16 何紹基：〈題馮魯川小像冊論詩〉，《何紹基詩文集》（長沙市：嶽麓書社，1992年），頁815。

17 鄭珍：〈論詩示諸生時代者將至〉，周興陸等：《中國歷代文論選新編·晚清卷》（上海市：上海教育出版社，2008年），頁85。

18 莫友芝：〈巢經巢詩鈔序〉，同上注，頁87。

19 陳衍：《近代詩鈔》（上海市：商務印書館，1923年），「祁寯藻」條述評。

期宋詩運動的影響，同時與光緒中後期的時代背景也有很大關係。在中國歷史發展中前所未遭遇之大變局的封建末期，身為士大夫官僚階層的同光體詩人，他們長於學問，擅訓詁考據，對「研理日精，論事日密」的宋詩有天然的好感。另一方面，時局的動盪，「喪亂云臚，迄於今，變故相尋而未有界，其去小雅廢而詩亡也不遠」的社會現實，[20]也在刺激著他們的民族文化心理，而宋詩的表達方式更適合他們的文化心理，更有利於表現時代現狀。

同光體派諸人的詩學思想與宋詩運動諸公基本一致，但在程度上更加強調博採眾家之長，即學人之詩和詩人之詩二而為一的詩學理念。

再次是後期的桐城詩派，多為姚鼐、姚瑩的弟子和再傳弟子。主要代表人物有吳汝綸、張裕釗、范當世、李剛己、姚永概、姚永樸、方守彝、吳鎧等。雖然這一派作家以古文創作為主業，但是在詩學傾向上卻與其時的宋詩運動及同光體基本趨同。他們恪守桐城先祖姚鼐等兼採唐宋的詩學主張，以文為詩，如張裕釗，《晚晴簃詩匯詩話》評價云：「濂卿博綜經史，治古文宗桐城家法，而益神明變化之，以是負文譽。……論詩於國朝推愚山、惜抱、子尹三家，愚山取五律，惜抱取七律，子尹取七古，謂能力追古人而與之並。其所自作，五律學愚山，法其明秀；七律學惜抱，擬其蒼堅；獨七古雄奇恢詭，不逮巢經，然風格遒上，合唐、宋而兼鎔，要不失詩家之正軌也。」[21]

綜上可以看出，清末各宗宋詩派儘管在具體主張和創作風格上不盡相同，但是均能立足於宋，進而上窺前朝，融合鑄造而自成家數。他們秉持「師古以求新」的態度，著眼於時代特徵，以發展變化的詩學觀相號召，糾正了明人取徑狹而模擬之跡顯的偏頗，轉益多師，在詩歌實踐中取得了突出的成就，同時也對其時的宗宋清詩選本產生了重大影響。

---

20 陳衍：〈序〉，《近代詩鈔》。

21 徐世昌：《晚晴簃詩匯》，民國十八年（1929）退耕堂刊本，卷147，「張裕釗」條評。

二　清初「宋詩熱」境域下的宗宋清詩選本
　　——以《十子詩略》等為例

　　明末清初以來，文人們針對前後七子尊唐黜宋而導致的膚廓虛矯之弊，轉而提倡宋詩，詩壇遂掀起了一股學習、研究宋詩的高潮。康熙十二年，沈荃為曾燦所輯《過日集》作序時就指出：「近世詩貴菁華，不無傷於浮濫，有識者恆欲反之以質，於是尊尚宋詩以救弊。」[22]宗宋思潮一個最突出的表現就是大量編選、刻印宋人詩歌選本。[23]除了《宋詩鈔》以外，尚有康熙三十二年（1693）周之鱗、柴升同編的《宋四名家詩》以及陳訏編輯的《宋十五家詩》、康熙五十一年吳郡王史鑒所編的《宋詩類選》、乾隆六年（1741）曹庭棟所編的《宋百家詩存》、乾隆十一年（1746）厲鶚所撰《宋詩紀事》等，這些選本既是清初宋詩熱的積極推動力量，同時也對其時的宗宋清詩選本產生了較大的影響。

　　伴隨著大量宋詩選本的刊刻出版，清初的宋詩熱逐漸在京城乃至全國範圍內盛行，其時許多名家的詩風悄然地隨之發生了變化，詩學主張也從一味的崇唐開始向出入唐宋轉變。在創作實踐中，他們自覺吸收宋、元詩歌的精華，轉益多師，博採眾家之長。這些詩學傾向的變化在清詩選本中也有突出地體現，其中以王士禎的《十子詩略》和宋犖的《吳風》、《江左十五子詩選》最為知名。

　　王士禎是繼「江左三大家」之後主盟詩壇的領軍人物。他早年學唐，但是對宋元詩並不排斥，「耳食紛紛說開寶，幾人眼見宋元詩」。[24]

22　沈荃：〈序〉，見曾燦輯：《過日集》，康熙曾氏六松草堂刻本。

23　僅據《四庫全書總目》、《清史稿》〈藝文志〉等書目統計，清人編撰的宋詩選本即達三十餘種，雖然在總體數量遠遠不及其時的唐詩選本，但是就宋詩選本自身的發展而言，其資料之詳備，體例之精純，影響之深遠亦非前代可比。

24　王士禎：〈戲仿元遺山論詩絕句〉之十六，周興陸編：《漁洋精華錄彙評》（濟南市：齊魯書社，2007年），頁174。

這與前賢錢謙益、黃宗羲對待宋元詩的態度是一致的。在康熙六年王士禛回到京城任禮部主客司主事時，他已經竭力倡導宋詩了。他在晚年回憶自己的詩學歷程時說：「中歲越三唐而事兩宋，良由物情厭故，筆意喜生，耳目為之頓新，心思於焉避熟……當其燕市逢人，征途揖客，爭相提倡，遠近翕然宗之。」[25]這種詩學傾向的變化不僅體現在他的詩論和交際上，還體現於他選刻的清詩選本。康熙十六年，王士禛選刻了宋犖、王又旦、顏光敏、葉封、田雯、謝重輝、丁煒、曹禾、汪懋麟、曹貞吉十人詩為《十子詩略》。我們先看這十人的詩學傾向：

宋犖，字牧仲，號漫堂，河南商丘人。其《漫堂說詩》自述詩學變化為：「初接王、李之餘波，後守三唐之成法，於古人精意，毫未窺見。康熙壬子、癸丑間屢入長安，與海內名宿尊酒細論，又闖入宋人畛域。」[26]楊際昌評宋犖詩風云：「商丘宋公七言古詩，心摹手追於眉山，得其清放之氣，各體亦秀。」[27]

王又旦，自幼華，別字黃湄，陝西郃陽人。曾從孫枝蔚受詩，詩風也經歷三變：「一變而清真古澹，……再變而為奇恣雄放，……益變而淵泓澄深，……幼華論詩，獨能破流俗之說，氾濫於唐、宋諸名家，上溯騷、選，以成一家之言。」[28]

顏光敏，字修來，號樂圃，山東曲阜人。鄭方坤曰：「樂圃詩無專刻，予從《十子詩略》中鈔若干首。五言原本三謝，七古在李頎、杜甫之間，近體秀逸深厚，出入錢、劉。」[29]

---

25 俞兆晟：〈漁洋詩話序〉，見王夫之等撰：《清詩話》（上海市：上海古籍出版社，1978年），頁163。

26 宋犖：《漫堂說詩》十三，見王夫之等撰：《清詩話》，頁420。

27 楊際昌：《國朝詩話》卷1，見郭紹虞等：《清詩話續編》（上海市：上海古籍出版社，1983年），頁1693。

28 王士禛：〈黃湄詩選序〉，見王鎮遠等編：《清代文論選》（北京市：人民文學出版社，1999年），頁352。

29 鄭方坤：〈樂圃詩鈔小傳〉，《國朝名家詩鈔小傳》，光緒十二年（1886）刻本。

　　葉封，字井叔，號慕廬，浙江嘉興人。王士禛《漁洋詩話》中記載：「黃州葉井叔封，……初以詩介其宗人訒庵方藹質余。」[30]而葉方藹不僅和王士禛過從甚密，且「詩宗蘇陸，文宗眉山。」[31]故葉封也受其影響。

　　田雯，字綸霞，號山薑子，山東德州人。沈德潛評曰：「山薑詩才力既高，取材復富，欲兼唐、宋而擅之，山左詩家中另開一徑。」[32]近人錢鍾書也指出：「清初漁洋以外，山左尚有一名家，極尊宋詩，而尤推山谷者，則田山薑是也。」[33]

　　謝重輝，字千仞，號方山，山東德州人。少工詩，與同里田雯同官京師齊名。謝氏詩風，王士禛《杏村詩評》有生動描述：「杏村近詩去膚存骨，去枝葉存老幹，如長松怪石，顛倒絕壑，冰雪之所凝冱，飛瀑之所穿漏，詎復知名園百卉，爭妍競媚於春風駘蕩中耶？」[34]

　　丁煒，字澹汝，號雁水，福建晉江人。張維屏《國朝詩人徵略》引《東越文苑傳》云：「煒詩力追唐賢，而能以文采潤飾其吏治。」[35]但他對唐詩音律也有微詞：「顧唐家音律與晉室清談，士大夫靡然成俗，至於曠職廢業，以求一二語之工，又余之所懼矣。」[36]

　　曹禾，字頌嘉，號峨嵋，江蘇江陰人。徐世昌《晚晴簃詩匯詩話》云：「頌嘉為漁洋門下士，詩列『都門十子』中。……《江上詩鈔》存數十首，大都寄意深婉，不以藻繪求工。」[37]鄧之誠論其文

30 王士禛：《漁洋詩話》卷中，見王夫之等撰：《清詩話》，頁189。

31 王原祁：〈舳齋集序〉，見葉方藹：《葉文敏公集》，清末至民國間抄本。

32 沈德潛：《國朝詩別裁集》，乾隆二十五年（1760）教忠堂刻本，卷6。

33 錢鍾書：《談藝錄》（北京市：中華書局，1984年），頁110。

34 盧見曾：〈謝重輝小傳〉，《國朝山左詩鈔》，引王士禛：《杏村詩評》，乾隆二十三年（1758）刻本。

35 張維屏著，陳永正點校：《國朝詩人徵略》初編卷十三（廣州市：中山大學出版社，2004年），頁190。

36 白壽彝主編：《回族人物志》（清代）（銀川市：寧夏人民出版社，1992年），頁151。

37 徐世昌：《晚晴簃詩匯》，民國十八年（1929）退耕堂刊本，卷42，「曹禾」條評。

風：「詩文學韓杜，文尤有成就。」[38]

汪懋麟，字蛟門，晚號覺堂，江蘇江都人。他自稱其創作「涉筆於昌黎、香山、東坡、放翁之間」。[39]王士禛評其詩學宗尚：「君詩才票姚跌蕩，其師法在退之、子瞻兩家，而時出新意。」[40]沈德潛亦有類似評價。

曹貞吉，字迪清，號實庵，山東安丘人。盧見曾《國朝山左詩鈔》引張杞園〈曹公墓志〉云：「公生而嗜書，以歌詩為性命。始法於三唐，後乃旁及兩宋，氾濫於金元諸家。」[41]鄧之誠也論道：「貞吉詩從七子入手，世貴眉山、劍南，及稍變其體，故為士禛所賞。」[42]

這十人在其時被成為「金臺十子」、「輦下十子」，王士禛在〈比部汪蛟門傳〉中對這一詩歌群體的形成有所描述：「君（汪懋麟）稱詩輦下，與今刑部侍郎田公綸霞、今巡撫都御史宋公牧仲、前國子祭酒曹君頌嘉、湖廣按察史丁君澹汝、故給事中王君幼華、吏部郎中顏君修來、工部主事葉君井叔、今禮部郎中曹君升六、刑部郎中謝君千仞相唱和，時號十子。」[43]從這十子的詩學傾向來看，顯然與其時的宗宋思潮是相適應的，以兼採唐宋為主。所以《十子詩略》的刊刻不僅意味著王士禛詩學宗尚的巨大轉折，而且也意味著王士禛已經開始利用選本形式大張旗鼓地為宋詩進行宣傳了。

在清初的宗宋思潮中，宋犖也是一個非常有影響力的人物。其門生邵長蘅在選刻王士禛和宋犖詩集的〈二家詩鈔序〉中稱：「新城天授既高，變化逾出，如游賈胡之肆，光怪瑰瑋，而珊瑚火齊木難之錯

---

38 鄧之誠：《清詩紀事初編》（上海市：上海古籍出版社，1984年），頁455。

39 汪懋麟：〈凡例〉，《百尺梧桐閣詩集》，康熙十七年（1678）刻本。

40 王士禛：〈比部汪蛟門傳〉，見錢仲聯編：《清詩紀事・康熙朝卷》（南京市：江蘇古籍出版社，1987年），頁2541。

41 盧見曾：〈曹貞吉小傳〉，《國朝山左詩鈔》，乾隆二十三年（1758）刻本。

42 鄧之誠：《清詩紀事初編》（上海市：上海古籍出版社，1984年），頁693。

43 錢仲聯編：《清詩紀事・康熙朝卷》（南京市：江蘇古籍出版社，1987年），頁2541。

陳也；商丘含吐醞藉，標格儁上，如良玉之溫潤縝栗，而精采四映
也。其體制故不相襲，而其淵源於風騷、漢魏、三唐，以自成其家，
大概相同。」[44]認為二人同為其時主持風雅者。楊際昌也說：「商丘宋
公，……與新城獎掖後進幾四十年。」[45]由此可見，宋犖在康熙年間的
詩壇上具有極高的地位，而他的詩學傾向也必然對當時詩壇產生重要
的影響。在康熙十一年左右「闌入宋人畛域」以後，宋犖便通過各種
方式來肯定宋詩，宣傳宋詩。康熙二十九年（1690），宋犖在任江西巡
撫時曾以「江西詩派論」為題課士，積極倡導宋詩。自康熙三十一年
（1692）起任江蘇巡撫，十餘年時間，他除了訂補《施注蘇詩》的殘
本，舉行了一次蘇軾紀念會以外，在選本領域也有兩次大的編選活動，
即康熙三十三年（1694）編選的《吳風》和康熙四十二年（1703）編
選的《江左十五子詩》，對江蘇一帶的詩歌風氣產生了巨大的影響。

　　《吳風》是宋犖在江蘇任上選評的吳地詩文作品集。雖然不能算
是嚴格意義上的清詩選本，但是其中選輯了奚士柱、徐舒、周鳳奕、
龔秉直四人的同名專論〈宋詩源流論〉，很是值得關注。茲選錄其中
的重要觀點：

> 唐之不得不變為宋者，以風氣之遞降也，宋之能自成為宋者。
> 唐人以才華舒其性情，宋人以性情行其理趣也。性情原無今
> 古，則謂今日之詩猶承宋詩之流，奚不可耶？雖然，學宋人有
> 法焉……惟去腐而得名理，去枯而得清真，去老硬生澀而得其
> 學識，去淺近俚鄙而得其逸趣，由是舒寫性靈，牢籠物態，豈
> 直搜宋人之膏腴哉？即以入唐人閫奧，窺杜陵堂廡，亦庶乎其

---

44 邵長蘅：〈序〉，《二家詩鈔》，康熙間刻本。

45 楊際昌：《國朝詩話》卷1，見郭紹虞編：《清詩話續編》（上海市：上海古籍出版
　社，1983年），頁1693。

可也。[46]

愚謂論詩無分今古，詩本性情，但取其真而已。能得其真則自出機杼，無事剽竊，不必學唐而自近於唐，不必避宋而不拘於宋。世之尊唐而黜宋者，固為徇俗之見，而嗜宋而厭唐者亦屬矯枉過正。苟能獨擄性靈，不落窠臼，則「三百篇」之旨，當不外是何有於唐，亦何有於宋哉！[47]

予常以謂學唐不善，其失也膚立而塵滯；學宋不善，其失也纖佻而俚俗。所恃二三大雅君子辨兩宋之源流，溯三唐之元本，上窺六朝、漢魏，以無失三百篇遺意。是亦為今之學詩者之准的矣。[48]

要而論之，詩自西崑而後，誠不可無宋人之廓清，自江西以還，又不可無唐人之維挽。蓋西崑者，唐之流，非真唐也；江西者，宋之流，非真宋也。尊唐而謂宋可斥者，是嘗大官之饌而不知山餚蔬蕨之具有至味也；尊宋而謂唐可廢者，是觀江河之瀾而不知崑崙岷嶓之濬其源也。……學宋而專於宋者，必不能宋，猶學唐而專於唐者，必不能唐。惟是溯源騷雅、折衷百家而歸之於是，然後真唐詩出，即真宋詩亦出矣。故源流之辨明、指歸之識定，而後可以論有宋一代之詩，並可以上下千古之詩。[49]

---

46 吳士柱：〈宋詩源流論〉，見宋犖編：《吳風》，康熙三十三年（1694）刊本，卷1。
47 徐舒：〈宋詩源流論〉，見宋犖編：《吳風》，卷1。
48 周鳳奕：〈宋詩源流論〉，見宋犖編：《吳風》，卷1。
49 龔秉直：〈宋詩源流論〉，見宋犖編：《吳風》，卷1。

　　這些關於唐宋詩的論斷均有很高的理論水準，他們在追溯宋詩源流的基礎上，對唐宋詩的區別以及真宋詩的界定皆有明確地闡釋。一言以蔽之，清初宗宋思潮的主要觀點是反對明季的惟唐是取，主張博採眾家之長。唯有如此，才能「溯三唐之元本，上窺六朝、漢魏，以無失三百篇遺意」。宋犖在此選本裡集中選編了四篇關於宋詩源流的理論性文章，一方面繼續為宋詩派張目，一方面也是有針對性的理論闡述。因為宗宋思潮發展到康熙中期，詩壇上轉而又出現了尊宋祧唐的風氣，其《漫堂說詩》中指出：「顧邇來學宋者，遺其骨理，而擷扯其皮毛；棄其精深而描摹其陋劣。是今人之謂宋，又宋之腐臭而已，誰為障狂瀾於既倒耶？」[50]這種矯枉過正的做法顯然與宋犖宗宋的初衷相違背，所以《吳風》裡的四篇〈宋詩源流論〉便可以視為宋犖對其時宗宋思潮在理論上的澄清與正名。

　　如果說《吳風》是宋犖對宗宋思潮進行理論宣傳的陣地，那麼九年之後選刻的《江左十五子詩選》則可看成他於創作實踐中積極宣傳宋詩的載體。此書刻成於康熙四十二年，「十五子者曰王式丹方若、曰吳廷禎山掄、曰宮鴻曆友鹿、曰徐昂發大臨、曰錢名世亮工、曰張大受日容、曰楊橓青村、曰吳士玉荊山、曰顧嗣立俠君、曰李必恆百藥、曰蔣廷錫揚孫、曰繆沅湘芷、曰王圖炳麟照、曰徐永宣學人、曰郭元釪于宮。」[51]諸君為其時吳地名士，且詩學宗尚大體相同，都是宗主宋詩。我們從三個角度來看此選在選文上的宗宋傾向：

　　其一，諸家入選作品中幾乎皆有效仿中晚唐詩或宋元詩的詩作，或者次韻之作，其中涉及白居易、韓愈、蘇軾、梅堯臣、歐陽修、王安石、黃庭堅、范成大、陸游、元好問等詩家，以次韻蘇軾、歐陽修詩為最多。需要說明的是，清初的宗唐派大多否定宋詩，而宋詩派對

50　宋犖：《漫堂說詩》，見王夫之等撰：《清詩話》（上海市：上海古籍出版社，1978年），頁417。

51　宋犖：〈序〉，《江左十五子詩選》，康熙四十二年（1703）商邱宋氏宛委堂刊本。

唐詩卻不是全盤否定，他們反對的是獨尊初、盛唐詩，故對杜甫、韓愈以及部分中晚唐詩家及其詩作還是持肯定態度的，甚至他們還把宋詩的源頭追溯至杜、韓之作。所以，我們在選本中所見的如吳廷禎的〈端午後一日兩中集綠蔭齋用坡公兩中遊西湖韻〉、宮鴻曆的〈新茶仿樂天〉、徐昂發的〈過平望追次范石湖韻〉、錢名世的〈四月二日同諸子集學人寓齋用昌黎短燈檠歌韻〉、楊掄的〈和東坡、山谷先生種菜〉、吳士玉的〈含清亭賞芍藥用梅聖俞楊樂道留飲置芍藥韻奉和宋中丞漫堂先生、邵子湘、馮山公同賦〉、蔣廷錫的〈用東坡韻記庭中花木〉、王圖炳的〈和昌黎秋懷詩原韻〉十一首、〈詠雪用盧陵潁州雪中會客韻〉、徐永宣的〈次坡翁韻送楊青村之官新昌〉、〈疊用昌黎答亮功〉，以及李必恆的〈效荊公烘虱〉、〈讀劍南集感賦〉六首等作品均可視為詩家宗宋詩學的一種體現。因為一般效仿或次韻他人之作，詩家對原作者的作品肯定相當熟悉或欣賞，故《江左十五子詩選》集中選取如此眾多的效仿或次韻宋詩風格的作品，顯然帶有宗宋的批評意識。

其二，選本中的詩作有若干化用宋詩之處，或在詩句中直接提及宋代詩家。如王式丹，萃百家之精華，浸沉濃郁自成一家，於詩特推崇「三山」，即香山、義山、遺山也。選文中選取〈西爽亭東杪漫興〉八首其一：「怪底白頭搔更短，思鄉懷古劇關情。」宋犖注曰：「義山詩『懷古思鄉共白頭』。」[52]顯然，這裡是化用了李商隱的詩句；〈次韻田公湖隄絕句〉十首其三：「漁舟個個水之涯，丫髻女兒擲魚叉。不怕風波相欺得，銀釵笑插蕪菁花。」宋犖亦注云：「杜詩『恰似春風相欺得』，相字音廝入聲，亦見香山詩中。」[53]這裡是化用了杜甫和白居易的詩句。宮鴻曆對歐陽修欣賞有加，作品〈王幼芬太史使黔回，以佛指柑遺德州，公有詩酬謝，因步原韻並柬幼芬太史〉

---

52 宋犖：《江左十五子詩選》，康熙四十二年（1703）商邱宋氏宛委堂刊本，卷1。
53 宋犖：《江左十五子詩選》，康熙四十二年（1703）商邱宋氏宛委堂刊本，卷1。

中「水陸果實駢東南，閩嶠荔子羅浮柑。蹲鴟包橘說歐九，荷陶梨垺
傳陳三。」就分別化用了歐陽修和陳師道的詩句，宋犖注曰：「歐陽
公詩『禦歲畜蹲鴟，饋客薦包橘』。陳後山詩『荷陶活萬人，梨垺視
千戶』。」[54]上述詩句，化用宋人詩句而無堆砌之感，顯然比次韻之作
又進了一層。此外，有的詩家在詩句中直接提及到宋代詩家，如宮鴻
曆〈商丘公送綿津詩集及近稿數種率成長句賦謝〉中四句：「滄浪亭
子新枅櫨，大篇喚出湖州蘇。句中神韻歐九如，小儒那可輕操觚。」[55]
這裡用蘇軾和歐陽修的藝術成就來評價宋犖詩集，實際上已經具有詩
學批評的意味了。

　　其三，選本中部分作品有直接品評宋代詩家成就的詩句。這比化
用宋人詩句又深了一層，直接用詩句的形式來論詩。如宮鴻曆〈長歌
贈姜西溟先生並索其行楷書〉中兩聯：「唐宋幾人能文章，千秋只數
韓歐陽。眉山掉筆亦健者，要於史事猶蒼黃。」[56]這裡的「文章」顯然
泛指詩文，宮氏在詩歌中對韓愈、歐陽修和蘇軾的藝術成就進行排序
品定，同時就意味著對上述詩家的崇尚。顧嗣立卻用短短的一首詩闡
發了關於詩歌承繼和發展的原理，其〈言褱〉十首其四：「詩中集大
成，萬古一少陵。昌黎韓吏部，光怪方騫騰。香山白太傅，蕭散神仙
稱。要皆從杜出，奇正各擅能。後代有眉山，落筆如雲蒸。方圓成珪
璧，妍醜肖其形。四賢豈不偉，泰華同崚嶒。」[57]意即同為學習杜
甫，韓愈、白居易、蘇軾各學一面，各擅其能，在繼承中又不失自身
個性。這個原理恰恰就是宋詩派的立論之本，即宋詩從唐詩出而又具
獨特個性。此外，顧氏〈題元百家詩集後〉二十首其一云：「雄深出

54　宋犖：《江左十五子詩選》，康熙四十二年（1703）商邱宋氏宛委堂刊本，卷2。
55　宋犖：《江左十五子詩選》，康熙四十二年（1703）商邱宋氏宛委堂刊本，卷2。
56　宋犖：《江左十五子詩選》，康熙四十二年（1703）商邱宋氏宛委堂刊本，卷2。
57　宋犖：《江左十五子詩選》，康熙四十二年（1703）商邱宋氏宛委堂刊本，卷10。

入少陵間，金宋麗豪一筆刪。恢復中原板蕩後，黃金端合鑄遺山。」[58]
這裡所言的就是元好問與杜甫之間的承繼關係。

　　綜上可以看出，宋犖編選《江左十五子詩選》除卻其自序中提及
的「振興風雅」以外，[59]為宗宋詩學思潮張目也是一個重要的目的。對
此意圖，沈德潛屢有提及：

> 商邱撫吳，定《江左十五子詩》，意尊韓、蘇，故於橫空硬
> 語、超邁俊逸者，多所採擇。[60]

> 商邱公官部曹時，列《十子詩選》中；撫吳時有《漁洋綿津合
> 刻》；又嘗選《江左十五子詩》以提倡後學，固風雅之總持
> 也。所作詩古體主奔放，近體主生新，意在規仿東坡。時宗之
> 者，非蘇不學矣。[61]

　　鄭方坤也有類似的描述：「商邱公開府三吳日，刻《江左十五子
詩》，派別源流，率以韓、蘇氏為職志。」[62]

　　不論是王士禛的《十子詩略》，還是宋犖的《吳風》、《江左十五
子詩選》，均是在清初宗宋思潮背景下的產物，但同時這些選本也為
宣傳宗宋風格的清詩提供了一個很好的平臺。實際上，這些宗宋選本
本身就是清初宗宋思潮的一個重要組成部分，發揮著重要的作用。

58　宋犖：《江左十五子詩選》，康熙四十二年（1703）商邱宋氏宛委堂刊本，卷10。
59　宋犖：〈序〉，《江左十五子詩選》，康熙四十二年（1703）商邱宋氏宛委堂刊本。
60　繆沅引沈德潛語，見阮元：《淮海英靈集》甲集，道光二十二年（1842）刊本。
61　沈德潛：《國朝詩別裁集》，乾隆二十五年（1760）教忠堂刻本，卷13。
62　鄭方坤：〈畏壘詩鈔小傳〉，《國朝名家詩鈔小傳》，光緒十二年（1886）刻本。

三　浙派清詩選本對清中葉宗宋思潮的積極呼應
　　——以《浙西六家詩鈔》為例

　　乾嘉時期，清代宗宋詩學思潮又發展到一個新的階段。這一時期宗宋思潮的典型是以秀水派為代表的浙派詩人群、以翁方綱為代表的肌理派以及以姚鼐為代表的桐城詩派。雖然三個流派在具體宗宋的取法對象或有不同，但是尊尚學問、講求法度、唐宋兼採則為清中葉宗宋思潮的共同特徵。雖然這三個流派的宗宋主張均有相應的詩歌選本為之宣揚，不過，桐城詩派的詩歌選本如姚鼐編輯的《今體詩鈔》等、肌理派的詩歌選本如翁方綱所輯《七言律詩鈔》等均非清詩專選，所以，我們僅選取浙派清詩選本來管窺宗宋熱潮在清詩選本領域的回應情況。

　　關於「浙派」名稱的確指自古以來有廣狹之分，當代學者張仲謀在其著作《清代文化與浙派詩》中有詳盡論述：「浙派名稱雖一，然所指不盡相同。如袁枚等人所謂浙派，專指以厲鶚為首的杭州詩人群體，即今日所謂狹義的浙派。至於廣義的浙派，則是通前後而言之，厲鶚等人只是浙派一個時期的代表。」[63]這裡所言的「通前後而言之」即將自清初黃宗羲始，中經康熙時期的查慎行和乾隆前期的厲鶚，直至乾隆中後期以錢載為代表的秀水派均視為廣義的浙派。實際上，我們無意於對浙派的形成和發展階段作詳盡的深究，我們關注的重點是從浙派詩人普遍的詩學宗尚來看浙派對於清代詩學思潮的影響。張仲謀論道：「從純粹詩學角度來說，浙派的詩學特點是宗宋。」[64]可見，不管是廣義的浙派還是狹義的浙派，在總體詩學傾尚上均可歸屬為宗宋派。也正因為如此，清中葉重要的浙派詩選本如《國朝杭郡詩鈔》

63　張仲謀：《清代文化與浙派詩》（上海市：東方出版社，1997年），頁2-3。
64　張仲謀：《清代文化與浙派詩》（上海市：東方出版社，1997年），頁5。

系列、《兩浙輶軒錄》系列、《國朝浙人詩存》、《浙西六家詩鈔》等就不能簡單地視為網羅浙地鄉邦文獻的資料庫，它們也是其時選家宣揚宗宋詩學的主要載體。其中，《浙西六家詩鈔》的批評意識最為鮮明。

　　《浙西六家詩鈔》為海鹽吳應和和海昌馬洵同選的詩歌合輯，共選輯浙西名家厲鶚、嚴遂成、王又曾、錢載、袁枚、吳錫麒等六位詩人的七百三十首詩歌作品，人各一卷，刊於道光七年（1827）。這六家在創作風格上各有特點，正如吳應和〈自序〉中所云：「六家詩各自成家，樊榭徵君之清峭、海珊刺史之豪邁、穀原比部之沉靜、蘀石宗伯之博大、隨園太史之奇詭、穀人司成之工鍊，皆足繼朱、查，為世取法。」[65]朱彝尊為開創浙派宗宋思潮的先驅，而查慎行為康熙後期詩壇宗宋詩派的主將，此六家「繼朱、查而起」，[66]顯然在詩學傾向上也繼承了兩位鄉賢的宗宋主張，並有所發展。他們總的詩學傾向是宗宋而不避唐，詩歌風格講究新變獨創，偏於峭拔精工。我們主要從三個角度來分析：

其一，清詩選家對浙西六家的評價。

　　吳應和在為六家作小傳時間引他人評論，並以己評殿後，這樣可以充分瞭解其時選家對於該詩人的態度。如厲鶚小傳中，引王昶評曰：「擷宋詩之精詣而去其疏蕪，時沈文慤公方以漢魏盛唐倡於吳下，莫能相掩也。」吳應和也稱厲鶚「初白翁後為一大宗」。[67]

　　在嚴遂成小傳中，吳應和主要分析了他的詩歌風格以及形成的原因：「（海珊）成進士後需次二十餘年，始補縣令，蹇傷遲暮，乃益發

---

65 吳應和：〈自序〉，見吳應和、馬洵輯：《浙西六家詩鈔》，道光七年（1827）紫薇山館刊本。

66 吳應和：〈凡例〉，見吳應和、馬洵輯：《浙西六家詩鈔》，道光七年（1827）紫薇山館刊本。

67 吳應和、馬洵輯：〈厲鶚小傳〉，《浙西六家詩鈔》，道光七年（1827）紫薇山館刊本。

憤於詩。歷遊豫、楚、滇、黔，登臨弔古之作，率皆悲壯激烈，奇氣橫溢，鐵崖樂府、淵穎歌行殆兼師其意而不襲其貌。少陵所云：語不驚人死不休。海珊有焉。」[68]這種詩風顯然既有杜甫的工整，又沾染了江西詩派的習氣。

　　王又曾小傳中，引畢沅語云：「於漢魏六朝及唐宋諸家外，能融會變化，自成一家。而世之貌為李、杜、韓、蘇者，率莫能及焉。」又引王昶語：「（穀原）作詩專仿宋人，信手拈來，自多生趣。」吳應和總結說：「當是時，錢、王並稱，錢之博大、王之沉靜，各成家數，天下共相推服。王之才氣非不敵錢，時時流露李、杜、韓、蘇筆意，卻時時洗剔，不留渣滓，意在斂華就實。」[69]錢載小傳中，引黃培芳語云：「錢籜石先生詩大約不拘唐宋，空所依傍，生面獨開。」而吳修則在其〈書籜石齋詩集後並序〉中用論詩詩的形式指出了錢氏的詩學傾向：「公詩精益求，於杜得縝密。韓蘇並沉酣，涪翁亦心折。」吳應和的評價與二者基本一致：「（籜翁）漢魏六朝，三唐兩宋，體制靡不兼有，尤得力於少陵。」[70]

　　在袁枚小傳中，選家吳應和比較客觀地評價了袁氏專主性靈、空無依傍的詩學傾向：「歸愚宗伯以漢魏盛唐之詩唱率後進，為一時詩壇宗匠；隨園起而一變其說，專主性靈，不必師古。初學立腳未定，莫不喜新厭舊，於是《小倉山房集》人置一編，而漢魏盛唐之詩絕無掛齒。蓋其有軼群之才，騰空之筆，落想不凡，新奇眩目，誠足傾倒一世。惟是輕薄浮蕩習氣與《三百篇》無邪之旨相悖，數年來雖聲譽折減，而詩猶膾炙人口。」袁枚雖然在詩學傾向上與浙派詩人不同，

68 吳應和、馬洵輯：〈嚴遂成小傳〉，《浙西六家詩鈔》，道光七年（1827）紫薇山館刊本。

69 吳應和、馬洵輯：〈王又曾小傳〉，《浙西六家詩鈔》，道光七年（1827）紫薇山館刊本。

70 吳應和、馬洵輯：〈錢載小傳〉，《浙西六家詩鈔》，道光七年（1827）紫薇山館刊本。

但是他強調性情追求新變的詩風還是和浙派詩有相通之處的。另外，吳應和也對他選擇袁詩的標準作了說明：「茲取雅正之作，非白非蘇，卻有先民矩矱。至於五古之合度者不過寥寥數篇，餘則一味淺俗，無可抉擇，實與漢魏晉宋人詩未曾留意，宜其無能為役矣。」[71]對袁氏的詩歌的有悖雅正頗有微詞。同時，我們也發現，在兩次論述袁枚詩學的空無依傍時，吳應和使用了不同的說法：論其優長時曰「漢魏盛唐之詩絕無掛齒」，論其不足時卻曰「實與漢魏晉宋人詩未曾留意。」兩種表述細微的差別恰好說明選家吳應和對宋詩的青睞。

在吳錫麒小傳中，吳應和對其清峭的詩風、兼學唐宋的詩學傾向頗為讚賞：「覃溪學士謂祭酒詩『最深於杜，非貌似也。如義山、山谷之學杜，在若離若合之間。』此言誠是。……間或有似青蓮、似昌谷、似東坡、似梅村，非盡學杜五古。五、七律之極自在者多近樊榭，雖尚辭華，仍歸清峭。」[72]

其二，選家對於各家具體詩歌的評點。

在《浙西六家詩鈔》中，吳應和或親自點評，或引他人觀點，對六家的部分詩歌作了言簡意賅的評點。在下表的若干評點中，我們既可以印證六家在詩歌創作中的風格、取向是否與其詩歌主張相吻合，同時也可以窺見選家吳應和的選詩標準和詩學傾向。

---

71 吳應和、馬洵輯：〈袁枚小傳〉，《浙西六家詩鈔》，道光七年（1827）紫薇山館刊本。
72 吳應和、馬洵輯：〈吳錫麒小傳〉，《浙西六家詩鈔》，道光七年（1827）紫薇山館刊本。

表九　《浙西六家詩鈔》中部分評點清單

詩家	詩名	選家評點
厲鶚	〈五月十三日同丁敬身遊智國寺〉	此種七律，佳句俱不減劍南。
	〈雨後南湖晚眺〉	馮柳東曰：全學山谷。
	〈秋日巀谷半槎餞予平山堂分韻〉	集中五律多幽峭一路，不肯作明七子廓落語，然如「背燈三峽水，歌枕九江船」、「天清隋苑樹，秋蕩海門煙」亦頗雄闊，近中盛唐大家，固不可一例論也。
嚴遂成	〈為念慈遣懷之作〉	「名士」一聯，真從閱歷得來，當是《敬業堂集》中佳句。
	〈昆陽城望光武軍站處〉	熟精史事，有識有筆，宜其立論，堅卓引喻，確當似此。
	〈渡鄱陽〉	盛唐氣體，不落空響。
	〈懷水西莊主人查心穀〉	集中七律有雄闊，有工細，有嚴整，有流麗，體制不一，更有一種純是白描，清空一氣。
王又曾	〈度盤山嶺望雁宕諸峰兩止大荊旅店〉等五首	以上五篇全學坡翁，其源蓋出於康樂或本諸少陵，皆有根據。
	〈治平寺〉	五律學唐易舊，學宋易薄。一篇之中，如得此三四之超卓，則通體因之生色，更何必論其是唐是宋。
	〈同張王李登雨花臺作〉	有盛唐雄壯之氣。
錢載	〈上巳後二日蔣侍郎招集北臺看桃花〉	纏綿俳惻，含意不盡，此種又似大蘇筆墨，范、陸不能有也。
	〈題許秋曹道基竹人圖〉	此種七古奪少陵之神，而不襲其跡。
	〈懷祝孝廉佺大理〉	盛唐氣骨。

詩家	詩名	選家評點
袁枚	〈白鹿書院〉	清挺樸老，七律中最是高格。
	〈過洞庭〉	三四壯闊，雅與題稱，唐人氣體，集中固是不乏。
	〈題史閣部遺集〉	此四章竟得少陵氣息。
吳錫麒	〈春暮柬周澄源〉	絕似范石湖。
	〈雨中過七里瀧作歌〉	機勢暢達，頗近大蘇。
	〈晚渡〉	全是唐音。
	〈坌柏渡遇雪〉	深沉幽細，雕琢整練之中參以流動，善學大謝。

　　從上述若干評點中，我們可以看出，浙西六家的詩歌創作風格多樣，對前代幾乎所有的詩歌風格都既有承繼，也有揚棄。另外，他們在詩學傾向上也能夠博綜唐宋，而兼採眾家之長。即使是聲稱不必師古的性靈派主將袁枚，在實際創作中也有規唐摹宋之處。

其三，從王昶、袁枚對錢載詩風的解讀發現尊唐主宋的分野以及宗宋詩學的境域。

　　在錢載小傳中，選家轉引了吳修〈書籜石齋詩集後並序〉中所言的「錢氏詩風誤讀」事件，其原委如下：「向閱王少寇《蒲褐山房詩話》，評公之詩，謂『率然而作，信手便成，不復深加研鍊，殆其鄉姚雲東、李竹懶一輩人。』朱梓廬先生語修曰：『少寇所論適與籜翁詩相反。』至哉斯言！蓋未悉公詩工力之深，止以禾中臺閣畫家目之，故以姚、李為比；又閱《隨園詩話》謂公：『吟詩多率真任意，有夫子自道之樂。』語意亦略同少寇，似於籜石齋詩全未研閱。袁、王兩家並海內詩壇盟主，頗自負其辨眼，且與公皆有縞紵之好，而其評論膚泛不切，至此可見文章知己之難。」[73]其實，王昶、袁枚和吳修、朱

---

73 吳應和、馬洵輯：〈錢載小傳〉，《浙西六家詩鈔》，道光七年（1827）紫薇山館刊本。

梓廬等人在錢載詩風評價上的分歧，不僅僅在於說明「文章知己之難」，其本質是緣於他們詩學主張的異同。他們用各自的有色眼鏡去透視同一種詩風，當然會看出不一樣的風景。

王昶早年師從沈德潛，論詩推崇溫柔敦厚，尤喜唐詩中醇古淡泊，清新悠遠的詩境。他在論錢載詩時將其與秀水鄉賢姚綬、李日華相比，顯然認為錢載詩風受到鄉賢文人書畫意境的影響。姚綬與李日華均為明代文人，尤工書畫。姚綬（1423-1495），字公綬，號丹丘生，又號谷庵子，晚號雲東逸史，浙江嘉興人。天順中賜進士，成化初為永寧郡守，解官歸，善書、畫，書法師鍾繇、王羲之，勁婉咸妙。畫初學水墨，後進學唐品，得古意，筆墨疏簡，悠然意遠。李日華（1565-1635），字君實，號竹懶，浙江嘉興人。萬曆進士，官至太僕寺少卿。能書、畫，善賞鑒，尤工山水、墨竹，用筆矜貴，格韻兼勝。時與董其昌方駕，畫作空靈超妙，清雋韻致。姚、李二人書畫罕用工筆，以意境深遠見長，此種風格得以涵濡錢氏詩風，《浙西六家詩鈔》中也不乏這類詩作，所以王昶評其「率然而作」、「不復深加研鍊」並無貶義，既指錢載作詩的態度，也指錢載詩中的唐詩意境。當然，這是王昶基於自身的詩學喜好而作出的個人評價，有以偏概全之嫌。

袁枚對錢載的評論出自《隨園詩話》補遺卷一：「丙辰召試者二百餘人，今五十五年矣，存者惟錢籜石閣學與余兩人耳。庚戌五月，相訪嘉禾，則已中風，半身不遂；年八十有三，猶能醼酵清談。家徒壁立，賣畫為生，官至二品，屢掌文衡，而清貧如此。真古人哉！刻《籜石齋詩集》四十九卷，最後題春圃弟〈茶舫圖〉云：『清涼山後阿兄題，大令名看小令齊。三月柳遮江路水，十年人隔夕陽低。』拳拳念舊，蓋物稀為貴，理應然也。先生吟詩，多率真任意，有夫子自道之樂。」[74]此處謂錢氏吟詩「多率真任意」也並無貶義，而是出於對

---

74 袁枚著，顧學頡校點：《隨園詩話》（北京市：人民文學出版社，1982年）補遺卷1，頁575。

錢氏「緣情而發」詩風的自我認同。眾所周知，袁枚論詩主張性靈，
「不徇人，不矜己，不受古欺，不為習囿。」[75]但是對於「情」卻十分
重視，認為是詩歌產生的本源：「且夫詩者，由情生者也。」[76]同時對
於情的界定，袁氏主張「真性情」：「詩難其真也，有性情而後真，否
則敷衍成文矣。」[77]也就是說，詩歌之「真」取決於詩人自身，如實地
將內心坦露，「真」就是順其自然的存在。所以，袁枚評價錢載作詩
「率真任意」恰恰說明袁枚是用性靈派的眼光去審視錢氏的詩歌，且
有共鳴之處。

　　通過分析王昶、袁枚對錢載詩風的個性解讀以及吳修、朱梓廬等
人的批駁，我們可以得出兩點結論：一是吳修、朱梓廬等人認為王昶
對錢載詩歌的評論是一種誤讀，實際上正折射出尊唐與主宋詩學觀的
分野。王昶言其「不復深加研鍊」，吳修論其「工力之深」，意即尊唐
者重自然天成，宗宋者主才學兼備。二是在這次解讀事件中，浙派名
家錢載的詩歌經受了唐詩派、宋詩派以及不拘唐宋的性靈派的檢驗。
雖然三派皆以各自的詩學主張為出發點，但是他們均從其中獲得了詩
學觀上的局部認同。這就充分表明，以錢載為代表的秀水派或曰浙派
具有兼採唐宋，風格多樣，設境甚寬的特點，很大程度上拓寬了宗宋
詩派的詩學境域。

　　浙西六家兼師唐宋的詩學傾向也影響到其時的鄉邦後學，《浙西
六家詩鈔》的編選者吳應和也是這種詩學宗尚的追隨者。潘衍桐《兩
浙輶軒續錄》引吳衡照云：「榕園初學漢魏、三唐，既而浸淫北宋，
於詩家源流、正變之故，知之而能言之。詩自出面目，不蹈前明臨摹

---

75 袁枚：〈答蘭垞第二書〉，見王英志編：《袁枚全集》第2冊之《小倉山房文集》卷17
　　（南京市：江蘇古籍出版社，1993年），頁288。

76 袁枚：〈答戴園論詩書〉，見王英志編：《袁枚全集》之《小倉山房文集》，卷30，頁
　　527。

77 袁枚著，顧學頡校點：《隨園詩話》，卷7，頁234。

之習氣。」[78]此選刊刻於道光初年，而所選六家多為乾嘉時期宗宋派的領軍人物，所以我們可以將《浙西六家詩鈔》視為清中葉宗宋詩學思潮的積極回應者。

四　清末詩歌選本對宗宋思潮的最後總結
——以同光體和晚清桐城派清詩選本為例

　　清末的宗宋詩學思潮主要體現於道咸時期的宋詩運動和後期的同光體派，以及貫穿清末始終的後期桐城詩派。這些宗宋流派前後綿延時間長，影響範圍廣，它們各自的宗宋詩論在清詩選本領域也有具體反映，主要表現為同光體詩人陳衍編輯的《近代詩鈔》和桐城派詩人吳闓生所輯《晚清四十家詩鈔》。這些選本不僅是宣揚各自流派主張的載體，而且也是對清代宗宋思潮的一種總結。

（一）《近代詩鈔》的宋詩觀

　　陳衍編纂的《近代詩鈔》，輯成於民國初年，每人名下附作者小傳，部分作家小傳後兼綴《石遺室詩話》，略作評論。由於選家陳衍是同光體的重要理論家和實踐者，所以該選本的刊刻就顯然帶有為宗宋詩學思潮張目和總結的意味。我們可以從兩個角度來進行探析：

首先，從《近代詩鈔》對同光體詩人的述評中看選家陳衍的宗宋詩學主張。

　　作為同光體詩歌理論的代表人物，陳衍的宗宋詩學主張概而言之，就是提出了「三元說」和「合學人詩人之詩二而一之」兩種理論觀點。所謂「三元說」，始於光緒二十五年（1899）他在武昌與沈曾植的一次論詩談話：

---

78 潘衍桐：《兩浙輶軒續錄》，光緒十七年（1891）浙江書局刊本，卷15。

余謂詩莫盛於三元，上元開元，中元元和，下元元祐也。君
（沈曾植）謂三元皆外國探險家覓新世界、殖民政策、開埠頭
本領，故有「開天啟疆域」云云。余言今人強分唐詩宋詩，宋
人皆推本唐人詩法，力破餘地耳。[79]

　　這段話此後同時出現在《石遺室詩話》和《近代詩鈔》的詩家評
點中，成為他宗宋詩學主張的基本傾向，其重要性可窺一斑。「合學
人詩人之詩二而一之」的提出，最早見諸於〈近代詩鈔敘〉：「文端學
有根柢，與程春海侍郎為杜、為韓、為蘇黃，輔以曾文正、何子貞、
鄭子尹、莫子偲之倫，而後學人之言與詩人之言合。」[80]這個觀點他在
《近代詩鈔》對祁寯藻的述評中又再次加以強調：

有清一代，詩宗杜、韓者，嘉道以前，推一錢擇石侍郎，嘉道以
來，則程春海侍郎、祁春圃相國。而何子貞編修、鄭子尹大令，
皆出程侍郎之門。益以莫子偲大令、曾滌生相國。諸公率以開
元天寶、元和、元祐諸大家為職志，不規規於王文簡之標舉神
韻，沈文愨之主持溫柔敦厚，蓋合學人詩人之詩二而一之也。[81]

　　很顯然，陳衍在這裡將祁寯藻視為「合學人詩人之詩二而一之」
的典範，簡言之，就是作詩要學問與性情相濟，缺一不可。
　　綜上可以看出，陳衍這兩種宗宋的詩學觀點或是通過選本直接提
出，或是利用選本加以重申，均和其編選的《近代詩鈔》結下了不解
之緣。下面便結合選本中的部分評點來全面解讀陳衍的宗宋詩學主
張，見下表：

---

79 陳衍：《石遺室詩話》，上海商務印書館民國十八年（1929），卷1。
80 陳衍：〈敘〉，《近代詩鈔》，上海商務印書館民國十二年（1923）鉛印本。
81 陳衍：《近代詩鈔》，「祁寯藻」述評。

表十　陳衍《近代詩鈔》部分詩家述評

詩家	簡介	《近代詩鈔》述評
何紹基	字子貞，號猨叟。	猨叟及程春海侍郎之門，出入蘇、黃，才思皆有餘。
鄭珍	字子尹，號柴翁。	子尹歷前人所未歷之境，狀人所難狀之狀，學杜、韓而非摹仿杜、韓，則多讀書故也。
曾國藩	字伯涵，號滌生。	五言古參學左太沖、鮑明遠，七言古全步趨山谷。
孫衣言	字琴西。	五言古步武六朝，下逮王孟。七言古則宋響矣。七言律似欲以使事見長。
薛時雨	字慰農，晚號桑根老人。	桑根詩學白傅、放翁。
江湜	字弢叔。	弢叔詩力深透⋯⋯近體出入少陵，古體出入宛陵。
陳寶琛	字伯潛，號弢庵。	肆力於昌黎、荊公，出入於眉山、雙井。
寶廷	字竹坡，號偶齋。	五言近體，時近右丞、嘉州，餘則香山、放翁、誠齋，近人則初白、隨園、北江、船山。
陳書	字伯初，號俶玉。	兄詩天才超逸，胸中不滯於物，故與摩詰、樂天、東坡為近。中間為後山、放翁、誠齋，為陸魯望、皮襲美，而終依歸於老杜。論詩宗旨，屢見於集中諸作，雅不以空言神韻專事音節者為然。
林葵	字怡庵。	怡庵詩境清真，長於白描，絕句最工，得力於放翁、後村。
袁昶	字爽秋。	爽秋詩根柢鮑、謝，而用事遣詞，力求僻澀，則純於祧唐抱宋者。
沈曾植	字子培，號乙盫。	余言今人強分唐詩宋詩，宋人皆推本唐人詩法，力破餘地耳。君甚謂然，故又有「唐餘逮

詩家	簡介	《近代詩鈔》述評
		宋興，師說一香炷」及「強欲判唐宋，堅城捍樓櫓，呫嗶盛中晚，幟自閩嚴樹」各云云。
梁鼎芬	字心海，號節庵。	肆力為詩，時窺中晚唐及南北宋諸名家堂奧，佳處多在悲慨超逸兩種。
鄭孝胥	字蘇戡，號太夷。	蘇戡詩少學大謝，浸淫柳州，益以東野，氾濫於唐彥謙、吳融以及南北宋諸大家，而最喜荊公。
陳三立	字伯嚴，號散原。	散原為詩不肯作一習見語，……少時學昌黎，學山谷，後則直逼薛浪語。
葉在琦	字肖韓，號稚愔。	肖韓詩力避流易，所祈向在山谷、後山。
楊深秀	字漪春。	漪春根柢盤深，筆力盪決，而發音又皆詩人之詩。
鄭容	字國容。	近體工者似後村、誠齋。
陳曾壽	字仁先。	出所作，則古體雄深雅健，今體悱惻纏綿，肆力於昌黎、義山、荊公、山谷者已深。
梁鴻志	字仲毅。	為詩喜荊公、後山，工於嗟歎。

　　上述評點雖然只是《近代詩鈔》中一百四十位詩家評點的一小部分，但是從這些評點中我們可以大致窺見陳衍宗宋詩學的鮮明特徵，即兼容並取。它主要表現為兩個方面：

　　其一，在創作理念上，他主張詩人學問與性情的有機統一。將學問與性情並提是貫穿整個清代的重要詩學命題，清初詩論家為了矯公安、竟陵俗化之弊，紛紛主張詩歌創作在具備性情的同時，也要重視學問修養。錢謙益、黃宗羲、虞山派以及雲間派等均有重視學問的詩論，王士禎論詩也要求性情與學問「二者相輔而行，不可偏廢」。[82]但

---

[82] 郎廷槐：〈師友詩傳錄〉，見王夫之等撰：《清詩話》（上海市：上海古籍出版社，1978年），頁125。

是從清初重要作家的實際創作來看，他們並不崇尚在詩歌中表露學問，肯定詩歌的抒情本質，提出學問與性情並重的主張更多地是出於反省明末空疏詩風的一種策略。至清代中葉，漢學興盛，清代詩壇又一次掀起重視學問的熱潮。若單從宗宋詩學思潮的角度來梳理，我們會發現宗宋派詩人愈來愈重視學問對於詩歌創作的重要性。首先，杭世駿提出了「學人之詩」的口號，繼而以浙派為代表的清中葉宋詩派詩人紛紛以學問為詩才，用典故作為抒情手段，崇尚雕琢生澀的詩風。至肌理派翁方綱，其詩學主張儘管也不廢天分與興會，但是總體而言更加強調學力與理性。而到宋詩派領袖程恩澤，他在〈金石題詠彙編序〉中，則已將學問視作性情之本了。[83]

　　總之，在陳衍之前，在宗宋詩派的陣營裡，學問已經被提升到一個非常重要的高度了，進而導致詩歌創作學問有餘，性情不足。陳衍《近代詩鈔》中在強調學人之詩這方面顯然也有承襲宋詩派的痕跡，但他在選本序言和篇首評點中兩次重申「合學人詩人之詩二而一之」的觀點，顯然有意矯正宋詩派將學問過分誇大的傾向，重新確立了「詩人之詩」在文學中的地位。陳衍曾說：「不先為詩人之詩，而逕為學人之詩，往往終於學人，不到真詩人境界，蓋學問有餘，性情不足也。」[84]具體而言，陳衍認為性情是詩歌創作的內在動力，而學問需要內化為詩人的修養學殖後輔濟於性情，使之更趨於真和雅，這樣創作出的詩歌才能達到「根柢盤深，筆力盪決，而發音又皆詩人之詩」的創作準則。而陳衍對王士禛的「神韻說」和沈德潛的「格調說」頗有微詞，很大程度上也源於他們在處理學問與性情之關係中的意見分歧。

　　其二，詩學宗尚上，陳衍雖以宗宋為主，但是並不排斥六朝以及

---

83 程恩澤在〈金石題詠彙編序〉中認為「性情又自學問中出」以及「學問淺則性情焉得厚」。

84 陳衍：《石遺室詩話》，上海商務印書館民國十八年（1929）鉛印本，卷14。

唐代各段名家。一般人總以為同光派詩人受宋詩派影響，在風格上是以學宋為主的。其實，且不說同光詩派內部多種風格並存，即以陳衍本人而言，他也並非僅僅主張學宋。從上述部分詩家評點可以明顯看出，他對部分詩人崇尚六朝名家並無貶義，對中晚唐名家也時有肯定，即便是崇尚宋詩名家，他也主張不專學一家，所以熔鑄眾家，而出以一己之面貌才是陳衍對詩學宗尚的真正理解。正如其在《石遺室詩話》卷十四云：「鄙意古人詩到好處，不能不愛，即不能不學。但專學一家之詩，利在易肖，弊在太肖。不肖不成，太肖無以自成。」[85]顯示出兼容並蓄的詩學觀。

其次，從《近代詩鈔》對其他詩派作家的評點看選本的總體詩學傾向。

《近代詩鈔》中的選文主體是同光體作家作品，但清末相對知名的其他流派作家作品也均有涉獵，主要含括漢魏六朝派、晚唐派、桐城派等。這樣，我們便可以從陳衍對這些詩派作家的評點中更為全面地瞭解到他的詩學祈向。首先，陳衍對漢魏六朝派的「墨守古法」有所批評，如其對王闓運和鄧輔綸的評點：

> 湘綺五言古沈酣於漢魏、六朝者至深，雜之古人集中，直莫能辨正。惟其莫能辨，不必其為湘綺之詩也矣。七言古體必歌行，五言律必杜陵秦州諸作，七言絕句則以為本應五句，故不作，其存者不足為訓。蓋其墨守古法，不隨時代風氣為轉移，雖明之前後七子，無以過之也。然其所作，於時事有關係者甚多。[86]

> 彌之詩全學《選》體，多擬古之作。湘潭王壬秋以為一時罕有

85　陳衍：《石遺室詩話》，卷14。
86　陳衍：《近代詩鈔》，「王闓運」述評。

其匹，蓋與之笙磬同音也。但微覺千篇一律耳。茲選其較有力
量與興味者。[87]

　　這裡，陳衍指出了漢魏六朝派的最大弊端是過分擬古而千篇一
律，詩風難顯獨特個性。相較而言，陳衍論詩更加注重在學古基礎上
的創新，他對唐宋詩的解讀——「宋人皆推本唐人詩法，力破餘地
耳」本身就是肯定了宋詩在學習唐詩基礎上的創新。也正因為陳衍對
當時其他流派的學古得失眼觀心照，深知盲目擬古終會因取徑狹窄而
難去模擬之跡，所以他主張轉益多師，不專主某學某家。他論詩深諳
兼收並蓄的學古之道，在其實際創作中亦如此，陳衍弟子黃曾樾就推
其詩為「不唐不宋，不漢魏不六朝；亦唐亦宋，亦漢魏亦六朝。」[88]
這種詩歌觀念及創作實踐大大拓展了清初以來宗宋思潮的理論視野，
豐富了宗宋詩學的理論內涵。

　　另外，陳衍對晚唐派詩人詩作也有微詞，但是總體評價相對公
允。如評點樊增祥時曰：「論詩以清新博麗為主，工於隸事，巧於裁
對。見人用眼前習見故實，則曰：此乳臭小兒耳。萬餘首中，七律居
其七八，次韻疊韻之作尤多，無非欲因難見巧也。」[89]而在具體選文
時，陳衍主要還是選擇帶有宋詩面目的詩篇。如他對顧印愚、曾廣鈞
的述評：

　　　梁節庵以為工晚唐體，今觀其門人程穆庵所輯手稿，皆宋人語
　　　也。[90]

---

87 陳衍：《近代詩鈔》，「鄧輔綸」述評。
88 黃曾樾：〈陳石遺先生談藝錄序〉，見錢仲聯編：《陳衍詩論合集》（福州市：福建人
　　民出版社，1999年），頁1016。
89 陳衍：《近代詩鈔》，上海市：商務印書館民國十二年（1923）鉛印本，「樊增祥」
　　述評。
90 陳衍：《近代詩鈔》，上海市：商務印書館民國十二年（1923）鉛印本，「顧印愚」
　　述評。

湖外詩古體必漢魏、六朝，近體非盛唐則溫、李，王壬叟所為
以湘綺自號，而呼重伯為聖童也。然重伯閱書多，取材富，近
體時溢出為排比鋪張，不徒高言復古。句如「酒入愁腸惟化
淚，詩多譏刺不須刪」、「已悲落拓閒情畫，更著思量移夕
暉」、「宅臨巴水憐才子，村赴荊門產美人」，又作宋人語矣。[91]

　　由此可見，陳衍對其他流派詩論的包容是有限制的，他還是帶著
宗宋的眼光去取清末各家各派的詩歌作品。有時，選家對於宗唐詩學
傾向的不滿也會通過作家述評表露出來，如在評點鄧方時，陳衍的選
詩標準已然與宗唐派針鋒相對了：「大略五言多近漁洋，七言多近梅
村，斯已難矣。茲特錄其不近梅村、漁洋者若干首。」[92]也正因為此，
我們完全有理由認為，陳衍編選的《近代詩鈔》是一部典型的為晚清
宗宋詩學思潮張目的清詩選本。

（二）《晚清四十家詩鈔》的宋詩觀

　　《晚清四十家詩鈔》為桐城派名家吳汝綸之子吳闓生積二十年之
功編刻而成的清詩選本。此選本在編選宗旨上與《近代詩鈔》有相似
之處，即兩部選本均不僅僅為晚清時期的全國性選本，而且帶有鮮明
的詩學批評意識。吳闓生在自序中已經表明該選本以師友作品為主，
並詳細地梳理了晚清桐城派的發展脈絡和師友統序，顯然此選本是為
後期桐城派的詩學主張服務的。而桐城後學曾克端說的則更為直接：
「先生（吳闓生）秉太夫子摯父先生之學，以古文詔後進，又嘗問學
於范先生，於詩所得尤深。慨晚近異說紛騰，李、杜、蘇、黃之學將
絕於天下，於是取師友淵源所自及當代名流所為、不大背乎斯旨者凡

---

91 陳衍：《近代詩鈔》，上海市：商務印書館民國十二年（1923）鉛印本，「曾廣鈞」
　　述評。

92 陳衍：《近代詩鈔》，上海市：商務印書館民國十二年（1923）鉛印本，「鄧方」述評。

四十一家，都六百四十六章，甄而錄之。」[93]由此可見，選家吳闓生顯然是欲借《晚清四十家詩鈔》來重振「熔鑄唐宋」的桐城詩學家法，以此批駁當時方興未艾的漢魏六朝派、晚唐派等流派的詩學主張。

　　受制於選家的編選宗旨，《晚清四十家詩鈔》選擇的詩家以後期桐城派諸家為主體，其中以吳闓生的問學恩師范當世的作品為最夥，錄詩達一百零一首，李剛己、姚永概次之，皆錄詩六十六首；王毓菁、秦嵩二人也分別有五十八首和四十六首詩歌入選。粗略估算一下，這五位桐城派詩家的作品幾占選本一半的數量，由此可以想見他們在整個選本中的重要地位。下面就以選家對這五位詩家作品的評點來管窺吳闓生及其《晚清四十家詩鈔》的詩學宗尚，見下表：

表十一　《晚清四十家詩鈔》對部分重要作家作品的評點

詩人	詩作	評點
范當世	〈次韻王義門景沂見贈之作〉	先大夫云：跌宕自喜，大似太白。
	〈看保安沙還至上海和敬如見懷〉	先大夫曰：此篇似韓。
	〈外舅用山谷松扇韻題詩刻竹扇上以與當世敬和〉二首	數詩蘇黃餘韻。
	〈天津問津書院薑塢先生主講於此者八年外舅重遊其地感欲為詩乃約當世同用山谷武昌松風閣韻〉	先大夫曰：吾嘗論山谷七古，推松風閣為第一，氣骨高邈，杳然難攀。此詩殆欲追而與之並。
	〈三足烏行用少陵杜鵑行韻〉	驅邁蒼涼之氣，貫虹食昴之詞，深得杜公神韻。
	〈人日和杜公追酬高蜀州詩用其體韻〉	和杜諸作，神韻直與原詩無異。
	〈贈耆博〉	先大夫曰：後四句大氣標舉，最是山谷長處。

93 曾克端：〈序〉，見吳闓生輯：《晚清四十家詩鈔》，民國十三年（1924）文學社印本。

詩人	詩作	評點
	〈次韻恪士並懷至父先生〉四首	起四句，先大夫曰：公此等風格，正覺涪翁去人不遠。
李剛己	〈哭外舅朱公〉	神似杜公。後半倣詭環奇、悲憤沉鬱兼而有之。
	〈秋風動和孟君燕〉	先大夫曰：氣勢驅邁，雄怪驚人，韓門以鐫鑱造化為能事。
	〈送姚篤生之桐城〉	後半氣變神變，與杜詩、屈賦肸響相通矣。
	〈苦雨遣悶用杜工部秋雨歎原韻〉	驚心動魄，一字千金，入之杜集，不能復辨。
姚永概	〈陳師曾衡恪為畫西山精舍圖賦謝〉	縱橫票姚之氣，最近杜公。
	〈上協揆華卿先生二十韻〉	格律似杜。
王毓菁	〈題陳玉溪孝廉看劍引杯圖〉	似杜。
	〈通州〉	往復頓挫。
	〈平遠臺〉	晚近作者力振唐音，此公一人而已。
秦嵩	〈沽上秋感〉十二首（其六）	放翁學杜之作
	〈庚子亂後重入都門〉四首（其一）	此詩似元裕之，收尤雋絕。

　　基於上表羅列的詩作評點，再結合選本中的其他評點，我們對《晚清四十家詩鈔》的詩學傾向有兩點基本的推論：

　　首先，此選本建構了一個以崇尚杜詩為核心的宗宋詩學體系。一般說來，宗宋詩學所關注的詩人並不僅限於宋代，還包括其他時代的詩人，特別是唐代詩人杜甫和韓愈。杜甫「語不驚人死不休」的創作精神，對以奇險為特點的韓孟詩派的形成有著直接影響，這一風氣延續到宋代蘇軾、黃庭堅等人，終於形成了以學為詩、以文為詩、以議

論為詩的江西詩派和以江西詩派為代表的宋詩風貌。所以，後世的宗宋詩學思潮一般都會將學習對象追溯到杜甫，這在吳闓生編選的《晚清四十家詩鈔》中體現得尤為明顯。從選家對詩作的評點中可以看出，吳闓生也將杜詩視為後人永世追摹的中國古典詩歌的藝術典範。他不僅從詩歌整體意蘊的角度來總體品評某個詩作與杜詩的相似度，而且還會細化到氣韻、格律、字句等具體的詩歌技法層面。如評李剛己詩〈桐城先生持蓮池燼後圖象見示屬題敬賦絕句〉為「魄力沈雄，一語抵人千百」，[94]評徐鐵華詩〈和倫叔紀遊〉：「雄深雅健，深得於詩人之意」，[95]評韓緘古詩〈哭桐城先生書〉：「蒼涼沈痛，勃鬱雋偉。」[96]這些顯然是從氣韻風格的角度來評論的；而如評姚永概詩〈方伯愷仲斐招遊天壇觀古柏作歌〉：「先生晚年詩，格律益入深純，所謂『意至多苦詞，光沈無客耀』者」，[97]評易實甫詩〈賈郎曲〉：「對仗絕工，又有興亡之感，自是佳製。」[98]這些則是從格律的角度來評點的。

　　吳闓生在突出杜詩成就的基礎上，還建構了一個唐後繼承發展杜詩的詩學體系，唐代主要體現於韓孟詩派，宋代則體現在蘇、黃等，金元時期則有元好問。這種詩學承繼脈絡在《晚清四十家詩鈔》的評點中隨處可見，我們也可從上表的若干評點中領悟到韓、蘇、黃等人詩風與杜詩的一脈相承，以及他們學杜的門徑。當然，這種上溯杜韓、下探蘇黃的詩學宗尚並不是後期桐城派的首創，桐城先輩們已有

94　吳闓生：《晚清四十家詩鈔》，民國十三年（1924）文學社印本，卷1，「李剛己」詩評。

95　吳闓生：《晚清四十家詩鈔》，民國十三年（1924）文學社印本，卷2，「徐鐵華」詩評。

96　吳闓生：《晚清四十家詩鈔》，民國十三年（1924）文學社印本，卷2，「韓緘古」詩評。

97　吳闓生：《晚清四十家詩鈔》，民國十三年（1924）文學社印本，卷2，「姚叔節」詩評。

98　吳闓生：《晚清四十家詩鈔》，民國十三年（1924）文學社印本，卷3，「易實甫」詩評。

論述，如方東樹說：「杜公如佛，韓、蘇是祖，歐、黃諸家五宗也，此一燈相傳。」又說：「不讀山谷，則不悟學杜門徑」，「欲知黃詩，須先知杜，真能知杜，則知黃矣。」[99]可見，這種以杜詩為核心的宗宋詩學體系是桐城詩派的一貫主張，《晚清四十家詩鈔》可以視為在「異說紛騰」的晚清詩壇中對桐城詩學的再一次確認。

　　其二，選本在詩歌風格上的總體取向為兼取眾家之長。在選文上，雖然《晚清四十家詩鈔》基本上是以桐城派師友的作品為主導，但同時也選取了如王闓運、張之洞、曾廣鈞、易實甫、黃遵憲等一批非桐城派詩家的作品。這些詩家的作品不僅和桐城派詩歌的風格差異較大，且這些詩家之間的風格差異也較大，所以他們詩作的入選也從一個側面體現出了選家兼取眾家之長的批評意識。在具體風格的批評上也是如此，如吳闓生對范當世七古具有李白古體意境頗為欣賞，在范詩〈從謇博借得李尊客集疊韻題其端以示謇博〉後借先大夫之口評曰：「肯堂此等境界得之太白，其後忽變轉亦似之。」[100]有時，選家將學習的源頭追溯得更遠，如柯劭忞〈贈郭二丈立言〉、〈釣魚城行〉云：「二詩高古直逼漢魏。」[101]評王毓菁〈臺北感事〉四首曰：「作者沉鬱溫厚處最為獨絕，與子建五古異曲同工。」[102]即使對宗宋詩學最為反對的盛唐詩風也不摒棄，如評壽富詩〈送梁卓如南歸〉云：「絕似盛唐。」[103]可見，《晚清四十家詩鈔》已真正領略到了杜甫「轉益多師」的真諦了，唐宋兼取，博採眾家，同時也承繼了姚鼐所嚮往的熔鑄唐宋的理想境界。

　　綜上，同光體選本《近代詩鈔》提出了「合學人詩人二而一之」的理論，桐城派選本《晚清四十家詩鈔》建構了以杜詩為核心的宗宋

99　方東樹、汪紹楹標點：《昭昧詹言》（北京市：中華書局，1961年），卷20，頁450。
100　吳闓生：《晚清四十家詩鈔》，卷1，「范當世」詩評。
101　吳闓生：《晚清四十家詩鈔》，卷2，「柯鳳孫」詩評。
102　吳闓生：《晚清四十家詩鈔》，卷3，「王毓菁」詩評。
103　吳闓生：《晚清四十家詩鈔》，卷3，「壽富」詩評。

詩學體系，且在風格追求上均能兼容並蓄，這些真知灼見不僅十分準確地概括了晚清宗宋思潮的詩學理念，也是對有清一代整個宗宋詩學思潮的概括。

第二節　清詩選本與清代宗唐詩學思潮

　　有清一代的詩學領域，宗宋詩學思潮占據主導地位，但尊唐者也大有人在，宗唐詩學思潮在清代的各個時期都有所體現，只是在具體的表現形式上有所不同而已。有時表現為對明末詩風的批判性繼承，有時表現為與宋詩派針鋒相對的批評意識，而更多時候表現為宋詩話語下的暗流湧動。在清代若斷似連的宗唐詩學史中，清詩選本也發揮了不可替代的作用。

　　明清之際，在詩壇占有重要地位的雲間派、西泠派均在詩學主張上皈依七子派，推尊漢魏盛唐。其流派選本《雲間棠溪詩選》和《西陵十子詩選》在詩學傾向上一方面秉承七子之衣缽，一方面也對七子派的詩學傳統加以修正，開啟了清初宗唐清詩選本的序幕。此外，以吳偉業為首的婁東派論詩也多以唐詩為楷模，其流派選本《太倉十子詩選》便是闡揚詩學理論的具體實踐。康熙初期以降，詩壇湧現出「競尚宋詩」的熱潮，就連早年宗唐的王士禛、朱彝尊等著名詩家都曾在詩學傾向上改弦更張。但與此同時，這一時期仍有宗唐派選本面世，如鄧漢儀編選的《詩觀》諸集和倪匡世編刻的《振雅堂彙編詩最》等，且在編選宗旨上明顯帶有與宗宋詩學相抗爭的意味。只是由於身處宋詩話語充溢詩壇的大背景下，這些選家或詩論家的掙扎多少顯得有些蒼白無力。

　　乾隆年間，隨著沈德潛《唐詩別裁集》、《明詩別裁集》和《國朝詩別裁集》等選本的相繼編刻出版，清代的宗唐思潮達到了鼎盛時期。由於沈氏在其時詩壇的重要地位，眾多的沈氏後學如王鳴盛、王

昶等人論詩也多宗唐，且有清詩選本為之張目，故清中葉的宗唐詩學思潮基本上可以與宗宋思潮分庭抗禮了。

　　轉至清末，隨著宋詩運動以及同光體的漸次興起，宗唐詩潮漸顯衰勢，居於次席，僅有樊增祥、易順鼎諸公宗尚中、晚唐，與清初「二馮」詩學相仿。在選本領域，這一時期的唐詩選本寥寥可數，[104]專門宗唐的清詩選本僅有一本已佚的唱和詩選集《西磚酬唱集》，[105]已經無法與其時轟轟烈烈的近代宋詩運動相提並論了。

一　明清之際宗唐選本對七子派詩學傳統的批判性繼承

　　據多種文學史料推斷，清初宋詩盛行的時間應該在康熙十年至二十年（1671-1681）之間，而明清之際至康熙初期的三十餘年間仍以宗唐詩學思潮占據主導地位。[106]這一時期的宗唐詩潮主要體現於三大

104　據孫琴安《唐詩選本提要》著錄，清末唐詩選本以箋注舊選為主，現存相對知名的唐詩選本僅有胡本淵的《唐詩近體》、王闓運的《唐詩選》、申寶青的《唐詩楷律》等。

105　晚唐詩派諸公居北京時，在張鴻處所西磚胡同時相酬唱，並仿西崑之例，命其唱和之集為《西磚酬唱集》，主要人物有張鴻、曹元忠、汪榮寶、徐兆瑋等。另據時萌《張鴻年譜》載，《西磚酬唱集》已佚。

106　納蘭性德在〈原詩〉中說：「十年前之詩人，皆唐之詩人也，必嗤點夫宋；近年來之詩人，皆宋之詩人也，必嗤點夫唐。萬戶同聲，千車一轍。」查性德卒於康熙二十四年三十一歲時，此當作於其晚期，所謂「十年前」，大約指康熙十幾年之時。宋犖《漫堂說詩》中說：「自明嘉靖以後，稱詩家皆諱言宋，至舉以相訾謷，故宋人詩集，皆庋閣不行。近二十年來，乃專尚宋詩。」考宋犖此書作於康熙三十七年（1698），他所謂「近二十年」，則是指康熙十七年前後，與納蘭性德之說相符。張尚瑗〈六瑩堂集序〉中說：「本朝三十年以前，蒙叟之未申，學詩者猶主、李也。洎今而宋、元詩格，家喻戶曉。」他指出，入清之後三十年以前，錢謙益反對明七子派、倡導宋元詩的主張，並未能得到普遍的贊同，學詩者仍然尊奉王世貞、李攀龍等人「詩必盛唐」的主張。這裡所謂「三十年」，是指康熙十二年（1673）以前的一段時期，與性德、宋犖諸人所說的時間相符。以上所說的「十年」、「二十年」、「三十年」當然都是大約數，但所指的時間卻是一致的。合以上諸家之說，可以斷言，在清代最初三十餘年中，即康熙十幾年之前，詩壇上

詩派：一是以陳子龍為領袖的雲間派，承繼其詩學思想的清詩選本有
《雲間棠溪詩選》；一是受陳子龍影響的西泠派，[107]其流派選本為
《西陵十子詩選》；一是以吳偉業為代表的婁東派，代表性選本為
《太倉十子詩選》。此外魏畊編選的全國性選本《今詩粹》也是當時
宗唐思潮背景下的產物。他們在繼承七子派宗法漢魏初盛的同時，對
七子派末流「學古而贗」的流弊均有所指摘，同時在詩歌的審美表現
上又有所新變。

（一）「古詩遠宗漢魏，近體上法初盛」的宗唐傾向

　　明清之際的三大流派雖然在產生時間上、主要人物上均有一定的
差異，但是總體的詩學取向是一致的，下面通過各派的選本以及《今
詩粹》來具體瞭解他們的宗唐詩學傾向。

首先，從三派領袖人物的詩學主張來考察。

　　一般來說，一個流派的詩學主張主要取決於這個流派領銜人物的
詩學傾向。明清之際的雲間派和西泠派由於皆受陳子龍的指導和影
響，故兩派均奉陳子龍為領袖，而婁東派的領袖則為吳偉業，對這兩
位詩學主張的考察無疑是理解三派詩學的切入口。

　　《雲間棠溪詩選》是清初雲間派後學於順治十三年「倡興詩會」
背景下編刻的詩歌選集。其〈序言〉中，選者非常明確地指出了陳子
龍在雲間詩派中的重要地位：

仍是尊唐派占大多數，明七子的主張仍有很大影響。雖然自明末公安派反對明七
子、尊崇宋詩以來，一直有人倡導學宋詩，以清除詩壇上「假唐詩」的弊端，學
宋詩的人有的地方多些，有的地方少些，但尚未能形成風氣。只是到了康熙十幾
年之後，才在詩壇上形成了「競尚宋詩」的局面。

107 楊鍾羲《雪橋詩話初集》卷一引朱青湖之語曰：「陳臥子司理紹興，詩名既盛，浙
東西人無不遵其指授。『西泠十子』，皆雲間派也。西河幼為臥子激賞，故詩俱法
唐音。」由此可窺見二派之淵源，西泠派實為雲間派的一個分支。

自「三百篇」以後，歷漢迄唐，時盛時衰，而風之降莫宋元。若宋元降之，而有明起之，此一時也；有明三百年來，始於開國，成於弘治，盛於嘉靖，而風之降莫萬曆以後。若萬曆降之，而崇禎中造，吾郡實起之，此又一時也；我猶及見二十年前，豈無高世之才，美名之世，顧其篇什，又何陋也？自大樽先生出，崇尚漢魏盛唐，一時作者頓還大雅。今則家自以為濟南，人自以為北地，作樂象功而釐不祧之祀，非先生其誰歸？夫先生者，吾見其憂時憫俗，俯仰長懷，其觸物者深，故其感物也順。天下之大，人才之眾，莫不祖大樽而宗雲間，非歸雲間也，歸風雅之正也。[108]

　　這裡，選者首先按照歷代的大背景和有明一代的小背景分梳出不同時期詩歌盛衰的演進軌跡，然後由此推導出陳子龍及其雲間派在「時盛時衰」的詩歌史發展序列中的位置。顯然，陳子龍的詩論是有感於其時詩風頹靡的現狀而發的，但也正因為處在這樣的詩學境域下，陳子龍得風氣之先，「崇尚漢魏盛唐」，以力追風雅之正為旨歸，他在雲間派中的領袖作用才得以充分彰顯。該選本〈凡例〉中也用非常形象的語言指出了陳子龍在雲間派中的影響：「至陳黃門倡明風雅，維持墜緒，一時作者如繁星之向辰極，百川之赴滄海。」[109]

　　由於《雲間棠溪詩選》、《西陵十子詩選》均為雲間後學或結社或唱和的同人選本，故陳子龍詩歌均未入選，但是我們從順治年間魏畊的《今詩粹》中仍能尋繹出陳子龍的具體詩學傾向。《今詩粹》〈凡例〉中有這樣一段話：

　　　　大樽先生獨宗濟南，力返大雅，風氣沛變，乃有雲間詩體之

---

108 陶冰修：〈序〉，見陶冰修、董俞等編：《雲間棠溪詩選》，清初刻本。
109 王宗蔚、董俞：〈凡例〉，見陶冰修、董俞等編：《雲間棠溪詩選》，清初刻本。

號。後來詩人，青過於藍，於盛唐諸家，爬羅剔抉，張皇幼
眇，遂臻極盛。然要其始，實大樽摧廓之力也。故每體皆以大
樽為首，志風會之所自，非直以其志節行誼冠絕當時而已。[110]

　　魏畊在全國性選本中將陳子龍詩作放置於每個詩體之首，不僅強
調了陳子龍在雲間派的重要地位，而且也突出了他對明末清初詩壇風
會的重要影響。《今詩粹》的詩家評點對此也有論述：「大樽當榛蕪之
餘，力辟正始，一時宗尚，遂至群才蔚起，多於弘、正之代，幾與盛
唐比隆。摧廓振興之功，斯為極矣。」[111]

　　吳偉業在婁東詩派的地位也甚為顯赫，程邑在〈太倉十子詩敘〉
中云：「婁江詩才推梅村吳先生為領袖，十子晨夕奉教，故能各臻勝
境。」[112]婁江即太倉之別稱，而太倉也是明代「後七子」領袖王世貞
及其弟王世懋的家鄉，就詩的發展史歷程言，此地正是明代「七子」
詩風在清初承衍的一個中心。吳偉業在文學上也繼承了王世貞的復古
思想，反對公安、竟陵詩風。他曾說太倉文學「至於琅琊、太原兩王
公而後大，兩王既沒，雅道漸滅。吾黨出，相率通經學古為高」，[113]
就明白地指出王世貞、王錫爵等先賢對他們的影響。[114]入清後，婁東
派的主將為「太倉十子」，即指周肇、許旭、王撰、王攄、王昊、王
揆、王忭、王曜升、顧湄等十位詩人，而兩王氏家族就有六人名列其
中。他們集合在婁東派領袖吳偉業身邊，向他學習詩法，也就意味著
遠紹以王世貞為代表的「後七子」的詩學主張。

　　在詩歌藝術上，吳偉業大抵以唐詩為宗，具體則視體裁而異。近

---

110 錢價人：〈凡例〉，見魏畊、錢價人輯：《今詩粹》，康熙間刊本。

111 魏畊、錢價人輯：《今詩粹》，卷1，「陳子龍」條述評。注：本書凡選本評注非首
　　次出現只在正文中標注卷數，不分卷者則只標明評述對象。

112 程邑：〈敘〉，見吳偉業選：《太倉十子詩選》，順治間刻本。

113 吳偉業選：〈自序〉，《太倉十子詩選》。

114 琅琊、太原兩王公，即指王世貞和王錫爵，是太倉王氏先賢在明中期的兩個分支。

體詩方面，基本沿明七子遺緒，取徑盛唐，「間有少陵風格。」[115]古體一類，大而言之雖仍是師法唐人，但已不獨宗盛唐。如《今詩粹》中兩位選家對吳氏五、七古均有評述，錢價人評其五言古曰：「學杜〈北征〉多矣，求其安頓有法，句調遒古，力氣橫舉，惟梅村乃獨絕。」（卷二）魏畊評其七言古詩〈永和宮詞〉曰：「雅練有餘，轉折飄揚處似勝樂天。」（卷五）吳氏最擅長的七言歌行，也是多學初唐和中唐，進而融會貫通，自成一體。吳偉業的創作在婁東詩群中起到了重大的影響，儘管「太倉十子」在具體詩風上各有千秋，但宗尚唐音，精於詩藝卻是他們共通的詩學追求。

其次，從諸選本的評注和選文來看明清之際主要詩家的宗唐取向。

《雲間棠溪詩選》的主要選者有陶冰修、田茂遇、董俞、盧元昌、王宗蔚、張彥之等雲間派詩家，選本中也有他們大量的詩作。雖然選本正文中沒有評注，不能詳細地瞭解諸位的詩學趣味，但是我們從詩選的凡例亦可領略雲間諸子詩學之大概。《雲間棠溪詩選》的〈凡例〉係王宗蔚和董俞同識，其中對詩歌創作的若干看法可視為雲間詩學的總體取向，如〈凡例〉其一云：「今棠溪諸子，英華相鼓，莫不源流囊喆，聿歸正始，藝苑載振，厥勳懋焉。」這是對雲間詩學力倡風雅傳統的總體定位。其二云：「古詩遠宗漢魏，近體上法初盛，此諸子論詩之概也。但格調既高，意象須合。」[116]這可以說是雲間派詩人的具體詩學傾向，既承繼了明代七子派的復古傳統，又有規避七子派流弊的自省意識。由於具備了明確的詩學標準，故《雲間棠溪詩選》中的詩作實際上已經成為雲間諸子宗唐詩學理論的具體實踐。潘衍桐《兩浙輶軒續錄》亦引《石瀨山房詩話》云：「冰修為蔣

---

115 尚鎔：〈三家詩話〉，見郭紹虞編：《清詩話續編》（上海市：上海古籍出版社，1983年），頁1928。
116 王宗蔚、董俞：〈凡例〉，見陶冰修、董俞等輯：《雲間棠溪詩選》，清初刻本。

虎臣所得士，以古人目之。所刻《棠溪詩選》，一以漢、魏、初唐為宗，能守陳黃門之故步者。」[117]

　　相較而言，西泠派諸家的詩學宗尚更為清晰。在《西陵十子詩選》中，毛先舒與柴紹炳對十子詩作多有評點，二人詩作則互評。我們稍稍選擇部分評注便可看出西泠派的具體詩學宗尚：如柴紹炳評張綱孫五言古詩〈懷友人毛先舒詩七章〉曰：「托體漢魏，時見崢嶸，自是祖望五言傑構。」[118]評其〈田間詠〉時亦云：「音調入漢。」（卷五）總評孫治五言絕句為：「諸絕句藏宕逸於沉渾，寓瀏亮於雅質。自唐開元後，此調便不恆見。」（卷十五）評陳廷會五言律詩〈贈徐世臣〉曰：「疏秀兼青蓮、摩詰之勝。」（卷十）總評虞黃昊五言律詩為：「景明五言律出於麟、景諸賢，骨力視沈、宋差似輕逸，居然能撮其勝。」（卷十一）而毛先舒對沈謙五言古詩的總評為：「去矜古詩，五言勝七言。五言上溯漢潴，下泛唐波。」（卷五）評張綱孫七言律詩〈贈之〉曰：「祖望七言律，神骨本近維、頎，兼能學杜，故雖極老境，終絕稚穉之敝。」（卷十二）總評陸圻七言絕句為：「景宣七言絕不汰雕章，而格度清逸，能撮初盛之長。」（卷十五）顯然，西泠派諸子的詩學取向與雲間派有相似之處，即古體以漢魏為宗，近體以盛唐為尚。

　　《太倉十子詩選》沒有詩家小傳及作品評點，故「婁東派」的詩學觀需要通過選家的編選意圖，以及選本所選詩歌的風格綜合考察。吳偉業在編定《太倉十子詩選》時有著較為明確的宗派意識和詩學批評意識，他在序言中提到：「今此十人者，自子俶以下，皆與雲間、西泠諸子上下其可否？端士、惟夏兄弟則為兩王子孫，乃此詩晚而後出，雅不欲標榜先達，附麗同人，沾沾焉以趨一世之風習。《書》

---

117 引自錢仲聯編：《清詩紀事・順治朝卷》（南京市：江蘇古籍出版社，1987年），頁1882。

118 毛先舒輯：《西陵十子詩選》，順治七年刻還讀齋印本，卷5。

曰：『詩言志。』使十子者不矜同，不尚異，各言其志之所存，詩有
不進焉者乎？」[119]此言蘊含兩方面含義：一方面是吳偉業將太倉十子
與「雲間、西泠諸子」並提，說明婁東派與之同屬宗唐一脈。另一方
面，雖然相對雲間、西泠兩派之聲勢，婁東派可謂「晚而後出」，然
並未沿襲二派之流弊，自有其獨特的價值。

　　另外，《太倉十子詩選》所收詩作，多屬辭麗氣清、富於情韻之
作，無宋詩的枯淡之味，卻有唐音的風發之氣。如周肇〈別上谷諸子
出貴溪〉：「驚魚沖齴立，亂石過船鳴。江動萬山雨，云開一店晴。」
王撰之〈銅雀臺遺址〉：「六朝煙雨沉歌舞，百戰山川怨鼓笳。」許旭
〈送嬾雲道人還滇〉二首其一：「三更驛火猶吹角，八月江聲正落
潮。」王昊〈己亥秋日即事〉四首其三：「帆勢欲侵通海路，笳聲還
出枕江樓。」等詩氣勢悲壯，意韻深沉；王抃〈句曲曉發〉二首其
一：「雞聲村店杳，人影戍樓荒。」王曜升〈登北固山〉：「水氣暗吞
山頂寺，江雲遙護海門沙。天低雁鶩來千里，地回星河落萬家。」黃
與堅〈送吳右舟〉：「短夢紅樓月，浮身白嶽雲。」王撰〈秋日李元又
招飲別後即渡江北歸詩以送之〉：「落葉影隨秋雨亂，鳴蜩聲逐晚風
高。」顧湄〈春日遊望〉四首其四：「杏花村店清明雨，楊柳溪橋寒
食煙。」等詩則意境深遠，辭工調諧。

　　太倉十子在具體風格上儘管個性各有不同，但是宗唐的詩學取向
大體一致。當然這與鄉賢王世貞和業師吳偉業的影響是密不可分的，
故汪學金云：「吳駿公鴻才盛藻，獨出冠時，閱歷興亡，發而為蒼涼
激楚之音，尤為絕調。海內稱婁詩者，必曰弇州、梅村，誠不誣也。
十子胚胎梅村，庭表、維夏學博才贍，屹為兩雄；虹友、矜鍊翹秀諸
昴。」[120]

---

119 吳偉業：〈自序〉，《太倉十子詩選》，順治間刻本。

120 汪學金：〈例略〉，《婁東詩派》，嘉慶九年（1804）詩志齋刻本。

（二）明清之際宗唐派對七子詩學傳統的修正

明清之際的雲間、西泠和婁東三派雖然在詩學傾向上繼承了明代七子派的復古主張，但他們的詩論絕不是七子派的重複和翻版。事實上，這三派的立論恰恰都是始於對七子派詩學流弊的批判，當然也包括明末的公安派和竟陵派。

明清之際，詩論家對七子派、公安派以及竟陵派末流的積弊紛紛加以撻伐。綜合起來主要針對兩點：一是七子末流過分求雅而失真，公安、竟陵過分求真而失雅，二是取徑越來越狹窄。其時的宗唐詩論家或選家也清醒地認識到了這些流弊，並在多種場合有所闡述：

> 昌穀自立，無慚獨秀；崆峒摹杜，間隔形神。[121]

> 辭以緯理，情以經文。晚近體情之製日疏，逐文之篇愈濫。[122]

> 明初四家，掃除不盡，廓清於何李，再振於嘉隆，斯道嗣興，斌乎大雅，然七子頹流，馴趨浮濫，竟陵矯之枯率，猥淺尤軟，斐然自餘，紛紛妄作，無關商較者矣。[123]

> 自數十年前，作者多學竟陵，字雕句別，以示新異。[124]

> 輓近詩家好推一二人以為職志，靡天下而從之。而深推源流之得失，有識慨然思拯其弊，矯枉過正，勢不得不盡排往昔之作

121　王宗蔚、董俞：〈凡例〉，見陶冰修、董俞等輯：《雲間棠溪詩選》，清初刻本。
122　王宗蔚、董俞：〈凡例〉，見陶冰修、董俞等輯：《雲間棠溪詩選》。
123　柴紹炳：〈序〉，見毛先舒輯：《西陵十子詩選》，順治七年刻還讀齋印本。
124　錢價人：〈凡例〉，見魏畊、錢價人輯：《今詩粹》，康熙間刊本。

者，將使豎儒小生，一言偶合，遂躐等而踞其巔，則又何可長哉？[125]

　　從上述選本的序言和凡例中可以看出，明清之際的詩壇正處於一種混亂無序的態勢，亟待理論上的整理和反思。由於七子派的詩論順應了宗唐派倡導風雅正聲的終極意圖，故明清之際宗唐詩學的構建是在七子派詩學基礎上的一種修正，同時吸取公安和竟陵派的優長之處，具體涵蓋以下兩個方面：

其一，正確處理詩歌性情和形式風格之間的關係，以解決七子派末流「學古而贗」的流弊。

　　七子派在詩歌格調上崇尚盛唐之音，這點為清初宗唐詩學所承繼，但是七子派末流過分追求了學古的形似，而忽視了情感的真實，因此也產生了「家自以為濟南，人自以為北地」的盲目擬古的弊端。[126]關於這一弊端，明清之際的宗唐詩家也提出了相應的修正策略：

> 詩以志感，因感生辭，因辭成體。山林宴遊，興寄清遠；朝饗侍從，制存莊麗；邊塞征役，悽惋悲壯；流離患難，沉痛愾悼。「緣機觸變，各適其宜」。昔賢之言誠為篤論。吾黨詩必規體，體必符感，故集中所采大率旨深而氣達，響切而慮長云。[127]

　　上述所謂「昔賢之言」乃出自明代萬曆年間李維楨的〈唐詩紀序〉，其表達意圖亦是對七子派流弊的批評：

---

125 吳偉業：〈自序〉，《太倉十子詩選》，順治間刻本。
126 王宗蔚、董俞：〈凡例〉，見陶冰修、董俞等輯：《雲間棠溪詩選》。
127 王宗蔚、董俞：〈凡例〉，見陶冰修、董俞等輯：《雲間棠溪詩選》。

今之詩不患不學唐，而患學之太過。即事對物，情與景合而有言，幹之以風骨，文之以丹彩，唐詩如是止爾。事、物、情、景必求唐人所未道者，而稱之弔詭收隱，誇新示異，過也。山林宴遊則興寄清遠，朝饗侍從則制存壯麗，邊塞征戍則淒惋悲壯，睽離患難則沉痛感慨。緣機觸變，各適其宜，唐人之妙以此。[128]

　　李維禎認為詩壇之弊是學唐太過，模擬太盛，其根源並不在於其學習的典範——唐詩本身，而在於後人學習的方式。他反對學詩者對唐詩詩法、格調等藝術技巧的刻意追求，更重視的是唐詩所呈現出的體制風貌與詩人所處的情境之間存在的互適性。這種觀點對雲間派的宗唐詩學很有啟發，「詩必規體，體必符感」就是對李維禎「緣機觸變，各適其宜」詩學的一種呼應。但是雲間派的宗唐詩學觀遠不止此，它更注重性情在詩歌創作中的優先地位。「詩以志感，因感生辭，因辭成體」中的「感」即為性情，同於「詩言志」的情志；「辭」、「體」皆為詩歌表現形式和風格，辭即指語言、聲律等表現形式，體即為體式、體格，既指詩歌不同體裁樣式所具有的審美特徵，也指某種題材或內容所具有的審美特徵。顯然，雲間詩學認為詩歌的「辭」和「體」是由人之性情決定的，突出了性情在詩歌創作中的重要地位。

　　這種詩學觀念也深受陳子龍詩論的影響，陳子龍在〈青陽何生詩稿序〉中對性情與形式風格的關係有過明確的定位：「明其源，審其境，達其情，本也；辨其體，修其辭，次也。」[129]這裡，陳子龍對詩歌情境與形式的主次之分，主要意圖是對其時擬古派盲目追求形似的

128　李維禎：〈序〉，見黃德水、吳琯輯：《唐詩紀》，明萬曆十三年（1585）吳琯刻本。
129　陳子龍：〈青陽何生詩稿序〉，《安雅堂稿》，續修四庫全書本，卷2。

弊端進行糾偏，有著理論上的針對性，不能簡單理解為以陳子龍為代表的雲間等派都不重視形式風格。[130]

正因為雲間諸家強調了性情的決定性作用，且能做到「攄情導性，要約寫真，博不溺心，文不滅質。」[131]所以，在正視人之性情各有不同的前提下，反映在詩歌之「辭」和「體」中的作品風格也是有所差異，這樣創作出來的詩歌才能避免擬古派千篇一律、學古而贗的弊端，才能真正稱之為真詩。實際上，在明清之際的諸派選本中，選家都非常強調處於相似的時代境遇和詩學宗尚中，由於詩人性情不同所帶來的詩歌形式風格方面的差異。

> 然諸子之述益多，而格亦彌進。夫諸子雖顯晦歡戚或有不齊，其所感觸大略可睹也。故其源雖出於大樽，而各有奇才勝概以自振拔。或氣若江漢之潢，或彩若繡繡之炳；或優游按衍、綽有餘度，或運思雲迴、逸致縹緲；或文彩巨麗，斐以敷其豔，或淵懿溫雅，灼以揚其藻。[132]

> 景宣經史論敘，藻密淹通，翰墨之勳，先驅首路。詩則綺麗為宗，符采昭爛，雲津龍躍，不厭才多；錦雯才情斐娓，兼有氣執，故鳴筆不羈，境非絕詣，致異小家，樂府歌行，渢渢大國風也；際叔文章雅健，諦稱冠絕，宇台清駃，略足相當，於詩詞諷寄，營殊慘澹，可謂升堂睹奧者也。若宇台〈琴操〉、〈迪躬〉、際叔〈贈季懷陸〉皆古近名構，其他篇或未稱是；祖望

---

130 陳子龍在〈佩月堂詩稿序〉中云：貴意者率直而抒寫，則近於鄙樸；工詞者罷勉而雕繪，則苦於繁縛。蓋詞非意則無所動盪，而盼倩不生；意非詞則無所附麗，而姿制不立。此如形神既離，則一為游氣，一為腐材，均不可用。這裡即主張性情與形式風格二者不可偏廢，應形神兼備。

131 王宗蔚、董俞：〈凡例〉，見陶冰修、董俞等輯：《雲間棠溪詩選》。

132 陶冰修：〈序〉，見陶冰修、董俞等輯：《雲間棠溪詩選》。

骨格蒼勁，雖源出於杜陵，而法能獨運，語有利鈍，無妨老
境；去矜吟詠最勤，少多豔情，瑕瑜不掩，近更一變，篇體環
卓；飛濤天性愉夷，不耐搜剔，染翰伸紙，宛爾妍好，譬則合
德入宮，芳馨竟體，以自然標勝。三子體詎相兼，才能各騁，
〈張山村雜詠〉、〈沈己庚新律〉、〈丁婺遊〉諸什，雖古詞流，
曷以過之耶？馳黃素工韻語，復精裁鑒，沈婉名秀，罕出其
右。或整栗微乖，神韻恰合，小詞雜著，都屬可傳，擅場所
乏，未辨作賦耳；景明妙齡嗣響，一洗蕪累，藉婉弱有之而雅
裁秀色，蔚然名家。五言古體尤為獨步，比於馳黃七絕，蓋妙
得天縱，匪由鑽仰？[133]

十子之體格、風韻亦自不同。子儼沈駿，故興踔而藻清；端士
雅懿，故思深而裁密；九日淹茂，故氣傑而音翔；庭表雄贍，
故志博而味深；異公篤摯，故才果而趣昭；惟夏儼倘，故響矜
而采烈；懌民贍逸，故言遠而旨微；次谷靜邁，故鋒發而韻
流；伊人淡蕩，故情深而調遠；虹友穎厚，故音重而神寒。以
十子之性情……豈出建安、大曆、嘉靖群公之下乎？[134]

　　由此可見，不論是雲間諸子、西陵十子，還是太倉十子，他們均
在宗尚唐詩格調的前提下，創作出符合自身性情的風格各異的詩歌作
品，既繼承了七子派復古的詩學傳統，也規避了七子派後學尺寸古人
詩法的弊端，做到詩歌性情真實和格調雅正的統一。即如《雲間棠溪
詩選》〈凡例〉所云：「茲集所錄，各極才會，聲情允洽，篇律無乖，
洵八音之金石，六義之鼓吹也。」[135]

---

133 柴紹炳：〈序〉，見毛先舒輯：《西陵十子詩選》，順治七年（1650）刻還讀齋印本。
134 吳偉業：〈凡例〉，《太倉十子詩選》，順治間刻本。
135 王宗蔚、董俞：〈凡例〉，見陶冰修、董俞等輯：《雲間棠溪詩選》。

其二，明清之際的宗唐詩學自覺拓寬學古堂廡，以救七子派末流取徑狹窄之弊，且在詩歌審美特徵上有所變化。

在總體的詩學取向上，明清之際的宗唐詩學和明代七子派的論詩主張基本相同，大旨是古詩以漢魏為宗，歌行、近體詩以初、盛唐為尚。這在《雲間棠溪詩選》〈凡例〉中已有明確論述，西陵派的柴紹炳也在〈西陵十子詩選序〉中曰：「古風極於元嘉，近製斷自大曆。人代更始，郇下無譏，抑何哉？考鏡五言，氣質為體，俳儷存古，仰逮猶近，瀏亮為工，失之逾遠。近體務竭情瀾，求諧音節，托興漢魏，選材六朝，意貫語融，靡傷氣格變調，無取旁門益乖，故武德而降難為古，元和而還難為近也。」[136]但是在這總體趨同的框架下，雲間等派和七子派的具體詩學宗尚仍有細微差異，主要表現為前者在崇尚漢魏、初盛唐的基礎上，兼取六朝和中晚唐詩風，並以此實現了詩歌審美特徵上的新變。

雲間和西泠派的領袖人物陳子龍在具體宗法對象上，就比七子派有所拓展，魏畊和錢價人《今詩粹》的評點中對陳子龍的具體師法對象以及詩風有若干申明：

> 大樽樂府純乎初唐，然華贍如列闕倒景，朱霞眩目。（錢評，卷一）

> 大抵五古學漢魏者，轉關必在大謝，唐之曲江、本朝之空同皆是如此。今黃門復祖其說，質悶之間兼以峻秀，信是雅宗。（魏評，卷二）

> 大樽七古大都原本初唐而間出於諸家，至其華贍流宕、逸致欲飛則所獨絕也。（錢評，卷五）

---

136 柴紹炳：〈序〉，見毛先舒輯：《西陵十子詩選》。

　　臥子五律，句貼字穩，雖無峭拔之奇，自然秀色可餐。（錢
評，卷七）

　　雲間七律多從豔入，潤以初唐。大樽味特深厚，而詞更娟秀。
（錢評，卷十）

　　綜上，陳子龍的詩學取向顯然是古詩以漢魏為最，不避六朝，延
及初唐；近體詩以盛唐之雄渾雋永為宗，尤采中晚唐之華豔色彩。這
種辨體顯然受到明七子格調論的影響，但同時又與之有取法視域的區
別。眾所周知，七子派詩學漢魏、盛唐，總體詩風多表現為雄壯剛勁
之美，而陳子龍在取法對象上增添了以柔美華豔為主的六朝和中晚
唐，勢必會改造明清之際宗唐派的詩風特徵，基本形成以剛柔並濟為
總體審美特徵。陳子龍的這種改造對雲間派、西泠派的詩學宗尚起到
了導向性的作用，我們以西泠諸子為例：

表十二　《西陵十子詩選》評點

詩家	詩體	詩名	評點
張綱孫	擬樂府	總評	馳黃曰：祖望樂府，矩濩於六代，筋力於兩唐。（卷三）
沈謙	擬樂府	總評	虎臣曰：去矜樂府被服漢魏，吞吐六朝。（卷三）
	五言古	〈情詩〉	馳黃曰：設色蒼雅是漢魏，風格綿密是六朝。（卷五）
	七言古	〈秋懷引〉	馳黃曰：此首及〈宮娃歌〉雖落晚唐，卻是佳調。（卷九）
	七言律	〈文昌閣晚眺〉等	馳黃曰：此後皆去矜近作，色腴而雅，調高而沉，思經而雋。（卷十三）

詩家	詩體	詩名	評點
柴紹炳	七言律	總評	馳黃曰：虎臣七言律，文含斐疊，韻諧淵懿，疏密之際，符采適合。（卷十二）
	五言排	〈中婦織流黃〉	馳黃曰：緯以古色，調以新聲，正如玉手龍梭，拋擲諧敏。（卷十四）
毛先舒	七言律	〈賦得湖上柳〉	虎臣曰：中唐之音，頗有新興。（卷十三）
丁澎	七言古	〈斗錫兼示舍弟弌雲〉	馳黃曰：情詞酬唱，章法縈紆，抽思於溫、李，托緒於《九歌》。（卷九）
	七言律	〈許孝酌寄諸豔體並徵閨媛集作此奉答〉	馳黃曰：情語不滯，更能於設色。（卷十三）
孫治	五言古	〈戊子三日偶成〉等	虎臣曰：此後諸作是唐五言本色，而源於陶、謝，故風味自古。（卷四）
	七言律	〈過峽川悼周鄭二子〉	馳黃曰：愴深更見藻色，盛唐之秀作。（卷十二）
虞黃昊	七言律	〈病起〉	虎臣曰：不勝紈綺，而為風流之宗，於景明見之。（卷十三）

　　從上表的部分評點可以看出，西泠派的詩學取向與陳子龍一脈相承，在七子派的宗法基礎上肯定六朝和中晚唐詩歌的價值，並在詩歌辭采色調上吸取了六朝及中晚唐華美綺麗的風格特徵。

　　以吳偉業為領袖的婁東詩派在復古路徑上也有所拓寬，只是吳偉業的改造更多地體現在對初唐格律和中唐詩風的融匯上，其長篇歌行就是繼承了初唐四傑歌行的注重用典與講究聲律，同時也吸收了中唐元白歌行長篇敘事的體制特徵，審美特徵以綿麗為工。對此，《四庫

全書總目》評價頗高：「格律本乎四傑，而情韻為深；敘述類乎香山，而風華為勝。韻協宮商，感均頑豔，一時尤稱絕調。」[137]受到吳偉業的影響，太倉十子中多數詩家在具體創作時也兼採三唐，審美風格上以清麗中孕育深婉，綿密中寓含悲壯居多。如王攄的〈教坊老叟行〉一篇，其中「寧為漂泊琵琶婦，不向穹廬聽暮笳」、「當時曾說冬青恨，亦有愁魂與共銷」、「乾坤板蕩家何在，骨肉存亡世已非」諸句，[138]促節繁弦，氣韻流轉。另如周肇〈來鶴行〉、王揆〈喜雨歌〉、黃與堅〈送江南諸子北上〉、王昊〈上元行〉、王曜升〈贈余澹心〉、王攄〈送文介石先生歸滇南〉與〈隴頭水〉等篇也都深受吳氏影響，格律與聲華兼具。當然，也有少數詩家在詩學傾向上走得更遠，如許旭，已經不獨宗三唐，而是出入宋元了。[139]

　　總之，透過雲間派、西泠派、婁東派的流派選本以及其時的宗唐選本，我們對明清之際的宗唐詩學具有了整體上的認知：明清之際的宗唐詩學仍以繼承明代七子派的復古詩學為主，古體以漢魏為宗，近體以初盛唐為尚。但與此同時，他們在理論上明確了主體性情與詩歌風格之間的主次關係，規避了七子派的流弊；在取法範圍上他們也有所拓展，自覺吸收了齊梁、中晚唐的文采之美，基本實現了詩歌內容與形式的渾然統一。

二　清初「宋詩熱」背景下的宗唐詩學思潮

　　明清之際的詩壇，主流傾向是扭轉公安、竟陵派的詩風，繼承七

---

137 永瑢等：《四庫全書總目・太倉十子詩選》（北京市：中華書局，1965年），頁1767。

138 王攄：《蘆中集》（上海市：上海古籍出版社，1980年），頁37-40。

139 鄧之誠：「旭詩為梅村所重，刻入《太倉十子詩選》。詩格闌入宋、元，雄深渾折，誠一時作手。」參見《清詩紀事初編》上冊卷1，頁61。

子派詩學的雲間、西泠諸派影響較大。康熙初年以降，公安、竟陵派末流的痼疾尚未褪去，雲間、婁東等派的弊端業已顯現，[140]加之錢謙益對七子派摹擬之弊的貶斥，詩壇風向出現了逆轉，連起初瓣香七子詩學的雲間詩人也開始轉學宋詩，[141]於是此時的詩壇，宗宋詩學思潮逐漸占據了主導地位。即使如此，清初詩壇仍有一股堅持宗唐的詩學思潮在與宋詩派相抗衡。他們以恢復風雅傳統為己任，對竟陵派、雲間派以及宋詩派的流弊皆有批評，旗幟鮮明地宗尚唐詩。當然，清詩選本依舊是宣傳其宗唐詩學主張的重要載體。我們可以選取這一時期有代表性的兩部清詩選本——《詩觀》諸集和《振雅堂彙編詩最》，具體審視一下在清初宋詩熱語境下宗唐詩歌選本的理論批評功能。

（一）《詩觀》諸選的宗唐詩學傾向

　　《詩觀》諸選為清初詩家鄧漢儀所輯的一部大型全國性詩歌選本，共有初集、二集、三集計四十一卷。選家鄧漢儀，字孝威，江蘇泰州人，《揚州府志》記載：「漢儀淹洽通敏，貫穿經史百家之言，尤工詩學，為騷雅領袖。太倉吳梅村、合肥龔鼎孳皆與倡和。嘗品次近代名人之詩，為《詩觀》，別裁偽體，力追雅音，海內言詩之家咸宗之。」[142]可見，鄧漢儀在清初詩壇的地位也非同一般，《詩觀》諸選不僅輯錄了大量清初詩人的詩歌作品，還通過選文、評點等多種形式體現出選家鮮明的詩學批評意識。

---

140 鄧漢儀在〈與孫豹人〉一文中曰：「竟陵詩派誠為亂雅，所不必言。然近日宗華亭者流於膚殼，無一字真切；學婁上者習為輕靡，無一語樸落。矯之者陽奪兩家之幟而陰堅竟陵之壘，其詩面目稍換而胎氣逼真，是仍鍾、譚之嫡派真傳也。」宋琬〈周釜山詩序〉亦認為雲間派：「持論過狹，泥於濟南『唐無古詩』之說，自杜少陵〈無家〉、〈垂老〉、〈北征〉諸作，皆棄而不取，以為非漢魏之音也。」

141 尤侗：〈彭孝緒詩文序〉曰：「大抵雲間詩派，源流七子，迨虞山著論詆諆，相率而入宋、元一路。」見《西堂全集‧艮齋稿》，康熙間刻本，卷3。

142 引自錢仲聯編：《清詩紀事‧康熙朝卷》（南京市：江蘇古籍出版社，1987年），頁2815。

其一，回歸風雅傳統的詩學宗旨。

　　《詩觀》三集選刻的時間分別為康熙十一年、康熙十七年和康熙二十八年，正值雲間等派弊端顯現、清初宋詩派風起雲湧之時。在其時詩壇「競尚宋詩」的大背景下，鄧漢儀的《詩觀》諸集力倡回歸風雅傳統顯然具有一定的針對性。

　　在《詩觀》初集〈凡例〉中，鄧漢儀對其時的詩壇亂象進行了全面描繪：「詩道至今日亦極變矣。首此竟陵矯七子之偏，而流為細弱，華亭出而以壯麗矯之，然近觀吳越之間，作者林立，不無衣冠勝而性情衰。循覽盈尺之書，略無精警之句。以是叶應宮商，導揚休美可乎？或又矯之以長慶、以劍南、以眉山，甚者起而噓竟陵已爝之焰，矯枉失正，無乃偏乎？」[143]如皋後學仲之琮在〈重輯《詩觀》三集敘〉中亦云：「當楚咻初息之時，別裁偽體，復歸於正。或且厭棄唐人，以為離之始工，而轉入宋人之流派。高者師法蘇、黃，下乃效及楊、陸諸人。甚且遺其神明，而獨拾瀋滓。是何異越人之學遠射參天，而發適在五步之內也。」[144]

　　由此可見，此時的詩壇已經處於一個流派各樹壇坫、依次糾偏卻又屢屢矯枉過正的惡性循環之中，各派詩家的創作在頻繁的詩學論爭中已經逐漸背離了詩歌的源初意義，故鄧漢儀提出回歸風雅傳統的詩學宗旨：「夫《三百篇》為詩之祖，而漢魏四唐人之詩昭昭具在，取裁於古而緯以己之性情，何患其不卓越，而沾沾是趨逐為？僕於是選，首戒幽細而並斥浮濫之習，所以云救。」[145]顯然，他以《詩經》的風雅傳統為終極目標，以漢魏、四唐詩歌為取法對象，既注重詩歌的儒家詩教傳統，又要求詩歌源於一己之性情，要有獨特個性。仲之

---

143 鄧漢儀：〈凡例〉，《詩觀初集》，康熙慎墨堂刻本。
144 仲之琮：〈重輯《詩觀》三集敘〉，見鄧漢儀：《詩觀三集》，乾隆十五年至十七年（1750-1752）仲之琮深柳讀書堂重修本。
145 鄧漢儀：〈凡例〉，《詩觀初集》。

琮曾將其詩學主張予以細化，即「郊廟之詩肅以雝，朝廷之詩宏以亮，贈答之詩溫以遠，山藪之詩幽以曠，刺譏之詩微以顯，哀悼之詩愴以深。莫不得唐人之神髓，而不僅襲其皮毛風氣。」[146]這便是對其「取裁於古而緯以己之性情」的解讀。

另外，鄧漢儀在《詩觀》諸集自序中多次呼籲，詩歌選本應具備「追國雅而紹詩史」、[147]「遠嗣雅頌之遺音」的功能，[148]這和他的詩學宗旨也是一脈相承的。在具體的詩歌評點中，鄧漢儀也是對那些符合正始之音的詩歌甚為推崇，如初集卷一，評季振宜詩〈送朱篔庵給諫〉為：「於君父極其委曲，於朋友極其溫存。《小雅》詩人之義，於今再見。」[149]二集卷四，總評丁煒詩歌曰：「詩道喧雜已極，高者飛揚叫號，卑者俚俗淺滑。有如雁水先生，雍容蘊藉、力還大雅者乎？長於蕭寺展讀，為之忘寐。」二集卷四，評金世鑒詩〈寒食永平道中〉為：「和平蘊藉，正始之音。」二集卷五，評吳嘉紀詩〈懷汪舟次〉曰：「兩公交真故詩真，絕去文飾，力還大雅，使人有清氣穆如之歎。」二集卷六，評計東詩〈無題（和陸麗京呈吳梅村先生）〉曰：「情兼比興，義切風騷，固非一切豔聲所能彷彿。」三集卷五，評朱觀詩〈餞衣〉為：「《三百篇》詩正在動人性情，此篇何其婉惻。」三集卷八，總評鮑開宗（字又昭）詩曰：「觀又昭諸作，俱能脫去纖柔，臻乎雅健，是游刃於古而不屑為時趨者。大雅不作，吾衰誰陳？端賴英流，聿振芳軌。」三集卷十三，總評趙起士詩為「恆夫先生⋯⋯道中所著有《歸隱詩》，忠厚悱惻，詎遠古《三百篇》義？余再樂為傳之，嗟其遇、鳴其志也。」

---

146 仲之琮：〈重輯《詩觀》三集敘〉，見鄧漢儀：《詩觀三集》。
147 鄧漢儀：〈自序〉，《詩觀初集》。
148 鄧漢儀：〈自序〉，《詩觀三集》，康熙慎墨堂刻本。
149 鄧漢儀：《詩觀初集》，卷1，「季振宜」詩評。

其二，取裁於古，崇尚漢魏、四唐。

　　由於鄧漢儀樹立了回歸風雅傳統的詩學宗旨，故在詩學傾向上必然要取裁於古。通過《詩觀》諸集的詩歌評點，我們可以清晰地看出，宗唐是鄧漢儀的主導詩學傾向。故仲之琮云：「先生是選，嚴於採擇。其收入集中，一循唐人之風格，有入於宋人麗屬之習者，皆屏弗取。」[150]具體來說，古體詩以漢魏為宗，兼及三唐；近體詩以初盛唐為尚，兼及中晚。茲列舉若干《詩觀》之評點，以企全面瞭解鄧氏之宗唐詩學觀。

表十三　《詩觀》諸選評點

卷數	詩家	作品	評點
初集卷八	鄭日奎（號靜庵）	〈中航渡〉	唐人五古，其快妙之句往往出漢魏上，雖風格稍遜，而佳處正堪作十日想也。靜庵此篇，當屬王、岑得意之作。
二集卷七	羅教善	〈辛酉秋金陵留別葉長文表兄〉	漢魏古詩妙處，全在含蘊有餘。
三集卷三	茅兆儒	總評	予與李子德論詩京師，每以古詩不振為憂。適靳鐵壁明府以茅君雪鴻古體見寄。上宗晉魏，下兼三唐，及高峻蒼嚴，而無一字落俗蹊者。
初集卷六	于瀚	〈進京口〉	造語每入唐人勝境。
初集卷三	王鑨（號大愚）	〈雁門關〉	大愚邊塞諸作皆深警奇拔，卓然與子美、空同並驅，讀之增人壯氣。
初集卷四	李因篤	總評	興象雄偉而貫之以識，風調整逸而行之以氣，遂能踔少陵而軼空同。

---

150 仲之琮：〈重輯《詩觀》三集敘〉，見鄧漢儀：《詩觀三集》。

卷數	詩家	作品	評點
初集卷八	杜世捷	〈友山園病鶴〉	清而辣，是杜家詩法。
二集卷七	侯方域	總評	朝宗所製《壯悔堂文集》雄視一時，獨其詩世罕推之。要其闊思壯采，皆規模杜家而出者。但未免因襲華亭之聲貌。故予選朝宗詩，必取其闊而能穩、壯而入細者，以與世共見之。
三集卷十三	程瑞祉	〈泰山拜岳武穆王廟〉	識高法老，詞雄氣厚，足以彷彿空同。
三集卷三	徐崧	〈悼史弱翁先生六十韻〉	作長排律最忌填塞架疊，使讀者頭目昏眩。必如老杜，有段落、有波瀾、有結構、有貫串，乃為盡致。矓庵挽弱翁此篇，開闔頓挫，只如一首五言古詩。此非沉潛於杜，能有此乎？
三集卷五	顧圖河	〈宿金山慈雲閣〉	七律須氣力滿足。此詩無一懦句嫩筆，戛戛乎與沈、宋爭長。
初集卷九	江闓（字辰六）	〈上巳呂儀部招遊平山堂分賦〉	晚唐詩做到佳處亦自可傳，必欲以癡肥學初盛，誤矣！每與藺次談詩至此，輒有微合，辰六遂能適符此指。
初集卷五	姜廷梧	〈馬諸道中〉	雖涉晚唐而幽倩可愛。
初集卷五	陳忠靖	〈黃河東歸〉	氣體似中唐。

　　綜上，鄧漢儀的宗唐詩學可歸納為兩大特點：首先是繼承七子尊唐學古之傳統，但又不囿於盛唐。在《詩觀》諸集的評點中，鄧漢儀有多處評點涉及七子，且都為讚賞的語氣，尤其鍾情李夢陽和何景明，甚至有時將其與杜甫相比較。這說明在尊唐問題上，鄧氏與七子尤其李、何是一脈相承的。但是在具體批評實踐中，鄧漢儀顯然比七

子派取徑要寬。他不僅認為初、盛、中、晚四唐兼採，而且對宗唐者也有提醒，不能只肖其貌，遺其神髓。如初集卷二紀映鍾詩末總評，鄧云：「詩必宗唐乃為合調，而模擬皮毛者又失之。伯紫始絲巉峭，繼乃雍和，所以去膚面得其神，卓然為詩家之冠。」這些觀點顯然比七子派「詩必盛唐」之說要寬容、理性得多。

其次是對杜甫極為推崇。除了上表提及的以外，《詩觀》諸集中尚有多處評點涉及杜甫，如二集卷一傅振商〈草涼早發適鳳縣〉，鄧評：「全是少陵。」二集卷二魏裔介〈九日同子俶遊皈依諸寺〉詩後曰：「高老得杜家深境」等，不再一一列舉。顯然，鄧漢儀將杜甫的詩歌成就看成後世學詩者學習的標竿，一方面是對杜甫詩歌遙承風雅傳統的高度肯定，一方面也是對其「轉益多師」、眾體兼擅的自覺服膺。

鄧漢儀論詩崇尚漢魏、四唐，主要源於兩個原因：一是取漢魏、四唐詩歌的性情格調來扭轉當下詩壇幽細、浮濫的詩風，使之復歸風雅之正。這裡的漢魏、四唐詩歌既是拯救康熙初年日益頹廢的詩風的利刃，同時也成為鄧漢儀回歸風雅傳統的學古路徑；二是在其時右文政策引領下，康熙詩壇已經能與漢魏、四唐詩歌媲美，發揮其敦尚風雅、鼓吹休明的詩教功能。在《詩觀》三集〈自序〉中，鄧漢儀指出其時的詩壇創作「諷詠之餘，諸美畢集，誠足以鼓吹休明，而為不朽盛事。」繼而將其與漢魏、四唐詩歌作比較：「夫漢魏四唐之詩，雄視百代。而我朝人才蔚起，詩學大興，較之曩時，何多讓焉。」[151]這裡，鄧漢儀有意把清初詩與漢魏、四唐詩相提並論，旨在說明康熙朝是繼漢魏、四唐之後尚能接續風雅的盛世，傳統儒家的詩教功能被再次強調。

---

151 鄧漢儀：〈自序〉，《詩觀三集》，康熙慎墨堂刻本。

其三，緯以性情，反對摹擬蹈襲。

鄧漢儀在提出「取裁學古」主張的同時，還特別強調了「緯以己之性情」，師古而不盲目擬古，可謂肯綮之論。

鄧氏在詩評中屢次提及性情問題，具有鮮明的針對性。清初詩壇諸多流弊的產生，主要癥結不在於各派學不學古的問題，而是在於如何處理學古與性情之間關係問題。若一味擬古，亦步亦趨，就會演變為趨附剽襲；若過分放縱性情，取徑逼仄，就會流於俗陋。而鄧漢儀解決的方法就是以取裁於古為經，以己之性情為緯，唯有二者完美結合，才為真詩。緣於此，《詩觀》諸集中非常強調性情的重要性，如初集卷三施閏章〈家長也太守招遊曹山及吼山〉，鄧以為：「非性情與山水冥契，那得如許靈秀。」初集卷九趙有成詩後，鄧漢儀引語云：「『詩也者，吟歎性情、鋪陳事實之具也；自性情化為徵逐事實，紛為應酬，求一無姓字詩題，且不可得。』旨哉言乎！」二集卷二程守〈寄答汪扶晨〉詩後，鄧曰：「蕭然數言，性情具見，正復人言愁我亦欲愁。」二集卷五吳懋謙（字六益）〈送杜茶村歸金陵〉詩，鄧以為：「六益之詩以淹博擅場，此獨清矯健拔，能出己之性情，與古人相敵，宜一時雲間推為絕作。」二集卷九張汧〈山居〉詩言：「胸次真率，故不流入遷僻，詩具見性情。」二集卷十一范承斌〈擣衣篇〉詩後感慨：「不煩添脂傅粉，只一味真至便已動人，此詩之原本性情者也。」三集卷二楊素蘊〈遣使旋里〉詩後鄧曰：「性情鬱結，當為真詩。」三集卷三祖應世〈春日送潘雪帆南歸〉詩後鄧云：「字字慰勉愛慕，俱從性情流出，此為真詩。」

當然，鄧漢儀所言之「性情」有著自身內涵和外延的規定性。由於鄧氏力倡回歸風雅正統，故對於性情的總體要求是溫柔敦厚，其在《詩觀初集》〈凡例〉中云：「溫柔敦厚，詩教也。罵坐非，傷時尤非，故僕以慎墨名其堂，芟除不遺餘力。」[152]言下之意是，《詩觀》中

---

152 鄧漢儀：〈凡例〉，《詩觀初集》，康熙慎墨堂刻本。

出於己之性情的詩歌作品都是在符合儒家傳統詩教的前提下才被挑選出來的。可見，清初黃宗羲提出的「嬉笑怒罵均可謂溫柔敦厚」的觀點尚未在《詩觀》中得到體現。

　　如果說鄧氏關於性情的認識尚有局限的話，那麼他對學古而不擬古的理解則可謂鞭辟入裡。鄧氏認為作詩要「奇創而又軌於法者」，（初集卷一王鐸詩後評）在學古的基礎上有所新變。如初集卷一評泰興季振宜詩曰：「其詩專務創闢，而又無處不法古人，真令我歎賞不置，知荔裳之言不我欺也。」三集卷十王環詩後，鄧說：「石農先生負才驚異而所遭衰末，遂侘傺以終老。其於人倫關係處，纏綿固結，若有不可解者。著書等身，皆藏崖屋。為詩絕去依傍，骨嚴而氣剛，意別而識老。然按之古法，無不吻合。」二集卷七孫宗元〈憶弟〉詩，鄧也以為：「全入少陵堂奧，卻不襲其皮毛，固佳。」也正因為鄧漢儀對詩歌獨創性的重視，所以他論詩特別反對蹈襲古人而無自身特色，如他評初集卷六史樹駿〈夜飲聽孟三吳謳〉詩後說：「僕最惡擬初唐歌行者，堆砌摹做而無生氣。庸庵短章矯厲，正自絕人。」這些認識均是對於詩歌學古問題的真知灼見。

（二）《振雅堂彙編詩最》中的宗唐詩學觀

　　《振雅堂彙編詩最》十卷，刻於康熙二十七年。選家倪匡世，字永清，江南松江婁縣人。《五燈全書》記載：「松江倪超定永清居士，淹古博今，以詩名世。」[153]《松江縣志》亦云倪氏「放情山水，日事鉛槧」，[154]嘗與孔尚任、冒辟疆、鄧漢儀等人唱和，[155]善交友，操選

153　釋超永編：《五燈全書》卷第九十七補遺，上海市：商務印書館，民國十二至十四年（1923-1925）。

154　上海市地方志辦公室，上海市松江區地方志辦公室編：《上海府縣舊志叢書‧松江縣卷》（上海市：上海古籍出版社，2016年），上冊，頁500。

155　《洪昇年譜》：康熙二十七年戊辰，洪昇四十四歲。在這一年的年譜後備註10寫道：《詩最》卷七署：「今之詩非昔之詩矣。……松江倪匡世書於黃楊禪院。」「倪

政,「蕭然行李,遠采國風,足跡半天下。」[156]倪氏因無專集行世,故詩學主張全從《振雅堂彙編詩最》得來。總體而言,其論詩專主初、盛唐,反對宋詩,選詩標準是作品「聲調必取高朗」,[157]這種詩學觀點在其時宋詩熱的境域下顯得尤為激進。

其一,不論古、近體,獨尚初、盛唐。

倪匡世在《振雅堂彙編詩最》〈凡例〉開宗明義:「唐詩為宋詩之祖,如水有源,如木有本。近來忽有尚宋不尚唐之說,良由章句腐儒,不能深入唐人三昧,遂退而法宋。以為容易入門,聳動天下。一魔方興,眾魔遂起,風氣乃壞。是集必宗初盛,稍近蘇陸者,不得與選。」[158]在選本序言中,倪匡世對其時的壞風氣有具體的描繪:「迄於今,茲叫號成習,懆急成風,非以解慍也。綺麗以飾,尖纖以用,非以中行也。負氣為高朗,俚鄙為清真,非以興比也。出為放蕩之辭,引為淫佚之柄,非以儷宗廟奏郊祀也。流沔沉酣,遂往不返。操觚者以五色之眸,欲一網之,盡魚目靈蛇,溷直而索諸市,為天下笑。」[159]歸結起來,這些弊端仍為竟陵、雲間以及宗宋諸派所為,與鄧漢儀編選《詩觀》三集時的詩壇狀況基本相同。選者有感於其時「風雅之紛而不理」的詩壇,希冀回歸到「五音叶而八風平」的母音狀態。由此

匡世於丁卯、戊辰間寓居揚州,《湖海集》丙寅〈仲冬,如皋冒辟疆、青若、泰州黃仙裳、交三、鄧孝威、合肥何蜀山、吳江吳聞瑋、徐丙文、諸城丘柯村、松江倪永清、新安方寶臣、張山來、諧石、姚綸如、祁門李若谷、吳縣錢錦樹,集廣陵邸齋聽雨分韻〉、丁卯〈前冬過建隆寺晤倪永清,今復同還峰訪余舟中,賦贈〉、己巳〈陳丹文四雨山房聽鶯,同黃仙裳、胡繼韶、倪永清、黃儀遘分韻,兼留別〉等詩。」參見章培恆:《洪昇年譜》(上海市:上海古籍出版社,1979年),頁274。

156 倪匡世:〈凡例〉,《振雅堂彙編詩最》,康熙二十七年(1688)懷遠堂刻本。
157 倪匡世:〈凡例〉,《振雅堂彙編詩最》,康熙二十七年(1688)懷遠堂刻本。
158 倪匡世:〈凡例〉,《振雅堂彙編詩最》,康熙二十七年(1688)懷遠堂刻本。
159 倪匡世:〈自序〉,《振雅堂彙編詩最》。

看來，倪匡世的宗唐詩學也是旨在針砭康熙初期詩壇的各種流弊，尋回風雅之正聲。

　　但是在具體回歸風雅傳統的路徑上，倪匡世和鄧漢儀的主張卻不甚相同。一般而言，宗唐派詩論家古體多以漢魏為宗。這一方面是由於漢魏時期去古不遠，風雅尚存，一方面也是受到李攀龍「唐無五言古詩」的影響。李氏曾言：「唐無五言古詩，而有其古詩。陳子昂以其古詩為古詩，弗取也。七言古詩，唯杜子美不失初唐氣格，而縱橫有之；太白縱橫，往往強弩之末，間雜長語，英雄欺人耳。」[160]即唐代只具有唐代風格的古詩，而不具備漢魏風格的五言古詩，言下之意是漢魏五言古詩在價值系統上要高於唐代古詩，更為接近《詩經》的風雅傳統。所以，在這種理論的指引下，後世宗唐派在五言古詩體裁上多宗尚漢魏。而倪匡世卻用選本批評的形式對此學說提出了異議，在《振雅堂彙編詩最》的評點中，不論五七古、五七律絕還是排律等諸體，他均專宗初、盛唐。

　　在具體的詩歌評點中，他基本上能遵循這一標準。如其評吳偉業〈即事〉中「蜀相軍營猶石壁，漢高原廟自江村」兩句曰：「少陵法脈。」（卷一）評龔鼎孳〈新淦道中見新月〉中「扁舟下瀨思他夕，新月愁人似故鄉」兩句云：「唐人口吻。」（卷一）評王新命〈青雲譜憲副賦詩見示率爾步韻〉「郊外追陪雲淡淡，山中笑語日遲遲」兩句云：「初唐佳境。」（卷一）評吳嘉紀〈泊船觀音門〉中「江山六朝在，天水一亭孤」兩句為「軒豁老健，直逼王、岑。」（卷一）評曹貞吉詩〈雨後行德水道中〉「勢欲浮牛馬，懸知下鷺鷗」兩句云：「直堪方駕老杜。」（卷一）評汪楫詩〈十月十九日與王黃湄〉中兩聯「蓮花峰頭著雙屐，蒼翠空中一萬尺。日出乍見黃河奔，混茫天地虹霓赤」云：「從李供奉得來仙境、神境。」（卷一）評巫之轡〈宿三江口〉「過船

<hr />

160 李攀龍撰，包敬弟標校：《滄溟先生集》（上海市：上海古籍出版社，1992年），卷15，頁377。

細雨送黃昏，欲尋估客誰吹笛，潦倒還憑酒一尊」為「唐人格調。」
（卷一）評秦定遠〈詠笛〉中「疑有梅花落，還應夜月清」一聯曰：
「初唐本色。」（卷三）評馬驌詩〈齎表入朝〉中「同朝盡下回鸞拜，
御駕翻從出獵看」兩句曰：「典麗雄壯，沈、宋之遺。」（卷五）選家
在評點中不僅旗幟鮮明地表達了自己的宗唐傾向，而且對古、近體的
詩風也有明確的界定。在總評汪汝謙詩時，倪匡世曰：「古體奔軼豪
放，無百煉千錘之跡；近體疏雋逍逸，有一唱三歎之風。初、盛典
型，於茲不墜。」（卷一）析言之，即古體詩要求氣勢奔放，無須刻意
雕琢詞藻，而近體詩首重含蓄，要有韻味。如評宋犖詩，倪氏云：
「商丘《詩鈔》，泓然以清，穆然以遠，窅然以深，蔚然以秀，瀟灑
歷落，毫無軒冕習氣。」（卷四）宋犖早期詩學宗唐，其「清、遠、
深、秀」顯然符合倪氏近體詩的標準。

　　當然，在選本批點中也有偶涉中唐之評，如總評張紹良詩歌風格
時，倪氏曰：「讀其詩若干首，放而清，和而正，宛然錢、劉再世
也。」（卷四）錢即錢起，大曆十才子之一；劉即劉長卿，大曆至貞元
年間著名的山水詩人。二人風格均以清空閒雅為主，與張紹良詩風有
相通之處。但這類直接肯定初盛唐以外詩風的評點在整部選本中是極
為少見的，選者有時會以「三唐」之名籠統言之，如總評施閏章詩，
倪氏曰：「愚山先生真知詩，真好詩，真合古人格調，是真上下三唐
者也。」（卷二）評崔崟〈承恩寺〉曰：「置之三唐集中，幾無以辨。」
（卷五）

其二，融「杜甫之髓，摩詰之神」為一體，推崇聲調高朗、章法謹嚴之作。

　　倪匡世在選本評點中，極力推崇杜甫和王維，常將二人並稱。如
評吳嘉紀〈舟中九日〉「初霜白雁隨遊舫，故國黃花怨主人。幾度登
臨成老大，半生飄泊喪精神」兩聯曰：「摩詰之氣，少陵之神。」（卷

一）總評汪楫之詩亦云：「讀《悔齋》、《山聞》二集，真杜甫之髓，真摩詰之神。」（卷一）倪氏推尊杜詩主要出於兩個原因，一是杜詩法度嚴謹，字句章法皆堪稱典範；二是杜詩字裡行間自有一股沉鬱之氣，宕逸雄渾，非常人所能及。而倪氏推尊王維，主要是由於其前後期的詩歌風格分別涵蓋了盛唐邊塞詩派和山水田園詩派的優長之處：王維早年的邊塞詩聲調高朗，氣魄宏大，如〈從軍行〉、〈觀獵〉、〈出塞作〉、〈送元二使安西〉等，以英特豪逸之氣融貫於出色的景物描寫之中，形成雄渾壯闊的詩境，洋溢著壯大明朗的情思和氣勢，幾與高適、岑參等邊塞詩人媲美。如評沈荃詩〈送陳顓仙憲副之任荊南〉「游古驛馬嘶，湘浦月孤帆，木落洞庭秋」為「高、王正脈。」（卷二）而王維後期山水詩中創造出的清空閒雅的詩境以及靜逸明麗的詞藻亦為選家所推尚。如評石函玉詩〈同劉青霞登北山〉中兩聯「煙水層層碧，鷗鳧個個清。但令心地淨，何事學無生」云：「終南本色。」（卷一）評鄭重詩〈寓準提庵〉「雨花孤院迥，雪曉一燈鳴。鳥語因人好，松濤向晚清」曰：「輞川風度。」（卷一）

　　正是出於對初盛唐詩家尤其是王維、杜甫的鍾愛，倪匡世在篩選詩作上也以初、盛唐的典型風格為標準，首先是聲調高朗。倪匡世在選本〈凡例〉中說：「聲調必取高朗。自鍾、譚二公，專取性靈，不取聲調。後之學者，非流單薄，即入俗俚。氣既不滿，學又不足。七言近體，不可復問。茲乃采其高朗者推為上乘。用以式靡，用以訓世。」[161]由此可知，倪氏所云的「聲調高朗」側重於詩歌的外在形式特徵，既指詩歌的格律、體勢、詞藻等，也指由此表現出的高華雄壯的審美特徵。在認清竟陵派和後之學者的弊病以後，選者總結出聲調高朗需要同時具備兩個條件，即氣要滿、學要足。初、盛唐的詩歌，總是有一種雄闊清曠之氣橫亙其中，盛唐邊塞詩風首當其衝，故倪匡

---

161 倪匡世：〈凡例〉，《振雅堂彙編詩最》。

世評田雯詩曰：「茲讀山薑詩若干首，以高、岑之筆運蘇、陸之言，嬉笑怒罵中實有作霖天下之想。」（卷三）當然，倪氏希冀的理想狀態是氣與學的完美結合，如其總評程基之詩曰：「公履詩鴻才博識，直逼唐賢，況有一種沉鬱之氣在筆墨間，絕無卑弱之習。」（卷三）

其次是章法謹嚴。由於倪匡世編選《振雅堂彙編詩最》還有一個實用的目的，即「用以式靡，用以訓世」，故而在選文時，除了要聲調高朗之外，章法還需嚴謹，適合用於教學範本。選家在選本〈凡例〉中對當下不講章法的做法甚為不滿：「近今作者如林，類皆練字練句。至其章法，中間兩聯，前後補綴，起承轉合，反覆抑揚，棄而不論。此等做作，如捧勺水為海，如摩拳石為嶽。地獄沉埋，殊為可痛。故此編特嚴章法。」[162]在具體詩歌評點時也有強調，如他總評雲間詩人沈荃之詩時，就對雲間派不講章法的弊端有所指摘：「雲間詩化行天下，未免受人指摘者，以其但講句法不講章法。非不講也，其所講者次序一切，開合反正不講耳。病在一部七才子詩橫塞胸中，不知此外如何是杜，如何是李，猶之吳中人不脫『江左三大家』氣息也。」（卷二）而初盛唐詩人在章法上的功夫正好可以為其時學詩者所效仿，故倪氏對初盛唐的推崇既有批駁其時宗宋詩學思潮的意圖，也有利於初學的實用目的。

不論是鄧漢儀《詩觀》諸選中較為寬容的宗唐詩學觀，還是倪匡世《振雅堂彙編詩最》中較為激進的宗唐詩學觀，他們均在一定程度上糾正了其時宗宋詩派已經顯現出的諸種弊端，為宗唐詩學在清初宋詩熱的境域下爭得了應有的話語空間。大約與《詩觀》三集和《振雅堂彙編詩最》同一時間，王士禛的《唐賢三昧集》也於康熙二十七年刊刻行世，並以此為發端，經歷「中年事宋」轉變後的王士禛又重新回歸宗唐詩學，且主盟康熙後期詩壇數十年。但由於其早期專倡神韻

---

162 倪匡世：〈凡例〉，《振雅堂彙編詩最》。

的清詩選本——《感舊集》在他生前未曾刊刻，很難評估此選對其時宗唐詩學的影響，故從略不論。

三　沈德潛及其後學清詩選本中的宗唐詩學觀

康熙中後期，王士禛的「神韻說」風靡詩壇，崇尚盛唐詩歌清遠自然的審美特質。康熙五十年（1711）王士禛離世，其時詩壇面臨的景象為：「神韻說」的流弊開始出現，宗宋之風依然不減，而又缺少「障狂瀾於既倒」之人。[163]於是，康乾時期的沈德潛一方面承繼詩壇前輩倡導唐音的事業，編選了一系列的宗唐選本，[164]同時，沈氏在具體的詩學取向上又擴大堂廡，對分屬不同時代的唐詩與宋詩或同一時代的不同詩人甚至同一詩人不同的詩歌體式之優劣均能區分論定。在總體宗唐的前提下，對部分宗宋之作也不乏肯定的評價，在總體肯定雄渾儁逸的盛唐詩風基礎上，對部分中晚唐抑或是盛唐詩歌也有一定的批評，體現出客觀辯證的思辨精神。迨至乾嘉時期，沈德潛的後學如王鳴盛、王昶諸人亦有宗唐清詩選本面世，宗唐詩學觀也更為融通。他們和其師的宗唐理論代表了有清一代宗唐詩學的最高成就。

（一）沈德潛《國朝詩別裁集》中的宗唐詩學觀——兼與 《唐詩別裁集》互讀

在沈德潛的宗唐系列選本中，刊刻於乾隆十八年（1753）的《七子詩選》和乾隆二十五年（1760）的《國朝詩別裁集》又同屬於清人

---

163 宋犖：《漫堂說詩》，見王夫之等撰：《清詩話》（上海市：上海古籍出版社，1978年），頁417。

164 康熙五十四年（1715），沈德潛開始採編唐詩，康熙五十六年（1717），《唐詩別裁集》刊刻，首次以選詩的形式彰顯宗唐主張；而後，他一本宗唐之旨，於雍正十二年（1734）成《明詩別裁集》，乾隆二十五年（1760）刻《國朝詩別裁集》。

選清詩選本範疇。在這兩部選本中，既有沈氏格調說的基本理論主
張，更有其宗唐詩學觀點的浸潤，因此，對於這兩部清詩選本的闡釋
有助於我們對沈氏宗唐詩論的深入理解。當然，在具體細讀時，我們
也有必要結合《唐詩別裁集》進行參照互讀。

　　沈德潛在〈七子詩選序〉中，對其選詩的一貫標準有所概括：
「予惟詩之為道，古今作者不一，然約其大端，始則審宗旨，繼則標
風格，終則辨神韻，如是焉而已。予曩有古詩、唐詩、明詩諸選，今
更甄綜本朝詩，當持此論以為准的。」[165]這和其在〈唐詩別裁集序〉
中的闡述基本一致：「既審其宗旨，復觀其體裁，徐諷其音節，未嘗
立異，不苟同。」「作詩之先審宗旨，繼論體裁，繼論音節，繼論神
韻，而一歸於中正和平。」[166]

　　由此看來，沈氏主要從詩歌宗旨、風格（包括體裁、音節等）以
及神韻三個角度來選詩論詩，通俗點說，沈德潛關注的重點依次為詩
之本源、格調以及審美意蘊，其具體內涵在〈七子詩選序〉中亦有申
明：「竊謂宗旨者，原乎性情者也；風格者，本乎氣骨者也；神韻者，
溢於才思之餘，虛實委蛇，而不留其跡者也。」其心目中理想的詩歌
標準具體要求為：「宗旨之正，風格之高，神韻之超逸而深遠。」[167]遍
覽沈氏《國朝詩別裁集》、《七子詩選》以及《唐詩別裁集》諸選本，
我們可以清晰地看出，沈德潛對唐詩的尊崇均體現於上述選文標準
之中。

首先，詩歌宗旨以溫柔敦厚為正。

　　沈德潛在《國朝詩別裁集》的〈序〉言和〈凡例〉中非常明確地
指出其對於詩歌宗旨的祈向：「予唯祈合乎溫柔敦厚之旨，不拘一格

165　沈德潛：〈序〉，《七子詩選》，乾隆十八年（1753）刊本。
166　沈德潛：〈原序〉，《唐詩別裁集》，乾隆二十八年（1763）教忠堂重訂本。
167　沈德潛：〈序〉，《七子詩選》，乾隆十八年（1753）刊本。

也。」[168]「詩之為道，不外孔子教小子、教伯魚數言，而其立言，一歸於溫柔敦厚，無古今一也。自陸士衡有『緣情綺靡』之語，後人奉以為宗。波流滔滔，去而日遠矣。選中體制各殊，要惟恐失溫柔敦厚之旨。」[169]這裡，沈氏將歷代關於詩歌宗旨的認識分成「溫柔敦厚」和「緣情綺靡」兩大類。顯然，他認為溫柔敦厚的詩旨更符合孔子的風雅詩教傳統，這在〈唐詩別裁集序〉中也有類似表述：「大約去淫濫以歸雅正，於古人所云『微而婉、和而莊』者，庶幾一合焉。」[170]

　　沈氏在選本中不僅確定了溫柔敦厚的詩歌指向，對其具體要求和實現途徑也有闡述。概括起來主要包括兩方面：其一是性情要中正和平。《國朝詩別裁集》〈凡例〉云：「詩必原本性情。關乎人倫日用及古今成敗興壞之故者，方為可存。所謂其『言有物』也。若一無關係，徒辦浮華，又或叫號撞搪以出之，非風人之指矣。尤有甚者，動作溫柔鄉語，如王次回《疑雨集》之類，最足害人心術，一概不存。」[171]沈德潛認為，任何朝代的詩歌都有性情雅正與流僻之分，即如唐詩也不例外。而選本的任務就是「去鄭存雅」，這不僅是沈氏關於性情的一貫標準，同時也是追溯詩教本原的基本途徑。「唐人之詩，有優柔平和、順成和動之音，亦有志微噍殺、流僻邪散之響。由志微噍殺、流僻邪散而欲上溯乎詩教之本原，猶南轅而之幽薊，北轅而之閩粵，不可得也。」[172]這裡，沈氏雖然對唐詩之性情做了非常客觀的評價，但他自始至終還是將唐詩視為承繼風雅之「正軌」：「德潛於束髮後即喜鈔唐人詩集，時競尚宋元，適相笑也。迄今三十年，風氣駸上，學者知唐為正軌矣。」[173]其二是詩歌表現形式要含蓄蘊藉。

168　沈德潛：〈序〉，《國朝詩別裁集》，乾隆二十五年（1760）教忠堂刻本。

169　沈德潛：〈凡例〉，《國朝詩別裁集》，乾隆二十五年（1760）教忠堂刻本。

170　沈德潛：〈原序〉，《唐詩別裁集》，乾隆二十八年（1763）教忠堂重訂本。

171　沈德潛：〈凡例〉，《國朝詩別裁集》，乾隆二十五年（1760）教忠堂刻本。

172　沈德潛：〈原序〉，《唐詩別裁集》，乾隆二十八年（1763）教忠堂重訂本。

173　沈德潛：〈凡例〉，《唐詩別裁集》，乾隆二十八年（1763）教忠堂重訂本。

基於「溫柔敦厚」的詩旨要求，沈德潛自然高度重視唐詩中托物比興、含蓄蘊藉的表現手法，並因此也奠定了其總體趨唐的詩學取向。《國朝詩別裁集》〈凡例〉云：「唐詩蘊蓄，宋詩發露。蘊蓄則韻流言外，發露則意盡言中。愚未嘗貶斥宋詩，而趨向舊在唐詩。故所選風調、音節俱近唐賢，從所尚也。」[174]

在《國朝詩別裁集》諸詩的評點中，沈德潛也多次強調溫柔敦厚的詩歌宗旨，不喜志微噍殺之音，如評傅昂霄〈涼州詞〉曰：「溫柔敦厚，可與唐賢絕句並讀。」（卷九）評汪琬〈賦得宮人入道〉云：「結意傳出忠愛，合溫柔敦厚之旨。」（卷四）評顧陳垿詩〈分擬鮑參軍白頭吟〉：「溫厚纏綿，憶泥沉之共艱，責信義之足守，怨而不怒，可與〈谷風〉並讀。」（卷二十三）評陸元輔三首詩為：「三詩值悲歌感慨之境，無志微噍殺之旨。」（卷六）總評馮溥詩為：「詩以雅正為主，不爭長於字句之間。」（卷二）由此可見，沈德潛的宗尚唐詩與其力倡風雅詩教之間是雙向互動的關係，一方面，沈氏欲利用唐詩或學唐的清詩來實現其溫柔敦厚的詩學宗旨；另一方面，在選本的選文過程中，沈氏也是用溫柔敦厚之詩旨來繩墨唐詩或宗唐之清詩。

其次，詩歌風格以格高調古為勝。

沈氏所言「標風格」分指「別體制」和「審音律」兩個範疇，「別體制」意為對不同的詩體在內容或形式上有具體不同的要求，即沈氏所稱之「格」或「體格」；「審音律」旨在對詩歌格律、聲調諸外在形式的考察，二者有機統一即為沈氏的「格調說」。沈德潛認為，中國詩歌史上可資借鑒的詩歌格調為初盛唐詩歌，[175]但同時也反對一

---

174 沈德潛：〈凡例〉，《國朝詩別裁集》，乾隆二十五年（1760）教忠堂刻本。

175 沈德潛在《唐詩別裁集》〈凡例〉中指出，漢魏詩歌最為格高調古，但是不利於初學，故入門應從唐詩切入上溯漢魏。「詩至有唐，菁華極盛，體制大備。學者每從唐人詩入，以宋元流於卑靡，而漢京暨當塗、典午諸家未必概能領略，從博涉後上探其原可也。」

味形似，肯定新變，對部分其他朝代的符合其格調要求的詩歌也兼採並蓄。這在沈氏的宗唐系列選本中有鮮明的體現。

眾所周知，不同的詩體因其字句、格律等差異可以形成不同的詩歌風格，且在歷代詩歌史上不同詩體也有不同的代表作家，很難有人眾體兼擅。沈德潛在對詩歌各種體裁的選取傾向上，注重探討詩體的源流升降，正變盛衰。《唐詩別裁集》〈凡例〉對唐代詩歌體式盛衰之演變作了系統勾勒，其主要觀點是：五言古詩，有繼承漢魏傳統者和自成唐體者兩種。承漢、魏能「復古」者，以陳子昂、張九齡、李白三家為代表，兼有學陶者王、孟、儲、韋、柳諸公。自成唐體者以杜甫五古為變體；七古以王、李、高、岑為尚，杜詩尤盛；五言律以初、盛唐為極致，後「變態雖多，無有越諸家之範圍者」；七言律少陵「盡掩諸家」；五絕右丞、太白、韋蘇州及崔顥、王建皆佳妙；七絕則王龍標、李供奉「允稱神品」，高適、岑參、王右丞及王翰、王之渙等「皆擅場也」，中唐以後劉禹錫等「克稱嗣響」。[176]由此可見，諸詩體的極盛時期多集中在初盛唐，沈氏清詩選本《國朝詩別裁集》的評點中也受其影響，多以初盛唐詩風為宗尚。

一方面，在《國朝詩別裁集》的評點中，沈氏非常重視詩歌之「格」，選文時也將此標準放在優先地位，如評呂履恆詩〈留別漢南諸子〉曰：「茲取其格，不在語言之工。」（十七卷）總評鄂爾泰詩曰：「生平不欲以詩自鳴，而意格自高。」（卷十八）評許遂詩〈山月〉為「格高氣清」。（卷十八）他最崇尚的詩格是「高格渾成。」[177]且認為唐詩中具有此種特質，故在評點中經常以唐詩高格來品評清詩。因為沈氏說過「風格者，本乎氣骨者也。」所以，此「格」在評點中亦用「體」、「風格」、「氣骨」代稱。如評吳嘉紀〈我昔三首效袁景文〉詩

---

176 沈德潛：〈凡例〉，《唐詩別裁集》，乾隆二十八年（1763）教忠堂重訂本。

177 沈德潛：《國朝詩別裁集》，乾隆二十五年（1760）教忠堂刻本，卷5，「孫暘詩〈春日北行夜泊江口〉評點」。

曰：「體源出於杜老，全以質勝。」（卷六）評徐乾學〈北征〉組詩曰：
「懷古思親，百端交集，每章立意杜老〈秦川雜詩〉之格。」評徐倬
〈聞蛩〉詩曰：「一氣直下，盛唐人有此高格。」（卷十）評吳雯〈云
中寺〉曰：「起四語，盛唐人有此風骨。」（卷十四）評汪灝〈送謝方
山郎中告歸〉曰：「五六承三四言之，唐人中每有此格。」（卷十六）
評查昇詩〈過浦口和清字〉曰：「風格亦從杜出。」（卷十七）在對詩
體的具體要求上，《國朝詩別裁集》的評點亦有涉及，雖然沒有《唐
詩別裁集》〈凡例〉中所列的那麼系統詳盡，但是以唐詩為尊的基本
主張大略相同。或明言效仿唐體，如沈氏在丁澎〈聽舊宮人彈箏〉後
曰：「此種竟是唐人絕句，於渾成中見風神，愈咀吟愈有味也。」（卷
四）或點出清詩詩體與唐體風格的相似之處，如其評屈紹隆詩曰：
「七言律高渾兀奡，不事雕鏤。五言律如天半朱霞，雲中白鶴，令人
望而難卻，大家逸品兼擅厥長。」（卷八）

　　另一方面，沈氏《國朝詩別裁集》在重視詩格高渾的基礎上，對
詩歌的聲律、音調等也有較高要求。其內涵主要囊括聲韻、格律、音
節、章法等詩歌創作形式，總體標準是調古聲正，章法適宜。如評李
鄴嗣詩〈繡州孝女〉曰：「古音古節，作者所類可以當古樂府讀。」
（卷七）評彭桂詩〈和楚人李子鵠寄閣古古先生〉曰：「都從沛縣起
意，音節高亮，琅琅有聲。」（卷十五）評呂履恆詩〈斫榆謠〉曰：
「意古詞古。」（卷十七）評方殿元〈秋夜長〉詩曰：「起四句本漢樂
府法，古調俗不樂，正聲君自知。」（卷九）對於正聲，沈氏在對趙俞
詩的總評中有所闡釋，「詩體靈敏之中沖和自在，是為正聲。」（卷十
六）這正是盛唐詩的突出特徵，故沈氏對於詩歌聲「調」的復古也多
以唐詩為參照物。如評蔣平階詩〈禹陵〉曰：「鋪敘有倫，不蔓不
竭，此長律佳也。陳、杜、沈、宋素稱擅長，元、白滔滔百韻，才有
餘而律不嚴矣。作者對仗自然，淺深合度，猶可望見初唐。」（卷七）
評梁佩蘭〈山海關〉等詩曰：「連下章，盛唐音節。」（卷十六）評章

靜宜詩〈汴梁行〉曰：「宛轉悠揚，初唐風調。」（卷十五）評高其倬〈和許子遜中秋風雨後看月原韻〉詩曰：「點題後就題寄託，寸心炯炯，物不能累也，深得少陵家法。」（卷十八）

沈德潛在崇尚唐詩格調方面，對杜甫詩尤為青睞。雖然杜甫五言古詩為變體，但是沈氏認為杜詩「為國愛君，感時傷亂，憂黎元，希稷契」[178]的情真意切是對傳統五言古詩的一種創新，並予以了肯定性評價。[179]由此，沈氏認為少陵諸體，除卻絕句以外，均達到極高水準。[180]在《國朝詩別裁集》的評點中，以杜詩為標竿的品評俯拾即是，不勝枚舉，其中涉及最多的是關於杜詩的創新精神和情感真摯方面的評點。如評馮溥詩〈漢文帝幸代圖〉曰：「從高帝歌風一氣直下，第六語又復迴環，結意見異於武帝之炫耀，此種篇法，惟少陵有此變化入神。」（卷二）評陸寅詩〈秋日憶家大人粵遊〉曰：「真摯近杜。」（卷十七）愛屋及烏，沈氏正是由於對杜甫詩歌富於創新、充溢真情的肯定，故對復古而不擬古的清詩也大為稱賞。如評楊思聖〈入棧紀行〉詩曰：「胎原少陵入蜀諸詩，而不襲其面目。」（卷二）評喻指〈石城晤林茂之〉詩曰：「一氣清空，亦從杜詩中出。世人學杜者，但求形似，得其皮毛耳。」（卷六）評方殿元〈章貢舟中作歌六首〉曰：「六章如讀老杜短歌，在遭逢，在性情，不在形模之似。」（卷九）評王鴻緒詩〈夜〉曰：「善學杜陵，不在形似。」（卷十）可見，沈氏的宗唐詩學重在強調風神變化，而反對一味形似，和前後七子有高下之別。

178　沈德潛：〈凡例〉，《唐詩別裁集》，乾隆二十八年（1763）教忠堂重訂本。

179　《唐詩別裁集》〈凡例〉云：「蘇、李、《十九首》以後，五言所貴，大率優柔善入，婉而多風。少陵才力標舉，篇幅恢張，縱橫揮霍，詩品又一變矣。要其為國愛君，感時傷亂，憂黎元，希稷契，生平種種抱負，無不流露於楮墨中，詩之變，情之正者也。」

180　《唐詩別裁集》〈凡例〉云：「唐人詩無論大家名家，不能諸體兼善。如少陵絕句，少唱歎之音；左司七言，詘渾厚之力；劉賓客不工古詩；韓吏部不專近體，其大校也。錄其所長，遺其所短，學者知所注力。」

　　再次，詩歌神韻以超逸深遠為歸。沈氏所言「神韻」旨在要求詩歌應遠紹《詩經》風雅傳統，具有悠遠不盡、一唱三歎的審美特徵。由於沈德潛在《唐詩別裁集》〈自序〉中表露出對王士禎《唐賢三昧集》只取神韻之作的不滿，故一直以來，學界大多認為沈德潛只鍾情於雄渾闊大、氣格渾厚的作品，而排斥神韻悠遠、優游不迫之作。但綜合《唐詩別裁集》、《國朝詩別裁集》的選文及評點，我們會發現，沈德潛對王士禎倡導的神韻雋逸的詩風以及盛唐雄渾闊大的詩風均持肯定態度，且從個人趣味上分析，沈氏更偏愛於前者。我們從兩個角度來具體分析：

　　其一，沈德潛在《唐詩別裁集》中對雄渾詩風的稱揚有其特定的詩學背景。沈德潛〈重訂唐詩別裁集序〉中云：「新城王阮亭尚書選《唐賢三昧集》，取司空表聖『不著一字，盡得風流』，嚴滄浪『羚羊掛角，無跡可求』之意，蓋味在鹽酸外也。而於杜少陵所云『鯨魚碧海』，韓昌黎所云『巨刃摩天』者，或未之及。余因取杜、韓語定《唐詩別裁》，而新城所取，亦兼及焉。」[181]在這段話裡，我們並不能推導出沈德潛在個人趣味上偏愛杜、韓詩風、排斥神韻詩風的結論，其對杜、韓詩風的肯定顯然具有糾偏時弊的意味。即沈氏《唐詩別裁集》的編選是為了糾正王士禎《唐賢三昧集》選文中的偏頗之弊，在詩論主張上他認為唐詩風貌應該是杜、韓雄渾詩風與王士禎推崇之神韻詩風並存，不能只取其一，而失之全貌。

　　事實上，《唐詩別裁集》編選的針對性還不僅止於此，對傳統唐詩選本的不滿也是其編選原因之一。《唐詩別裁集》的〈凡例〉中明確指出：「唐人選唐詩，多不及李、杜。蜀韋縠《才調集》，收李不收杜，宋姚鉉《唐文萃》，祗收老杜〈莫相疑行〉、〈花卿歌〉等十篇，真不可解也。元楊伯謙《唐音》，群推善本，亦不收李、杜。明高廷

---

181 沈德潛：〈序〉，《唐詩別裁集》，乾隆二十八年（1763）教忠堂重訂本。

禮《正聲》，收李、杜浸廣，而未極其盛。是集以李、杜為宗，玄圃
夜光，五湖原泉，彙集卷內，別於諸家選本。」[182]緣於此，《唐詩別裁
集》中李、杜是入選詩作數量最多的詩人，分別排在第一、二位，二
人作品之和三百九十五首，占全部詩作的五分之一之多，且李、杜詩
風亦以雄渾為主。綜合上述編選背景，沈氏在選本中增加雄渾詩風詩
歌的入選數量也就不難理解了。即使在這種情況下，沈德潛在《唐詩
別裁集》中對以王、孟、韋、柳為代表的田園詩派也大量選入，肯定
他們的神韻詩風。據統計，這四人的選詩數量都在前十位之列，且王
維詩位居第三，僅次於李、杜，足見沈氏對神韻風格的推崇。

　　其二，從《國朝詩別裁集》選文和評點的量化分析中可以推導出
沈氏的個人喜好。如果說沈德潛康熙末年《唐詩別裁集》的編選具有
鮮明的詩學背景，那麼其乾隆中期《國朝詩別裁集》的編選在詩論的
針對性上要淡化許多，從某種角度看，其「不失溫柔敦厚」的選本之
旨使得選家在選文上顯得更為客觀和包容。也正因為如此，我們在
《國朝詩別裁集》的選文和評點實踐中才能更多地窺見選家真實的個
人喜好，而不盡然是流派詩論的理性倡導。

　　先從《國朝詩別裁集》的選文來分析沈氏的審美趣味。《國朝詩
別裁集》共選作家九百九十九人，其中，詩作入選數量在二十首以上
的只有十四人，十五首至十九首的有二十八人。而王士禛詩作的入選
數量最多，達四十七首，排名第二的錢謙益、施閏章入選詩作只有三
十二首，超出的比例為46.9%。這些資料說明，王士禛的神韻詩風深
得沈德潛的推崇。沈氏對王士禛神韻詩風的喜好主要源於三點：一是
其時王士禛在清初詩壇的地位甚為顯赫，對清初詩家的品評也具有較
高的公信力，故選文時不能不顧及被選詩家在當時詩壇上的影響。如
評董文驥〈復過井陘口淮陰侯廟〉中詩句「春雨王孫草，靈風古木

182　沈德潛：〈凡例〉，《唐詩別裁集》，乾隆二十八年（1763）教忠堂重訂本。

叢」曰：「漁洋極稱五六語自然。」（卷三）評陳奕禧詩為：「石阡以字學鳴，詩亦清穩，王新城尚書嘗稱賞之。」（卷二十五）評朱爾邁詩曰：「此亦王新城所賞識者，雖欠精警，而氣體自不落小家。」（卷七）；二是王士禛神韻說倡導的言外之意與沈德潛上溯的風雅傳統有一定的共通性。王士禛在〈突星閣詩集序〉中說，「夫詩之道，有根柢焉，有興會焉，二者率不可得兼。鏡中之象，水中之月，相中之色，羚羊掛角，無跡可求，此興會也。本之風雅以導其源，溯之楚騷、漢魏樂府以達其流，博之九經、三史、諸子以窮其變，此根柢也。根柢原於學問，興會發於性情。戞於斯二者兼之，又幹以風骨，潤以丹青，諧以金石，故能銜華佩實，大放厥詞，自名一家。」[183]可見，王士禛推崇神韻詩風的最終目的和沈德潛一樣，都是上溯其源，導揚風雅。所以，沈德潛在選評詩歌時也非常重視詩歌的言外之意。如評韓純玉詩〈題李營北風雨運糧圖〉曰：「不止筆墨之功也，人君尚德不尚險，意於言外見之。」（卷七）評沈懋華〈秋夜東湖玩月〉詩曰：「字字清遠，妙在意言之餘。」（卷二十四）總評史夔詩為：「宮詹公詩，當時不必有赫赫名，然迄今讀之，意足韻流，無一閒句閒字，得唐賢之三昧者也。」（卷十三）三是王士禛師法唐詩神髓而不盲目剽襲的學古方法對沈德潛影響較大。王士禛學習盛唐詩風的方式與明代七子派的復古有很大區別，他要人們從表現方式上學習盛唐，而不是簡單地模擬風格。這種藝術觀念的轉移從根本上將明人的模擬剽竊改造為深度的師法，這對沈德潛的詩學基本觀念產生了直接的影響。故蔣寅先生在《王漁洋與康熙詩壇》一書中提出，沈德潛「詩之宗法在神理而不在形似」的觀念「與漁洋一脈相承，所以能取《三昧集》之長而同時補其偏頗，終成《唐詩別裁集》兼容並蓄的閎大風度。」[184]

---

183 王士禛：〈突星閣詩集序〉，見王鎮遠等編：《清代文論選》（北京市：人民文學出版社，1999年），頁354。

184 蔣寅：《王漁洋與康熙詩壇》（北京市：中國社會科學出版社，2001年），頁76。

　　再從《國朝詩別裁集》的評點來分析沈氏的審美趣味。沈氏不僅在選文實踐中以王士禛為尊，而且在選本評點中也推崇王氏倡導的神韻詩風，只是沈氏神韻詩風的內涵要比王士禛追求的清遠自然更為豐富，如評戴本孝〈律陶‧田間〉詩曰：「集陶勝於集漢魏諸作，以陶有名句，漢魏惟在氣骨也，此章尤極自然。」（卷七）總評王庭詩為：「言清絕如韋蘇州，不欲以學問才力勝人。」（卷三）評謝重輝〈春來〉詩：「淡然無意，自足品流，此境最是難到。」（卷十三）沈德潛在王氏清遠自然的基礎上還相當重視詩歌寄託遙深、超逸深遠的審美特徵，如評田雯〈山腳晚行〉詩曰：「作者五古每以才勝人，此四章錄其清微幽遠有遺音者。」（卷六）總評惲格詩風云：「詩亦超逸，毗陵六逸中以南田為上。」（卷十四）當然，在《國朝詩別裁集》的評點中亦有不少稱揚雄闊詩風之處，如評沈永令〈秦中〉詩曰：「顧茂倫稱此詩沉雄瑰麗，可追盛唐，其氣象然也。」（卷二）評章靜宜〈京口作〉詩曰：「七律沉雄蒼老，信陽、北地之間。」（卷十五）評吳啟元〈山海關〉詩：「沉雄悲壯，此即慰問傅雪堂時作。」（卷二十）綜觀《國朝詩別裁集》的所有評點，沈德潛以「雄豪魁壘」、「雅健雄深」、「沉雄蒼鬱」、「英爽稜稜」等「雄」「豪」詩風評詩人或詩作的共有三十處，而沈氏以「簡淡有味」、「清微幽遠」、「翛然自遠」、「清疏淡蕩」等神韻詩風評詩人或詩作卻有四十七處。[185]這足以看出沈德潛的個人審美趣味。

　　由此可見，沈氏的詩論主張與選文中實際趣味之間並不是完全一致的對等關係，即沈德潛在倡導其格調派的詩論主張時，更多地崇尚雄渾闊大的剛健詩風，而他在實際選文中又偏好於清逸之風。而這種不一致恰恰是選本批評的一種理論貢獻，所以我們必須兼顧其詩論倡揚和個人興趣才能全面瞭解沈德潛的詩論。

---

185 詳見王煒：《國朝詩別裁集研究》（武漢市：武漢大學博士學位論文，2006年），頁54-59。

　　當然，沈德潛在取法初盛唐詩歌的同時，對六朝、中晚唐詩歌以及宋元詩歌亦兼而取之，顯示出沈氏兼容並蓄的選文態度。如評李鍇〈初發都門〉詩曰：「宗法選體，不流入於剽輕，猶得謝公遺意。」（卷二）評黃任〈暑雨坐月〉曰：「學溫、李詩者，偏得此清絕之作。從溫、李入，不從溫、李出也。」（卷十九）評汪懋麟詩曰：「比部師法韓、蘇兩家。」（卷九）評惠周惕詩曰：「詩格每兼唐、宋，然皆自出新意，風神轉佳，不似他人摭拾宋人字面以為能事也。」（卷十七）評顧紹敏詩曰：「詩自中唐以下，兩宋、金、元、明無不含咀采擷，彙而成家。」（卷二十六）評岳端〈春郊晚眺次韻〉詩曰：「清揚圓轉，元人中在薩照磨、宋子虛之間。」（卷二十）但沈氏對初盛唐以外詩風的選擇還是相當謹慎的，如評田雯詩曰：「山薑詩才力既高，取材復富，欲兼唐、宋而擅之，山左詩家中另開一徑，此不無少雜。茲擇其極純粹者采之，山薑有知，恐亦以後生為不妄也。」（卷六）總評陸次雲詩曰：「云士詩本真性情出之，故語多沉著，而所選詩轉在宋、元，以之怡情，不以之為宗法也。」（卷十五）

（二）王昶《湖海詩傳》中的宗唐詩學觀

　　沈德潛《國朝詩別裁集》選文的時間跨度為清初至乾隆初年，至清中葉，清詩選本領域在選錄時間上大致接續《國朝詩別裁集》的便要數沈氏後學王昶編刻的《湖海詩傳》了。王昶早年即有詩名，與王鳴盛等合稱「吳中七子」或曰「江南七子」，幼從文愨遊，「至於作詩，自魏晉、六朝以迄元、明無不遍覽，要必以杜、韓、蘇、陸為宗。蓋才力原於天授，而博觀約取，其宗法一出於醇正，不襲古人之形貌，而神理氣味無不與之符合。」[186]王昶雖然承襲了沈德潛的詩論觀點，以聲調格律為主，詩風多近唐音，但他選詩論詩時能夠在宗唐的基礎上兼容並蓄，這在《湖海詩傳》中有集中地體現。

---

186 魯嗣光：〈序〉，王昶：《春融堂集》，嘉慶十二年（1807）刻本。

　　首先是對神韻派和格調派詩風的折衷。概觀王昶一生的詩歌創作，我們可以乾隆三十三年（1768）為界分成前後兩期。其前期官運順達，詩名遠播，詩學取法三唐，偏愛神韻詩風。乾隆三十三年，王昶因盧見曾案被抄家，隨即從軍長達九年，詩風也發生了轉變，偏愛杜、韓雄渾之作，其詩學宗尚也更為融通，兼採唐宋。誠如陸元鈜《青芙蓉閣詩話》所云：「余觀先生（指王昶）之詩，早歲吟詠，一以三唐為法，然尚不出漁洋流派；至其丁年出塞，親歷行間，敘次戰功之作，直使臨陣諸軍踴躍紙上，使漁洋執筆為之，亦當退避三舍也。」[187]《國朝詩萃》二集也評曰：「侍郎詩體兼風雅，美擅諸家，而性情醇厚，其天獨全，洵足雄長藝林，為一時宗匠。至於滇南從軍諸作，雄深雅健，正如東坡海外文字，尤為奇絕。」[188]可見，王昶的詩學道路經歷了從崇尚神韻詩風到推揚格調詩風的嬗變，其論詩主張也有折衷兩派詩風的傾向，茲以《湖海詩傳》的評點為例：

　　神韻詩風多以唐代王、孟、韋、柳詩為尊，詩歌風格追求清新自然、富有韻味。王昶在《湖海詩傳》的評點中對此類盛唐詩風甚為推崇，如評陳章詩曰：「授衣詩上規王、韋，下則錢、郎，非戴石屏等江湖小集所可並論也。」（卷六）評過春山詩曰：「詩宗劉眘虛、王龍標及王、孟、韋、柳、錢、郎，澄鮮幽逸，妙悟天然，自出清襟，不由襲取。」（卷十二）評鄒炳泰詩曰：「詩喜明七子，而風格實在青邱、漁洋間，清妙之致，溢於楮墨。」（卷三十三）評程夢湘詩曰：「蕭真幽淡，真匹王、韋。」（卷三十四）評曹秉鈞詩曰：「詩材清雋，在錢、郎、韋、柳間。」（卷三十八）與此同時，王昶對持有類似詩風的中晚唐詩歌甚或宋詩也兼而取之，如評葛景中詩曰：「為詩學溫岐、韋莊。」（卷十二）評蔣炳詩曰：「詩學中晚唐。」（卷四十四）在查為仁詩的評點中，王昶列舉了其集中若干名句如「地偏人跡斷，

187　陸元鈜：《青芙蓉閣詩話》，卷2，清抄本。
188　潘瑛、高岑輯：〈王昶小傳〉，《國朝詩萃》二集，嘉慶九年（1804）晉希堂刊本。

潮定水痕深」、「落花寒食節，飛絮午晴天」、「晚徑黃花開有色，曉程
殘月落無聲」、「一榻茶煙留客話，半簾花影枕書眠。」並評曰：「皆中
晚唐妙句也。」（卷一）評史國華詩中名句亦曰：「皆有晚唐風味。」
（卷三十六）

　　格調派詩風則推尊杜、韓雄壯詩風，《湖海詩傳》中對此類詩風
也是十分推崇。如評李重華詩曰：「先生筆力嶄然，滔滔自運，其宗
法蓋在杜、韓間。」（卷三）評夢麟詩曰：「先生樂府力追漢、魏，五
言古詩取則盛唐，兼宗工部，七言古詩於李、杜、韓、蘇無不有仿，
無所不工。風馳電掣，海立雲垂，正如項王救趙，呼聲動地，又如昆
陽夜戰，雷雨交驚。」（卷十）評董詔詩曰：「作詩頗宗杜陵，句奇語
重，而驅使故實，足以副之。」（卷三十三）評曹仁虎詩曰：「其詩初
宗四傑，七言長篇風華縟麗，壯而浸淫於杜、韓、蘇、陸，下逮元好
問、高啟、何景明、陳子龍及本朝王士禛、朱彝尊諸公，橫空排奡，
才力富有。」（卷二十五）並列舉了曹詩中若干雄渾之語；評蘇如玉
詩亦曰：「以杜、韓、蘇三家為宗。」（卷三十四）

　　王昶在《湖海詩傳》中兼取神韻說詩風和格調派詩風，是和其一
貫的論詩主張相符的。吳泰來〈春融堂集詩序〉中曾引述了王昶的論
詩之道：「詩之為道，偏至者多，兼工者少，分疆設蔂，各據所獲以
自矜。學陶、韋者斥盤空硬語、妥帖排奡為粗；學杜、韓者有指不著
一字、盡得風流為弱。入主出奴，二者恆相笑，亦互相絀也。吾五言
詩期於抒寫性情，清真微妙；而七言長句頗欲擬於大海回瀾，縱橫變
化。」[189] 顯然，盛唐時期的兩種詩風在王昶的詩歌創作和宗唐詩論中
均得到了合理地運用。

　　其次是對唐詩重才思和宋詩重學問的調合。

　　王昶生活的年代正是乾嘉漢學盛行的時期，詩壇也十分注重考

---

189 吳泰來：〈序〉，王昶：《春融堂集詩》，嘉慶十二年（1807）刻本。

據、學問。其《湖海詩傳》中所選詩家也大都是經學家兼詩人的身分，推崇宋詩、重視學問是這些詩家的共同特徵。如評諸錦詩曰：「詩法山谷、後山。」（卷五）評翁方綱詩曰：「詩宗江西派，出入山谷、誠齋間。」（卷十五）評王又曾曰：「作詩專仿宋人，信手拈來，自多生趣。」（卷十六）而作為沈德潛的弟子，王昶又對重才思的唐詩服膺有加，如評朱宗大詩時，王昶就引述了其師沈德潛的評價：「絕類大曆十子，尚神味，不尚才情；取意趣，不取學問。」（卷四十一）如此，宗尚重才思的唐詩與師法重學問的宋詩就很難在同一個選本中並存，而王昶用兼採唐宋的詩論很好地解決了這一難題。

具體來說，王氏論詩主張學、才、氣、聲缺一不可，「吾之言詩也，曰學，曰才，曰氣，曰聲。學以經史為主，才以運之，氣以行之，聲以宣之。四者兼，而弇陋生澀者庶不敢妄廁於壇坫乎！」[190]可見，王昶將宋詩的重學、唐詩的重才、唐宋詩皆備的氣、聲均有機地統一起來，這些體現於《湖海詩傳》的評點中，即詩歌只要學、才、氣、聲兼備者，唐宋詩風兼可採入。

《湖海詩傳》所選的第一位詩家程夢星就是兼法唐宋的代表詩人，王昶評其詩曰：「主詩壇幾數十年，詩兼法唐、宋，而雅好在玉溪生。」（卷一）此番評價在《湖海詩傳》中還有不少，如評張梁詩曰：「其詩宗法王、孟、韋、柳，間效山谷、誠齋，以見新異云。」（卷一）評毛上炱詩曰：「出入唐宋，才情橫屬。」（卷三十三）評何清詩曰：「五言宗二謝，七言宗韓、蘇。」（卷三十八）評郭麐詩曰：「祥伯詩，初效李長吉、沈下賢，稍變而入於蘇、黃。」（卷四十四）即使評其師沈德潛之詩，王昶亦指出其取法宋詩之處：「先宗老杜，次及昌黎、義山、東坡、遺山。」（卷八）當然評論宗宋派詩家時，王昶也賞其清雋詩風，如評厲鶚詩「所作幽新雋妙，刻琢研煉，五言尤

---

190 吳泰來：〈序〉，王昶：《春融堂集詩》，嘉慶十二年（1807）刻本。

勝，大抵取法陶、謝及王、孟、韋、柳，而別有自得之趣，瑩然而清，窅然而邃，擷宋詩之精詣，而去其疏蕪。」（卷二）

　　在沈德潛的後學中，堪稱佼佼者的還有王鳴盛。王昶評其「詩兼綜三唐，初為沈文愨公入室弟子，既而旁涉宋人。歸田後，復守前說。於崆峒、大復、鳳洲、臥子，及國朝漁洋、竹垞，咸服膺無間，故雖轉益多師，終歸大雅。」[191]王鳴盛先後輯有《江左十子詩鈔》和《江浙十二家詩選》等清詩選本，編選宗旨悉尊沈師，「本其溫柔敦厚之志。」[192]這兩部選本中所選詩家均為他的受業門生，詩學取向也幾於王氏相同，如施朝幹「古詩浸淫漢、晉，近體亦駸駸唐音。」[193]任大椿詩「遠追鮑、謝，近攀韋、柳。」[194]顧宗泰「古選原本六朝，歌行規矩初盛，其近體則陶鑄大曆諸公，不名一家。」[195]徐蘄坡「才華妍麗，絕似鄭都官、杜樊川諸人。」[196]

　　綜上所述，沈德潛及其後學如王昶、王鳴盛等均能利用清詩選本宣傳自身的宗唐詩學主張。當然，他們在選文實踐中變得越來越寬容，在總體宗唐的前提下，容納兼採宋元詩風。這種兼容並蓄的詩學理念代表了乾嘉時期宗唐詩學的最高成就。自此以後，有清一代的宗唐詩學逐漸與宗宋詩學匯為一體，再難出現個性鮮明的宗唐選本了。

---

191 王昶：《湖海詩傳》，嘉慶十八年（1813）刊本，卷16。
192 王鳴盛：〈自序〉，《江左十子詩鈔》，乾隆二十九年（1764）幽蘭蒼寓居刊本。
193 法式善著，張寅彭等編校：《梧門詩話合校》（南京市：鳳凰出版社，2005年），卷4，頁139。
194 徐世昌：《晚晴簃詩匯詩話》，民國十八年（1929）退耕堂刊本，卷93。
195 雷國楨：《龍山詩話》，見錢仲聯編：《清詩紀事‧乾隆朝卷》（南京市：江蘇古籍出版社，1987年），頁6342。
196 廖景文：《罨畫樓詩話》，見錢仲聯編：《清詩紀事‧乾隆朝卷》，頁7161。

第三節　清詩選本對尊唐主宋詩學論爭的調和

　　清詩選本在清代詩壇唐宋之爭中的作用主要有兩點：一是對某派詩學宗尚的實踐和推助；二是對兩派論爭的折中和融通。實際上，選本領域中純粹尊唐而完全排宋或一味宗宋而完全拒唐的清詩選本畢竟是少數，更多的清詩選本是扮演著折衷和融通唐宋的角色。

　　這些清詩選本在批評時有的是追根溯源，利用抒寫真性情、歸於風雅的選詩標準來淡化或消弭宗唐法宋之爭，如康熙後期吳藹編選的《名家詩選》，其〈自序〉即曰：「作詩各有師承。漢魏宗《三百》，唐宗漢魏、六朝，宋又宗唐。世變而詩道不變，即詩變而所以作詩之法終不變。近世議論紛紜，強欲分唐與宋為二，低昂顛倒，不啻視為岐途。……余本此意，以讀國朝之詩，或學曹劉，或學顏謝，或學韓杜，或學元白，或學蘇陸，面貌不同，章法則一，凡以求夫源之殊途同歸已而。」強調詩道為一，無論學哪一家，其入選的原則就是「必得真學問真性情而後採之。」[197]其〈凡例〉與此一脈相承，「《三百篇》而後，如漢魏詩，莫可崖涘。至唐則初唐中晚，樹幟揚鑣。宋則名流接踵，標新競異，俱後學之指南。自尊唐者薄宋，稱宋者祧唐，而路始歧矣。愚謂詩無定格，總以抒寫性靈、出入風雅者為佳。是選唐音與宋節兼收，初不別分蹊徑。要之，追蹤古人則一云爾。」[198]可見，標榜詩不分唐宋，關鍵還是看是否有真學問真性情，能否真正恢復《詩經》的風雅傳統。

　　還有一些選本認為唐宋詩皆有可取之處，只是詩風有別，不能厚此薄彼。《國朝詩的》即持此論，其〈凡例〉云：「近日競譚宋人，幾於祖大蘇而宗范陸。學唐者，又從而排擊之。各豎旌幢，如水火之不

---

197 吳藹：〈自序〉，《名家詩選》，康熙四十九年（1710）學古堂刻本。
198 吳藹：〈凡例〉，《名家詩選》，康熙四十九年（1710）學古堂刻本。

相入，可怪也。不知蘇、陸諸公，亦俎豆三唐，特才分不同，風氣各別耳。使學者各就其性之所近，以神明乎古人，則皆可以登作者之堂。如必執一格以繩之，則漢魏而下，不必有六朝矣；三唐而下，不必有宋金元明矣。」[199]〈國朝詩正聲集序〉亦云：「世之論詩者往往各持一說，尊漢魏則薄三唐，而不知三唐之取材於漢魏也；尊三唐則薄宋元，而不知宋元之取骨於三唐也。」[200]

　　清詩選本之所以能夠折衷和融通唐宋詩之爭，主要源於兩方面的原因：其一是主觀方面，清詩選家和論者已經認識到了專主宗唐或一味宗宋的諸多弊端。如許惟枚在〈清詩大雅序〉中曰：「近時名流好高務廣，不曰漢魏，輒曰三唐，不知沿流以討源，正不妨從近日諸家門戶中，審其異同，而追而溯之，以要其派別也。」[201]再如葉廷琯在《感逝集》中總評石遠梅詩曰：「集中五古由韋、柳以溯鮑、謝，七古則瓣香李、杜、韓三家，兼及高、岑；近體於初、盛、中、晚，無所不學。……近世作者非喜輕逸即務艱深，或謂丈詩頗落明七子習氣，此固宗唐者之通病。」[202]這裡，選家所選詩人雖然是典型的宗唐派，但是他對宗唐者的弊端仍有清醒地認識。同樣，宋詩的倡導者也看到了宗宋詩派的弊端。一度宗宋的王士禎也在清初宋詩熱以後冷靜地覺察到了宗宋派的弊端：「二十年來，海內賢知之流，矯枉過正，或乃欲祖宋祧唐，至於漢魏樂府、古選之音，蕩然無復存者，江河日下，滔滔不返。」[203]可見，宗唐派和宋詩派的流弊歸結於一點，就是學古而不得其法，取唐宋詩之形貌卻遺唐宋詩之神理。當然，清代選

---

199 陶煊：〈凡例〉，《國朝詩的》，康熙六十年（1721）刻本。

200 項章：〈序〉，《國朝詩正聲集》，乾隆三十四年（1769）懷斯堂藏板。

201 許惟枚：〈序〉，見汪觀輯：《清詩大雅》，雍正十一年至十二年（1733-1734）靜遠堂刻本。

202 葉廷琯：《感逝集》，「石遠梅詩總評」，光緒六年（1880）潘氏滂喜齋刻本。

203 王士禎：〈帛津草堂詩集序〉，見王鎮遠等輯：《清代文論選》（北京市：人民文學出版社，1999年），頁361。

家或論者更多地是對二者皆有批判，如邵長蘅〈二家詩鈔序〉中說：
「前膚附唐人而贋，今膚附宋人亦贋；影掠李、何、王、李諸家而
失，影掠蘇、黃、范、陸、尤、楊諸家，而亦未為得。沒人笑溺，舉
世滔滔。」[204]《國朝松陵詩徵》〈例言〉亦云：「宗宋祧唐，固屬悖
論；尊唐斥宋，亦為偏見。予生平願學乃在唐賢，此集所收，不拘一
律，蓋前輩面目不同，則或唐或宋，只求一是，何必定從吾好耶？惟
溫柔鄉語最足惑人，沉溺其中有害心術，雖傳誦之作概不敢登。」[205]

　　其二是客觀原因，即選本批評本身具備兼容並蓄的特質。中國傳
統的詩學批評形式如詩話、論詩詩等多為論者在特定情境下表露的詩
學觀點，具有客體對象的指定性和詩論主張的不確定性。而選本則是
選家在預設的選詩標準指導下利用選文實踐來體現詩學主張的批評形
式，其評論對象不可能指向特定的某位詩家，而是許多詩家及其詩
作，這樣勢必使得選本容易接納不同風格、宗尚各異的詩家作品。也
正因為選家對大量客體對象進行了全面挑選和評點，故選本的批評意
識一般也是連貫的、有系統性的詩論，持論也較為公允。

　　以清詩選本而言，儘管也不乏標榜流派、恪守門戶之選，但總體
而言，唐宋兼採、博採眾長之選占據主體。尤其是在全國性選本和地
域選本中，選家不會因為總體的詩學取向而遺漏其時與自身主張相乖
的名家名作，如《國朝滄州詩鈔》〈序例〉曰：「世之操選政者，皆恪
守門戶，獨標意旨，合則存，不合則去。此鈔不立阡陌，並存作者本
色。」[206]在唐宋詩的論爭中，清詩選本也多持兼容並蓄的選文態度，
如在宗唐的《國朝詩別裁集》中，沈德潛也選擇了查慎行、宋犖、厲
鶚等宗宋派詩人的作品；在宗宋的《晚清四十家詩鈔》，吳闓生也選
擇了漢魏六朝派王闓運、晚唐詩派樊增祥、易順鼎等非宗宋派詩作。

---

204 邵長蘅：〈序〉，《二家詩鈔》，康熙間刊本。
205 袁景輅：〈例言〉，《國朝松陵詩徵》，乾隆三十二年（1767）愛吟齋刊本。
206 王國鈞：〈序例〉，《國朝滄州詩鈔》，道光二十六年（1846）刊本。

正如《國朝詩萃》〈凡序〉所云：「詩本性情，自以溫柔敦厚為教，而資稟既殊，所學匪一，自八代、三唐以下迄於本朝，作者代興，風格屢易，惟義取法戒，詞尚真淳，足以勵風俗而感人心，皆當入選。若執一人之趨尚以衡量天下，則吾豈敢？」[207]

　　正是由於清詩選家的理性認識和清詩選本的包容性，眾多的清詩選本在選文時不再持有片面尊唐抑宋或宗宋貶唐的觀點，而是在突出一脈的特徵以外兼收並蓄，廣泛師承，並倡導在復古基礎上的創新。實際上，清詩有別於其他時期詩歌最突出的特點就在於相容並包，馬積高先生曾指出：「清詩不像明中葉後的詩那樣截然分為復古和創新兩派，它的作者比較注意不偏向一邊，比較注意把才情和學養結合起來（即合學人之詩與詩人之詩為一），也比較注意把雅正和新變結合起來。因而清詩人中儘管有宗唐、宗宋之分，但宗唐的不全學唐，宗宋也不全學宋，這似乎就是清詩的風格。」[208]可見，清詩選本對唐宋詩之爭的折衷和融通也是清代詩歌理論和創作實踐的具體反映。

---

207 潘瑛：〈凡例〉，《國朝詩萃》，嘉慶九年（1804）晉希堂刊本。

208 馬積高：《清代學術思想的變遷與文學》（長沙市：湖南人民出版社，2002年），頁34。

第四章

清人選清詩與官方意識形態詩學話語

　　中國古代詩學話語若按照言說主體所處的社會階層來分類的話，一般可分成三種，即官方意識形態詩學話語（簡稱官方詩學話語）、知識精英階層詩學話語（簡稱精英詩學話語），以及民間普通文人詩學話語（簡稱民間詩學話語）。作為詩學話語表達的領地之一，詩歌選本批評和其他詩學批評樣式一樣也承載著上述三種言說或表意的功能。就清人選清詩而言，經過帝王或直接或間接地選評或干預的御敕清詩選本和用作科考的試律選本即可視為官方意識形態詩學話語的表達途徑；而那些在清代詩壇頗具影響力的選家，他們利用選本或宣揚流派詩學主張，或導引詩壇風格走向，其表達的詩學訴求即可視為知識精英階層詩學話語；另外，那些民間普通選家在選本中體現出的批評意識，可視為民間詩學話語的主要組成部分。

　　當然，這三種詩學話語不是孤立存在的，其間有著密切的聯繫。官方詩學話語代表著統治者的意志，是政治意識形態統攝或干預文學批評領域的集中體現，因此也常會控制或影響著精英詩學話語和民間詩學話語的批評方向以及價值標準，與此同時，官方詩學話語有效的發揮職能也離不開後兩類詩學話語的積極參與。而後兩類詩學話語我們可以籠統地稱為知識階層詩學話語，他們與官方詩學話語的關係，李春青教授曾有過一段評述，即知識階層「在政治上保持與統治者的合作態度，文化上堅持某種獨立精神，時而以社會批評者姿態出現，時而專心營構個體性的精神世界。作為『道統』的傳承者，他們自認

為是全社會的立法者；而作為詩文作者，他們又成為個體精神價值的
維護者。與此相應，文學理論話語一方面引導文學創作向著社會政治
教化的一面努力，另一方面又不斷強化文學確證知識階層身分的特殊
功能。這兩種價值取向隨著具體社會政治境況的變化而此消彼長。」
[1]即知識階層話語有時自覺順服於官方詩學話語而與之形成「共謀」
的關係，有時則為了強調其獨立精神而會與官方話語處於「偏離」甚
至是「衝突」的關係狀態中。

　　本章主要論述的是官方詩學話語如何體現或滲透於御敕清詩選本
以及試律清詩選本之中。其中，御敕清詩選本是清廷官方詩學話語確
立標準的載體，而清詩試律選本則是官方詩學話語全面滲透下的產
物。需要說明的是，這裡所言的官方詩學話語包含兩重含義，一是專
指帝王本人的意志，二是統指統治集團的意志。本節所涉及的御敕選
本主要體現的是皇帝本人的意志，而試律詩選本則主要是統治集團意
志的集中體現。

第一節　御敕清詩選本與清代官方詩學話語

　　御敕選本，從廣義的角度而言即指經過帝王本人參與、體現帝王
好尚或意志的選本。按照帝王參與時間的先後，御敕選本又可以分為
兩種情形：一是經過帝王御定、御選或詔諭後，由大臣奉旨完成編纂
注評工作的選本；二是文臣選輯完成經由帝王御覽、評點或作序的選
本。這種選本樣式在唐、宋時期已有發端，如唐代令狐楚選編的《御
覽詩》，以及宋人呂祖謙編輯的《皇朝文鑑》，但只至清代，御敕選本
才達到繁盛狀態。在《四庫全書・總集類》中，直接標明「御定」、
「御選」、「欽定」、「御製」等字樣的總集就有十七種之多，具體包括

1　李春青：〈文學理論與言說者的身分認同〉，《文學評論》2006年第2期，頁19。

《御選古文淵鑒》、《御定歷代賦彙》、《御定全唐詩》、《御定佩文齋詠物詩選》、《御定歷代題畫詩類》、《御選宋金元明四朝詩》、《御選宋詩》、《御選金詩》、《御選元詩》、《御選明詩》、《御定全金詩增補中州集》、《御選唐詩》、《御定千叟宴詩》、《御選唐宋文醇》、《欽定四書文》、《御製歷代詩餘》、《御製詞譜》等。不過，清代御敕選本中專門選輯清詩的相對較少，除卻由康熙帝和乾隆帝各自敕選的《千叟宴詩》以外，[2]尚有三種比較重要的清詩御敕選本，分別是經康熙帝批閱的孫鋐編選之《皇清詩選》、由乾隆帝作序並刪改的沈德潛編選之《欽定國朝詩別裁集》，以及由嘉慶帝諭示且作序的鐵保編選之《欽定熙朝雅頌集》。這三部御敕選本分屬清代康乾盛世，以及由盛轉衰的過渡時期，它們在詩教與政教的糾結博弈中充分體現了官方意識形態的詩學訴求。

一　詩教與政教的「共謀」
　　——以《皇清詩選》和《欽定熙朝雅頌集》為例

　　早在二千多年前的春秋時期，孔子就在對《詩經》的特徵及作用進行全面闡釋的基礎上，形成了以「興、觀、群、怨」為核心、注重風雅的詩教說，強調詩歌的道德意義和社會功用，帶有明顯的功利色彩。這種詩教說經由漢代儒士的揚棄改造，逐漸演變為「審音知政」的政治文學觀。漢儒提出詩要「發乎情，止乎禮義」，主張把詩歌所表現的性情限制在封建倫理道德的範圍之內。這種詩學觀把詩歌與政治行為直接相聯，在使詩歌獲得崇高而神聖地位的同時，詩歌創作主體的思想自由也受到了限制；另外，對詩歌作品思想內容的苛求，也導致了對詩歌的審美特徵的忽視，創作主體的思考僅僅停滯在政治教

2　由於這兩部《千叟宴詩》中多為和韻、聯句等應酬詩歌，故不在本論題之列。

化之下。雖然這兩種詩學觀分別代表知識階層和官方意識形態的主張，但是自古以來，詩教傳統的功利性就與政教詩學觀具有天然的聯繫，「治世之音安以樂，亂世之音怨以怒，亡國之音哀以思。」[3]特別是在清朝定鼎以後，一方面，康乾盛世需要詩歌去黼黻太平，並利用詩歌陶冶人之性情；同時知識階層也對統治者的文化政策極為贊同，並身體力行通過詩歌作品去歌功頌德。於是，詩教與政教詩學觀的「共謀」關係得以實現，這在御敕選本中體現得尤為明顯。

（一）「風雅關乎國運」以及「文期載道」——官方詩學話語的理論前提

從學理上來講，知識階層的詩教注重繼承《詩經》以來的風雅傳統，而官方意識形態下的政教詩學觀關注的則是詩歌之於現實政治的作用。這就意味著，只有將詩歌的教化功能上升至關乎國運政治的高度，將詩歌的審美特質與其功利性相結合，二者的共謀關係才有可能成立。就選本領域而言，清詩御敕選本無疑是集中體現清代官方意識形態詩學傾向的載體，這些選本中提出的理論觀點對我們認識詩教與政教的共謀關係很有價值。茲以《皇朝詩選》和《欽定熙朝雅頌集》為例：

《皇朝詩選》三十卷，為松江府華亭縣學附監生孫鋐編輯而成。孫鋐，字思九，號雪窗，嘗問學於汪琬、徐乾學等，雖然汪琬稱其「素以才學知名」，[4]且交往甚廣，但是以一個生員的卑微身分，欲接近帝王還是非常困難的，何況還要進呈選本以求皇上睿鑒呢？實際上，此選本上呈康熙帝御覽實源於孫鋐的另外一件文化活動，即就江南「孔宅」問題上疏皇帝，請求頒賜孔宅匾額一事。此事本末在《清

3　《禮記‧樂記》，孔穎達：《十三經注疏》阮元刻本（上海市：上海古籍出版社，1997年），頁1527。

4　汪琬：〈序〉，見孫鋐輯評：《皇清詩選‧》，康熙二十七年（1688）鳳嘯軒刻本。

聖祖實錄》中有所記述:「諭提督江南學政張廷樞曰:朕比臨幸松江,道經青浦,據該邑貢監生員孫鋐等奏稱,青浦之北地名孔宅,自漢時至聖苗裔避地至此,奉至聖衣冠環璧葬焉,懇請頒賜匾額。朕念孔子乃萬世之師,既有遺跡,亟宜表彰,因於萬幾之暇,親書『聖跡遺徽』匾額,以示尊崇先師之意。」[5]康熙四十四年,正值康熙帝南巡之際,孫鋐將準備好的孔宅舊有資料,以及〈恭請表章預期告廟文〉等,於三月二十五日康熙帝經過時與奏疏一同呈上,受到皇帝的接見。為了加深皇帝對此事的重視程度,兩天後孫鋐又再次上疏,這次進呈的是一部十幾年前編選的《皇清詩盛初編》和一冊臨時編輯的《孔宅迎鑾詞》,康熙帝閱覽後於次日即三月二十八日,即傳旨頒賜御書匾額、對聯。這裡的《皇清詩盛初編》即後來的《皇清詩選》。

　　通過這段史實,我們至少可以推導出兩個問題:其一,以康熙帝為首的清廷統治階層在文化政策上能夠尊孔重儒,非常重視符合其統治需要的思想文化建設。雖然在乾隆時期經過考證,孔子衣冠墓的傳說並不可信,但這並不影響康熙帝重視文教的基本政策。其二,孫鋐編選的詩歌選本以及自己歌功頌德的詩作贏得了康熙帝的認可,並在推動皇帝做出有利於孔宅的決定中發揮了積極的作用。《孔宅迎鑾詞》的主要內容是孫鋐等諸生歌頌康熙帝南巡,以及對此次接見的感恩之詩,孫鋐之詩作列於首位。這個臨時編寫的小冊子和《皇清詩盛初編》均是由孫鋐編輯完成的,能夠得到帝王的肯定,充分說明選家孫鋐已經深諳康熙帝的文教政策以及文學喜好。這在孫鋐選本的〈進呈奏疏〉以及〈恭紀〉中均有申明:

　　　臣聞帝德難名,虞拜志明良之喜;王心無逸,嘔吟揚愷悌之

5　《清聖祖實錄》(北京市:中華書局影印本,1985年),卷219,「康熙四十四年三月壬戌」。

休。惟太和全萃於人心，斯風雅上關乎國運。欽惟皇上濬哲維人，亶聰作後。止仁止孝，篤關雎麟趾之深慈；乃武乃文，恢天保采薇之鴻烈。……臣鋐衡茅賤質，咕嗶末流，未登大雅之堂，幸際昇平之世。伏睹大清御宇以來，天造重熙，祥開奕葉。應五百年之景命，名世聿興；合十五國之風謠，元聲斯在。黃鐘建而律呂齊鳴，洪鈞鼓而金晶大冶。民物咸自欣其生育，天地不復秘其光華。或為清廟明堂之奏，或為芝房寶鼎之章；或沐化而言情，或感時而賦物。皆足以黼黻盛治，鼓吹雍和。[6]

蓋聞文運之興，關乎國運。上有雲漢天章之美，則下有鼓吹休明之盛。自古以來，賡歌喜起，掞藻摛華，由朝廷以及邦國，代有可觀，於今尤烈。[7]

　　這裡所云的「國運」，泛指一切關乎政治禮教、封建倫理之事。康熙帝本人亦云：「朕惟《詩》之為教，所以成孝敬，厚人倫，美教化，移風俗；其用遠矣。」[8]孫鋐先後兩次提出「風雅（或文運）關乎國運」的觀點，顯然迎合了統治者的喜好。同時，孫鋐也盛讚康熙帝本人的文德武功，以及在他統治下的太平盛世，並且認為詩歌作品有能力也有必要承擔起鼓吹休明的職能。因此，他將選本中所選諸詩視為關乎政治國運的代言，對具體選詩的標準也有明確要求，即「凡詩之有關風教、表揚潛德者，見則必收。其直陳時事，風議得失，雖言多剴切，不失忠愛之旨，亦必存之於編。」[9]這個錄詩標準代表了

6　孫鋐：〈進呈奏疏〉，《皇清詩選》，康熙二十七年（1688）鳳嘯軒刻本。
7　孫鋐：〈恭紀〉，《皇清詩選》。
8　王鴻緒編：〈御製詩經傳說彙纂序〉，《欽定詩經傳說彙纂》，雍正五年（1727）刻本，卷首。
9　孫鋐：〈凡例〉，《皇清詩選》。

傳統詩教觀與政教詩學觀在「風雅關乎國運」這一理論前提下的融通，既存有「直陳時事，風議得失」此類「興觀群怨」的詩教觀，又兼顧到「不失忠愛之旨」的政教觀，但是「有關風教、表揚潛德」之詩「見則必收」，顯然表明在二者的共謀關係中，官方的政教觀占據著主導地位，傳統的詩教觀仍然存在，但要服從於政教的要求。

　　嘉慶年間鐵保編選的《欽定熙朝雅頌集》也是如此。鐵保（1752-1824），字治亭，一字鐵卿，號梅庵，舊譜姓覺羅氏，後改棟鄂氏，乾隆三十七年進士。其仕途生涯並不平坦，嘉慶七年（1802）十二月後，歷官廣東巡撫、山東巡撫、兩江總督。後因為官失察、審獄不當等罪責連遭譴謫，道光四年（1824），卒於北京。為官之餘，鐵保酷愛詩文、書法。他在文學上的主要功績是熱心搜集編選八旗人詩。嘉慶四年（1799）之前，已輯得八旗詩人一百八十餘，古近體詩五十餘卷，名為《白山詩介》，後法式善為之增補八十餘人，各立小傳。又經過五、六年的努力，終於在嘉慶九年五月編成了至今最為完備的八旗詩歌總集──《欽定熙朝雅頌集》。此選由仁宗皇帝親自賜名、撰序，並經法式善、陳希智、汪廷珍等人編次，朱虎、紀昀、彭元瑞校閱，共得詩一百三十四卷。此選本帝王干預的程度比《皇清詩選》更甚，首先來看嘉慶帝的〈序〉文和〈詔諭〉。

　　　　斯集為巡撫鐵保所編，自八旗諸王、百僚、庶尹以及武士、閨媛，凡有關風俗人心、節義彰癉諸篇得一百三十四卷，薈萃成書，請名具奏。朕幾餘評覽，遍拾英華，抽繹旬餘，未能釋手。敬仰列聖作人培養之厚穆，然想見忠愛之忱、英靈之氣，或從征效命，抒勇壯之詞；或宰邑治民，發肫誠之素。炳炳麟麟，珠聯璧合，洵大觀化成之巨製，右文盛代之新聲，是以命集名為「熙朝雅頌」，視周家小雅殆有過之。八旗涵濡祖恩考澤百有餘年，名臣碩彥代不乏人，經文緯武之鴻才，致君澤民

之偉士，不可以數計。夫言為心聲，流露於篇章，散見於字句者，奚可不存？非存其詩，存其人也；非愛其詩律深沉、對偶親切，愛其品端心正、勇敢之忱洋溢於楮墨間也，是崇文而未忘習武。若逐末舍本、流為纖靡曼聲，非予命名為雅頌之本意。知干城禦侮之意者可與言詩，徒耽於詞翰、侈言吟詠太平，不知開創之艱難，則予之命集得不償失，為耽逸厭勞之作俑。觀斯集者，應諒予之苦心矣。[10]

我國家景運昌明，文治隆茂，八旗臣僕，涵濡聖化，輩出英才。自定鼎以來，後先疏附奔走之倫，其足任干城腹心者指不勝屈。而於騎射本務之外，留意謳吟、馳聲鉛槧者亦復麟炳相望。前此鐵保在京供職，曾有採輯八旗詩章之請，經朕允行，茲據奏進詩一百三十四卷，請賜書名。朕幾餘披覽，嘉其搜羅富有，選擇得宜，格律咸趨於正，而忠義、勇敢之氣往往藉以發抒，存其詩，實重其人。益仰見列聖培養恩深，蒸髦蔚起，正未有艾，爰統命名《熙朝雅頌集》，並製序冠於簡端，以垂教奕祀，非徒賞其淹博雅麗之詞也。著將原書發交鐵保，付之剞劂，用昭同風盛軌焉。[11]

　　上述兩段文字，既包含有仁宗皇帝對文學特別是詩歌功用的看法，同時也對《欽定熙朝雅頌集》的編選宗旨、閱讀準則提出了明確的要求。概括起來有兩點：

其一，對文學特徵及其功用的認識。

　　滿洲民族向來以騎射善戰為本務，詩文創作鮮有成就。自定鼎以

10　嘉慶帝：〈序〉，見鐵保輯：《欽定熙朝雅頌集》，嘉慶九年（1804）刊本。
11　嘉慶帝：〈詔諭〉，見鐵保輯：《欽定熙朝雅頌集》。

來，由於順治、康熙朝的開明政策，「八旗子弟皆習儒書，暨乎入關，濡染益深，或競篇章，或登科第，幾於漢人無異矣。」[12]但自雍正初年始，隨著滿人漢化程度的不斷加深，八旗子弟的戰鬥能力卻逐漸下降，因而從雍正到乾隆末的近八十年都在有意識地抑制滿洲八旗的漢化，鄧之誠先生曾說：「雍乾時所最惡者，宗室旗下沾染漢習氣。」[13]就是針對此而發的。而至嘉慶朝，滿人漢化的潮流已經難以阻擋，仁宗皇帝既希望八旗子弟能接受漢文化中明於大體，尊君親上，便於統治的一面；又希望他們能繼續保持滿民族的固有傳統，故嘉慶帝一方面對文學特別是詩歌的本質特徵有所體認：「夫言為心聲，流露於篇章，散見於字句者，奚可不存？」但同時又不斷強化詩歌的政教實用功能，即「知干城禦侮之意者可與言詩，徒耽於詞翰、侈言吟詠太平，不知開創之艱難，則予之命集得不償失，為耽逸厭勞之作俑。」[14]這裡的「干城禦侮」與詔諭中提及的「干城腹心」均典出《詩經・兔罝》，意為讚揚武士勇猛禦敵，成為捍衛統治者統治的幫手。嘉慶帝數次提及賜名之深義或閱讀該選之宗旨，並不在於詩歌本身的審美意蘊，而重詩歌中尋繹出的「忠義、勇敢之氣」。這就是仁宗的所謂「苦心」之所在。

其二，對該八旗選本的認識。

嘉慶帝對於選本的認識同樣具有濃厚的政教色彩。他將此選的編選標準概括為：「非存其詩，存其人也；非愛其詩律深沉、對偶親切，愛其品端心正、勇敢之忱洋溢於楮墨間也，是崇文而未忘習

---

12 鄧之誠：《清詩紀事初編》（上海市：上海古籍出版社，1984年），卷6，「鄂貌圖」條，頁633。

13 鄧之誠：《清詩紀事初編》（上海市：上海古籍出版社，1984年），卷6，「塞爾赫」條，頁638。

14 嘉慶帝：〈序〉，見鐵保輯：《欽定熙朝雅頌集》，嘉慶九年（1804）刊本。

武。」[15]顯然，嘉慶帝已經將選本中詩歌的審美特徵降至十分次要的
地位，完全讓位和服務於其宏大的政教目的。此處雖然沒有明言「風
雅關乎國運」，但重視詩歌中體現出的「品端心正、勇敢之忱」本身
就是對這一觀點最好的注解。當然，嘉慶帝在強調選本的政教功能
時，也順帶評價了鐵保此選的優長之處，即「搜羅富有，選擇得宜，
格律咸趨於正。」[16]

其次看選家鐵保進呈的奏摺：

> 仰惟我皇上神樞成化，心矩敷言，承家法而鞏金湯，藝先騎
> 射，觀天文而章雲漢。治洽謳吟，惟茲七萃之勁兵，近備億齡
> 之世。……錫名拜寵，存其詩益重其人；製序覃精，採其本不
> 逐其末。道隆彰癉，著人心風俗之綱維；化洽生成，溯祖德考
> 恩之培養。文期載道，貴纖靡之畢刪；職在宜勞，尚公忠之同
> 勵。臣學疏四始，道景三雍，奉聖謨知雅頌之音，繹天語思艱
> 難之業。獎及搜羅之富，受寵益驚，示以期望之深，酬知敢
> 懈？編摩有幸得窺昭代典章，文武兼資，請告熙朝，臣僕荷甄
> 陶於列聖世澤，能言遵矩矱於吾皇天章。共仰詠歌，不廢定歸
> 奏雅之程；弓矢自櫜，莫負習勞之訓。近者兩階敷德，群孽胥
> 殲，四隩綏豐，大河永靖，蒴升夏至八風，符十穩之占澤，繼
> 春膏十雨，慰三壇之請。神京日近騰歡，聞擊壤之聲，上塞雲
> 高，講武裕干城之用，謳歌益盛，合億萬方同頌嘉祥，喜起攸
> 符超三百篇，更陳大樂所有，臣感激下忱，理合繕摺，恭謝天
> 恩。[17]

---

15 嘉慶帝：〈序〉，見鐵保輯：《欽定熙朝雅頌集》，嘉慶九年（1804）刊本。

16 嘉慶帝：〈詔諭〉，見鐵保輯：《欽定熙朝雅頌集》。

17 鐵保輯：〈進呈奏摺〉，《欽定熙朝雅頌集》，嘉慶九年（1804）刊本。

　　由此可見，鐵保在奏章裡基本上秉承了嘉慶帝序文及詔諭中的觀點。其中有一個觀點值得注意，即鐵保提及的「文期載道」，這也是勾連詩教與政教的重要橋樑。一般來說，中國傳統文論既有重視文學特徵的審美主義文論，也有傳統儒家的工具主義文論，而審美主義文論與工具主義文論的不斷碰撞、磨合便形成了中國傳統的「詩教觀」。其中後者又可分為兩類情形：「一是要求詩文直接服務於現實政治，成為『治教政令』的工具；一是要求詩文從屬於某種超驗的精神價值，成為載道工具。」[18]唐宋時期提出的「文以載道」主張，即為融通審美主義文論與工具主義文論的重要理論，它要求文學不能僅僅具備形式方面的審美特質，還要有反映客觀現實的思想內容。這裡的「道」既指客觀存在的封建政治倫理之道，也指形而上學的聖人之道。而從鐵保奏章的內容來分析，他所言的「載道」更多地傾向於現實政治，亦即嘉慶帝序文中屢次提及的「干城腹心」之用。

　　不論是《皇清詩選》中提出的「風雅關乎國運」，還是鐵保《欽定熙朝雅頌集》中提及的「文期載道」，都是在不斷強化詩歌的功利性，以服務於封建王朝的政治統治。康熙帝欲利用《皇清詩選》中的詩歌來吟詠太平，而嘉慶帝欲用《欽定熙朝雅頌集》中的詩歌來喚起八旗子弟的「忠義、勇敢之氣。」換句話說，在詩教與政教的「共謀」關係中，政教詩學觀始終處於主導地位，傳統詩教或被迫或自願地處於被動服從的地位。所以，我們在這種理論前提下來探討御敕選本蘊涵的詩學觀，更能彰顯出官方意識形態詩學話語的操控性。

（二）詩風清真雅正，論詩不執己見──官方詩學話語的實踐標準

　　清詩御敕選本不僅在理論上具備了詩教與政教共謀的可能，還將

---

18 李春青：〈中國文論傳統及其現代命運〉，《學術月刊》2005年第9期，頁71。

這些理論自覺地運用在具體的選文過程中，力求讓整個選本的批評意識符合官方詩學話語的標準。而另一方面，官方詩學話語的標準也欲通過御敕選本的形式表現出來。下面我們就通過對《皇清詩選》和《欽定熙朝雅頌集》中詩風的考察，來概括出官方詩學話語的實踐標準。

其一，詩風清真雅正。

孫鋐在《皇清詩選》凡例中引述魏裔介的話曰：「世之所貴乎詩者，以義關倫物，溫厚和平者為上；感慨怨誹，辭旨激切者次之。優游觀化，舒寫性靈者為上；隨物賦形，工力悉敵者次之。寄託不凡，了無塵翳者為上；興會當前，揮灑任意者次之。」[19]若將這段表述稍作變換，我們就可以得出這樣一個觀點，即上等的詩作必須具備溫厚和平、舒寫性靈和寄託不凡這三個條件中的一項。但實際上，這三者又是密不可分的有機整體，溫厚和平側重於詩歌的思想內容，舒寫性靈側重於創作主體的性情，而寄託不凡則指詩歌的表現手法。結合康熙中後期的創作實際，這一時期的創作主體已經從明清之際的追求性情之真過渡為追求性情之正了，所以，一位性情雅正的詩人，一個溫厚和平的思想主題，還有一種含蓄寄託的表現手段，這三種要素集合於一首詩作中，由此而呈現出的總體詩風必然是清真雅正。我們試以《皇清詩選》的選評為考察文本，以上述三種詩歌要素為考察標準，將這部康熙帝御覽過的清詩選本進行全面地檢視。

首先從選詩的思想內容來看。《皇清詩選》在題材上雖然包羅萬象，諸如紀實、懷古、詠物、述志、山水、贈別等一應俱全，但總體而言不失寬厚溫雅之旨。如選家評程可則〈奉使太原留別諸同志〉云：「不作牽衣刺語，覺英氣逼人。」（卷四）評鍾期賽詩〈天邊月〉

---

19 孫鋐：〈凡例〉，《皇清詩選》，康熙二十七年（1688）鳳嘯軒刻本。

及〈烏落巢〉曰：「前詩以諷君德，此詩以喻親仁，皆原本於三百篇。」（卷八）評蔣景祁詩〈椒山先生祠堂歌〉曰：「前半無限傷心，後半無限景慕，巨製鴻章，感與先生義膽忠肝，永耀千古。」（卷九）評曹爾堪詩〈李仲達先生太夫人八十長句為壽〉曰：「李公以節義壽天壤，而天又永其親年，自是古今盛事。詩之慷慨激昂，可以表章不朽。」（卷十）評尤侗〈述懷〉詩曰：「低徊愴惻，備極忠愛之旨。」此類詩篇或頌美德，或感時事，或描萬物，或抒性情，皆中正和平之音，而無乖戾淫豔之氣。即使有部分直陳時事、諷議得失之作，也能做到怨而不怒，不離風雅之旨。如魏象樞詩〈剝榆歌〉，孫鋐評曰：「直陳時事，倍覺仁人之言藹如。」（卷六）評吳偉業詩〈蘆洲行〉曰：「感諷之旨，不減斥鹵桑田矣，於此歎聖朝之寬厚。」（卷七）評趙澤詩〈柳花歌〉曰：「怨而不怒，綽有風人之旨。」（卷八）

　　其次從創作主體的性情來看。詩人只有做到性情之真，才能創作出「美」的作品；只有做到性情之正，才能創作出「善」的作品。而不論傳統的詩教觀，還是體現官方意志的政教詩學觀，均認為人之性情是詩歌創作的本源，即「言為心聲」，故非常重視創作主體的性情。這在《皇清詩選》的評點中俯拾皆是，只是在側重點上有所不同而已。詩教觀側重於詩人性情的至深至誠，如孫鋐評嚴煒詩〈遣子嘉平南收穫〉曰：「至情老筆，如聞其聲。」（卷十五）評宋有標詩〈古辭〉曰：「殷殷致辭，發人深省。」（卷三）評吳綺詩〈漂母祠〉曰：「寄託深情，自足千古。」（卷十三）評鄒昌徹詩《得家書》曰：「情極真摯，故不嫌其樸遫。」（卷十五）評王鑨詩〈晚行〉曰：「含情無限。」（卷二十七）此外諸如「綽有深情」（卷二十二徐釚）、「饒有深情」（卷十九孫銶）之類的評點不勝枚舉；而政教觀則更側重於詩人性情的雅正，尤其是統治者所希望的忠誠仁愛之心。如評錢芳標詩〈古意〉其二曰：「何等忠厚！」（卷四）評薛所蘊詩〈送陳琪華〉曰：「憂患之心甚深。」（卷五）它們反對無節制的情感流露，且多將

詩人的性情導引至中正和平的軌道。如其對宮闈豔體詩的篩選即出於
這方面考慮，「宮闈豔體，詩家之長，然惟樂而不淫，乃為中節。今
所錄者，期於情不溢乎浮靡，體不流於詞曲。」[20]

　　再次從詩歌的表現手法來看。既然《皇清詩選》中的詩家多為至
真至誠之人，所反映的內容也多為溫雅中正的題材，所以在表現手法
上自然呈現為寄託遙深、含蓄蘊藉的特徵。這在選本的評點中也甚為
常見，如評馮守真詩〈維揚送魏惟度讀書西湖兼仿其舅氏，時予亦將
歸里〉其二曰：「賦事既合，託興復深。」（卷五）陳寶鑰〈琵琶行〉
詩曰：「作不盡語，便覺含蓄無窮，得風人忠厚之旨。」（卷七）評王
心詩〈竹杖〉曰：「詠物詩得言外意最是才人本色。」（卷十四）評董
俞詩〈送趙孴客遊衡嶽〉曰：「情緒纏綿，詞旨蘊藉，真是名士風
流。」（卷十八）評李良年詩〈登觀音閣〉曰：「絕不作悽愴語，而言
外有無限感慨。」（卷二十）評胡徵詩〈醉馬行〉曰：「命題既異，寄
慨復深。」（卷七）評錢芳標詩〈秋日登雨花臺歷覽木末亭作〉曰：
「行筆逶迤，下語蘊藉。」（卷四）

　　也正是因為上述三個詩歌要素的有機整合，所以《皇清詩選》所
選諸詩的整體風貌必然是清真雅正。如黃雲詩〈除夕寄女兒瓶梅〉的
評點曰：「題極清雅，詩亦相稱。」（卷五）評程可則詩〈蔣虎臣移疾
南歸奉寄〉曰「詩貴清真，如此作方不愧此二字」（卷十二）評趙
賓詩〈同李芳洲遊高梁橋〉曰：「和平之音，如聞絲竹。」（卷十八）
評金鋆詩〈臘月二十三日歸自華亭晤去病贈別〉曰：「點綴時景，雅
切。」（卷十九）評鄧勱相詩〈廣陵贈杜茶村〉二首曰：「前作見杜老
之品，次作傷杜老之遇，總以風雅之道歸之。」（卷二十二）評周體
觀詩〈潛溪即事〉曰：「規模大雅，在彷彿之間。」（卷二十二）評顧
大申詩〈送沈繹堂編修遷大梁道〉曰：「溫柔敦厚之音。」（卷十一）
評沈永信詩〈送余岫雲年伯歸龍游〉曰：「溫厚和平，得風人之大

20　孫鋐：〈凡例〉，《皇清詩選》，康熙二十七年（1688）鳳嘯軒刻本。

旨。」（卷十九）

　　由此可見，清真雅正的詩風一方面體現了溫柔敦厚的傳統詩教觀，同時又和康熙帝本人的詩學傾向相一致，[21]故也得到了官方政教詩學觀的普遍肯定。所以，清真雅正便成為有清一代官方詩學話語的實踐標準，不僅廣泛運用於詩文創作領域，在科舉應試中它也是衡文的首要標準。[22]

　　其後嘉慶朝鐵保編輯的《欽定熙朝雅頌集》同樣秉承這一詩學標準。《欽定熙朝雅頌集》在體例上與《皇清詩選》略微不同，詩家小傳下全部徵引其他著作如《欽定八旗通志》、《大清一統志》、《四庫全書總目》以及《國朝詩別裁集》等中的相關內容，且以敘述八旗子弟的事蹟為主，間有詩風之評論。下面我們挑選部分重點作家的詩風評點，以一斑窺其全貌，見下表：

表十四　《欽定熙朝雅頌集》的部分評點

卷數	詩家	詩風評點
首集卷十三	恪敏貝子	張英〈序〉云：根柢忠孝，準則風騷。
		蘊端〈序〉云：清曠閒肆，讀之令人神遠。
首集卷十五	博爾都	汪琬〈問亭詩集序〉云：先生之於道也，琬誠愚陋，不足窺測其所至；若其近體之清新，歌行之雄放，所謂載道之言之，工亦既誦，而屬和其一二矣。
首集卷十六	賽爾赫	《欽定八旗通志》：其詩氣格清曠，風度諧婉，而

---

[21] 康熙帝曾在多部御選本序中表明其溫柔敦厚的詩學主張，如〈御選唐詩序〉曰：「孔子曰：溫柔敦厚，詩教也。是編所取，雖風格不一，而皆以溫柔敦厚為宗。其憂思感憤、倩麗纖巧之作，雖工不錄，使覽者得宣志達情，以範於和平，蓋亦用古人以正聲感人之義。」

[22] 梁章鉅《制藝叢話》〈例言〉：「國朝自康熙以逮今茲，中間制藝流派不無小異，而清真雅正之軌則屢變而不離其宗。」

卷數	詩家	詩風評點
		不傷纖弱。
正集卷一	鄂貌圖	曹禾〈序〉云：其詩典雅流麗，有盛唐作者之風。
		施閏章〈序〉云：公喜經術，手不釋書，詩斐然溫厚，一澤於正雅。
正集卷十二	劉廷璣	宋犖〈序〉云：劉使君在園天真流露，襟期瀟灑。凡登山臨水、懷人感物與夫籌國憂民之心，敦厚悱惻並形於篇什。
正集卷十五	高其倬	沈德潛〈序〉云：公生平之詩皆有為而作，即至小小吟詠如感春而思、思秋而悲，亦皆和平中正，而不徒為風雲月露、纖佻側冶之辭。
正集卷十九	鄂爾泰	沈德潛《國朝詩別裁集》：掌翰院時，亦以立品董率後進，生平不欲以詩自鳴，而意格自高。
正集卷二十七	施世綸	黃虞稷〈序〉云：淵然穆然，沖融大雅，有比興之遺，得溫厚之旨。
		高裔〈序〉云：清韻和厚，鼓吹風雅。
正集卷三十一	羅萬成	唐孫華〈序〉云：琢山詩淡泊古雅，不矜雕飾，而漸近自然。
正集卷三十七	尹繼善	《欽定八旗通志》：尹文端……大抵沿溯中唐而以劍南、石湖為圭臬，不為歷下、太倉之偽體，亦不為公安、竟陵之側調，婉約恬雅，而切近事情，深有思致。
正集卷四十一	英廉	錢載〈序〉云：夢堂詩老之詩溫潤縝密，超然意象之表。
正集卷四十八	顧琮	何焞云：用方總督詩，趣迢迢而遠也，氣盎盎而和也，味澹澹而旨也。不假繩削，不矜追逐，隨意寫情，而蘊蓄彌深，得委曲纏綿、一飯不忘忠愛之旨。

從上表可以看出，《欽定熙朝雅頌集》中對於所選詩風的規範要

比《皇清詩選》嚴格許多，幾乎所有詩作的詩風都貼上了政治教化的
標籤，詩歌固有的審美特質已完全淹沒在濃厚政教色彩的詩學話語
中，清真雅正衍變為鼓吹風雅的唯一詩風。當然，選家對此種詩風的
定位是與嘉慶帝的喜好緊密相連的。所以，我們既可以認為這種詩風
是選家主動迎合統治者的自覺行為，也可以認為是受制於官方意識形
態詩學傾向的被動選擇。

其二，論詩不執己見。

由於御敕選本承載著更多的詩教、政教職能，所以它不可能像普
通選本那樣以一己之標準去選擇詩歌作品，而這個特點恰恰也造就了
御敕選本選評詩歌時不名一家、不執己見的詩學特徵。當然，這並不
意味著御敕選本沒有標準，而是標準比較寬泛。如康熙帝編輯《御選
唐詩》時提出的「以溫柔敦厚為宗」就是一個總的選詩、論詩標準，
只要在這個總體的框架下，任何不同風格的詩作以及不同詩學宗尚的
詩家都允許同時出現在一個選本中。眾所周知，明清之際以來，清代
詩壇流派繁多，持論各異，詩學宗尚更有崇唐宗宋之別，紛爭不斷。
精英階層的詩歌選本或宣揚自身流派主張，或糾正其他流派弊端，但
總是處於一種矯枉過正的循環中，御敕選本的這種特徵可以在一定程
度上調節各自為陣的流派紛爭。

孫鋐在《皇清詩選》〈凡例〉中就對其時爭論不休的唐宋詩之爭
發表了自己的見解：「論詩者，謂必規摹初、盛，誠類優孟衣冠。然
使挾其佻巧之姿，曼音促節，以為得中、晚之秘，則風斯下矣。竊意
詩本性情，苟中有所得，則如太阿繞指，皆不失為神物。有高岑之標
格，而後運以元白之風流，何患不登顛造極耶？茲選華實兼收，實非
龐雜。」又曰：「數年以來，又家眉山而戶劍南矣。在彼天真爛漫，
畦徑都絕，此誠詩家上乘。倘不衫不履，面目類唐；或大袖方袍，迂
闊可厭，輒欲奪宋人之席，幾何不見絕於七子耶？芰蕪滌垢，具有苦

心。」[23]選家不僅指出了宗唐派和宗宋派各自的優缺點，而且還提出了自己的主張——「詩本性情」。同時，選家還引述魏憲之語曰：「詩人各有性情所近，豈能強合？元輕白俗，島瘦郊寒，自是定論。不過軌於正始之音，以觀其合與否耳。」[24]即孫鋐認為，詩家之性情千差萬別，不可能也沒有必要進行同類合併，只要是符合風雅詩教的總體原則，就可以拋開具體風格的差異而「華實兼收」。事實上，孫鋐在《皇清詩選》的選文實踐中也確實貫徹了這一認識。隨意翻檢一下選本，我們就會發現宗唐的詩家和宗宋的詩人同在一卷，風格雄放奔逸的詩歌與風格溫婉蘊藉的詩歌皆被入選。由於有了「正始之音」作為衡量尺規，故孫鋐的這種做法不能簡單地認為「非有所別裁也」。[25]

　　鐵保在《欽定熙朝雅頌集》中也表露了其兼收並蓄的選詩標準，「選家每執己見，以為去取其詩與選人趨向不同者，雖工不錄。是編意在兼收，寧寬勿隘。」[26]這裡雖曰兼收，但絕沒有濫收之意，其實鐵保也有自己的論詩準則。其〈凡例〉中曰：「是編所錄自以品端學粹、詩律精深為最。」[27]可見，鐵保論詩是將人品與詩藝相結合。若要兩者同時具備，這也可以算得上較為嚴苛的標準了，但它畢竟沒有對詩歌風格或詩學宗尚提出具體的要求，且鐵保此論尚有迴旋的餘地，「其有詣猶未卓，而夙望可風，則以人而存詩；亦有品或未醇，而文名尚著，則以詩而存人。節取所長，不敢偏廢。」[28]由此可見，鐵保的論詩準則不僅持論公允，而且還符合選本的實際。

---

23 孫鋐：〈凡例〉，《皇清詩選》，康熙二十七年（1688）鳳嘯軒刻本。

24 孫鋐：〈凡例〉，《皇清詩選》，康熙二十七年（1688）鳳嘯軒刻本。

25 永瑢、紀昀等：《四庫全書總目提要・皇清詩選》，四庫全書存目叢書集部第398冊（濟南市：齊魯書社，1997年），頁727。

26 鐵保：〈凡例〉，《欽定熙朝雅頌集》，嘉慶九年（1804）刊本。

27 鐵保：〈凡例〉，《欽定熙朝雅頌集》，嘉慶九年（1804）刊本。

28 鐵保：〈凡例〉，《欽定熙朝雅頌集》，嘉慶九年（1804）刊本。

二　詩教與政教的「衝突」
——以《欽定國朝詩別裁集》對原選的刪節為視角

　　當詩教與政教處於共謀的關係時，由於各自所屬階層政治地位的差異，知識階層的詩教觀經常處於一種被動、從屬的地位，而官方的政教詩學觀則始終處於一種高高在上、具有絕對操控性的位置。這二者共謀關係的形成主要有兩種情形，即傳統詩教以忽視詩歌審美特質為代價來換取政教詩學觀的認可，或者是官方政教觀欲利用傳統詩教來維護自身的政治統治。[29]一旦這種共謀的關係被打破，精英階層重新恢復詩歌審美特質在傳統詩教中的重要地位，那勢必會在一定程度上與重視功利實用的官方政教觀發生偏離。實際上，這種偏離也是中國傳統詩學的常態。因為只有對詩歌的闡釋實現文學本位的回歸，擺脫外部的糾纏和禁錮，才能更好地促進詩學本身的發展。但如果這種偏離超越了官方意識形態所能容忍的最大限度，嚴重影響到官方的政治統治，那麼詩學領域的文字獄便形成了，沈德潛的《國朝詩別裁集》案就是一個例證。

　　關於沈德潛案的始末在第一章中已有論說，茲不再贅述。我們關注的重點在於，乾隆帝下詔重修的「欽定本」對原選是如何進行刪改修訂的，這一過程中體現了哪些官方意識形態的詩學主張，這種政教詩學觀與傳統的詩教觀之間究竟有哪些難以調和的深層矛盾。

其一，「以詩存人」與「以人存詩」的衝突。

　　「以詩存人」和「以人存詩」是選家選文的兩種基本標準。一般來說，精英階層的選家多採取以詩存人的標準，重視詩品；體現官方意識形態的選本多採取以人存詩的標準，注重人品；而更多地民間普

---

29 當然，儒家詩教觀也非常重視詩歌的功利性，這是二者能夠共謀的紐帶，這在上節已有論述。

通文人選本多採取二者相結合的選文標準，既重詩歌審美特徵，又重
保存詩歌文獻。以此推理，以詩存人與以人存詩的衝突可以置換為重
詩品與重人品的分歧，這就不僅僅是選本領域內部的問題，同時也是
詩學批評關注的焦點之一。沈德潛在《國朝詩別裁集》〈凡例〉中明
確提出了「以詩存人」的選文標準：

> 是選以詩存人，不以人存詩。蓋建豎功業者重功業，昌明理學
> 者重理學，詩特其餘事也。故有功業、理學可傳，而兼工韻語
> 者，急採之。否則人已不朽，不復登其緒餘矣。觀者諒之。[30]

這裡，沈德潛的態度非常鮮明，用其〈自序〉之語即此選「惟取
詩品之高也。」[31]具體而言就是，那些視詩歌創作為餘事之人，即使
在功業、理學方面做出了卓越貢獻也不入選；反之，以詩歌創作成就
躋身詩壇者，即使位卑身賤、偏於一隅者也盡採入。當然，如果人品
與詩品皆佳者，則輯錄無遺。而乾隆帝在〈欽定國朝詩別裁集序〉中
也旗幟鮮明地表述自己的觀點：「且詩者何？忠孝而已耳。離忠孝而
言詩，吾不知其為詩也。」[32]論詩首重「忠孝」之人品。由此可見，
沈氏「以詩存人」的「詩品優先論」顯然與官方詩學「以人存詩」的
「人品優先論」相齟齬，這突出表現在沈德潛與乾隆帝各自對待貳臣
及其詩歌的態度上。

所謂「貳臣」，是指王朝易代之季，兼仕兩朝的大臣。乾隆四十
一年十二月初三，弘曆詔命國史館編列明季《貳臣傳》。他認為，在
明朝已登仕途又在清朝做官的人，明史裡不能為他們列傳，把他們和

---

30 沈德潛：〈凡例〉，《國朝詩別裁集》，乾隆二十五年（1760）教忠堂刻本。

31 沈德潛：〈自序〉，《國朝詩別裁集》，乾隆二十五年（1760）教忠堂刻本。

32 沈德潛：《國朝詩別裁集》，弘曆：〈欽定國朝詩別裁集序〉，乾隆二十六年（1761）
刻乾隆序本。

一般漢臣同樣載入清史列傳裡,「亦非所以昭褒貶之公。」所以,他決定「另立貳臣傳一門,將諸臣仕明,及仕本朝各事蹟,據實直書,使不能纖微隱飾」。國史館據此編纂了欽定《國史貳臣傳表》,此書共收集入清的明朝官員一百二十多人,錢謙益、吳偉業等人均名列其中。在上諭中,乾隆帝對貳臣嚴加貶斥:「遭際時艱,不能為其主臨危授命,輒復畏死幸生,靦顏降附,豈得復謂之完人?」正是因為乾隆帝以忠君觀念為衡量標準,認為貳臣在人品上「大節有虧」,[33]故而對其人其作一概否定。我們首先來看《欽定國朝詩別裁集》對貳臣詩家詩作的刪改情況:

首先,原選卷一、卷二之作者十八人,分別是錢謙益、王鐸、方拱乾、張文光、吳偉業、龔鼎孳、曹溶、許承欽、陳之遴、周亮工、趙進美、彭而述、孫廷銓、李雯、高珩、宋之繩、梁清標和王崇簡。由於這些人的貳臣身分,修訂時其詩作均被刪除;「欽定本」的卷一調整為慎郡王(即原選之允禧)、蘊端、德普、弘曣、恆仁、博爾都、塞爾赫等八旗詩人以及李澄、楊思聖、魏裔介、宋琬等清初漢族詩人的作品。其次,原選詩家如有評述貳臣的作品也一併刪除。如曹爾堪的〈錢牧齋先生挽詞〉、沈自南的〈春暮錢牧齋宗伯過訪〉、吳祖修的〈書牧齋書後〉、周孝學的〈書牧齋集後〉等詩就是因為涉及到錢謙益而被刪;另外,欽定本〈凡例〉中有關錢謙益的一段文字也被刪除,原文為:

> 前代臣工,為我朝從龍之佐,如錢虞山、王孟津諸公,其詩一併采入。準明代劉青田、危太樸例也。前代遺老而為石隱之流,如林茂之、杜茶村諸公,其詩概不采入。準明代倪雲林、席帽山人之例也。亦有前明詞人,而易代以來,食毛踐土既久

---

33 上述均引自《清高宗實錄》(北京市:中華書局,1985年),卷1022。

者，詩仍采入。編詩之中，微存史意。[34]

　　「欽定本」的這番刪改將乾隆帝斥責原選的若干問題基本都解決了，同時也實踐了其「以人存詩」的選詩標準。乾隆帝由於對這些貳臣人品的否定，而不論其作品優劣一概予以刪除，這已經將選詩標準升級為「人品決定論」了。而沈德潛在處理這些貳臣及其詩作時的做法卻與官方政教觀大相逕庭，原選中他不僅將這十八位貳臣依次排列在選本的前兩卷，而且從錄詩數量來看，錢謙益入選三十二首，吳偉業入選二十八首，龔鼎孳入選二十四首，這在《國朝詩別裁集》中都是屬於入選詩歌最多的行列。最重要的在於，他對這些詩家的詩作或稱揚其風格，或肯定其內容。如在〈吳偉業小傳〉中，有兩段文字值得關注：

> 梅村七言古，專仿元白，世傳誦之。然時有嫩句、累句。五七言近體，聲華格律不減唐人，一時無與為儷，故特表而出之。

> 梅村故國之思，時時流露。〈遣悶〉云：「故人往日燔妻子，我因親在何敢死，不意而今至於此。」又〈病中〉詞曰：「故人慷慨多奇節，為當年沉吟不斷，草間偷活。」「脫屣妻孥非易事，竟一錢不值何須說。」讀者每哀其志。[35]

　　這兩段文字裡，沈德潛沒有對吳偉業的人品進行任何主觀性的評點，他僅僅以一位詩評家的姿態來審視吳偉業的詩歌，點評其詩風的優長與不足之處，指出其詩歌中流露出的故國之思的主題。在具體選文時，沈氏依舊側重於展現鼎革之際時勢人心的詩作，如選文中的

---

34 沈德潛：〈自序〉，《國朝詩別裁集》，乾隆二十五年（1760）教忠堂刻本。
35 沈德潛：《國朝詩別裁集》，乾隆二十五年（1760）教忠堂刻本，卷1。

〈鴛湖曲〉、〈永和宮詞〉、〈雁門尚書行〉、〈讀史雜感〉、〈秣陵口號〉、〈雜感〉等皆屬明末詩史;〈遇舊友〉、〈與友人談遺事〉、〈西子〉等則可謂一己「心史」;至如〈詠拙政園山茶〉、〈悲歌贈吳季子〉、〈贈遼左故人〉(三首)則為清初大事記。沈德潛對於其他貳臣詩作的選評也與此類似。

也正是由於沈德潛堅持詩歌本位的「詩教」原則,選詩評詩完全以詩歌成就為標準,一切名位、交遊也都以詩人的身分接受衡量,故錢謙益等「貳臣」可以冠「本朝」之首,「遺民」詩人可以得到高度讚譽,罹案要犯可以得一席之地,而身為皇帝叔父的慎郡王也不例外,他只是一個名允禧的詩人。這種「以詩存人」的選詩標準顯然為乾隆帝所不容,同時也決定了沈德潛《國朝詩別裁集》觸碰文網的必然性。

若將《國朝詩別裁集》的選文與康熙朝孫鋐的《皇清詩選》作比較,我們會對乾隆朝的官方政教觀有更為清晰的認識。在《皇清詩選》中,除卻孫廷銓以外,《國朝詩別裁集》所列的其他十七位貳臣詩作均被入選,而且入選詩篇數量絕不少於新朝詩人。孫鋐將此選進呈康熙帝御覽,不僅沒有受到類似沈德潛的斥責,反而還得到了康熙帝的賞識,這一方面說明與乾隆帝相比,康熙帝的文治政策相對寬鬆。其在位的六十年,國家社會政治形勢日趨穩定,施行了「以文教佐太平」的文化政策,注重對漢族文人的選拔和籠絡。尤其是康熙十八年「博學宏詞科」的開考,可以說是清王朝真正走上盛世的一個重要標誌;另一方面,這也說明了康熙帝的選詩論詩標準相對寬泛。由於康熙朝的政教詩學觀與傳統詩教觀保持一種較為和諧的「共謀」關係,故官方意識形態的詩學標準基本上等同於傳統的詩教標準,即「博收約守而不失其性情之正」[36]及「以溫柔敦厚為宗」。[37]

實際上,自順治以至乾隆前期,清詩選本中選錄貳臣作品都是司

36　玄燁:〈御定全唐詩序〉,四庫全書薈要影印本,臺北市:世界書局,1988年。
37　玄燁:〈御選唐詩序〉,四庫全書薈要影印本,臺北市:世界書局,1988年。

空見慣的事情。而《國朝詩別裁集》的遭禁完全可以視為乾隆朝政教詩學觀發生轉向的一個重要信號，同時也表明在傳統詩教與官方政教觀發生衝突時，官方意識形態詩學掌控著絕對的話語霸權。

其二，「溫柔敦厚」與「清真雅正」的衝突。

「溫柔敦厚」是傳統儒家詩教觀的基本原則，「清真雅正」是官方政教詩學觀的核心標準。當詩教與政教處於共謀關係中，二者能夠求大同存小異，和諧並存。政教觀期待的清真雅正詩風主要利用溫柔敦厚的表現手段來獲得，而同時溫柔敦厚的詩教觀也更為自覺地體現清真雅正的詩歌內容。不過，當詩教與政教發生嚴重偏離時，二者之間的「小異」就會因為闡釋者的立場差異而不斷放大，直至導致衝突的發生。

溫柔敦厚的詩教原則源自孔子對《詩經》文藝精神的總結，主要包括兩方面的內容：一是倫理原則，即強調詩歌「興、觀、群、怨」的社會作用；二是藝術原則，即要求詩歌在藝術表現上要蘊藉含蓄，微婉委曲。但《詩經》中不僅有風雅一體，還存「變風變雅」之作，[38]這就給後世詩評家帶來更多的闡釋空間。明清易代之際，黃宗羲就對「溫柔敦厚」詩教觀作過新的解讀，即認為溫柔敦厚應該以鮮明的是非、強烈的愛憎為內裡，「和平」之音透出的應是人間的哀怒心聲。[39]

---

38 「變風變雅」原出自〈詩大序〉：「至於王道衰，禮義廢，政教失，國異政，家殊俗，而變風變雅作矣。」蓋指《風》、《雅》中周政衰亂時期的作品，以與「正風」、「正雅」相對。「正」、「變」的劃分，不是以時間為界，而是以「政教得失」來分的。

39 黃宗羲云：「今之言詩者，誰不言本於性情？顧非烹煉使銀銅鉛鐵之盡去，則性情不可出。彼以為溫柔敦厚之詩教，必委蛇頹墮，有懷而不吐，將相趨於厭厭無氣而後已。若是，則四時之發斂寒暑，必發斂乃為溫柔敦厚，寒暑則非矣；人之喜怒哀樂，必喜樂乃為溫柔敦厚，怒哀則非矣。其人之為詩者，亦必閒散放蕩，岩居川觀，無所事事而後可；亦必茗椀薰罏，法書名畫，位置楚潔，入其室者，蕭然如睹雲林海嶽之風而後可。然吾觀夫子所刪，非無〈考槃〉、〈丘中〉之什厝於其間，而諷之令人低徊而不能去者，必於變風變雅歸焉。蓋其疾惡思古，指事陳情，不異薰

　　其後，葉燮《原詩》中也認為，不同的時代對「溫柔敦厚」的闡釋應該有所發展變化，並特別指出《詩經》中具有強烈批判傾向的作品〈巷伯〉「投畀」之章也為符合「詩教」的代表：「漢、魏之辭，有漢、魏之溫柔敦厚；唐、宋、元之辭，有唐、宋、元之溫柔敦厚，……且溫柔敦厚之旨，亦在作者神而明之；如必執而泥之，則〈巷伯〉『投畀』之章，亦難合於斯言矣。」[40]他藉以提醒人們莫要片面理解「溫柔敦厚」的完整含義。這一見解也為沈德潛所繼承與發展，其《說詩晬語》云：「『巷伯惡惡』，至欲『投畀有北』，何嘗留一餘地？然想其用意，正欲激發其羞惡之本心，使之同歸於善，則仍是溫厚和平之旨也。〈牆茨〉、〈相鼠〉諸詩，亦須本斯意讀。」[41]故他在倡導「溫柔敦厚」詩教時，著重要求詩歌對不合理現象有所揭露，對民瘼時政有所反映；選詩實踐中也側重於選錄批判現實、抒發憤鬱的詩作，其《國朝詩別裁集》〈凡例〉中云：「詩必原本性情，關乎人倫日用及古今成敗興壞之故者，方為可存，所謂其言有物也。」[42]可見，沈氏不僅關注詩歌「關乎人倫日用」的風雅傳統，而且還關注反映「古今成敗興壞之故」的作品。

　　正是由於沈德潛等清代詩論家以發展的眼光，從風雅和「變風變雅」兩個向度全面解讀了儒家的溫柔敦厚詩教，且在實際創作或選文中更傾向於「變風變雅」之作，故難以為其時的官方政教詩學觀所認同。因為清真雅正的政教詩學觀是不提倡「變風變雅」的，它更傾向於反映「忠孝之旨」、「黼黻太平」的風雅之作。可以說，詩教與政教

風之南來，履冰之中骨，怒則掣電流虹，哀則悽楚蘊結，激揚以抵和平，方可謂之溫柔敦厚也。」(《南雷文定四集》卷一〈萬貞一詩序〉)可見，黃宗羲是用《詩經》之「變風變雅」來說明發憤怒罵也是溫柔敦厚的一種表現。

40 葉燮：《原詩》內篇上，見王夫之等撰：《清詩話》(上海市：上海古籍出版社，1978年)，頁568。

41 沈德潛：《說詩晬語》，卷上，頁527。

42 沈德潛：〈凡例〉，《國朝詩別裁集》，乾隆二十五年（1760）教忠堂刻本。

正是由於對待「變風變雅」態度的差異，而造成了溫柔敦厚與清真雅正之間的矛盾衝突。而這種「變風變雅」之作一旦進入統治階層的視野並為其所不容的話，官方意識形態的詩學話語就會使用政治權力的強制手段，維護自身的話語秩序。《欽定國朝詩別裁集》對原選中若干詩人詩作的刪除就是一個明證。

乾隆二十五年教忠堂刻《國朝詩別裁集》三十二卷本，共列詩家九百九十九人，而乾隆二十六年《欽定國朝詩別裁集》三十二卷本，共列詩家八百二十五人，兩者相較「欽定本」共刪除了一百七十四名詩家及其作品。除因「貳臣」身分被刪除的十八位詩家外，「欽定」本還從「教忠堂」本中除名一百五十六人，包括他們各自的入選作品，合計三百一十二首。具體刪改情況為：原選卷二刪季振宜一人，詩一首；卷五刪吳兆騫、孫暘、祁文友三人，詩共二十四首；卷六刪鄭日奎、宋實穎、毛如瑜、喻指、張杉、余思復、侯方域、冒襄、金人瑞九人，詩共十首；卷七刪彭孫貽、黃虞稷、許友、戴移孝、趙澐、王概、胡介七人，詩共十七首；卷八刪屈紹隆、侯開國、周在濬、吳炎、汪志道、王懋忠六人，詩共二十一首；卷九刪錢芳標、繆彤、董訥、張鵬翮、趙申喬五人，詩共十二首；卷十刪許承家、王霖二人，詩共三首；卷十二刪錢金甫、范必英、傅山三人，詩共四首；卷十五刪李載、無名氏二人，詩共三首；卷十六刪石為崧一人，詩一首；卷十七刪楊中訥一人，詩一首；卷十八刪李永祺、沈天寶二人，詩共二首；卷十九刪錢名世、劉巖二人，詩共十三首；卷二十刪陳學泗、蔣楛、吳啟元三人，詩共九首；卷二十一刪王譽昌、冷士嵋、沈曾成、盛遠、沈自東五人，詩共七首；卷二十二刪康乃心、吳斯泒、吳資生、宮鴻曆四人，詩共五首；卷二十三刪黃師瓊、楊繩武、無名氏、沈元滄四人，詩共十四首；卷二十四刪汪應銓、華希閔、田同之三人，詩共六首；卷二十五刪邵曾訓、郁揚勳、邵陵三人，詩共三首；卷二十六刪許世孝、姚飛熊、古易、顧彩、王天驥、張劭、許心

辰、戴鑒、王肇、王琛、汪衡、汪焺、許璣、錢嵩期十四人,詩共二十二首;卷二十七刪沈青崖、呂守曾、王繩曾、沈榮簡、高不騫、毛錫繁、施瑂、顧易、錢中樞、錢之青、繆謨、蔣溥十二人,詩共二十首;卷二十八刪萬夔輔、邱迥、喬崇脩、喬萧、屈復、徐斑、龔誠、朱鼎鈜、倪濂、王蒼璧、高炳、蔣夢蘭、方貞觀、吳詡、葉錦、熊良鞏、康瑄、孫陽顧、程烈、朱國漢、陳履平、朱肇璜、朱霞、汪沅、沈廷揚、王道、孫璜、金衡、汪洋、周焯、朱蔚、李天根、朱家瑞、石年、于鼇三十五人,詩共七十首;卷二十九刪沈榮儁、陳分、陶善圻、陳景鐘、蔡寅斗、喬湜、孫謨、石文、顧嘉譽、陸淹、江宏文十一人,詩共十九首;卷三十刪康弘勳、程嗣立、馬曰琯、樓錡、潘廷壎五人,詩共七首;卷三十一刪徐燦、方維儀、方琬、范淑鍾、周志蕙、馬士騏、袁九嬺、孔傳蓮、汪璀九人,詩共十一首;卷三十二刪楚琛、大汕、尤采、俞桐四人,詩共七首。而即使在得以保留的詩家中,不少人的入選篇目也有所刪減,合計約有四百餘首。

　　在《國朝詩別裁集》被刪作家及其作品中,除了上文提及的因人品問題而被刪以及受到各起獄案牽連而被刪的情況以外,[43]絕大多數詩作被刪的原因都是源於官方政教詩學觀對「變風變雅」之作的拒斥。當然,我們不能將沈氏所理解的「變風變雅」簡單地等同於〈詩大序〉中所云「變風變雅」的原義,歸納起來主要包括以下兩類題材:

　　一是敘寫鼎革之際歷史事件,抒發興亡之感慨。《國朝詩別裁集》編訖於乾隆二十四年,其選詩家「均屬已往之人」,照此推算,該選中詩家的創作活動年代多集中於明清之際以及順治、康熙兩朝。這些詩人對鼎革之際的重大歷史事件或親眼目睹,身歷其中,或有所耳聞,感同身受,故這類題材內容為清初詩歌創作所常見。沈德潛對此類詩歌非常重視,希冀在這些詩歌中可以尋繹出「古今成敗興壞之

---

43 典型案件如順治間「丁酉科場案」,案中要犯吳兆騫在原選本卷五的十六首詩全部被刪。

故」，在《國朝詩別裁集》中的入選數量也較多。當然遭「欽定本」
刪除的也最多。

　　如卷十一選入尤侗二十五首詩作，其中〈胡藍獄〉、〈歌七章〉、
〈思陵痛〉等二十首均出自尤侗的《詠明史樂府》，記錄了明朝自洪
武開國至崇禎亡國中一系列重大歷史事件。在作者小傳中，沈德潛特
加說明：「《詠明史樂府》一卷，尤為神來之作。今選中所收，皆錚錚
有聲者，使藝苑人見之，共識西堂面目。」而在「欽定」本中只保留
尤侗五首作品，上述二十篇一字未存。再如卷十收錄彭定求五首作
品，「欽定」本保留三首，被刪除的兩首之一為〈故閣部史公開幕維
揚城潰殉難相傳葬衣冠於梅花嶺下過而哀之〉，寫的是南明史可法揚
州抗清之事。「教忠堂」本卷十九收錄陳睿思三首詩作，「欽定本」保
留了兩首，唯一被刪去的是〈閱三朝要典〉，所寫乃明熹宗後事。除
關涉前明人物事蹟外，抒發興亡感慨、悼古傷今之作也在清理範圍。
如卷二季振宜被刪除的〈潼關有感〉，其詩為「興亡非一代，形勝覽
層樓。渭水千年獨，秦山萬里秋。豺狼互吞噬，盜賊化王侯。郵置無
餘馬，皇華不肯休。」字裡行間充溢著歷史興亡的感慨。卷四丁澎的
〈望天壽山〉也是如此，沈氏評曰：「廢興之感，於言外領之。」此
外如王頊齡的〈讀史有感〉，毛奇齡的〈秦淮老人〉，丁澎的〈聽舊宮
人彈箏〉，張玉書的〈過金陵某將軍營〉，王揆的〈臨清阻泊〉、〈讀山
翁大師新蒲綠依韻束寄〉，徐延壽的〈燕子磯〉，劉獻廷的〈贈楊子
西〉，葉燮的〈集吳天章傳清堂感舊限紅字韻〉，胡會恩〈吳門值錢引
光惠詩賦答〉，陳維崧的〈錢塘浴馬行〉，王昊的〈黃州杜於皇兵阻客
婁賦此慰之〉等均屬此類。

　　二是關涉現實問題，傾吐鬱悒之氣。由於沈德潛論詩不喜流連光
景、緣情綺靡之作，要求詩歌反映廣闊的現實生活，抒發自己的真性
情，所以在《國朝詩別裁集》中關於反映戰亂、民生等社會現實的作
品占很大篇幅，如原選卷九收錄了徐乾學的十四首作品，「欽定」本

僅保留了三首，被刪除的十一首中有〈北征〉七章，所寫即亂世景象及亂世情懷。另如「三藩」之亂、鄭成功反攻等事更是清廷刻意迴避的內容，故范必英〈諸將〉、王玷〈客有談海上己亥之變詩以紀之〉、王昊〈雜感〉等皆不見於「欽定」本。再如卷十七收錄呂履恆十八首作品，被「欽定」本刪去的四首中有寫苛政猛於虎的〈斫榆謠〉、〈牛口谷〉；卷五收錄嚴允肇十二首作品，「欽定」本保留了十首，刪掉的〈穆陵關〉、〈哀淮人〉二首，都關乎民生疾苦；卷六收錄田雯九首作品，「欽定」本存其八，刪掉了反映「農家供官之苦」的〈送馬謠〉；卷九收錄周弘三首作品，「欽定」本存二首，唯一刪去的是反映賑災之弊的〈道旁歎〉。諸如此類，不勝枚舉。

同時，傾吐鬱悒不平之氣的作品在《國朝詩別裁集》中也不在少數，這些出自詩家之性情的作品同樣也被「欽定」本所擯棄。原選本卷五收計東詩五首，其中〈任丘道中回望西山有感〉云：「不盡西山色，蒼茫遠帝都。內廷傳甲第，我舌問妻孥。寂寞隆中嘯，悲涼督亢圖。昔賢知未遇，時一哭窮途。」作者題下自注：「是日為新進士艫唱。」沈德潛評曰：「極失意時，說來卻有氣骨。」「欽定」本獨刪此一首。再如徐乾學被人劾議幾罹於法，得旨還山時作〈請告得旨留別諸公〉一詩：「蕭蕭白髮滯長安，此日都亭擬掛冠。入世艱虞憂履虎，當門芳馥怕鋤蘭。一官雞肋中情淡，萬卷牛腰遠道難。最是君恩如海嶽，禁庭回首涕砏瀾。」陳鵬年因彈劾上官而繫獄，作〈述憤次李崆峒韻〉：「攬鏡歎疇昔，我生良不辰。遭逢承平世，罪戾蓋有因。束躬待斧鉞，奄忽彌十旬。天怒諒可回，恩波浩無津。巽命重遲回，已足感臣鄰。永念衰病母，江湖隔晨昏。恐懼心膽碎，雨泣鼻酸辛。上有聖明君，下有垂白親。」徐乾學官至刑部尚書，陳鵬年官至河道總督，沈德潛稱前者之作是「受恩感激」，後者是「不忘君親」，然即便如此，兩詩還是難免刪除之厄運。究其原委，主要是兩首詩作中均暗含不平憤怨之氣，背離了官方政教觀清真雅正的標準。

　　綜上可以看出，從《國朝詩別裁集》到《欽定國朝詩別裁集》，不能簡單地理解為選本遭受全面刪改的一個修訂活動。其背後的真正意義在於，當精英詩學話語闡釋的詩教觀與官方政教觀所期望的標準發生歧見時，官方詩學話語可以利用政治權利強行地打壓對方，從而宣揚自身的詩學準則。

　　總之，御敕清詩選本是我們解讀官方詩學話語的一個窗口。當詩教與政教處於共謀關係中，官方詩學話語會利用傳統詩教觀推行自己的主張；而當詩教與政教發生衝突時，官方詩學話語就會用強制手段推行自己的主張。但不管何種情況，官方詩學話語具有強大的影響力是毫無疑問的。

第二節　清詩試律選本與清代官方詩學話語

　　御敕清詩選本可以說是直接體現清代官方詩學傾向的陣地，但由於御敕清詩選本畢竟數量有限，故以此途徑直接推行官方詩學標準很難波及全國。而伴隨著清代官方特別是乾隆朝對科場內容體制的革新，試律詩的創作與清詩試律選本也相繼出現，成為乾隆以降每個讀書人科考入仕的敲門磚。因此，清詩試律選本的產生也深深地烙上了官方意識形態的印跡。當然，隨著清詩試律選本的廣泛傳播，官方意識形態的詩學話語也就真正地滲入民間，影響到了所有的讀書人。

一　清代試律詩及其選本的興起

　　關於「試律」之名的源始，梁章鉅《試律叢話》中有詳細的闡說：「試律始於唐，至宋以後，作者寥寥，闕焉不講。我朝乾隆間始復用之科舉，或稱為排律，然古人排體詩有數十韻及百韻者，今限以六韻、八韻，則不得以排律概之也。又或稱為試帖，然古人明經一

科，裁紙為帖，掩其兩端，中間惟開一行，以試其通否，故曰試帖。
進士亦有贖帖詩，帖經被落，許以詩贖，謂之贖帖，非以詩為帖也。
毛西河檢討奇齡有《唐人試帖》之選，蓋亦沿此誤稱。惟吾師紀文達
公撰《唐人試律說》，其名始定。」[44]這段話將「試律」與「排律」和
「試帖」作比較，指出試律在體式上歸屬於排律的範疇，而在功用上
與試帖有相似之處，三者有聯繫更有區別，不可混淆一體。簡言之，
試律就是用於科考應試的五言六韻或五言八韻之排律。當然，這種詩
體在清代的恢復是與清廷對科考體制的變革密切相關的，而當清代確
立科場增設試律的制度以後，士人學習和創作試律詩的熱情空前高
漲，這種風尚便直接催生了清詩試律選本的產生。

（一）清代科考體制的變革導致士人學習、創作試律詩的風尚

　　清朝定鼎以後，基本沿襲了明朝科舉舊制，以八股取士。這種文
體由破題、承題、起講、入手、起股、中股、後股、束股等組成，其
中起股、中股、後股、束股四個段落是核心部分。而這四個段落中又
各有兩相對偶的兩股文字組成，合起來共有八股，故稱「八股文」，
或「八比」，其命題以《四書》、《五經》為本，對經文的解釋以朱熹
等人的注釋為准。

　　明清的八股取士制度在選拔人才方面發揮了積極的作用，但在具
體的實踐過程中也存有嚴重的弊端，並且產生了極端不利的消極影
響。首先，八股文在形式上固定死板，文人不能逾越半步，許多文章
都是千篇一律的陳詞濫調。內容上更是以宋儒對經義的解讀為唯一尺
度，不能有自己鮮活的思想，嚴重束縛了作者的主觀能動性。其次，
為了獲取功名，讀書士子長期浸淫於八股之中，對於詩賦或以為餘

---

44 梁章鉅著，陳居淵校點：《制藝叢話・試律叢話》，《試律叢話》（上海市：上海書店，2001年），卷1，頁511。

事，或以為廢業，嚴重影響了文人的綜合素質。葉之榮曾經描述過八股制度下詩歌的慘澹遭遇：「自勝國八股之制定，操觚者皆以詩為有妨舉業，概置不講。雖海內之大，不乏好學深思、心知其義。而窮鄉僻壤，且有不知古風歌行、近體絕句為何物者。風氣至此，亦詩運之一厄也。」[45]

　　正是由於認識到了八股取士的上述弊病，清廷官方才對科考制度進行了一系列的改革措施：順治十四年（1657），由於江南丁酉科場舞弊案發，「皇上震怒，部嚴加覆試，以〈春雨詩五十韻〉命題，黜落舉人三十餘名，主考房官二十二人刑於市。」次年，順治帝「親覆試江南丁酉貢士，以古文詩賦拔武進吳坷鳴第一」，[46]這是清代增詩於科考的先聲；康熙二年，康熙帝頒令停止八股考試，改以策論表判，至康熙七年（1668）才得以恢復；康熙十八年博學宏詞科開考，試題為詩賦各一篇，以選拔學行兼優、文詞卓越之人；康熙五十四年（1715），又詔令科舉二場加試五言六韻律詩一首，可惜之後沒有實行下去；乾隆元年、乾隆二年（1737）又舉行兩次曾將中斷多年的博學宏詞科考試。由此可見，清初以來歷代官方都試圖對科舉取士制度進行一定程度的政策調整，且調整內容絕大部分都是關於增加詩歌比重的舉措，比較可惜的是許多政策都是臨時性的，終未成為定制。

　　直至乾隆二十二年（1757），乾隆帝才明確頒布諭旨：「嗣後會試第二場表文，可易以五言八韻唐律一首。……其即以本年丁丑科會試為始。」[47]據法式善《清秘述聞》記載：「乾隆二十二年丁丑科會試。是科奉旨：鄉會試易表判為詩，永著為例。」（卷六）徐珂《清稗類鈔》中也有相應記載：「五言八韻唐律一首，……洎乾隆朝，御史張霽奏請鄉會科場及歲科兩試，一律通行（歲試六韻，科試八韻）。丁

---

45 葉之榮：〈序〉，見臧岳編：《應試唐詩類釋》，乾隆三十九年（1774）重鐫康熙本。
46 俞正燮：《癸巳存稿》，續修四庫全書本，卷12，「科場時日名目題目字型大小」條。
47 《欽定大清會典事例》，續修四庫全書本，卷331，〈貢舉・命題規制〉。

丑，遂頒為定例。」[48]至此，鄉會試五言八韻一首，童試五言六韻遂為定制。乾隆四十七年（1782），乾隆帝又頒旨將試律由二場移置頭場：「若頭場詩文既不中選，則二、三場雖經文、策問，間有可取，亦不准復為呈薦。」[49]這就意味著，乾隆中後期的官方統治階層已經將增設的試律詩提高到與八股文等重的地位。

　　經過如此調整，清代的科舉考核體系發生了巨大的轉向。而這種轉向會直接帶來兩方面的影響：一是極大地推動了其時的試律詩創作。科試中加考試律詩的政令無疑向廣大的讀書士子傳達這樣一個信息，即五言八韻或六韻律詩變得與八股文同樣重要，兩種能力必須同時具備，缺一不可。這是激發士人學習和創作試律詩熱情最為行之有效的手段。二是這種改革也預示著官方對八股文的諸種要求同樣也適用於試律詩。自定鼎以來，清廷對八股文的要求始終是「清真雅正」，如梁章鉅《制藝叢話》中記載：「雍正十年始奉特旨曉諭考官，所拔之文，務令清真雅正、理法兼備。乾隆三年復經禮部議奏，應再飭考試各官凡歲科兩試以及鄉會衡文，務取清真雅正，以為多士程式。」[50]乾隆朝在科考體制改革後，自然會將這種清真雅正的衡文標準移植於試律詩中。

（二）清代試律詩的創作風尚帶動了試律選本的應運而生

　　清代試律詩的創作具體可以分為兩大階段：一是學習、積累階段。當清廷頒布增設試律的政令不久，即乾隆執政的中期，普通士子在短時間內很難創作出質量上乘的試律詩，於是他們便設法尋找可資借鑒的試律詩範本，首先是向唐人學習。早在康熙五十四年，清廷下詔科考增試五言六韻律詩時，其時的文人就開始了唐代試律詩選本的

48　徐珂：《清稗類鈔》，上海商務印書館民國六年（1917）鉛印本，「試帖詩之遺聞」條。

49　《欽定大清會典事例》，卷331，〈貢舉・命題規制〉。

50　梁章鉅著，陳居淵校點：《制藝叢話・試律叢話》，《制藝叢話》，卷1，頁13。

編刻，以指導廣大士子的試律詩創作，如毛奇齡的《唐人試帖》、毛張健的《試體唐詩》等就是當時較為著名的唐代試律選本。這一時期的試律選本以五言六韻律詩為主，兼有八韻、十韻之作。至乾隆丁丑（1757）之後，唐代試律選本更是蜂擁而起，據不完全統計，乾隆二十二年以後的數十年間，清人編選的唐人試帖選本就有三十多種。[51]這一時期的試律詩選本多以五言八韻律詩為主，以應對改制後的科試之需。這些唐代試律選本在清詩試律選本尚未大量興起時極大地滿足了廣大士人學習、借鑒的需求，對提高有清一代試律詩的創作質量發揮了積極的作用。

　　其次是向本朝的應制詩選本和館閣選本學習。雖然清代沿用明制，以八股文取士，但自清初以來，仍有不少場合運用到詩賦，尤其是在翰林院。如顧蓴〈律賦必以集序〉云：「我朝承前明之制，取士以制義，而仍不廢詩賦。自庶吉士散館、翰詹大考，以及學政試生童，俱用之。」[52]故在乾隆二十二年之前以及在其後的幾年中，清代選本領域湧現出了一批含有五言六韻或八韻律詩的應制詩選本或館閣詩選本，較為知名的有沈玉亮編刻於康熙四十四年的《鳳池集初編》、汪士鋐於康熙五十八年（1719）編纂的《近光集》、沈德潛、王居正於乾隆九年（1744）輯評的《本朝應制和聲集》、鄒一桂於乾隆十九年（1754）輯評的《本朝應制琳琅集》、姚光縉於乾隆二十三年編輯的《盛朝律楷》、阮學浩與阮學浚於乾隆二十三年共輯的《本朝館閣詩》、許英於乾隆二十八年（1763）輯注的《本朝五言近體瓣香集》等。實際上，不論是館閣詩、應制詩還是試律詩，均以五言長律為主，只是詩韻長短有別而已，許英在其輯注的《本朝五言近體瓣香集》〈例言〉中有所申明：「試律鄉會俱用五言八韻，小試率用六韻，而館閣詩則由四韻以上有至百韻者，茲集廣為搜羅，凡三十韻以內並

51 詳見賀嚴：《清代唐詩選本研究》第二章（北京市：人民出版社，2007年），頁41。
52 顧蓴：〈序〉，《律賦必以集》，嘉慶二十五年（1820）廣東菊坡精舍重刻本。

皆採錄。體制雖殊，均以疏瀹性靈，發揮才調，惟八韻以內須團練堅凝，八韻以外貴敷陳詳瞻，稍有不同。竊意團練中不可無疏越之音，敷陳中尤貴有警策之筆，義本相通，無嫌紛出也。」[53]可見，館閣詩選、應制詩選不僅在容量上含括了嚴格意義上的試律詩，即這兩類選本中所選詩歌乃是試律選本選文之淵藪，且其編選目的亦和清人編刻唐人試律詩選本一樣，均為指導其時士子的試律創作，一如《本朝館閣詩》〈凡例〉所云：「所載館閣詩，為初學攻試帖者式焉。」[54]故這兩類選本亦可視為擴充版的試律選本。

　　這一階段也湧現出了不少試律詩的名家，如紀昀、翁方綱、金甡、吳錫麒、梁上國、法式善、王芑孫等均是乾隆中後期試律詩創作的佼佼者。隨著本朝試律詩作的不斷積累以及名家名作的相繼出現，清詩試律選本也應運而生，其中最有影響的要數紀昀的《庚辰集》和《我法集》。梁章鉅曾言：「近人說試律者，既以紀文達師為宗，則《唐人試律說》之外，不可不首讀《我法集》。……《試律說》及《我法集》外，惟《庚辰集》最行於世，以其詩最近時且有注便讀也。」[55]《庚辰集》的編選在科考改革後的第三年即乾隆二十四年就完成初稿且已付梓，乾隆二十五年經點勘修訂後再次刊刻。紀昀利用其任翰林院編修之便，選錄了自康熙庚辰至乾隆庚辰年（1700-1760）六十年間科考登科的才子詩二百多首，並查經考據，考酌字義做了十七萬字的詳細點評，對指導其時的試律創作可謂厥功甚偉。紀昀在〈自序〉中記述了此選編刻的緣起：「余於庚辰七月閉戶養痾，惟以讀書課兒輩，時科舉方增律詩，即點定『唐試律說』，粗明程式。復即近人選本，日取數首講授之，閱半歲餘，又得詩二三百首，兒輩以作者登科先後排纂成書，適起康熙庚辰至今乾隆庚辰止，因名

---

53 許英：〈例言〉，《本朝五言近體瓣香集》，乾隆二十八年（1763）心逸堂刻本。

54 阮學浩等：〈凡例〉，《本朝館閣詩》，乾隆二十三年（1758）刊本。

55 梁章鉅：〈試律叢話例言〉，《制藝叢話・試律叢話》，頁494。

之《庚辰集》。」[56]《我法集》的編選則相對較晚，乾隆六十年
（1795），紀昀有感於子孫試帖之詩「以抄撮塗飾為工，未合前人之
法律」，故「因令日作兩三篇，親為點論，其屢改不愜者即自作一篇
示之，而一一為之詳說，積數月凡百餘篇。」[57]可見這兩部試律選本
原為紀昀教授子孫課業的教科書，但經編輯刊刻後，便成為惠及大眾
的試律詩選本了。

　　此外，這一時期較為知名的試律選本尚有沈道灝編於乾隆三十一
年的《國朝正麗集初編》、張九鉞於乾隆三十一年編輯的《五言排律
依永集》、程琰編於乾隆三十三年（1768）的《稻香樓試帖》、張日
珣、邱允德於乾隆四十二年（1777）輯注的《國朝五言長律賡揚
集》、法式善等輯於乾隆五十一年（1786）的《同館試律彙鈔》及其
補鈔續鈔、阮元於乾隆五十八年（1793）編訂的《山左詩課》、馬大
亨於乾隆六十年編刻《國朝試帖典林》及其續編等。

　　二是普及、繁盛階段。經過乾隆朝中後期近四十年的學習借鑒和
創作積累以後，清代的試律詩創作在嘉、道、咸、同、光五朝不僅得
到了廣泛地普及，而且名家輩出，名作倍增。道光年間的試律名家路
德曾經這樣描述：「自是以還，海內詞人騷客不復輕視帖體，巧心妍
手，齊騖並馳，各出神思，自成馨逸，工此體者不知幾千百家。」[58]
同治年間的任聯第亦云：「我朝試帖著為功令，學者童而習之，自鄉
會以至詞館諸公莫不潛心致力於此，是以名流輩出，遠邁前人。」[59]
可見，在官方意識形態的操控下，廣大士子在八股文以外又潛心於試
律詩的創作，且在較短時間內就已形成了全民學習、創作試律詩的風
尚。試律詩創作的普及和繁盛使得清人頗為自豪，甚至還有一些人將

---

56 紀昀：〈序〉，《庚辰集》，乾隆二十四年（1759）刻本。
57 紀昀：〈序〉，《我法集》，乾隆六十年（1795）刻本。
58 路德：〈與謝芝岫秀才書〉，《檉華館全集・駢體文》，續修四庫全書本。
59 任聯第：〈序〉，見王植桂編：《七家試帖輯注彙鈔》，同治六年（1867）刻本。

試律詩視作清代文學的代表，如倪鴻云：「文章代興而必有獨擅其勝，秦以前勿論，漢以文，晉以字，唐以詩，宋以語錄，元以詞曲，明以制藝，至我朝則考據之學跨越前古，試律又其最也。」[60]

與試律詩的繁盛相適應，清詩試律選本在乾隆以降的各個時期也得到迅猛發展。據初步統計，這一階段現存的清詩試律選本就有三十多種。[61]在編排體例上更是異彩紛呈，既有按韻排序的試律詩選，如《試律青雲集》、《試律腋成》、《試帖分韻秋景詩集》、《分韻試帖精華》、《四時分韻試帖》等，也有按事類排序的試律詩選，如竹屏居士輯於咸豐三年的《試律大觀》就分為天文部、歲時部、地理部、帝治部、德性部、文學部等三十二個事類；既有選錄科試考卷的《近四科同館試帖鳴盛集》、《國朝應制詩粹》等，也有選錄課業之作的《棣華館詩課》、《泖東近課》、《關中課士試帖詳注》等。這一階段較有影響的試律詩選本有嘉慶五年王苣孫編刻的《試帖詩課合存》（又名《九家試帖》）、道光十年（1830）王植桂輯注的《七家試帖輯注彙鈔》等。梁章鉅論述當時流行的清人試律選本說道：「嘉慶初《九家試帖》震耀一時，實為試律不可不開之風氣。自是而降，又有《七家試帖》，雖蘊味稍遜，而才氣則不多讓，且巧力間有突過前修者。又有《後九家詩》，則後起之秀層見疊出，其光焰有不可遏抑者。」[62]

當然，在試律詩發展至「美矣備矣」之時，由於創作主體素質的良莠不齊，試律創作中的弊端也逐漸暴露出來。趙德轍在〈分韻試律腋成序〉中言：「後之學者務為塗澤，轉汩性靈，過求纖巧，殊乖大雅。其甚者不顧字法之雙單，不審字義之虛實，扭捏借對，取悅一時耳目。工而不穩，與拙同譏，流弊曷有極哉？」[63]《國朝試律摛藻集》

---

60 倪鴻：〈自序〉，《試律新話》，同治十二年（1873）刻本。

61 詳見本書附錄。

62 梁章鉅：〈試律叢話例言〉，《制藝叢話‧試律叢話》，頁494。

63 趙德轍：〈序〉，《分韻試律腋成》，咸豐六年（1856）碧雲仙館藏板。

〈序〉亦云：「黨庠家塾間，彬彬乎人工韻語矣，然才者或不知斂以法，麗者或不能取乎則，是試律未講而摛藻未切也。」[64]上述積弊嚴重影響了試律詩創作的整體水準，所以，在大量的試律詩作中精心採擇可「為初學楷摹」的優秀作品就成為其時選家最為直接的編選目的。可見，對於繁盛時期試律詩流弊的肅清，也是這一時期試律選本大量湧現的原因之一。

　　總而言之，清代試律詩的繁榮，以及試律詩選本的出現皆與官方的政策密切相關。清廷在科考中增試五言八韻或六韻律詩的政策，直接改變了清代的科舉體制和文學生態，極大地調動了普通士子的創作熱情，也直接催生了清詩試律選本的產生。

二　官方詩學話語在試律詩體中的全面滲透

　　清廷官方運用政治權力一方面促進了試律詩的快速發展，同時也對這種干祿文體進行了若干限制，《欽定大清會典事例》中就記錄了乾隆帝對試律詩體例的相關規制，如乾隆二十三年覆准「外省鄉試試題，惟期於中正雅馴」；乾隆二十七年（1762）題准「試題應正書賦得某句，旁注得某字五言八韻」；乾隆四十七年頒諭「蓋詩題係朕所命，且律句謹嚴，難以揣摩」等。[65]在帝王的親自參與下，清代試律詩的創作與批評始終受到官方意識形態的制約。由於清詩試律選本集聚了有清一代試律詩體的佳作名篇，且多半有選家的箋注評點，故以清詩試律選本為載體，來體察清代試律詩的創作情形，以及官方詩學話語對試律詩體的全面滲透，顯然具有一定的代表性和可操作性。

　　《朱批增注七家詩選》〈凡例〉有云：「試帖體屬對揚，自當以典

64　周光鏞：〈序〉，見程嘉訓編輯：《國朝試律摛藻集》，嘉慶八年（1803）友益齋藏板。
65　《欽定大清會典事例》，續修四庫全書本，卷331，〈貢舉‧命題規制〉。

雅莊重為主。即大家偶有遊戲之作，亦須立言有則，巧不傷雅。近見坊間選本，及各家集中，間涉香奩題目，狎褻之言，殊乖風雅。倘後生轉相仿效，弊將安窮？茲選七家中，莫不各具典型，一歸莊雅，實足以維持詩教。」[66]這段表述將試律詩在主題、詩法和風格諸方面的基本特徵一一點出，其實質就是最大限度地彰顯試律詩的功利性職能，便於應試，利於詩教。結合清廷官方對試律詩體例之要求，下面著重從體例、詩法、主題和風格四個角度分而論之：

（一）體例：程式嚴苛

從文體學的角度說，試律詩是長律的一個分支，理應具備長律所共有的詩體特徵，即杭世駿所言的「三用三難」：「詩之有律，濫觴於盛唐，長律則其引而伸之者也。燕許導其源，少陵揚其波，稱極盛矣。而其用有三：鋪陳始終，抒寫情愫，雕刻物理，惟此體能盡其致；而其難亦有三：不整密則體恭而不莊，不流麗則調澀而不暢，不震盪則氣促而不舒。知三難而以供其三用，投之所向，無不如志，工聲律者往往樂從事焉。」[67]但事實上，在五言八韻或六韻之律詩被確定為應試文體後，它在體例上已經與純粹文體學意義上的長律有所區別了，注入了更多程式化的要素，堪比八股文。

試律詩的體例主要包括題目、結構、用韻和用典幾大部分，首先看題目。試律詩的題目前面一律有「賦得」二字，意即合乎指定命題意蘊的詩歌，故試律又別稱為「賦得體」；下面接著是題目，或是擷取經史及前人詩作中的一句，或擇取一個典故、一個成語，如「蠶月條桑」題，即取自《詩經・豳風・七月》「蠶月條桑，取彼斧斨，以伐遠揚。」「春從何處來」題即取自吳均〈春日〉詩：「春從何處來，

66　張熙宇輯評：〈凡例〉，《朱批增注七家詩選》，光緒間南京李光明莊刻本。

67　杭世駿：〈序〉，見姚光緒輯：《盛朝律楷》，乾隆三十二至六十年（1767-1795）迎曉書屋刻本。

拂水復驚梅。」此外如「草色遙看近卻無」題取自王維詩句,「菊殘
猶有傲霜枝」題取自蘇軾詩句等;後注「得某字」,即限定必須用這
個字的韻,又注「五言六韻」或「五言八韻」,要求所寫詩歌只限於
用六個韻或八個韻,即寫成十二句或十六句的五言排律一首。應考者
接到題目後,首先要清楚此命題的出處,然後才能在前兩聯點題。點
題之意為試律詩題目的字,一定要在首、次兩聯點出。至少,如果題
目是一句五言詩,也得用上四個字,如果是一句七言詩,也得用上六
個字,否則就視為不合格。首聯或直賦題事,或藉端引起;第二聯要
急轉到題,出題不能太緩,全題字眼,必須在第一、二聯寫出。這和
八股文的破題有相似之處,區別在於八股文要求開頭用兩句話點明題
意即可,不必文字相符。

　　另外,這種命題而作的試律詩與一般的古近體詩歌創作也有異
同。王廷紹曾指出二者的關係為:「古近體義在於我,試帖義在於
題。古近體詩不可無我,試帖詩不可無題。古近體之我,隨地現形;
試帖詩之題,隨方現化。泥之者土偶也,失之者遊魂也。此同而異,
異而同之說也。」[68]通常的詩歌創作多是抒發自我情志,題由己生,
而試律詩必須在限定的框架內按題意賦詩,極大地束縛了詩人的思想
自由。只有在科考題目與其心境恰好相合的情形下,詩人的試律詩才
有可能做到言意相符、文質彬彬,多數情況下都是在循環重複試題的
意旨,而無自我真情的流露或實實在在的內容,這無疑已經背離了
「詩言志」的本質要求。

　　其次看結構。試律詩結構與八股文非常相似,除首聯和末聯不用
對偶外,其餘各聯均要求「銖兩悉稱」的對偶。這種特徵自唐代試律
詩就已經具備,毛奇齡在《唐人試帖》〈序〉中就指出此種特徵與八
股文結構的相似之處:「唐制試士改漢魏散詩而限以比語,有破題,

68　梁章鉅著,陳居淵校點:《制藝叢話・試律叢話》,《試律叢話》,卷1,頁515。

有承題，有頷比、頸比、腹比、後比，而後結以收之。六韻之首尾即起結也，其中四韻即八比也。」[69]即首聯如破題，次聯如承題，三聯如起比，四五聯如中比，六七聯如後比，結聯如束比。為便於直觀明析二者之章法結構，茲以明代王鏊的八股文〈百姓足，君孰與不足〉與清代王廷紹的試律詩〈驚雉逐鷹飛〉比照解讀，參見下表：

表十五　八股文與試律詩章法結構比照

八股文	章法結構	試律詩	章法結構
百姓足，君孰與不足（明代王鏊）	題目	驚雉逐鷹飛（清代王廷紹）	題目
民既富於下，君自富於上。	破題	百中虛文圍，蒼鷹掠地歸。	破題
蓋君之富，藏於民者也。民既富矣，君豈有獨貧之理哉！	承題	如何驚雉影，翻逐鷙禽飛。	承題
有若深言君民一體之意，以告哀公，蓋謂公之加賦，以用之不足也。欲足其用，盍先足其民乎？	起講		
誠能百畝而徹，恆存節用愛人之心；什一而征，不為厲民自養之計，則民力所出，不困於征求；民財所有，不盡於聚斂矣；閭閻之內，乃積乃倉，而所謂仰事俯育者無憂矣；田野之間，如茨如梁，而所謂養生送死者，無憾矣。	起股（起比）	色木罹羅避，心偏竄野違。	起股（起比）
百姓既足，君何為而獨貧乎？	虛股		
吾知藏諸閭閻者，君皆得而有之，不必歸之府庫，而後為吾財也；蓄諸田	中股（中比）	多因魂未定，不識計全非。	中股（中比）

69 毛奇齡：〈序〉，《唐人試帖》，康熙四十年（1701）刻本。

八股文	章法結構	試律詩	章法結構
野者，君皆得而用之，不必積之倉廩，而後為吾有也。取之無窮，何憂乎有求而不得；用之不竭，何患乎有事而無備？		路問金眸疾，風卷鐵距威。	
犧牲粢盛，足以為祭祀之供；玉帛筐篚，足以資朝聘之費。借曰不足，百姓自有以給之也，其孰與不足乎？饔飧牢體，足以供賓客之需：車馬器械，足以備征伐之用，借曰不足，百姓自有以應之也；又孰與不足乎？	後股（後比）	幾番愁側翅，一瞬失殘羣。抱木猿猶轉，藏林鳥亦稀。	後股（後比）
吁！徹法之立，本以為民，而國用之不足，乃由於此，何必加賦以求富哉！	束股（束比）	山梁無獵羽，好自惜毛衣。	束股（束比）

　　由上表可見，清代試律詩在章法結構上頗為相似，無怪乎試律名家金姓有此感歎：「君等勿以詩為異物也，其起承轉合、反正淺深，一切用意布局之法，真與時文無異，特面貌各別耳。」[70]當然，在這種程式化的結構框架內，試律詩也有許多變體。許英在《本朝五言近體瓣香集》〈例言〉中有詳盡論述：「起處或用尊題法渾冒作起，或用推原法補題之腦，亦不限定先點題字，但不得泛填冠冕大話耳。中間實發處有烘襯法，有比擬法，即比興之遺意。若專用敷陳，非膠滯即枯槁矣。結處亦有不用頌揚干請者，如錢起〈湘靈鼓瑟〉詩，『曲終人不見，江上數峰青。』縹緲不盡，神味無窮，亦其一也。即頌揚亦須切題，而干請更忌著跡，品之雅俗尤在於此。」[71]

　　再次看用韻和用典。試帖詩用韻最為重要，得字官韻必須在首聯押出，不可更換。得字有兩種情況，一種是得題中字，一種是取題外

---

70 金姓：〈自序〉，《今雨堂詩墨》，乾隆三十四年（1769）今雨堂刻本。

71 許英：〈例言〉，《本朝五言近體瓣香集》，乾隆二十八年（1763）心逸堂刻本。

字。在用韻上，試帖詩要嚴格遵守「八戒」，即出韻、倒韻、重韻、湊韻、僻韻、啞韻、同義韻和異義韻均不能用，最忌湊韻、襯韻、牽強、拙滯等。試帖詩作為格律詩，用韻最嚴，用字全要在本韻範圍內選擇，一錯用了其他韻部的字，就是出韻，一旦出韻便被降等或不予錄取。即如翁同龢所言：「一韻之失，一字之病，往往擯抑真材而不惜。」[72]

　　試律詩除結構嚴謹、用韻嚴格以外，最難以掌握的便是用典，又稱用事，就是要求所用之辭要有出處，或是歷史典故，或為前人用過的辭句。用典還切忌牽強、堆砌和冷僻，講究正用、借用、明用和暗用，要求「熟事用之生新，僻語用之無跡」，以至「連類比附」等等手法。[73]茲仍以上表中王廷紹的〈驚雉逐鷹飛〉為例：其中「文囿」典出《文心雕龍·風骨篇》：「未乏風骨，則雉竄文囿。」「蒼鷹掠地」典出蘇軾〈祭常山回小獵詩〉：「趁兔蒼鷹掠地飛。」「鷙禽」典自《易·通卦驗》：「鷹者，鷙殺之鳥也。」「罹羅」源於《詩·王風·兔爰篇》；「魂未定」出自蘇軾〈謝量移汝州表〉：「驚魂未定，夢遊縲絏之中。」「金眸」典出杜甫〈見王監兵馬使說近山有白黑二鷹羅者久取竟未能得王以為毛骨有異他鷹恐臘後春生騫飛避暖勁翮思秋之甚眇不可見請余賦詩〉：「金眸玉爪不凡材。」「鐵距」典出魏彥深〈鷹賦〉：「身重若金，爪剛如鐵。」「側翅」典自杜甫〈送高三十五書記〉：「饑鷹未飽肉，側翅隨人飛。」「一瞬」典出陸機〈文賦〉「觀古今之須臾，撫四海於一瞬。」「翬」源於庾信〈謝趙王賚雉啟〉：「夏翟秋飛，江翬春潤。」「抱木猿」典自《淮南子·說山訓》：「使養由基射之，始調弓矯矢，未發而蝯擁柱號矣。」「山梁」見《論語·鄉黨》：「山梁雌雉，時哉！時哉！」「獵羽」源出宋玉〈高唐

---

72 翁同龢：〈序〉，見錢祿泰輯：《虞山七家試律鈔》，同治十二年（1873）常熟錢氏刻本。

73 任聯弟：〈序〉，見王植桂輯：《七家試帖輯注彙鈔》，同治九年（1870）善成堂刻本。

賦〉:「傳言羽獵,衙枚無聲。」「惜毛衣」出自劉基詩〈次韻和新羅
嚴上人秋日見寄二首‧又用前韻〉:「鴻雁群翔營口實,鴞鷺對立惜毛
衣。」一首試律詩中竟有如此多的典故,通常的古近體詩實在是難以
望其項背。但是連篇累牘的用典自然會影響到詩意的完整性和表達的
流暢性,有時甚至會造成閱讀的障礙。

　　清人不僅在形式上對用韻和用典做出了諸多規定,而且還將其與
詩歌的意旨相聯繫。如《五言排律依永集》〈凡例〉曰:「詩中用典必
載原始,總以雅馴典確、千人共見者為準,怪僻者不收。」「集中詩
總擇平仄叶調、音韻鏗鏘、詞華風雅者,無拗字拗句之病。」[74]劉潤
楠亦云:「應試詩體最宜吉祥,凡字不雅馴、典非祥瑞者,斷不可輕
涉筆端。余己卯分校粵闈,詩題係『山崇川增』,有反用崩騫而被黜
者,有韻押滄桑而不錄者,至於傷時慨世及魂、鬼等字,雖懷古題亦
宜斟酌用之。」[75]據此可知,清廷對試律詩用韻、用典等規定已不單
單是關乎詩歌形式的問題了,還有著思想內容方面的限定。

　　總之,從試律詩體例的諸方面可以看出,它已經逐漸從長律的分
支衍派蛻變為同八股文類似的應試文體。這種變化跟詩體自身的發展
演變規律關係甚微,很大程度上取決於官方意識形態的操控。這種操
控主要通過兩種途徑:一是利用制定規則的方式直接把官方詩學傾向
強加於試律詩。如朝廷命題,士子按題賦詩;試律詩尾聯以頌揚盛世
或干請收束。二是利用抑制詩歌的審美特質間接地強化試律詩的實用
功能,如程式化的章法、嚴格繁瑣的用韻,以及連篇累牘的用典等。

(二)詩法:立言有則

　　試律詩在體例上對題目、章法、用韻和用典的要求只是一個形式
上的總體規定,真正將上述要求進一步細化為可操作的若干法則並切

---

74 張九鉞箋釋:〈凡例〉,《五言排律依永集》,乾隆三十一年(1766)刻本。
75 劉潤楠:《試帖說》,引自梁章鉅著,陳居淵校點:《制藝叢話‧試律叢話》,頁565。

實運用於試律詩創作的是詩法。詩法最鮮明的特點在於，一方面為初學者確立了一系列的範式標準，易於入門；另一方面其內部框架中又存有一定的自由空間，適於熟練者的求變生新。但不論是初學的範式標準還是名家的求變生新，詩法都不能逾越出清廷對試律詩體例的總體規定。

清人很早就開始重視試律詩法的研究。起初，他們往往利用唐人試律作為研究素材，如毛奇齡在〈唐人試帖序〉中就明確指出：「夫試詩緊嚴，有制題之法，有押韻之法，有開承轉合、頷頸腹尾之法。」[76]其後，鄭蘇年則從試律詩法與一般古今體詩法相區別的角度來論述：「試律為詩之一體，而其法實異於古近體諸詩。其義主於詁題，其體主於用法，其前後起止、鋪衍詮寫，皆有一定之規格、淺深之體勢。而且題中有一字即須照應不遺，題意有數重又須迴環鈎縮，尺寸一失，雖詞壇宗匠亦不入程式焉。」[77]

紀昀是清人中最先系統論述試律詩法的名家，其〈唐人試律說序〉云：「凡作試律，須先辨體。題有題意，詩以發之，不但如應制諸詩惟求華美，則襞積之病可免矣。次貴審題。批窾導會，務中理解，則塗飾之病可免矣。次命意，次布格，次琢句，而終之以鍊氣鍊神。氣不鍊則雕鎪工麗僅為土偶之衣冠，神不鍊則意言並盡興象不遠，雖不失尺寸，猶凡筆也。」[78]

這裡，紀昀按照創作順序將試律詩的六種詩法依次列出，重點放在辨體、審題以及鍊氣鍊神三個方面。這是因為，辨體和審題是任何一位試律詩創作者必須嚴格遵守的首要法則，它們也是區別於其他種類詩歌創作方法的基本特徵。不論是初學入門，還是詞壇宗匠，皆不能將試律詩寫成別的詩體，故首先要遵守詩體相符，題意切中的根本

---

76 毛奇齡：〈序〉，《唐人試帖》，康熙四十年（1701）刻本。
77 引自梁章鉅著，陳居淵校點：《制藝叢話・試律叢話》，頁512。
78 紀昀：〈序〉，《唐人試律說》，乾隆二十五年（1760）山淵堂刻本。

準則；而鍊氣鍊神則是在基本詩法準則基礎上進一步提升試律詩品質、品味的更高要求，只有前面的基本功扎實了，後面的詩法才能落到實處。同時，惟有鍊氣鍊神，試律詩才能既不失尺寸，又能得其「神明變化、自在流行之妙」。這應該是試律詩創作的最高境界，恐怕只有紀昀這樣的才人能夠做到，對於初學試律的普通士子而言，這只能算作一個追求的目標。

乾隆以降，隨著試律詩的迅速發展，清人對試律詩法的需求也隨之發生了變化。梁章鉅曰：「乾隆間《我法集》之刻，一時風行海內。近日踵事增華，喜新厭舊，老輩法程束之高閣矣。」[79]嘉道年間，出現了有清一代論述試律詩法最完備詳盡的選本，即李楨的《分類詩腋》。此選初刻於嘉慶二十二年（1817），將試律詩法分為押韻、詮題、裁對、琢句、字法、詩品、起結、鍊格八個步驟，且「各采名句，以示準則。」具有很強的指導性和可操作性，同時也鮮明地展現出清廷官方詩學話語對試律詩法的全面滲透。

先論押韻。李楨曰：「未求句工，先求韻穩，必韻為我用，我不為韻拘方是。若做起九字，尋一字湊成之，譬以瓦片木頭帖不平之物，何由得穩哉？」[80]這和紀昀所論頗為相似：「凡押韻而不穩者，謂之懸腳。如人立於亂石碎塼之上，雖不至顛仆，卻搖搖然不踏實地，終不穩當也。」[81]可見，押韻之法，穩字當頭，不苟作險韻。在這個前提下，李楨還指出了試律詩「實字易押、虛字難押」的特點，以及一個押韻入門的秘訣，即因韻或倒或順，拆開運用，如王其名〈老當益壯〉句云：「香山人憶白，圯上跡傳黃。」對固工靈，語亦典切。

次論詮題。李楨云：「詩韻既能穩，尤貴於相題，總以清真為主。一題到手，不知是情是景、著眼何字，只尋詩料上帖括，敷衍成

79　梁章鉅著，陳居淵校點：《制藝叢話・試律叢話》，《試律叢話》，卷5，頁594。
80　李楨：《分類詩腋》，嘉慶二十二年（1817）刻本，卷1。
81　梁章鉅著，陳居淵校點：《制藝叢話・試律叢話》，《試律叢話》，卷2，頁542。

篇，又不知襯托、映帶、串合之法，總由不能詮題故也。」[82]於是，李氏在具體論述中將各類詮題方法都舉例論證一番，但總的原則是「巧不傷雅」。這和劉潤楠《試帖說》中的主張基本一致，劉氏曰：「凡闊大題，不但寒儉非宜，即清麗題而配色選聲亦必須相稱。……凡遇瑣細題，能不為題所窘，而以大雅之筆出之，斯稱能手。」[83]

次論對裁。李楨云：「試律至今日，講究極細，僅求工穩尚不能出色，必取巧以勝人矣。但巧不可入纖，工不至傷雅，仍須出以大方，乃為入妙對之工者。」李氏還歷數了自唐以來對裁的發展演變：「唐人裁對工整而少變化，至宋人則出奇無窮矣，有活對，有側對，有雙聲疊韻對，大約蘇、黃詩集中最備。又有借對之法，……有以虛對實之法。」[84]清代試律詩正是在吸取前人經驗的基礎上，又自能戞戞生新。例如支干對，除卻常見的假借字面作對外，尚有將干支與用事相結合的對裁方法。另外，劉潤楠《試帖說》還提及有卦名對，「卦名作對，其制非古，而今人亦喜用之。今錄其巧不入纖者。」[85]據此可知，清人試律詩在對裁的花樣翻新上更勝一籌，但總能謹守「巧不入纖，工不傷雅」總體原則。

次論琢句。李楨曰：「清易於淡，奇易於險，華易於俗，正易於平。窺透諸弊，自出機杼，莫不天然合拍，熟極生巧，原不必泥於成法。然初學者不按法以求，何從下手？」[86]正是緣於琢句的此種困境，李氏列舉了幾種實用的句型，以便初學。一是橫擔句，即上二字與下二字平對，中以一字串之，如「執中如執一，持正即持衡」之類，此種句法須運用渾成乃佳；二是折腰句，即上下詞意相反而不

---

82 李楨：《分類詩腋》，嘉慶二十二年（1817）刻本，卷2。

83 劉潤楠：《試帖說》，引自梁章鉅著，陳居淵校點：《制藝叢話‧試律叢話》，頁568。

84 李楨：《分類詩腋》，嘉慶二十二年（1817）刻本，卷3。

85 劉潤楠：《試帖說》，引自梁章鉅著，陳居淵校點：《制藝叢話‧試律叢話》，頁570。

86 李楨：《分類詩腋》，嘉慶二十二年（1817）刻本，卷4。

粘，中用虛字以折之，如「君王能遣將，閨閣亦英雄」等；三是逆挽句，即上句是正面寫今日之事，下句推憶從前過往，如「宮牆今日望，桃李昔年恩」等；四是流水句。按有無虛字分為兩類，用虛字流水忌平庸，如「古今相照耀，李杜有文章」。不用虛字、兩句一串的流水句須自然，如「不疑拋玉尺，正道選青錢」等。這四類句法僅為初學者所依之程式，難以囊括試律句法之全部，且只有做到傳神自然，熟極生巧，才能規避李氏提出的「清易於淡，奇易於險，華易於俗，正易於平」的尷尬境地。

　　次論字法。李楨曰：「積句成章，集字成句，故琢句之外，字法亦不可忽。……總須字字先求穩當，工夫熟後莫不咳吐亦成珠玉耳。」[87]在字法方面，李氏非常重視鍊字，注重一字傳神。如那清安〈落花無言〉句云：「茶煙仍別館，草色自閒門。」「仍」、「自」二字傳無言之神；蔣辰祥〈渭北春天樹〉句云：「清尊曾夜月，綠柳又天涯。」吸取懷人遠神。

　　次論詩品。李楨仿自司空圖《二十四詩品》，將清人試律詩劃為十七個品目，分別是：華貴、闊大、悲壯、感慨、渾脫、奇僻、新逸、秀鍊、綺麗、瀟灑、工細、疏通、雋爽、神韻、俊拔、大雅、流利。雖然試律詩在體例上與古近體詩有所區別，但非詩人則試律亦不能擅場，李氏的試律「詩品」論，旨在說明二者在表現風格上確有相通之處。值得注意的是，李氏將「華貴」定為試律品目之首，顯然另有深意。他列舉符合「華貴」詩品的例句是李煒〈元夕觀燈〉中的一聯：「和豐天子樂，綺靡太平歌。」可見，李氏認為歌頌太平盛世的華貴詩歌是試律詩最重要的品格之一，將其列為首位也可窺見試律詩的功利性職能。

　　次論起結。李楨曰：「作古文爭起結，時文亦爭起結，試律何獨

87　李楨：《分類詩腋》，嘉慶二十二年（1817）刻本，卷5。

不然？」[88]意即起結之法在試律詩中同樣舉足輕重。《七家詩帖輯注彙鈔》評路德〈上古穴居〉詩亦云：「試帖最爭起結，作者毫不苟且，後學須處處留神，方有悟境。」[89]李氏概括出了起結之法的總體原則，即起法須與承聯緊相附麗，結法宜有興會。紀昀對結語亦非常重視，認為「試帖結語更要緊於起語，起語可平鋪，結語不可不用意。」[90]《四勿齋隨筆》中則認為金姓試律詩的結聯最為遊刃有餘，「或正收，或借結，或反掉，皆有含毫邈然之妙。」[91]

終論鍊格。李楨認為，前面七種詩法都只運用於試律詩的某一局部，而鍊格則是針對一首完整的試律詩而作的總體要求。當然，試律詩整體格調的呈現也離不開上述七種詩法的合理運用，它們是相輔相成的關係。

通過對李楨《分類詩腋》的細讀，我們可以非常清晰地發現，幾乎每種詩法都有官方詩學話語的印跡，如押韻、對裁要穩當，詮題以清真為主，琢句、字法也務必以穩當為先，詩品則以華貴為首等等。實際上，試律詩法的「立言有則」不僅要符合試律詩體例的相關規則，同時更要符合官方詩學話語對試律詩的總體要求，即清真雅正。

（三）主題：典雅莊重

在論述完試律詩程式化的體例、系統化的詩法之後，我們不禁要提出幾個問題：在如此嚴密苛刻的條條框框內，應試者的試律詩還能表達出多樣性的主題嗎？如果不能，那就要繼續追問，這種框架下的試律詩只能表達什麼樣的主題？試律詩的外在形式束縛與其集中表達的主題之間究竟有無內在的聯繫？我們試著從以下四個角度來進行理

88　李楨：《分類詩腋》，嘉慶二十二年（1817）刻本，卷7。
89　王植桂輯：《七家詩帖輯注彙鈔》「路德詩」，同治九年（1870）善成堂刻本。
90　梁章鉅著，陳居淵校點：《制藝叢話·試律叢話》，《試律叢話》，卷1，頁518。
91　《四勿齋隨筆》，引自梁章鉅著，陳居淵校點：《制藝叢話·試律叢話》，頁547。

論上的闡釋：

　　首先，題目的制定極大地限制了應試者對主題的多重選擇。唐人試律之題皆考官所命，而清代會試及順天鄉試試律各題悉由欽命，由於命題者代表了官方統治階層的意志，所以其政教色彩非常濃厚，如乾隆年間的「循名責實」、「王道蕩蕩」、「賢不家食」、「從善如登」等，嘉慶年間的「春雨如膏」、「天臨海鏡」、「立中生正」、「惠澤成豐歲」等，道光年間的「以禮制心」、「王道平平」、「布德行惠」等。這類題目一般出自經、史、子、集之中，應試者必須首先弄清題目的出處，然後才能按題索義，稍有違背即被淘汰。在如此嚴格的命題體制下，應試者若想在規定的時間內生發出多樣化的主題，簡直是不可能的，也完全沒有必要。故各類清詩試律選本也都有針對性地選取典雅莊重主題的詩作，如《五言排律依永集》〈凡例〉云：「題必則堂皇正大，出自經書子史及《文選》者，其餘或涉怪僻、或類纖巧，不稱館閣體裁概不備。」[92]

　　其次，聲律體式的嚴苛摒棄了試律詩主題的多樣性。倪承寬在〈五言排律依永集序〉中云：「古之世，聲生於詩，周太師以六詩教國子，以正五音，亦猶《虞書》依永之志也。齊梁羽韻學，唐因之變古體為律，則以聲定詩，後立格取士於是有式，有例有密，旨有秘術。聲愈嚴而詩愈盛，繩墨束縛之中，和聲鳴盛之意猶可彷彿。」[93]這裡詮釋了試律詩中一個非常重要的規律，即「聲愈嚴而詩愈盛」。自沈約提出「四聲八病」的理論後，通常的近體詩創作一直在較為嚴苛的聲律框架內進行，詩歌內容受到很大束縛，不能自由創造和發揮。而試律詩則與之不同，它反映的內容主要是和聲鳴盛，即張熙宇所言之「體屬對揚」，故即使處於「繩墨束縛之中，和聲鳴盛之意猶可彷彿。」聲律的限制只會使這一主題得到不斷地強化，這也闡釋了試律

92　張九鉞箋釋：〈凡例〉，《五言排律依永集》，乾隆三十一年（1766）刻本。

93　倪承寬：〈序〉，《五言排律依永集》。

詩固定之體例、謹嚴之詩法與其主題內容之間的內在關聯。換句話說，試律詩所有外在形式的束縛正好有效地擯棄了詩歌應有的主題多樣性，以使得試律詩更好地為「和聲鳴盛」這個基本的主題服務。

再次，表現體裁、手法的單一束縛了主題的多重闡發。試律詩如若僅有題目等體例的制約，才人名士仍能在有限的空間內利用多種表現手段來拓展詩歌的主題。但是試律詩在表現體裁和手法上也有限制，以《詩經》之體例比較，試律詩很少運用比興寄託之法，而多用直陳其事的賦體，體裁上多為雅頌。陶鏡堂《試帖標法》〈凡例〉云：「詩總六義，試律則多賦體而少比興，其詠民間事物尚為風，應試應制半屬雅，而朝廟禮樂則駸駸乎入頌矣。讚美處勿涉阿諛，干請處勿失身分，即有規勉，亦當溫厚和平，言之無罪，聞之足戒。」[94]林聯桂《館閣詩話》中轉述姚文田之言曰：「科舉之五言排律，其體實兼賦頌，依題敷繹，惟在意切詞明，所謂賦也。言必莊雅，無取纖佻，雖源本風雅，而閨房情好之詞、里巷憂愁之作，不容一字闌入行間，三頌具存，其體式固可考而知也。」[95]由此可以推理出，鮮用比興手法必然會導致試律詩表達主題時蘊藉含蓄的缺乏；多為雅頌體裁必然會增加鳴盛頌世主題的比重，而這些都影響到了試律詩主題的多重闡發。

最後，試律詩的應試職能決定了其主題的基本傾向。試律詩是科舉考試及應制的專用詩體，王芑孫曾自言：「予前家居為諸生十年，非考試不作八韻詩。」[96]這種詩體的創作目的非常明確，即創作出符合官方旨意的作品以求及第干祿，故應試士子勢必會在試律詩中闡揚詩教，歌功頌德。關於這一點，清詩試律選本屢有提及，如《依永集》〈凡例〉曰：「試帖以揣摩風氣吻合章程為要，茲仿唐人懸式取士

94　陶鏡堂：《試帖標法・凡例》，引自梁章鉅著，陳居淵校點：《制藝叢話・試律叢話》，
　　頁514。

95　林聯桂輯：《館閣詩話》，道光間刻本，卷1。

96　王芑孫：〈芳草堂試帖序〉，《試帖詩課合存》，嘉慶五年（1800）刻本。

意，概選本朝以彰風雅之盛。」[97]《同館試律彙鈔》〈凡例〉亦曰：「詩本性情，大篇短章，無拘體格，鳴國家之盛，惟律和聲，獨鈔五言八韻，應試用此居多。」[98]可見，清人選家或論者已經將試律詩這種應試文體與彰顯風雅、和聲鳴盛的宏大主題有機地關聯在一起。

　　正因為有上述諸多限制，應試者對於試律詩主題的選擇面越來越窄，最終只能導向典雅莊重的主題，而實際情況也的確如此。當代學者曾將清代一百四十二年間（自乾隆二十二年至光緒二十四年）的六十七科會試的試律詩題按內容分成五大類：君王之事、選賢任人、道德修養、時事內容、時令時景。[99]其中君王之事又細分成為君之道、君王之事和歌頌聖明太平三類，此類共二十一篇，占到試題總量的三分之一，或言為君之道的基本原則（如〈無逸圖〉等），或講治國方略（如〈循名責實〉等），或頌揚君王之統治（如〈摛藻為春〉等），主題自然宏大莊雅；另外，關於選賢任人、道德修養、時事內容的試題總共也有十九篇之多。在這三類試題中，或頌揚君王虛懷禮賢（如〈河海不擇細流〉等），或讚揚國家人才之盛（如〈譬海出明珠〉等），或闡慎修自省之道（如〈慎修思永〉等），或述現實時政之事（如〈師直為壯〉等），值得注意的是，試律詩敘述時事與通常詩歌有所不同，梁章鉅曰：「試律所以應制，關和時事中，尤貴得頌揚之體。」[100]故上述主題也多為典雅切實；最後一類是關於時令時景之內容，共有二十五題。這類題目幾乎全與春季相關，表現與時令相關的典事，描摹初春景象，主題也傾向清雅和平。其中有些題目關涉聖賢之事（如〈春服既成〉是孔子之事），或與帝王宮廷相關（如〈千門

97　張九鉞箋釋：〈凡例〉，《五言排律依永集》，乾隆三十一年（1766）刻本。

98　法式善：〈凡例〉，《同館試律彙鈔》，乾隆五十一年（1786）刻本。

99　楊春俏、吉新宏：〈清代會試試帖詩題目出處及內容類別型分析〉，《晉陽學刊》
　　2007年第2期，頁111-114。

100　梁章鉅著，陳居淵校點：《制藝叢話·試律叢話》，《試律叢話》，卷5，頁592。

萬戶皆春聲〉中的「千門萬戶」特指皇宮）。另外近三分之一的題目基本是對春天景色的泛泛描寫，無實在的思想內容。[101]總之，上述五類題材的內容均不失典雅莊重，這也是官方詩學話語的核心標準。

　　在從理論和實踐兩個向度分析試律詩的主題之後，我們會發現，典雅莊重的主題是試律詩唯一的選擇，同時也是統治階層意志的體現。也正緣於此，清詩試律選本都紛紛將和聲鳴盛、鼓吹休明之類典雅莊重的主題作為衡文的主要標準以及編選的主要目的。

（四）風格：巧不傷雅

　　清代試律詩的創作由於受到形式和內容雙重的桎梏，故初學者的風格均以工整平穩為主。但隨著人們對試律詩體例的完全掌握，以及對試律詩法的熟練運用，清人便不僅僅滿足於四平八穩的風格了，尤其是一些試帖名家，他們會以普通詩人的角度來審視試律詩的創作，注重試律詩的風格技巧。清詩試律選家在評點詩法的同時，也不時地提醒讀者不要過分拘泥於詩法，可以在遵守總體準則的前提下創作出風格鮮明的試律詩。當然，這需要處理好兩方面的關係：

首先，「法」與「巧」的關係。

　　「法」代表著規則，具有程式化、掌控性等特徵；「巧」則代表著新變，具有靈活性、突破性等特徵。這二者體現於試律詩中，既有矛盾也有關聯。一方面，試律詩中關於體例、詩法等諸多法則顯然是與求新求變的「巧」格格不入，試律之「法」主要體現的是官方詩學的意志，而追求試律之「巧」更多地是詩人的選擇；另一方面，試律

---

101 還有兩篇難以歸類，一為〈燈右觀書〉，為乾隆帝所出遊戲之作；一為〈雲隨波影動〉，論者曰不知出處，經考此題源於宋代徐集孫〈同杜北山鄭渭濱湖邊小憩〉詩：「與朋看落葉，舍棹踏湖西。野店傳杯酌，殘陽索品題。雲隨波影動，山被柳陰迷。一點寒鴉過，知他何處棲。」

之「法」只是一些基本的框架、準則，創作主體若在此基礎上能夠運用自如，還是能夠創作出風格工巧的試律詩。

紀昀對試律詩中「法」與「巧」關係的理解有兩段闡述：

> 人必五官四體具足而後論妍媸，工必規矩準繩而後論工拙。若佳句層出而理脈橫隔，反不如文從字順，平易無奇。[102]

> 大抵始於有法，而終於以無法為法；始於用巧，而終於以不巧為巧。此當寢饋於古人，培養其根柢，陶鎔其意境，而後得其神明變化、自在流行之妙，不但求之試律間也。[103]

他認為，試律詩中的這對關係可以分為兩種境界：一是「巧」生於「法」之中。若基本的法則尚未清楚，風格之「巧」就無從談起，紀昀所言「離朱輸巧不出準繩，貫扎穿腸不忘彀率」即為此意。這主要適用於普通應試者；二是「法」和「巧」都得到了昇華，「以無法為法」指法則已化為無形，完全內化於創作主體心中，「不拘於法而左右咸宜」；[104]「以不巧為巧」指無需刻意追求技巧，而風格自高。這種境界紀昀稱之為「神化」，非深造者很難做到。

在實際選本中，紀昀也貫徹了上述主張。如《庚辰集》卷二評鄭虎文詩〈清露點荷珠〉曰：「凡摹形寫照之題，固以工巧為尚，然巧而纖、巧而不穩、巧而有雕琢之痕，皆非其至者也。」《我法集》卷上評〈賦得野竹上青霄得青字〉亦云：「大抵欲學縱橫，先學謹嚴；欲學虛渾，先學切實；欲學刻畫，先學清楚，方有把鼻在手。」可見，紀昀儘管身為試帖名家，作詩論詩青睞於工巧之作，但在選本中仍然

---

102 梁章鉅著，陳居淵校點：《制藝叢話·試律叢話》，《試律叢話》，卷3，頁548。
103 紀昀：〈序〉，《唐人試律說》，乾隆二十五年（1760）山淵堂刻本。
104 紀昀：〈序〉，《庚辰集》，乾隆二十四年（1759）刻本。

非常注重試律之「法」。清代其他試律選本在選文時也多持巧法兼採的態度，如梁章鉅評論《七家試帖》對陳沆試律詩作的選擇標準：

〈群峰懸中流〉句云：「石插青無底，江搖綠不圓。」〈棲鳳難為條〉句云：「枝柯誰共老，毛羽不能低。」〈明月照積雪〉云：「樓臺寒有韻，天地皓無聲。」〈思發在花前〉句云：「身如庭樹兀，信怕驛梅傳。」〈蔭暍樾下〉句云：「商郊同解渴。夏屋等容身。」〈春星帶草堂〉句云：「水暗時拖白，燈殘乍避青。」〈萬木無聲待雨來〉句云：「安排濤泄蓋，彷彿戰銜枚。」〈漏聲遙在百花中〉句云：「滴疑兼宿露，出即帶香風。」〈三月春陰正養花〉句云：「地無驚夢影，天有展春心。」皆振采負聲，巧法兼到，非徒工組織者所能望其後塵。[105]

其次，「巧」與「雅」的關係。

清代試律詩在追求工巧之風格時，不僅受到諸種法則的制約，還要符合清廷官方詩學話語的審美標準。《試帖青雲集》〈序〉云：「嘗謂詩之有律猶文之有法，文貴清真雅正，試律尤貴典顯清靈。」[106]清真雅正是有清一代官方詩學話語的核心標準，試律詩當然也要符合這一總體審美標準，即「巧不傷雅」。

概括而言，試律詩的風格可以分為俊逸和麗密兩種風格。以《試帖詩課合存》中的九家詩為例，俊逸者如李如筠，王芑孫評曰：「以古人之雄直，運今人之婉約，潭潭深思，漱滌牢籠，豁然著紙，奔矽有聲，擢肝搯腎，轉成渾融。」[107]麗密者如何道生，王芑孫評曰：「其

---

105 梁章鉅著，陳居淵校點：《制藝叢話‧試律叢話》，《試律叢話》，卷5，頁584。
106 楊逢春：〈序〉，《試帖青雲集》，同治十三年（1874）刻本。
107 王芑孫編：《試帖詩課合存》，嘉慶五年（1800）刻本，卷8。

為八韻詩清新流利，脫手如彈丸，而蒨雅多姿，隨手之變，動成折宕，其天才弗可及矣。」[108]或如梁上國，王氏評其詩曰：「茲所存多卓麗茂密，以博徵材，以巧寓思，以華縟盡飾，以雕琢詣微。」[109]吳錫麒則兼具這兩種風格，王芑孫評其曰：「八韻詩則天發自解，一洗萬古，真力彌滿，先射命中，洞入題湊，橫生側枒，眾妙孕包，時而見若異軍蒼頭，時而見若時花好女，時而見若佩玉長裾，時而見若仙巾鶴氅，倏忽異狀，不名一能。」[110]

但不論這些試帖名家傾向於何種風格，總體清真雅正的審美標準卻必須恪守，如王芑孫評何元烺詩風云：「渾灝流轉，從空而下，一氣相生，一筆迅掃，尋本植幹，播葾發條，咸得其序，鍊而不至於碎，雋而不傷於雅。」[111]《七家試帖》評陳沆試律亦曰：「〈柳偏東面受風多〉結語云：欲隨花送遠，如隔玉關何。與〈晴天養片雲〉結語云：晚來歸未得，還戀玉輪明。同一溫柔敦厚之音，悠然不盡，此詩人之詩非僅試律也。」[112]

綜上所述，清代試律詩以及試律選本的大量湧現是清廷官方意識形態調控下的產物，同時也意味著官方詩學話語對試律詩體的全面滲透。在清代試律選本中，我們清晰地發現，試律詩不論在體例、詩法、主題還是風格等諸方面，都自覺服膺官方詩學話語清真雅正的總體要求。追溯其緣由，若撇去官方意識形態自上而下的權力因素之外，尚有兩點原因值得關注：

其一，清人對試律詩體的定位。試律詩作為一種純粹的應試文體，雖然許多試帖名家都認為，優秀的試律詩與普通近體詩在詩法或

---

108 王芑孫編：《試帖詩課合存》，嘉慶五年（1800）刻本，卷9。

109 王芑孫編：《試帖詩課合存》，嘉慶五年（1800）刻本，卷2。

110 王芑孫編：《試帖詩課合存》，嘉慶五年（1800）刻本，卷1。

111 王芑孫編：《試帖詩課合存》，嘉慶五年（1800）刻本，卷4。

112 張照宇輯評：《朱批增注七家詩選》，「評陳沆詩」，光緒間南京李光明莊刻本。

風格上並無二致，但「詩至試律而體卑，雖極工論者弗尚也」的現實
使得試律詩不可能歸入詩人之詩的範疇。[113]清人華伯玉將試律劃入
「學人之詩」的範疇，應該是對試律性質最準確的定位，其言曰：
「顧有騷人之作，有學人之作。騷人之為詩也，為涵泳性情之具而
已。天才縱逸，興會來集，飆舉雲行，文成法立，使讀者莫知其起
迄，而詩乃妙，嚴滄浪所謂詩有別才，非關學也。學人之為詩則不
然，或獻之朝廷，或成於明試，句櫛字比，按部就班，清和偕暢，流
於文翰之表，高下疾徐，應乎規矩之內。又或一語詮疏一韻，關合如
射覆之偶中，即矗然舉首。而法律之精確，體格之高下，無多論矣。
是以杜韓巨手往往見於拙目，其他更可概見。」[114]馬壽齡在〈分韻試
律腋成序〉中亦云：「詩者，學人之餘事也；試帖詩，又詩之餘事
也。然國家以此取士非惟詩之謂也，假以此覘其學也。律宜謹嚴，局
宜宏敞，氣宜深厚，機宜流暢，選詞末矣。」[115]可見，試律詩的功利
性職能處於首位，而其審美特質則居於其次，這種定位已經和官方意
識形態對試律詩的限定完全吻合了。

　　其二，清詩選家的編選目的。試律選本的編選意圖概括起來不外
乎兩個方面：一是導揚盛美，二是津逮後學。實際上這兩個目的是殊
途同歸。津逮後學意即幫助應試者懂得試律詩寫作之門徑，爭取早日
及第，為清廷官方階層的統治服務。而導揚盛美、維持詩教同樣也是
為統治階層服務。故從編選目的來看，清詩選本具有自覺回應官方詩
學標準的傾向。如杭世駿〈盛朝律楷序〉曰：「國家重熙累洽，聲教
之廣超絕前代。皇上擅聰明神聖之姿，一道德而同風俗，甄陶六合，
遠播洪化，特改科場之制，易表判以長律，昌言志永言之風，崇依永
和聲之教。……此書之作，業廣而用宏。上可以佐理聖化，下可為後

---

113 紀昀：〈序〉，《唐人試律說》，乾隆二十五年（1760）山淵堂刻本。
114 余集：〈試律偶鈔序〉，《秋室學古錄》，叢書集成三編本，卷5。
115 馬壽齡：〈序〉，《分韻試律腋成》，咸豐六年（1856）碧雲仙館藏板。

學之舟梁。」[116]劉源灝在《關中課士試帖詳注》〈序〉中亦曰：（此編）洵操觚之矩矱，後學之津梁，其嘉惠後學豈淺鮮哉？各士子常守勿釋，從此揚扢風雅，鼓吹休明，共鳴國家之盛。庶不負閏生前輩之苦心，亦即余之所厚望也夫。」[117]

---

116 杭世駿：〈序〉，見姚光緝輯：《盛朝律楷》，乾隆三十二至六十年（1767-1795）迎
　　曉書屋刻本。
117 劉源灝：〈序言〉，見路德評選：《關中課士試帖詳注》，光緒十年（1884）刻本。

第五章
清詩地域、女性選本與清代詩學

　　在有清一代的選本領域裡，清詩地域選本和女性選本可謂別具特色，不僅在數量上遠遠多於前代，而且在選本質量上也大有提高。這些地域選本和女性選本在清代詩學中也扮演著十分重要的角色，不僅為清代詩歌史搜羅了大量的地方和女性詩歌文獻，有利於詩歌史的完整呈現，而且為全面審視清代詩學提供了兩個獨特的話語視角，豐富了清代詩學的多樣生態。

第一節　清詩地域選本與清代地方詩學

　　地域選本相對於全國性選本而言，主要指收集某一特定區域作家作品的選本，傳統目錄學一般列為「郡邑」之屬。清詩地域選本的界定主要包含兩個方面：一是從所選地域來看，清詩地域選本之來源既可以是某一特定的省府、縣鄉，也可為江左、江浙、吳越等這樣一些跨越兩省的區域，另外，某一地域選本中附有流寓詩人之作的選本也歸入清詩地域選本的範疇；二是從入選詩作來看，清詩地域選本的入選作品原則上說應該皆為清人詩作，但少數以清詩為主含括部分前代作品的選本也可視為清詩地域選本。[1]

　　相對於前代地域選本來說，清詩地域選本可以說已經達到了極度繁盛的狀態，突出表現為地域範圍的廣闊性、層級分布的完備性以及

---

[1] 區分的標準為該地域選本在選文或批評上是持斷代視角還是通代視角。實際上，在清代的地域選本中，通代的地域選本在數量上要遠軼於斷代選本，但囿於本書題旨的限定，本書主要以斷代的清詩地域選本為考察對象。

編輯規模的宏大性三個方面。同時，大量的清詩地域選本也促使清代詩歌生態地域性特徵的形成。在詩學批評方面，清詩地域選本既可以利用自身體例或直接或間接地表達詩學主張，也可以通過與主流詩學話語的附和或疏離來體現地域選本的批評意識。

一　清詩地域選本繁盛的具體表現

清詩地域選本的繁盛首先表現為地域範圍的廣闊性。清代以前的地域選本多集中在江蘇、浙江、安徽、福建、江西、廣東等地，如唐代殷璠所輯《丹陽集》，宋代孔延之、黃康弼合輯的《會稽掇英總集》，元代汪澤民、張師愚合輯的《宛陵群英集》，明代徐𤊻所輯《晉安風雅》、韓陽輯《皇明西江詩選》以及陳是集所輯《溟南詩選》等，而其他地區如北方廣大地區、西南邊陲地區等則罕有選本編刻。這種地域選本發展不平衡的情形在清代得到了較大的改觀，一方面，江南與浙江等東南地區的編纂風氣愈加興盛，另一方面，北方、西南等地的清詩選本也逐步增多，形成了以江、浙地區為主導，其他地區漸次輻射的地域選本格局。

據不完全統計，清詩地域選本總數接近二百七十部。江南省（即今江蘇、安徽兩省）為九十二部，浙江省為七十八部，這兩個地區的清詩地域選本總數達到一百七十部之多，尚不包括橫跨兩地的《江浙十二家詩選》、《吳越詩選》和《吳越雜事詩錄》三部地域選本，約占清詩地域選本總數的三分之二。其次為廣東十一部，山東、福建均為十部，直隸八部，湖北九部，四川、山西、雲南皆有七部，貴州六部，湖南五部，廣西四部，江西三部，河南二部，陝西、甘肅、遼寧和吉林各一部。除卻江浙地區以外，全國大多數地區都有清詩選本出現，部分地區的選本編纂活動還較為昌熾。如下表所示：

表十六　清代部分區域清詩地域選本分布情況一覽表

區域	地域選本
直隸	王企靖《畿輔七名家詩鈔》，王國鈞《國朝滄州詩鈔（含續、補鈔）》，陶樑《國朝畿輔詩傳》，周萼芳《京城九老會詩存》，史夢蘭《永平詩存（含續編）》，孫贊元《遵化詩存（含補遺）》，馬鍾秀《大城詩集》，邊連寶《河間七子詩鈔》等
山東	隋平《琅邪詩略第一編》，周南《琅琊二子近詩合選》，盧見曾《國朝山左詩鈔》，李衍孫《國朝武定詩鈔（含補遺）》，桑調元、沈廷方《歷城三子詩》，張鵬展《國朝山左詩續鈔（含補鈔）》，余正酉《國朝山左詩彙鈔後集》，孔憲彝《曲阜詩鈔》，李佐賢《武定詩續鈔》，王先聲《國朝昌陽詩綜（含外集）》等
河南	張邦伸、耿蒦《汜南詩鈔》，楊淮《國朝中州詩鈔》等
山西	趙瑾《晉風選》，董柴《綿上四山人詩集》，李錫麟《國朝山右詩存（含附集）》，常煜《潞安詩鈔後編》，范士熊《國朝南亭詩鈔（含附集）》，戴廷栻《晉四家詩》，范鄗鼎《三晉詩選（含二集）》等
陝西	劉紹攽《二南遺音（含續集）》
甘肅	李苞《洮陽詩鈔》
江西	趙時敏《郭西詩選》，曾燠《國朝江右八大家詩選》，尹繼隆《永新詩徵》等
湖南	廖元度《楚詩紀》附《楚風補》，歐陽厚均《嶽麓詩鈔》，彭開勳《南楚詩紀》，吳慕亨《湖南四先生詩鈔》，楊文鍇《溈水詩徵》等
湖北	程封、李以篤《江北七子詩選》，金德瑛、沈瀾《西江風雅（含補編）》，陳師晉《黃岡二家詩鈔》，吳仕潮《漢陽五家詩選》，范鍇《幽華詩略》，夏槐《廣濟耆舊詩集》，龔耕廬《容城耆舊集》，雷楚材《原訂漢南詩約》，徐煥斗《孝感詩徵》等
四川	陸炳《蜀遊詩鈔》，李調元《蜀雅》，張沇《國朝蜀詩略》，王曾祺《詩緣前編、正編》，孫桐生《國朝全蜀詩鈔》，倪望重《錦城詩存》、楊昌翰《新繁詩略續編》等

區域	地域選本
雲南	袁文典、袁文揆《國朝滇南詩略及續刻、流寓詩略》，趙本揚、張履程《國朝滇南詩》，黃琮《滇詩嗣音集（含補遺）》，王燦《滇八家詩選》，李坤《滇詩拾遺補》，張訓銘《滇南游宦流寓詩存》，趙聯元《麗郡詩徵》等
貴州	傅玉書《黔風》，《黔風鳴盛錄》，周鶴《黔南六家詩選》，莫庭芝、黎汝謙《黔詩紀略後編》，陳田《黔詩紀略補》，鄭珍《播雅》等
福建	曾士甲《閩詩傳初集》，朱霞《綏安二布衣詩》，田茂遇、董俞《高言集》，朱霞《閩海風雅》，鄭傑《國朝全閩詩錄初集、續集》，鄭傑、陳衍《閩詩錄甲、乙、丙、丁、戊集》，林孝曾《閩百三十人詩存》，佚名《乾嘉全閩詩傳》，黃景裳《國朝閩詩選》，丘復《杭川新風雅集》等
廣東	吳淇《粵風續》，王隼《嶺南三大家詩選》，陳華封《三瀧詩選》，劉彬華《嶺南群雅初集及二集》，言良鈺《續岡州遺稿》，凌揚藻《國朝嶺海詩鈔》，伍崇曜《楚庭耆舊遺詩前集續集後集》，盛大士《粵東七子詩》，梁九圖、吳炳南《圖朝嶺表詩傳》，鄭開禧《龍溪二子詩鈔》，靜一齋主人《國朝詩林岡州詩選》等
廣西	張鵬展《嶠西詩鈔》，張凱嵩《杉湖十子詩鈔》，農樾《寧明耆舊詩輯》，毛蕃、陳增新《柳洲詩集》等
遼寧	劉承幹《遼東三家詩鈔》
吉林	鐵保《白山詩介》

　　從上表可以看出：其一，清代北方地區的地域選本逐步興起，尤以直隸、山東和山西為甚。早在康熙年間，當時的詩壇領袖王士禛在給朱彝尊的信中，便已經談到了「選家通病，往往嚴於古人而寬於近世，詳於東南而略於西北」的現象。[2]而這種「詳於東南而略於西北」的通病，造成的是北方大批「懷才抱異、伏處巖穴者，既不克附

2　王士禛：〈與朱彝尊論《明詩綜》札二首〉，見於楊謙著：《朱竹垞先生年譜》，乾隆木山閣刻本，頁39。

青雲之士，又不得東南剞劂之便，覆瓿飽蠹、湮沒而不彰者不知其幾矣」的慘澹局面。[3]自清中葉以來，北方選家在地域選本總體繁盛的大背景下，自覺意識到了編選本地區詩歌選本的重要性，也選編刊刻了不少清詩地域選本，逐步縮小在選本領域中的南北差距。這一時期有代表性的地域選本有：陶樑輯《國朝畿輔詩傳》、王國均等輯《國朝滄州詩鈔》及其續鈔、李錫麟等輯《國朝山右詩存》、盧見曾輯《國朝山左詩鈔》、楊淮輯《國朝中州詩鈔》，以及劉紹攽輯《二南遺音》等。

其二，西南地區如蜀、滇、黔、桂等地區的選本編纂也蔚然成風。自古以來，這些地區都被視為偏遠蠻荒之地，與東南沿海或中原地區相較，文化氛圍不夠濃厚，個別地方詩歌創作的風氣基本上在明代才開始形成，如王燦所云：「吾滇詩學啟於明而盛於清。」[4]與此相應，地域詩選的編纂也相對滯後。但清中葉以降，這些地區的清詩選本也得到了迅速發展，湧現出了如《國朝滇南詩略》、《國朝全蜀詩鈔》、《嶠西詩鈔》、《播雅》等一批有代表性的清詩地域選本。

此外，尤其值得一提的是，清詩地域選本的編纂活動甚至蔓延到了一些極其偏遠的地區。例如位於雲南西北部、青藏高原東南緣的麗江府，有趙聯元輯《麗郡詩徵》問世；位於甘肅西南部、黃土高原與青藏高原交界地帶的狄道州，有李苞輯《洮陽詩鈔》刊刻；即使遠在關外的遼東、白山一帶，也出現了《遼東三家詩鈔》和《白山詩介》等地域選本。由此可見，清代地域選本涉及的區域範圍空前廣闊。就清代的行政區劃格局而論，除了關外的黑龍江和少數民族聚居的新疆、西藏、青海、內蒙古等地之外，全國其他省府皆有清詩地域選本的編刻活動。這正如民國初年陳衍所云：「近世詩徵之刻，幾遍各

3　劉紹攽：〈自序〉，《二南遺音初集》，乾隆二十八年（1763）刻本。
4　王燦：〈序〉，《滇八家詩選》，民國三十一年（1942）大理鉛印本。

省；下至一郡一邑，亦恆有之。此十五國風之支流也。」[5]

　　其次，清詩地域選本的繁盛還表現為層級分布的完備性。清代以前的地域詩選本大多集中在府、縣一級，省級地域選本所涉甚少，有明一代僅有韓陽輯《皇明西江詩選》、鄧原岳輯《閩中正聲》和費經虞輯《蜀詩》等寥寥數種；而鄉鎮一級更是闕如，空間分布顯然不夠平衡。至清代，不論在省、府一級還是在縣、鎮一級均比前代有了較大的進展，逐步形成了較為完備的層級分布格局。

　　就省級地域詩選來說，清代諸省雖然在選本數量上有所差異，但基本上每省皆有清詩地域選本編刻。直隸有陶樑所輯《國朝畿輔詩傳》，山西有李錫麟等輯《山右國朝詩存》，山東有盧見曾輯《國朝山左詩鈔》，河南有楊淮輯《國朝中州詩鈔》，江蘇有王豫輯《江蘇詩徵》，安徽有陳詩輯《皖雅初集》，浙江有阮元輯《兩浙輶軒錄》，福建有鄭傑輯《國朝全閩詩錄》，廣東有凌揚藻輯《國朝嶺海詩鈔》，四川有孫桐生《國朝全蜀詩鈔》，貴州有莫庭芝、黎汝謙等輯《黔詩紀略後編》，雲南有袁文揆輯《國朝滇南詩略》等。

　　清代地域選本在府、縣一級繼承了前代地域選本的傳統，但在數量上有較大幅度地突破。尤其值得稱道的是，在鄉鎮一級，清詩地域選本也層出不窮，填補了前代這一層級地域選本的空白。我們以浙江清詩選本為例來看清詩地域選本的層級分布情況。

　　清代浙江省共有十一府，分別是湖州府、嘉興府、杭州府、嚴州府、紹興府、衢州府、金華府、台州府、處州府、溫州府和寧波府。其中，府級地域選本主要有《國朝湖州詩錄》及其《續錄》，《國朝杭郡詩輯》及其《續輯》、《三輯》，《國朝嚴州詩錄》，《國朝紹興詩錄》，《本朝甬上耆舊詩》，《台詩三錄》等；縣級地域詩選則更多，如

5　陳衍：〈補序〉，見顧季慈、謝鼎鎔編：《江上詩鈔》（上海市：上海古籍出版社，2003年），頁1476。

餘姚縣就有《國朝姚江詩存》、《姚江詩錄》、《姚江詩輯》和《續姚江逸詩》四種縣級地域詩選，嵊縣有《國朝嵊詩鈔》，諸暨縣有《諸暨詩存續編》、《諸暨詩英》，上虞縣有《國朝上虞詩集》、《上虞詩選》，天台縣有《國朝天台詩存》、《天台詩徵內編》，臨海縣有《臨海詩輯》，長興縣有《長興詩存》等，不勝枚舉。

　　在浙江各層級的地域選本中，鄉鎮一級的地域選本占據著較大的比重。以嘉興府為例，其秀水縣聞湖鎮就有孟彬輯《聞湖詩鈔》、李王猷輯《聞湖詩續鈔》、李道悠輯《聞湖詩三鈔》等地域選本；其嘉興縣梅里鎮也有李維均輯《梅會詩人遺集》，李稻塍等輯《梅會詩選》，許燦輯《梅里詩輯》以及沈愛蓮輯《續梅里詩輯》等；嘉興縣竹里鎮有李道悠輯《竹里詩萃》、祝廷錫輯《竹里詩萃續編》等；其桐鄉縣濮院鎮有沈堯咨、陳光裕合輯《濮川詩鈔》等；其嘉善縣魏塘鎮有錢佳、丁廷烺同編《魏塘詩陳》，唐嘯登輯《魏塘詩存》等；其平湖縣當湖鎮有朱壬林輯《當湖朋舊遺詩彙鈔》，乍浦鎮有盛坰輯《龍湫嗣音集》；其海鹽縣澉浦鎮有吳寧輯《澉川二布衣詩》；海寧縣硤石鎮有李榕編《硤川五家詩鈔》和周廣業輯《海昌詩繫》等。

　　由此可知，清代鄉鎮一級的地域選本已經具備了一定的規模。除卻浙江省外，江蘇省各府也有一定數量的鄉鎮地域選本。以蘇州府為例，其吳江縣黎里鎮有徐達源所輯《國朝吳郡甫里詩編》、元和縣周莊鎮有陶煦所輯《貞豐詩萃》、長洲縣木瀆鎮有汪正所輯《木瀆詩存》等等。不過應該指出的是，和其他層級相比，此類地域選本的分布範圍還比較小，主要出現在江、浙兩省的環太湖流域一帶，而在其他地區則相對稀少。[6]鄉鎮地域選本在江浙地區的興起充分表明這一區域文化氛圍的濃厚和文化水準的發達，同時也說明了清詩地域選本正有序地向較小的行政區域縱深推進。

6　就目前所知，僅有安徽安慶府桐城縣樅陽鎮王灼輯《樅陽詩選》等零星幾種問世。

　　綜上可見，這四個層級的清詩地域選本各自都已經形成了相當大的規模，其中各層級間的關係也極為密切，下級為上級創造廣闊基礎，上級又為下級提供基本框架，相輔相成，相得益彰，從而構成了一個初具體系的地域選本網路。

　　再次，清詩地域選本的繁盛還表現為編纂規模的宏大性。

　　清代以前的全國性當代選本特別是明人選明詩已初具規模，如俞憲所編《盛明百家詩》卷數已達三百二十四卷，而朱之蕃所輯《盛明百家詩選》收詩七千餘首。但是前代的地域詩歌選本總體而言編纂規模較小，如《滇南詩選》只收入二十八位作者的詩作，像《晉安風雅》之類收錄二百六十四位詩家、作品過千的地域選本並不多見，故明代程敏政纂《新安文獻志》，收詩不過一千零三十四首，即已被時人「推為巨製」。[7]

　　地域詩歌選本延至清代，隨著清詩創作的日漸繁榮和清詩選家的自覺搜羅，編纂規模也不斷擴大，收錄詩家成百上千、輯詩成千上萬者比比皆是。這在省級序列地域選本中體現的尤為明顯，如浙江省：阮元輯《兩浙輶軒錄》共計收入詩人三千一百三十三家，詩作九千二百四十一首，阮元、楊秉初等又輯有《兩浙輶軒錄補遺》，共計收入詩人一千一百二十家，詩作一千九百八十一首，二者合計收入詩人四千二百五十三家，詩作一萬一千二百二十二首；潘衍桐輯《兩浙輶軒續錄》，「綜計四千七百九家，詩一萬三千五百四十三首」，[8]此外潘氏又輯有《兩浙輶軒續錄補遺》，共收入詩人六百七十五家，詩作一千四百零六首，二者合計收入詩人五千三百八十四家，詩作一萬四千九百四十九首；江蘇省：王豫輯《江蘇詩徵》，共計「輯成五千四百三十餘家」，[9]收詩在一萬首以上；山東省：盧見曾輯《國朝山左詩

7　永瑢等：《四庫全書總目》（北京市：中華書局，1965年），頁1715。

8　潘衍桐：〈凡例〉，《兩浙輶軒續錄》，光緒十七年（1891）浙江書局刊本。

9　王豫輯：〈序〉，《江蘇詩徵》，阮元道光元年（1821）焦山海西庵詩徵閣刊本。

鈔》，共計「得人六百二十餘家，得詩五千九百有奇，又附見詩一百十九首」，[10]總數在六千首以上；四川省：孫桐生輯《國朝全蜀詩鈔》，共計收入詩人三百六十二家，詩作五千九百餘首；山西省：李錫麟輯《國朝山右詩存》，共計收入詩人五百八十七家，詩作四千七百二十首；福建省：鄭傑《國朝全閩詩錄初集》，共計收入詩人一百五十家，詩作一千五百五十二首，《續集》又錄詩人三百八十一家，詩作五百七十首，兩者合計收入詩人五百三十一家，詩作二千一百二十二首；雲南省：袁文典、袁文揆輯《國朝滇南詩略》，共計收入詩人二百八十七家，詩作二千七百二十八首。

　　與省級相比，府、縣乃至鄉鎮一級的清詩地域選本的卷帙規模也是毫不遜色。府一級中，如董沛輯《四明清詩略》，收入詩人兩千一百九十四家，詩作九千四百六十八首；王國均輯《國朝滄州詩徵》，收入詩人一百二十二家，詩作一千三百九十六首；鄭珍輯《播雅》，收入遵義詩人二百二十人，詩作二千三百一十八首；桂中行輯《徐州詩徵》，收入詩家二百五十五家；陳焯編《國朝湖州詩錄》，「前後共得一千一百餘家。」[11]即使是一些續輯的選本，其規模也比前代地域選本闊大許多，如全祖望輯《續甬上耆舊詩》，收入詩人六百餘家，詩作一萬五千九百餘首；秦際唐輯《國朝續金陵詩鈔》收入詩人一百一十九人，詩作一千七百四十九首；言良鈺輯《續岡州遺稿》收入詩人一百一十八家，詩作一千四百二十二首。而像丁申、丁丙合輯《國朝杭郡詩三輯》，所收詩人更是達到了四千七百八十五家，如果與吳顥輯《國朝杭郡詩輯》以及吳振棫輯《國朝杭郡詩續輯》合計的話，則有詩人近八千家之多，詩作過萬首。縣級選本如丘復輯《杭川新風雅集》，收入福建上杭縣詩人四百五十九家，詩作六千一百三十五首；

10 盧見曾：〈凡例〉，《國朝山左詩鈔》，乾隆二十三年（1758）刊本。

11 鄭佶：〈湖州詩錄續錄合刻序〉，見陳焯編：《國朝湖州詩錄》卷首，道光十至十一年（1830-1831）小谷口刻本。

謝寶書編《姚江詩錄》收入餘姚縣詩人五百一十八人，詩作三千五百首；謝聘輯《國朝上虞詩集》收入上虞縣詩人三百八十四家，詩作一千四百七十五首；黃晃等輯《國朝嵊詩鈔》收入嵊縣詩人二百一十五人，詩作一千五百一十九首；常煜輯《潞安詩鈔後編》，收入山西長治縣詩人二百三十四家，詩作一千六百九十四首；彭沃所輯《三瀧詩選》，選粵地羅定、東安、西寧三縣詩人八十六人，「共得詩一千一百四十有奇。」[12]

　　鄉鎮一級的地域選本也有類似的巨帙，如許燦輯《梅里詩輯》，收入嘉興梅里鎮詩人達三百三十四家，輯詩達三千四百七十三首。沈愛蓮輯《續梅里詩輯》亦收入其地詩人一百五十四家，詩作一千二百五十六首；王應奎輯《海虞詩苑》收入常熟海虞鎮詩人一百八十三家，詩作一千六百八十八首；袁景輅等輯《國朝松陵詩徵》，收入吳江松陵鎮詩人也多達四百四十一家。除此之外，選輯本地區部分名家詩作的清詩地域選本，其容量也非同小可。如周鶴所輯《黔南六家詩選》，共錄詩九百零九首；吳仕潮所輯《漢陽五家詩選》，共錄詩一千四百七十二首；董柴所輯《綿上四山人詩集》，共錄詩一千零六十六首；周伯義輯《京江後七子詩鈔》，共錄詩六百五十八首；徐申錫所輯《清河六先生詩選》，亦錄詩達四百六十六首。

　　由此可見，大規模地輯錄某一地區詩人詩作的活動，在清代已經成為一種普遍現象。其數量之多、卷帙之大，皆非前代地域選本可望其項背。這種地域詩歌選本的繁盛一方面體現了清代詩歌創作的全面繁榮，同時也描繪出了清代詩歌生態的地域特徵。

---

12 彭沃：〈序〉，見陳華封、彭沃編：《三瀧詩選》，乾隆二十五年（1760）思燕閣刊本。

二　清詩地域選本與清代詩歌生態的地域性特徵

眾所周知，多樣化和地域性是清代詩歌生態的兩個顯著特徵，且這兩個特性之間關聯密切。一方面，正因為清詩地域性特徵突出，才造就了清代詩歌的多樣化；另一方面，清代詩歌的多樣化也主要通過其地域性特徵來具體顯現。因此，地域性是我們觀照清代詩歌的重要視角，而以搜羅選輯地方詩人作品為己任的清詩地域選本無疑成為體現清詩地域性特徵的重要載體之一。在為數眾多的清詩地域選本中，大量的地方詩人被受到關注，壯大了有清一代的詩家群體；其次，幾乎每個地域的詩歌風格在清詩地域選本中都得以呈現，有效促進了詩壇總體風格多樣化的形成。下面就具體探討一下清詩地域選本在清詩地域性特徵構成中的重要作用：

首先，地方詩家詩作廣泛受到關注。

孫煦曾言：「昔人選詩各有義類，或萃一代之菁英，或錄一郡一邑之藝文。」[13]此處所言「萃一代菁英」之選本多為全國性選本，「錄一郡一邑之藝文」者自然是地域選本。二者最大的不同在於編選目的和編選標準的差異：在編選目的方面，後者更強調網羅鄉邦文獻，發幽闡微；前者則以汰蕪收華，宣揚主張居多。可見，全國性選本更注重名家名作的篩選，而地域選本則更關注於地方上普通詩家詩作的搜羅。[14]在編選標準方面，「以詩存人」和「以人存詩」是全國性選本和地域選本經常運用的選詩標準，但二者在具體的側重點上卻有區別。全國性選本注重以詩存人，以詩歌創作質量為衡文標準，因此，地方上大量普通詩家的作品很難入選，甚至一些名家的質量較次的詩作也

13　孫煦：〈敘〉，范鍇編：《幽華詩略》，道光二十一年（1841）刊本。

14　這種比較只是相對而言，因為也有部分地域選本的編選目的是為地域詩歌流派張目的，如《雲間棠溪詩選》、《婁東詩派》、《江左三大家詩鈔》等。

被刪汰；而地域性選本則多採用以詩存人和以人存詩相結合的方法，即使質量稍遜者也予以選錄，以此來盡可能的全面保存鄉邦詩歌文獻。如王應奎所云：「是集之選，以詩存人也，而亦以人存詩，苟其人可傳，詩雖不甚工，間亦採入。」[15]阮元亦曰：「因詩存人，則詩在所詳；因人存詩，則詩在所略。」[16]顯然，地域選本的這種選詩策略無疑是地方眾多詩家詩作廣受關注的重要原因。

　正是緣於地域選本特定的編選目的和選詩標準，清詩地域選家在搜集詩作、編刻選本時，既關注郡邑中的名家名作，也非常重視地方上的無名詩家詩作，這兩類詩作共同構成了清代地域選本的編選對象。

　先看清詩地域選本對無名詩家的關注。有清一代的詩壇，除了有一批聲名卓著的主盟詩人，還有大量在野的無名詩人，亦稱寒士詩人。他們由於科舉制度、地理環境、經濟條件等客觀因素，詩名不能遠播，詩集難以刊刻；同時這些寒士詩家在主觀上也自覺疏離王權政治、崇尚隱逸遁世，所以其詩作刊行面世者絕少，敝帚自珍者居多。長此以往，眾多無名詩家詩作殆將湮沒難考，詩壇全貌也難以呈現，對此，清詩地域選家有著清醒地認識。王國均在其選本〈序例〉中的兩段表述就非常具有代表性：

> 吾滄近在畿輔，沐浴聖化。詩教之興，不乏聞人。有平生著作等身而梓行者少，故傳播未遠。……倘同里不為搜輯，前輩風徽歷久將墜。

> 人有窮達，詩即因之顯晦。此編於名公巨卿在所必取，而布衣寒士亦所不遺。[17]

---

15 王應奎：〈凡例〉，《海虞詩苑》，乾隆二十三年（1758）古處堂刊本。
16 阮元：〈凡例〉，《兩浙輶軒錄》，嘉慶間刊本。
17 王國均：〈序例〉，《國朝滄州詩鈔》，道光二十六年（1846）刊本。

　　可見，清詩地域選家對此類詩家詩作的搜羅不遺餘力，或「苦心搜訪，歷二十年始得粗備。」[18]或「十閱寒暑，彙成卷帙。」[19]在具體選文中，大多數清詩地域選家對沒有專集行世的寒士詩作更為青睞。如王應奎曰：「邑中詩人，既有專集行世者，佳篇雖夥，采掇從略。所重搜殘篇於放佚之餘，俾布衣窮老之士一生吟詠苦心，不至終歸泯沒耳。」[20]王曾祺亦云：「網羅散失，闡發隱幽，是編之本志也。其詩已經梓行與負騷壇重名者，錄從略。」[21]

　　當然，清詩選家對地方眾多無名詩家的重視也受到遠古「采風」習俗的影響。王昶曾曰：「古者輶軒采風，列國之詩上登國史，故里巷之一吟一詠，得與士大夫並垂不朽。」[22]《詩經》十五國風裡的絕大部分詩歌即從地方民間採集而來，故《詩經》國風也被清詩選家視為地域選本的源頭。

　　再看清詩地域選本對郡邑知名詩家的關注。清詩選家除卻廣泛搜尋地方無名詩家詩作之外，對部分地方上的名家名作亦有專選。這些郡邑名家主要分為三種類型：一是僅在局部區域享有詩名的地方詩人，如「粵東七子」、「越中三子」、「高郵四家」、「硤川五家」、「國初虞山十六家」、「河間七子」、「遼東三家」等。這種類型是清詩地域選本中郡邑名家的主要組成部分；二是在全國範圍內也享有盛名的地方詩人，如「江左三大家」、「江左十五子」、「太倉十子」、「嶺南三大家」等；三是以特殊身分知名的地方詩人，如「綏安二布衣」、「澂川二布衣」、「徐州二遺民」、「焦山四上人」等。

　　這些郡邑名家及其作品有的也被全國性選本所收錄，但一般來

18　王應奎：〈凡例〉，《海虞詩苑》，乾隆二十三年（1761）古處堂刊本。
19　王國均：〈序例〉，《國朝滄州詩鈔》。
20　王應奎：〈凡例〉，《海虞詩苑》。
21　王曾祺：〈例言〉，《詩緣前編》，光緒十六年（1890）刊本。
22　邵西樵輯：〈序〉，《懷舊集》，王昶乾隆五十六年（1791）刻本。

說，全國性選本只是擷取他們的少量代表之作，讀者仍難以窺見該地域詩家的創作全貌。即使以「江左三大家」為例，清初若干全國性詩歌選本輯錄的三家詩歌，不管是單個詩人的詩作數量，還是三家總體詩作的數量均不能與顧有孝等輯的《江左三大家詩鈔》相提並論。[23]因此，我們通過全國性詩選可以初步判斷出地方名家在全國詩壇的地位，通過清詩地域選本則可以全面考察地方名家的創作成就。

總之，在清詩地域選本中，眾多的寒士詩人被高度重視，大量的無名詩作被搜羅殆盡；而那些或在地方上小有名氣，或在全國都享有盛名的郡邑名家也備受關注，他們的詩作在清詩地域選本中得到了全面的呈現，成為其地詩歌創作成就的傑出代表。清詩地域選本對這兩類詩人群體的關注，極大地豐富了清代詩壇的創作群體格局，為清代詩歌地域性特徵的形成奠定了堅實的基礎。

其次，地域詩風及地域詩學傳統的形成。

我國疆域遼闊，各地自然環境、風土人情以及經濟發展的差異很大，南方的魚米之鄉、北國的黃土高原、東部的滄海碣石、西域的大漠孤煙，孕育成了各地居民的不同性格心理與不同文化風貌。這些特徵體現在文學創作中，也就自然形成了地域性的文學風貌。中國文學的地域性，主要表現為南北兩個區域的差異。[24]近代學術大師劉師培在其〈南北文學不同論〉中較為詳盡地論述了南北文學間的差異。

> 北方之地，土厚水深，民生其間，多尚實際。南方之地，水勢浩洋，民生其間，多尚虛無。民尚實際，故所著之文，不外記事析理二端；民尚虛無，故所作之文，或為言志抒情之體。……大抵北人之文，猥瑣鋪敘，以為平通，故朴而不文；

---

23 詳情參看本書第二章。
24 東部和西部雖然也有明顯的不同，但是相對於南北來說不那麼突出。

　　南人之文，詰屈雕琢，以為奇麗，故華而不實。[25]

　　可見，地域間的諸種差異已經對文學的體裁和風格產生了影響。關於明清以來地域文學的格局，蔣寅先生做過大致地描述：「明清時代疆域開拓，交通發達，強大的一統國家的形成有力地促進了南方經濟、文化的發展，不僅江、浙、贛、川等自唐宋以來文學基礎雄厚的地區文學事業持續繁榮，閩、粵、滇、黔等歷來較閉塞落後的地區，也成為新興的文學基地。除了東北、西北風不競外，廣袤的中華大地已形成不同往昔的多元的文學格局和異彩紛呈的地域特徵。」[26]

　　在清詩地域詩風的形成過程中，清詩地域選本扮演著極其重要的角色。可以說，每部清詩地域選本的選文都是清代某一特定地域詩風的重要組成部分，眾多的清詩地域選本充當了地域詩風傳統構建的載體。例如巴蜀文化，源遠流長，自古以來，文風昌盛。「漢則司馬相如、揚子雲，唐則陳子昂、李太白，宋則蘇氏父子兄弟，暢其流而彙其宗，元之虞伯生，明代楊升庵，咸以倜儻宏博之才發為詩歌，故能掉鞅詞壇，雄視百代，巴蜀好文雅所由來舊矣。」[27]清初以來，雖然蜀地英賢輩出，製作明備，但是地理環境的閉塞，對外交流的隔阻以及詩歌文獻得不到有效地整理和保存還是嚴重制約了這一地域的詩歌發展。孫桐生對此深有感觸，其《國朝全蜀詩鈔》〈敘〉中有云：「二百餘年，雖體裁遞變，升降各殊，然要不可謂無詩，而迄今未有整齊薈萃，勒成一書者，此非學士大夫之責哉？」[28]李調元在〈蜀雅序〉中也論道：「而以巴為蠻，多不入采風之聽，則是鍾期亡而伯牙之弦

---

25 劉師培：〈南北文學不同論〉，引自郭紹虞、羅根澤主編：《中國近代文論選》（下）
　　（北京市：人民文學出版社，1959年），頁573。
26 蔣寅：〈清代詩學與地域文學傳統的建構〉，《中國社會科學》2003年第5期，頁167。
27 孫桐生：〈敘〉，《國朝全蜀詩鈔》，光緒五年（1879）刊本。
28 孫桐生：〈敘〉，《國朝全蜀詩鈔》，光緒五年（1879）刊本。

絕，猶人沒而匠氏之斤輟。非作之難，知之難也。若不為之網羅而表
彰之，有不泯於荒煙蔓草者幾何？」[29]

　　而清詩地域選本的編纂與流播既保留了蜀地詩歌文獻，更是對其
地域詩風的形成厥功甚偉。由於「蜀居天下西南徼，岷峨秀而奇，江
沱激而駛，山川清淑之氣，磅礴鬱積，必有所鍾。」[30]山之雄奇與水之
清醇兼具，故其地詩風既有雄渾磅礴之氣，也有清麗深醇之美。這種
地域詩風在《國朝全蜀詩鈔》和《蜀雅》中都有全面呈現，兩位選家
也有所概括。孫桐生云：「竊謂昭代名家，如費滋衡之雄渾、傅濟庵
之沉著、王鎮之之醞釀深醇，而張船山尤能直道心源，一空色相。此
外者，張玉溪之清麗、李夢蓮之豪宕、劉夢輿之超煉、朱眉君之恢
瑰、舍姪夢華之俊邁蒼雄，皆力追正始，筆有千秋。」[31]李調元亦指出
其《蜀雅》中所選詩歌：「大半理不空綺，清麗居宗；句不賈奇，渾
潤為上。」[32]

　　而當某一地域詩風形成後，清詩地域選本就會和地方志、地方詩
話等一起，成為體現與承載地域文學傳統的重要途徑，進而會影響或
左右著特定區域的詩歌創作風氣。蔣寅先生亦云：「通過編集某個地
域範圍內古代和當代的作品，通過序跋、評點和詩話的批評，地域文
學傳統愈益清晰地浮現出來，成為現時的文學批評的一個背景，一個
參照系，無形中營造出一個相當於小傳統的價值尺度，在一定程度上
影響著當地的創作風氣和批評趣味。」[33]

　　這種影響又可以分為兩個層次：一是在地域文化圈內有較大影
響，主要指前文所提到的選輯郡邑名家之作的清詩地域選本。這些選
本中的作家作品可以稱之為承繼本地區文學傳統的典範，對指導這一

---

29 李調元：〈序〉，《蜀雅》，乾隆四十六年（1781）億書樓刊本。
30 孫桐生：〈敘〉，《國朝全蜀詩鈔》。
31 孫桐生：〈敘〉，《國朝全蜀詩鈔》。
32 李調元：〈序〉，《蜀雅》。
33 蔣寅：〈清代詩學與地域文學傳統的構建〉，《中國社會科學》2003年第5期，頁173。

地區的詩歌創作具有重大的影響力。如「漢陽五家」，吳仕潮在〈自序〉中轉引其師呂詩素之語曰：「漢陽五家為壇坫之雄。」[34]這裡顯然是就漢陽地區而言的。五家分別是王戩、李以篤、彭心錦、文師汲以及汪穎，皆為其時漢陽地區博學多才之士。李金臺對五家詩風有所描述：「突星（王戩）化才與學之跡，而歸於沖淡；雲望（彭心錦）斂才與學而一本真實；醉白（李以篤）之流麗，紡山（文師汲）之豪放，東漪（汪穎）之俊逸，皆才之派別分流而卓可名家者也。」[35]由此可見，這五家將才情和學問有機融合在詩歌中而形成了獨特的詩歌風格，對其時的漢陽文士影響頗深。嘉慶五年，吳仕潮之子在補刻〈漢陽五家詩選跋〉中就提道：「《漢陽五家詩選》梓成，一時紙為之貴，歷今六十餘年。」[36]清詩地域選本在承繼鄉賢之風雅方面的功能由此可窺一斑。二是不僅在地方文化圈享有盛名，在全國範圍內也有較大影響，如《江左三大家詩鈔》、《嶺南三大家詩選》、《浙西六家詩鈔》等。這些地域選本中的「江左大三家」、「嶺南三大家」、「浙西六家」及其作品不僅樹立了詩家所在地域的詩風典範，而且對整個清代詩壇的總體詩風也產生過深遠的影響。

　　正是由於清詩地域選本搜羅了難以計數的地方詩人及其作品，形成了清代詩歌的地域性特徵，所以清代詩歌生態的多樣化才得以充分展現。

三　清詩地域選本與清代地方詩學

　　清詩地域選本不僅有力地促使了清代詩歌地域性特徵的形成，而且在地域詩學批評上也發揮了一定的作用。一般說來，受制於以網羅

---

34 吳仕潮：〈自序〉，《漢陽五家詩選》，嘉慶二十一年（1816）修補乾隆間原刻本。

35 李金臺：〈序〉，見吳仕潮輯：《漢陽五家詩選》。

36 吳楫：〈跋〉，見吳仕潮輯：《漢陽五家詩選》。

文獻為主的編選標準，地域選本體現出的詩學批評意識在整體上沒有全國性選本那麼明顯。清詩地域選家對此也有十分清晰的認識，王國均曾言：「世之操選政者，皆恪守門戶獨標，意旨合則存，不合則去。此鈔不立阡陌，並存作者本色，不敢稱為詩選也，故名曰詩鈔。」[37]這種認識在地域選家中較為普遍，但即便如此，清詩地域選本中仍有少部分地域選家在其選本中或直接或間接地表露了其詩學祈向。我們可以從地域選本表達詩學主張的諸種方式以及地方詩學話語與主流詩學話語的關係兩個向度來進行闡釋：

（一）多種方式表達詩學主張

由於清詩地域選本產生的背景是詩歌流派更迭、詩學思潮嬗遞均較頻繁的清代詩壇，故地域選家或多或少都會受到其時詩學主潮的薰染，進而在選本中流露出一定的詩學訴求。清詩地域選本表露詩學主張主要採取以下三種方式：

首先，作為實踐地域詩派詩論主張的載體。

這一類的地域選本直接是為其地的詩歌流派服務的，旨在為解讀地域詩派的詩學理論提供文本例證。在所有清詩地域選本中，這類地域選本的批評意識最為明顯。清初主要有《太倉十子詩選》、《西陵十子詩選》、《雲間棠溪詩選》、《嶺南三大家詩選》等地域選本，它們分別為婁東詩派、西泠詩派、雲間詩派和嶺南詩派張目；清中葉主要有《浙西六家詩鈔》、《樅陽詩選》等地域選本，分別宣揚浙詩派和桐城詩派的詩論主張；清末主要有體現同光體閩派主張的由鄭傑輯、陳衍補訂的《閩詩錄》等。這些選本中提及的地域名家在其所在區域無疑是地方詩學話語的代言人，對特定地域詩歌創作的走向有著決定性的

---

37 王國均：〈序例〉，《國朝滄州詩鈔》，道光二十六年（1846）刊本。

影響。而當這些地域名家走出相對狹小的地方文化圈，與其他地域文化或詩壇主流文化發生交流碰撞之後，這些名家又有可能影響到全國詩壇的創作風氣。但不管哪一種情形，清詩地域選本在其中均發揮了十分重要的作用。一方面，清詩地域選本的選文活動是地域名家表達詩學話語的重要管道之一，也是指導地方後學詩歌創作的範本。另一方面，這些地域名家能走出地方，影響全國詩壇，與清詩地域選本的廣泛流播關係甚巨。

　　上述大部分地域選本的詩學批評功能在前文中已有論述，不再贅述。但是，有一種情形值得關注，即當地域流派隨著時間的流逝逐漸消退時，其地的晚輩選家也會利用選本形式或接續該派發展脈絡，或重申流派的詩論。如編刻於乾隆年間的《海虞詩苑》就是承繼虞山詩派論詩傳統的地域選本，其〈凡例〉第一則即云：「吾邑詩學自錢宗伯起明季之衰，為一代宗主。而兩馮繼之，其道益昌。迨入本朝，流風漸被，作者輩出，遺稿叢殘，精英未耀。苟不早加編輯，或致歸於散亡，吾為此懼，爰有斯役。」[38]選家在其選文實踐中亦大量選輯錢陸燦、馮班、馮舒、錢曾、周永年等名家詩作，基本謹守以鄉賢錢謙益為代表的虞山派的詩論主張。

　　嘉慶時期汪學金選輯的《婁東詩派》也是婁東後學企圖重振地域詩學的一個積極舉措。其選本例略中梳理了婁東地區的詩學源流，重點回顧了清初以吳偉業為代表的太倉詩人群體及其詩學影響：「十子胚胎梅村，庭表、惟夏學博才贍，屹為兩雄；虹友、矜鍊翹秀諸昂。他如周雲彥、唐仙珮、郁大本，才地卓犖，皆別張一幟耳。王憲尹、唐實君嗣興，一主名雅，一主閎肆。吳元朗以名父之子，才筆超雋，並驅一時。毛亦史、趙松一、張慶餘之流，彬彬羽翼；徐方平、陸任三以偏師勝，亦其亞也。沈台臣宗法少陵，出入香山，子大承其家

38　王應奎：〈凡例〉，《海虞詩苑》，乾隆二十三年（1758）古處堂刊本。

學，晚年指授後進，提倡甚力，里中翕然宗之。吾曾祖芝田公和平敦厚，專主性情，五言尤近陶、韋，……近時詩人以朱子敬、毛羅照、陸日思為最。其餘成一家言不下十餘子，皆能不失繩墨，恃原以往婁東派之津逮遠矣。」[39]可見，選家汪學金是本著「意存派別，各有取裁」的目的來選文定篇，[40]為婁東詩歌流派詩學張目的意圖非常明顯。

其次，在地域選本的序跋、凡例或評點中流露出選家的詩學傾向。

　　全國性選本中，選家通過選本的序跋、凡例或評點直接表達詩學傾向的情形比較常見，但是在地域選本中，或因為「意在存詩，不在選詩」，或認為「詩無達詁」，多數選家對此都隱而不談，只有少部分地域選家在選本序跋、凡例或評點中有詩學傾向的流露，如乾隆時期商盤所輯的《越風初編》就是一個顯證。儘管選家自謙「茲集收羅未免氾濫」，[41]他對其時詩學的認識還是在選本的〈凡例〉中顯露無遺：

> 劉彥和云：「詩有恆裁，思無定位。」詩中妙悟全在乎思，意勝於詞方臻上乘。唐詩含蓄，宋詩流露，祧唐祖宋，時尚不齊。茲選尚取唐音，間有流入宋格，稍存唐賢風味者，亦不議汰。
>
> 詩宜得體，尤在擇題，穢褻輕儇，均乖大雅。詩品所在，人品繫焉。故所選多上關名教，內抒性情之言，旨失風人，不登於卷。
>
> 詩衷於理，要有理趣，勿墮理障；詩通於禪，要得禪意，勿逞禪鋒。合之方見超邁，凡作學究語入宗門派者，概從舍旃。

---

39 汪學金：〈例略〉，《婁東詩派》，嘉慶九年（1804）詩志齋刻本。
40 汪學金：〈例略〉，《婁東詩派》，嘉慶九年（1804）詩志齋刻本。
41 商盤：〈凡例〉，《越風初編》，乾隆三十七年（1772）王氏刊本。

　　西河太史向有《吳越詩選》、《越郡詩選》行世，其詩專尚浮華，
殊少雋意。七子餘習，濡染未除。倘遇蒙叟阮亭，必至共加掊
擊。是集所選，一洗陳詞，庶作者之真性情、真面目俱出矣。

　　詩學流傳，必有淵源授受，好奇野戰總非正宗。僕少承家學，
法本先民，此集大旨全取氣體風神，自鑄偉詞，仍流逸韻。不
失前人矩矱，可為後學津梁。[42]

　　這裡，選家商盤既申明了自己的詩學傾向，也提出了自己的詩學
見解。概括起來有兩點：其一，宗唐傾向明顯，對乾隆時期的宗宋詩
學思潮有所牴觸；其二，在詩歌風格上，選家推崇出自真性情的「氣
體風神，自鑄偉詞」之作，堅決反對輕儇浮華之詩風。這些關於清代
詩學的真知灼見足以表明，商盤不僅僅是一個輯錄鄉邦詩歌文獻的地
域選家，同時也是一位對清代詩學頗有洞察的評論者。故其後名家蔣
士銓對他多有稱賞：「寶意先生為一代名流，少日與郡中十子結西園
詩社，慨然以風雅自任。及仕宦，垂四十年而手不停披，口不絕吟，
海內談詩者輒相推重。」[43]
　　再如光緒年間的地域詩選本《合肥三家詩錄》，該選本沒有序跋
和凡例，僅有選家譚獻的少量評點，諸如「筆力既雅，音節亦亮」、
「學太白骨幹甚堅」、「脫胎韋、柳，取材鮑、謝，名家品味，高不躋
矣」、「神骨俱力」、「質厚似張燕公、陳伯玉」、「骨氣清高，奇情橫
溢」、「不著議論，唐賢高格」、「又似坡公，賢者固不可測」、「沉鬱源
於杜陵」等等。[44]雖然這些評點言簡意賅，但是將其總體分析，還是

---

42 商盤：〈凡例〉，《越風初編》，乾隆三十七年（1772）王氏刊本。

43 蔣士銓：〈序〉，見商盤輯：《越風初編》。

44 上述評點分見於《合肥三家詩錄》中徐子苓、戴家麟、王尚辰詩尾評，譚獻選輯，
　　光緒十二年（1886）刊本。

可以看出選家對於神骨氣力俱佳的盛唐詩風的推崇，但對宋代名家詩風也不排斥，顯然帶有清代後期折衷唐宋的詩學傾向。

諸如此類的地域選本尚有《胸海詩存》、《高言集》、《國朝松陵詩徵》、《國朝山左詩續鈔》等。

再次是通過挖掘地方詩學傳統中的新生質素為地方詩學爭取地位。從詩學批評的角度而言，特定地域的詩學勢必會與全國主流詩學以及其他地域的詩學發生關係，具體可分為兩種情況：一是特定地域詩學在總體水準上超越了其他地域詩學，進而衍生為左右全國詩壇的主流詩學，其他地域詩學只能處於從屬的地位；二是特定地域詩學在和其他地域詩學的比較中明顯處於下風，於是論者便積極挖掘地方詩學中的新生質素，試圖與其他地域詩學並駕齊驅。這兩種情形在清詩地域選本中均有體現，如《江左三大家詩鈔》、《浙西六家詩鈔》等地域選本顯然是江浙地區詩學主流詩壇的產物；而在第二種情況中，地域選家一般通過兩種途徑來為本地區的詩學爭得一席之地：

其一是重新審視本地區的詩學傳統，積極尋求適合當下詩學主潮的新質素。如曾燠在《國朝江右八家詩選》〈序〉中對「江西詩派」的重新解讀就很有代表性：

> 夫江西詩派，世固未之深考。嚴滄浪論詩體於宋有元祐體、江西體，注云：元祐體即江西派，乃黃山谷、蘇東坡、陳後山諸人之詩。是其體本不自山谷一人創也。逮呂居仁作《宗派圖》，始推山谷為祖，而列二十五人於後。然二十五人者或師少陵，或師儲、韋，不盡攻江西體，而其人又多荊、揚、兗、豫之產，不皆著籍江西也，曷嘗以土風限哉？世不能謂學王、韋者必河東、長安，學高、岑者必南陽、渤海，學李、杜者必隴西、襄陽，學元白者必河內、下邽，學溫、李者必太原、懷州，何居乎江西而必學山谷也？且夫山谷之詩，學之亦殊不易，其境奧，

其筆健，而其詞致則實婉麗而芊綿，特不與靡靡者同音耳；不善學者苦硬晦澀，未得伯夷之清，先得伯夷之隘，猶之乎粗豪以為學杜，淺薄而以為學王，鄙俚而以為學白，纖巧而以為學義山也。責人之不善學伯夷，而遂謂伯夷非聖人也，可乎？今八家之詩，或專法唐人，或出入唐宋諸家，識者可以省覽。而得八家之外二百有餘人，亦鮮專學山谷者，正以山谷不易學也。未見其詩而概指之曰：江西詩派，竊所不解也。[45]

　　這裡，選家曾燠在梳理江西詩派源始的基礎上澄清了兩個關於地方詩歌流派的重要事實：一是地方詩歌流派的主要創作者未必都是同一地域的，宋代的江西詩派是如此，清代的桐城詩派亦是如此，故不能簡單地認為，地域詩歌流派的影響僅僅局限於一隅；二是地域詩歌流派的風格形成相當複雜，有時並不是單個代表作家就能完全決定的，它是一定數量的作家群體集體意志的產物。故這些地域詩歌流派的作家在詩學傾向上也未必一致，但是並不影響其對地方詩學傳統的繼承。可見，選家對於「江西詩派」的重新解讀不僅糾正了人們對於地域詩歌流派的錯誤認識，而且為詩歌風格各異、詩學傾向多元的「江右八家」在接續地域詩學傳統方面尋找到了理論支撐，豐富了江西詩派的內涵。這種對地域詩派的再闡釋一定程度上也是為了迎合其時詩學主潮的需要，從而間接地為本地區的詩學爭取地位。

　　其二是通過評點郡邑名家的詩風來為地方詩學爭取地位。一般來說，在相對偏遠的地區，地方詩學很難進入全國讀者的視野。因此，這些地區的地域選家通常把郡邑名家名作視為突破口，以點帶面，以期獲得其他地區乃至全國詩壇的認可，從而提升本地區詩學的地位。以《滇八家詩選》為例，選家王燦在〈自序〉中全面評點了八家詩歌

---

45 曾燠：〈序〉，《國朝江右八家詩選》，嘉慶九年至十二年（1804-1807）間邗上題襟館刊本。

的風格，並將這八家視為清代雲南詩學的典型代表：

> 八家中如南園之硬語盤空，思沉力厚；矩卿之遣才運情，志和音雅；雲帆之明麗典則，妥帖排奡；丹木之精思健筆，傲岸不群，樾村之肅括宏深，風骨峻峭；天船之清新刻摯，波瀾老成；虛齋之勁氣直達，彈丸脫手；厚安之清深華妙，味美於回，均各具面目，自闢戶牖。滇詩固不止八家，以八家論亦不僅百首，此則擷取精華。雖未罄其蘊而盡其美，而即此一斑亦足以窺見各人之性情、學問也。嗚呼！詩豈限以地乎？豈限以人乎？豈限以時乎？之八家者所抱之才不一，所生之世與所處之地不同，故其成就之境界亦各有一，生平以寄乎詩之中，而可概見於詩之外。置之中原壇坫亦不多讓，要非一鄉一邑所得而囿之也。[46]

這裡，選家王燦顯然將作家之性情、學問視為可以跨越時空界限的帶有普適性的詩學元素，並以此來突出滇八家乃至整個滇詩在清代詩壇的地位。對此，為《滇八家詩選》作序的董萬川信心十足：「先生此詩選，雖僅八家，然有清一代滇之能詩者無出其右。……吾知書一出世，海內自知滇詩固大有人在，當於嶺南三家、江左三家、浙之六家後先輝映，而驂靳連鑣、並駕齊驅於中原也。」[47]由此可見，這些郡邑名家不僅是地方詩學的傑出代表，同時也是地方詩學走向全國的重要生長點。

與此相類似的地域選本尚有《滄江詩選》、《黔南六家詩選》、《越中三子詩鈔》等。

---

46 王燦：〈自序〉，《滇八家詩選》，民國三十一年（1942）大理鉛印本。
47 董萬川：〈序〉，見王燦輯：《滇八家詩選》，民國三十一年（1942）大理鉛印本。

（二）與主流詩學話語的附和或疏離

　　清詩地域選本的批評意識不僅有力地推助了地方詩學話語的表達，而且在與主流詩學話語的交流和碰撞中也發揮了十分重要的作用。所謂主流詩學話語，概指在某一特定時期內引領全國詩壇創作或評論風氣的詩學理論體系，其話語的言說主體既可以是單個詩壇巨擘或某個詩歌群體，也可以是某個詩歌流派或某種詩學思潮。具體到有清一代，主流詩學話語的形成主要有兩個管道：一是來自全國各地的翰林文臣群體。他們既有較高的詩學造詣，同時又具有顯赫的政治地位，極易形成統領詩壇的詩學話語體系，從而主盟壇坫，如「國朝六家」、「宗宋詩派」等；二是由地方詩學話語升級而成。綜觀有清一代的詩壇，在特定的時期內，總有一個或幾個區域的地方詩學較為發達，且得到其他地區的認可和接受，進而成為主流詩學話語，如「江左三大家」、「浙西六家」等。

　　主流詩學話語不論經由何種方式構成，它對地方詩學話語都具有天然的操控欲望，正如張清民先生指出：「在所謂人類文明史上，話語與權力以同樣的方式建立起來，話語場域是權力施展的重要場所，對任何一種話語的掌握都是權力掌握和支配的成功表現。」[48]而相對來說，地方詩學話語在與主流詩學話語的「對話」中，只能處於從屬地位。由於地域詩歌選本是體現、傳播地方詩學的重要載體，從某種意義上說，若干帶有批評意識的地域詩歌選本就能大致反映出某一地方詩學的總體水準。故在地方詩學話語與主流詩學話語的關係中，很大程度上表現為地域詩歌選本的批評意識與主流詩學話語的關係，具體又可以分為兩種情形，即與主流詩學話語主體處於同一地區的地域詩選本在批評意識上多是主動的附和，或者是後學對先賢詩學的堅守；而其他地區的地域詩歌選本則有可能處於自覺附和的狀態，也有可能

---

48 張清民：《話語與秩序》（北京市：中國社會科學出版社，2005年），頁273。

在主流詩學的語境下固守著本地區的詩學傳統，從而出現與主流詩學話語的疏離狀態。

首先，地域選本的批評意識對主流詩學話語的附和。

當代學者郭英德先生曾經說過：「當某一文人集團的活動在社會文化活動中居於顯著地位的時候，當某一文人集團在一定歷史時期中處於文壇領袖地位的時候，當某一文人集團猶如北斗七星一樣吸引著其他文人集團的時候，這一文人集團就會造成全社會的從眾現象，使社會上人們自覺不自覺地以這一集團的集團規範為準的，在思想上和行為上追隨和效法這一集團。」[49] 這個文學規律同樣適用於以地域詩選為主要載體的地方詩學話語和主流詩學話語的關係中。一般來說，當某種詩學話語演進為主流詩學話語時，它首先會在其代表人物的地方詩學中得到回應，繼而波及其他地區。而當這一詩學話語隨著時間的流逝，逐漸被其他詩學話語所取代時，其地的地域詩歌選本在批評意識上一般不會立刻改弦易轍，仍然會有一段堅守地方詩學傳統的時期。茲略舉數例以證之：

清初詩壇，以王士禛為代表的山左詩學無疑是主流詩學話語的代表，[50] 同時對其時及後世的山左地方詩學產生了深遠的影響。康熙後期，王士禛的同鄉選家隋平選輯了《琅邪詩略第一編》，雖然此選本的編選初衷是源於對本邑詩歌的整理以及對諸家品性的推崇，「編閱琅邪諸先生詩，見其餐風露、泣鬼神，與夫李家供奉、杜氏拾遺相伯

49　郭英德：《中國古代文人集團與文學風貌》（北京市：北京師範大學出版社，1998年），頁230。

50　清人王培荀在《鄉園憶舊錄》〈自序〉中論明清山東詩壇：「自明中葉，中原壇坫，必援山左樹旗鼓。國初以來，人文蔚起，不曰『南施北宋』，即曰『南朱北王』。趙秋谷以偏師銳進，所向摧廓。至如康熙十子，曹禮部貞吉、田中丞綸霞、顏考功修來、馮舍人大木、謝中丞方山，以一隅敵天下之半。」見王培荀著、蒲澤點校：《鄉園憶舊錄》，濟南市：齊魯書社，1993年。

仲，而遊雲孤鶴、蕭然遠引，則又處士陶柴桑也。」[51]選本的詩學批評意識相對而言並不強烈，但是從所選詩家和詩歌風格上還是可以看出《琅邪詩略》對「神韻派」詩學的自覺附和：其一，選家大量選輯了王士禛的詩作。由於選本刊刻尚處神韻說風行海內之時，故此選在客觀上起到了宣傳神韻說詩論的作用；其二，選家還重點選錄了王士祿、王鍾仙、李澄中等鄉賢名士之作，這些名士或在詩風上與王士禛之神韻詩論較為接近，或在行為方式上與「神韻說」之閒情逸致不謀而合。如李澄中，學問淵博，詩沖和，宗盛唐，「辭多比興，雅而能切。」[52]幾於王氏詩風相同；另外，選本還選輯了「南山十老」和「張氏四逸」的作品，[53]這些名士隱居鄉里，結社賦詩，詩歌多寄情山水，清空雅致。所有這些都說明，《琅邪詩略》中含蘊的批評意識與其時主盟詩壇的神韻詩學話語是基本一致的。

主流詩學話語對地方詩學話語的影響至為深遠，尤其表現在對主盟人物所在地區的詩學影響。可以說，這些主流詩學話語已經內化為一種可資借鑒的詩學傳統，將在其特定區域的地方詩學中長期延續下去，山左選家盧見曾選輯的《國朝山左詩鈔》即是如此。此選編於「神韻說」已經不再盛行詩壇的乾隆年間，其序言先依次拈出清初以

---

51 隋平：〈自序〉，《琅邪詩略第一編》，康熙間刊本。

52 鄧之誠：《清詩紀事初編》（上海市：上海古籍出版社，1984年），頁690。

53 「南山十老」：明末清初，諸城臥象山成為許多文人會集之外，海內知名者達百餘人，他們先後慕名而來，結社賦詩，以文會友，揮毫作書，或題詩，或取句，或題辭，以表達個人避世之情感。其中較有名者為本邑王鍾仙、李澄中、邱元武、丁耀亢、劉子羽、徐田、趙青、隋平、張衍、張侗等，世稱「十老」。他們聚會結文社於放鶴園，詩酒於鐵水、橡谷、還吟詠於桃花洞，會文於臥象山龍潭，謳歌於歌鶴村（今小坤頭村）之圍圃、歌鶴亭之畔，他們寄情山水，共結同心，留下了很多詩詞歌賦，佳句名篇。「張氏四逸」即張衍、張侗、張素、張佳叔伯四兄弟，四人詩、書、畫俱佳，且精通經史及諸子百家，為琅邪本地名士。他們與志同道合的海外百餘名文士，聚會結文社於放鶴園，詩酒於臥象山谷，邀遊於九仙山、五蓮山、琅琊臺，泛舟於齋堂、沐官等島嶼，留下了不少詩篇佳句，世稱「張氏四逸」。

來以王士禛為核心的山左詩人群體,「國初詩學之盛,莫盛於山左。
漁洋以實大聲宏之學,為海內執騷壇牛耳,垂五十餘年,同時若宋荔
裳、趙清止、高念東、田山薑、漁洋之兄西樵、清止之從孫秋谷,咸
各先登樹幟,衣被海內,故山左詩甲於天下。」[54]繼而又在〈凡例〉中
兩次重申了王士禛神韻詩學的深刻內涵,對其時詩壇中部分反對神韻
詩學的言論進行糾謬:

> 漁洋先生集詩學之大成,主盟騷雅五十餘年,海內風從,浸淫
> 摹流而為翡翠蘭苕,而不知先生之所謂神韻,即在「雷霆走精
> 銳,冰雪淨聰明」一時並列之中,而羚羊掛角、無跡可尋者,
> 原非虛無兀杳、枵腹談空也。茲集所鈔最富,非緣不能割愛,
> 正以示天下,使知先生之詩精微廣大、無所不備耳。

> 漁洋論詩之道,有興會焉,有根柢焉。興會發於性情,根柢源
> 於學問。世謂「詩有別才,非關學者」,非篤論也。[55]

　　顯然,選家欲通過對「神韻說」的再次解讀來挽回其在詩壇中的
主導地位。但時過境遷,乾隆時期主盟詩壇的不再是王士禛的「神韻
說」,而是「格調說」、「肌理說」等詩學思潮。即便如此,盧見曾利
用地域詩歌選本自覺堅守本地區詩學理論傳統的這種努力,還是難能
可貴的。

　　另外,主流詩學話語的影響力不僅涉及其代表人物所在的地域,
而且還廣泛輻射到全國其他地區。比如在沈德潛之「格調說」以及其
倡導的「溫柔敦厚」的詩風主盟詩壇的乾隆前中期,其家鄉江左地區

54　盧見曾:〈自序〉,《國朝山左詩鈔》,乾隆二十三年（1758）刊本。
55　盧見曾:〈凡例〉,《國朝山左詩鈔》。

就有王鳴盛選錄的《江左十子詩鈔》為之呼應。「十子」皆為王氏之受業門生，在總體詩學傾向上與沈氏一脈相承，「其命意必正而不頗，其立格必雅而不蕩，其修詞必典實而不浮，有廉直、勁正、莊誠之音焉，有寬裕肉好、順成和動之音焉。」[56]故此選可視為對沈氏詩學話語的自覺附和。乾隆三十年，王鳴盛又輯有《江浙十二家詩選》，所選詩家亦為選者之親友弟子，詩學主張上亦大多追求「詩格之妙」。[57]而在乾隆二十二年至二十三年間，錢塘人柴傑選輯了《國朝浙人詩存》，其選詩標準也與沈氏詩學大致相同：「是集存詩半經前輩選過，增入各詩亦經再四斟酌，大抵以溫柔敦厚，醇正典雅為宗。」[58]這說明以沈德潛為代表的主流詩學話語已經得到江浙地區諸選家的一致認同。

　　除此以外，遠在三秦地區的關中詩人群體也受到此主流詩學話語的影響，這鮮明地體現在專錄國朝關中詩歌的地域選本《二南遺音》中。該選在詩家選擇上自孫枝蔚始，以「關中五虎」[59]和「關中四傑」[60]中的「三傑」為核心，具體詩風上也經歷了從「關中五虎」悲壯蒼涼、奇態雄放的詩風到「關中四傑」溫柔敦厚詩風的轉變。究其原因，一方面是源於時代背景的變化。「關中四傑」的生活年代正處於清朝的鼎盛時期，和明清之際「關中五虎」的社會文化環境相差甚遠，加之當時文網甚密，文人動輒得咎，因此在「關中四傑」的詩歌中，

---

56 王鳴盛：〈序〉，《江左十子詩鈔》，乾隆二十九年（1764）幽蘭蒼寓居刊本。

57 王鳴盛：〈序〉，《江浙十二家詩選》，乾隆三十年（1765）刊本。

58 柴傑：〈凡例〉，《國朝浙人詩存》，乾隆年間洽禮堂刊本。

59 「關中五虎」即指李楷、李因篤、李柏、李顒、王弘撰。劉紹攽《二南遺音》卷一云：「王弘撰，無異，號山史，華陰人，明諸生。康熙己未舉博學宏詞，善書法，顧亭林樂與之遊。李中孚、天生、雪木（李柏）、河濱（李楷）並稱『五虎』，言雄長關中也。」

60 「關中四傑」即指漁關楊鸞、臨洮吳鎮、秦安胡釴和三原劉紹攽。李華春〈皇清誥授朝議大夫湖南沅州府知府吳松厓先生傳略〉云：「（吳鎮）嘗與漁關楊子安、三原劉九畹、秦安胡靜庵稱為『關中四傑』云。」

缺少了故國之思、黍離之悲的主題，不見了亢厲之音和不平之鳴。另一方面，在詩學思想上也有附和其時主流詩學話語的傾向。《二南遺音》評楊鸞詩曰：「詩溫柔敦厚，人亦如之，非枘鑿不相入。」[61]吳鎮自云其詩學傾向為：「古體期漢魏，近體期盛唐，合而衷諸三百篇，師其意不師其體，唐以後蔑如也。」[62]這顯然是對沈德潛詩學思想的服膺。不僅如此，乾隆時期的關中名家與沈氏後學還有實際的交往。如選家劉紹攽之子劉壬就是沈氏門生王鳴盛的學生，經由劉壬的推薦，其師王鳴盛又和其他關中名家如吳鎮等相交，且對關中名士形成的「三秦詩派」稱賞有加：「三秦詩派，本朝稱盛，如李天生、王幼華、王山史、孫豹人，蓋未易更僕數矣。予宦遊南北，於洮陽得吳子信辰詩，歎其絕倫。歸田後復得劉子源深詩，益知三秦詩派之盛也。」[63]

　　需要說明的是，除卻主盟人物所在區域之外，其他區域的地方詩學話語對主盟詩學話語都存在著一定程度上的附和，卻不可能完全失去本地區的詩風特質。關中詩歌亦是如此。雖然在《二南遺音》中，我們可以清晰地看出雍、乾時期的關中詩人在詩風上對主流詩學話語的附和，但是他們詩歌中關注現實生活，風格遒勁雄健的特點仍然沒有改變。

其次，地域選本的批評意識與主流詩學話語的疏離。

　　當某種詩學話語成為主流話語以後，其他詩學話語除了附和以外，還有一種表現模式，即與主流詩學話語的疏離。當然，這種疏離

---

61 劉紹攽：《二南遺音》，見《四庫全書存目叢書》（濟南市：齊魯書社，1997年），卷4，頁803。

62 牛運震：〈松花庵詩草序〉，見於吳鎮：《松花庵全集‧詩草》，宣統二年狄道後學重梓本。

63 王鳴盛：〈劉戒亭詩序〉，見於吳鎮：《松花庵全集‧文稿》，宣統二年狄道後學重梓本。

既有地理位置阻隔形成的被動疏離，也有詩學思想抗拒導致的主動疏離。我們以嶺南地域詩歌選本為例：

　　由於大海和五嶺的隔阻，嶺南自成一域，常被視為「南州遠徼」、「偏方之地」。這種地理環境直接制約了其地與外界在各個領域間的相互交流，當然也包括與中原、江浙盛行詩風的對話，故嶺南本地的詩歌選本在批評意識上經常處於邊緣或自足的狀態。地方詩學的這種存在狀態有弊也有利，具體而言，一方面由於缺少與主流詩學話語的交流，其地詩學的獨特魅力很難流播開去，難以形成在全國範圍都有影響力的詩學思潮。實際上，「嶺南三大家」在清初詩壇之所以影響深遠，也與他們在中原和江南地區的遊歷經驗，以及與全國知名文士的廣泛接觸密切相關。而另一方面，正因為嶺南的地方詩學話語很難受到主流詩學話語的影響，往往能較長時間地保留此地獨特的詩歌風格，固守自己的詩學傳統。王士禛曾對此有所評論：「東粵人才最盛，正以僻處嶺海，不為中原、江左習氣薰陶，故尚存古風耳。」[64]

　　嘉道年間，嶺南地區編刻了兩部知名的清詩地域詩歌選本，即劉彬華所輯《嶺南群雅》和凌揚藻所輯《國朝嶺海詩鈔》。前者以乾、嘉兩朝詩歌為選錄對象，凡九十三位詩人，一千五百七十六首詩作；後者編成於嘉慶二十五年（1820）春，後又陸續補纂修訂，刊刻於道光六年（1826）秋，共收錄六百四十八位詩人，一千六百七十餘首詩作。這兩位選家的人生經歷有些共同之處，如都是少年得志，頗有才名，其中凌揚藻輯錄的《國朝嶺海詩鈔》刊刻後還曾引起很大反響，一時「遠近宗仰，必欲得先生詩讀之以為快。」[65]還有，二人的活動範圍基本局限於嶺南地區。凌揚藻少有詩名，卻累鄉試不第，只能以坐館授徒、鬻文賣字為生，交際圈不出羊城；劉氏儘管在嘉慶六年進士及

---

64 王士禛：《池北偶談》（北京市：中華書局，1982年），卷11，頁251。

65 周誼：〈跋〉，見凌揚藻：《藥洲花農詩略》，道光八年（1828）刻本，卷首。

第，卻以「恨父先卒不及見」及「母老多病」為由，「請假歸省」，[66]
絕意仕進。其後足不出粵，畢生以授徒講學為業。兩位選家的人生經
歷對所輯選本的批評意識有較大影響，總體說來，他們的地域選本在
詩學批評方面還是承繼嶺南詩派固有的詩學傳統居多，受到乾嘉時期
主流詩學話語的影響相對較小。

　　我們主要關注詩歌風格的討論。劉彬華在《嶺南群雅》所選詩家
評傳中附有自撰的《玉壺山房詩話》，其中既有詩人交遊、創作、乃
至生活片斷的相關記載，也有關於詩家品性、詩歌風格方面的評論。
如其《初補》下卷漆璘（字東樵）評傳中，就有一段側重創作風格的
討論：

> 沈歸愚論詩含蓄不盡，袁簡齋頗不然其說。余謂：「和風之蘊
> 藉，流云之駘宕，迴波之沖融，其妙在含蓄不盡；驚飆潨滂，
> 駭浪噴瀑，震動心目，其妙又在無含蓄而盡；管弦奕煜，金石
> 鏗鈞，戛然忽止，又妙於盡而不盡；岡巒縈紆，澗谷幽邃，豁
> 然忽開，又妙於不盡而盡。詩人之言，似之非可以一端竟
> 也。」東樵詩直攄胸臆，踔屬無前，實妙於盡；而懷舊思古，
> 真摯沉著，其筆則快，其情自深，亦復不名一格。余與東樵遊
> 處二十餘年，其心地愨直，不留絲毫，觀其詩可以知其人。[67]

　　劉彬華的這段表述顯然是針對乾嘉時期格調派和性靈派的詩學論
爭而發的，先從「含蓄不盡」的詩學命題出發，以形象的比喻進行分
析，發表了一番圓通之論，說明「盡」與「不盡」各有其「妙」。而

---

66 李福泰修，史澄、何若瑤纂：同治《番禺縣志》卷四十五之〈列傳十四〉，同治十
　　年（1871）月光霽堂刻本。

67 劉彬華：《嶺南群雅》初補卷下，《續修四庫全書》第1693冊，影印嘉慶十八年玉壺
　　山房刻本，頁362。

不必如其時的主流詩學流派那樣拘泥於一格，字裡行間流露出對含蓄蘊藉詩風的疏離，以及對雄放剛健詩風的熱衷，並以漆璘作為「妙於盡」的典範予以稱許。劉彬華的這段詩論貌似是對格調派之溫柔敦厚與性靈派之抒寫性情的折衷，但究其原委，此論更多的是對嶺南地區「雄直」詩風的繼承。

　　唐宋以來，嶺南地區由於環境閉塞而與中原、江南文化交流甚少，故在詩學傳統方面，一直秉持對南遷詩人韓愈、蘇軾等人的崇尚之情，詩歌風格保持「雄直」之氣。清初的「嶺南三大家」詩歌正是由於其雄放遒勁的詩風而備受關注和好評，如洪亮吉〈論詩絕句〉評曰：「尚得古賢雄直氣，嶺南猶似勝江南。」[68]陸鑾《問花樓詩話》卷三亦曰：「國朝談詩者，風格遒上推嶺南，采藻新麗推江左。」[69]但是在流派更替較為頻繁的乾嘉時期，這種詩風很難被主流詩學話語所容納，故《嶺南群雅》中對詩學傳統的固守就有點自覺抗拒主流詩學話語影響的意味。《國朝嶺海詩鈔》亦是如此。選家凌揚藻在詩歌創作上便是取徑韓愈以文為詩、「橫空盤硬語」的表現手法，旁徵博引，氣勢雄渾，且善於抒發個人的不平之鳴，如其《藥洲花農詩略》〈自序〉所云：「徒恃此骯髒嶔崎之氣，以與時命相爭衡。……故心聲所寄，或不免不平之鳴。」[70]雖然在具體選詩時，凌揚藻對諸種創作風格還是採取兼收並蓄的態度，但其個人對雄放詩風的追求也鮮明地體現於選本的批評意識之中。

　　需要特別說明的是，不論地域詩選的批評意識和主流詩學話語之間是附和還是疏離的關係，這都是相對而言的。主動附和絕不代表喪失個性，自覺疏離也不意味著全盤抗拒。「地域文化的特性並不意味

---

68 洪亮吉：《洪亮吉集》（北京市：中華書局，2001年），第3冊，頁1244。

69 陸鑾：《問花樓詩話》卷3，見郭紹虞：《清詩話續編》（上海市：上海古籍出版社，1983年），頁2312。

70 凌揚藻：〈自序〉，《藥洲花農詩略》，道光八年刻本。

著某種絕無僅有的屬性和特徵，而是指某一區域的人們能夠根據自身所處的自然社會環境，使文化生長的共性中那些具有活力或積極意義的要素得到最佳的組合、最充分的發揮。」[71]地方詩學話語只有在與主流詩學話語的互動中合理汲取有益的成分，同時承繼本地區的詩學傳統，才能葆有長期的生命力。

第二節　清詩女性選本與清代女性詩學

　　中國歷史上自春秋時期起，女詩人就代有人出，但大規模地對之進行編纂和整理，只有到了明清時期才蔚然成風。據初步統計，明清以前專門收錄歷代女性文學作品的選本加起來不足十部，[72]而有明一代，專錄歷代女性詩作的選本就多達二十五部。[73]至清代則達到繁盛狀態，僅筆者搜羅的清人選清代女性詩選就有近五十部，且部分女性選本如《國朝閨秀詩柳絮集》、《國朝閨秀正始集》等更是體例完備、卷帙繁富。大量的清詩女性選本不僅收錄了有清一代眾多女性的詩歌作品，而且其選本序跋、選文和評點中流露出的詩學批評意識也是清代女性詩學話語的重要組成部分。

---

71 王友三主編：《吳文化史叢》（南京市：江蘇人民出版社，1993年），頁23。

72 《隋書·經籍志》記載：《婦人集》二十卷，作者不詳；《婦人集》三十卷，〔梁〕殷淳撰；《婦人集》十一卷，亡；《婦人集鈔》二卷，作者不詳；《舊唐書·經籍志·總集類》記載有：《婦人詩集》二卷，顏竣撰。《宋史·藝文志·總集類》記載有：《瑤池集》，〔唐〕蔡省風撰。另據胡文楷《歷代婦女著作考》記載尚有：《婦人文章錄》，〔後魏〕崔光編；《婦人文章》十五卷，〔宋〕陳彭年編；《宋舊宮人詩詞》一卷，〔宋〕汪元量編。另如《文選》、《玉臺新詠》、《唐人選唐詩》中也選有少量女性作品，但不是專選，不在此列。

73 參看王豔紅：《明代女性作品總集研究》，上海市：上海師範大學碩士學位論文，2006年。

一　清詩女性選本的編選概況及繁盛原因

　　清詩女性選本是指清代選家以選錄當代女性詩歌作品為主的選本，部分附有詞賦的選本也屬此列。若按照選家身分歸類，它可直接分為兩類：即男性編選當代女性詩作的女性選本和女性編選當代同性詩作的女性選本。相對而言，後者數量要遠遠少於前者。有清一代，女詩人編輯的當代女性詩選本主要有：王端淑輯《名媛詩緯》、駱綺蘭編《聽秋館閨中同人集》、張滋蘭選《吳中女士詩鈔》（又名《吳中十子詩鈔》）、毛國姬編《湖南女士詩鈔》、惲珠輯《國朝閨秀正始集》及《國朝閨秀正始續集》、郭潤玉編《湘潭郭氏閨秀集》、王謹編輯《閨秀詩選》、單士釐輯《清閨秀正始再續集初編》等。

　　而出於對「閨閣之才，傳者雖不少，而埋沒如珍異，朽腐同草木者，正不知其幾許」的惋惜，[74]一些男性詩人熱心地為女詩人收集、出版詩選，保存和搶救了一大批行將湮沒和失落的詩歌文獻。順治年間主要有鄒漪編輯的《詩媛十名家集》十卷。[75]康熙年間主要有范端昂輯錄的《香奩詩泐》及其續補系列若干卷，胡孝思、朱琰評輯的《本朝名媛詩鈔》等。乾隆年間主要有袁枚輯《袁家三妹合稿》、汪啟淑選編的《擷芳集》等。另外還有乾隆五十六年（1791）合刻的《二餘詩草》、乾隆五十九年（1794）吳騫刊刻的《海昌閨秀詩》。嘉慶年間主要有袁枚輯《隨園女弟子詩選》六卷、蔣機秀選評的《國朝名媛詩繡鍼》五卷，王豫編刻《種竹軒閨秀聯珠集》四卷等。道光年間主要有陳文述編輯的《碧城仙館女弟子詩》二卷，蔡殿齊所輯的《國朝閨閣詩鈔》十卷，潘煥龍編《三女史詩稿》三卷等。咸豐年間主要有范士熊的《范氏三女史同懷詩》、董兆熊輯的《吳江三節婦

74　黃傳驥：〈序〉，見黃秩模輯：《國朝閨秀柳絮集》，咸豐三年（1853）刊本。

75　中國國家圖書館著錄為《八名家詩集》較此書少《避秦人詩選》和《謝蘭陵詩選》二種，不及此本之完善。

集》、黃秩模輯的《國朝閨秀柳絮集》等。同治年間則有黃浚所輯
《國朝閨秀摘珠集》，蔡壽祺選、魯世寶編的《豫章閨秀詩鈔》等。
光緒年間主要有許夔臣所輯《國朝閨秀香咳集》、楊書霖的《長沙楊
氏閨秀詩》、戴燮元輯的《京江鮑氏三女史詩鈔合刻》、黃瑞所輯《三
台名媛詩輯》、冒俊編刻的《林下雅音集》，西泠印社主人輯的《西泠
三閨秀詩》等。民國間則主要有紅梅閣主人所輯《清代閨秀詩鈔》，
費善慶、鳳昌編《松陵女子詩徵》等。

　　與前代女性詩歌選本相比，清詩女性選本最鮮明的特點是，詩選
本容量不斷擴大，入選的詩家、詩作都遠軼前代同類選本。明代直到
嘉靖、隆慶間，才出現選家專錄當代女性詩作的選本——俞憲輯《淑
秀總集》，此選收入其《盛明百家詩》前編，僅收錄明代女性詩人十
七家，詩賦詞作品七十二首。崇禎年間有曹學佺的《國初閨秀集》一
卷，附在其《石倉十二代詩選》之卷三六四《明詩初集》和卷五五〇
《明詩次集》之中，共收錄明代十三位女性的七十九首詩歌；此外，
沈宜修選輯的《伊人思》，也只收錄明代詩家四十六人，而周之標輯
《女中七才子蘭咳集》五卷才收錄七家女性詩作。

　　女性詩選本發展到清代，不論在作家數量還是在詩歌作品數量上
都有較大幅度地拓展。如順治年間鄒漪編選的《紅蕉集》共收六十六
位才女的三百八十首詩作。康熙間胡孝思、朱珖評輯的《本朝名媛詩
鈔》共錄本朝女性詩家五十九人，詩作「合五言七言共計三百有
奇。」[76]乾隆時期，汪啟淑之《擷芳集》卷帙頗為宏大，「凡若干卷，
作者二千家有奇。」[77]實際收錄詩家一千八百五十三人，詩作六千零二
十九首。嘉慶年間，蔣機秀之《國朝名媛詩繡鍼》「凡選閨秀一百六十

76　胡孝思：〈序〉，見胡孝思、朱珖評輯：《本朝名媛詩鈔》，康熙五十五年（1716）凌
　　雲閣刊本。

77　沈初：〈序〉，見汪啟淑輯：《擷芳集》，乾隆五十年（1785）飛鴻堂刻本。

四人，共得古今體詩三百十首。」[78]道光年間，惲珠所輯《國朝閨秀正始集》正文二十卷，共選詩一千五百六十三首，附錄一卷選詩八十一首，補遺一卷選詩九十二首。共計選詩一千七百三十六首，涉及閨秀詩人九百三十三人；其《續集》收錄惲珠手訂詩作十卷及附錄一卷，共計選詩九百一十九首，涉及女詩人四百五十九人，妙蓮保之母又輯補遺一卷，涉及女詩人一百三十四人，選詩三百一十首。蔡殿齊所輯《國朝閨閣詩鈔》一百卷，收錄詩家一百人，錄詩一千三百八十二首。咸豐年間，黃秩模所輯《國朝閨秀柳絮集》「所集幾二千家」，[79]此選共五十卷，實際錄入詩家為一千九百三十人，詩作「統計幾於萬首」，[80]實收八千二百零七首，堪稱現存規模最大的清代女性詩歌選本。光緒間，許夔臣所輯《國朝閨秀香咳集》，共選女性詩家四百十六人。民國時紅梅閣主人所輯《清代閨秀詩鈔》八卷，收錄詩家也多達四百二十七人。

　　清代女性詩歌選本在容量擴展的同時，也篩選出了許多著名的女性詩人。諸如順治朝有王端淑、黃媛介、吳山、吳綃、吳琪、李因、季嫻、徐昭華、朱中楣等；康熙、雍正朝有林以寧、柴靜儀、錢鳳綸、朱柔則、王慧、倪端璇、毛秀惠、吳永和、張學象、蔡琬等；乾隆、嘉慶朝有李含章、錢孟鈿、方芳佩、潘素心、徐德音、駱綺蘭、席佩蘭、歸懋儀、孫雲鳳、孫雲鶴、金逸、王倩、汪玉珍、王貞儀、梁韻書、郭漱玉、王采薇、沈纕、熊璉等；道、咸、同、光朝有汪端、沈善寶、惲珠、王采蘋、何慧生、張襄、吳規臣、袁綬、左錫璇、左錫嘉、繆寶娟、萬夢丹、俞繡孫、薛紹徽等。這些女性詩人皆為清代女性詩歌創作的中堅力量，部分女詩人還兼有選家和詩評家的身分，在搜羅、評點女性詩作的同時表達了自身的詩學主張。

---

78 胡文楷：《歷代婦女著作考》增訂本（上海市：上海古籍出版社，2008年），頁914。
79 黃傳驥：〈序〉，見黃秩模輯：《國朝閨秀柳絮集》，咸豐三年（1853）刊本。
80 黃秩模：〈自敘〉，《國朝閨秀柳絮集》，咸豐三年（1853）刊本。

清詩女性選本之所以取得如此之高的成就，主要歸因於以下三方面的合力。

其一，清代女性創作群體的壯大。

在女性文學發展史上，明中葉之前女詩人及其詩歌創作的數量並不是很多。女性作家的大量出現是在明朝中後期，特別是十七、八世紀的清朝，出現了一個女性文學創作的高潮。尤其是傳統詩詞的寫作，一度空前繁榮，主要表現在兩個方面：首先是詩人數量猛增。胡文楷《歷代婦女著作考》共收錄了歷代有著作成集的婦女共四千二百餘人，其中明末之前共三百六十一人，而清代則有三千八百多人，又加上史梅女士輯出的未收入《歷代婦女著作考》中的一百一十八人，則近四千家。該書只收有集行世的，不少僅有單篇作品流傳的作者尚不在此列。這個數量雖還沒改變與男作者的懸殊比例，但與前代比較則可算是突飛猛進了。其次，清代女性吟詠活動的盛況也是空前的。她們或一家唱和，或相互投贈，或雅集詩社，或投師訪友，形成一種普遍的風氣。所謂「一門風雅」的情況比比皆是。如清初會稽商景蘭一家，清中葉福建的「鄭氏九女」、袁枚家的「隨園三妹」、歸安的葉氏母女等，就是其中頗負盛名者。除了閨閣間相互贈答之外，她們還大膽地參與社會上的大型文學盛會，如順治十四年青年詩人王士禎在濟南大明湖舉辦盛大的「秋柳詩會」，四面八方的回應者之中就有不少閨秀詩人。另外，清代女性詩人還自己組織詩社，常常登山臨水，以詩會友。著名的有清初錢塘的「蕉園詩社」，清中葉吳中的「清溪吟社」等。清代許多著名詩人和女詩人都有交往，如吳偉業、錢謙益、王士禎、毛奇齡等都在不同程度上對婦女詩歌起過倡導作用。袁枚和陳文述則公開收徒，「隨園女弟子」幾遍於大江南北。

這種局面的產生主要源於清代前、中期文化環境的相對寬鬆，思想領域的女性解放以及社會經濟的繁榮等客觀因素。而伴隨著女性詩

歌創作群體的不斷壯大，清代女性創作主體的身分也悄然發生了變化，即由前代以宮妃、妓女、道尼為主向官宦之家或書香門第出身的上層婦女、大家閨秀傾斜。總之，清代龐大的女性詩人群體創作了數以萬計的詩歌作品，為女性詩歌選本提供了大量可資選擇的素材。當然，女性詩人的吟詠活動也是推動女性詩歌創作及編選的積極力量。

其二，知名士人對女性詩歌創作及選本編刻的支持肯定。

自古以來，受到「女子無才便是德」等傳統觀念的影響，女性詩歌創作一直處於中國文學的邊緣地帶，在學詩、寫詩、傳詩等諸方面都與男性詩人有所區別。正如沈善寶所言：「竊思閨秀之學與文士不同，而閨秀之傳又較文士不易。蓋文士自幼即肄習經史，旁及詩賦，有父兄教誨，師友討論。閨秀則既無文士師承，又不能專習詩文，故非聰慧絕倫者，萬不能詩。生於名門巨族，遇父兄師友知詩者傳之尚易，倘生於蓬蓽，嫁於村俗，則湮沒無聞者，不知凡幾。」[81]故女性創作的興盛除了自身天資聰慧以外，還離不開知名士人的幫助。概括而言，知名士人對女性詩歌創作及編刻的推助集中體現為兩個方面，即對女性詩歌創作合理性的肯定，以及對女性詩歌選本編刻的支持。

將《詩經》中入選女性詩作視為女性詩歌創作合理性的最高依據，是清代士子肯定女性創作常用的例證。如戴鑒在〈國朝閨秀香咳集序〉中云：「詩所以道性情，固盡人而有者也。世多云女子不宜為詩，即偶有吟詠，亦不當示人以傳之。噫！何其所見之淺也！昔夫子訂詩，《周南》十有一篇，婦女所作居其七。《召南》十有四篇，婦女所作居其九。」[82]胡孝思亦在〈本朝名媛詩鈔序〉中借友人之口道出女性創作之合理：「詩言志，歌永言，男女詠歌，亦各言其性情志節而已。安在

---

81 沈善寶：《名媛詩話》，清末鴻雪樓刊本，卷1。

82 戴鑒：〈序〉，見許夔臣輯：《國朝閨秀香咳集》，光緒間上海申報館鉛印本。

閨媛之詩，不可以公於世哉？……古詩三千，聖人刪存三百乎？婦女之作，什居三四，即以二南論，后妃女子之詩，約居其半。」[83]

　　於是，一些知名人士對女性詩歌的創作和編刻活動都非常重視。他們或收女弟子，教以詩學，提高她們詩藝，或編輯女性詩歌選本，或為女性詩選作序寫跋，或對她們的詩詞進行點評等等。知名人士的提倡和褒獎，既能提高女性詩家的知名度，使其詩歌得以傳播，也從客觀上鼓勵了女性詩人的創作熱情。如民國時期的清暉樓主就高度評價了有清一代女性詩歌的創作成就，並對女性詩歌的搜集和整理發出呼籲：「至有清一代，女性之中，名媛傑出。如蕉園七子、吳中十子、隨園女弟子等，至今猶膾炙人口。不有好事者為之表彰，譬諸落花飛絮，隨風湮沒，可勝惜乎？」[84]另外，一些清詩選家在自己的詩歌選本中單列卷帙選錄當代女性詩作，雖然這不屬於本章界定的清詩女性選本，但是對傳播女性詩歌成就還是發揮了積極地推動作用。如沈德潛的《國朝詩別裁集》中，選評了七十五位閨秀詩作；朝廷重臣阮元亦在所纂《淮海英靈錄》中收入揚州府的四十六位女性作品，所編《兩浙輶軒錄》及其《補遺》中輯錄了浙江地區二百七十一位閨秀共五百三十六首詩，對才女的聲名流播起了推波助瀾的作用。而有的士子則直接選輯女性詩歌選本，前文提及的男性編選清代女性詩歌的選本均屬此列。

其三，女性詩歌創作質量的全面提升。

　　清代女性詩選的繁盛不僅取決於女性詩人數量的急劇增長和知名士子的大力推助，還取決於清代女性詩歌的創作水準。只有女性詩歌

83　胡孝思：〈序〉，見胡孝思、朱琰評輯：《本朝名媛詩鈔》，康熙五十五年（1716）凌雲閣刊本。

84　清暉樓主：〈序〉，見紅梅閣主人輯：《清代閨秀詩鈔》，民國十一年（1922）上海中華教育社石印本。

的創作質量提升了，才能獲得選家的青睞和廣大讀者的肯定。綜觀明清以前，女性詩歌不受重視，致使「名媛之集，鐫印不多，紅香小冊，綠窗零帙，流傳極少，搜求非易。著錄所載，或一書而數名，或名同而實異，或有目而無書，或名亡而實存。」[85]這種狀況一方面是「年代久遠，難以考究」造成的，另一方面也源於女性詩歌創作成就的參差不齊。而至有清一代，女性受教育的機會逐漸增多，她們在承襲家學、拜師學藝、詩友切磋等多種教育形式中接受文化薰陶，多數大家閨秀都多才多藝。另外，清代女性詩人立言求名的願望也比較強烈，具有強烈的自醒意識，再加上女性詩人彼此間的唱和及與知名文士的交往，故清代女性詩人的創作視野不斷擴大，詩歌的創作品質較之前代也有較大的提升。

首先在思想內容上，清代女性詩歌不僅僅關注個體之幽思，對現實生活和情感世界都有廣泛涉及，往往托於詩以見意。汪啟淑在評價其《擷芳集》中女性詩歌的主題內容時曰：「吾聖朝文教蔚興，化及閨幃，百數十年以來，閨中傑出不惟吟弄風月，且能理、學兼而有之，經濟頗多，卓然可存。」[86]其次在藝術成就上，清代女性詩歌也取得了很高的成就。如段繼紅在論及許夔臣《國朝閨秀香咳集》中諸詩家的藝術成就時指出：「在意蘊上，展示了女性自我精神面貌的多樣性和女性心理的複雜性；情感氣質上，呈現著南國女子敏於感物，深於察事的靈秀氣韻；藝術風格上，突出了江南女性清秀柔美、婉約輕靈的審美特徵，她們的作品在藝術上有著很高的成就，堪與世界女性文學比肩而立。」[87]

上述三個方面是清代女性詩歌選本繁盛的主要影響因素。此外，清代編輯出版業的發達、詩壇唱和風氣的昌盛也是較為重要的原因。

---

85 胡文楷：〈自序〉，《歷代婦女著作考》，上海市：上海古籍出版社，2008年。

86 汪啟淑：〈凡例〉，《擷芳集》，乾隆五十年（1785）飛鴻堂刻本。

87 段繼紅：《清代閨閣文學研究》（天津市：南開大學出版社，2007年），頁2。

二　從女性選本看清代女性詩人群體的基本特徵

　　與男性詩人相比，清代女性詩人的資料搜集並非易事。上個世紀三十年代，胡文楷先生就開始了搜羅整理歷代婦女著作的工作，他在其《歷代婦女著作考》〈跋〉中頗有感慨地敘述了採訪之艱難：「即道咸家刻，同光近代單行小冊，亦得之不易。近數十年來，舊家藏弃，散佚殆盡，荒灘冷肆，已不存在。閨媛之集，名多不見於書目。」[88]因此，我們現在能見到的清代女性詩人及其詩作絕大多數是來自於女性詩歌選本，即胡氏所云「惟選家藏儲，略存一二。」[89]雖然清代女性選本對女性詩人、詩作的搜羅仍然不夠完備，但已經可以基本反映出清代女性群體的總體特徵。

其一，地域性。

　　清代女性詩人的分布極不平均，具有明顯的地域性特徵。概括而言，清代女詩人的籍貫分布基本上呈現出南方多於北方、內陸多於邊疆、東部文化繁榮地區多於西部的趨勢；而在南方地區，尤以江、浙為最，另外，福建、湖南、江西、廣東、安徽等省女性詩歌創作的風氣也相對較為濃厚。這種地域分布特徵在明末就已逐漸顯現出來，而這點又是與清代文化的繁榮在各個地區的不平衡是一致的，也與男性詩人的地理分布相一致。我們以黃秩模《國朝閨秀柳絮集》為例，具體考索清代女性詩人群體的分布情況：

---

88 胡文楷：〈跋〉，《歷代婦女著作考》增訂本（上海市：上海古籍出版社，2008年），頁972。

89 胡文楷：〈跋〉，《歷代婦女著作考》增訂本，頁972。

表十七　《國朝閨秀柳絮集》所選詩家地域分布情況表

省分	人數	比例（%）	省分	人數	比例（%）	省分	人數	比例（%）	省分	人數	比例（%）
江蘇	843	45.5	廣東	78	4.2	四川	16	0.9	河南	6	0.3
浙江	450	24.3	安徽	56	3.0	湖北	15	0.8	奉天	3	0.2
湖南	92	5.0	山東	48	2.6	雲南	10	0.5	貴州	2	0.1
福建	88	4.8	山西	27	1.5	直隸	10	0.5	陝西	1	0.05
江西	79	4.3	旗人	20	1.1	廣西	6	0.3	順天	1	0.05

　　《國朝閨秀柳絮集》收錄的詩人，所屬省分可考者有一千八百五十一人，難以考證者七十九人。從表中可以看出，江蘇、浙江、湖南、福建、江西、廣東和安徽南方七省女性詩人最多，共有一千六百八十六人，占總數的91.1%；其餘十二省和旗人共一百六十五人，只占總數的8.9%。而在南方七省之中，江、浙兩省就多達一千二百九十三人，占總數的69.8%。也就是說，在《國朝閨秀柳絮集》所收的詩人中，南方詩人占九成還多，而東南沿海的江、浙兩省則占到將近七成。當然，這種分布狀況顯然與江南地區經濟繁榮、文化發達的社會現實密切相關。

其二，家族性。

　　所謂家族性特徵，是指清代女詩人在其婚前或婚後因血緣關係或婚姻關係而形成的兩代或兩代以上的女性詩人群體，不包括家族中的男性詩人。這是清代女詩人最為突出的總體性特徵，且在清代女性詩歌選本中體現得也最為明顯。

　　清代之前，一家之內有數位女詩人的現象還較少見，見諸史書記載的大概也只有幾例，如南北朝時期的劉令琊姊妹三人，為著名詩人劉孝綽之姐妹；唐代有著名的宋氏姊妹五人，即若華、若昭、若憲、

若倫和若荀，係初唐著名詩人宋之問的後人；又如元代管道杲、管道
昇姊妹，明代山東布政使鐵鉉二女等。她們大多都是同輩人，與清代
一個家族之內女性詩人動輒十多人乃至數十人、甚至幾代人綿延百餘
年是不能相提並論的。真正意義上的家族詩人群體始於明末清初，吳
江沈氏、葉氏家族首開清代女詩人家族化風氣之先。柳棄疾在《松陵
女子詩徵》〈序〉中對此有詳細地勾勒：

> 自水西沈氏（沈漢）出，高門奕葉，聲施爛然。文經武緯之
> 奇，衣冠所弗能盡，推衍以及弱女。於是大榮（沈大榮）、倩
> 君（沈倩君）、曼君（沈靜專）開其端，文姝（沈媛）、宛君
> （沈宜修）、少君（沈智瑤）纘其業，珠盤玉敦，乃在脂奩粉
> 盎間。人第知《鸝吹》一集，推倒並世，不知上慰道人（沈靜
> 專）《適適草》，亦生龍活虎才也。厥後一傳而為玉霞（沈靜
> 筠）、幽馨（沈蕙端）、繡香（沈淑女）、惠思（沈憲英）、端容
> （沈華鬘）、宮音（沈關關），再傳而為素嘉（沈樹榮）、參荇
> （沈友琴）、纖阿（沈御月）、蕙貞（沈萑紉），三傳而為詠梅
> （沈詠梅)，四世相承，弗墜厥緒。而一時執箕帚來歸者，無為
> （張倩倩）、玉照（李玉照）、蕙綢（葉小紈）、法筵（金法
> 筵），又皆旗鼓相當，號稱大敵。……任心齋（任兆麟）有
> 言，豈扶輿秀淑之氣有特鍾歟？抑其濡染家學有由也，豈不信
> 哉？次則分湖諸葉，葉葉交輝，《愁言》、《返生》，世誇雙璧，
> 而橫山之論《存餘》，且以為情詞黯淡，過於姊妹二人，即香
> 期（葉小繁）後起，不復有赫赫名，要其楓葉墜秋，蘆梢驚
> 夢，小戎女子之思，寧非曠代逸才。是則沈葉兩家閨秀，實足
> 弁冕我邑詞壇，非第為明清兩朝蟬蛻之中堅也。[90]

---

90 柳棄疾：〈序〉，見費善慶、鳳昌編：《松陵女子詩徵》，民國七年（1918）吳江華萼
　堂鉛印本。

　　吳江沈氏、葉氏兩大文學世家不僅各自孕育了許多才情橫溢的女性詩人，而且通過兩家聯姻、血緣傳承等方式綿延數代，逐漸形成一個家族化的女性詩人創作群體，「或娣姒競爽，或婦姑濟美」。[91]

　　清代以降此種現象更加蔚為大觀，如商景蘭家的景蘭姐妹、二媳、四女都是女詩人，其中商景徽之女徐昭華最著名，為毛奇齡的女弟子；歸安葉佩蓀家，才女有二妻、三女、三媳，以繼妻李含章最著名；張學象姐妹七人，鄭青蘋姐妹九人，都有詩才；杭州許氏，有許宗彥妻梁德繩及其女許雲林、許雲姜；松陵有計氏、邱氏、宋氏、周氏、王氏、吳氏、柳氏；儀徵阮氏，有阮元妻孔璐華、妾劉文如、謝雪、唐慶雲，女阮安、長媳劉繁榮、次媳許雲姜、女孫阮恩灤等；此外，閩南鄭氏、貴州金築許氏、崑山孫氏、湖陽惲氏、陽湖莊氏、武進湯氏等等皆為女性詩人聚集的文學世家。一些大力提倡女性文學的學者如畢沅、袁枚等家族中，才女也都是世代綿延。畢沅的外祖母顧英、母親張藻、妾張絢霄、周月尊、妹畢汾，女畢慧，袁枚三妹袁機、袁杼、袁棠以及諸孫女都是才女。這些家族性的女性詩人群體及其作品大部分都在清詩女性選本中有所體現。既有含括數個家族女性詩人群體的《國朝閨秀詩柳絮集》、《擷芳集》、《國朝閨秀正始集》等大型選本，也有單選某個特定家族女性詩作的專門選本，如嘉慶年間有專選吳江沈氏女性詩作的《吳江沈氏閨秀詩》，道光年間有周際華編輯貴州金築許氏家族女性詩作的《棗香山房詩集附刻》、郭潤玉選輯湘潭郭氏女性詩作的《湘潭郭氏閨秀集》等。

其三，依附性。

　　清代女性詩人群體的組成人員主要三種，即如民國時期冼玉清所云：「其一名父之女，少稟庭訓，有父兄為之提倡，則成就自易。其

91　柳棄疾：〈序〉，見費善慶、鳳昌編：《松陵女子詩徵》，民國七年（1918）吳江華萼堂鉛印本。

二才士之妻，閨房倡和，有夫壻為之點綴，則聲氣易通。其三令子之母，儕輩所尊，有後嗣為之表揚，則流譽自廣。」[92]但不論是名父之女、才士之妻還是令子之母，這些女性詩人對於男性的依附性是共同的，主要體現為兩個方面：

首先是吟詩環境的營造離不開男性士人的幫助。女性詩人在成長過程中，除了要具備超群的文才天賦以外，還要有外部條件的支持，其中男性世界的認可和幫助是一個非常重要的因素。例如在詩歌啟蒙教育方面，一般來說，清代出生於平民人家的女子是很難享有受教育的機會，而官宦名門之家的女性，則可以在父兄或丈夫的指導下接受教育，培養文學情趣，有的甚至還能拜師學藝，如胡履春在《麥浪園女弟子詩》〈序〉中便記述了胡和軒指導妻妾、甥女作詩及延聘導師等事，其言曰：「和軒先生，吾宗風雅士也。天性極敦，一堂怡怡，恆以奉親為樂。定省偶暇，即率諸姬把卷於蘭紅穠綠中。……壬寅春，延予主其講席。進謁時，詢諸女所學，六經外凡唐宋大家詩完誦各數百首，悉先生花晨月夕、酒半茶餘所親授者。」[93]在結社唱和方面，女性同樣需要男性的支援。自古以來，女性的交往空間相對狹窄，亟需依賴男性士人為她們搭建一個交流的平臺，故女性詩人結社唱和的發起和組織多半需要男性士人的推助。至具體的唱和過程中，這些女性詩人才能發揮其主導作用。如乾隆年間，由任兆麟號召發起的「清溪吟社」就影響頗深。《國朝閨秀正始集》中有所評述：張允滋「與同里張紫蘩芬、陸素窗瑛、李婉兮嬡、席蘭枝蕙文、朱翠娟宗淑、江碧岑（珠）、沈蕙孫繼、尤寄湘澹仙、沈皎如持玉結『清溪吟社』，號『吳中十子』，媲美西泠。嗣又選定諸作，刊《吳中女士詩鈔》，附以詞賦及駢體文。藝林傳誦，與『蕉園七子』並稱。」[94]

---

92 冼玉清：〈自序〉，《廣東女子藝文考》，民國二十七年（1938）商務印書館排印本。
93 胡履春：〈序〉，《麥浪園女弟子詩》，道光二十五年（1845）樹人堂刊本。
94 惲珠：《國朝閨秀正始集》，道光十一年（1831）紅香館刊本，卷16。

　　其次是女性詩集的編選出版也大多借助於男性士子。有清一代，女性詩家眾多，但是真正由女子編纂出版的個人詩集或詩歌選本寥寥可數。她們或請知名士子題寫序跋，或由男性士子代為徵詩刻稿，那些介入女性創作活動中的男性文人同時也是推助女性詩作傳播的重要力量。主要包括親朋摯友和文化名人兩類：前者如午夢堂中的葉紹袁、清溪詩社中張允滋的丈夫任兆麟、常州張氏家中的張琦等；後者在清代則有袁枚、陳文述、郭麐、阮元、沈德潛、畢沅、杭世駿等人。在清代數十部女性詩歌選本中，除卻王端淑、張滋蘭、惲珠等少量女性詩家輯有詩選以外，其餘的清詩女性選本均為男性選家代為編輯出版。所有這些都表明，清代女性詩人在詩歌創作和詩作流播過程中對於男性文人還是具有相當大的依附性。

三　清詩女性選本與清代女性詩學

　　清代以來，隨著女性詩歌創作的不斷繁榮，關於女性詩歌的批評也日漸增多，詩評、詩話、論詩詩、詩選等諸種批評樣式均有所涉及。如方仲賢的《宮闈詩評》、沈善寶的《名媛詩話》、陳芸的《小黛軒論詩詩》等，以及若干具有批評意識的女性詩歌選本。綜觀清代女性的詩學批評，由於其處於男性中心文化的邊緣地位，故受到男性詩學話語的影響頗深。具體到清詩女性選本的詩學批評，我們可以分別從男性選家和女性選家兩種視角來進行深入剖析。

（一）男性選家視野下的女性詩學批評

　　關於明清男性選家編選女性詩歌選本的意圖，陳廣宏教授認為其具有「歷史擔當」和「自我投射」兩層目的，即一方面是「為華夏歷來女性文學創作建立一種歷史譜系的意圖，意在通過這樣一種歷史譜系，為女性文學在原本由男性占領的文學傳統中爭得一席之地。」另

一方面,「意在以一種鑒賞的心態,張揚女性特質,……欲通過對女性才情的認同,向傳統儒家對男性的正統性生活理想提出挑戰,從而為自己才情至上的個體文化價值觀尋找合法性。這是以一種與男性趨異的標準來表彰才女文化,但卻是男性新的生活理念的一種投射。」[95]這兩種編輯意圖在其選本的詩學批評中也有體現。

首先,溫柔敦厚的詩教觀是男性選家努力提升女性詩歌地位的詩學理論基礎。

　　清代男性選家肯定女性創作的原因,一是女性詩作早在《詩經》中已經出現,而且對後世詩體的演變發展也做過貢獻,理應在中國詩歌史上占有一定的地位。蔡殿齊在《國朝閨閣詩鈔》〈敘〉中就曰:「夫四始流音半採房幃之作,五言肇體即傳宮扇之吟。」[96]二是多數女性詩歌同樣秉承溫柔敦厚的傳統詩教觀,和男性詩歌並無軒輊。因此,在清代編選女性詩歌的男性選家眼中,溫柔敦厚既是他們為女性詩歌爭取詩學話語權的一種策略,同時也是他們選詩的根本標準。在清詩女性選本的序文和凡例中,我們經常可以看見類似的表述:

　　　　得溫厚和平,不愧風雅者,合五言七言共計三百有奇。至若調近香奩,句裁偽體,則概屏而弗錄。[97]

　　　　溫柔敦厚,詩教也。秋士多悲,春女善怨,然而二南鐘鼓,音節平和。不聞桃未灼其有花,梅即標而無實也。遇不同,所以

---

95 陳廣宏:〈中晚明女性詩歌總集編刊宗旨及選錄標準的文化解讀〉,《中國典籍與文化》2007年第1期,頁44。

96 蔡殿齊:〈敘〉,《國朝閨閣詩鈔》,道光二十四年(1844)蔡氏娜嬛別館刊本。

97 胡孝思:〈序〉,見胡孝思、朱琬評輯:《本朝名媛詩鈔》,康熙五十五年(1716)凌雲閣刊本。

貞其遇者無不同，是謂無乖風雅。[98]

溫柔敦厚之教，必宮閨始。……女子之工詩如是之多，不亦為盛世之休風，詞壇之佳話哉？[99]

是集所錄統計為一千九百三十八人，其詩之溫柔敦厚，足以感人風世者，固屬不少，然遺漏實多，所望同志之士不吝惠寄，當續編入。[100]

是鈔但論工拙，不分門戶，其體制雖殊，要不失於溫柔敦厚之旨。[101]

　　由此可見，入選清詩女性選本的女性詩作與男性創作的文學作品一樣，具有「美刺」、「風教」的社會功能，男性選家所堅守的史家職志同樣可以在女性詩歌選本中得到實現。這顯然是以男性文化標準為出發點來闡揚女性文化的合法性，雖然採取的是一種「他者」的觀察視角，但在客觀上還是提高了女性詩人、詩作在清代詩壇中的地位。

其次，創作首重性情，詩風尚清雅，這是清代男性選家對女性詩歌審美特質的基本認識。

　　在溫柔敦厚詩教的前提下，男性選家們在選取女性詩作時紛紛將抒寫性情作為女性詩歌創作的源動力。如倪承寬〈擷芳集序〉曰：

98　蔣機秀輯評：〈例言〉，《國朝名媛詩繡鍼》，嘉慶二年（1797）崑山胡氏懷恩堂刊本。
99　戴鑒：〈序〉，見許夔臣輯：《國朝閨秀香咳集》，光緒間上海申報館鉛印本。
100　黃秩模：〈凡例〉，《國朝閨秀詩柳絮集》，咸豐三年（1853）刊本。
101　紅梅閣主人：〈凡例〉，《清代閨秀詩鈔》，民國十一年（1922）上海中華教育社石印本。

「〈關雎〉居《詩》之首，聖人以為溫柔敦厚之教，必自宮闈始矣。而委巷之婦人女子亦往往歌詠其性情之所至，故十五國風，閨門之言十蓋六七，貞淫正變錯出其間。」[102]《國朝閨秀詩柳絮集》〈凡例〉亦云：「詩本性情，必天懷勃發，喜怒哀樂中節得風雅之正者乃亟登之。凡假名西崑、捃撏浮豔、毫無性情，概置不錄。」[103]此處所言之「性情」既指合乎儒家「發乎情，止乎禮義」的普泛之情，也指女性詩人較為私密的兒女之情。前者在詩歌中主要表現為主題意旨的中正醇雅，這也是清代男性詩歌創作必須遵守的基本規範；而後者運用於詩歌之中則更注重一己真情的抒發和清雅詩風的形成，這既符合女性純真敏感的性情特點，也孕育了女性詩人獨特的詩歌風格。

胡履春在《麥浪園女弟子詩》〈序〉中云：「予謂詩以道性情，故《三百篇》不乏閨闈之作。今諸女詩雖未邃臻其極，然風入篁而成韻，蕉得雨而送音，天假之鳴，靡弗善者，奚妨錄之，俾存其真。」[104]范端昂《奩泐續補》〈自序〉亦云：「夫詩抒寫性情者也，必須清麗之筆，而清莫清於香奩，麗莫麗於美女，其心虛靈，名利牽引，聲勢依附之，汩沒其性聰慧，舉凡天地間之一草一木，古今人之一言一行，國風漢魏以來之一字一句，皆會於胸中，充然行之筆下，詩惟奩制，夐乎不可尚已。」[105]顯然，清代女性詩作在溫柔敦厚詩教的前提下，還是允許有兒女私情的滲入，但在審美特徵上要以清麗雅正為主，自覺規避哀感頑豔的脂粉之氣。即如馮善徵在〈閨秀詩選序〉中所云：「今翫女士所自著，頑豔非所擅，而清逸過之。」[106]這些既是男性選家對其時女性詩歌創作的基本要求，同時也是自身欣賞女性詩人才情的一種體現。

---

102 倪承寬：〈序〉，見汪啟淑輯：《擷芳集》，乾隆五十年（1785）飛鴻堂刻本。
103 黃秩模：〈凡例〉，《國朝閨秀詩柳絮集》，咸豐三年（1853）刊本。
104 胡履春：〈序〉，《麥浪園女弟子詩》，道光二十五年（1845）樹人堂刊本。
105 范端昂：〈自序〉，《奩泐續補》，康熙五十年至雍正十年（1711-1732）鳳鳴軒刊本。
106 馮善徵：〈序〉，見王謹編：《閨秀詩選》，光緒二十年（1894）刊本。

另外，也有部分男性選家或論者主張女性詩歌創作也要性情與學問相濟，即徐祖鎏在〈國朝名媛詩繡鍼序〉中所云「根諸學殖，運以心靈」。[107] 蔣機秀亦認為女性詩歌創作「有兒女情，無風雲氣，昔賢之論備已。予謂徵才閨閣，蕙心蘭腕，著紙生芬。兒女情不必無，脂粉氣特不可有也。其有淹通經史，宛同不櫛書生，則更上一層樓矣。」[108]

（二）女性選家視野下的女性詩學批評

由於清代女性選家的詩學批評一直處於男性批評話語的境域之中，故她們的批評實踐必然以男性批評為參照，或利用選詩展現出較為獨立的女性創作姿態，自覺樹立與男性詩學話語並行不悖的詩學構想，逐漸在詩學話語中發出女性自己的聲音；或是在批評實踐中自覺或不自覺地向男權社會對女性創作所期待的批評方向靠攏，以至於最終淹沒在強大的男性主流詩學話語中。下面分別以駱綺蘭的《聽秋館閨中同人集》和惲珠的《國朝閨秀正始集》為例，分類闡釋清代女性選家視野下的女性詩學批評。

其一，女性詩學話語的表達。

一般來說，「在男性話語的『囚籠』中，女性是沒法建立自己的話語家園的，因為她們在不斷地被敘述時只能為男性提供意義而得不到意義的回饋，這是敘述主客體之間因為性別差異和權力不等而出現的難以消除的二元對立關係。」[109] 但這種情形在清代的女性選本的詩學批評中有所突破，換言之，清代女性選家也能和男性選家一樣，在

---

107 徐祖鎏：〈序〉，見蔣機秀輯評：《國朝名媛詩繡鍼》，嘉慶二年（1797）崑山胡氏懷恩堂刊本。

108 蔣機秀輯評：〈例言〉，《國朝名媛詩繡鍼》，嘉慶二年（1797）崑山胡氏懷恩堂刊本。

109 陳順馨著：《中國當代文學中的敘事與性別》（增訂版）（北京市：北京大學出版社，2007年），頁58。

選本的序文、選文或點評中表露出了自己的詩學觀點，諸如女性詩歌
創作的價值地位、女性詩作的風格定位等，為清代女性詩學批評爭得
一定的話語權。嘉慶初年，駱綺蘭在《聽秋館閨中同人集》中對女性
詩歌創作的地位就有明確的評述。

　　駱綺蘭，字佩香，號秋亭，江蘇句容人，龔世治妻。早寡無子，
「少耽書史，好吟詠」，[110]是隨園女弟子中優秀的女詩人之一。她在
《聽秋館閨中同人集》序文中首先道出了女子做詩之艱難：「女子之
詩，其工也，難於男子。閨秀之名，其傳也，亦難於男子。何也？身
在深閨，見聞絕少，既無朋友講習，以瀹其性靈；又無山川登覽，以
發其才藻。非有賢父兄為之溯源流，分正偽，不能卒其業也。迄於歸
後，操井臼，事舅姑，米鹽瑣屑，又往往無暇為之。才士取青紫，登
科第，角逐詞場，交遊日廣；又有當代名公巨卿，從而揄揚之，其名
益赫然照人耳目。至閨秀幸而配風雅之士，相為倡合，自必愛惜而流
傳之，不至泯滅。或所遇非人，且不解咿唔為何事，將以稿覆醯甕
矣。閨秀之傳，難乎不難！且難之中，又有不同者。」[111]言下之意，
選家認為女性詩人創作比男性詩人更為艱難，得以流播的女性詩作在
某種程度上說比男性詩作也更有價值，故其《聽秋館閨中同人集》中
選錄的江珠、畢汾、畢慧、鮑之蘭、鮑之蕙、鮑之芬、周澄蘭、盧元
素、張少蘊、潘耀貞、侯如芝、王瓊、王倩、王懷杏、許德馨、秦淑
榮、葉毓珍等女性詩作就是「使蚩蚩者知巾幗中未嘗無才子」的一個
實踐證明。

　　繼而，駱綺蘭又反駁了女子不宜做詩之謬論：「蘭思《三百篇》
中，大半出乎婦人之什，〈葛覃〉、〈卷耳〉，后妃所作；〈采蘩〉、〈采
蘋〉，夫人命婦所作；〈雞鳴〉、〈昧旦〉，士婦所作，使大聖人拘拘焉

110　施淑儀：《清代閨閣詩人徵略》（商務印書館排印本1922年），卷6，頁7。
111　駱綺蘭：〈序〉，《聽秋館閨中同人集》，嘉慶二年（1797）刻本。

以內言不出之義繩之，則早刪而逸之矣。而仍存於經中，何哉？」[112]
選家機智地以孔子選詩為例，巧妙指出女子創作詩歌無礙禮儀且有助
風化的合理性，將女性詩歌創作的地位提升至與男性詩人同樣的位置。

　　有清一代，大多數男性選家也都感慨女性詩歌創作、編選之難，
其編刻女性詩歌選本的意圖通常是主觀上為了保存女性詩歌文獻，客
觀上卻提高了女性詩歌創作的地位，而由女性選家在選本批評中直接
為女性詩人爭取地位的卻屈指可數。在駱綺蘭之前，明清之際的王端
淑可以算是其中最典型的一位女性選家了。王氏在其《名媛詩緯初
編》〈自序〉中用主客問答的形式表達了自己的編選意圖：

> 客問於予曰：「《詩三百》，經也。子何取於緯也？《易》、
> 《書》、《禮》、《樂》、《春秋》，皆有緯也，子何獨於詩緯
> 也？」則應之曰：「日月江河，經天緯地，則天地之詩也。靜
> 者為經，動者為緯，南北為經，東西為緯；則屋野之詩也，不
> 緯則不經。昔人擬經而經亡，則寧退處於緯之，足以存經
> 也。」[113]

　　顯然，這裡選家試圖將《名媛詩緯初編》與《詩經》形成經緯交
錯的詩歌體系，以此來提升女性詩歌的社會地位和文學地位，進入男
性主導的文壇，進而與男性作家並駕齊驅，由此構成一個完整的文學
世界。

　　在具體的詩學主張上，這些女性選家也發出了自己的聲音。如駱
綺蘭論詩強調字裡行間要有真性情。其在《聽秋館閨中同人集》〈自
序〉中云：「披誦一遍，深情厚意，溢於聲韻之外，宛然如對其人。」[114]

112　駱綺蘭：〈序〉，《聽秋館閨中同人集》，嘉慶二年（1797）刻本。
113　王端淑：〈自序〉，《名媛詩緯初編》，康熙六年（1667）刻本。
114　駱綺蘭：〈序〉，《聽秋館閨中同人集》。

王端淑則強調氣韻和意趣的重要性。如「詩以氣韻為上，才情次之，學問又次之。」[115]以及「句中有意，字中有情，句字之外有趣，斯為得之。」[116]

其二，女性詩學批評向男性話語的皈依。

　　清代女性選家中像王端淑、駱綺蘭這樣的女中豪傑畢竟不多，更多的女性選家在長期男性中心文化的浸染中，也逐漸地接受了男性詩學話語的役使。儘管其選本在一定程度上也提升了女性詩人的地位，但是她們在批評意識中的男性化標準還是抑制了女性獨立話語的表達。首推德行，詩風雅正是這類女性選家一貫秉持的詩學主張，這在道光年間惲珠編選的《國朝閨秀正始集》中體現得最為明顯。

　　惲珠是清代著名的文學文獻家，其《國朝閨秀正始集》不僅收錄詩人和詩作數量眾多，而且涉及到的地域之廣、詩人民族身分之複雜也非尋常選本可比。但是其在詩學批評中卻遵循社會傳統的溫柔敦厚的價值標準，強調女性的德性懿行高於才情文筆。我們先看《國朝閨秀正始集》序跋、例言中的相關表述：

　　　　昔孔子刪《詩》，不廢閨房之作。後世鄉先生每謂婦人女子職
　　　　司酒漿縫紉而已，不知《周禮》九嬪掌婦學之法，婦德之下，
　　　　繼以婦言，言固非辭章之謂，要不離乎辭章者近是，則女子之
　　　　詩，庸何傷乎？獨是大雅不作，詩教日漓，或竟浮豔之詞，或
　　　　涉纖佻之習，甚且以風流放誕為高，大失敦厚溫柔之旨，則非
　　　　學詩之過，實不學之過也。……凡篆刻雲霞，寄懷風月，而義
　　　　不合於雅教者，雖美弗錄。是卷所存，僅得其半，定集名曰

115　王端淑：《名媛詩緯初編》，康熙六年（1667）刻本，卷3評「陳德懿」條。
116　王端淑：《名媛詩緯初編》，康熙六年（1667）刻本，卷6正集「沈天孫」條。

《正始》，體裁不一，性情各正，雪豔冰清，琴和玉潤，庶無
慚女史之箴，有合風人之旨爾。[117]

珍浦太夫人正始集之選而知其得於詩教者深也。太夫人博通經
史，兼工六法，德言具備，福慧兼全，其長於吟詠而待言，而
猶念閨門為教化之原，欲有以風天下而端閨範，故內治克修明
章婦順，協蘋蘩之美，擅鍾郝之徽，雖古賢媛有過之而無不及
焉。……太夫人以閨閣之賢而表章之，則其崇本樹德，相夫子
為循吏，訓令子為名臣者，有自來矣。是編詩不下千七百首，
九百餘人，凡浮華靡麗之什概弗錄。……選擇必精，用以顯微
闡幽，垂為懿範，使婦人之學詩者，發乎情，止乎禮義，盡刪
風雲月露之詞，以合乎二南正始之道。[118]

是集所選以性情貞淑，音律和雅為最。[119]

　　由此可見，選家惲珠的編選意圖是為閨門樹立典範，即黃友琴所
言之「整壹人心，扶持壺教。」[120]故在作者人品上要求必須是貞靜幽
淑者，否則即使是官宦之後、閨閣名媛亦被剔除；在詩作風格上，必
須要符合溫柔敦厚的詩教傳統。
　　除卻選家的自我表述以外，選本在詩家詩作的選擇過程中也基本
恪守這一批評基調。其中最明顯的例子是沈蕙玉，這位閨秀在《國朝
詩別裁集》中所收的七十五位女性詩人中排名第五十三位，這種次序
的安排至少可以表明沈作不是沈德潛大力弘揚的，而在《國朝閨秀正

---

117 惲珠：〈弁言〉，《國朝閨秀正始集》，道光十一年（1831）紅香館刊本。
118 潘素心：〈序〉，見惲珠輯：《國朝閨秀正始集》。
119 惲珠：〈例言〉，《國朝閨秀正始集》。
120 黃友琴：〈序〉，見惲珠輯：《國朝閨秀正始集》。

始集》中她卻在近千人中躍居第九。究其原委，主要因為沈蕙玉的詩
作正是符合選家要求的完美作品，沈氏之〈自箴〉、〈同聲歌〉等詩作
皆被選入。我們且看她的〈自箴〉（四首選二）：

> 先民有言，言不出閫。牝雞之晨，厥家用損。節以應佩，琴以
> 和神。辭或苟費，寧默而存。勿尚爾舌，寸心是弛。既悔而
> 追，不脛千里。嗟嗟愚盲，慎其德音。鸚鵡多言，祇名文禽。
>
> 冀妻如賓，孟光舉案。夫豈矯情，媮惰斯遠。啼眉折腰，邦國
> 之妖。彼昏罔知，反以用驕。幽閒貞靜，曰配君子。載色載笑，
> 若左之史。敬而能和，穆如清風。修身準此，維以令終。[121]

全詩以四言為主，好似一個腐儒在枯燥的說教，內容上就是婦德
的韻化。這已經和男權社會下對女性的基本定位完全吻合了，故女性
選家向男性詩學話語的皈依也是清詩女性選本批評意識的一種樣態。

總之，清詩地域選本和女性選本在清代的繁盛，這本身就是清代
文學史尤其是詩歌史上一個重要的文學現象。一方面，大量的地方詩
作和女性詩作借助上述兩類清詩選本得以保存和流播，豐富了清代文
學的創作生態，且體現出了鮮明的地域性和家族性特徵；另一方面，
部分地域選本或女性選家也通過清詩選本這個載體發表了自己的詩學
觀點，儘管其中還存在對主流詩學或男性詩學話語的趨附成分，但是
從中我們畢竟看見了地方文人和女性作家積極參與詩學批評的努力和
嘗試。

---

121 惲珠輯：《國朝閨秀正始集》，卷1。

跋

　　在獲得博士學位十二年後，我的博士論文即將在臺灣萬卷樓出版社付梓再版，心情依然激動之餘，腦海中則有兩幅畫面不斷閃過，一幅是當初查找清詩選本文獻的諸種回憶，一幅是學術道路上承蒙前輩方家和同輩先進提攜關照的點點滴滴。有鑒於此，我願意在書末重溫一下那段艱難的讀博歲月，並向幫助過我的師友、同道和家人致謝。

　　當初選擇「清人選清詩與清代詩學」作為研究議題，實際上於我是一種巨大的挑戰：一則因為清詩選本數量巨大，且資料難覓，文獻收集和整理需要花費大量時間；二則這個論題現有的研究還相對薄弱，可資借鑒的研究成果不多。為此，我確定論題後便在國家圖書館古籍館和善本部進行了一年多的查閱資料和謄抄工作，共覓得六百餘部清詩選本的一手文獻。

　　回想在北海文津館查抄資料期間，我每週一到週五早晨需從北京語言大學站出發，乘坐公交車一個多小時才能到達圖書館。古籍館的管理非常嚴格，普通古籍只能閱覽，不准私自拍照，只能使用鉛筆謄抄，且隨時有改為善本的可能。一旦普通古籍升格為善本，圖書館的後續作業需耗時良久，讀者在幾個月或一年內就無法閱覽了。另外，閱覽室的內部格局亦頗為考究，儘管有若干粗柱分立其間，但每個角落都逃脫不了三位管理員的法眼。於是，在偌大的閱覽室裡，每天都上演著私自拍照的讀者與盡職盡責的管理員之間的鬥智鬥勇，我也有幾次因使用鋼筆謄抄而被警告的不良記錄。那時候，文津館後面有一個小食堂，但是飯菜不合口味，且價格比學校食堂貴，因此我每次的午餐多用麵包替代。這樣做還有一個重要原因，就是要節省時間多看

點東西，因為古籍館下午四點半就開始收書了。儘管如此，每當我借閱到泛黃的古籍時，都有一種極度呵護珍視的敬畏感。即便偶爾偷偷用鋼筆抄錄，但從不敢手拿鋼筆去翻頁，生怕戳壞了那些舊紙張。那段艱苦歲月最終換得了數百頁的原始史料，它們為後期的論文撰寫奠定了堅實的文獻基礎。

　　三年讀博期間，導師黃卓越教授對我學術能力的培養可謂不遺餘力。從讀博初期的讀書交流到學位論文的撰寫全程，黃老師都給予我很大的幫助與支持。他深厚的學術素養、廣博的學術視野以及嚴謹的學術作風也在無形之中給我很大影響，這些優秀的學術品質已然成為我此後學術道路上的努力方向。我至今保存著黃老師批閱我博士論文的原稿，有些部分評點的紅字竟然多於我原有的段落。現在我也指導研究生了，每次新生入學我都會向他們展示黃老師的評點，一方面讓他們感受到前輩學人的嚴謹治學，一方面督促我自己也要成為敬業愛生之導師。

　　在論文開題、外審和答辯過程中，我還得到了左東嶺教授、黨聖元研究員、劉勇強教授、李春青教授、段江麗教授、陳廣宏教授、鄭利華教授、曹虹教授、周群教授等老師的詳細指點，他們的不吝賜教讓我受益匪淺，在此由衷致謝。博士畢業後，我在新加坡南洋理工大學國立教育學院謀得助理教授之職。在南洋的九年期間，我因教學所需，研究興趣逐漸拓展至東南亞漢詩和華族戲曲領域。但在清詩選本領域，我依然不忍割捨，先後在境內外期刊發表了十多篇有關清詩選本的文章，得到了朱則傑教授、杜桂萍教授、蔣寅教授、張劍教授、周興陸教授、陳文新教授等國內明清文學研究名家的肯定與支持。同時，在我的學術道路上，我還需要感謝那些幫助過我的學術同行，如哈佛大學的王德威教授、布朗大學的胡其瑜教授、哥倫比亞大學的商偉教授、加拿大英屬哥倫比亞大學的施吉瑞教授、香港浸會大學的張宏生教授、香港中文大學的張健教授、香港城市大學的張萬民副教

授、臺灣清華大學的羅仕龍副教授等等，以及我在新加坡的同事嚴壽澂教授、張愛東博士、陳志銳副教授、胡月寶副教授、楊延寧博士、劉振平博士、邵洪亮博士、李佳與曲景毅賢伉儷等。

另外，我的家人在物質和精神上都給了我極大的支持。爸爸在病重期間前還敦促我去參加學術會議，媽媽和姐姐、姐夫承擔了家裡的生活重擔；岳父母全家對我傾情相助，愛人高靜平在我失意時總能給予我無私的精神鼓勵，一對兒女活潑可愛，沒有他們的大力支持，我甚至連學業都完成不了，遑論其他？此外，我的碩士導師張永芳教授、碩士授課老師高玉海教授、碩士同門伏濤兄、李亞峰兄以及博士同門王偉師兄、崔秀霞師姐、徐慧師姐、孟斌斌師姐、張道健師弟、任增強師弟等也非常關心我的論文寫作，也一併致謝。

二〇一九年八月，我回國入職於福建師範大學文學院。這是一個名師薈萃、學風純正的大家庭。老一輩學者如陳祥耀先生、穆克宏教授、齊裕焜教授、蔣松源教授、陳慶元教授、郭丹教授等非常關心我的學術進展；院領導班子亦十分重視中青年學者的學術研究，本次拙作能在臺灣萬卷樓再版即是福建師範大學文學院積極開展閩臺文化交流與合作的成果之一。另外，蔣寅教授在百忙之中惠賜新版序言，為拙作增色許多，在此深表謝忱。

最後需要說明的是，因為時間和精力所限，書中還存有一些局限與不足，敬祈方家指正。

王　兵

二〇二一年八月十日於福州銀杏苑

參考文獻

歷史傳記類

張廷玉等　《明史》　北京市　中華書局　1974年

趙爾巽等編　《清史稿》　北京市　中華書局　1977年

〔美〕費正清等編　俞金戈等譯　《劍橋中國史》　北京市　中國社
　　　會科學出版社　1982年

江藩撰　《國朝漢學師承記》　北京市　中華書局　1983年

鄧之誠編著　《清詩紀事初編》　上海市　上海古籍出版社　1984年

《清實錄》　北京市　中華書局　1986年影印本

王鍾翰點校　《清史列傳》　北京市　中華書局　1987年

施淑儀撰　《清代閨閣詩人徵略》　上海市　上海書店　1987年

錢仲聯主編　《清詩紀事》　南京市　江蘇古籍出版社　1987年

謝正光編　《明遺民傳記索引》　上海市　上海古籍出版社　1992年

錢儀吉編　《碑傳集》　北京市　中華書局　1993年

謝正光、范金民編　《明遺民錄彙輯》　南京市　南京大學出版社
　　　1995年

張維屏著　陳永正點校　《國朝詩人徵略初編》　廣州市　中山大學
　　　出版社　2004年

孟森著　《清史講義》　桂林市　廣西師範大學出版社　2005年

目錄資料類

復旦大學圖書館編　《復旦大學圖書館古籍簡目初編》　上海市　復
　　　旦大學圖書館油印本　1952年

葉德輝撰　《書林清話》　北京市　中華書局　1957年

潘景鄭撰　《著硯樓書跋》　上海市　古典文學出版社　1957年

上海圖書館編　《上海圖書館善本書目》　上海市　上海圖書館
　　　1957年

張舜徽著　《清人文集別錄》　北京市　中華書局　1963年

北京圖書館編　《西諦書目》　北京市　文物出版社　1963年

永瑢等編　《四庫全書總目》　北京市　中華書局　1965年

南京大學圖書館編　《南京大學圖書館館藏善本圖書目錄》　南京市
　　　南京大學圖書館鉛印本　1980年

章鈺、武作成等編　《清史稿藝文志及補編》　北京市　中華書局
　　　1982年

中國書店編　《中國書店三十年所收善本書目》　北京市　中國書店
　　　1982年

上海圖書館編　《中國叢書綜錄》　上海市　上海古籍出版社　1982年

王重民編著　《中國善本書提要》　上海市　上海古籍出版社　1983年

徐珂編著　《清稗類抄》　北京市　中華書局　1984年

宋慈抱著　項士元審訂　《兩浙著述考》　杭州市　浙江人民出版社
　　　1985年

遼寧省圖書館編　《館藏古籍分類目錄》　瀋陽市　遼寧省圖書館鉛
　　　印本　1985年

大連圖書館編　《大連圖書館古籍善本書目》　大連市　大連圖書館
　　　鉛印本　1986年

陳振孫著　徐小蠻、顧美華點校　《直齋書錄解題》　上海市　上海
　　　古籍出版社　1987年

中國古籍善本書目編輯委員會編　《中國古籍善本書目》　上海市
　　　上海古籍出版社　1989年

北京圖書館編　《北京圖書館古籍善本書目》　北京市　書目文獻出
　　　版社　1989年

〔日〕松村昂著　《清詩總集131種解題》　日本　大阪經濟大學中
　　　國文藝研究會　1989年

雷夢辰著　《清代各省禁書彙考》　北京市　書目文獻出版社　1989年

葛思德東方圖書館編　《普林斯頓大學葛思德東方圖書館中文舊籍書
　　　目》　臺北市　臺灣商務印書館　1990年

李桓編　《國朝耆獻類征初編》　揚州市　江蘇廣陵古籍刻印社
　　　1990年

中國人民大學圖書館編　《中國人民大學圖書館古籍善本書目》　北
　　　京市　中國人民大學出版社　1991年

莫友芝撰　傅增湘增補　《邵亭知見傳本書目》　北京市　中華書局
　　　1993年

袁行雲著　《清人詩集敘錄》　北京市　文化藝術出版社　1994年

中國科學院圖書館編　《續修四庫全書總目提要》（稿本）　濟南市
　　　齊魯書社　1996年

孫殿起撰　《販書偶記》（附續編）　上海市　上海古籍出版社
　　　1996年

王重民編著　《中國善本書提要補編》　北京市　北京圖書館出版社
　　　1997年

謝正光、佘汝豐編著　《清初人選清詩彙考》　南京市　南京大學出
　　　版社　1998年

北京大學圖書館編　《北京大學圖書館古籍善本書目》　北京市　北
　　　京大學出版社　1999年

李靈年、楊忠主編　《清人別集總目》　合肥市　安徽教育出版社
　　　2000年

王紹曾主編　《清史稿藝文志拾遺》　北京市　中華書局　2000年

柯愈春編著　《清代詩文集總目提要》　北京市　北京古籍出版社　2001年

胡玉縉撰　吳格整理　《續四庫提要三種》　上海市　上海書店出版社　2002年

北京師範大學圖書館編　《北京師範大學圖書館古籍善本書目》　北京市　北京圖書館出版社　2002年

清華大學圖書館編　《清華大學圖書館館藏古籍善本書目》　北京市　清華大學出版社　2003年

張寅彭著　《新訂清人詩學書目》　上海市　上海古籍出版社　2003年

蔣寅著　《清詩話考》　北京市　中華書局　2004年

李慈銘著　《越縵堂日記》　揚州市　廣陵書社　2004年

張之洞著　范希曾補正　《書目答問補正》　揚州市　廣陵書社　2007年

胡文楷編著　張宏生等校訂　《歷代婦女著作考》（增訂本）　上海市　上海古籍出版社　2008年

詩文研究類

方孝岳著　《中國文學批評》　上海市　世界書局　1934年

劉大傑著　《中國文學發展史》　北京市　中華書局　1941年

王夫之等撰　《清詩話》　上海市　上海古籍出版社　1963年

郭紹虞著　《中國文學批評史》　上海市　上海古籍出版社　1979年

郭紹虞編　《中國歷代文論選》　上海市　上海古籍出版社　1980年

錢仲聯著　《夢苕庵清代文學論集》　濟南市　齊魯書社　1983年

郭紹虞編　富壽蓀點校　《清詩話續編》　上海市　上海古籍出版社　1983年

〔美〕韋勒克・沃倫著　劉象愚等譯　《文學理論》　北京市　生
　　活・讀書・新知三聯書店　1984年

王英志著　《清人詩論研究》　南京市　江蘇古籍出版社　1986年

〔日〕青木正兒著　楊鐵嬰譯　《清代文學批評史》　北京市　中國
　　社會科學出版社　1988年

朱彝尊著　《靜志居詩話》　北京市　人民文學出版社　1990年

裴世俊著　《錢謙益詩歌研究》　銀川市　寧夏人民出版社　1991年

王運熙、顧易生主編　《清代文論選》（上、下）　北京市　人民文
　　學出版社　1991年

郭延禮著　《中國近代文學發展史》　濟南市　山東教育出版社
　　1992年

錢鍾書著　《談藝錄》　北京市　中華書局　1993年

黃霖編著　《近代文學批評史》　上海市　上海古籍出版社　1993年

張少康著　《中國文學理論批評發展史》（上、下）　北京市　北京
　　大學出版社　1995年

周偉民著　《明清詩歌史論》　長春市　吉林教育出版社　1995年

鄔國平、王鎮遠編著　《清代文學批評史》　上海市　上海古籍出版
　　社　1995年

郭英德等著　《中國古典文學研究史》　北京市　中華書局　1995年

孫之梅著　《錢謙益與明末清初文學》　濟南市　齊魯書社　1996年

〔德〕瑙曼等著　范大燦編　《作品、文學史與讀者》　北京市　文
　　化藝術出版社　1997年

張仲謀著　《清代文化與浙派詩》　上海市　東方出版社　1997年

王昶著　周維德校　《蒲褐山房詩話新編》　濟南市　齊魯書社
　　1988年

錢仲聯編　《陳衍詩論合集》　福州市　福建人民出版社　1999年

孫立著　《明末清初詩論研究》　廣州市　廣東高等教育出版社
　　1999年

張健著　《清代詩學研究》　北京市　北京大學出版社　1999年

李世英、陳水雲著　《清代詩學》　長沙市　湖南人民出版社　2000年

程亞林著　《近代詩學》　長沙市　湖南人民出版社　2000年

尚學鋒、過常寶、郭英德著　《中國古典文學接受史》　濟南市　山
　　　東教育出版社　2000年

朱則傑著　《清詩史》（修訂本）　南京市　江蘇古籍出版社　2000年

魏中林著　《清代詩學與中國文化》　成都市　巴蜀書社　2000年

蔣寅著　《王漁洋與康熙詩壇》　北京市　中國社會科學出版社
　　　2001年

謝正光著　《清初詩文與士大夫交遊考》　南京市　南京大學出版社
　　　2001年

汪龍麟編　《中國20世紀文學研究‧清代卷》　北京市　北京出版社
　　　2001年

裴效維編　《中國20世紀文學研究‧近代卷》　北京市　北京出版社
　　　2001年

蔣寅著　《中國詩學的思路與實踐》　桂林市　廣西師範大學出版社
　　　2001年

張宏生編　《明清文學與性別研究》　南京市　江蘇古籍出版社
　　　2002年

劉誠著　《中國詩學史‧清代卷》　廈門市　鷺江出版社　2002年

嚴迪昌著　《清詩史》（修訂本）　杭州市　浙江古籍出版社　2002年

張伯偉著　《中國古代文學批評方法研究》　北京市　中華書局
　　　2002年

陳慶元著　《文學：地域的觀照》　上海市　上海遠東出版社、上海
　　　三聯書店　2003年

郭延禮主編　《中國文學精神》　濟南市　山東教育出版社　2003年

童慶炳著　《中國古代文論的現代意義》　北京市　北京師範大學出
　　　版社　2003年

潘承玉著　《清初詩壇：卓爾堪與《遺民詩》研究》　北京市　中華
　　書局　2004年

劉世南著　《清詩流派史》　北京市　人民文學出版社　2004年

法式善著　張寅彭等編校　《梧門詩話合校》　南京市　鳳凰出版社
　　2005年

Lawrence C.H.Yim, *Qian Qianyi's Theory of Shishi during the Ming-Qing Transition*. Taipei: Institute of Chinese Literature and Philosophy, Academia Sinica, 2015.

段繼紅著　《清代閨閣文學研究》　天津市　南開大學出版社　2005年

袁行霈著　《中國文學概論》　北京市　高等教育出版社　2006年

李劍波著　《清代詩學話語》　長沙市　嶽麓書社　2007年

陳永正著　《嶺南詩歌研究》　廣州市　中山大學出版社　2008年

其他類

商衍鎏著　《清代科舉考試述錄》　北京市　生活・讀書・新知三聯
　　書店　1958年

鄧雲鄉著　《清代八股文》　北京市　中國人民大學出版社　1994年

馬積高著　《清代學術思想的變遷與文學》　長沙市　湖南人民出版
　　社　1996年

梁啟超著　《清代學術概論》　上海市　上海古籍出版社　1998年

趙園著　《明清之際士大夫研究》　北京市　北京大學出版社　1999
　　年

梁章鉅著　陳居淵校點　《制藝叢話・試律叢話》　上海市　上海書
　　店　2001年

張智華著　《南宋的詩文選本研究》　北京市　北京師範大學出版社
　　2002年

鄒雲湖著　《中國選本批評》　上海市　上海三聯書店　2002年

何宗美著　《明末清初文人結社研究》　天津市　南開大學出版社
　　　2003年

謝國禎著　《明清之際黨社運動考》　上海市　上海書店出版社
　　　2004年

李春青著　《詩與意識形態——西周至兩漢詩歌功能的演變與中國詩
　　　學觀念的生成》　北京市　北京大學出版社　2005年

孫琴安著　《唐詩選本提要》　上海市　上海書店　2005年

賀嚴著　《清代唐詩選本研究》　北京市　人民出版社　2007年

金生奎著　《明代唐詩選本研究》　合肥市　合肥工業大學出版社
　　　2007年

附錄
清人選清詩著錄簡表

例言

一、清詩諸選本之排序，基本以成書時間為依據，時間不詳者按選家生活之年代大致歸類。

二、清詩諸選本庋藏之處不一，以中國大陸之國家圖書館藏為最夥，存於他處者則標注其一，以備索閱。

三、每書皆列書名、卷數、選者、版本或藏館諸項。若有多種版本，一般只列最前者，續補之集與原集版本不同或時間跨度較大者予以分列。

四、諸選書目之來源，包括《清史稿‧藝文志》、《販書偶記》及其續編、《清代禁書知見錄》、《中國古籍善本書目》、《中國科學院圖書館善本書目》、《中國人民大學圖書館善本書目》、《四庫禁燬書目》等，共覓得六百三十餘部。

五、以一人之力，欲盡搜清詩選本，可謂難矣！今所從事，聊為引玉。補闕查疑，用俟來者。

一　順治朝（1644-1661）

《懷舊集》　二卷　馮舒輯　順治四年自刻本

《萬山中詩》　不分卷　周亮工編　順治四年刻本（中國社科院文學所）

《太平三書》　十二卷　張萬選輯　順治五年懷古堂張萬選刻本

《西陵十子詩選》　十六卷　毛先舒輯　順治七年還讀齋印本

《扶輪續集》　十五卷　黃傳祖、陸朝瑛輯　順治八年刻本（揚州大學圖書館）

《扶輪廣集》　十四卷　補遺一卷　黃傳祖輯　順治十二年黃氏儂麟草堂刻本

《詩媛八名家集》　八卷　鄒漪編　順治十二年鄒氏鷺宜齋刻本

《觀始集》　十二卷　魏裔介輯　順治十三年刻本（上海圖書館）

《吾炙集》　二卷　錢謙益輯　清抄本　卷首有順治十三年錢氏題詞

《詩慰》初集二十四卷　二集十一卷　續集四卷　陳允衡輯　順治澄懷閣刻本　卷首有順治十四年錢謙益序

《國門集》　六卷　陳祚明、韓詩輯　順治刻本　卷首有順治十四年張縉彥序

《離憂集》　二卷　陳瑚輯　民國元年趙詒琛《俏帆樓叢書》本　成書於順治十五年（南京圖書館）

《鼓吹新編》　十四卷　程棅、施誙輯　順治金閶沈定宇刻本　卷首有順治十五年王潢序（北京大學圖書館）

《扶輪新集》　十四卷　黃傳祖、陸朝瑛輯　順治十六年刻本

《從遊集》　二卷　陳瑚輯　清初刻本　卷首有順治十六年錢謙益序（遼寧省圖書館）

《柳洲詩集》　十卷　毛蕃、陳增新等輯　順治刻本　卷首有順治十六年魏學渠序

《太倉十子詩選》　吳偉業選　順治刻本　卷首有順治十七年吳氏自序

《九誥堂詩選元氣集》　七卷　徐增輯　順治十七年九誥堂刻本（上海圖書館）

《晉風選》　十卷　趙瑾評選　編於順治十七年　康熙刻本（復旦大學圖書館）

《今詩粹》　十五卷　魏畊、錢價人輯　清初刻本（中國科學院圖書館）

《詩南初集》　十二卷　徐崧、陳濟生輯　順治刻本（南京圖書館）

《詩源初集》　十七卷　姚佺輯　清初抱經樓刻本

《燕臺七子詩刻》　嚴津輯　順治十八年序刻本（上海圖書館）

《溧詩選初集》　八卷　吳穎輯　順治吳氏農山堂刻本（大連市圖書館）

《琅琊二子近詩合選》（又名《表餘落箋合選初集》）　十一卷　周南等編　順治刻本

二　康熙朝（1662-1722）

《國雅初集》　不分卷　陳允衡輯　康熙元年刻本

《晚香續錄》　二卷　馮蘇輯　康熙元年刻本（上海圖書館）

《溯洄集》　十卷　含詩論一卷　詩話一卷　魏裔介輯評　康熙元年刻本

《四宜亭集》　一冊　馬剛選　康熙五年馬氏澄懷堂刻本

《完鏡集》　不分卷　朱嘉徵等輯　康熙刻本　卷首有康熙五年譚弘序

《名媛詩緯初編》　四十二卷　王端淑輯　康熙六年刻本

《名家詩選》　三十卷存二十四卷　鄒漪輯　康熙七年自刻本本（上海圖書館）

《江左三大家詩鈔》　九卷　顧有孝、趙澐輯　康熙七年綠蔭堂刻本

《傳經堂集》　十卷　卓天寅輯　康熙刻本　卷首有康熙九年周亮工序

《高言集》　四卷　田茂遇、董俞輯　康熙九年刻本（上海圖書館）

《驪珠集》　六卷　顧有孝輯　康熙九年刻本（中國科學院圖書館）

《詩持》　一集四卷　二集十卷　三集十卷　康熙十年枕江堂刻本

《補石倉詩選》　三十二卷　魏憲輯　康熙十年魏氏枕江堂刻本（中國社科院文學所）

《百名家詩選》　八十九卷　魏憲輯　康熙十年魏氏枕江堂刻本（中國科學院圖書館）

《蕁閣詩藏》　十七卷　趙炎輯　康熙間刻本　卷首有康熙十一年沈
　　荃序

《詩觀》　初集十二卷　二集十四卷閨秀別卷一卷　三集十三卷閨秀
　　別卷一卷　鄧漢儀輯　康熙間慎墨堂刻本　卷首有康熙十一
　　年鄧氏自序

《八家詩選》　八卷　吳之振輯　康熙十一年吳氏鑒古堂刻本（北京
　　大學圖書館）

《向山堂近代詩鈔》　十三卷　附一卷　周京輯　康熙十一年向山堂
　　刻本

《詩風初集》　十八卷　徐崧、汪文槙、汪森輯　康熙十二年刻本
　　（上海圖書館）

《過日集》　二十卷　附一卷　曾燦輯　康熙曾氏六松草堂刻本　卷
　　首有康熙十二年龔鼎孳序

《感舊集》　十六卷　王士禛輯　盧見曾補傳　乾隆十七年盧見曾刻
　　本　卷首有康熙十三年王氏自序（清華大學圖書館）

《南雅》　五卷　附《靈源詩存》一卷　董耒輯　康熙十四年刻本

《江北七子詩選》　七卷　程封、李以篤輯　康熙十六年謝廷聘刻本
　　（湖北省圖圖書館）

《皇清詩選》（又名《詩平初集》）　十二卷　陸次雲輯　康熙間刻本
　　卷首有康熙十七年陸氏自序

《昭代詩存》　十四卷　席居中輯　康熙十八年帆影樓刻本（中國社
　　科院文學所）

《五大家詩鈔》　不分卷　鄒漪輯　康熙間梁溪鄒氏五車樓刻本　卷
　　首有康熙十九年過珙序（吉林市圖書館）

《詩持四集》　一卷　魏憲評選　康熙十九年枕江堂刻本

《柘上遺詩》　四卷　郭襄圖、沈季友輯　康熙十九年學古堂刻本
　　（泰州市圖書館）

《依園七子詩選》　七卷　徐行、曾燦編　康熙十九年刻本

《清詩初集》　十二卷　蔣鑨、翁介眉輯　康熙二十年蔣鑨刻本（上海圖書館）

《聽雲閣雷琴篇》　十卷　張衡輯　康熙二十二年刻本

《群雅集》　四卷　李振裕輯　康熙二十四年自刻本

《皇清詩選》　三十卷　卷首一卷　孫鋐輯評　康熙二十七年鳳嘯軒刻本（上海圖書館）

《振雅堂彙編詩最》　十卷　倪匡世輯　康熙二十七年懷遠堂刻本（中國科學院圖書館）

《國朝詩選初集》　六卷　汪一言、章子愚輯　康熙二十七年喻義堂刻本（《中國人民大學善本書目》著錄）

《名家詩永》　十六卷　王爾綱評選　康熙二十七年砌玉軒刻本（湖北省圖書館）

《新都風雅》　三種三卷　汪士鈜輯　康熙刻本

《竹苞集》　二卷　蕭仲升輯　康熙刻本（天津市人民圖書館）

《閩詩傳初集》　四卷　附錄一卷　曾士甲輯　康熙刻本（福建省圖書館）

《魏塘詩陳》　八卷　錢佳、丁廷烺編　康熙年間刻本（《販書偶記續編》著錄）

《慎墨堂名家詩品》　存三種六卷　鄧漢儀編　康熙間刻本

《梅里詩鈔》　七卷　佚名輯　清抄本

《盛朝詩選》　初集十二卷　二集十二卷　顧施禎輯　康熙二十八年心耕堂刻本（上海圖書館）

《詩乘初集》　十卷　劉然輯　康熙間玉谷堂刻拙真堂增刻本　卷首有康熙二十九年胡任興序（吉林大學圖書館）

《龍眠風雅續集》　二十七卷末一卷　潘江輯　康熙二十九年潘氏石經齋刻本

《國朝詩傳初集》　十卷　繆肇甲、黃泰來輯　康熙間問月樓刻本
　　　（《中國人民大學善本書目》著錄）

《百名家詩抄》　五十九卷　聶先輯　康熙中期刻本（《北京圖書館
　　　古籍善本書目・集部・總集類》、《中國古籍善本書目・集
　　　部・總集類》著錄）

《嶺南三大家詩選》　二十四卷　王隼選　康熙間刻本（成書於康熙
　　　三十一年）

《篋衍集》　十二卷　陳維崧輯　康熙三十六年蔣國祥刻本　卷首有
　　　康熙三十一年王士禛序（北京大學圖書館　另中國科學院圖
　　　書館有陳氏稿本）

《素心集》　不分卷　孫鋐等輯　康熙三十二年王世紀孫鋐刻本

《三晉詩選》　十四卷　《晉詩二集》　十六卷　范鄗鼎評選　康熙
　　　五經堂刻本（上海圖書館）

《離珠集》　七卷　王仲儒輯　康熙三十三年刻本（南京圖書館）

《蘭言集》　八卷　何之銑輯　康熙三十四年刻本（湖北省圖書館）

《二家詩》　六卷　傅澤洪編　康熙三十四年畹堂刻本（上海圖書
　　　館）

《二家詩鈔》　邵長蘅輯　康熙間刻本　卷首有康熙三十四年邵氏自序

《近詩兼》　一卷　韓純玉輯　清抄本　卷首有康熙三十五年韓氏自
　　　序（湖北省圖書館）

《歲華紀勝》　二卷　二集二卷　朱觀選　康熙三十六年至四十一年
　　　刻本

《蘭言集》　二十四卷　王晫輯　康熙間霞舉堂刻本

《吳門雜詠》　十二卷　徐元灝輯　康熙三十八年刻本（上海圖書
　　　館）

《清詩二集分編》　七卷　馬道畊輯　康熙間刻本　卷首有熙四十一
　　　年胡在恪序

《江左十五子詩選》　十五卷　宋犖選　康熙四十二年商邱宋氏宛委
　　　堂刻本（北京大學圖書館）

《遺民詩》　十六卷　卓爾堪輯　附近青堂詩一卷　康熙近青堂刻本
　　　（中國科學院圖書館　另國家圖書館有十二卷本）

《本朝應制詩賦鳳池集初編》　十卷　末附雜劇一折　沈玉亮、吳陳
　　　琰輯　康熙四十四年刻本（北京大學圖書館）

《華及堂視昔編》　六卷　汪森輯　康熙四十六年自刻本

《清詩鼓吹》　四卷　周佑予輯　康熙刻本　卷首有康熙四十七年孔
　　　毓圻序（南京圖書館）

《洛如詩鈔》　六卷　朱彝尊輯　康熙四十七年陸氏尊道堂刻本

《四明四友詩》　六卷　鄭梁輯　康熙四十八年刻本

《大家詩鈔》　十三種十三卷　吳藹編　康熙學古堂刻本（中國科學
　　　院圖書館）

《名家詩選》　四卷　吳藹輯　康熙四十九年學古堂刻本（上海圖書
　　　館）

《琅邪詩略第一編》　七卷　隋平輯　張侗刪定　康熙間刻本

《香奩詩泐》　二卷　《奩制續泐》　五卷　《奩詩泐補》　四卷
　　　范端昂輯　康熙五十年鳳鳴軒刻本

《江南風雅》　六卷　謝履厚輯　康熙刻本（南京圖書館）

《五大家詩》　十三卷　汪觀輯　康熙五十二年靜遠堂刻本

《紅苗歸化恭紀詩》　一卷　達禮善輯　康熙五十二年拳石堂刻本

《清暉贈言》　十卷　徐永宣輯　康熙五十三年刻本（上海圖書館）

《國朝詩正》　八卷　朱觀評選　康熙五十三年光裕堂刻本（中國人
　　　民大學圖書館）

《滄江詩選》　三卷　王之醇編　康熙五十三年王氏松筠堂刻本

《綏安二布衣詩鈔》　二卷　何梅編　康熙刻本（北京大學圖書館，
　　　此外朱霞亦輯有《綏安二布衣詩》，康熙五十四年刻本，現
　　　藏浙江省圖書館）

《國朝詩雋》　二卷　補遺一卷　附二十四詩品一卷　王特選彙編
　　康熙五十四年刻本（《販書偶記續編》著錄）

《百名家詩鈔》　五十九卷　聶先編　康熙刻本

《本朝名媛詩鈔》　六卷　胡孝思、朱珖評輯　康熙五十五年淩雲閣
　　刻本

《毗陵六逸詩鈔》　二十三卷　莊今輿、徐永宣輯　康熙五十六年敬
　　　　義堂刻本（另有孫讜編《毗陵六逸詩鈔》二十四卷，二者所
　　　　錄六家相同，刊刻時間也相同，惟孫氏選本多出莊杜芬等撰
　　　　《六逸詩話》一卷。）

《濡須詩志》　四卷　二集六卷　吳元桂輯　康熙五十七年振華齋刻
　　本（上海師範大學圖書館）

《近光集》　二十八卷　汪士鋐輯　徐修仁注　康熙五十八年刻本
　　（湖南省圖書館）

《國朝詩的》　六十三卷　陶煊、張璨輯　康熙六十年刻本（中國科
　　　　學院圖書館）

《于野集》　十卷　王原選　康熙六十年遂安堂刻本

《四家詩鈔》　二十八卷　王企埥編　康熙刻本（上海圖書館）

《五家詩鈔》　王企埥輯　康熙六十年序刻本

《畿輔七名家詩鈔》　四十四卷　王企靖編　康熙六十年雄山王氏刻本
　　　　（王氏上述三種選本所選詩家重複，唯有次序之別，朱則
　　　　傑、夏勇在〈《四庫全書總目》十種清詩總集提要補正〉中
　　　　有所辨析，原文載《浙江大學學報》2007年第1期）

《續姚江逸詩》　十二卷　倪繼宗編　康熙六十年倪氏小雲林刻本
　　（湖北省圖書館）

三　雍正朝（1723-1735）

《南邦黎獻集》　十六卷　鄂爾泰輯　雍正間刻本（清華大學圖書館）

《南國清風集》　二卷　鄂容、鄂宓等輯　雍正三年慎時哉軒刻本
（清華大學圖書館）

《名教罪人》　不分卷　徐元夢等輯　雍正四年內府刻朱墨套印本
（故宮博物院圖書館）

《嘉禾集》　不分卷　陳兆翰輯　雍正間刻本（復旦大學圖書館）

《閩海風雅》　十卷　朱霞輯　雍正間刻本（福建省圖書館）

《三盛詩鈔》　三卷附一卷　盛研家輯　雍正十年刻本

《白沙風雅》　八卷　張達輯　雍正十年雙桐軒刻本（清華大學圖書
館）

《㟍渤續補》　三卷　范端昂輯　雍正十年鳳鳴軒刻本

《國朝詩品》　二十一卷　陳以剛等輯　雍正十二年棣華書屋刻本
（中國科學院圖書館）

《清詩大雅》　不分卷　二集不分卷　汪觀輯　雍正十一年至十二年
靜遠堂刻本（清華大學圖書館）

四　乾隆朝（1736-1795）

《濮川詩鈔》　四十四卷　沈堯咨等編　乾隆五年刻本

《黃岡二家詩鈔》　三十四卷　陳師晉編　乾隆五年玉照亭刻本（北
京大學圖書館）

《據經樓詩選》　十四卷　彭廷梅輯　乾隆七年刻本（法式善《陶廬
雜錄》著錄）

《國朝練音初集》　十卷　首一卷末一卷　附《練音集補》　四卷
首一卷附卷一卷外卷一卷　王輔銘輯　乾隆八年飛霞閣刻本
（北京大學圖書館）

《四家詩鈔》　八卷　佚名編　乾隆八年刻本（朱昂、吳泰來、王昶、曹仁虎詩）

《本朝應制和聲集》　六卷　首三卷　沈德潛、王居正輯評　乾隆九年京都琉璃廠鴻遠堂刻本（河南師範大學圖書館）

《國朝詩林》　三卷　王植輯　乾隆初稿本　卷首有乾隆九年王氏自序

《虞山四子集》　四卷　王材任編　乾隆間刻本（浙江圖書館）

《國朝詩選》　十四卷　彭廷梅輯　乾隆據經樓十二年刻金陵書坊印本（廣東中山市圖書館）

《閨秀錦字》七卷　王鍾球選　底稿本　首有乾隆十二年單乾元、鍾文明二序

《國朝詩因》　二卷　查義選錄　查岐昌輯評　乾隆十三年刻本

《昭代詩針》　十六卷　吳元桂輯　乾隆十三年刻本（安徽省文史館）

《觀蕐集詩》　一卷　王隨悅輯　乾隆十五年刻本（廣東中山市圖書館）

《岡州詩選》　二冊　靜一齋主人輯　清抄本

《本朝甬上耆舊詩》　四十卷　《續甬上耆舊詩》　四十八卷　全祖望輯　董秉純、盧鎬編　清抄本

《楚詩紀》　二十二卷　附《楚風補》四十八卷　卷末一卷　廖元度輯　乾隆十七年際恆堂刻本

《漢陽五家詩選》　十四卷　吳仕潮輯　乾隆十八年刻本（湖北省圖書館）

《西江風雅》　十二卷　補編一卷　金德瑛選　沈瀾編　乾隆十八年刻本（北京大學圖書館）

《七子詩選》　十四卷　沈德潛選　乾隆十八年刻本

《二家詩鈔》　四卷　吳元潤選　乾隆十九年刻本

《本朝應制琳琅集》　十卷　首一卷　鄒一桂輯　乾隆十九年京都琉璃廠鴻遠堂刻本（清華大學圖書館）

《文園六子詩》　一冊　范景頤輯　乾隆間金陵王氏刻本

《湖山靈秀集》　十六卷　席玗輯　乾隆二十一年凝和堂刻本（遼寧省圖書館）

《越中三子詩》　郭毓輯　乾隆二十一年刻本

《盛朝律楷》　十二卷　姚光縉輯　乾隆二十三年迎曉書屋刻本

《熏風協奏集》　三卷　首一卷　王又曾輯　乾隆二十三年文映書屋刻本（福建師範大學圖書館）

《國朝山左詩鈔》　六十卷　盧見曾等輯　乾隆二十三年刻本

《海虞詩苑》　十八卷　王應奎輯　乾隆二十三年古處堂刻本

《花磚新律》　四卷　薛田玉、吳峻輯　乾隆刻本（中央民族大學圖書館）

《本朝館閣詩》　二十卷　附一卷　阮學浩等編　乾隆二十三年刻本

《禁林集》　六卷　杭世駿輯　乾隆二十三年刻本（復旦大學圖書館）

《郭西詩選》　四卷　趙時敏輯　乾隆二十四年刻本（上海圖書館）

《綿上四山人詩集》　十卷　董柴輯　乾隆二十四年半壁山房刻本

《袁家三妹合稿》　四卷　袁枚輯　乾隆二十四年小倉山房刻本

《嘉禾八子詩選》　沈德潛、錢陳群選　乾隆二十四年刻本（中國社科院文學所）

《三家絕句選》　江昱輯　乾隆二十四年刻本　（南京市圖書館）

《國朝詩別裁集》　三十六卷　沈德潛輯評　乾隆二十四年刻本（又有乾隆二十五年教忠堂刻本；《欽定國朝詩別裁集》　三十二卷　乾隆二十六年刻本）

《如蘭集》　二十卷　董柴輯　乾隆二十五年刻本

《三瀧詩選》　十卷　陳華封編　乾隆二十五年思燕閣刻本

《歷城三子詩》　桑調元、沈廷方輯　乾隆二十六年柏香堂刻本（日本藏中文古籍資料庫）

《剡中集》　四卷　周熙文輯　乾隆二十八年活字印本（杭州市圖書
　　館）

《本朝五言近體瓣香集》　十六卷　許英輯注　乾隆二十八年心逸堂
　　刻本（北京師範大學圖書館）

《江左十子詩鈔》　二十卷　王鳴盛採錄　乾隆二十九年幽蘭蒼寓居
　　刻本

《江浙十二家詩選》　二十四卷　王鳴盛錄　乾隆三十年刻本

《國朝詩觀》　十六卷　王錫侯輯　乾隆三十年三樹堂刻本

《南州詩略》　十六卷　朱滋年輯　乾隆三十年刻本

《吳楚詩鈔》　十八卷　李少元輯　乾隆三十年蘸波樓刻本（南京市
　　圖書館）

《國朝正麗集初編》　二卷　沈道灝編　乾隆三十一年刻本

《五言排律依永集》　八卷　張九鉞箋釋　乾隆三十一年刻本

《國朝四大家詩鈔》　二十四卷　邵玘、屠德修輯　乾隆三十一年刻本

《所知集》　三編十二卷　陳毅輯　乾隆三十二年眠云閣刻本

《梅會詩選》　十二卷　二集十六卷　三集四卷　附刻一卷　李稻
　　塍、李集輯　乾隆三十二年寸碧山堂刻本

《國朝浙人詩存》　八卷　柴傑輯注　乾隆三十二至三十三年洽禮堂
　　刻本

《國朝松陵詩徵》　二十卷　袁景輅等輯　乾隆三十二年愛吟齋刻本

《友聲集》　二卷　王金英輯　乾隆三十二年刻本

《國朝六家詩鈔》　八卷　劉執玉輯　乾隆三十二年刻本

《苕岑集》　二十四卷　附二卷　王鳴盛輯　乾隆三十二年三槐堂刻
　　本（湖北省圖書館）

《國朝海上詩鈔》　八卷　首一卷末一卷　《初續集》　二卷　曹錫
　　辰輯　乾隆三十三年刻本（浙江省圖書館）

《稻香樓試帖》　二卷　程琰編　彭芝庭、阮葒村鑒定　乾隆三十三
　　年栩栩室刻本

《霄崢集》　八卷　宮國苞選　乾隆三十三年春雨草堂刻本（清華大學圖書館）

《停雲集》　十二卷　顧宗泰選　乾隆三十四年刻本

《敦素園七子詩鈔》（又名《寶應七子詩鈔》）　七卷　吳授梟編　乾隆三十四年刻本（華東師範大學圖書館）

《國朝詩正聲集》　八集八十八種　項章輯　乾隆三十四年懷斯堂藏板

《六家七律詩選》　十二卷　周曰沆輯　乾隆三十四年靜觀草廬刻本（湖北省圖書館）

《八家詩鈔》　十六卷　彭啟豐輯　乾隆三十五年有耀齋刻本

《國朝應制詩粹》　四卷　許大綸編　乾隆三十五年刻本（《清史稿藝文志》著錄）

《國朝詩觀二集》　六卷　王錫侯輯　乾隆三十五年刻本

《嚶鳴集》　三卷　王文清輯　乾隆三十六年刻本

《越風初編》　十五卷　二編十五卷　商盤輯　乾隆三十七年王氏刻本

《上書房消寒詩錄》　一卷　葉觀國、永惺等撰　乾隆詒晉齋刻本

《國朝姚江詩存》　十二卷　張廷枚輯　乾隆三十八年張氏寶墨齋刻本（清華大學圖書館）

《嚶鳴集》　四卷　張節編　乾隆三十八年率真草堂刻本（清華大學圖書館）

《汜南詩鈔》　四卷　張邦伸　耿萁等輯　乾隆三十九年刻本

《真率集》　初編六卷　續編一卷　尹嘉銓輯　乾隆間刻本

《蜀遊詩鈔》　六卷　陸炳輯　乾隆三十九年且樸堂刻本

《黔風》　十二卷　傅玉書輯　乾隆間刻本

《靈岩三家詩選》　四卷　章日照編　乾隆四十年采蘭書屋刻本（南開大學圖書館）

《新年雜詠》　不分卷　吳錫麒等撰　乾隆四十年刻本

《三家長律詩鈔》　三卷　陸費墀輯　乾隆間刻本（湖北省圖書館）

《同音集》　八卷　王昶、許寶善選　石嘉吉編次　乾隆間刻本（復
　　　旦大學圖書館）

《蒹綺園懷舊集》　六卷　永恩編　乾隆四十二年刻本

《國朝五言長律賡揚集》　十六卷　張日珣、邱先德輯注　乾隆五桂
　　　堂刻本（北京大學圖書館）

《友聲》　五卷　後集五卷　新集五卷　張潮輯　乾隆四十五年心齋
　　　本（北京大學圖書館）

《蜀雅》　二十卷　李調元輯　乾隆四十六年億書樓刻本

《漱川二布衣詩》　吳寧輯　乾隆四十九年刻本（《中國叢書綜錄》
　　　著錄）

《嶺南風雅》　三卷　陳蘭芝輯　乾隆間刻本（廣東中山市圖書館）

《擷芳集》　八十卷　汪啟淑輯　乾隆五十年飛鴻堂刻本

《同館試律彙鈔》　二十四卷　法式善等輯　乾隆五十一年刻本

《吳中女士詩鈔》　四卷　任兆麟編　乾隆五十四年刻本

《名媛同音集》　三卷　王瓊輯　王昶選　乾隆間刻本

《隨園續同人集》　十三卷　袁枚輯　乾隆五十五年刻本

《懷舊集》　七卷　邵玘輯　乾隆五十六年刻本

《二餘詩草》　一冊　李心耕輯　乾隆五十六年上海李氏刻本

《甫里逸詩》　二卷　周秉鑒等輯　乾隆五十八年易安書屋刻本

《山左詩課》　四卷　阮元訂　乾隆五十八年七錄書閣刻本

《青浦詩傳》　三十四卷　王昶輯　乾隆五十九年刻本

《國朝武定詩鈔》　十二卷　補遺二卷　李衍孫輯　乾隆五十九年刻本

《國朝試帖典林》　四卷　續編二卷　馬大亨編　乾隆六十年刻本

《辟疆園遺集》　十卷　楊芳燦輯　乾隆六十年刻本

《國朝律介》　一卷　鐵保輯　乾隆六十年刻本

《同館試律續鈔》　六卷　史致光、法式善等輯；補鈔二卷　江德
　　　量、法式善等輯　乾隆間刻本

五　嘉慶朝（1796-1820）

《國朝江左詩鈔》　十卷　朱良焯、陳泰編　嘉慶元年刻本

《隨園女弟子詩選》　六卷　袁枚輯　嘉慶元年新安王氏刻本

《吳會英才集》　二十四卷　畢沅輯　嘉慶間刻本

《國朝名媛詩繡鍼》　五卷　蔣機秀輯評　嘉慶二年崑山胡氏懷恩堂
　　　刻本（光緒《重修奉賢縣志》卷十七「藝文志」著錄）

《聽秋館閨中同人集》　不分卷　駱綺蘭編　嘉慶二年刻本

《淮海英靈集》　二十二卷　阮元輯　嘉慶三年儀徵阮氏小琅嬛仙館
　　　刻本

《洮陽詩集》　十卷　附集句二卷　李苞輯　嘉慶四年松花庵刻本

《國朝滇南詩略》　二十二卷　《流寓詩略》二卷　《滇南詩略續
　　　刻》十卷　袁文典、袁文揆輯　嘉慶四年至七年肄雅堂刻本

《同岑詩選》　十一卷　王昶、顧光同選　嘉慶五年抱山堂刻本

《試帖詩課合存》　九卷　王芑孫編　嘉慶五年刻本

《國朝全閩詩錄》　初集　二十一卷　續集十一卷　鄭傑輯　嘉慶五
　　　年刻本

《國朝杭郡詩輯》　三十二卷　吳顥輯　嘉慶五年家刻

《婁東五先生詩選》　五卷　附錄三卷　毛濟美輯　嘉慶五年刻本
　　　（上海圖書館）

《今詩所見集選》　十五卷　黃承增輯　嘉慶六年刻本

《國朝山右詩存》　二十四卷　附集八卷　李錫麟輯　嘉慶六年刻本

《兩浙輶軒錄》　四十卷　補遺十卷　阮元輯　嘉慶六年刻本

《白山詩介》　十卷　鐵保輯　嘉慶六年刻本

《國朝試律摛藻集》　二卷　程嘉訓編輯　嘉慶八年刻本

《婁東詩派》　二十八卷　汪學金輯　嘉慶九年詩志齋刻本

《國朝閨秀香咳集》　十卷　附錄一卷　許夔臣輯　光緒間上海申報
　　　館鉛印本　卷首有嘉慶九年戴鑒序

《國朝江右八大家詩選》　八卷　曾燠輯　嘉慶間邗上題襟館刻本

《熙朝雅頌集》　首集二十卷　本集十六卷　餘集二卷　鐵保等輯
　　嘉慶九年刻本

《國朝詩萃初編》　十卷　二集十四卷　潘瑛、高岑輯　嘉慶九年晉
　　希堂刻本

《國朝江左詩鈔二編》　十二卷　閨秀一卷　方外一卷　附《異苔同
　　岑集》四卷　朱良焯編　嘉慶十一年北屏山堂刻本

《朋舊遺詩合鈔》　二十二卷　續鈔一卷　曾燠輯　嘉慶十二年家刻

《種竹軒閨秀聯珠集》　四卷　王豫編　嘉慶十二年刻本

《群雅集》　四十卷　王豫輯　嘉慶十二年刻本

《國朝松江詩鈔》　六十四卷　姜兆狮輯　嘉慶十三年敬和堂刻本

《芸香詩鈔》　十二卷　葉兆蘭、鄒熊輯　嘉慶十四年刻本

《群雅集二集》　十八卷　附王豫《補竹軒詩選》四卷　續選一卷
　　王豫輯　嘉慶十六年種竹軒刻本

《溟鷗集》　不分卷　吳嵩梁輯　嘉慶十六年刻本

《國朝三槎風雅》　十六卷　朱掄英選　嘉慶十六年刻本（上海圖書
　　館）

《同音集》　三集　柯振岳輯　嘉慶十七年刻本

《子史試帖彙鈔》　屈宗淡編　嘉慶十七年簡香齋刻本

《同人集》　八十六卷　朱照廉輯　嘉慶十七年活字板

《皖江采風錄》　十一卷　聶鎬敏輯　嘉慶十七年刻本

《湖海詩傳》　四十六卷　王昶輯　嘉慶十八年刻本

《嶺南群雅》　初集三卷　補二卷　二集三卷　劉彬華編　嘉慶十八
　　年番禺刻本

《國朝山左詩續鈔》　三十二卷　補抄二卷　張鵬展輯　嘉慶十八年
　　四照樓刻本

《三辛集》　四卷　王克峻編　嘉慶十八年修文堂刻本

《泖東近課》　五卷　王芑孫輯　嘉慶十九年刻本（上海圖書館）

《懷舊集》　十二卷　續集六卷　又續二卷　《女士詩錄》一卷　吳
　　翌鳳輯　嘉慶十八年刻本

《卯須集》　八卷　續集六卷　又續集六卷　《女士詩錄》一卷　吳
　　翌鳳輯　嘉慶十九年刻本

《沙溪詩存》　十卷　陸瑛輯　嘉慶十九年刻本

《南張三集》　張廷桂輯　嘉慶十九年虞山張氏卷施草廬刻本

《據梧集》　四卷　佚名輯　嘉慶十九年江甯顧氏家刻（談承基、秦
　　耀曾、定志、是岸詩）

《象求集》　五卷　二集三卷　三集一卷　劉寶楠輯　稿本　卷首有
　　嘉慶十九年劉氏自序

《亡友遺詩》　一冊　李詒經、王寧延輯　嘉慶二十年刻本

《句東試帖》　四卷　周世緒輯　嘉慶二十年刻本

《分類詩腋》　八卷　李楨編　嘉慶二十二年刻本

《淮海同聲集》　二十卷　劉鳳誥輯　嘉慶二十二年刻本

《浣花濯錦》　前編九卷　後編二卷　朱云煥輯　嘉慶二十三年刻本

《國朝今體詩精選》　四冊　王豫輯　嘉慶二十五年刻本

《蘭言集》　十二卷　趙紹祖輯　手抄本　無刻書年月　嘉慶間古墨
　　齋精刻本

《國朝詩》　十卷　外編一卷　補六卷　吳翌鳳輯　嘉慶間稿本　有
　　民國二十一年新陽趙氏刻本

《國朝七律詩鈔》　十卷　黃金臺輯　稿本（浙江圖書館）

《朋舊及見錄》　六十四卷　法式善輯　稿本　版心下鐫法式玉延秋
　　館定本

《昭忠集》　不分卷　潘道根輯　稿本（上海圖書館）

《海岳英靈集》　二卷　伍魯興輯　稿本（上海圖書館）

《帖體詠史彙選初刻》　四卷　周魯芹編輯　嘉慶間刻本

六　道光朝（1821-1850）

《江蘇詩徵》　一百八十三卷　王豫輯　道光一年焦山海西庵詩徵閣
　　　刻本
《舊言集》　不分卷　李兆洛輯　道光元年刻本（又一部道光九年刻
　　　本　分初編、次編、廣編）
《舊雨集》　八卷　周鬱濱輯　道光二年澄江官舍刻本
《章門萍約詩選》　十四卷　黃鳳題等輯　道光二年文壽齋刻本
《粵東七子詩》　六卷　盛大士輯　道光二年刻本
《嶠西詩鈔》　二十一卷　張鵬展輯　道光二年刻本
《北麓詩課》　四卷　張作楠輯　道光二年刻本
《國朝滇南詩選》　六卷　趙本敆、張履程輯　道光間刻本
《蘭言集》　二十卷　二集二十卷　謝塈選　道光三年至十三年揚州
　　　藝古堂刻本
《曲阿詩綜》　三十二卷　劉會恩輯　道光五年劉九思堂刻本
《卷勺園集》　三卷　續編一卷　劉茂榕編　道光五年刻本
《慰託集》　十六卷　黃安濤輯　道光五年刻本
《近四科同館試帖鳴盛集》　四卷　陳枚、高遠詢輯　高樹方注　道
　　　光五年刻本
《潮州耆舊集》　三十七卷　馮奉初輯　道光五年愛吾鼎齋李氏刻本
《國朝嶺海詩鈔》　二十四卷　淩揚藻輯　道光六年狎鷗亭刻本
《碧城仙館女弟子詩》　王蘭修等輯　道光六年西湖翠渌園刻本
《淮海英靈集續集》　十二卷　阮亨輯　道光六年刻本
《崑山詩存選》　八卷　張潛之、潘道根同輯　彭治抄錄本　卷首有
　　　道光間太倉季錫疇、王寶仁二序　潘道根跋（南京圖書館）
《南楚詩紀》　四卷　外編一卷　彭開勳輯　道光七年述古堂刻本
《山陽詩徵》　二十六卷　丁晏輯　丁壽昌校　稿本　卷首有道光七
　　　年丁氏自序

《京江七子詩鈔》　七卷　張學仁輯　道光七年刻本

《浙西六家詩鈔》　六卷　吳應和、馬洵輯　道光七年紫薇山館刻本

《清河五先生詩選》　朱為弼輯　道光八年清河張慶成刻本

《同岑五家詩鈔》　十四卷　曾燠輯　道光九年刻本

《沙溪詩存續集》　四卷　陸瑛輯　道光十年刻本

《國朝十大家詩鈔》　七十五卷　王相編　道光十年信芳閣木活字

《嶽麓詩鈔》　三十五卷　歐陽厚均編　道光十年刻本

《國朝湖州詩錄》　三十四卷　陳焯編；續錄十六卷　陳佳續編；補
　　編二卷　鄭祖琛補輯　道光十至十一年小谷口刻本

《涇皋遺詩彙覽》　十五卷　顧維鏴輯　道光十一年刻本

《國朝閨秀正始集》　二十卷　附錄一卷　補遺一卷　續集十卷　附
　　錄一卷　補遺一卷　惲珠輯　道光十一至十六年刻本

《國朝閨秀所知集》　不分卷　李錫珪、曾宏蓮編（《國朝閨秀正始
　　續集》著錄）

《朐海詩存》　十六卷　二集十卷　許喬林輯　道光十一年許氏刻本

《黔風鳴盛錄》　十八卷　傅玉書等選輯　道光間刻本

《紫陽家塾詩鈔》　二十四卷　朱琦輯　道光十二年涇川培風閣刻本

《三女史詩稿》　三卷　潘煥龍編　道光十三年刻本巾箱本

《龍溪二子詩鈔》　四卷　鄭開禧輯　道光十三年刻本

《宛上同人集》　十卷　阮文藻輯　道光十三年刻本

《湖南女士詩鈔》　八卷　毛國姬編　道光十四年刻本

《書畫舫詩課》　十一卷　高鳳臺輯　道光十七年刻本

《湘潭郭氏閨秀集》　六卷　郭潤玉編　道光十七年刻本

《淞陽幽篇》　二卷　毛循齋等輯　道光十七年務滋堂刻本

《牟平遺香集》　十六卷　宮卜萬輯　道光十八年刻本（山東省圖書
　　館）

《吳中兩布衣集》　王之佐、蔣光煦輯　道光十八年刻本

《國朝畿輔詩傳》　六十卷　陶樑輯　道光十九年紅豆樹館刻本

《婺詩補》　三卷　盧標輯　道光十九年映臺樓刻本（東陽縣文管
　　　會）

《春雲集》　五卷　附一卷　成瑞編　道光十九年刻本

《潞安詩鈔後編》　十二卷　常煜輯　道光十九年寡過未能齋刻本

《古桐鄉詩選》　十二卷　文聚奎、戴均衡同輯　道光二十年刻本

《直省三科試帖精選》　不分卷　潘曾瑩輯　道光二十年紅蕉館刻本

《支溪詩錄》　四卷　趙允懷輯　道光二十年刻本

《紀齡詩覽》　十一卷　李逢晶選輯　道光二十年上湘追昔樓刻本巾
　　　箱本

《海陵詩彙》　二十二卷　鄒熊輯　道光二十一年至二十二年□文田
　　　硯鄉抄本

《滄江餘韻》　八卷　閨雅一卷　周煜輯　道光二十一年淡志齋刻本

《試帖讀本》　二冊　朱綸輯注　道光二十一年刻本

《幽華詩略》　四卷　范鍇編　道光二十一年刻本

《國朝上虞詩集》　十二卷　謝聘輯　道光二十二年吟香館藏版

《續岡州遺稿》　八卷　言良鈺編　道光二十二年刻本

《國朝中州詩鈔》　三十二卷　楊淮輯　道光二十三年刻本雅集山房
　　　藏板

《曲阜詩鈔》　八卷　孔憲彝輯　道光二十三年孔氏刻本

《耆友詩存》　不分卷　丁昌申錄　道光二十三年養蘭居刻本

《楚庭耆舊遺詩》　前集二十一卷　續集三十二卷　後集二十一卷
　　　吳崇曜輯　道光二十三至三十年南海伍氏刻本

《嘉定詩鈔》　初集五十二卷　二集十八卷（一本為十二卷）　莊爾
　　　保輯　道光二十三年嘐城黃氏西溪草廬刻本

《試帖縵雲集》　四卷　石丙熺輯　道光二十三年刻本

《國朝閨閣詩鈔》　十冊　蔡殿齊等編　道光二十四年蔡氏嬾嬛別館
　　　刻本

《京城九老會詩存》　一冊　周萼芳等輯　道光二十四年刻本

《四書試帖》　四卷　黃之晉輯　道光二十五年同仁堂刻本

《麥浪園女弟子詩》　六卷　胡履春編　道光二十五年樹人堂刻本

《宮閨百詠》　四卷　陳其泰輯　道光二十五年海鹽家刻本

《龍湫嗣音集》　十二卷　盛坰輯　道光二十五年乍浦拜石山房盛氏
　　刻本

《各女史詩》　一卷　周際華編　道光二十六年刻本　附於許秀貞
　　《棗香山房詩集》後

《棗香山房詩集附刻》　不分卷　周際華編　道光間刻本（選金築九
　　詩人詩）

《國朝滄州詩鈔》　十二卷　王國鈞輯　道光二十六年刻本　又續鈔
　　四卷　補抄二卷

《國朝山左詩彙鈔後集》　三十卷　余正酉輯　道光二十九年海棠書
　　屋刻本

《國朝南亭詩鈔》　十二卷　續集二卷　范士熊輯、魏守經續輯　咸
　　豐間刻本　卷首分別有道光二十九年程介山、魏守經序

《溪上詩集》　十四卷　續編二卷　補編一卷　尹元煒、馮本懷輯
　　道光二十九年抱珠樓刻本

《苕岑集初刻本》　八種二十二卷　蔣棨渭編　道光三十年刻本

《梅里詩輯》　二十八卷　許燦輯　朱緒曾選　道光三十年嘉興朱氏
　　刻本　附沈愛蓮《續梅里詩輯》十二卷　補遺一卷

《圖朝嶺表詩傳》　十卷　梁九圖、吳炳南輯　道光間刻本

《燕南二俊詩鈔》　二卷　陶樑輯　道光間刻本

《棣華館詩課》　十二卷　張晉禮輯　道光三十年宛鄰書屋刻本

《桐華仙館試帖稿》　一冊　張紱卿編　道光間抄本

七　咸豐朝（1851-1861）

《滇詩嗣音集》　二十卷　補遺一卷　黃琮輯　咸豐一年刻本

《國朝閨秀詩柳絮集》　五十卷　補遺一卷　續編一卷　又續編一卷　黃秩模編　咸豐三年刻本

《試律大觀》　三十二卷　竹屏居士輯　咸豐三年刻本

《蒲圻殉難詩》　一冊　田立慈編　咸豐三年家刻

《范氏三女史同懷詩》　一卷　范士熊輯　咸豐三年刻本

《聞湖詩續鈔》　七卷　李王猷輯　咸豐四年刻本

《二家詩鈔箋略》　八卷　魏茂林等輯　咸豐五年刻本（吳錫麒、王芑孫）

《蒲編堂詩存》　四卷　路璜輯　咸豐六年刻本

《試律青雲集》　四卷　楊逢春輯　沈品華等注　咸豐六年桐石山房刻本（遼寧省圖書館）

《試律腋成》　四冊　何學鴻選　咸豐六年刻本

《三子詩選》　蔡壽祺編　咸豐七年京師刻本

《對影聞吟草》　十二卷　裘寶善輯　咸豐七年刻本

《吳江三節婦集》　董兆熊輯　咸豐七年古銅里范氏刻本　末附許珠萱《宦吟稿》一卷

《國朝蜀詩略》　十二卷　張沇輯　咸豐七年刻本（又蔡壽祺刪訂本咸豐九年刻本）

《蛟川耆舊詩》　六卷　續集二卷　張本均輯、張錫申續輯　咸豐七年刻本

《盛湖詩萃續編》　四卷　王致望輯　咸豐七年刻本

《同人詩錄》　王慶勳輯　咸豐八年上海王氏刻本

《友聲集》　六冊　王相輯　咸豐八年信芳閣刻本

《應求集》　四卷　王慶勳輯　咸豐八年上海王氏刻本

《篤舊集》　十八卷　劉存仁輯　咸豐九年蘭州刻本巾箱本

《慶雲詩鈔》　五卷　劉希愈纂輯　莊護編次　咸豐十年刻本

《國朝正雅集》　九十九卷　符葆森編　咸豐七年刻本

《白田風雅前編》　五卷　喬載繇輯　咸豐間寶德堂刻本（南京圖書館）

八　同治朝（1862-1874）

《試帖不能免俗集分類注略》　二卷　徐福辰纂　同治元年春暉堂刻本

《貞豐詩萃》　五卷　陶煦輯　同治三年刻本

《國朝閨秀摛珠集》　不分卷　黃浚輯　同治四年葉佑初抄本（浙江圖書館）

《二家律選》　二卷　李豐綸選　同治五年刻本（柯蘅、郭綏之詩）

《武定詩續鈔》　二十四卷　李佐賢輯　同治六年利津李氏刻本

《永新詩徵》　二十一卷　尹繼隆輯　同治六年刻本

《杉湖十子詩鈔》　二十二卷　張凱嵩輯　同治七年刻本

《清詩鐸》（又名國朝詩鐸）　二十六卷　張應昌編　同治八年刻本

《清河六先生詩選》　八卷　徐申錫補輯　同治八年清河張顯周刻本（題曰《重鐫清河五先生詩選》，此選即在清河五先生基礎上加上張慶成之詩）

《故友詩錄》　初編六卷　二編八卷　蔡壽祺輯　同治八年至九年京師娜嬛別館刻本

《七家試帖輯注彙鈔》　七冊　王植桂輯注　張熙宇輯評　同治九年善成堂刻本

《永平詩存》　二十四卷　續編四卷　史夢蘭輯　同治十年刻本

《陵州耆舊集》　六卷　謝九錫纂　馬洪慶重訂　同治十一年刻本

《三布衣詩存》　三卷　金蘭輯　同治十二年吳縣金氏刻本（鈕樹玉、徐筠、張紹松詩）

《試律新語》　二卷　倪謙輯　同治十二年野水閒鷗館刻本

《虞山七家試律鈔》　四冊不分卷　錢祿泰輯　同治十二年常熟錢氏
　　　刻本

《二南遺音》　四卷　劉紹攽編　同治十二年刻本（北京師範大學圖
　　　書館）

《柳堂師友詩錄》　一冊　李長榮輯　同治十二年刻本

《慈雲閣詩鈔》　四冊　周衡在妻王氏、左宗棠妻周氏等撰　同治十
　　　二年刻本

《國朝閨閣詩鈔續編》　二冊　蔡殿齊等編　同治十三年蔡氏嫏嬛別
　　　館刻本

《豫章閨秀詩鈔》　不分卷　盧世保編　同治十三年刻本

《寄南園二子詩鈔》　許應鑅輯　同治十三年刻本（黎原超、馮永年
　　　詩）

《西冷消寒集》　二卷　秦緗業編　同治十三年刻本

《屏山詩乘》　三卷　朱裳輯、朱汝霖續輯　同治間抄本

《皖江三家詩鈔》　一冊　陳世鎔輯　同治十三年刻本

九　光緒朝（1875-1908）

《耆舊詩存》　四卷　沈筠選　徐圓成訂　光緒元年刻本

《國朝杭郡詩續輯》　四十六卷　吳振棫輯　光緒二年錢塘丁氏校刻
　　　本（浙江圖書館）

《國朝嚴州詩錄》　八卷　宗源翰輯　光緒二年刻本

《國朝五家詠史詩鈔》　孫福清輯　光緒四年嘉善孫氏望云仙館刻本

《雪鴻偶詩鈔》　四卷　倪世珍編　光緒四年刻本

《清二十四家詩》　三卷　〔日本〕北川泰明等輯　日本明治十一年
　　　（1878）刻本（遼寧省圖書館）

《國朝全蜀詩鈔》　六十四卷　孫桐生輯　光緒五年刻本

《感逝集》　四冊　葉延琯輯　光緒六年潘氏滂喜齋刻本

《師山詩存》　十卷　茆禹門輯　光緒初年刻本（《感逝集》卷四著錄）

《京江後七子詩鈔》　七卷　周伯義輯　光緒八年刻本

《上虞詩選》　四卷　徐幹編　光緒八年邵武刻本

《京江鮑氏三女史詩鈔》　三種十二卷　戴燮元輯　光緒八年丹徒戴氏嘉禾刻本

《關中課士試帖詳注》　路德評選　光緒十年刻本

《林下雅音集》　五種十四卷　冒俊編　光緒十年如皋冒氏刻本

《沇水校經堂課集》　一冊　胡元玉訂　光緒十一年刻本

《愛吾廬稿》　三種二十一卷　蔣萼輯　光緒十二年刻本

《白田風雅》　二十四卷　朱彬輯　光緒十二年刻本

《合肥三家詩錄》　二卷　譚獻選　光緒十二年刻本（徐子苓、戴家麟、王尚辰詩）

《李氏三先生詩鈔》　三種二十七卷　李懷民輯　光緒十二年李氏西安郡齋刻本

《營陵詩略》　十二卷　黃咸寶輯　光緒十三年刻本

《遵化詩存》　十卷　補遺一卷　孫贊元輯　光緒十三年刻本

《黔南六家詩選》　四卷　周鶴選　光緒十三年刻本

《廣濟耆舊詩集》　十二卷　夏槐輯　光緒十三年刻本

《桐溪耆隱集》　一卷　補錄一卷　袁炯輯　光緒十三年春藻堂刻本

《滇詩重光集》　十八卷　許印芳輯　光緒十四年五塘山人刻本

《聞湖詩三鈔》　八卷　李道悠輯　光緒十五年刻本

《石城七子詩鈔》　十四卷　翁長森輯　光緒十六年刻本

《詩緣》　前編四卷　正編三卷　王曾祺輯　光緒十六年刻本

《國朝嵊詩鈔》　四卷　黃晃等輯　光緒十六年刻本

《兩浙輶軒續錄》　五十四卷　補遺六卷　潘衍桐輯　光緒十七年浙
　　江書局刻本

《諸暨詩存續編》　四卷　酈滋德選　光緒十七年酈氏刻本

《徐州詩徵》　八卷　桂中行輯　光緒十七年刻本

《湖南四先生詩鈔》　四卷　吳慕亨選輯　光緒十八年刻本（歐陽紹
　　洛、魏源、曾國藩、毛貴銘詩）

《硤川詩鈔》　十卷　續鈔十六卷　曹宗載輯　許以沐、蔣興堅續輯
　　光緒十八至二十一年雙山講舍刻本（浙江圖書館）

《國朝金陵詩徵》　四十八卷　朱緒曾輯　續六卷　首一卷　朱紹
　　亭、陳作霖等輯　光緒十八至二十年刻本

《閨閣雜詠》　一冊　孫萬春編　光緒十九年刻本

《注釋分體試帖法程》　二十卷　卷首一卷　鄭錫瀛輯　葉錫麟訂
　　光緒十九年武進趙氏刻本

《增廣試帖詩海》　三十二卷　經訓堂主人選輯　光緒十九年上海蜚
　　英書局鉛印本

《國朝杭郡詩三輯》　一百卷　丁申、丁丙輯　光緒十九年刻本

《續金陵詩徵》　六卷　卷首一卷　秦際唐輯　光緒二十年刻本

《竹里詩萃》　十六卷　李道悠編　光緒二十一年刻本

《新繁詩略》　六卷　續編二卷　楊昌翰輯　光緒二十二年刻本

《西泠三閨秀詩》　西泠印社主人輯　光緒二十三年刻本

《二馮詩集》　胡思敬輯　光緒二十四年間影樓刻本（馮班、馮廷櫆
　　詩）

《錦城詩存》　三卷　倪望重輯　光緒二十五年章安官舍刻本

《蝶仙小史彙編》　六卷　延清輯　光緒二十五年刻本

《二家試帖》　二卷　樊增祥輯　光緒二十七年刻本

《青浦續詩傳》　八卷　何其超輯　光緒三十一年刻本

《國朝天台詩存》　十四卷　補遺一卷　金文田編輯　光緒三十四年
　　木活字

《道咸同光四朝詩一斑錄》　十七編　孫雄輯　光緒三十四年油印本
　　　（稿本初名為《道咸以來所見詩》，光緒三十四年起以鋼板
　　　手寫油印出版，後易名為《道、咸、同、光四朝詩史一斑
　　　錄》，正編四冊，自阮元以下九十四家，至宣統三年止，共
　　　印至二十編，各編收數十家不等。宣統二年，又將油印之第
　　　一至八編整理增刪，合刻為《道、咸、同、光四朝詩史》甲
　　　集；次年，將第九至十六編刻為乙集。）
《焦山四上人詩存》　四卷　附《懶餘吟草》二卷　陳任暘選　光緒
　　　三十二年石肯堂刻本
《四子詩錄》　一冊　陶福祖輯　光緒間刻本　民國二十八年有歐陽
　　　溥存鉛印本（勒深之、陳熾、歐陽照、陶福祝詩）
《舊雨集詩選》　五冊　宮本昱輯　光緒間刻本
《二宋詩鈔》　五卷　宋衍生校　光緒間鉛印本（宋滋蘭、宋滋薈
　　　詩）
《四時分韻試帖》　一卷　錦官堂輯　光緒間刻本

十　宣統朝（1909-1911）

《湖州十家詩選》　十卷　蔣鴻輯　宣統元年刻本
《香痕盦影》　四卷　閨房一卷　吳仲輯　宣統二年鉛印本
《道咸同光四朝詩史》　甲集八卷　乙集八卷　孫雄輯　宣統二至三
　　　年自刻本
《黔詩紀略》　後編三十卷　補編三卷　莫庭芝、黎汝謙輯　陳田傳
　　　證宣統三年刻本
《庚子都門紀事詩》　六卷　詩補一卷　延清輯　宣統三年刻本
《閩詩錄》　甲集六卷　乙集四卷　丙集二十卷　丁集一卷　戊集七
　　　卷　鄭傑輯　陳衍補訂　宣統三年刻本

《續檇李詩繫》　四十卷　胡昌荃輯　宣統三年刻本

十一　民國時期

《播雅》　二十四卷　鄭珍輯　民國元年貴陽交通書局鉛印本

《晉四家詩》　戴廷栻輯　民國元年榆次常氏石印本（山西省圖書館）

《吳越雜事詩錄》　三卷　錢保塘編　民國三年海寧錢氏清風室刻本

《青箱集》　三卷　王德鍾編　民國四年上海國光書局刻本

《剡川詩鈔》　十二卷　續編十二卷　舒順方、董彥琦、江五民輯　民國四年至五年四明七千卷樓孫氏鉛印本（中國科學院圖書館）

《思舊集》　二卷　成多祿輯　民國五年吉林印書館鉛印本

《漢南詩約》　二十卷　雷楚材編輯　民國六年鉛印本

《蛟川耆舊詩補》　十二卷　王榮商編　民國七年刻本

《松陵女子詩徵》　十卷　費善慶、鳳昌編　民國七年吳江華萼堂鉛印本

《鹽溪橋梓詩存》　朱家駒輯　民國八年奉賢朱氏刻本

《孝感詩徵》　十二卷　補遺一卷　徐煥斗纂　民國八年鉛印本

《續梁溪詩鈔》　二十四卷　侯學愈輯　民國九年錫成公司鉛印本

《長興詩存》　四十卷　王修編　民國九年長興仁壽堂刻本

《台詩四錄》　二十九卷　王舟瑤輯　民國九年刻本

《容城耆舊集》　四卷　龔耕廬輯　民國十一年自刻本

《清代閨秀詩鈔》　八卷　紅梅閣主人輯　清暉樓主人續輯　民國十一年上海中華教育社石印本

《木瀆詩存》　八卷　汪正編　民國十一年蘇州鉛印本

《毗陵詩錄》　八卷　補遺一卷　趙震輯　民國十一年鉛印本

《近代詩鈔》　二十四冊　陳衍選　民國十二年上海商務印書館鉛印本

《竹里詩萃續編》　八卷　祝廷錫輯　民國十二年海寧家刻

《思舊集》　十七種六冊　張之洞選　高淩霄編　民國十三年印本

《晚清四十家詩鈔》　三卷　吳闓生輯　民國十三年文學社印本

《四明清詩略》　三十二卷　續稿八卷　首三卷　姓氏韻編一卷　董
　　沛輯　民國十三年上海中華書局古宋字排印本

《東陸詩選》　初集二卷　二集二卷　袁嘉穀輯　民國十四年鉛印本

《嶺南詩存》　八冊　鄒崖逋者編輯　民國十四年上海商務印書館鉛
　　印本

《紅梵精舍女弟子集》　三卷　顧憲融選編　民國十七年鉛印本（遼
　　寧省圖書館）

《越聲》　十六冊　附續編一卷　外編一卷　補編一卷　新編一卷
　　錢繩武輯　民國十七至二十四年抄本

《閩百三十人詩存》　八卷　林孝曾輯　民國十八年逸讓鉛印本

《晚晴簃詩匯》　二百卷　徐世昌輯　民國十八年退耕堂刻本

《姚江詩錄》　八卷　謝寶書編　民國二十年上海中華書局鉛印本

《李氏閨嬡詩鈔》　一冊　李蘇菲編　民國二十二年木活字本

《寧明耆舊詩輯》　農樾等輯　民國二十三年鉛印本

《徐州續詩徵》　二十二卷　卷首一卷　張伯英選　徐東僑編　民國
　　二十四年銅山張氏小來禽館鉛印本

《諸暨詩英》　前編十一卷　續編一卷　徐道政輯　民國二十五年鉛
　　印本

《杭川新風雅集》　三十卷　丘復輯　民國二十五年鉛印本

《丹溪詩鈔》　二卷　胡鼎輯　續集一卷　胡有恂輯　民國二十九年
　　鉛印本

《滇八家詩選》　八卷　王燦輯　民國三十一年大理鉛印本

《滇詩拾遺補》　四卷　李坤輯　民國間刻本

《遼東三家詩鈔》　十四卷　劉承幹編輯　民國間北京奉天會館刻本

《大誠詩集》　馬鍾秀輯　民國間油印本（劉漢儒、王延名、劉希愈等詩）

《近代詩選》　一集三卷　二集三卷　三集二卷　嚴偉選　民國間上海醫學書局鉛印本

《潙水詩徵》　六十卷　楊文錯輯　民國間抄本

《河間七子詩鈔》　一冊　邊連寶等撰　民國間石印本

《清閨秀正始再續集初編》　四卷　單士厙輯　民國間歸安錢氏鉛印本

十二　時代未定者

《雲間棠溪詩選》　八卷　陶冰修　董俞等選　清初刻本

《詩存》　二卷　法古堂偶集　一卷　鄧漢儀、顏光祚等輯　古隱玉齋刻本（南京圖書館）

《霜聲集》　四卷　周齊曾等撰　清初刻本（上海圖書館）

《詩觀廣集》　十二卷　郝蓮青輯　稿本（中國社科院文學所）清初

《西園詩選》　三種三卷　王世鈞等輯　清初刻本（復旦大學圖書館）

《紀事詩鈔》　十卷　顧有孝輯　清初抄本（浙江圖書館）

《奚囊集》　八卷　董柴輯　清初抄本（祁縣圖書館）

《沙頭里志詩徵》　五卷　曹煒輯　清初抄本（南京圖書館）

《詩媛名家紅蕉集》　二卷　鄒漪輯　清初刻本（天津市人民圖書館）

《明州八家選詩》　八卷　李文胤、徐鳳垣輯　清初刻本（天一閣文物保管所）

《麗則集》　十二卷　顧有孝輯　清初寧遠堂刻本（鎮江市博物館）

《晉四人詩》　四卷　戴廷栻編　清初刻本（山西省圖書館）

《吳越詩選》　二十二卷　朱士稚等輯　清初冠山堂刻本

《越郡詩選》　四卷　黃連泰、毛奇齡輯　清初刻本（天一閣文物保
　　　管所）

《江左三大家詩鈔》　九卷　嘳園輯　清抄本

《同聲集》　十四卷　王振綱輯　清抄本

《國朝詩窺》　一卷　顧立功輯　清刻本

《五言詩多師集》　八卷　《七言詩余師集》　七卷　翁方綱輯　稿
　　　本（上海圖書館）

《分韻長律詩鈔》　不分卷　范楷士輯　清抄本（上海圖書館）

《郢雪初編》　一卷　龔黃輯　葉封訂　清王家璧抄本

《續補七言詩歌行鈔》　□□卷　翁方綱輯　清抄本　存二卷（卷六
　　　屬樊榭詩，卷七錢籜石詩）（齊齊哈爾圖書館）

《愛珍詩選》　八卷　查淮鋆輯　稿本

《續耆舊》　一百四十卷　全祖望輯　檟湖草堂抄本

《乾嘉全閩詩傳》　十二卷　首一卷　梁章鉅輯　稿本

《國初虞山十六家詩》　二卷　佚名輯　清抄本

《國朝閨秀詩選》　三冊　不分卷　鮑友恪輯　清抄本

《十家詩》　十卷　潘鍾瑞輯　清抄本（蘇州市圖書館）

《清詩鈔》　六種八卷　佚名輯　清抄本（遼寧省圖書館）

《清五七言古體詩鈔》　五卷　王光謙輯　稿本（湖南省圖書館）

《本朝廿二家詩》　不分卷　桂馥輯　清抄本（天津市人民圖書館）

《當代詩鈔》　不分卷　佚名輯　清抄本　（復旦大學圖書館）

《國朝詩鈔》　不分卷　佚名輯　稿本（復旦大學圖書館）

《國朝各家詩鈔》　不分卷　潘介繁輯　王鴻朗評　稿本（復旦大學
　　　圖書館）

《國朝詩鈔》　六卷　黃光煦輯　稿本（浙江圖書館）

《國朝詩源》　二卷　高同雲輯　稿本（公安部群眾出版社）

《國朝詩隱》　不分卷　佚名輯　清抄本（南京圖書館）

《淵雅堂朋舊詩鈔》　不分卷　王芑孫輯　稿本

《國朝詩萃》　一百二十卷　後編一卷　補編□□卷　方外補編三卷
　　　閨秀補編十二卷　首一卷　劉安瀾輯　稿本（南京圖書館）

《公歸集》　三卷　首一卷　陳紹馨輯　清抄本（中國科學院圖書
　　　館）

《如椽彙編》　六卷　史煒輯　稿本（南京圖書館）

《佳春堂詩選》　不分卷　焦循輯評　稿本（甘肅圖書館）

《秋笳餘韻》　不分卷　張廷濟輯　稿本

《大東景運集》　四十二卷　鐵保輯　稿本（中國社科院文學所）

《國朝兩浙校官詩錄》　許正綬輯　十八卷　附編一卷　清抄本（浙
　　　江省圖書館）

《硤川五家詩鈔》　李榕編　稿本

《海陵詩徵》　十卷　夏荃輯　清抄本

《心儀集》　六卷　《方外詩鈔》一卷　《停雲集》一卷　謝焜編
　　　清刻本

《國朝閨繡詩選》　一冊　許燕珍等輯　有客堂抄本

《清代婦女詩稿》　一冊　嚴迢等輯　清抄本

《全史詩鈔》　六冊　楊衒輯　清抄本

《閨秀詩鈔》　一冊　佚名輯　清抄本

《江西名媛詩鈔》　二冊　佚名輯　清抄本

《江震詩稿彙存》　佚名輯　清抄本

《江左三大家詩選》　一冊　佚名輯　清抄本

《梅里詩鈔》　三冊　佚名編　清抄本

《杭城辛酉紀事詩》　一卷　張蔭矩、吳淦輯　稿本

《姚江詩輯》　四卷　補遺一卷　周嵩齡輯　清刻本

《當湖朋舊遺詩彙鈔》　十五卷　朱壬林輯　陸氏求是齋抄本

《續松陵詩》　不分卷　袁景輅輯　稿本（蘇州市圖書館）

《吳江詩粹》　三十卷　周廷諤輯　清抄本（南京市圖書館）

《海虞詩苑續編》　六卷　瞿紹基輯　屈振鏞校訂　稿本（上海圖書
　　館）

《國朝甫里詩編》　八卷　徐達源輯　稿本（蘇州市圖書館）

《苔岑詩錄》　不分卷　葉廷琯輯　稿本（上海圖書館）

《崑山詩徵稿》　前集二卷　後集二卷　續集一卷　附集一卷　潘道
　　根輯　稿本

《崑山詩存補遺稿》　不分卷　潘道根輯　稿本（南京圖書館）

《蘭林集》　一卷　錢泳輯　稿本　伊立勳跋（上海圖書館）

《高郵四家詩鈔》　四卷　佚名輯　碧虛齋抄本（南京圖書館）

《大鄗風雅》　二卷　釋普枝等輯　稿本（上海圖書館）

《青山詩選》　六卷　桂超萬、劉瑞芬輯　稿本

《國朝昌陽詩綜》　十卷　外集一卷　王先聲輯　稿本（青島市博物
　　館）

《安德詩搜》　一卷　程先貞輯　稿本（山東省圖書館）

《南池集》　不分卷　沈廷芳輯　孫文丹校跋　抄本（山東省圖書
　　館）

《犕軒續錄》　一卷　吳騫輯　稿本（上海圖書館）

《山陰道上集》（亦名《越中耆舊詩》）　不分卷　清抄本（天津市人
　　民圖書館）

《浙江采風錄》　不分卷　張頤可輯　稿本（北京大學圖書館）

《壺隱居選錄越七十一家詩集》　八卷　魯燮光輯　稿本（南京圖書
　　館）

《武林耆舊集》　二冊不分卷　吳允嘉輯　稿本（蘇州市圖書館）

《石門詩存》　不分卷　屈爌輯　稿本（雲南省圖書館）

《海昌詩繫》　二十卷　周廣業輯　周勳懋續輯　稿本（南京圖書

　　館）

《海昌詩人遺稿》　四種四卷　清許氏古均閣抄本（南京圖書館）

《再續檇李詩繫》　不分卷　附《鸚湖詞識》　不分卷　王成瑞輯
　　（上海圖書館）

《魏塘詩存》　三十卷　首一卷　唐嘯登輯　稿本　存十八卷

《桐鄉十二家詩稿》　一卷　鍾賢祿等撰　清抄本　佚名批（浙江圖
　　書館）

《桐鄉詩鈔》　二卷　盧景昌輯　清抄本同治後

《欹枕閑吟》　二卷　朱休度輯　管庭芬抄本（上海圖書館）

《雙溪詩彙》　二十二卷　孔憲採輯　稿本（浙江圖書館）

《四明詩鈔》　一卷　鄭辰輯　清抄本　徐時棟跋（中國科學院圖書
　　館）

《慈湖耆舊詩》　二卷　顧柟輯　稿本（上海圖書館）

《永興集》　不分卷　魯燮光輯　稿本（南京圖書館）

《天台詩徵內編》　六卷　張廷琛輯　稿本

《台詩三錄》　八卷　附錄三卷　宋世犖輯　清末抄本（浙江臨海縣
　　博物館）

《臨海詩輯》　五卷　黃瑞輯　稿本（浙江臨海縣博物館）

《武川詩鈔》　十七卷　何德潤輯　稿本　存四卷（浙江金華圖書
　　館）

《永嘉集外編》　二十六卷　孫衣言輯　清抄本（浙江溫州市圖書
　　館）

《國朝閩詩選》　二卷　黃景裳輯　稿本（福建省圖書館）

《建陽詩鈔外編》　一卷　江遠涵輯　清刻本（福建省建甌縣圖書
　　館）

《滇南遊宦流寓詩存》　不分卷　張訓銘輯　稿本（中國社科院文學
　　所）

《國朝四家詩集》　四卷　葉燮編（《清史稿藝文志》著錄）

《三台名媛詩輯》　五卷　詞一卷　黃瑞輯　王棻、王維翰批校　稿本（浙江臨海縣博物館）

《女中七才子蘭咳二集》　八卷　周之標輯　清抄本（上海圖書館）

《國朝女史詩合鈔》　四種九卷　秋聲館抄本（南京圖書館）

《國朝詠物詩輯覽》　二十五卷　馬泰榮輯　清抄本（遼寧省圖書館）

《鐵梅庵抄試帖》　不分卷　鐵保輯　清抄本（遼寧省圖書館）

《試帖詩》　一冊　佚名輯　清抄本

《分韻試帖精華》　三冊　佚名輯　清末抄本

《試帖織雲》　二卷　盧希晉、彭元灝輯　清刻本

《國朝試帖詩選》　吳錫麒等撰　清抄本

《江蘇試帖》　不分卷　周大宗輯　清抄本

《清朝詩鈔》　五冊　秋坪道人輯　抄本

《國朝紹興詩錄》　四卷　陶浚宣輯　稿本（浙江省圖書館）

作者簡介

王兵

　　文學博士，福建師範大學文學院教授，福建省閩江學者計劃特聘教授。研究領域涉及明清文學、東南亞漢詩和華族戲曲，曾在新加坡南洋理工大學任教多年。出版中英文學術專著四部，發表學術論文六十餘篇，目前主持一項國家社會科學基金中華學術外譯項目，參與三項國家社會科學基金重大項目。

本書簡介

　　清人選清詩既是詩歌選本的一個類別，同時也是一種獨特的詩學批評樣式，其編選實踐與清代詩歌史的構建、詩學思潮的更迭等皆有密切的關係。本書旨在梳理清人選清詩的發展脈絡及其特徵的基礎上，從清代詩學的若干重要範疇入手，重點研究清人選清詩與清代詩學之間的關聯，深入發掘清人選清詩的批評功能，以期準確定位清人選清詩在清代詩學中的地位和價值。

福建師範大學文學院百年學術論叢·第七輯　1702G06

清人選清詩與清代詩學

作　　者　王　兵
總 策 畫　鄭家建　李建華
發 行 人　林慶彰
總 經 理　梁錦興
總 編 輯　張晏瑞
編 輯 所　萬卷樓圖書股份有限公司
　　　　　臺北市羅斯福路二段 41 號 6 樓之 3
　　　　　電話 (02)23216565
　　　　　傳真 (02)23218698

發　　行　萬卷樓圖書股份有限公司
　　　　　臺北市羅斯福路二段 41 號 6 樓之 3
　　　　　電話 (02)23216565
　　　　　傳真 (02)23218698
　　　　　電郵 SERVICE@WANJUAN.COM.TW
香港經銷　香港聯合書刊物流有限公司
　　　　　電話 (852)21502100
　　　　　傳真 (852)23560735

ISBN 978-986-478-809-5
2023 年 1 月初版二刷
定價：新臺幣 600 元

如何購買本書：

1. 劃撥購書，請透過以下郵政劃撥帳號：
　　帳號：15624015
　　戶名：萬卷樓圖書股份有限公司

2. 轉帳購書，請透過以下帳戶
　　合作金庫銀行　古亭分行
　　戶名：萬卷樓圖書股份有限公司
　　帳號：0877717092596

3. 網路購書，請透過萬卷樓網站
　　網址 WWW.WANJUAN.COM.TW

大量購書，請直接聯繫我們，將有專人為
您服務。客服：(02)23216565 分機 610

如有缺頁、破損或裝訂錯誤，請寄回更換

國家圖書館出版品預行編目資料

清人選清詩與清代詩學/王兵著. -- 初版. -- 臺
北市 ： 萬卷樓圖書股份有限公司, 2023.01 印
刷

　面 ；　公分. -- (福建師範大學文學院百年學
術論叢. 第七輯 ；1702G06)

ISBN 978-986-478-809-5(平裝)
1.CST: 清代詩　2.CST: 文學評論

820.9107　　　　　　　　111022314